La femme
du bout du monde

Barbara Wood

La femme
du bout du monde

Traduit de l'anglais (États-Unis)
par Michel Ganstel

ÉDITIONS FRANCE LOISIRS

Titre original : *This Golden Land*

Édition du Club France Loisirs,
avec l'autorisation des Presses de la Cité.

Éditions France Loisirs,
123, boulevard de Grenelle, Paris.
www.franceloisirs.com

© Barbara Wood, 2010
© Presses de la Cité, un département de place des éditeurs, 2011 pour
la traduction française
ISBN 978-2-298-05419-4

ANGLETERRE

Avril 1846

1

Une douleur aiguë réveilla lady Margaret en sursaut.

S'efforçant dans l'obscurité de déterminer l'heure qu'il était, elle entendit la pluie crépiter contre les fenêtres et se rappela alors qu'elle avait décidé de s'étendre avant le dîner.

Elle avait donc dû s'assoupir...

Encore une douleur, plus forte. *Non ! C'est trop tôt !*

Enceinte de huit mois, la baronne se redressa avec effort et parvint à s'asseoir au bord du lit. Il faisait jour quand elle était montée dans sa chambre ; à présent, la nuit était tombée et les lampes n'étaient pas allumées. Affolée, elle agrippa à tâtons le cordon de sonnette et, alors qu'elle le tirait, sentit un liquide chaud se répandre sous elle.

— Non, murmura-t-elle. Mon Dieu, non, de grâce...

Les douleurs se faisaient plus vives, plus rapprochées. Lorsque Mme Keen, la gouvernante, arriva enfin et se précipita au chevet de sa maîtresse, elle découvrit à la lumière de sa lampe les draps trempés de sang. Quant à madame, elle était livide.

— Grand Dieu ! murmura la gouvernante avant de l'aider à se recoucher.

— Le bébé, gémit lady Margaret. Il arrive…

Mme Keen la dévisagea, horrifiée. Ses longs cheveux roux qui cascadaient sur ses épaules la faisaient paraître plus jeune encore que ses vingt-trois ans. Elle avait l'air si fragile, si vulnérable. Et maintenant, ces douleurs prématurées, avec presque un mois d'avance…

Dans l'après-midi, quand lady Margaret avait dit qu'elle ne se sentait pas bien, lord Falconbridge était parti lui-même chercher le médecin à Willoughby Hall. Mais il s'était écoulé des heures depuis ! La tempête avait-elle rendu la route impraticable ?

— Rassurez-vous, madame, lui dit Mme Keen d'un ton apaisant. Votre époux et le docteur Willoughby ne vont plus tarder.

Laissant une femme de chambre veiller sur la baronne, Mme Keen dévala l'escalier en appelant Luke, son mari, régisseur de la propriété.

La nouvelle de l'accouchement prématuré de lady Margaret déclencha une activité fébrile dans Falconbridge Manor. Les femmes de chambre, les valets de pied, le majordome, la cuisinière et jusqu'aux filles de cuisine accouraient de leurs chambres ou de leurs postes de travail, les uns déjà prêts pour la nuit, les autres encore en uniforme. Lord Falconbridge possédait une fortune considérable et le vaste château, datant de Guillaume le Conquérant, requérait un important personnel.

Le froid et l'humidité du soir imprégnaient le tweed du costume de Luke Keen, tout juste de retour du chenil où il était allé s'occuper de la meute des chiens de chasse.

— Que signifie ce remue-ménage ? s'étonna-t-il.

La gouvernante l'attira légèrement à l'écart.

— Madame a les douleurs avec trois semaines d'avance. Cela se présente mal. Envoie tout de suite quelqu'un au-devant de monsieur et du docteur Willoughby, ils devraient déjà être ici, depuis le temps.

L'air grave, Luke approuva d'un hochement de tête.

— J'envoie Jeremy, c'est notre meilleur cavalier.

Un hurlement provenant de l'étage leur fit lever les yeux au plafond avant d'échanger un regard. Luke tordait sa casquette entre ses mains. Sa propre sœur, qu'elle repose en paix, était morte en donnant la vie.

— Faudrait-il aussi chercher le docteur Conroy ? demanda-t-il.

Perplexe, Mme Keen se mordit les lèvres. Si John Conroy habitait à l'autre bout du village et était légitimement docteur en médecine, il n'appartenait pas à la classe sociale du baron et de la baronne, et dispensait ses soins aux villageois et aux fermiers. Mme Keen savait surtout qu'il y avait en ce qui concernait le docteur Conroy autre chose qui contrariait lord Falconbridge. Monsieur n'approuverait sûrement pas qu'un homme tel que lui, médecin ou pas, pose la main sur son épouse. La gouvernante ne pouvait tout de même pas oublier la fausse couche ayant manqué causer la mort de lady Margaret l'année précédente.

— Après tout, Luke, tu as peut-être raison. Va toi-même à Bayfield et prions pour que le docteur Conroy soit chez lui.

En sellant son cheval, Keen se demanda toutefois

s'il était vraiment judicieux de faire venir le docteur Conroy. Doté d'un caractère vindicatif et violent, lord Falconbridge s'en prenait à tout un chacun quand quelque chose lui déplaisait. Il était également homme à blâmer et accuser tout le monde sans s'embarrasser de scrupules. Ainsi, la pauvre Mme Delaney, cuisinière du château durant trente ans, avait été congédiée dans l'heure parce que monsieur prétendait que sa soupe à l'oignon avait provoqué la fausse couche de sa femme. S'il arrivait quoi que ce soit ce soir à lady Margaret ou au bébé, qui donc le baron en rendrait-il responsable ? Keen et sa femme ne pouvaient pas risquer de perdre leurs places. Les temps étaient durs et les emplois rares.

D'un autre côté, se dit Keen en mettant le pied à l'étrier, le baron pouvait se montrer généreux. Si, par la promptitude de leur initiative, les Keen contribuaient à sauver la vie de lady Margaret et de son enfant, nul ne savait jusqu'où iraient les libéralités du baron. Peut-être même un cottage pour leur retraite et une petite pension...

Quel plaisir d'être enfin à la maison, songea Hannah Conroy tout en mettant la table pour le dîner. Enfin de retour à Bayfield, chez soi, devant un bon feu permettant d'oublier le mauvais temps de cette soirée tandis que son père travaillait dans son petit laboratoire à côté du salon. Cette année passée à Londres, la formation intensive qu'elle avait suivie à l'hôpital de la Maternité – les cours, les travaux pratiques et les examens qui s'enchaînaient sans répit, les heures interminables à soigner les patientes, vider les pots de chambre, balayer les planchers, vivre dans l'espace exigu d'un dortoir en n'ayant qu'une demi-journée de loisir par semaine pour aller à l'église et s'occuper de ses propres affaires – tout cela, en fin de compte, en avait valu la chandelle. Sur la cheminée, le panneau à la peinture toute fraîche prêt à être accroché à la porte en constituait la preuve tangible : *Conroy & Conroy – Médecin et Sage-Femme.*

Aussi loin que remontaient ses souvenirs, Hannah avait toujours voulu mettre ses pas dans ceux de son père en exerçant la médecine mais, la profession étant interdite aux femmes, elle ne pouvait accéder au monde qu'elle convoitait que par la porte dérobée du métier de sage-femme. Quand elle avait eu dix-sept ans, son père l'avait recommandée à l'hôpital de la Maternité de Londres. Hannah s'y était rendue et avait passé les examens d'entrée afin d'y être admise. Ses premiers cours avaient eu lieu le matin même de son dix-huitième anniversaire et son diplôme de fin d'études lui avait été décerné un an plus tard, pour ses dix-neuf ans – il y avait tout juste un mois. Désormais apte à se constituer sa propre clientèle, Hannah avait déjà été informée que Mme Endicott, femme d'un éleveur de volailles, prévoyait de s'assurer ses services pour la mise au monde de son neuvième enfant, attendu d'ici une huitaine. Mme Endicott ne manquerait pas ensuite de recommander Hannah à ses amies et connaissances.

Mais ce n'était pas la seule raison pour laquelle Hannah se félicitait d'être de retour chez elle. Pendant son absence, la santé de son père avait décliné au point qu'elle comptait lui suggérer de réduire ses activités et de se soucier de sa santé avant celle des autres.

Grand et bel homme de quarante-cinq ans à la stature droite et fière, John avait des cheveux bruns parsemés de fils d'argent. Avec sa mise simple, voire austère – au lieu d'une redingote à la mode, une lévite noire sur un pantalon de même couleur, un gilet noir, une chemise blanche au col boutonné sans cravate, surmontés d'un feutre noir à la coiffe basse et au large bord –, John ne passait pas inaperçu. Quand il sortait dans le village, les dames se retournaient sur son passage.

Hannah se souvenait avec émotion qu'après la mort de sa mère, les femmes de Bayfield – veuves, vieilles filles, mères de filles à marier – étaient accourues les bras chargés de provisions et de douceurs censées consoler le séduisant jeune veuf quaker. Mais rien ni personne n'avait réussi à franchir le mur de sa douleur. Pas plus qu'à le détourner de la cause à laquelle il se consacrait avec une obstination proche de l'obsession depuis la nuit où Louisa avait rendu le dernier soupir : découvrir ce qui avait causé sa mort et comment y porter remède.

Hannah reposa un instant le couteau avec lequel elle tranchait le pain. Avait-elle entendu approcher les sabots d'un cheval ? Elle espéra qu'on ne venait pas chercher son père pour une urgence. Il irait, bien sûr : il n'y avait pas d'autre médecin alentour.

À mi-distance de Londres et de Canterbury, dans le Kent, le village de Bayfield était situé au bord d'un petit affluent de la rivière Len. Si l'on supposait que la région était peuplée depuis le néolithique et que les légions de César avaient pu la traverser en

14

envahissant la Grande-Bretagne, l'existence du village n'était datée avec précision que de l'an de grâce 1387, lorsqu'un groupe de pèlerins revenant de Canterbury avait fait halte au bord d'un champ d'avoine et décidé de s'y établir.

L'oreille tendue, Hannah entendit le bruit de la galopade s'accroître avant de s'arrêter devant la maison. Elle alla ouvrir la porte, vit un cavalier mettre pied à terre et reconnut Luke Keen, de Falconbridge Manor.

— Entrez donc, monsieur Keen, lui dit-elle.

Pendant qu'elle refermait derrière lui, Luke enleva sa casquette trempée qu'il tapa contre sa cuisse.

— Votre père est-il chez lui, mademoiselle Conroy ? Nous avons besoin de lui de toute urgence.

— Hannah, ai-je entendu ?... fit la voix de John depuis le salon. Ah ! C'est toi, Luke. Je te souhaite le bonsoir.

— Désolé de vous déranger, docteur, mais il y a une urgence au château.

— J'y vais tout de suite. Quel est le problème ?

— C'est madame la baronne, docteur.

Conroy allait déjà chercher sa trousse. Il se retourna :

— Qu'as-tu dit ?

— Elle est sur le point d'accoucher, mais elle va mal.

Conroy et sa fille échangèrent un regard. S'ils étaient déjà allés au château, ce n'était que pour soigner les domestiques. Jamais encore ils n'avaient été appelés pour les Falconbridge eux-mêmes.

— Qui est son médecin personnel ? demanda John.

— Monsieur est parti chercher le docteur Willoughby il y a déjà des heures et ils ne sont pas encore revenus. Ma femme dit que c'est grave et que madame risque de mourir.

Luke aida les Conroy à atteler leur carriole et partit en hâte annoncer que les secours étaient en chemin.

Sous la pluie qui martelait la capote de cuir, John lança la jument au grand trot. Hannah chercha à distinguer des signes de fatigue sur le visage de son père. Si elle n'était pas médecin ni ne pourrait jamais le devenir, elle avait acquis à ses côtés un sens aigu du diagnostic et savait discerner les symptômes d'une des affections qu'il avait contractées au cours de ses recherches. Ayant expérimenté sur lui-même diverses infections et leurs traitements, le docteur Conroy souffrait d'une maladie cardiaque chronique qu'il soignait à l'aide d'une formule de sa composition à base de digitaline.

Hannah ne vit toutefois aucun signe inquiétant, pâleur ou transpiration. Son père paraissait en excellente santé et en pleine possession de ses moyens. Elle se demanda alors comment réagirait lord Falconbridge à leur présence au château. Les rares fois où elle avait eu l'occasion de voir le baron, il lui avait paru contrarié de leur rencontre. Sans doute parce que tout le monde se découvrait avec respect sur son passage quand il traversait Bayfield – tout le monde sauf son père. Comme tous les quakers, John Conroy refusait l'honneur d'un coup de chapeau à un autre homme puisque, selon sa foi, les êtres humains étaient tous égaux aux yeux de Dieu. Le souvenir des regards que décochait le baron à l'impudent quaker lui tira un frisson rétrospectif.

— Nous voilà arrivés, dit John en voyant les lumières de Falconbridge Manor scintiller à travers le rideau de pluie.

Tandis que des garçons d'écurie prenaient soin de leur attelage, les Conroy furent accueillis dans la cour par Luke, visiblement nerveux, qui les fit entrer par la porte de la cuisine. Mais au lieu de les faire passer par l'escalier de service desservant les chambres des domestiques, dont John soignait les plaies et maladies, il les emmena dans un couloir donnant dans le grand hall. C'était la première fois que le docteur Conroy et sa fille étaient admis dans la partie résidentielle du château. Hannah fit de son mieux pour ne pas béer d'admiration devant les armures, les superbes tableaux dans des cadres dorés, les précieuses collections de porcelaines et de trophées militaires exposées dans des vitrines.

Après avoir confié leurs manteaux à une servante, les Conroy furent pris en charge par la gouvernante, Mme Keen, qui, la mine aussi sombre que sa robe noire, les guida dans l'escalier d'honneur jusqu'à la chambre de la baronne, vaste pièce luxueusement meublée aux murs tendus de tapisseries, où un feu flambait dans la grande cheminée. Inerte, lady Margaret gisait sur son lit à baldaquin. Un couvre-lit de satin recouvrait son ventre arrondi.

— Il me faudra une bassine d'eau, dit John à Mme Keen.

— Tout de suite, docteur, répondit-elle avant de disparaître dans une pièce contiguë, où Hannah eut le temps d'apercevoir des robes de soie, des chapeaux et des chaussures.

Conroy s'approcha de lady Margaret et posa une main sur son front moite.

— Margaret Falconbridge, je suis John Conroy, dit-il avec douceur. Je suis médecin. Peux-tu parler ?

Elle hocha faiblement la tête.

— Souffres-tu ?

— Non... Les douleurs ont cessé.

Conroy adressa à sa fille un regard soucieux. L'arrêt des douleurs au début de l'accouchement pouvait être un signe inquiétant.

— Margaret, nous allons t'examiner. Ne crains rien.

Il prit dans sa trousse son stéthoscope, le modèle le plus récent, pourvu de tuyaux en caoutchouc, d'écouteurs et d'une ventouse amplificatrice. L'appareil lui permit d'écouter les battements du cœur de la baronne, d'une faiblesse et d'une irrégularité alarmantes.

Il ôta le couvre-lit puis, par pudeur, se détourna pour laisser Hannah procéder à l'examen visuel de la patiente.

Au bout d'un moment, la jeune fille se redressa.

— Lady Margaret n'est plus en travail, père, dit-elle à mi-voix, mais l'hémorragie continue. Ce doit être une rupture du placenta.

La situation était grave. Faute d'une prompte intervention, lady Margaret risquait de saigner à mort.

Mme Keen revint avec une cuvette de porcelaine remplie d'eau. Elle la posa sur une table à écrire et regarda avec curiosité le docteur Conroy prendre dans sa trousse une fiole contenant un liquide brunâtre dont il versa une partie dans l'eau. La forte odeur qui s'en dégagea picota désagréablement le nez de Mme Keen, dont la curiosité redoubla en voyant le docteur enlever sa lévite, retrousser ses manches et plonger les mains dans cette étrange concoction. Que diable pouvait-il bien faire ? Inquiète, elle se rappela que les quakers n'étaient pas des chrétiens ordinaires et se demanda avec angoisse si le docteur Conroy n'allait pas soumettre madame à quelque rite plus ou moins hérétique.

Mme Keen ouvrait la bouche pour protester quand un vacarme de voix et de pas précipités éclata dans le couloir avant que la porte de la chambre ne s'ouvre à la volée. Encore en manteau et coiffé d'un haut-de-forme, l'un et l'autre trempés, lord Falconbridge se précipita vers le lit et prit sa femme dans ses bras.

— Maggie, mon amour, je suis revenu, je suis là ! La route était coupée, nous avons dû faire un long détour. Maggie, parle, dis-moi comment tu vas !

Un second homme, corpulent et le visage encadré de favoris blancs, entra d'un pas plus posé. Il tendit calmement sa cape, son chapeau et sa canne à Mme Keen puis, sans accorder un regard à John, s'approcha du lit à son tour et prit entre le pouce et l'index le poignet de lady Margaret. Hannah et son père avaient déjà reconnu le docteur Miles Willoughby, médecin des riches habitants de Bayfield.

— Si vous me permettez, dit-il avec autorité à lord Falconbridge.

Le baron recoucha délicatement son épouse sur

ses oreillers. Lady Margaret était inconsciente et plus blanche que les draps.

Le docteur Willoughby sortit une montre en or de son gousset et compta les pulsations de lady Margaret avant de reposer son poignet. Il baissa ensuite les yeux vers son ventre, fit la moue et releva son regard vers le visage de la patiente.

— Madame Keen, dit-il sans se retourner, depuis quand les douleurs ont-elles cessé ?

— Il y a environ une demi-heure, docteur.

— Fort bien. Maintenant, mon cher baron, si vous vouliez bien nous laisser seuls ?

— Sauvez-la, docteur, répondit lord Falconbridge d'un ton suppliant, le visage couleur de cendre. Si je la perdais, je n'y survivrais pas.

— Ne vous inquiétez pas. Tout ce dont elle a besoin, c'est une petite saignée.

John s'avança alors d'un pas.

— Je ne crois pas, mon ami, qu'une saignée soit appropriée. Margaret souffre d'une rupture du placenta et perd en ce moment même de grandes quantités de sang. Ce qu'il faut faire avant tout, c'est mettre l'enfant au monde et stopper l'hémorragie.

Willoughby lui lança un regard distrait.

— Madame Keen, voulez-vous raccompagner monsieur le baron à ses appartements ?

— Bien, docteur, répondit-elle en regardant avec angoisse le baron se détacher à regret du corps inerte de son épouse.

Mince et la mine sévère, lord Falconbridge avait une quarantaine d'années. Réputé pour son absence totale de sens de l'humour et la sûreté de son coup de fusil contre les faisans, il n'était guère aimé de ses fermiers et des villageois. Margaret était sa seconde épouse, mais il n'avait toujours pas d'héritier.

En se redressant, il s'aperçut pour la première fois de la présence de Conroy.

— Qu'est-ce que vous faites ici, vous ?

— On m'a demandé de venir, répondit John.

Le baron eut un vague hochement de tête puis, sur un dernier regard accablé à sa femme, sortit avec la gouvernante. Une fois la porte refermée, Willoughby posa sa trousse sur le lit et la déboucla.

— Vous pouvez partir vous aussi, dit-il sans un regard aux Conroy. À partir de maintenant, je m'occupe de tout.

Tout en parlant, il sortit de sa trousse un stéthoscope qu'il appliqua sur la poitrine de lady Margaret. C'était un modèle ancien et primitif, un long tube de bois destiné à maintenir l'oreille du praticien à une distance décente de la poitrine des patientes plutôt qu'à les ausculter. L'instrument, bien entendu, était loin d'être aussi précis que le modèle moderne dont se servait Conroy.

— Ma fille peut rendre service, elle est sage-femme diplômée, répondit le docteur Conroy.

Willoughby ne daigna même pas relever la suggestion. Une fille du commun soigner une baronne ! Impensable… Hannah ne s'en offusqua d'ailleurs pas. Elle n'avait elle-même jamais imaginé qu'un tel honneur se présenterait un jour à elle.

Pendant ce temps, Willoughby passait en revue les traitements entre lesquels il avait à choisir. Il était universellement admis que tous les désordres du corps humain, de la simple migraine au cancer, relevaient d'une des quatre thérapeutiques consacrées par la tradition : la saignée, la purgation, le vomissement et les révulsifs. Dans ce cas précis, une purge destinée à soulager la pression exercée sur l'utérus par les intestins n'était pas envisageable, car la patiente inconsciente n'était pas capable d'avaler la préparation à base de mercure. De même, l'administration d'émétique pour provoquer le vomissement était hors de question. Quant à l'application sur la peau d'un acide chimique à effet révulsif, elle ne suffirait pas à provoquer une réaction. La saignée, choix initial du docteur Willoughby, constituait donc bien la seule méthode applicable à une patiente dans l'état de lady Margaret.

— Je te conseille de te hâter, mon ami, dit Conroy. Le bébé ne peut survivre que quelques minutes de plus.

— Le bébé se porte bien, *monsieur*, répliqua Willoughby, qui rangea le stéthoscope et posa les mains sur l'abdomen de lady Margaret. Ses douleurs n'étaient pas celles de l'enfantement. Quant à l'hémorragie qui paraît tant vous soucier, elle est due à un afflux de sang qui exerce une pression sur l'utérus. Mon traitement soulagera cette pression et la grossesse reprendra son cours normal jusqu'à sa conclusion naturelle, c'est-à-dire l'accouchement.

Il s'interrompit, huma l'air avec dégoût.

— Qu'est-ce que c'est ? demanda-t-il en montrant la cuvette.

— De la teinture d'iode.

— De la teinture de... quoi ?

— D'iode. L'iode est un élément extrait de certaines algues.

— Jamais entendu parler. Pourquoi y en a-t-il ici ?

— Pour me désinfecter les mains.

— Et pourquoi donc voulez-vous vous laver les mains ?

— Parce que c'est une solution antiseptique et que...

— Ah non, je vous en prie ! Pas de ces balivernes.

— Cette solution protégera...

— C'est une idée qui vient de France, monsieur. Elle n'a aucun fondement scientifique.

— Elle protégera la patiente, reprit Conroy avec calme.

— La protéger de quoi, je vous prie ?

— De toute contamination possible de la part de son médecin.

— Encore une idée stupide, *monsieur* ! Une idée française, bien entendu, peut-être même allemande. Protéger un patient de son médecin ! Les médecins sont des gentlemen et les gentlemen ont les mains propres, au cas où vous l'ignoreriez, monsieur.

— Je te supplie de bien vouloir te désinfecter avant de toucher Margaret.

Willoughby l'ignora et sortit de sa trousse une série de lancettes qu'il disposa sur le couvre-lit, sous le regard effaré de Conroy.

— Tu as vraiment l'intention de la saigner ?

— Précisément, répliqua Willoughby en nouant un tourniquet autour du bras de lady Margaret. Vingt-quatre onces devraient suffire, ajouta-t-il en cherchant des yeux un récipient pour recueillir le sang.

— Ce n'est pas le moment de procéder à une saignée, mon ami, insista Conroy sans élever la voix.

Willoughby le fusilla du regard. Il ne supportait

pas le refus des quakers d'employer un quelconque titre honorifique, que ce soit monsieur, madame ou même Votre Majesté envers le roi.

— Je vous demande une fois de plus, monsieur...

Il s'arrêta soudain pour éternuer dans ses mains nues et s'essuya le nez d'un revers de main.

— ... je vous demande de partir sur-le-champ, reprit-il. Ou faut-il que j'appelle pour vous faire mettre dehors ?

Horrifié, Conroy le vit tendre la même main vers une lancette.

— Sans vouloir te manquer de respect, mon ami, je te conjure de te laver les mains avant de toucher notre patiente.

Cette fois, Willoughby explosa. L'insolence de ce Conroy ! Un Irlandais, par-dessus le marché !

— Lady Margaret n'est pas *notre* patiente, mais la mienne ! Maintenant, sortez !

— Frère Willoughby... commença Conroy.

— Je ne suis pas votre ami, encore moins votre frère ! tonna l'autre. Je suis docteur en médecine diplômé d'Oxford et je vous prie de vous adresser à moi avec un peu plus de respect !

Conroy cligna des yeux. Quoi de plus respectueux que « frère » ou « ami » ? Il se tourna vers sa fille, lui fit signe de se préparer et reprit sa lévite et sa trousse. En sortant de la chambre, ils virent Willoughby se pencher pour prendre le pot de chambre sous le lit et le placer sous le bras de lady Margaret.

— Prions pour elle, dit Conroy à sa fille en refermant la porte.

Les Conroy partis, Willoughby frissonna et se

24

demanda s'il devait appeler pour qu'on remette du bois dans la cheminée. Ses vêtements encore humides de la longue chevauchée sous la pluie lui donnaient la chair de poule. Quand un nouvel éternuement le saisit, qu'il étouffa de la main tenant la lancette, il examina la pièce en quête d'une cause à ces sternutations intempestives.

Quand son regard tomba sur la cuvette pleine de cette solution nauséabonde – comment le quaker l'avait-il appelée déjà ? Ah oui, de la teinture d'iode ! –, il comprit que c'était là la source de ses problèmes de sinus. Dès qu'il aurait fini de saigner la baronne, il ouvrirait la fenêtre pour chasser ces épouvantables miasmes et vider la bassine dehors. Sur quoi il donna un coup de lancette dans une veine dont la couleur bleue se détachait sur la peau blanche et regarda le filet de sang couler dans le pot de chambre, confiant dans la certitude de pratiquer la médecine comme Hippocrate lui-même le faisait deux mille ans auparavant.

Âgé de soixante-cinq ans, Miles Willoughby était né en 1781. Benjamin d'un pair du royaume et de ce fait ne pouvant hériter ni du titre ni des terres, il avait décidé de faire son chemin dans le monde comme médecin, profession honorable entre toutes. Il avait donc entrepris des études à l'université d'Oxford, où il avait appris le grec, le latin, les sciences, les mathématiques, l'anatomie, la botanique ainsi que les techniques de la saignée et de l'application des sangsues, traitements considérés comme d'avant-garde à l'époque.

Tout en regardant s'écouler le sang de lady Margaret, il pensait à l'impudence de ce quaker osant insinuer que les méthodes traditionnelles les plus éprouvées étaient inapplicables en pareil cas ! Miles Willoughby exerçait la médecine bien avant que ce blanc-bec vienne au monde. Et pour qui se prenait-il, lui, vulgaire médecin de campagne qui ne sortait même pas d'une école de médecine mais avait appris les rudiments de l'art comme apprenti chez un médecin – apprenti, tel un simple artisan ! –, pour se permettre de le critiquer ?

Voilà maintenant qu'il empoisonnait l'air avec son infâme mixture ! Miles Willoughby était fermement convaincu que ces fumeuses notions d'antisepsie étaient un complot fomenté par les peuplades du Continent pour faire reculer la science, la médecine en particulier, de plusieurs millénaires. Il avait déjà entendu évoquer l'idée absurde que les médecins devaient se laver les mains – une théorie qui venait de Vienne, à ce que l'on disait. Ces gens avaient même l'audace de prétendre que les médecins constituaient la source principale des infections !

— Voilà, ma chère lady, dit-il en voyant que le pot de chambre était au quart plein. Voyons maintenant comment vous vous portez.

Bien que lady Margaret n'eût pas repris conscience, Willoughby lui parlait sur le ton rassurant qu'il affectionnait depuis de longues années, en particulier avec les femmes, qui attendaient de leur médecin un comportement paternel puisqu'il était unanimement admis qu'elles n'étaient en réalité que des enfants.

Il aurait voulu soulever sa chemise de nuit pour vérifier si l'hémorragie avait cessé. Mais de telles privautés, admises avec des femmes du peuple, auraient été de la plus parfaite inconvenance avec une dame du rang de lady Margaret. À la réflexion, il décida qu'une saignée supplémentaire de quelques onces ne pourrait lui faire que du bien.

Mme Keen escorta les Conroy vers la sortie mais, arrivé sur les dernières marches du grand escalier, John marqua un arrêt et se retourna vers l'étage.

— Nous ne devrions peut-être pas partir aussi vite, Hannah. Attendons un peu.

Au lieu d'être introduits dans un salon, comme l'aurait été un médecin de la classe sociale d'un Willoughby, John Conroy et sa fille furent emmenés à la cuisine. Hannah remarqua que son père commençait à montrer des signes de lassitude.

— Nous ferions mieux de rentrer à la maison, père.

— Non, pas encore, ma fille. Je suis inquiet pour cette pauvre femme là-haut.

Il leva les yeux au plafond, comme si son regard pouvait traverser le bois et la pierre afin d'observer ce qui se passait au-dessus. S'il craignait pour la vie de Margaret Falconbridge, il savait qu'il ne pouvait pas intervenir. Les yeux clos, il pria Dieu de le guider.

Jeune, John voulait déjà embrasser une carrière lui permettant de se rendre utile à son prochain, avocat, par exemple, ou responsable d'une institution humanitaire. Mais les quakers n'avaient pas le droit d'entrer dans une université telle que Cambridge ou Oxford, dont l'enseignement ouvrait les portes de ces professions. Aussi, lorsque le jeune Conroy avait exprimé sa frustration au médecin de

Bayfield, celui-ci lui avait dit qu'il prendrait sa retraite d'ici quelques années et envisageait de former un jeune homme capable de lui succéder. Il lui avait donc offert de le prendre en apprentissage pour une durée de huit ans, au terme desquels John recevrait son diplôme officiel de docteur en médecine.

Pendant ses années de formation, John avait si bien pris goût à la profession qu'il avait souhaité aller plus loin. Quand il avait parlé à son mentor de la chirurgie, le docteur ne l'avait pas découragé, mais il jugeait le jeune quaker trop sensible pour supporter les hurlements de douleur des salles d'opération, sans compter les hémorragies, la gangrène et le taux élevé de mortalité qui prévalaient alors. Il lui avait donc suggéré, avant toute décision, d'assister à quelques opérations qui se déroulaient en public dans certains hôpitaux londoniens. Suivant son conseil, John s'était un jour rendu à Londres et avait pris place dans la tribune du public à l'hôpital Saint Bart. Il s'agissait, ce jour-là, de l'ablation d'un sein à une femme atteinte d'un cancer.

Si, contrairement à une bonne partie du public, John ne s'était pas évanoui aux cris déchirants de la patiente et au spectacle des flots de sang, l'expérience avait suffi à le convaincre qu'il ne pourrait jamais être chirurgien. Les médecins, en revanche, administraient des remèdes destinés à soulager la douleur. C'était donc bien la médecine qui lui convenait. Mais le docteur Conroy ne se contentait pas de prescrire des pilules ou des onguents, de panser des chevilles foulées ou de réduire des fractures. Il prêtait une oreille attentive et compatissante aux malheurs de ses patients, même s'ils ne lui parlaient que d'une récolte dévastée par la tempête ou d'une vache qui ne donnait plus de lait. Pouvoir s'épancher de la sorte constituait parfois pour eux le meilleur des remèdes.

À présent, John était profondément troublé. L'accouchement aurait déjà dû avoir lieu et il redoutait, non sans raison, que Willoughby n'accorde moins d'importance à la survie du bébé qu'au nombre d'onces de sang qu'il tirait de la mère déjà exsangue.

Miles Willoughby pouvait se retourner avec fierté sur le déroulement de sa carrière. Durant les trente premières années, il avait pratiqué la médecine à Londres et dispensé ses soins à l'élite de l'élégant quartier de Belgravia, où il avait lui-même élu domicile. Mais s'étant rendu compte, en atteignant la cinquantaine, que ses articulations ne s'accommodaient plus de l'humidité et des brouillards de la capitale, il avait décidé de vivre désormais sous le climat plus clément du Kent et repris la pratique d'un médecin, gentleman comme lui-même, qui prenait sa retraite en laissant à son successeur une clientèle huppée comprenant deux éminents membres du Parlement, un juge de la haute cour, un comte et quelques dizaines de châtelains.

Quinze ans plus tard, Willoughby jouissait d'une existence fort agréable dans la verdoyante campagne de Bayfield. Les invitations se succédaient, week-ends dans les châteaux des environs, bals, chasses, dîners ; mais il appréciait surtout la déférence que tout le monde lui témoignait. On faisait appel à lui pour soigner les dames ayant leurs « vapeurs » (une bonne saignée y pourvoyait), les enfants souffrant de coliques (des sangsues sur l'abdomen) et les gent-lemen auxquels une chute de cheval ou un exercice trop violent donnait mal au dos (un savant dosage de cognac et d'opium se révélait souverain en pareil cas). Quant aux interventions moins plaisantes, un abcès à crever ou une maladie rebelle à ses soins, il adressait ceux qui en souffraient à des confrères de Londres, qualifiés pour la circonstance de « spécialistes », ou à des chirurgiens, moins cotés dans l'échelle sociale que les docteurs en médecine.

Willoughby constata avec satisfaction que le sang ne coulait plus du bras de la baronne, ce qui voulait dire que l'afflux en était tari et la congestion de l'utérus soulagée.

— Fort bien, ma chère lady, dit-il en dénouant le tourniquet. Je vais maintenant prendre votre pouls et appeler vos femmes pour vous baigner et vous changer. Votre mari pourra alors vous rendre visite.

Il comptait aussi lui donner une dose tonique d'arsenic.

Avec délicatesse, il prit le poignet de lady Margaret entre le pouce et l'index, et fronça les sourcils. Elle était pâle, ce qui était normal après une saignée, mais, plus étonnant, sa poitrine ne se soulevait plus. Il lâcha le poignet, posa un doigt sur le cou, à droite puis à gauche, pour sentir les pulsations de la carotide.

Il n'en discerna aucune.

— Lady Margaret, réveillez-vous.

Il lui tapota les joues, se pencha pour appliquer une oreille contre sa poitrine.

Le cœur ne battait plus.

Il se redressa, aussi étonné que mécontent.

— Lady Margaret ! dit-il plus fort.

Il posa une main sur son abdomen, ne sentit nul frémissement.

— Grand Dieu ! murmura-t-il.

La baronne et son enfant étaient morts.

Comment était-ce possible ? Il voyait pourtant la lancette, le tourniquet, le sang rouge sombre dans le vase de nuit. Il avait suivi la même procédure des centaines de fois avec succès. Pourquoi avait-il échoué cette fois-ci ? Son regard tomba alors sur la bassine pleine de cette mixture nauséabonde et il sentit son cœur bondir dans sa poitrine. Le maudit quaker avait empoisonné l'air de la chambre !

S'étant ressaisi, il alla ouvrir la porte à lord Falconbridge, qu'il entendait faire nerveusement les cent pas dans le couloir.

— Vous pouvez venir, mon cher baron, lui dit-il.

Quand celui-ci fut entré, Willoughby poursuivit, la mine sombre :

— Je suis profondément désolé. J'ai fait tout ce qui était en mon pouvoir...

— Que voulez-vous dire ?

— Si seulement j'avais pu arriver plus tôt...

Falconbridge s'était déjà précipité vers le lit et avait pris Margaret dans ses bras.

— Maggie ! Réveille-toi, mon amour !

Il baissa alors les yeux vers le ventre arrondi de sa femme, devenu le tombeau de leur enfant.

— Pourquoi ? Comment ? voulut-il savoir, le visage ruisselant de larmes.

— Tout se passait comme je le prévoyais, la saignée la soulageait quand elle a expiré tout à coup. C'est inexplicable.

— Mais elle allait bien cet après-midi quand je suis parti vous chercher ! Tout au plus un léger malaise.

— Je ne puis m'en prendre qu'à moi-même, cher monsieur. Quand j'ai vu cette bassine de liquide toxique, j'aurais dû immédiatement la vider. Mais je me souciais avant tout de ma patiente et...

— Quel liquide toxique ? l'interrompit le baron.

Willoughby lui montra la bassine encore posée sur la table à écrire. Falconbridge prit alors conscience de l'odeur étrange qu'il sentait depuis qu'il était entré et se releva.

— Qu'est-ce que c'est ?

— Dieu seul le sait ! Le quaker a préparé cette... chose pour des raisons qui m'échappent. En tout cas, il ne s'agit pas d'une pratique médicale normale, je vous le garantis. C'est pourquoi je m'en veux de ne pas avoir jeté ce liquide. Je crains même que l'air de la pièce ne soit durablement contaminé, au point que nous ferions bien, vous et moi, de nous en écarter au plus vite.

Falconbridge gardait les yeux fixés sur la bassine, dont les émanations lui piquaient les narines. Il sentait un vertige le saisir. Margaret était morte. L'enfant était mort. Le plancher oscillait sous ses pieds, le vent hurlait dans les fentes des fenêtres.

— Que faire ? gémit-il. Que vais-je devenir ?

Le visage dans les mains, il éclata en sanglots. Willoughby posa sur son épaule une main paternelle.

— Je m'occuperai de tout, mon cher baron. Si je puis me permettre, toutefois, je vous suggère de retenir le quaker et sa fille, et d'envoyer chercher

le constable au village. C'est un crime qui a été commis ce soir ici même.

Dans la cuisine où John et Hannah Conroy attendaient, Luke Keen entra.

— Désolé, docteur, mais monsieur a demandé de vous retenir ici. Si vous voulez bien me suivre.

Le régisseur leur fit traverser le grand hall jusqu'à une petite bibliothèque. Sans feu dans la cheminée et éclairée par une unique chandelle, la pièce était froide et sinistre.

— Si vous voulez bien attendre, dit-il en évitant de les regarder avant de refermer derrière lui.

— Qu'est-ce que cela veut dire ?... commença Hannah.

L'entrée de Willoughby, l'air sombre, l'interrompit.

— Comment se porte Margaret Falconbridge ? lui demanda Conroy qui le dominait d'une tête.

— *Lady* Margaret est morte, répondit sèchement Willoughby.

— Mon Dieu, non... murmura Hannah. Et l'enfant ?

— Il a péri lui aussi.

— Tu n'as pas pu les sauver ? dit Conroy.

Willoughby se redressa autant qu'il put.

— Comment aurais-je pu les sauver quand vous les avez tous les deux empoisonnés ?

— Empoisonnés ? s'étonna Conroy. Que veux-tu dire ?

— Empoisonnés par les fumées délétères de cette mixture !

— Docteur Willoughby, intervint Hannah, l'iode

33

ne peut pas *causer* de maladie. Il est destiné à *prévenir* les maladies.

Willoughby lui décocha un regard méprisant. Un gentleman célibataire et diplômé d'Oxford ne pouvait que mépriser les femmes autant que les Irlandais, les étrangers et les quakers.

— Je n'ai pas dit que vous avez rendu lady Margaret malade, je vous accuse de l'avoir empoisonnée ! Vous avez contaminé l'air qu'elle respirait par des vapeurs toxiques.

— Je n'ai rien fait de semblable, rétorqua Conroy.

— Le jureriez-vous ? demanda Willoughby, qui savait pertinemment que sa religion le lui interdisait.

— Je ne sais parler que selon la vérité, mon ami. Je n'ai donc aucune raison de faire un serment impie. J'offre plutôt mon affirmation sincère que ce que je dis est vrai.

— La haute cour de Londres ne s'en contentera pas, monsieur. Il faudra le dire en posant la main droite sur la sainte Bible.

— Je n'en aurai pas le droit. Mais je peux affirmer devant Dieu que je n'ai pas empoisonné Margaret Falconbridge.

— C'est ce que nous verrons. Lord Falconbridge a fait quérir le constable et vous serez présenté au magistrat dès demain. Quand il procédera à l'enquête officielle, je recommanderai que les accusations de faute professionnelle grave et de négligence criminelle soient formulées à votre encontre.

Willoughby se retournait pour sortir quand son regard tomba sur la trousse médicale de Conroy. Sans lui en demander la permission, il l'ouvrit, regarda à l'intérieur et en sortit une fiole de liquide brunâtre portant une étiquette manuscrite : *Formule expérimentale n° 23.*

— Vous avez osé vous livrer à des expériences sur la baronne ! Vous auriez au moins pu essayer d'abord cette mixture sur une de vos paysannes !

— Je ne me livrais à aucune expérience, j'appelle simplement cette solution ma formule expérimentale, ce qui n'est pas pareil. J'ai usé de ce traitement sur d'autres patients qui s'en sont bien trouvés. Et je t'affirme, mon ami, que Margaret Falconbridge n'a subi aucun mal du fait de mon utilisation de la teinture d'iode.

— Je vous saurais gré, monsieur, de cesser d'appeler lady Falconbridge par son prénom !

— Je ne lui en connais pas d'autre.

— Pour vous, elle est *lady* Falconbridge ! Vous manifesterez à l'avenir un peu de respect envers vos supérieurs !

Et Willoughby sortit en claquant la porte.

— Peut-il vraiment nous faire cela, père ? demanda Hannah. Peut-il lancer ces accusations contre nous ?

— Un homme peut être accusé de n'importe quoi, Hannah, répondit-il en se laissant tomber sur une chaise.

Il tourna tristement la tête vers la fenêtre ruisselante de pluie, puis vers les rayons de la bibliothèque chargés de livres. Les reliures en paraissaient aussi vieillottes que le savoir qu'elles contenaient.

— Ne t'inquiète pas, père, dit Hannah. Tu as des amis, des patients qui témoigneront pour toi.

Hannah ne pouvait cependant pas s'empêcher de penser qu'entre le témoignage du riche et puissant

35

lord Falconbridge et celui de simples villageois, la haute cour n'hésiterait pas.

— Je vais demander à Mme Keen de nous apporter du thé chaud, reprit-elle

Elle tira sur le cordon de sonnette à côté de la cheminée et revint près de son père en cherchant en vain de quoi le réchauffer. Les meubles poussiéreux, l'obscurité qui régnait dans la pièce lui donnaient un aspect lugubre. Avec la chandelle, elle alluma les bougies d'un candélabre qu'elle approcha de son père. Mais leur lumière n'atténua guère le froid et l'atmosphère sépulcrale de cette bibliothèque abandonnée.

Alors qu'elle se déplaçait dans cette pièce inconnue comme si elle était chez elle, tirait les rideaux, regardait s'il y avait de quoi faire un feu, Conroy observait avec un étonnement admiratif la nouvelle assurance de sa fille. Elle n'avait quitté Bayfield qu'à peine plus d'un an auparavant, alors timide jeune fille de dix-huit ans, et était revenue de Londres métamorphosée en femme sûre d'elle, parlant avec aisance de ses patientes, de ses professeurs, de ses camarades. « Éduquer une fille est une perte de temps, disaient les villageois. Cela les rend prétentieuses et leur donne des idées de grandeur. Aucun homme ne voudra l'épouser. » John ne les écoutait pas. Voyez maintenant comment il en était récompensé ! Une année d'études avait donné à sa fille une sagesse, des connaissances et un métier qui lui dureraient sa vie entière ! Il était fier de pouvoir l'associer à sa pratique médicale.

Jusqu'à présent, du moins.

Faute professionnelle, négligence criminelle...

Des mots plus perçants que des dagues, plus mortels que des balles. Devant cette attaque imméritée, John sentait son cœur frémir. Le corps peut endurer la torture, mais l'âme est trop vulnérable.

— Hannah, murmura-t-il, apporte-moi ma trousse.

Elle accourut près de lui, examina son visage, lui tâta le pouls. À son départ pour Londres, son père était en bonne santé. Mais, rentrée à Bayfield, Hannah avait été choquée de le retrouver changé. Ce n'est qu'à ce moment-là qu'elle avait découvert jusqu'à quelles extrémités il allait dans ses recherches sur la prévention de la fièvre puerpérale.

Le soir même de son retour de Londres, ses bagages encore entassés dans le salon, son père l'avait appelée dans son petit laboratoire. Elle l'avait trouvé penché sur son microscope.

« Viens vite ! Regarde, Hannah, et dis-moi ce que tu vois. »

Elle s'était penchée par-dessus son épaule, avait collé un œil à l'oculaire.

« Je vois des microbes, père.

— Bougent-ils ?

— Oui. »

Il avait enlevé la plaquette de verre, en avait mis une autre.

« Et maintenant, regarde.

— Ils ne bougent pas.

— C'est bien ce qu'il me semblait. Le premier échantillon est celui d'un patient, Frank Miller, qui a une plaie gangrenée. J'ai prélevé un peu de pus que j'ai frotté sur mes mains. Je les ai ensuite lavées avec ma dernière formule...

« — Père ! Tu as expérimenté sur toi-même ?

— Bien sûr. Vérifie, veux-tu ? »

Conroy avait repris un peu de pus infecté, s'en était frotté les mains et en avait prélevé un échantillon qu'il avait placé sous le microscope. Hannah avait vu les microbes bouger. Son père s'était ensuite lavé les mains dans une cuvette contenant un liquide à l'odeur forte qu'elle ne connaissait pas, puis il avait recommencé l'expérience. Quand elle avait à nouveau regardé, les microbes étaient inertes.

« Loué soit le Seigneur, avait murmuré Conroy. Cette fois, Hannah, je crois avoir trouvé la formule du remède contre l'infection, que je cherche depuis si longtemps. J'irai à Londres présenter ma découverte aux hommes de science.

— Pourtant, père, la dernière fois... »

Le cuisant souvenir restait gravé dans la mémoire de Hannah. Deux ans auparavant, son père était allé à Londres soumettre à l'Académie de médecine la théorie selon laquelle, afin de prévenir et même guérir les infections, médecins et chirurgiens devaient se laver les mains et changer de vêtements avant de toucher un patient. Il avait exposé que les fièvres et les maladies étaient vraisemblablement causées par la présence dans le sang d'organismes invisibles à l'œil nu, qu'il appelait « microbes », mot inspiré du grec.

Son auditoire l'avait écouté avec une impatience croissante. Un éminent praticien s'était écrié que seul un excès de sang provoquait les fièvres, dont la saignée constituait l'unique traitement éprouvé. Lorsque Conroy avait opposé à cette objection ses propres observations sur l'augmentation du nombre des globules blancs dans le sang de personnes infectées, il s'était attiré en réponse un énorme éclat de rire. « Des globules *blancs* dans le sang ? Des *microbes* invisibles ? Allons, monsieur, êtes-vous sûr de ne pas être un romancier à l'imagination délirante plutôt qu'un médecin ? » De la galerie du public, Hannah avait assisté, impuissante, à l'humiliation de son père, finalement contraint de se retirer sous un déluge d'insultes et de sarcasmes.

— Apporte-moi ma trousse, répéta-t-il. Je ne me sens pas bien.

Hannah la lui donna et alla entrouvrir la porte pour constater que le couloir était désert. Pourquoi ses coups de sonnette restaient-ils sans réponse ? Elle appela, demanda qu'on vienne allumer du feu. Elle n'entendit que l'écho assourdi de voix masculines provenant de l'étage. Le constable était-il déjà là ? Elle ne pouvait admettre que son père et elle soient traités de manière aussi indigne, surtout après être venus sous la pluie porter secours à lady Margaret.

Elle revint près de son père, se pencha pour l'examiner de plus près. À en juger par sa pâleur et les grimaces de douleur qu'il ne pouvait réprimer, il souffrait d'un nouvel accès de péricardite. Hannah fouilla dans la trousse sans y trouver la fiole familière.

— Je ne vois pas ton remède, père.

— J'ai dû l'oublier à la maison…

La tête appuyée au dossier, les yeux clos, il frissonnait. Sans son remède, il ne survivrait sans doute pas à cette attaque, il le savait. Il laissa donc ses pensées monter vers Dieu et implora Sa miséricorde dans l'espoir de mériter le repos éternel.

— Je vais demander qu'on attelle une voiture, père, dit Hannah. Es-tu en état de marcher ? Pourras-tu supporter le trajet ?

La respiration de Conroy devenait haletante.

— Hannah… je dois te dire la vérité sur la mort de ta mère… elle est toujours restée sur ma conscience…

— Ne parle pas, père.

— La lettre, Hannah… Il faut lire la lettre…

— Quelle lettre ?

Des portraits d'ancêtres en costumes surannés étaient accrochés entre les rayons de la bibliothèque. Agenouillée près de son père, Hannah sentit peser sur elle le regard de ces morts, avides de dérober à Conroy le souffle de vie pour lequel il luttait. Non ! eut-elle envie de leur crier. Non, vous ne l'aurez pas !

Les yeux clos, Conroy cessa un instant de respirer. Quand il les rouvrit, il posa son regard sur sa fille, sur son visage si semblable à celui de Louisa, le front haut, les pommettes délicatement accentuées, les yeux d'un gris nacré pétillants de vie et d'intelligence. Hannah se coiffait même comme sa mère, avec la masse brillante de ses cheveux noirs séparée en deux et ramenée en un chignon, serré dans une fine résille de soie, qui reposait au creux de sa nuque.

— Comme tu ressembles à ta mère, murmura-t-il.

La vie de John Conroy avait véritablement commencé, disait-il toujours, lorsque Louisa Reed lui était apparue « tel un fabuleux papillon ». Pour

40

Hannah, leur histoire d'amour était un conte de fées. En tournée avec sa compagnie théâtrale dans le sud-est de l'Angleterre, Louisa Reed s'était foulé la cheville à Bayfield. Le distingué prédécesseur de Miles Willoughby ne daignant pas s'abaisser à soigner une actrice, elle s'était tournée vers le médecin du village, un jeune et timide quaker établi depuis peu.

Que s'était-il passé ce jour-là, se demandait souvent Hannah, quand Louisa avait apporté sa gaieté et son exubérance dans le modeste et paisible cottage ? Qu'est-ce qui avait séduit la belle jeune femme, aux cheveux d'un noir profond comme la nuit, en robe de soie jaune resplendissante comme le soleil, chez cet homme effacé et taciturne, tout de noir vêtu ? Le contraste entre John et Louisa était aussi marqué qu'entre le jour et la nuit – et pourtant, comme le jour et la nuit, ils se complétaient jusqu'à ne plus former qu'une seule entité. Louisa aimait John avec suffisamment de force pour renoncer à sa carrière sur scène et John aimait Louisa au point de se laisser exclure de la Fraternité des quakers afin de pouvoir l'épouser.

Conroy tendit la main vers sa trousse pour y prendre la fiole de sa formule expérimentale.

— Si ce miracle était survenu il y a six ans, j'aurais sauvé ta mère, dit-il en lui mettant le petit flacon dans la main. Prends, Hannah, je te le lègue. Fais-en usage dans ton métier. Sauve des vies.

— Nous nous en servirons ensemble, dit-elle d'une voix altérée.

— Mon temps dans cette vie arrive à son terme. Dieu m'appelle près de Lui. Mais avant de partir,

je dois te dire la vérité sur la mort de ta mère...
J'aurais dû parler il y a longtemps déjà... La lettre
explique tout... mais elle est cachée... retrouve-la...

Elle prit sa main déjà froide, la serra de toutes
forces.

— Je ne comprends pas de quoi tu parles, père.
Je vais chercher le docteur Willoughby...

— Non ! protesta-t-il avec ses dernières forces.
Mon temps est venu, Hannah. Nous devons l'accepter.

Avec effort, il la fixa des yeux avant de les détourner, regardant derrière elle, les sourcils froncés
d'étonnement.

— Qui est-ce ?

Hannah regarda par-dessus son épaule.

— Qui cela, père ? Il n'y a personne ici.

— Mais si... Je te reconnais... chuchota-t-il.

Son expression s'éclaircit, l'ombre parut se dissiper autour de lui et Hannah eut la stupeur de voir
un sourire apparaître sur ses lèvres.

— Oui, murmura-t-il au spectre qu'il était seul à
voir. Oui, je comprends... Oh, Hannah ! La lumière ! La lumière...

Il posa de nouveau son regard sur elle avec une
clarté, une intensité qu'elle n'y avait pas vues briller
depuis des années. Il lui prit la main, celle qui tenait
encore la fiole de formule magique.

— Je vois tant de choses, maintenant... C'est la clé,
Hannah. La clé...

— Je ne comprends pas de quoi tu parles, père,
dit-elle, les larmes aux yeux. Laisse-moi te ramener
à la maison.

— J'étais aveugle, Hannah. Je ne comprenais

pas... Voilà la clé, la clé de tout. Oh, Hannah, ma fille chérie, tu te trouves sur le seuil d'un monde nouveau et merveilleux ! D'une fabuleuse aventure...

Un sourire de béatitude aux lèvres, John rendit son âme à Dieu sous le regard hautain et indifférent de générations de Falconbridge. Alors, se sentant soudain seule au monde, Hannah laissa ses larmes couler sur la poitrine de son père en serrant dans sa main le flacon qui avait fini par causer sa mort.

À BORD DU « CAPRICA »

Août 1846

2

— Si le gamin meurt, capitaine, on prend le contrôle du bateau et on fait voile vers la terre la plus proche. La mort est à bord avec nous, c'est sûr, et on ne laissera pas nos familles périr au beau milieu de l'océan !

Furieux, l'Irlandais serra les poings pour ponctuer le discours véhément qu'il adressait au capitaine Llewellyn, commandant du *Caprica*.

— Je vous assure, répondit celui-ci, que le docteur Applewhite fait tout ce qu'il peut pour juguler la contagion.

— Ah, ouais ? cria un Écossais qui brandissait une lourde cheville de bois. Alors, pourquoi nous on crève comme des mouches pendant que les autres, là-haut, ils n'ont rien ?

Il montrait du doigt le château arrière, où les quatre passagers payants du *Caprica* jouissaient d'un confort infiniment supérieur à celui des quelque deux cents émigrants entassés dans l'entrepont.

Rude loup de mer trapu aux favoris blancs, le capitaine Llewellyn inspira profondément en s'efforçant de se dominer. Son navire, un trois-mâts sous toute sa toile, traçait son sillage solitaire sur l'océan qui scintillait à perte de vue. Homme d'expérience, le capitaine prit toute la mesure de la fureur de ses passagers. Ils n'étaient pas armés, Dieu merci, car ni l'équipage ni les officiers n'auraient une chance de s'en sortir si une mutinerie éclatait. L'Irlandais vociférant n'était pas seul, en effet. Oubliant leurs vieux antagonismes politiques et religieux, plus d'une centaine d'Écossais, de Gallois et d'Anglais, aussi enragés que lui, faisaient corps sur le pont, unis pour une fois par le même dessein : s'emparer du navire si le jeune Ritchie expirait.

Tandis que les émigrants continuaient d'affluer sur le pont, le capitaine Llewellyn remarqua la présence d'un homme qui observait les événements du haut du château arrière. Neal Scott, l'un des quatre passagers payants du *Caprica*, était un jeune scientifique américain en route pour Perth, où il devait embarquer sur un navire d'exploration affrété par le gouvernement de la colonie. Un garçon sympathique, bien qu'assez mystérieux sur le contenu des caisses qu'il insistait pour garder dans sa cabine au lieu de les entreposer en soute avec les autres bagages. Le capitaine n'appréciait toutefois guère l'intérêt que portait le jeune homme à la fronde qui grondait sur le pont. Il en parlerait aux autres passagers, ce qui risquait de provoquer une panique. En plus d'une mutinerie, cela ferait beaucoup…

Llewellyn reporta son attention sur le fauteur de troubles irlandais qu'il fixa d'un regard sévère. Rien n'échappait à ses yeux bleus, enfouis entre les rides de sa peau tannée par le soleil et les embruns. Des femmes commençaient à venir grossir la foule des protestataires, des veuves pour la plupart, qui avaient vu jeter à la mer les cadavres de leurs maris

48

ou de leurs enfants. Elles étaient armées de manches à balai ou de rouleaux à pâtisserie. Cela pourrait dégénérer en un bain de sang, pensa Llewellyn. Sans vainqueurs ni vaincus. Tout le monde y perdrait.

Bien que navigateur réputé et capitaine connu pour traiter plus humainement ses équipages que nombre de ses confrères, Llewellyn connaissait suffisamment la dure condition des marins pour savoir qu'en cas de mutinerie des passagers, ses hommes seraient trop heureux de changer de cap pour gagner l'île la plus proche – si les révoltés se montraient généreux à leur égard, ce qui était probable. Il fallait donc réagir, et vite. Il se tourna vers son second, qui se tenait à côté de lui.

— Envoyez chercher le docteur Applewhite.

Le lieutenant James marqua une hésitation.

— Pourra-t-il faire quelque chose, commandant ? Le docteur est déjà descendu des dizaines de fois dans l'entrepont.

Obligé d'avoir à son bord un médecin à chaque traversée, le capitaine avait appris au cours de sa longue carrière que les praticiens étaient des gens imprévisibles et incontrôlables puisqu'ils n'étaient pas soumis au même règlement que les marins professionnels. Ayant débuté comme simple matelot, Llewellyn avait dû travailler dur et de longues années pour gagner ses galons de capitaine au long cours, apprendre la navigation, les étoiles, la météorologie, les vents, l'usage d'un sextant, alors que le premier venu pouvait se parer du titre de médecin de marine. Il n'existait aucune norme, aucun règlement, rien qui puisse mesurer ou certifier leurs compétences médicales. Les écoles de médecine privées, qui se multipliaient comme des champignons après la pluie, délivraient leurs diplômes au bout d'études ne dépassant parfois pas six mois. Aussi, dans la marine marchande, on ne savait jamais en engageant un médecin s'il s'agissait d'un âne sans expérience incapable de distinguer un furoncle d'une écorchure, ou d'un diplômé d'Oxford à même de nommer la moindre veinule ou le plus petit nerf du corps humain, sans pour autant que cela certifie qu'il sache traiter avec efficacité la diversité des maladies exotiques et des blessures plus ou moins graves pouvant survenir pendant une longue traversée. Llewellyn avait connu et subi son lot de charlatans et de snobs et, tout bien considéré, il rangeait Applewhite parmi les plus capables. S'il y avait moyen de stopper la contagion, il était homme à pouvoir le faire.

— Faites-le venir, répéta-t-il au second. Ne serait-ce que pour ramener ces enragés à la raison.

Mme Merriwether regardait d'un air soucieux la porte du salon, ouverte sur la coursive.

— C'est étrangement silencieux, dit-elle. D'habitude, à cette heure-ci, on entend sur le pont les cornemuses et les violons des émigrants. Ce silence ne me plaît pas. Il m'inquiète, même.

— Allons, allons, tenta sans conviction de la rassurer son époux, le révérend Merriwether.

Devant leurs mines anxieuses, Hannah intervint :

— S'il y a un problème, le capitaine Llewellyn le réglera sûrement.

Les Merriwether étaient des missionnaires en route vers l'Australie. Hannah avait beaucoup de sympathie pour l'épouse du révérend, femme dodue d'une cinquantaine d'années boudinée dans une robe à rayures bleues et blanches. Coiffée comme Hannah avec un chignon sur la nuque, elle conservait néanmoins sur les oreilles, à l'ancienne mode, des bouclettes qui tressautaient à chaque fois qu'elle parlait.

Le révérend était un homme corpulent et débonnaire, dont le crâne parfaitement dégarni brillait à la lumière. Il compensait sa calvitie, pensait Hannah, par des favoris gris prodigieusement fournis.

Les Merriwether avaient littéralement été les sauveteurs de Hannah à Londres.

Bien que l'enquête officielle ait conclu au décès de lady Margaret pour des causes naturelles et que le nom de John Conroy ait été lavé de tout soupçon, la situation était devenue intenable pour la jeune femme. Si les villageois avaient aimé Conroy, lord Falconbridge leur inspirait une crainte plus vive que leur affection pour le bon docteur. Et comme le baron et le docteur Willoughby persistaient à répandre leurs calomnies à l'encontre du maudit quaker auquel ils attribuaient toujours la mort précoce de la baronne, le nom de Conroy était à jamais souillé dans la région. Ainsi, Mme Endicott, l'éleveuse de volailles dont Hannah devait assurer le neuvième accouchement, lui avait dit : « Désolée, mais je dois avant tout penser à mes clients. » Comme s'il suffisait de porter le nom de Conroy pour lui pourrir ses œufs ou gâter ses poulets ! Hannah avait ainsi compris que personne ne ferait plus appel à ses services à Bayfield et qu'elle n'y avait plus sa place.

À la réflexion, elle s'était alors dit qu'elle ne serait

pas davantage chez elle en Angleterre. Où qu'elle aille, quoi qu'elle fasse, Hannah savait qu'elle se heurterait aux mêmes préjugés de classe, à la même étroitesse d'esprit qui avaient tué son père. Dans son dernier souffle, il lui avait dit : « Tu te trouves sur le seuil d'un monde nouveau et merveilleux. » Elle irait donc à la découverte de ce nouveau monde ! En s'y bâtissant une nouvelle vie, peut-être résoudrait-elle par là même le mystère des dernières paroles de John Conroy, pour lesquelles elle n'avait toujours pas d'explication : la « vérité » sur la mort de sa mère ainsi que la lettre qu'elle était censée devoir lire mais dont elle n'avait pas trouvé trace dans les affaires paternelles.

Après l'enterrement et la vente du cottage, Hannah était allée à Londres acheter son billet pour l'Australie, où l'on disait que le soleil était aussi brillant que l'or et les opportunités aussi vastes que le continent lui-même. Mais elle avait alors réalisé qu'aucun capitaine de navire n'accepterait une jeune célibataire dépourvue d'escorte ou de chaperon. « Votre présence détournerait gravement de leurs devoirs l'attention des officiers et des hommes d'équipage, lui avait déclaré crûment un capitaine. Je ne veux pas prendre le risque de compromettre le moral et la discipline à mon bord. » Hannah n'ayant pas les moyens d'engager une dame de compagnie, dont elle devrait en outre payer le retour, elle commençait à désespérer de pouvoir quitter l'Angleterre quand l'agent de la compagnie maritime lui avait appris avoir trouvé un ménage de missionnaires qui voulait bien chaperonner une jeune femme seule pendant la traversée. Hannah avait alors rencontré les Merriwether qui, la jugeant favorablement, avaient accepté de veiller sur elle jusqu'à Perth, leur destination.

Pourtant, quelques semaines après avoir quitté Southampton et alors qu'ils déjeunaient dans le salon décoré avec goût du *Caprica*, Abigail Merriwether se souciait davantage d'elle-même que de Hannah. Elle n'avait encore jamais avoué ses appréhensions croissantes à son mari, qui les aurait considérées comme un déplorable manque de foi en Dieu. Mais Abigail ne pouvait s'empêcher de se poser des questions angoissantes. Chaque journée qui les rapprochait de l'Australie aggravait ses craintes. Qu'allaient-ils faire aussi loin de chez eux et de la civilisation ? Ils étaient trop vieux pour se lancer dans une pareille aventure ! Caleb se berçait d'illusions en se prenant encore pour un jeune homme plein de vigueur. Nous périrons à coup sûr dans ces déserts sauvages, se disait-elle en se forçant à sourire à ses compagnons de table. Et voilà maintenant cette épouvantable contagion qui ne peut que redoubler mon inquiétude...

Le bordeaux couleur rubis scintillait dans les verres en cristal, la porcelaine et l'argenterie reflétaient la lumière du lustre de cuivre qui se balançait au plafond au rythme de la houle. Faisant office de salle à manger aux heures des repas, le salon était le centre des rencontres et des distractions le reste du temps. Il était pourvu d'une table à jeu creusée de cavités pour les verres. Des lithographies et des aquarelles de navires et de paysages bucoliques étaient accrochées aux bordées. Un tapis de Turquie recouvrait le plancher. Un cadre presque luxueux pour ceux capables de payer leur passage. Mais les trois convives payants étaient trop nerveux ce jour-là pour en profiter. Ils gardaient le silence et, l'oreille tendue, n'entendaient que les craquements des membrures et les grincements du gréement.

Après une brève escale à Madère, le *Caprica* avait bénéficié d'un grand beau temps et d'une mer calme. Naviguant « grand largue », selon le capitaine Llewellyn, il gardait une bonne vitesse, ce qui voulait dire qu'il arriverait à destination avant les quatre mois prévus. Jusque-là, le voyage s'était déroulé dans d'agréables conditions. Les jours se suivaient et se ressemblaient, les voiles claquaient au vent, les matelots exécutaient les manœuvres, procédaient aux menues réparations, lavaient les ponts et, le soir venu, chantaient et jouaient de l'harmonica. Quant aux quatre occupants des cabines, ils passaient le temps à lire, à jouer aux cartes ou aux échecs, ou à tenir leur journal relatant le déroulement de ce mémorable voyage.

Tout allait pour le mieux quand le docteur Applewhite avait mentionné un décès inattendu parmi les émigrants. De nouveaux cas de la maladie s'étant déclarés le lendemain, le spectre d'une contagion avait plongé le navire entier dans la crainte. Depuis plusieurs jours déjà, les passagers du château arrière n'entendaient plus les cornemuses et les violons des émigrants, qui passaient leurs journées au grand air sur le pont. Si la maladie et les accidents étaient malheureusement prévisibles au cours d'une longue traversée, tout le monde à bord redoutait chaque cas d'une maladie qui risquait de se propager. Les exemples de navires décimés par la maladie, n'arrivant au port que par miracle avec une poignée de survivants à bord, nourrissaient la légende des périls maritimes.

— Docteur Applewhite, dit le révérend Merriwether, y a-t-il une probabilité que la contagion de dysenterie s'étende à nous ?

Homme replet aux bajoues rubicondes, le médecin du bord partageait la table des passagers payants et le privilège d'une cabine privée. Il était ce jour-là le seul à manger de bon appétit

— Aucun risque, cher monsieur, répondit-il avec entrain en avalant une pomme de terre entière. Ici, nous respirons de l'air pur.

Hannah se tourna vers lui, soucieuse. Son déjeuner presque intact refroidissait dans son assiette.

— M. Simms m'a dit que la dernière victime est un enfant.

Elle ne connaissait ni le nom du petit garçon ni de qui il était le fils, mais la vue du petit rouquin était pour elle une source de joie quand les familles s'alignaient sur le pont pour répondre à l'appel auquel le second du navire procédait chaque matin. Âgé de six ou sept ans, vêtu d'un vieux tricot et de culottes courtes, il se tenait au garde-à-vous devant le lieutenant James en arborant fièrement un bonnet de marin en papier que quelqu'un lui avait confectionné.

Hannah s'était prise d'affection pour ce garçonnet, qui symbolisait à ses yeux les espérances de tous ces gens qui n'hésitaient pas à aller à l'autre bout de la terre en quête d'un monde meilleur. Depuis le début de la traversée, elle puisait dans sa vue un regain d'optimisme. Or, le petit garçon n'avait pas reparu sur le pont depuis plusieurs jours.

Sa large carrure et sa haute taille s'encadrant dans la porte du salon, le quatrième passager fit alors son entrée. Hannah leva les yeux vers Neal Scott, le jeune et athlétique Américain. Mme Merriwether se tourna vers lui avec un regard chargé d'espoir.

— Est-ce que tout va bien sur le pont, monsieur Scott ? Je trouve ce silence inquiétant.

— Le commandant est en train de parler à quelques passagers, répondit-il en prenant place à table.

Malgré son insouciance affectée, Hannah distingua dans son regard une lueur de préoccupation.

Elle trouvait Neal Scott plutôt séduisant. Âgé d'environ vingt-cinq ans, avec des cheveux châtain foncé et de longs favoris soulignant son visage carré, il émanait de sa robuste personne une impression de puissance physique qui, aux yeux de Hannah, semblait plus appropriée à des travaux de plein air qu'aux études intellectuelles d'un ingénieur ou d'un chercheur. Sa mise n'avait d'ailleurs rien de recherché : pantalon et veste de tweed renforcée de cuir aux coudes et aux épaules, gilet à carreaux et cravate négligemment nouée. Son chapeau melon toujours incliné sur l'oreille lui donnait l'allure d'un parieur désinvolte un jour de derby.

Hannah avait rencontré de nombreux jeunes gens dans la région de Bayfield et à Londres, mais aucun ne lui avait fait une aussi forte impression que celui-ci. Elle se demandait si c'était son côté exotique qui la frappait à ce point – elle n'avait jamais encore entendu cet accent américain qui l'intriguait – ou si sa séduction était due à la relative intimité d'une longue traversée, pendant laquelle des étrangers se trouvaient par la force des choses en contact permanent des mois durant.

Les cabines des passagers payants étaient situées sous la dunette du château arrière et celle de Hannah était contiguë à celle de M. Scott. Elle avait néanmoins eu un choc quand un cauchemar récurrent – elle se revoyait enfermée avec son père dans la petite bibliothèque sombre et glaciale du manoir – l'avait réveillée une nuit en sursaut et qu'elle avait entendu une voix étouffée lui parvenir de derrière la cloison : « Mademoiselle Conroy, êtes-vous souffrante ? » Hannah avait répondu que tout allait bien et que ce n'était rien de plus qu'un mauvais rêve. Mais en prenant ainsi conscience que M. Scott et elle dormaient pratiquement côte à côte, leurs couchettes simplement séparées par une mince paroi de bois, elle avait eu beaucoup de mal à se rendormir cette nuit-là – parfois même à trouver le sommeil les autres soirs sans trop penser au beau jeune homme venu d'Amérique.

M. Scott n'était pas seulement séduisant, il possédait une énergie et un enthousiasme que Hannah trouvait contagieux. Elle savait par ouï-dire que les Américains étaient moins réservés que les Anglais et plus enclins à dire ce qu'ils pensaient sans s'encombrer de précautions oratoires. M. Scott en était le parfait exemple. Scientifique de formation, spécialisé en géologie et en sciences naturelles, il avait été engagé par le gouvernement colonial de l'Australie occidentale à Perth pour embarquer sur un navire chargé de reconnaître l'ensemble de la côte ouest et des îles au large. « Voilà pourquoi je vais en Australie, avait-il expliqué à ses compagnons de voyage le jour où le navire avait levé l'ancre. Explorer ces terres inconnues, découvrir leurs mystères et répondre aux questions qu'on se pose sur la raison pour laquelle la faune australienne comprend des animaux qu'on ne trouve nulle part ailleurs sur terre. Il n'y a pas d'ours en Australie ni de grands félins prédateurs. Partout dans le monde, il y a des tigres, des lions, des panthères. Partout sauf en Australie. Pourquoi ? Le nom du continent vient du latin *Terra australia incognita*, qui veut dire Terre australe inconnue. »

Après s'être assis, Neal se tourna vers le docteur Applewhite, qui mastiquait son bœuf bouilli.

— Je crois, docteur, que le commandant va bientôt faire appel à vous. Juste pour jeter un coup d'œil dans l'entrepont, rien d'urgent, s'empressa-t-il d'ajouter afin de rassurer les autres.

— Oh, mon Dieu ! soupira Mme Merriwether. Quels sont les symptômes de cette maladie, docteur ?

Le calme de M. Scott ne la rassurait pas le moins du monde. Elle se tâta le pouls et, une main sur le front, vérifia sa température.

— Vous n'avez rien à craindre, ma chère madame, répondit le docteur qui se versait un nouveau verre de vin.

La voyant aussi angoissée, Hannah posa une main rassurante sur son bras.

— Vous ne manifestez aucun des symptômes de cette maladie, chère madame Merriwether. Votre pouls et votre température sont tout à fait normaux. Ici, croyez-moi, nous n'avons rien à craindre.

Neal s'émerveilla de l'effet que produisirent sur

Mme Merriwether les paroles et le ton apaisant de Hannah. L'épouse du missionnaire se calma comme par magie et décida de goûter le vin auquel elle était seule à n'avoir pas encore fait honneur. La jeune Mlle Conroy paraissait posséder le talent inné de dissiper le désarroi des inquiets et des affligés. Elle ne reculait pas non plus devant les tâches rebutantes, car elle avait proposé au docteur Applewhite de l'accompagner à l'entrepont s'il avait besoin d'aide. On ne se serait pas attendu à une telle attitude de la part d'une jeune femme de son éducation.

Hannah Conroy réservait bien des surprises, avait découvert Neal. Au moment de leur embarquement, il l'avait crue la fille des Merriwether et s'était étonné d'apprendre qu'elle voyageait seule. Elle l'avait surpris encore davantage en disant : « Nous sommes sur le navire des rêves, monsieur Scott », lorsque le *Caprica* avait levé l'ancre et que tout le monde à bord, officiers, matelots, passagers et émigrants, regardait l'Angleterre s'éloigner pour n'être bientôt plus qu'un souvenir. « Chacun ici vogue vers la réalisation de son propre rêve et le début d'une vie nouvelle. C'est exaltant, vous ne trouvez pas ? »

« Pourquoi êtes-vous devenue sage-femme ? » lui avait-il demandé plus tard.

Le voyage était déjà très avancé. Neal avait appris les circonstances de la mort du docteur Conroy, comment Hannah avait vendu le cottage et décidé d'embarquer pour les colonies à l'autre bout du monde. Dans la réponse de Hannah, il avait reconnu le frémissement d'une réelle passion.

« J'avais huit ans quand un fermier blessé a été

amené, en sang et souffrant le martyre, à notre cottage. En quelques minutes, mon père avait calmé sa douleur, nettoyé le sang et pansé la plaie. J'étais fascinée au point que, depuis ce moment, j'ai toujours voulu en faire autant. Mais on m'a dit que les femmes ne pouvaient pas être médecins. Puis, quand j'avais quatorze ans, une sage-femme est passée par Bayfield. Une vraie professionnelle avec une trousse médicale. Elle faisait bien plus que de mettre des bébés au monde et savait soigner les maladies des femmes. Alors, puisque l'accès à une école de médecine m'était interdit, je me suis dit que je pourrais quand même entrer dans la profession par le biais du métier de sage-femme.

— Et pourquoi avoir choisi d'aller en Australie ? »

Elle n'avait ni hésité ni baissé les yeux pour répondre :

« Je ne pouvais pas rester en Angleterre, où les préjugés de classe archaïques ont tué mon père. Je veux bâtir ma nouvelle vie sur une terre où il n'y a pas de lords, pas d'hommes héritiers de privilèges immérités du seul fait de leur naissance. »

Neal avait compris que pour se lancer seule dans une pareille aventure, Hannah était une femme indépendante au caractère bien trempé. Son apparence était pourtant trompeuse. Sa taille fine et élancée, sa grâce naturelle, la douceur et le raffinement avec lesquels elle s'exprimait, ses fines mains blanches, son front haut et son regard expressif lui donnaient l'allure d'une aristocrate n'ayant d'autres soucis plus pressants dans l'existence que de décider quel menu sa cuisinière devait préparer pour le dîner.

Il n'était cependant pas dans les habitudes de Neal Scott d'éprouver pour une jeune femme un intérêt aussi soutenu. Depuis qu'Annabelle lui avait déclaré : « Vous auriez dû me dire la vérité plus tôt, Neal ! Je ne pourrai jamais plus marcher la tête haute. Vous avez fait de moi la risée de toute la ville », il s'était forcé à ne plus penser aux femmes. Mais après tout, puisqu'il devait débarquer à Perth et que Mlle Conroy poursuivait son voyage jusqu'à Adélaïde, à plus de mille kilomètres de là, Neal pouvait se permettre sans grand risque de baisser sa garde. Juste assez, en tout cas, pour s'interroger au sujet de cette intéressante jeune personne.

Pourquoi, par exemple, n'était-elle pas mariée ? Elle ne paraissait pas avoir de fiancé ni même de soupirant, ce qu'il estimait difficile à croire. Et que penser de ce cauchemar qui l'avait tiré une nuit de son sommeil et ne lui avait pas permis de se rendormir, tant il était troublé de découvrir qu'une jeune femme aussi accomplie puisse être victime de mauvais rêves ? Peut-être y avait-il un rapport avec la mort récente de son père. Sa robe grise, dont le col et les manchettes étaient bordés de liserés noirs, indiquait qu'elle portait le deuil. Pour sa part, Neal estimait que cette couleur lui convenait à merveille et mettait en valeur ses ravissants yeux gris.

Un matelot apparut sur le seuil du salon pour informer le docteur Applewhite qu'un immigrant avait besoin de ses soins de façon urgente.

— Duquel s'agit-il ? demanda le docteur, la bouche pleine.

— Du petit garçon, monsieur.

Avec un regard attristé pour son assiette, le

docteur Applewhite extirpa sa lourde personne de sa chaise, s'excusa auprès des autres et suivit le matelot dans la coursive.

Dans la pénombre de l'entrepont sans air, où deux cents êtres humains dormaient et vivaient dans la puanteur permanente des tinettes et des vomissures, Agnes Ritchie caressait la tête de son petit Donny. Quelques jours plus tôt, il était encore robuste et plein de vie. Les médecins de Londres l'avaient même déclaré apte à faire le voyage.

La traversée vers l'Australie étant longue et hasardeuse, les plus faibles étaient écartés après examen médical avant même d'embarquer. Parmi les candidats à l'émigration, les familles étaient prioritaires, en particulier celles ayant des enfants en âge de travailler. Car tous les colons, des condamnés de droit commun aux exilés volontaires, aux soldats et même aux bureaucrates, devaient être productifs. Et dans cette fournée d'émigrants, personne ne travaillait mieux ni plus dur qu'Agnes Ritchie, Écossaise presbytérienne, couturière de son métier.

Elle partait avec l'assurance d'obtenir un emploi à Sydney – pour trois fois le salaire qu'elle aurait touché à Glasgow – et son voyage payé par son futur employeur. Au dépôt où les émigrants étaient parqués en quarantaine jusqu'à l'appareillage du *Caprica*, Agnes avait craint que la soudaine disparition de son mari n'annule son billet, mais les officiels s'étaient montrés compréhensifs. L'attrait des emplois rémunérateurs et des terres vierges était certes puissant, lui avaient-ils dit, mais au moment de poser le pied sur la passerelle, il n'était pas rare de voir certains changer d'avis et rentrer chez eux en courant. C'est ce qu'avait fait Andrew, son mari, qui avait tenté de la persuader de le suivre et, devant son refus obstiné, s'était purement et simplement volatilisé. Il n'avait pas même essayé d'emmener avec lui leur fils Donny, car il avait admis que le garçon aurait en Australie une vie meilleure que dans leur petite ferme, qui n'avait pour ainsi dire rien produit depuis trois ans.

Dans le cas d'Agnes, ses qualités professionnelles avaient été déterminantes, les artisans de sa compétence étant très demandés aux colonies. L'excellente santé de son fils avait également contribué à compenser son handicap de femme seule. C'est ainsi que, se recommandant ainsi que son fils au Tout-Puissant, Agnes Ritchie était montée à bord du *Caprica*, chargée de leur léger baluchon.

Entre le mal de mer, les chutes, les brûlures et autres accidents, les quatre premières semaines sur une mer agitée avaient été une succession d'épreuves pour les passagers de l'entrepont. Agnes acceptait avec stoïcisme la volonté de Dieu, qu'elle priait matin et soir de les conserver en bonne santé. Mais, alors que le calme revenait, la dysenterie était apparue peu après une escale dans une île pour refaire provision de vivres et d'eau potable. Les premières victimes s'en remettaient quand les premiers décès étaient survenus. L'épidémie avait alors redoublé de virulence en se répandant avec une telle rapidité que les émigrants avaient cédé à la panique. Effrayés à l'idée de redescendre dans les miasmes de l'entrepont, ils voulaient rester au grand air et campaient sur le pont en dépit des ordres du capitaine. Pourtant, même là, la contagion continuait à les frapper.

Déjà quatre cadavres confiés à la mer. Et maintenant, le petit Donny souffrait à son tour de la maladie et ne pouvait plus rien manger.

Le médecin du bord avait dit que la dysenterie déshydratait le corps et que Mme Ritchie devait faire boire son fils autant que possible. Mais elle avait beau le forcer, sa déshydratation ne cessait de s'aggraver. Il avait la peau sèche, brûlante, et des gémissements de douleur s'échappaient de ses lèvres crevassées.

Malgré son propre épuisement, Agnes n'avait pas quitté son chevet depuis trois jours. « Tu vas manquer l'école », murmurait-elle en lui caressant les cheveux. Le capitaine Llewellyn avait en effet mis sur pied une classe pour les enfants des émigrants, qui se rassemblaient sur le pont où un instituteur, en route lui aussi vers un monde meilleur, leur enseignait l'écriture, la lecture et le calcul et leur faisait réciter leurs leçons. Donny Ritchie adorait aller en classe, où sa voix dominait celle de ses compagnons quand il récitait l'alphabet ou les tables de multiplication.

Mais les efforts d'Agnes pour le sortir de sa torpeur afin de lui faire boire de l'eau restèrent vains ce jour-là. Donny n'ouvrait même pas les yeux...

— Il est plus que temps que vous vous bougiez enfin ! tonna une voix à l'autre bout de l'entrepont.

Agnes reconnut Redmond Brown, planteur de pommes de terre en Irlande ruiné par la famine, qui saluait l'arrivée du docteur Applewhite en lui brandissant sous le nez un poing menaçant.

— Comment ça se fait que vous autres, là-haut, vous ne tombez pas malades comme nous, hein ? Vous pouvez me le dire ?

— Je vous prie de me laisser passer, monsieur, dit Applewhite.

Il commit l'erreur de poser une main sur le bras de l'Irlandais, qui le repoussa. Le matelot qui escortait le médecin écarta Brown si vigoureusement qu'il perdit l'équilibre et tomba en arrière sur un tonneau, lequel bascula en déversant son contenu sur le plancher.

— Regardez ce que vous avez fait, bougre d'âne ! rugit Brown en se relevant. C'est notre provision d'eau potable !

Par crainte des incendies, on ne laissait que quelques lampes allumées dans le vaste entrepont. C'est donc dans la pénombre que le docteur Applewhite dut frayer à son imposante carcasse un passage entre les lits de camp, les caisses et les ballots de vêtements, posés sur le plancher ou pendus aux membrures, jusqu'à la planche de bois faisant office de couchette pour le petit Donny. Et pendant qu'il examinait l'enfant à la maigre lueur d'une lanterne balancée par la houle, il se jura de ne jamais plus embarquer à bord d'un navire d'émigrants. Ou plutôt, se corrigea-t-il, une fois que le *Caprica* serait amarré à Adélaïde et qu'il aurait enfin posé le pied sur la terre ferme, il ne la quitterait jamais plus.

Le steward débarrassait la table du déjeuner lorsque le lieutenant James entra au salon. Les Merriwether s'étaient retirés dans leur cabine, laissant Neal et Hannah attendre les nouvelles du docteur

65

Applewhite. En voyant le second, sanglé dans son uniforme bleu aux boutons de cuivre, les jeunes gens se levèrent anxieusement.

— Monsieur Scott, dit James avec gravité, savez-vous manier une arme à feu ?

— Que se passe-t-il ?

— L'état du petit garçon a empiré et les émigrants menacent de se mutiner s'il meurt. Nous aurons besoin du concours de tous les hommes valides pour défendre ce navire.

Hannah avait drapé son châle sur ses épaules et se dirigeait déjà vers la porte.

— Je vais voir si le docteur Applewhite a besoin d'aide, dit-elle.

— Vous ne pouvez pas aller dans l'entrepont, mademoiselle, s'interposa le lieutenant James en tendant un pistolet à Scott. Ce n'est pas un endroit pour une dame telle que vous.

Hannah le dépassa sans répondre et Neal lui emboîta le pas.

Du haut de la dunette, sous le ciel sans nuages et les voiles gonflées par le vent, ils virent une foule aux mines furieuses massée sur le pont principal où régnait un silence inquiétant. Les galons dorés de sa casquette brillant au soleil, le capitaine Llewellyn faisait courageusement face à ces hommes en haillons qui, à l'évidence, estimaient qu'ils n'avaient plus rien à perdre. Les matelots groupés derrière leur commandant étaient de robustes gaillards à la mine résolue, mais ils ne pèseraient pas lourd face à cette populace enragée, pensa Hannah.

Neal glissa le pistolet à sa ceinture et prit le bras de Hannah pour descendre l'échelle, sous le regard soupçonneux de centaines d'yeux. En haut de l'escalier de l'entrepont, un matelot mit Hannah en garde : le contenu d'un tonneau renversé rendait le plancher glissant. Hannah le remercia mais n'en tint pas compte et poursuivit sa descente.

— Ah, mademoiselle Conroy ! dit le docteur Applewhite en la voyant arriver avec Neal près de la couchette de Donny. Je suis content de vous voir, je dois m'occuper de trois nouveaux malades. Ranimez le petit et faites-lui boire autant d'eau qu'il pourra en tolérer. Il faudra maintenir une surveillance constante si nous voulons le sauver.

Mais quand Hannah constata l'état d'inconscience dans lequel le petit garçon était plongé et la faiblesse de son pouls, elle se souvint d'une épidémie de dysenterie que son père avait soignée à Bayfield. Si Donny ne pouvait pas être suffisamment ranimé pour ingérer de l'eau, sa déshydratation s'aggraverait pour aboutir à bref délai à une mort inéluctable et elle fit part de sa crainte au docteur.

— Il se réveillera, affirma-t-il. Au moins une fois, en tout cas. Vous vous servirez de ça, dit-il en prenant dans sa trousse une fiole au bouchon de liège.

Il déboucha le flacon puis, soulevant d'un bras le torse de Donny, le lui passa sous le nez. Hannah fut stupéfaite de voir Donny ouvrir les yeux et prendre une profonde inspiration. Applewhite se hâta de reboucher la fiole et d'approcher un gobelet d'eau de la bouche du petit garçon, qui en avala plusieurs gorgées avant de retomber dans sa léthargie. Le médecin le recoucha sur son grabat et se tourna vers la jeune femme.

— C'est de l'esprit d'ammoniaque, expliqua-t-il,

préparé à base de carbonate d'ammonium. Cette composition stimule les poumons, provoque un réflexe d'inhalation et, par conséquent, ravive le patient. Un petit tour que j'ai appris aux Indes.

Hannah n'en revenait pas. Son père préparait les sels qu'il faisait respirer à ses patients avec du simple sel de cuisine imbibé de quelques gouttes d'extrait de lavande. Sa formule n'aurait pas été assez puissante pour tirer le petit Donny de son inconscience.

Elle suggéra alors au docteur Applewhite de sortir le malade de l'entrepont, où l'air était presque ir-respirable.

— Vous avez raison. Montez-le dans l'infirmerie qui communique avec ma cabine. La couchette est sous un hublot, il aura de l'air frais. S'il le faut, ajouta-t-il en lui tendant la fiole, giflez-le pour le réveiller et forcez-le à boire. Autant qu'il en sera capable sans vomir. Ne relâchez pas vos efforts, ma-demoiselle Conroy, il faut le sortir de l'inconscience et le faire boire. Je reste ici pour m'occuper des nou-veaux malades.

C'est alors qu'Agnes Ritchie s'écroula, sans connaissance. Neal la releva et l'étendit sur une cou-chette. Mais quand il se redressa pour s'éloigner, elle le retint en lui saisissant la main avec une force inattendue.

— Veillez sur mon enfant, murmura-t-elle. Il est tout ce que j'ai au monde. C'est pour lui que je fais ce voyage. Sans lui, je n'aurais plus de raison de vivre.

Dans la pénombre de l'entrepont malodorant, tandis que le navire craquait et grinçait sous l'effet de la houle et qu'une mutinerie menaçait d'éclater sur le pont, Neal fut captivé par le regard implorant des grands yeux clairs de cette femme. Pétrifié, il sentit monter en lui une réaction inconnue, inexplicable, qui le secoua avec la force d'un séisme.

— Allons, madame, ne craignez rien, intervint le docteur Applewhite. Votre fils est en de bonnes mains. Vous devez maintenant prendre du repos, vous occuper de vous. Vous, là ! ajouta-t-il en faisant signe à un matelot près de l'escalier. Ouvrez un baril d'eau potable !

Lorsque Neal se pencha pour prendre le petit Donny dans ses bras, il entendit sa mère chuchoter :

— Mon Dieu, je Vous en supplie, prenez-moi à sa place.

3

Adjacent à la cabine du médecin du bord, le cagibi pompeusement qualifié d'infirmerie comprenait une étroite couchette d'un côté et, de l'autre, des placards et des étagères abritant le matériel et les fournitures pour les soins. L'espace restant était si exigu que Neal, après avoir couché l'enfant, dut sortir pour laisser entrer Hannah, qui s'agenouilla à côté du petit garçon et lui tapota les joues comme le lui avait recommandé le docteur Applewhite.

— Je ne sais pas combien de temps je serai capable de tenir, dit-elle en faisant respirer le flacon de sels à Donny.

Sans ouvrir les yeux, le petit garçon sortit cependant de sa torpeur assez longtemps pour que Hannah lui fasse avaler plusieurs gorgées d'eau.

— Cela paraît barbare, commenta-t-elle, mais c'est le seul moyen de lui sauver la vie... Qu'y a-t-il, monsieur Scott ?

Neal regardait derrière lui d'un air soucieux, comme si quelque danger allait surgir dans la coursive. Il ne répondit pas et Hannah répéta sa question. Il revint à la réalité.

— Excusez-moi. Je pensais à Agnes Ritchie... à quelque chose qu'elle a dit tout à l'heure.

— Quoi donc ?

Les sourcils froncés, il s'efforça de trouver les mots capables d'exprimer ses sentiments. Pour des raisons auxquelles il ne trouvait pas d'explication, l'Écossaise avait touché au plus profond de lui-même quelque chose, son âme peut-être, que rien ni personne n'avait jamais encore touché de cette manière. Il ne pouvait pas effacer de son esprit le regard implorant de ses grands yeux clairs, la supplication qu'elle lui avait murmurée, sa prière à Dieu : « Prenez-moi à sa place… »

Une idée lui vint alors, si brusquement qu'il en sursauta.

— Je voudrais essayer quelque chose, si vous voulez bien m'aider…

Alors même qu'il commençait à l'exprimer, l'audace de cette idée qu'il se sentait soudain tenu de réaliser le stupéfia. Certes, il s'agissait de Donny et de sa mère, mais autre chose l'y poussait, une émotion qui l'étreignait avec tant de force, une émotion qu'il ne pouvait nommer et qui lui était si étrangère qu'il savait céder à une impulsion irréfléchie. Mais il *devait* le faire. Il réfléchirait plus tard.

— Je voudrais faire le portrait photographique de cet enfant.

— Son portrait ?

Il s'expliqua avec un débit si précipité que les mots se bousculaient.

— Il y a deux ans, l'enfant d'un voisin a été tué dans la rue par un fourgon dont le cocher a pris la fuite. Sa mère était inconsolable. Elle a tenté de se suicider le jour de l'enterrement. Mais un photo-

71

graphe était là... Vous avez entendu parler de la photographie, mademoiselle Conroy ?

— Oui.

— Ce photographe a fait le portrait de l'enfant couché dans son cercueil et... ce fut comme un miracle, mademoiselle Conroy. La mère désespérée est sortie de son accablement et, depuis, n'a jamais plus pensé au suicide.

— Mais... Donny n'est pas mort !

— Cela peut se produire, mademoiselle Conroy. S'il mourait, j'ai tout lieu de craindre que le désarroi d'Agnes Ritchie ne déclenche la rébellion qui couve. Le portrait photographique de Donny serait capable d'apporter un certain réconfort à sa pauvre mère et contribuerait à éteindre les braises de la mutinerie. Je préférerais aussi faire son portrait pendant qu'il a en lui une étincelle de vie plutôt qu'à l'état de cadavre. Mme Ritchie sera sensible à la différence, j'en suis convaincu.

Hannah le regarda avec perplexité.

— Vous croyez réellement qu'un portrait... ?

— J'ai tout le nécessaire, l'interrompit-il. Le matériel photographique fait partie de mon équipement scientifique.

Il se demandait pourtant comment accomplir l'exploit de réaliser une photographie sur un navire malmené par les flots.

— Combien de temps cela prendrait-il ? Je dois le réveiller continuellement pour le faire boire.

— Il faudra le maintenir immobile une quinzaine de minutes.

— Mais comment ?

La tête de Donny, inconscient, roulait de gauche à droite sur la couchette au rythme de la houle.

— Le maire de Bayfield, reprit-elle, avait fait faire son portrait photographique et tout le village était venu regarder l'événement. Il avait dû rester assis la tête prise dans une sorte d'étau, car le photographe disait qu'il devait garder une immobilité parfaite pendant toute la durée de la pose.

— Je sais, mais nous devrions pouvoir immobiliser la tête de Donny d'une manière ou d'une autre. De mon côté, je stabiliserai mon appareil de manière à ce qu'il suive le roulis et que l'appareil et le modèle restent fixes l'un par rapport à l'autre. Mais l'élément le plus important est la lumière du soleil. Le hublot de votre cabine peut-il être bloqué en position ouverte, mademoiselle Conroy ? Le mien ne tient pas, il se referme au moindre mouvement du navire et il nous faut au moins dix minutes d'ensoleillement pour obtenir, après la prise de vue, une image positive à partir du négatif.

Hannah ne comprenait pas un mot de ce qu'il disait.

— Oui, répondit-elle cependant.

— Bien. Ne perdons pas de temps, il faut agir vite.

Ils n'avaient en effet pas de temps à perdre. Sur le pont, les émigrants perdaient patience. On entendait fuser des cris et des menaces.

— Dites-moi ce que je dois faire.

— Je vais d'abord chercher mon équipement, répondit-il.

Pendant l'absence de Neal, Hannah trempa son mouchoir dans l'eau et le pressa contre les lèvres de Donny. En contemplant son visage pâle mais à l'expression sereine, elle savait que sa mort risquait de provoquer un bain de sang. Pour hasardeuse qu'elle soit, l'expérience à laquelle Neal voulait procéder constituait leur dernière chance.

Il revint chargé d'une grosse boîte de bois verni, d'un trépied et laissa la porte du réduit ouverte afin de pouvoir opérer.

— Les géologues, expliqua-t-il en montant l'appareil, doivent depuis des années se contenter de dessiner les formations rocheuses. Je suis persuadé que la photographie révolutionnera cette science, car elle fixera des images infiniment plus précises jusqu'aux moindres détails. C'est pourquoi j'ai été engagé par le gouvernement colonial pour participer à l'étude et aux relevés de la côte ouest de l'Australie.

La boîte, qu'il appelait caméra, une fois fixée sur le trépied, Neal immobilisa l'ensemble avec des cordes et braqua l'objectif sur le visage du petit garçon. Hannah empêcha sa tête de rouler au gré de la houle en ôtant de son chignon un ruban qu'elle noua solidement de chaque côté de la couchette et dissimula avec des mèches de cheveux de Donny. Neal et Hannah travaillaient vite, tous deux étreints par la même appréhension. Que se passerait-il si l'idée de Neal produisait l'effet inverse de celui qu'ils escomptaient ? Si l'image de son fils déclenchait chez Mme Ritchie une crise d'hystérie qui mettrait le feu aux poudres ?

Tout en finissant de préparer son matériel, Neal ne pouvait s'empêcher de regarder Hannah. La vue de sa silhouette fine et voluptueuse, de ses cheveux dénoués qui retombaient sur ses épaules avait sur lui un effet érotique auquel il ne s'était pas attendu.

Il alla ouvrir le hublot de manière que le visage de Donny soit baigné de lumière et consulta Hannah du regard. Elle acquiesça d'un signe. Ils étaient prêts.

Neal avait prélevé dans sa provision de papier photographique une feuille enduite d'acide gallique et de nitrate qu'il fixa dans un cadre de bois avant de l'introduire à l'arrière de l'appareil. Puis, après avoir mis au point l'image de Donny dans l'oculaire, il découvrit l'objectif et sortit sa montre de gousset. La pose devait durer quinze minutes.

Pendant que Neal surveillait l'heure, Hannah ne quitta pas Donny des yeux en priant pour qu'ils ne soient pas en train de commettre une erreur fatale. Pouvait-elle laisser un quart d'heure s'écouler sans faire boire le petit malade ? Elle avait peur, et le silence qui régnait dans la cabine accroissait ses appréhensions.

— Vous devez vous sentir très proche de votre mère, dit-elle tout à coup.

Neal releva les yeux, stupéfait.

— Plaît-il ?

— Faire tout cela pour réconforter Mme Ritchie parce qu'elle vous a dit quelque chose... Alors, j'ai pensé qu'elle vous avait peut-être rappelé votre propre mère.

Pendant que le navire tanguait, que les membrures craquaient et que l'image de Donny impressionnait le papier, Neal resta figé. Oserait-il dire la vérité à Mlle Conroy ? Si je l'avais avoué plus tôt à Annabelle, les choses auraient-elles pris une autre tournure ?

Si Annabelle avait su la vérité avant qu'il demande sa main, elle ne lui aurait pas jeté sa bague de fiançailles au visage, son père ne lui aurait pas fait un procès pour rupture d'engagement et offense à la réputation de sa fille et, surtout, Josiah Scott, le père adoptif et protecteur de Neal, n'aurait pas subi une telle humiliation.

Il baissa les yeux vers Hannah, assise par terre à côté de la couchette de Donny. Sous la courbe harmonieuse de ses sourcils, ses yeux nacrés encadrés de longs cils de velours avaient une expression si ouverte, si candide qu'il lui parut essentiel de lui dire la vérité.

— Je ne suis pas proche de ma mère, mademoiselle Conroy. Je ne sais même pas qui est ma mère. Voyez-vous, je suis un enfant trouvé.

Il attendit un moment, le temps pour Mlle Conroy d'assimiler le fait qu'il lui avait avoué, en termes courtois, n'être qu'un bâtard.

— Je vois, dit-elle simplement.

Neal regarda de nouveau le cadran de sa montre.

— Il y a vingt-cinq ans, reprit-il, un jeune avocat de Boston du nom de Josiah Scott trouva en rentrant chez lui un berceau sur le pas de sa porte. C'était un très beau berceau en bois précieux délicatement ouvragé. J'avais quelques jours, j'étais vêtu d'une robe de baptême en satin blanc orné de dentelle incrustée de perles. Il y avait aussi dans le berceau un billet priant Josiah Scott de me placer dans une bonne famille. Pourtant, ce dernier m'a gardé en pensant que la personne qui m'avait ainsi abandonné pourrait un jour changer d'avis. Mais les semaines et les mois passèrent sans que personne ne vienne me demander et, entre-temps, Josiah Scott s'était attaché à moi. Alors, il m'a élevé et m'a adopté en me donnant son nom.

Neal s'interrompit, leva un instant les yeux de sa montre.

— J'avais beaucoup de chance. Josiah est un homme bon et honnête. Il ne s'est jamais marié. Il n'y avait que lui et moi. Nous avons vécu une bonne vie ensemble.

Tout en surveillant la trotteuse, il pensait à l'image en train d'apparaître de plus en plus nettement sur le papier et à un jeune avocat célibataire se retrouvant soudain avec la responsabilité d'un nouveau-né.

— Avez-vous jamais découvert... ?

Hannah s'interrompit par peur de se montrer trop indiscrète. Neal comprit néanmoins sa question et répondit sans réticence :

— J'ai pensé rechercher mes vrais parents, en effet. Mais comme ils n'avaient laissé nul indice permettant de les retrouver, j'en ai conclu qu'ils ne voulaient plus entendre parler de moi. De plus, j'ignorais comment entreprendre et mener mes recherches. Maintenant, vingt-cinq années se sont écoulées.

— Vous ne savez donc pas si vous avez des frères et sœurs ?

— Je n'en ai aucune idée. Et vous, mademoiselle Conroy ?

— Mon frère aîné et mes deux sœurs sont morts lors d'une épidémie de diphtérie. Mes parents sont morts eux aussi et je suis donc seule au monde.

Leurs regards se croisèrent.

— Comme moi, dit Neal à voix basse avant de se ressaisir aussitôt et de baisser les yeux sur sa montre.

Le silence retomba dans la cabine, seulement rompu par les grincements du gréement et, par moments, des pas lourds sur le plancher de la dunette. Neal ne quittait pas sa montre des yeux : plus que deux minutes. Il pensait à la lutte inégale entre les émigrants en colère et l'équipage du *Caprica* ; elle observait avec angoisse les lèvres desséchées du petit Donny, qui avait désespérément besoin de boire.

— Voyez-vous, mademoiselle Conroy, en un sens j'ai beaucoup de chance, reprit-il.

Il ne s'expliquait pas son soudain besoin de lui en dire tant.

— Comment cela, monsieur Scott ?

— Pour la plupart, les hommes naissent avec un destin tout tracé. Dès l'instant où ils voient le jour, la société attend d'eux quelque chose de précis et bien peu peuvent briser ce moule. Moi, je suis né dégagé de ces contraintes sociales et familiales. Josiah m'a élevé de manière à me permettre de devenir ce que je voulais. Quand je lui ai fait part de mon désir d'aller à l'université pour étudier les sciences, il n'a pas soulevé les objections habituelles en pareil cas, telles que le devoir de reprendre les affaires de la famille ou d'embrasser comme lui une carrière juridique. Et lorsque je lui ai dit que je désirais partir en Australie afin d'explorer ce nouveau continent, il n'a pas cherché à me décourager ni à contrecarrer ma soif d'aventure. De fait, il m'a donné sa bénédiction… Voilà ! Cela suffira, dit-il en refermant sa montre et en replaçant le couvercle sur l'objectif. Maintenant, il faut nous dépêcher.

Il se hâta de démonter l'appareil et sortit rejoindre sa cabine. Hannah dénoua son ruban, puis ranima Donny en lui faisant respirer les sels. Cette fois, il reprit conscience un peu plus longtemps et but davantage. Puis, après avoir recouché l'enfant et s'être assurée qu'il était en sécurité, elle alla dans sa cabine dégager de la place et ouvrir le hublot en grand comme M. Scott le lui avait demandé.

Pendant ce temps, Neal avait plongé le papier sensible dans une solution de bromure de potassium pour fixer l'image. Il plaça ensuite ce négatif translucide dans un cadre de verre contre une autre feuille sensible plus épaisse qu'il emporta dans la cabine de Hannah afin de l'exposer à la lumière du soleil sous le hublot ouvert.

Hannah regarda avec étonnement ses gants et son tablier de caoutchouc.

— Les produits chimiques utilisés pour le développement sont très nocifs, lui expliqua-t-il. Ils peuvent même se révéler dangereux. Il faut les manipuler avec précaution.

L'insolation du tirage positif terminée, Neal regagna sa cabine. Hannah lui dit qu'elle retournait auprès de Donny à l'infirmerie, où elle attendrait le résultat.

Après avoir enduit, rincé et stabilisé le tirage à l'aide des produits et des bains appropriés, Neal le sécha avec soin et rouvrit le rideau de son hublot. L'image obtenue était parfaite. Il l'examina avec objectivité puis, satisfait de l'équilibre entre les ombres et la lumière, de la netteté et de l'absence de grain, il se rendit à l'infirmerie où Hannah faisait de nouveau boire Donny. Quand elle eut terminé, il lui tendit la feuille.

— Qu'en pensez-vous, mademoiselle Conroy ?

Elle contempla un moment la photographie, les yeux écarquillés.

— Monsieur Scott... c'est miraculeux !

Il eut un sourire modeste.

— L'image est plutôt bonne, c'est vrai.

— Plutôt bonne ? répéta-t-elle. Mais... c'est la plus belle chose que j'aie jamais vue de ma vie ! Je ne me doutais pas que l'on puisse... Cet enfant paraît si paisible, on ne devinerait jamais qu'il est aussi gravement malade. Oh, monsieur Scott, vous avez fait un miracle !

Neal n'avait cherché qu'à réussir une simple expérience scientifique n'ayant rien de miraculeux et il s'efforça de juger l'image de Donny avec le regard neuf de Mlle Conroy. Il vit un visage d'ange aux cheveux en désordre retombant sur le front, les yeux clos par un paisible sommeil, auréolé d'une douce lumière qui en estompait les contours comme s'il flottait sur un nuage. Le vieux tricot élimé paraissait aussi moelleux que la toison d'un agneau.

— Oh, monsieur Scott, c'est merveilleux !

Fasciné par l'éclat de son sourire, Neal sentit son cœur bondir dans sa poitrine. Le plaisir qu'elle exprimait par ce sourire était si sincère, si communicatif qu'il en fut lui-même plus profondément heureux qu'il ne l'avait été depuis des années.

Ils entendirent tout à coup du remue-ménage sur le pont principal. M. Simms, le steward, apparut dans la coursive pour leur apprendre que Mme Ritchie avait cédé à une crise de nerfs. Les émigrants l'avaient montée sur le pont où ils lui avaient aménagé une couchette, mais ses plaintes et ses gémissements accroissaient leur fureur.

— Le commandant a distribué des armes à tout l'équipage, y compris à moi, et je ne me suis jamais servi d'un pistolet de ma vie !

— Nous avons fini juste à temps, dit Neal à Hannah. Allons montrer la photographie à Mme Ritchie.

— Allez-y, monsieur Scott, c'est vous qui avez accompli ce miracle. Je reste avec Donny.

Sur la dunette, deux matelots voulurent empêcher Neal de descendre sur le pont – pour sa propre sécurité, lui dirent-ils –, mais Neal passa outre et se fraya un passage jusqu'au capitaine Llewellyn, encerclé par un groupe particulièrement menaçant.

— Descendez immédiatement, ou je vous fais mettre aux fers ! ordonna-t-il d'une voix de tonnerre.

— Vous ne pouvez pas nous mettre tous aux fers ! gronda un des meneurs tandis que les autres brandissaient le poing. Nous voulons savoir ce que vous comptez faire contre la contagion !

— Commandant !... intervint Neal.

— Votre place n'est pas ici, monsieur Scott !

Mais Neal avait déjà trouvé l'endroit où gisait Mme Ritchie et s'était agenouillé près d'elle en lui montrant la photographie de Donny. Le silence se fit peu à peu, chacun se demandant ce que venait faire ce passager privilégié et ce qu'il avait en tête.

Tous virent alors Agnes s'essuyer les yeux et froncer les sourcils en regardant une feuille de papier sur laquelle il semblait y avoir un dessin. Son expression accablée se mua peu à peu en surprise émerveillée, ses traits crispés se relâchèrent et elle tendit la main pour prendre la feuille et la regarder de plus près.

— Mais... mais c'est mon Donny ! dit-elle dans un murmure que seuls entendirent ses plus proches voisins. Comment avez-vous réussi ce prodige, monsieur ?

— Cela s'appelle une photographie, madame.

— Voyez son air paisible... Comme s'il n'était pas malade...

Ses amis l'aidèrent à se redresser et se groupèrent autour d'elle pour mieux voir. Bientôt, la photographie passa de main en main. Tout le monde s'exclamait, admirait la fidélité du portrait. Ceux, et ils étaient nombreux, qui voyaient une photographie pour la première fois de leur vie la retournaient avec perplexité en croyant que l'image provenait d'une source mystérieuse au dos de la feuille.

Neal sourit malgré lui. La joie et l'émerveillement de tous ces gens lui réchauffaient le cœur.

Agnes releva enfin les yeux vers lui.

— Dieu vous bénisse, monsieur. Je sais maintenant que mon Donny va guérir. Voyez comme il a l'air en bonne santé ! Il y a une place pour vous au paradis, monsieur, c'est la pure vérité.

Neal accepta avec modestie les louanges de tous, y compris celles du capitaine Llewellyn qui lui glissa en aparté que la mutinerie était évitée, mais en ajoutant avec prudence que tout dépendait encore de la guérison définitive de l'enfant. Neal alla ensuite annoncer la bonne nouvelle à Hannah. Il trouva le docteur Applewhite à l'infirmerie où il examinait Donny. Il dit à Hannah qu'elle pouvait partir, mais elle insista pour rester. L'infirmerie étant trop exiguë pour deux personnes, dont une aussi corpulente que le docteur Applewhite, celui-ci alla sans se faire prier prendre dans sa cabine un repos mérité.

Neal approcha une chaise, que Hannah refusa :

— Il n'y a pas assez de place, voyons !

— Vous ne pouvez tout même pas passer la nuit par terre, mademoiselle Conroy !

— Ça ira très bien, monsieur Scott, soyez tranquille.

Il lui apporta alors les deux oreillers de sa couchette.

— Vous aurez au moins quelque chose pour vous asseoir.

Cette fois, elle accepta et improvisa dans un coin un siège sur lequel elle prit place en arrangeant sa robe autour d'elle avec tant de grâce que Neal crut la voir sur un nuage. Il tira devant la porte la chaise dont elle n'avait pas voulu, s'assit et l'observa qui auscultait Donny, une oreille contre sa poitrine.

— Quelles sont ses chances de s'en sortir ? demanda-t-il en entendant résonner les battements accélérés de son propre cœur.

Il ne comprenait pas la cause des émotions qui l'assaillaient de manière aussi intense. Mme Ritchie les avait réveillées et maintenant Mlle Conroy, installée au chevet de Donny. Scientifique de formation, explorateur par vocation, homme positif convaincu que tout dans l'univers pouvait être mesuré, quantifié et catalogué, Neal Scott se découvrait incapable de mettre un nom sur les sentiments qui l'agitaient ce jour-là.

— Le docteur Applewhite a dit que les heures qui viennent seront cruciales, répondit Hannah. Si je parviens à réveiller Donny assez souvent pour le faire boire, il ira beaucoup mieux demain. Mais les sels ont de moins en moins d'effet. Je crois que ses poumons se sont accoutumés au choc provoqué par l'odeur du produit chimique.

Le jour déclinait. Simms, le steward, leur apporta un appétissant dîner de saucisses, de pommes de terre et de petits pois, accompagnés de vin, de pain et de beurre, mais ils n'y touchèrent presque pas. Simms demanda des nouvelles de Donny et les informa qu'un autre petit garçon était lui aussi atteint, mais pas aussi gravement, et qu'il avait toutes les chances de s'en sortir.

— C'est celui-ci qui inquiète tout le monde, précisa-t-il d'un air sombre avant de se retirer.

À la tombée de la nuit, Neal suggéra à Hannah de s'accorder un moment de répit.

— Montez respirer un peu sur la dunette, je resterai pour le surveiller.

Mais Hannah refusa de s'éloigner. Neal alla se dégourdir les jambes et voir où en était la situation avec les émigrants. Pendant ce temps, Hannah refit boire Donny et épongea sa peau toujours chaude avec un linge humide. Quand Neal revint, elle lui demanda de soulever le petit garçon pour qu'elle change son drap. Il était beaucoup moins souillé que la dernière fois, nota-t-elle avec satisfaction, et Donny n'avait pas vomi depuis des heures.

— Comment va Mme Ritchie ? demanda-t-elle.

— Beaucoup mieux. Elle est capable de ne plus rendre l'eau qu'elle boit. Elle ne cesse de regarder la photographie et je crois que c'est ce qui l'aide à se rétablir. Je crois aussi que vous devriez vous reposer, mademoiselle Conroy. Cela ne ferait aucun bien à Donny que vous tombiez d'épuisement.

— Vous avez raison, murmura-t-elle.

Quand elle se leva, ils se trouvèrent si proches l'un de l'autre que Neal se permit d'écarter une mèche folle de la joue de Hannah. Elle leva les yeux vers lui, sentit l'odeur de son savon à raser. Elle aurait voulu s'abandonner contre lui, le laisser la soutenir, la soulager de sa fatigue. Neal, lui, aurait voulu la serrer dans ses bras. Mais la maladie exerçait toujours ses ravages à bord du navire où une rébellion menaçait. Ils ne pouvaient s'offrir le luxe de céder à cet instant d'intimité.

Neal la relaya au chevet de Donny, mais Hannah n'alla pas plus loin que la chaise et s'endormit sitôt assise, la tête appuyée contre le montant de la porte. Neal la regarda dormir en songeant au cauchemar qui l'avait fait crier en pleine nuit. Qu'est-ce qui la hantait à ce point, la mort de son père peut-être ? Et pour quelle véritable raison son père était-il mort ? Hannah ne lui en avait parlé qu'en évoquant des causes symboliques, sinon abstraites – les préjugés de classe, disait-elle –, mais sans plus de détails. Comment, d'ailleurs, des préjugés peuvent-ils tuer un homme ? Il aurait aimé l'interroger, il devinait qu'elle lui répondrait sans rechigner, mais il craignait de découvrir ses secrets. Car une fois qu'il les connaîtrait, il courrait le risque d'être trop proche d'elle et même d'en tomber amoureux, ce qu'il ne pouvait se permettre à aucun prix.

Envisager un avenir avec Mlle Conroy lui était interdit, il le savait. Elle était quaker, lui athée, elle de naissance honorable, lui enfant trouvé. Elle voulait s'établir et se consacrer à sa profession, lui restait sous l'empire d'une soif d'aventure si inextinguible qu'il n'avait jamais été capable de se fixer longtemps dans une même ville. Il y avait entre eux trop de différences inconciliables, trop d'obstacles insurmontables.

Il ne lui poserait donc pas de questions sur son cauchemar ni sur son père, il maintiendrait leurs rapports à ceux d'une de ces amitiés qui se nouent pendant une longue traversée et sont condamnées à s'évanouir une fois la terre touchée.

Juste avant l'aurore, Donny ouvrit les yeux et demanda à Hannah, qui venait de s'éveiller et se penchait sur lui, si elle était un ange. Il demanda ensuite à voir sa mère et dit qu'il avait faim. Hannah lui donna du bouillon chaud, apporté à la hâte par le steward, et lui fit sa toilette. Après quoi, Neal le prit dans ses bras et ils montèrent vers la lumière du matin.

À peine étaient-ils apparus sur la dunette que la foule, qui avait passé la nuit à la belle étoile, se leva pour les saluer d'une ovation tandis que le soleil levant jetait sur l'océan son éblouissant manteau d'or.

4

— Ce banc de nuages ne me dit rien qui vaille, monsieur James, dit le capitaine Llewellyn en scrutant l'horizon.

Dans sa longue-vue, un grain se rapprochait et il avait déduit de son aspect qu'une véritable tempête se trouvait sur sa route, tempête d'une étendue telle que le *Caprica* ne disposait d'aucun moyen d'y échapper ou de la contourner. Il n'y avait non plus aucun port ou abri naturel à proximité où le navire puisse chercher refuge en attendant que la perturbation soit passée.

— C'est un gros qui nous arrive droit dessus, commenta sobrement le second. Et vite.

— C'est bien ce qui m'inquiète.

— Vos ordres, commandant ?

En homme de mer expérimenté, Llewellyn voulut d'abord prendre le temps d'estimer la superficie et la trajectoire de la tempête et de voir l'aspect de la mer sur son passage.

— Nous ne pourrons pas remonter au vent, monsieur James. Nous allons devoir mettre à la cape et prier Dieu qu'Il ait pitié de nous.

Le second déglutit en réprimant un frisson. Mettre à la cape, cela signifiait amener toute la toile, attacher la barre et laisser le navire dériver et ballotter au gré de la tempête. Il eut une pensée pour sa jeune épouse et leur bébé, à Bristol.

— Fermez les écoutilles et les hublots, reprit le capitaine. Arrimez la cargaison et le bétail. Vérifiez les dalots. Faites éteindre les feux et les lanternes. Et essayez de ne pas affoler les passagers.

— Oui, commandant.

Le jeune lieutenant savait que Llewellyn et lui avaient la même hantise en tête : le sort du *Neptune*, qui, dans les mêmes eaux et à la même époque l'année précédente, avait sombré corps et biens avec trois cents âmes à bord.

De la passerelle de commandement, Llewellyn voyait sur le pont et la dunette les passagers profiter du beau temps. Après le passage de la Ligne, qui s'était déroulé sans heurts, le capitaine les avait informés qu'une fois franchi le pot au noir, le navire allait s'éloigner de l'Afrique et se rapprocher de la côte brésilienne afin de bénéficier d'un vent favorable qui le pousserait vers le sud et l'Australie. Le pot au noir était déjà loin derrière eux, mais il était trop tard pour que le *Caprica* puisse attraper ce vent favorable. Une tempête tropicale, plus énorme que toutes celles jamais affrontées par Llewellyn, s'était formée sur leur route et ils n'avaient d'autre choix que de se soumettre à sa merci. Le capitaine priait le ciel que les pertes en vies humaines et les avaries soient réduites au minimum.

Sur la dunette, inconscients de l'imminence de l'ouragan, trois passagers des cabines s'adonnaient au plaisir de la brise et du soleil sous un ciel sans nuages.

Dans un transatlantique de toile, le révérend Merriwether était plongé dans la lecture d'un des nombreux livres qu'il emportait à la colonie. À côté de lui, son épouse Abigail tricotait avec ardeur en se disant qu'elle aurait volontiers desserré son corset et laissé dans ses bagages ses jupons et son encombrante crinoline. La mode féminine n'était manifestement pas conçue pour le climat subtropical de l'Atlantique Sud, même si Abigail s'était accoutumée aux inconvénients des longs voyages. Le roulis et le tangage du *Caprica*, les gémissements de la coque, la cloche qui marquait les heures de quart et le sifflet suraigu du bosco quand il dirigeait les manœuvres lui étaient devenus familiers.

De fait, elle aurait aimé que le voyage dure éternellement. La mission que le révérend et elle devaient établir chez les Aborigènes se trouvait, selon les descriptions qu'on leur en avait faites, « au milieu d'un désert peuplé de sauvages nus ». Mais plutôt que de ressasser ses terreurs secrètes, Abigail préféra les ravaler et s'intéresser à ses compagnons de voyage.

Ils paraissaient eux aussi s'accommoder de l'inconfort de la traversée. De fait, depuis que le petit garçon était guéri – les autres aussi s'étaient rétablis et il n'y avait plus de nouveaux cas de dysenterie, Dieu merci ! –, M. Scott et Mlle Conroy semblaient possédés d'un zèle infatigable. Leurs rapports étaient également devenus plus amicaux, remarquait Abigail tandis que les aiguilles à tricoter volaient entre ses doigts. Il ne lui échappait pas non plus que Mlle Conroy levait de temps à autre les yeux de son livre pour regarder le pont principal, où

M. Scott se livrait à de mystérieux travaux avec l'assistance de quelques émigrants. Mme Merriwether soupçonnait qu'un lien particulier était en train de se nouer entre eux. Elle avait même confié à son époux que ce serait merveilleux que les deux jeunes gens se marient à bord.

Comme si elle sentait le regard curieux de Mme Merriwether posé sur elle, Hannah délaissa sa lecture pour lever les yeux vers elle avec un sourire. En tournant la tête, elle vit sur la passerelle que le capitaine Llewellyn, en pantalon blanc et tunique bleue aux boutons de cuivre, observait la mer les yeux plissés. Un peu plus tôt, il s'était servi de sa longue-vue et avait eu une conversation sérieuse avec le lieutenant James. Le second avait ensuite quitté la passerelle en hâte comme pour accomplir une mission urgente. Que pouvait-il bien se passer ? s'était étonnée Hannah. Le ciel était dégagé, la mer calme et tout semblait normal à bord.

Hannah abaissa son regard dans la direction de Neal, qui travaillait sur le pont à sa dernière invention, un stabilisateur permettant de prendre des photographies de la côte depuis un bateau. M. Scott s'était fait des amis parmi les émigrants, dont certains, menuisiers ou charpentiers de leur état, l'aidaient à scier et clouer les pièces en bois de son engin. En chemise et les manches retroussées, M. Scott avait une carrure athlétique qui fit de nouveau penser à Hannah qu'il serait mieux adapté aux travaux physiques qu'aux études scientifiques.

Hannah s'en détourna avec effort et revint à sa lecture.

Depuis l'épidémie de dysenterie, elle secondait le

docteur Applewhite pour dispenser ses soins aux membres de l'équipage et aux passagers. Elle avait ainsi considérablement élargi ses connaissances médicales et même appris comment réduire une fracture à la jambe lorsqu'un gabier était tombé du gréement. Ces expériences variées avaient attisé sa curiosité et son appétit de savoir. Après la guérison de Donny, il n'y avait plus eu de cas de dysenterie et l'épidémie avait disparu aussi vite et mystérieusement qu'elle était apparue. Pourquoi ? Qu'est-ce qui avait provoqué son apparition et sa disparition ? Cette question qu'elle ne cessait de se poser renforçait sa résolution d'en découvrir la réponse.

Lorsqu'elle avait vendu le cottage de Bayfield, Hannah ne s'était pas dessaisie de la trousse médicale et du microscope de son père. Elle avait également conservé le recueil de ses notes de laboratoire prises au long de ses recherches sur les causes de la fièvre puerpérale. Depuis son départ, elle ne les avait pas regardées par crainte de réveiller ses douloureux souvenirs. Mais son désir d'en savoir davantage sur l'épidémie ayant frappé les passagers du *Caprica* l'avait poussée à rouvrir ce dossier, collection de feuilles volantes contenues dans une chemise cartonnée fermée par une sangle, dans l'espoir d'en apprendre plus encore sur le traitement des maladies. S'attendant à trouver des dosages de remèdes, des repères de diagnostic, des réponses pratiques aux problèmes médicaux, elle avait été étonnée et désorientée de ne découvrir que des notes succinctes, des équations, des formules incompréhensibles et, surtout, des questions sans réponses, le tout se suivant sans ordre apparent. Quaker consciencieux jusqu'au scrupule dans sa vie quotidienne, Conroy n'appliquait visiblement pas les mêmes principes dans son laboratoire.

Mais ce qui laissait Hannah plus déconcertée que le reste, c'était une question écrite au début des recherches de son père, six ans auparavant : « Qu'est-ce qui a tué ma bien-aimée Louisa ? »

Cette question lui paraissait d'autant plus étrange qu'elle savait que sa mère avait succombé à la fièvre puerpérale. C'était même cette fièvre qui avait poussé son père à entreprendre des recherches devenues pour lui obsessionnelles. Cette question sans réponse aurait-elle un rapport avec les dernières paroles qu'il lui avait adressées avant de s'éteindre, en parlant de « la vérité » qu'il aurait dû lui dire sur la mort de sa mère ?

Les formules et les équations de son père demeurant pour elle indéchiffrables, Hannah avait refermé le dossier et cherché ailleurs comment étancher sa soif de savoir. Le docteur Applewhite lui ayant généreusement offert de puiser dans sa petite collection d'ouvrages médicaux, elle en profitait avec avidité. Le livre posé sur ses genoux ce jour-là était le *Traité de pathologie et de médecine* de sir William Upton, dans lequel elle apprenait des choses que son père ne lui avait jamais enseignées.

Hannah délaissa encore une fois sa lecture. Elle n'avait jamais été aussi distraite. Malgré son désir de s'instruire de tout ce qui avait trait à la médecine et aux maladies, elle ne pouvait empêcher ses pensées de dévier vers Neal Scott, la nuit en particulier, sachant que le séduisant jeune Américain dormait à côté d'elle, derrière une mince cloison de bois.

Elle se retournait sur sa couchette, hantée par des visions de son corps musclé – vêtu ou dévêtu ? – qui lui coupaient la respiration. Et quand elle sombrait enfin dans le sommeil, c'était pour retrouver Neal dans ses rêves. Le savant traité de sir Upton une fois de plus négligé, Hannah abaissa son regard vers l'activité qui régnait sur le pont. Sa chemise trempée de sueur, Neal était en train de montrer à ses nouveaux amis comment il voulait ajuster son appareil de photographie sur le support quand il interrompit sa démonstration pour s'éponger le cou. Il leva les yeux vers Hannah assise sur la dunette, son ravissant visage niché dans un gracieux bonnet de soie. Elle devait le regarder car à peine vit-elle son regard se poser sur elle qu'elle s'empressa de détourner le sien.

Neal ne cessait de penser à elle depuis la nuit qu'ils avaient passée ensemble à veiller sur Donny. Être assis près d'elle au salon, arpenter la dunette avec elle, chacun de ces instants prenait pour lui une valeur unique et irremplaçable. Il se savait prêt à tomber amoureux, mais il se l'interdisait. À la fin de la traversée, ils devraient se séparer et suivre leurs propres chemins.

— Pardon, monsieur, puis-je vous dire un mot ?

Neal leva les yeux. Le second avait l'air grave.

— Bien sûr, lieutenant. À quel sujet ?

— Je dois vous demander de bien vouloir descendre dans votre cabine, monsieur. Nous allons rencontrer un passage de mauvais temps.

— Mauvais ? Jusqu'à quel point ?

— Le capitaine le prévoit aussi mauvais que possible. Je vous suggère donc d'arrimer solidement vos caisses. Nous apprécierions également l'aide que vous pourriez apporter aux autres passagers, surtout à la jeune femme, ajouta le second en désignant discrètement Hannah.

Sur la dunette, elle retenait d'une main son bonnet qu'une soudaine bourrasque menaçait d'emporter.

Tandis que Neal gagnait la dunette, les matelots accouraient de partout, les gabiers escaladaient le gréement, les officiers ordonnaient aux émigrants de descendre dans l'entrepont. Au moment où il rejoignit Hannah, Neal vit que les marins commençaient à fermer les écoutilles. Le ciel s'obscurcissait, le vent forcissait. Revêtus de suroîts imperméables, les hommes se démenaient avec des bâches, des câbles et des cordages. Les Merriwether étaient déjà dans leur cabine afin de protéger leurs possessions et leurs personnes. Neal dut aider Hannah à descendre l'escalier, car la mer grossissait de minute en minute, et marcher devenait un exercice périlleux. Une fois arrivés dans la coursive, Hannah alla dans sa cabine et Neal dans la sienne pour vérifier l'arrimage de ses précieuses caisses.

Les Merriwether calaient solidement leur malle quand le révérend poussa une exclamation :

— Mes lunettes de secours ! Elles ont dû tomber de ma poche sur la dunette. Je reviens tout de suite !

— Non, Caleb ! s'écria Abigail en tentant de le retenir par le bras. C'est trop dangereux !

— Si je casse mes lunettes et que je n'en aie plus de rechange, je ne serai bon à rien en Australie. J'y vais !

Mais Abigail le suivit jusqu'à l'escalier, qu'il

monta en titubant avant de pouvoir soulever l'écoutille où il passa le torse. Voyant le pont balayé par les lames et le vent, le révérend allait sagement battre en retraite quand il aperçut un marin inconscient qui gisait sur le pont. Il n'en était cependant pas certain, car la forme se trouvait contre un rouleau de cordage et il pouvait s'agir d'un simple objet.

— Grand Dieu ! dit-il à Abigail, restée derrière lui sur une marche. Serait-ce un homme blessé ?

— De grâce, Caleb, descendez !

Le missionnaire, dont le plus dur labeur, au cours des dernières années, avait consisté à désherber ses massifs de fleurs, prit d'un coup d'œil la mesure de la situation – le plafond de nuages noirs, les énormes lames qui déferlaient, les geysers d'écume qu'elles soulevaient contre le navire – et n'eut pas la moindre hésitation.

Il finit donc de se hisser sur la dunette et se précipita vers le pont principal malgré les objurgations de son épouse affolée. Le marin inerte serait à coup sûr balayé par-dessus bord si personne ne lui portait secours et aucun de ses camarades, absorbés par leurs tâches, ne paraissait s'être aperçu de l'incident. Le révérend Merriwether se hasarda donc sur le pont glissant en essayant de conserver l'équilibre et en priant le Seigneur que l'homme soit encore en vie. Était-il tombé d'une vergue ou avait-il été assommé par la chute d'un espar ?

De l'écoutille, échevelée par la fureur du vent, Abigail suivait avec angoisse la progression de son époux qui glissa deux fois avant d'atteindre le matelot au moment même où le *Caprica* était soulevé par une lame. Elle cherchait désespérément de l'aide, mais les quelques matelots encore sur le pont se débattaient avec des voiles et des cordages que le vent leur arrachait. Les hurlements de la tempête couvraient ses appels.

Caleb tomba encore deux fois avant de pouvoir empoigner l'homme au front ensanglanté par le col de son suroît et le traîner à l'écart tandis que la pluie redoublait et que l'écume jaillissait autour du navire jusqu'à la pomme des mâts.

Les yeux écarquillés de terreur, certaine qu'à tout moment les deux hommes seraient balayés par-dessus bord, Abigail vit enfin avec une stupeur plus forte que son soulagement son époux reparaître, pâle, trempé, haletant, mais tenant toujours d'une main ferme le matelot évanoui. Ensemble, les deux missionnaires parvinrent à le descendre jusqu'à leur cabine et l'attachèrent sur une couchette, avant de tomber dans les bras l'un de l'autre.

Dans sa cabine, Neal finissait d'arrimer ses caisses avec des cordes fournies par le steward quand Hannah apparut à sa porte.

— Avez-vous besoin d'aide, monsieur Scott ? Je n'ai qu'une malle et elle est solidement attachée.

Il remarqua que Hannah s'était débarrassée de son encombrante crinoline et que sa robe soulignait ses formes à ravir.

— Vous ne devriez pas venir ici, mademoiselle Conroy, ces produits chimiques sont dangereux.

— Ils sont inflammables, je sais. Mais si vous éteignez la lanterne…

— Ils ne sont pas seulement inflammables, j'en ai peur. L'éther servant à la préparation du collodion peut devenir explosif.

Conservés au frais dans un endroit stable, ces produits ne présentaient que peu de danger, mais Neal ignorait comment ils réagiraient secoués par une violente tempête et ne voulait pas prendre de risque inutile.

— Raison de plus pour que je vous donne un coup de main, répondit-elle.

Elle prit le bout d'une corde et finit de la nouer autour d'une caisse étiquetée : *FRAGILE – INSTRUMENTS SCIENTIFIQUES*. Une fois tout bien arrimé, Neal lança sa veste et une sacoche de cuir sur la couchette alors que le navire roulait fortement à bâbord. La sacoche manqua sa cible, tomba et s'ouvrit en répandant sur le plancher son contenu, que Hannah aida Neal à ramasser. Avec un rasoir, un blaireau, un peigne, des mouchoirs, elle retrouva un petit flacon de verre qu'elle regarda sous la lanterne qui se balançait au plafond. D'une teinte émeraude irisée, en forme de cœur et légèrement aplati avec un long col scellé d'un cachet de cire rouge, le flacon était accroché à une chaîne d'or pour être porté en collier.

— Tout y est, dit Neal en refermant la sacoche qu'il jeta sur sa couchette à côté de sa veste. M. Simms nous a recommandé de nous attacher sur nos couchettes. Allons dans votre cabine, je vous…

Il vit alors le flacon que tenait Hannah et s'interrompit.

— Il était tombé avec les autres affaires, expliqua-t-elle. Il est ravissant.

Le visage de Neal s'assombrit.

— Josiah l'a trouvé dans les couvertures qui garnissaient mon berceau.

— Extraordinaire !

— Je suppose qu'il appartenait à ma mère et qu'elle l'a mis dans un repli des couvertures en guise de souvenir. J'ignore ce que c'est au juste. Probablement le parfum le plus cher qu'on puisse acheter.

— Pourquoi dites-vous cela ? s'étonna Hannah.

— Pendant des années, je me suis interrogé sur celle qui possédait ce flacon, qui et comment elle était, quels étaient les motifs qui l'ont poussée à me laisser cet objet avant de me déposer à la porte d'un inconnu. Je crois maintenant, poursuivit Neal en se rattrapant de justesse au bord de la couchette, que ma mère m'a donné ce coûteux petit flacon en symbole de sa haute position sociale, pour me signifier que je n'étais pas issu d'une humble et obscure famille mais d'une lignée de ce qui passe de nos jours en Amérique pour l'aristocratie.

— Ce n'est pas un flacon de parfum, monsieur Scott.

— Vraiment ? Comment le savez-vous ?

— Parce que je l'ai reconnu. C'est ce qu'on appelle en Angleterre un « vase de larmes ».

— Un… quoi ?

Un fort coup de roulis força Hannah à se retenir à la cloison.

— C'est une petite bouteille dans laquelle on recueille des larmes versées dans des circonstances particulières, qu'elles soient de tristesse ou de joie.

— Je n'avais jamais entendu parler d'une chose pareille.

— La Bible en fait état dans les Psaumes, quand David prie Dieu de « sauvegarder ses larmes dans un flacon ». C'est une coutume très ancienne, qui remonte à des siècles. Dans un deuil, les proches recueillaient leurs larmes de cette manière et les confiaient à celui ou celle qui avait perdu l'être cher dont ils déploraient la mort. On pouvait aussi faire don de ses larmes de joie.

Sans lâcher la cloison, Hannah rendit à Neal son flacon.

— Ces objets sont encore très populaires en Angleterre, poursuivit-elle. Les flacons de larmes de deuil sont pourvus d'un bouchon qui permet aux larmes de s'évaporer. Quand le flacon est vide, on considère que la période de deuil est achevée. Mais ce flacon-ci, voyez-vous, est bouché avec un sceau étanche. Votre mère voulait que vous gardiez ses larmes votre vie durant en souvenir d'elle.

— Vous voulez dire que ce liquide, ce sont… les *larmes* de ma mère ?

Mi-stupéfait, mi-perplexe, Neal contempla le petit flacon émeraude sur lequel la lanterne projetait des reflets dorés.

— Oui, monsieur Scott. Elle voulait vous dire qu'elle pleurait quand elle vous a déposé devant la porte de Josiah.

Neal en eut un instant le souffle coupé.

— Vous… vous croyez que… ?

— J'en suis sûre, répondit-elle en souriant.

— Grand Dieu… Je ne me doutais pas…

Il retrouvait soudain l'émotion inconnue qui l'avait étreint le jour où il avait photographié Donny Ritchie. En entendant Agnes prier Dieu de prendre sa vie au lieu de celle de son fils, il avait senti quelque chose pénétrer jusqu'au plus profond de lui-même, éveiller en lui des sentiments à la fois si puissants et inexplicables qu'il en avait eu peur. En y réfléchissant par la suite, il avait cru comprendre ce qui l'avait bouleversé à ce point. Sa mère l'avait abandonné. Elle n'avait pas prié Dieu de la prendre au lieu de lui. C'était une égoïste qui, contrairement à Agnes, n'avait pas voulu de ce fils qu'elle rejetait sans un regret. Voilà ce qui l'avait poussé à prendre la photographie de l'enfant malade. Le désir non pas de calmer les nerfs d'une femme plongée dans le désespoir ou de contribuer à éviter une mutinerie, mais de satisfaire le besoin profond, ignoré jusqu'alors, de se confirmer que les mères n'étaient pas toutes aussi égoïstes que l'avait été la sienne. Et voilà que la révélation de Hannah remettait tout en cause ! Le flacon n'était pas le futile symbole d'une femme égoïste et vaniteuse, il contenait les larmes d'une mère contrainte – dans quelles circonstances ? – de se séparer de son enfant...

Au même moment, un fort coup de roulis déséquilibra Hannah et la jeta contre Neal.

— Il faut vraiment aller vous attacher sur votre couchette, dit-il. Je dois éteindre cette lanterne sans attendre.

Tenant Hannah d'un bras autour de la taille, il glissa le petit flacon dans sa poche, attira la lampe à lui et souffla la flamme, ce qui plongea la cabine dans l'obscurité.

Le navire resta calme un instant, mais les hurlements du vent leur laissaient imaginer sans peine que les éléments continuaient à se déchaîner autour d'eux et s'apprêtaient à lancer un nouvel assaut.

— Il faut vraiment que vous retourniez dans votre cabine, répéta Neal d'une voix enrouée.

Il serrait Hannah contre lui sans pouvoir la lâcher, se séparer d'elle ni même faire un geste. Que venait-il de se passer ces dernières minutes dans l'espace exigu de la cabine pour le mettre dans un pareil état ? Comment cette jeune femme aux beaux yeux gris et au doux sourire avait-elle réussi à lui ouvrir les yeux, à lui qui avait été si longtemps aveugle.

Sa mère n'avait pu lui léguer que ses larmes...

Les émotions qui l'assaillaient le secouaient plus rudement que la fureur de l'océan. Dans l'obscurité qui les enveloppait tous deux, il serra plus fort Hannah contre lui et posa les lèvres sur ses cheveux dénoués.

Hannah avait beau penser à la violente tempête qui allait s'abattre sur le navire, elle ne pouvait se détacher de Neal. À travers sa chemise, elle sentait sa chaleur, la fermeté de ses muscles. Sans sa crinoline, le contact de leurs jambes la faisait frémir. Jamais encore elle n'avait éprouvé une sensation aussi érotique.

Neal resserra son étreinte, lui prit le menton avec douceur, leva son visage vers le sien. Au moment même où il se penchait vers elle et où leurs lèvres allaient se joindre, la pluie redoubla de violence et une vague monstrueuse frappa le navire par le travers. Hannah et Neal furent tous deux jetés à terre. Elle poussa un cri, il la rattrapa à tâtons, l'attira vers lui et la serra dans ses bras avec force.

Dans les autres cabines et dans l'entrepont, où toutes les lampes et les chandelles avaient été éteintes, les passagers terrorisés, rendus aveugles par l'obscurité, écoutaient en tremblant les sinistres craquements de la coque et des membrures.

Mme Merriwether se cramponnait à son mari qui implorait d'une voix forte la clémence du Tout-Puissant. Ficelé sur sa couchette, le docteur Applewhite s'était administré à titre préventif des doses de cognac « médicinal » si généreuses qu'il avait à peine conscience de la violence de la tempête.

Neal entendit tout à coup dans la cabine voisine un fracas plus bruyant que les autres. Il se releva de son mieux et, se tenant d'une main aux cloisons, tituba dans la coursive jusqu'à la porte de Hannah. Il allait l'ouvrir quand il glissa et se rendit compte avec horreur que de l'eau passait sous la porte. Il agrippa la poignée, ouvrit. Des paquets de mer pénétraient par le hublot grand ouvert.

Hannah, arrivée juste après lui, se hâtait de prendre une couverture sur sa couchette pour tenter de boucher l'ouverture quand un coup de roulis la jeta sur le plancher mouillé. Neal tomba à nouveau à son tour et l'eau continua à s'engouffrer par le hublot tandis qu'il s'efforçait de se remettre sur pied.

— Si nous ne bouchons pas ce hublot, nous allons couler ! s'écria Hannah.

Un nouveau coup de roulis les fit retomber tous les deux. Il entrait assez de lumière pour voir qu'il y avait déjà six pouces d'eau dans la cabine. Conscient de ne pouvoir espérer aucune aide, Neal arracha les draps et le matelas. Il luttait contre la pente du plancher quand le navire s'inclina du côté opposé avec tant de brutalité qu'il s'affala contre le bordé et le navire prit si fortement de la bande que Neal crut qu'ils allaient chavirer.

Hannah réussit toutefois à le rejoindre, à lui

prendre le matelas des mains et à l'appliquer contre le hublot. À eux deux, ils finirent d'enfoncer le matelas dans l'ouverture et de boucher les interstices avec les draps, ce qui plongea de nouveau la cabine dans une obscurité totale. La coque et les membrures craquaient et gémissaient comme si la tempête allait les désintégrer.

— Monsieur Scott ! cria Hannah. Où êtes-vous ?
— Je suis là !

Il tendit les bras en tâtonnant. Quand leurs mains se rencontrèrent, il attira Hannah à lui alors que le *Caprica* dévalait le versant d'une vague géante. Hannah tomba sur le jeune homme, le serra de toutes ses forces. Elle était trempée de la tête aux pieds, et sa robe lui collait au corps, ses cheveux se plaquaient en mèches sur son dos et sa poitrine. Neal la sentait trembler entre ses bras.

Sans se lâcher, ils ballottèrent de-ci de-là jusqu'à ce que Neal parvienne à s'adosser à un côté du chambranle de la porte en prenant appui contre l'autre avec les pieds. Ainsi calé, il put résister aux mouvements erratiques du navire et resserra son étreinte autour de Hannah, qui enfouit son visage au creux de son épaule.

Neal pensait à leurs jeunes vies qui allaient s'éteindre au milieu de l'océan, à la tombe marine qui les attendait. Il pensait surtout à la jeune femme tremblant de peur et de froid dans ses bras et qu'il serra un peu plus fort contre lui en posant de nouveau les lèvres sur ses cheveux. Sous les assauts furieux du vent et des vagues, le navire parut effectuer un tour complet sur lui-même, mais Neal parvint à rester debout sans lâcher la jeune femme. Les coups de roulis succédaient aux plongeons vertigineux. Hannah ne put retenir un hurlement de terreur. Dans l'eau glaciale jusqu'aux chevilles, elle s'accrochait à Neal comme à une bouée.

Une nouvelle vague géante prit le *Caprica* par le travers et, cette fois, ils crurent qu'il allait chavirer et que leur dernière heure était arrivée. Hannah posa une main sur la nuque de Neal. Il baissa la tête, elle leva la sienne. Et dans cette obscurité terrifiante et le déchaînement des éléments, leurs bouches se joignirent en un baiser rendu plus brûlant par la passion, la peur et un dernier effort désespéré pour garder prise sur une vie précieuse qui menaçait de leur échapper.

5

— Terre en vue, commandant. Fremantle droit devant.

— Merci, monsieur James. Gardez le cap, Olson, ordonna le capitaine Llewellyn à l'homme de barre.

Les passagers se rassemblaient sur le pont ainsi que les officiers et les membres de l'équipage qui n'avaient pas de tâche urgente. Pour tous, c'était un moment plus sombre que joyeux. Le *Caprica* avait survécu à la tempête, certes, mais le souvenir de cette nuit terrible, quelques semaines plus tôt, resterait à jamais gravé dans les mémoires.

À l'aube, la dépression passée, le soleil avait percé les nuages pour se lever sur un navire toujours à flot mais gravement endommagé. Après un inventaire des avaries, le capitaine avait donné l'ordre de dévier la route du *Caprica* vers Le Cap sous voilure réduite afin d'effectuer les réparations indispensables. Six émigrants, dont deux enfants en bas âge, manquaient à l'appel, huit membres de l'équipage avaient été balayés par-dessus bord et les officiers comptaient plusieurs blessés. Quant au matelot sauvé par le révérend Merriwether au péril de sa vie, il s'en était sorti avec une simple écorchure à la tête.

Et aujourd'hui, la côte occidentale de l'Australie

se profilait enfin devant eux, brillante comme un rayon d'espoir.

Sur le pont, où elle contemplait avec les autres cette terre promise baignée de soleil, Hannah pensait à Neal et au baiser qui les avait unis. L'étreignant avec la force du désespoir, elle sentait sa force et sa chaleur l'irradier alors même qu'elle était convaincue que chacun de leur souffle serait le dernier. Ce baiser, leur premier et peut-être leur dernier, avait duré une éternité jusqu'à ce qu'un cri de terreur échappé à Hannah les arrache l'un à l'autre.

Ils ne s'étaient plus embrassés jusqu'à la fin de la tempête, ni après, lorsqu'ils avaient pris conscience qu'ils étaient toujours en vie. Ils n'en avaient jamais reparlé. Ils avaient besoin, chacun de son côté, de réfléchir aux événements de la nuit, d'assimiler les sentiments nouveaux et déroutants qu'ils avaient éprouvés et de comprendre la vie neuve qui en découlerait pour chacun d'eux – car depuis cette nuit-là, Neal et Hannah étaient profondément transformés.

Debout à côté d'elle, Neal regardait lui aussi la côte apparaître plus nettement à mesure que le navire s'en rapprochait. Il pensait à la jeune femme extraordinaire qui se tenait près de lui et qu'il avait serrée dans ses bras, à leur baiser voluptueux et désespéré à la fois, à la passion qu'ils y avaient mise comme s'ils voulaient exprimer dans ce rapprochement leur attachement à la vie qu'ils étaient sur le point de perdre. Ce baiser avait tout changé. À présent, Neal ne se félicitait pas que son chemin diverge de celui de Hannah, il voulait rester près d'elle, avec elle. Pourtant, il n'avait pas le choix. Il devait débarquer ici, elle devait poursuivre sa route.

Il avait tant de choses à lui dire… Mais, depuis la tempête, ils n'avaient pas eu une seule occasion de se parler en privé. La cabine de Hannah était en si piteux état qu'elle était forcée de coucher dans celle de Mme Merriwether tandis que le révérend partageait celle de Neal. Le navire était le théâtre d'une activité intense. Les matelots clouaient des planches, réparaient les vergues, calfataient les voies d'eau avec de l'étoupe et du goudron. Neal et tous les émigrants capables de travailler participaient à l'effort commun afin de permettre au *Caprica* de rallier Le Cap malgré ses avaries. De son côté, Hannah était débordée par l'aide qu'elle apportait au docteur Applewhite pour soigner blessures, infections ou crises de nerfs. Les repas étaient les seuls moments où les deux jeunes gens se retrouvaient, mais toujours en compagnie. Ils ne pouvaient qu'échanger à travers la table des regards brûlants du désir né entre eux au cours de cette nuit-là.

Côte à côte à la rambarde, ils regardaient la terre. Sous le soleil et un ciel sans nuages, les passagers gardaient un silence révérencieux. Plus le *Caprica* approchait de la côte, plus le bleu profond de l'océan s'éclaircissait pour devenir turquoise en léchant les plages de sable blanc. On pouvait voir au-delà une plaine couverte d'arbres s'étendant à perte de vue jusqu'à des montagnes. Le spectacle de ces eaux limpides et lumineuses coupait le souffle de ces gens venus d'îles brumeuses cernées d'eaux grises. Beaucoup tombèrent à genoux pour prier le

Seigneur que leurs propres destinations, Adélaïde, Melbourne ou Sydney, soient aussi célestes.

M. Simms, le steward, fit part de ce qu'il savait sur l'Australie aux quatre passagers des cabines.

— Perth a été fondée il y a dix-sept ans et, dès le début, des conflits ont éclaté entre les Aborigènes et les colons britanniques. Ces individus se sont battus sauvagement pour garder leurs territoires alors qu'ils n'en faisaient rien. Les colons cultivaient la terre, élevaient du bétail, mettaient le pays en valeur, voyez-vous. Les autres n'ont rien compris. Il y a eu des batailles terribles, mais maintenant c'est fini. Un des chefs est mort il y a trois ans et sa tribu s'est dispersée. Ils se sont retirés du côté des marais et des lacs au nord de la colonie et ils ne dérangent plus personne.

Faute de réaction de son auditoire, Simms poursuivit :

— Vous avez devant vous l'une des colonies les plus lointaines de la terre. Saviez-vous que Perth est plus près de Singapour que de Sydney ? Ici, les étés sont torrides et secs. C'est le mois de février le plus chaud.

— Vous vous rendez compte ! s'exclama Mme Merriwether. Février au plus fort de l'été !

— Rendez-vous compte aussi, enchaîna Neal, que la quasi-totalité des millions de kilomètres carrés de cette terre n'a jamais été vue par l'homme. Certains supposent qu'il y a au centre une vaste mer intérieure et que la côte que nous croyons être celle d'un continent n'est qu'un immense récif autour de cette mer. D'autres imaginent que les ruines de cités antiques subsistent au cœur de l'Australie. L'Atlantide, peut-être, ou les vestiges d'une humanité in-connue. Les tribus perdues d'Israël y ont peut-être vécu et fondé une autre Jérusalem. Pourquoi pas ?

Hannah frémissait à la pensée de ce monde nouveau et inexploré. Un monde qui n'était habité que depuis quatre-vingts ans à peine, un monde sans châteaux séculaires, sans traditions, sans lords ni ladies. Un monde offrant de nouveaux départs, de nouveaux horizons.

Une chaloupe à huit rameurs venue du port vint accoster le flanc du *Caprica* et les Merriwether firent leurs adieux. Le révérend dit à Hannah que si elle avait l'occasion de passer par l'Australie occidentale, elle serait toujours la bienvenue à leur mission.

— Nous ne venons pas seulement ici pour la rédemption des Aborigènes, mademoiselle Conroy. Nous accueillons avec joie toutes les personnes en quête de la Vérité.

Abigail regardait son mari en s'émerveillant de sa transformation depuis la tempête. En participant aux travaux de réparation du navire, Caleb avait perdu du poids et gagné des muscles. Le teint hâlé, il respirait la santé et la vigueur. Ses craintes de vivre à la mission au milieu des Aborigènes s'étaient évanouies devant l'acte héroïque accompli par le révérend. Elle ne se doutait pas qu'il avait en lui un tel courage ni une telle force d'âme.

Cousins issus de germains, les Merriwether étaient destinés dès leur enfance à être mariés. Abigail avait consciencieusement rempli ses devoirs conjugaux en donnant cinq enfants à Caleb et il s'était établi entre eux des liens d'une respectueuse affection d'où toute passion était absente. Quel phénomène aussi étrange qu'inattendu, se disait Abigail en songeant avec une joyeuse impatience à la nouvelle vie qui les attendait, de tomber amoureuse de son mari après trente ans de vie commune !

Tandis que leurs bagages étaient chargés dans la chaloupe, Mme Merriwether ne put résister au désir de donner à Hannah quelques judicieux conseils.

— Vous êtes brillante et très instruite, mademoiselle Conroy. Mais laissez-moi vous dire qu'aucun homme n'aime qu'une femme le soit plus que lui. Vous devrez apprendre à cacher vos lumières sous le boisseau, ma chère enfant – au moins jusqu'à ce que vous soyez mariée.

— Mais je ne suis pas venue en Australie chercher un mari !

— Il vous en faudra un, que vous le vouliez ou non, déclara Mme Merriwether avec autorité. On attend d'une sage-femme qu'elle soit mariée et ait eu des enfants. Ce serait trop choquant qu'une jeune fille s'expose aux réalités de la chambre à coucher. Les femmes, croyez-moi, ne tiendront aucun compte de vos études et de votre expérience si vous n'avez pas vous-même vécu un accouchement. Pour espérer survivre ici, ma chère petite, vous devrez d'abord vous marier.

Les marins descendaient les caisses de Neal dans la chaloupe. Le moment était venu pour Hannah et lui de se séparer.

— Je ne suis pas doué pour exprimer mes sentiments par des mots, dit-il d'une voix nouée par l'émotion. Si je peux parler indéfiniment de la terre et de tout ce qu'il y a dessus, je perds ma langue quand il est question d'affaires de cœur. Mais avant de vous quitter, Hannah, je veux que vous sachiez quelle marque profonde vous avez imprimée sur moi. Depuis le jour où Josiah m'a dit la vérité sur ma naissance, je gardais en moi un ressentiment tenace envers ma mère. C'était irrationnel, je sais, mais je n'avais jamais été capable de lui pardonner de m'avoir abandonné. Vous seule, ma chère Hannah, en me révélant ce qu'était ce « vase de larmes », avez réussi à briser la carapace d'amertume qui me sclérosait le cœur. Grâce à vous, j'ai vu sous un autre jour cette femme qui était ma mère, vous avez fait naître en moi le besoin d'apprendre la vérité sur mes racines. Je vais écrire chez moi à tous ceux dont j'espère obtenir des renseignements, les autorités locales, les conseils municipaux de la région et même les registres paroissiaux. J'ai besoin de savoir qui était ma mère.

Neal s'abstint néanmoins de dévoiler à Hannah la véritable raison des recherches qu'il voulait entreprendre. Certaines choses ne doivent être dites qu'au moment opportun. En réalité, il était amoureux d'elle et avait l'intention de l'épouser. Mais alors qu'il savait qu'elle se souciait peu qu'il soit un enfant trouvé, d'autres s'en offusqueraient. La société ne pardonnait pas les naissances illégitimes. Son passé reviendrait toujours faire planer une menace sur leur présent, au point même de nuire à leurs enfants. Aussi, avant de pouvoir la demander en mariage, il devait savoir ce qu'il était en mesure de lui offrir.

Neal n'ignorait pas qu'en repartant sans attendre en Angleterre et, de là, à Boston, il pourrait mener ses recherches plus vite et avec de plus grandes chances de succès. Mais comment se résoudre à quitter l'Australie puisque Hannah y était ?

— Ces adieux sont bien difficiles, lui dit-il.

— Oui, approuva-t-elle à mi-voix.

Elle ne pouvait détacher de lui son regard. Six mois s'étaient écoulés depuis leur départ et cette séparation lui brisait le cœur. Elle était tentée de débarquer avec lui, mais l'envie de trouver sa place dans ce nouveau monde et d'exercer librement sa profession était trop forte. La tempête avait provoqué en elle aussi une métamorphose. Hannah était désormais habitée d'un sentiment d'urgence. Elle ne voulait pas perdre une journée de la vie qui s'ouvrait devant elle.

La vue de la toute jeune colonie sur le rivage n'avait rien, il est vrai, pour l'inciter à y rester. Quelques entrepôts près du port, des baraques en bois, des cabanes éparses le long de la plage. Ce n'était pas là une ville en plein essor où elle pourrait se constituer une clientèle et trouver de quoi alimenter son intérêt pour la médecine et les maladies. De toute façon, Neal devait se joindre aussitôt à une expédition scientifique et ne reviendrait pas avant bien longtemps.

— Je prie le ciel que vous trouviez les réponses que vous cherchez, lui dit-elle.

De fait, Hannah pensait que si Neal se prétendait dégagé de tous liens et libre de parcourir le monde pour en explorer les mystères, il était en réalité paralysé par des blessures anciennes, profondément enfouies. Plutôt que d'explorer les mystères de la terre, il cherchait à résoudre les siens et à découvrir sa véritable place dans le monde. Jusqu'à ce qu'il exhume la vérité sur sa mère, Neal Scott ne serait jamais un homme réellement libre.

Avant de le quitter, elle voulait lui donner un souvenir d'elle, un objet personnel lui rappelant le temps passé ensemble à bord du *Caprica* et qui serait peut-être aussi, espérait-elle, un témoignage de son affection. Mais elle connaissait mal les règles en pareilles circonstances. Dans les rapports entre les jeunes femmes célibataires et les hommes, la société imposait une certaine étiquette. Mais ces règles étaient-elles valables dans le cas d'une amitié telle que la leur, nouée à bord d'un navire et scellée par l'épreuve d'une tempête ?

Aussi incapable de s'éloigner d'elle que de lui parler, Neal gravait dans sa mémoire les moindres détails de Hannah auréolée de soleil : sa posture assurée, sa robe qui rendait ses yeux gris plus lumineux, la fierté de son port de tête, sa chevelure brune rassemblée en chignon, le gracieux petit chapeau à voilette de dentelle couvrant son front haut et lisse.

Sourd et aveugle à l'activité déployée alentour, Neal comprit que Hannah et lui étaient réunis par un lien particulier, différent et plus puissant que celui créé par leur baiser passionné : ils ne s'intégraient tout à fait ni l'un ni l'autre à la société. Lui, à cause de sa naissance illégitime dont il devait garder le secret sous peine d'être banni par les gens se disant « honorables » ; elle, parce qu'elle ne se conformait pas à l'image d'une demoiselle « comme il faut », parce qu'elle lisait des traités de médecine, posait des questions épineuses et se mettait dans des situations où une demoiselle ne s'aventurait jamais.

Oui, Hannah était bien une jeune femme

extraordinaire, unique. Et il en était amoureux en dépit de sa promesse de ne plus jamais l'être.

Cette pensée lui fit retrouver l'usage de sa langue.

— Mademoiselle Conroy, si vous ne jugez pas que ce serait trop hardi de ma part, je voudrais vous offrir un modeste souvenir.

Il prit dans sa poche un mouchoir fraîchement repassé avec ses initiales, N. S., brodées dans un coin, et le lui tendit.

— Merci, monsieur Scott...

Elle le glissa dans son sac à main et ôta un de ses gants de peau fine et souple, teint en gris clair.

— ... et j'espère que vous voudrez bien accepter ceci en échange, acheva-t-elle.

Neal le prit comme si elle mettait sa main dans la sienne et sut dès cet instant qu'il ne s'en séparerait jamais. Il aurait voulu prendre Hannah dans ses bras, la serrer contre lui, poser ses lèvres sur les siennes sous les yeux de Dieu, de l'équipage, des passagers du *Caprica*, des mouettes qui tournaient au-dessus de leurs têtes.

— Si nous devons maintenant nous dire au revoir, chère Hannah, ce ne sera pas pour longtemps, parvint-il à articuler. Dans un an, quand mon contrat aura expiré, j'irai à Adélaïde et nous nous reverrons.

Sous le soleil d'octobre, dans les odeurs salées de l'air marin et le tohu-bohu de l'activité ambiante, ils se regardaient dans les yeux sans pouvoir détacher leurs regards l'un de l'autre. Elle ne pouvait s'empêcher de penser aux dernières paroles de son père : elle était arrivée, et Neal Scott avec elle, sur le seuil d'un monde nouveau et exaltant.

— À l'année prochaine, lui dit-elle.

ADÉLAÏDE

Février 1847

6

Le docteur Davenport parcourut les certificats et les références délivrés à Hannah par l'hôpital de la Maternité à Londres.

— Vous êtes très jeune, mademoiselle Conroy.

— J'ai eu vingt ans il y a quelques mois.

Il faisait si chaud dans le cabinet médical que Hannah aurait bien voulu s'éventer. La fenêtre ouverte ne faisait rien pour modérer la température. Au contraire, elle laissait entrer la chaleur et la poussière de la rue, les mouches et l'odeur du crottin. Pourtant, comme le reste de la population féminine d'Adélaïde, britannique en grande majorité, Hannah n'aurait jamais renoncé au corset et à la pesante crinoline de rigueur. Le steward du *Caprica* ne s'était pas trompé en disant aux passagers que le mois de février était le plus chaud de l'été austral.

Évoquer le *Caprica* la fit penser à Neal Scott. Elle se demandait comment il s'en sortait en Australie occidentale, dont elle avait entendu dire qu'il y faisait encore plus chaud qu'en Australie du Sud. Quatre mois s'étaient écoulés depuis leur séparation dans le port de Perth et, depuis, Hannah ne cessait de penser à lui. Elle priait le ciel qu'il reste en bonne santé et puisse tenir sa promesse de venir, dans huit mois maintenant, la rejoindre.

— Et vous n'êtes *pas* mariée, m'avez-vous dit ? demanda le docteur Davenport en la regardant par-dessus ses lunettes.

La prédiction de Mme Merriwether se révélait malheureusement exacte : personne ne voulait d'une jeune sage-femme inexpérimentée et, pire encore, célibataire. « Vous devriez mentir et dire que vous êtes veuve », lui avait conseillé Molly Baker, une des jeunes femmes qui logeaient avec elle dans la pension de Mme Throckmorton. « Personne ne pourra prouver le contraire et cela vous rangerait parmi les femmes mariées. Une jeune célibataire n'est pas censée être au courant de ce qui se passe derrière les portes des chambres conjugales. Comment sauriez-vous mettre des bébés au monde si vous ignorez ce que font les parents pour qu'ils arrivent là ? »

Molly n'avait pas tort, bien sûr, mais Hannah ne voulait pas fonder sa nouvelle vie sur un mensonge.

— En effet, je suis célibataire, répondit-elle au docteur Davenport.

Le célibat n'était pas le seul obstacle auquel Hannah se heurtait. Elle avait découvert que les sages-femmes déjà installées en ville protégeaient jalousement leur territoire et qu'il était pratiquement impossible à une nouvelle venue de se constituer une clientèle. Elle avait fait paraître des annonces dans les journaux locaux, en avait collé sur les panneaux d'affichage public, s'était présentée aux pharmaciens et avait même bavardé avec les nurses dans les jardins publics en leur demandant de faire passer sa carte de visite à leurs relations. Mais si quelques messages avaient été déposés à sa pension, ces contacts n'avaient abouti qu'à des désastres : « Quoi, c'est vous la nouvelle sage-femme ? Mais vous n'êtes encore qu'une gamine ! Et pas mariée en plus, sans même avoir eu vous-même un enfant ? »

Voyant ses économies fondre et le paiement du loyer approcher, Hannah avait prié avec plus de ferveur que jamais en invoquant l'esprit de son père pour lui demander conseil. Elle rêvait souvent de cette nuit fatale dans la bibliothèque froide et sinistre de Falconbridge Manor, quand il lui avait mis dans la main le flacon de teinture d'iode en disant : « Voilà la clé » ou « Tu dois savoir la vérité sur la mort de ta mère ». Ces propos qui hantaient ses nuits restaient pour elle inexplicables. Dans son dernier rêve, cependant, son père lui avait dit autre chose pour la première fois : « Tu m'as assisté, Hannah, tu peux assister d'autres médecins. »

Hannah avait lu les offres d'emploi dans les journaux et sur les panneaux d'affichage de la poste et autres lieux publics et répondu à toutes celles émanant de médecins. Mais cette piste-là avait été aussi infructueuse que les autres, les médecins ne recherchant que des assistants masculins ou des bonnes à tout faire. Hannah se rangeait donc dans une catégorie qui paraissait ne pas même exister.

Elle avait finalement décidé de prendre les choses en main. Munie d'une liste des médecins exerçant à Adélaïde, elle avait entrepris d'aller se présenter en personne à chacun d'eux afin de les persuader qu'ils avaient besoin des services qu'elle leur offrait. Trois d'entre eux l'avaient déjà éconduite : « Assez de sornettes, jeune fille, mariez-vous ! », « J'ai déjà une bonne » ou « Vous devriez avoir honte ! ».

C'est ainsi qu'elle se trouvait dans le cabinet étouffant du docteur Gonville Davenport, au coin de Light Square, en espérant qu'il aurait l'esprit plus ouvert que ses confrères. Elle avait même puisé dans les maigres économies qui lui restaient pour renouveler sa garde-robe. En cette torride matinée de février, elle portait une toilette de soie lavande à liseré pourpre avec des manches gigot. Des gants assortis et un coquet petit chapeau complétaient cet ensemble à la dernière mode.

Elle n'avait toutefois pas fait l'acquisition d'un des sacs à main dernier cri, qu'elle jugeait frivoles et trop petits pour contenir autre chose qu'un mouchoir en dentelle. Elle restait fidèle au volumineux sac de velours bleu, à la trame mêlée de fils d'or et d'argent, acheté par sa mère au Maroc et dans lequel elle transportait son maquillage de scène. Ce sac contenait maintenant les biens les plus précieux de Hannah : les instruments et les remèdes de la trousse de son père, dont le flacon de la teinture d'iode expérimentale n° 23 encore aux trois quarts plein ; un recueil de poèmes offert par John à sa jeune épouse le jour de leur mariage avec une dédicace : *« À ma bien-aimée, elle-même Poésie Pure »* ; et enfin, l'épaisse chemise dans laquelle son père avait rassemblé ses notes, condensé du travail d'une vie.

En attendant poliment que le docteur Davenport ait fini d'étudier ses références, Hannah se remémora l'avertissement de Mme Merriwether : « Cachez vos lumières sous le boisseau. » Les trois médecins précédents n'avaient non seulement manifesté aucun intérêt pour le diplôme de Hannah, mais ils lui avaient paru, Dieu sait pourquoi, juger son éducation choquante et la prendre comme un affront personnel. Elle se demandait cette fois si elle devait garder modestement le silence.

Elle sentait le mouchoir de Neal au monogramme brodé glissé dans son corsage lui presser doucement la poitrine, comme si Neal lui-même lui donnait une caresse pour l'inciter à déployer ses ailes dans ce pays neuf où le ciel même était sans limite. Mais comment concilier deux objectifs aussi contradictoires, réaliser ses rêves et cacher son intelligence ?

Hannah s'efforçait de ne pas trahir son désarroi, mais ses conditions de vie lui causaient une angoisse croissante. Elle n'était pas habituée à l'activité incessante d'une ville en plein essor, pas plus qu'à vivre sous le même toit que six autres femmes. Les premiers jours, elle avait eu beaucoup de mal à trouver le sommeil. La circulation paraissait ne jamais se calmer, surtout en novembre et décembre où d'immenses troupeaux de moutons traversaient la ville en direction du port distant d'une dizaine de kilomètres. Les sabots des chevaux, les claquements de fouet, les cris des cochers et des bouviers se faisaient entendre en permanence sous sa fenêtre. Elle était née et avait grandi dans le paisible village de Bayfield, dans un petit cottage de quatre pièces avec un jardinet fleuri. Telle était l'existence à laquelle elle était accoutumée et qu'elle aspirait à recréer en Australie. Ce qu'elle espérait, une fois établie dans sa profession et disposant de ressources suffisantes, c'était pouvoir s'installer chez elle dans un endroit tranquille à l'écart du centre.

Le docteur Davenport était un assez bel homme d'une trentaine d'années. La boucle de cheveux bruns qui lui retombait sur le front lui donnait une allure juvénile. Sans son sourire bienveillant et ses manières courtoises, son nez proéminent et ses sourcils arqués lui auraient conféré une mine sévère.

— Je n'ai pas besoin des services d'une sage-femme, dit-il enfin d'un ton d'excuse qui paraissait sincère. J'ai toujours préféré procéder moi-même aux accouchements.

— Je peux vous être utile dans d'autres domaines. J'assistais mon père à son cabinet et je l'accompagnais dans ses visites.

Serait-ce trop prétentieux d'ajouter qu'elle avait été appelée avec lui au chevet d'une baronne ?

Le docteur Davenport reposa les papiers sur son bureau et examina sans vergogne la jeune femme assise devant lui. Elle présentait incontestablement très bien. Elle était élégante, s'exprimait à la perfection et l'intelligence brillait dans ses yeux. Elle lui avait révélé que son père était quaker, ce qui signifiait qu'elle avait été élevée dans le culte de la franchise et de l'honnêteté. Dans leurs lettres de recommandation, ses professeurs de Londres disaient d'elle le plus grand bien, à l'exception de son professeur d'obstétrique qui estimait que Mlle Conroy posait trop de questions. Réservée sans être timide, elle avait à la fois de la dignité et assez d'assurance pour venir en personne solliciter un emploi.

Il se disait aussi que sa clientèle croissait au point qu'il envisageait sérieusement d'engager un assistant. Mais pas *une* jeune assistante, célibataire par-dessus le marché !

Mal à l'aise sous le regard scrutateur du médecin, craignant de laisser échapper un mot de trop pouvant ruiner ses chances de se le concilier, Hannah regardait les étagères chargées de livres et les planches anatomiques qui couvraient les murs. Des plantes vertes, un squelette pendu à une potence, une armoire vitrée contenant des remèdes, des compresses et des instruments complétaient l'ameublement du petit bureau. La bibliothèque médicale, qui paraissait bien garnie, constituerait pour elle un trésor s'il se décidait à l'engager.

Ses yeux s'attardèrent enfin sur une statuette en ivoire posée sur le bureau encombré de dossiers et de papiers.

— Elle est ravissante, dit-elle.

Le docteur Davenport suivit son regard et prit la statuette en souriant à un souvenir heureux.

— Les antiquités sont une de mes passions, mademoiselle Conroy. J'ai acheté cette figurine à Athènes. L'antiquaire m'a affirmé qu'elle avait deux mille ans.

— Je peux ? demanda-t-elle en tendant la main.

— Bien sûr, répondit-il en la lui donnant.

— Elle est d'une délicatesse admirable. Qui représente-t-elle ?

— Elle est censée représenter la déesse Hugieia.

— Oui, bien sûr, la fille d'Asclépios. Elle a tout à fait sa place dans le cabinet d'un médecin.

— Vous connaissez Asclépios ? s'étonna-t-il.

Hannah marqua une légère hésitation. Devait-elle paraître aussi savante ?

— Asclépios, que les Romains appelaient Esculape, était le dieu de la médecine, Hugieia la déesse de la santé et de l'hygiène.

— C'est exact, approuva le docteur Davenport. Elle est invoquée au début du serment d'Hippocrate, où il est dit : « Je jure par Apollon, Esculape, Hygie et Panacée de respecter le serment dans toute la mesure de mes capacités », etc. Malheureusement, mademoiselle, les Grecs de l'Antiquité n'accordaient pas à Hugieia l'importance qu'elle aurait méritée. C'était son père qui guérissait. Hugieia se contentait de prévenir les maladies, ce qui, à mes yeux, est encore plus essentiel que de les guérir.

Tout en l'écoutant, Hannah examinait la statuette et s'émerveillait de la finesse des détails. Cette effigie de la déesse avait dû appartenir à une femme. Peut-être elle-même médecin, car les femmes avaient le droit d'exercer la médecine dans l'Antiquité grecque. Non, se dit-elle, Hugieia étant la déesse de la prévention et non de la médecine curative, cette femme devait plutôt être professeur.

— Elle est superbe, dit-elle en la lui rendant.

Davenport la reprit en réprimant un sursaut : elle lui ressemble, se dit-il. Le même port de tête, la même finesse de traits... Cette observation le troubla. Veuf, il se rendait soudain compte à quel point une compagnie féminine lui manquait depuis la mort de sa femme, survenue pendant leur traversée. Sa très chère Édith était intelligente, vive, cultivée, une femme à l'esprit curieux et ouvert avec laquelle il pouvait aussi bien aborder tous les sujets que passer des nuits passionnées.

Il avait décidé de ne pas engager Mlle Conroy. Aussi fut-il le premier surpris de s'entendre dire :

— Vos obligations principales consisteront à entretenir le cabinet dans un constant état de propreté, à laver et nettoyer mes instruments, à préparer des rouleaux de bandages en cas de besoin et vérifier mes stocks de produits médicaux. Vous vous adresserez pour cela à la pharmacie Krüger au moins une fois par semaine. Si mes patients acceptent, je serai très heureux que vous m'assistiez dans les cas d'enfants effrayés et de femmes hystériques. Et quand l'occasion se présentera de faire appel à une sage-femme, vous m'accompagnerez. Pour la suite, nous verrons plus tard.

Il fut convenu que Hannah viendrait trois matinées par semaine pendant une période d'essai de six mois et que ses horaires pourraient être augmentés si elle était engagée définitivement. Hannah était si heureuse quand elle sortit du cabinet que ses pieds ne touchaient pas terre. Quand je lui aurai apporté la preuve de mes compétences, se disait-elle au comble de la joie, je demanderai au docteur Davenport d'ajouter mon nom sur sa plaque et je ferai paraître des annonces dans les journaux de la région pour que toutes les lectrices le sachent !

Sur le trottoir de bois, où elle attendait de pouvoir traverser le flot constant des cavaliers et des voitures qui passaient en soulevant la poussière, Hannah posa la main sur sa poitrine et le mouchoir de Neal. *Je lui écrirai pour lui apprendre la bonne nouvelle.*

Quand ils s'étaient séparés à Perth, ils s'étaient promis de s'écrire en poste restante. « Si le *Borealis* fait escale, j'essaierai de vous envoyer une lettre »,

125

avait-il dit. Il avait fait beaucoup mieux. Quinze jours à peine après son arrivée à Adélaïde, Hannah avait eu la joie et la surprise de trouver une lettre qui l'attendait à la poste. Neal la lui avait écrite le lendemain même de son arrivée à Perth.

Il commençait sa missive sur un ton très formel :

Le HMS Borealis *est un brick de dix canons de la Royal Navy ayant participé aux guerres contre Napoléon, réaménagé en navire de recherches scientifiques. Je ferai partie d'une équipe de quinze hommes et le capitaine est très désireux d'adopter mon invention qui permettra de photographier les côtes depuis le navire…*

Mais à mesure qu'il avançait dans son récit, la lettre prenait un tour plus personnel :

J'ai dîné hier soir à Perth chez le lieutenant gouverneur, une soirée tout ce qu'il y a d'officiel comme vous pouvez l'imaginer, à laquelle les Merriwether étaient eux aussi invités. D'autres scientifiques, membres de mon expédition, étaient au nombre des convives. Un débat animé sur les progrès actuels de la science s'est alors engagé. J'ai bien peur d'avoir scandalisé le révérend et son épouse en confessant que j'étais athée et que j'étais convaincu que la science pourra un jour élucider tous les mystères qui nous entourent, y compris peut-être celui que constitue Dieu lui-même. Je crois, ma chère Hannah, que les Merriwether auraient bien voulu, s'ils l'avaient pu, m'enlever pour me séquestrer dans leur mission chez les Aborigènes !

Un peu plus loin, il écrivait :

Je joins à cette lettre une photographie de moi. Je voulais vous la donner à bord du Caprica, *mais j'ai pensé que cela aurait paru trop hardi et vaniteux de ma part. Mais comme je ne voudrais pas que vous m'oubliiez, je fais taire mes scrupules et je vous glisse ce portrait dans l'enveloppe.*

Hannah avait été ravie de découvrir le rectangle de bristol sur lequel était imprimé le portrait de Neal. En veste sombre sur une chemise blanche, la tête nue, il était assis les jambes croisées devant un décor de collines boisées et tournait vers l'objectif un regard rêveur.

L'éclair amusé si souvent visible dans ses yeux et le léger sourire que Hannah lui voyait à bord du *Caprica* étaient absents de ce portrait, sur lequel il paraissait plutôt mélancolique. Comme s'il prévoyait cette observation, Neal ajoutait un commentaire :

Vous me pardonnerez, je l'espère, mon aspect trop sérieux, mais il est difficile de garder le sourire pendant un quart d'heure. En fait, j'avais la tête maintenue par un support, invisible mais très contraignant. Si l'on ne parvient pas à accélérer sensiblement le processus, j'ai bien peur que les portraits photographiques ne soient condamnés à toujours donner au modèle un air sérieux et solennel.

Hannah trouvait au contraire que sa mine sérieuse le rendait encore plus séduisant et convenait tout à fait à un homme de science. Quelle merveilleuse invention ! Une photographie n'avait rien de commun avec une peinture qu'il fallait accrocher au mur. Le petit cliché de Neal ne la quittait pas, elle pouvait le regarder quand elle voulait et même le soir avant de souffler sa lampe. Le lien d'intimité que ce portrait créait entre eux l'enchantait. Et puis, à chaque fois qu'elle le regardait, elle pensait à leur baiser pendant la tempête, son premier, si brûlant de passion qu'à chaque fois qu'elle l'évoquait elle se sentait submergée par une vague de désir et le besoin, à la fois impérieux et désespéré, d'être encore embrassée par lui.

Plus que huit mois à attendre ! Hannah se sentit si heureuse qu'elle décida de chercher sans attendre un autre emploi qui occuperait ses après-midi et arrondirait ses revenus. Le prochain médecin sur sa liste était le docteur Young, dans Waymouth Street.

Quand elle approcha de l'adresse, un petit bungalow blanc entre deux terrains vagues précédé d'un carré de pelouse jaunie, elle vit une élégante voiture attelée de deux chevaux attendant dans la rue. Une jeune femme qui descendait du petit perron et regagnait la voiture paraissait désemparée. Elle portait la tenue des femmes de chambre, robe noire, tablier et bonnet blancs. Sur le trottoir, avant de monter en voiture, elle s'arrêta un instant en se tordant les mains de désespoir. La voyant au bord des larmes, Hannah s'approcha d'elle.

— Vous ne vous sentez pas bien ? lui demanda-t-elle.

Elle remarqua alors que son visage avait quelque chose d'anormal.

— Je ne sais pas quoi faire, mademoiselle. La

bonne du docteur Young m'a dit qu'il est parti à Sydney et qu'il n'en reviendra peut-être pas. Et Mlle Magenta est très malade, on ne peut pas la réveiller.

Hannah jeta un coup d'œil à la petite maison et constata que, en effet, la plaque de cuivre du médecin était recouverte d'un linge. Elle regarda ensuite la voiture, appartenant visiblement à une personne riche. Elle reporta enfin son attention sur la jeune femme de chambre aux yeux écarquillés par l'angoisse et la peur.

— Je travaille avec le docteur Davenport... commença-t-elle.

— Il ne viendra pas ! Le docteur Young était le seul qui acceptait de venir. Qu'est-ce que je vais faire ? Je ne peux pas rentrer seule comme ça.

— Je peux peut-être vous aider, offrit Hannah en se demandant pourquoi le docteur Davenport refuserait de se rendre au chevet d'une malade. Je m'appelle Hannah Conroy et j'ai de l'expérience médicale.

— *Vous*, mademoiselle ? s'exclama la jeune femme avec incrédulité.

Elle continuait à se tordre les mains et jetait autour d'elle des regards égarés.

— Comment vous appelez-vous ? lui demanda Hannah.

— Alice. Et Mlle Magenta a besoin d'un docteur de toute urgence.

— Qu'est-ce qui lui est arrivé ?

— Nous l'ignorons. Elle a dit qu'elle ne se sentait pas bien et maintenant, elle ne se réveille plus.

— Vous êtes sûre que vous ne voulez pas

demander au docteur Davenport ? Son cabinet est à deux pas...

— Pas un docteur ne veut aller chez Lulu Forchette, la coupa Alice comme si c'était une évidence.

Pendant ce temps, le cocher fumait une cigarette en se désintéressant totalement de la scène. Hannah hésita à peine.

— J'y vais avec vous, Alice. Je pourrai peut-être me rendre utile.

Elles sortirent de la ville pour gagner les environs, que Hannah n'avait pas encore visités. Tandis que la voiture cahotait à vive allure sur une route défoncée en soulevant des nuages de poussière, Hannah voyait défiler un paysage de collines verdoyantes parsemées de fermes, d'enclos à moutons, de granges et autres bâtiments agricoles. Des cottages et de coquettes maisons se dressaient çà et là et, dans les rayons du soleil qui baissait à l'horizon, Hannah crut distinguer à travers un petit bois de gommiers le clocher d'une église. En passant sous un dais de hauts eucalyptus, elle vit un envol de cacatoès blancs se détachant contre le ciel rougeoyant. Et lorsque la voiture franchit un pont enjambant un ruisseau, elle fut stupéfaite de voir un gros animal au poil roux, avec de minuscules pattes de devant, sauter gracieusement en prenant appui sur son énorme queue. C'était son premier kangourou.

Pendant la demi-heure que dura le trajet, Alice ne dit pas un mot et se laissa ballotter par les cahots sans cesse de se mordre les lèvres. Et de se tordre les mains. Hannah estima qu'elle avait une vingtaine d'années et que, si elle était si visiblement terrorisée, c'était plus pour sa propre sécurité que celle de la mystérieuse Mlle Magenta. Depuis qu'elle avait remarqué l'état de son visage, Hannah s'efforçait de ne pas la dévisager trop ostensiblement. Alice avait la joue gauche boursouflée de cicatrices, le sourcil gauche absent et, sous le bonnet, on pouvait voir que son oreille gauche et une partie du cuir chevelu avaient disparu. C'était réellement tragique car, quand elle tournait la tête, son côté droit intact était ravissant. Hannah se demandait ce qui avait pu provoquer une aussi horrible mutilation.

— Nous voilà arrivées, mademoiselle, dit Alice.

La voiture ralentit pour s'engager dans une large avenue bordée d'arbres, au bout de laquelle apparut une opulente demeure.

À trois niveaux, avec un fronton à colonnes, une véranda et des balcons, la résidence de l'employeur d'Alice, vraisemblablement fortuné, se dressait au milieu de pelouses et de jardins entretenus avec soin. Les grilles de fer forgé étaient un peu trop élaborées, la véranda et les balcons un peu trop garnis de plantes et de fleurs et le toit pourvu d'un assortiment de girouettes, le tout dénotant le désir du propriétaire d'étaler sa richesse. La maison, encadrée par des boqueteaux de gommiers et de poivriers, n'avait pour voisins qu'une ferme d'élevage de moutons à plus d'un kilomètre de là et ce qui avait l'apparence d'une laiterie sensiblement plus loin. Tout autour, s'étendait à perte de vue jusqu'à une chaîne de collines une plaine sillonnée de petits cours d'eau.

L'endroit semblait étrangement choisi pour une aussi luxueuse demeure. On ne voyait alentour aucune dépendance, pas de granges ni d'étables. Rien que cette orgueilleuse bâtisse au milieu d'un désert.

Le cocher lui tendit la main pour descendre de voiture. En mettant pied à terre, Hannah entendit des rires et de la musique s'échapper des fenêtres ouvertes. Le soleil disparaissait derrière le rideau d'arbres, des lampes étaient allumées dans toutes les pièces. Le long d'un pignon, la présence de chevaux sellés attachés à des anneaux et de nombreuses voitures lui parut signifier qu'une grande réception se déroulait à l'intérieur.

— Par ici, mademoiselle, lui dit Alice.

Elle la guida vers l'arrière de la maison et la fit entrer dans une vaste cuisine bruyante, où des marmites bouillonnantes et des fours allumés dégageaient une forte chaleur. Quand Hannah traversa la pièce, cuisinières et servantes la suivirent des yeux avec curiosité. Alice lui fit ensuite monter un escalier de service, en haut duquel trois très jeunes femmes à la mine inquiète paraissaient attendre quelque chose. Deux d'entre elles étaient en chemise de nuit et en peignoir, la troisième vêtue d'une simple camisole sur une culotte descendant aux genoux ; elles avaient toutes trois les cheveux dénoués, comme si elles venaient d'être tirées d'une sieste tardive. Quand Alice leur expliqua que le docteur Young ne viendrait pas, Hannah entendit l'une des jeunes filles murmurer que Mme Forchette était furieuse. Elles firent entrer Hannah dans une chambre encombrée de robes et de chaussures, où bijoux et cosmétiques s'entassaient pêle-mêle sur une coiffeuse. Au fond, sur un lit défait à la courtepointe écarlate froissée, gisait inerte et livide une jeune fille dont la chemise de nuit de dentelle couvrait mal la nudité.

Pendant qu'elle se hâtait au chevet de la jeune malade et lui prenait le pouls, Hannah entendait en provenance de l'étage au-dessous de sonores rires masculins sur un fond de piano. Elle se rendit alors compte que cette luxueuse maison n'était pas une résidence ordinaire. Bien qu'elle n'ait jamais pénétré dans un établissement de ce genre, ni même accompagné son père dans son travail dans un certain cottage en dehors de Bayfield occupé par des dames réputées pour leur « hospitalité », elle ne pouvait douter de ce qui se déroulait ici.

Le pouls était si faible au poignet de la jeune femme que Hannah dut le prendre en lui tâtant le cou.

— Que s'est-il passé ? demanda-t-elle.

— Elle se plaignait d'avoir la migraine et la nausée, répondit une des trois filles.

Hannah souleva les paupières de Magenta et vit qu'elle avait les pupilles dilatées.

— Elle avait aussi très soif, mais elle ne pouvait pas boire, ajouta une autre.

Elle avait donc la bouche sèche et des difficultés à avaler, en déduisit Hannah. Elle avait déjà connu la même situation. De fait, l'infortunée avait été l'une de ses condisciples et sa voisine de dortoir à l'hôpital de Londres. Un soir, elle s'était elle-même préparé une solution de teinture de belladone afin de combattre de sévères douleurs menstruelles et, comme Magenta sans doute, en avait pris une dose trop forte. Les élèves avaient eu beau faire immédiatement appel à un médecin, il était déjà trop tard.

— Il faut la réveiller et la faire vomir tout de suite, dit Hannah.

— Nous avons déjà essayé, mademoiselle, mais les sels n'ont eu aucun effet.

Il restait à Hannah des sels du docteur Applewhite. Elle prit la fiole dans son sac, le déboucha et le passa sous les narines de Magenta, qui ouvrit les yeux en hoquetant.

— Vite, aidez-moi à la tourner sur le côté, ordonna Hannah.

Une fois Magenta sur le flanc, Hannah lui ouvrit la bouche et lui chatouilla la gorge du bout du doigt.

— Une bassine, vite !

La bassine arriva juste à temps. Sous le regard affolé des trois autres, Magenta rendit tout ce qu'elle avait ingéré depuis plus de deux heures et le vomissement ne s'arrêta qu'une fois l'estomac vide.

— Maintenant, dit Hannah, aidez-moi à la mettre debout, il faut la faire marcher aussi longtemps qu'elle en sera capable. Et allez remplir ce verre d'eau, s'il vous plaît. Il faut lui diluer le sang.

Une demi-heure durant, soutenue par Hannah et une des filles, Magenta marcha de long en large dans la chambre, ne s'arrêtant que de temps en temps pour boire. Une fois son pouls et ses pupilles redevenus normaux et sa température ayant sensiblement baissé, Hannah la fit asseoir sur une chaise et recommanda à ses compagnes de rester avec elle pour la maintenir éveillée en lui parlant. Elle reprit ensuite son sac et demanda à être mise en présence de la propriétaire.

Alice avait reçu l'ordre d'attendre Hannah sur le palier et de la conduire dans un salon privé quand elle en aurait terminé avec Magenta. Au bas de l'escalier, elle lui fit traverser un vaste salon somptueusement meublé où des messieurs élégamment vêtus et d'allure prospère conversaient familièrement avec un extraordinaire assortiment de filles. Hannah se força à ne pas montrer sa curiosité. Si, pour la plupart, les filles portaient des robes au décolleté plus que généreux, elle remarqua une naine en uniforme de tambour assise sur les genoux d'un des messieurs tandis que, dans un coin derrière un palmier en pot, un autre sablait le champagne en compagnie de jumelles polynésiennes vêtues de pagnes, une guirlande de fleurs sur leurs poitrines nues.

Les hommes fumaient le cigare, la pipe ou encore la cigarette, mais Hannah reconnut également l'odeur caractéristique d'une herbe que son père prescrivait parfois pour les troubles nerveux, qu'il appelait par son nom scientifique : cannabis. Contre un mur, une longue table était chargée de mets appétissants et une fille aux pieds nus, en kimono, passait à la ronde des flûtes de champagne sur un plateau.

Mais la surprise de Hannah fut à son comble quand Alice la fit entrer dans un petit salon adjacent, dont elle referma aussitôt la porte derrière elle.

— Bonjour, lança la maîtresse des lieux. Je suis Lulu Forchette.

La tenancière de l'accueillante demeure était la plus grosse femme que Hannah ait jamais vue. Drapée dans de la soie bleue chatoyante, les poignets et les doigts surchargés de bijoux qui lançaient des reflets éblouissants et des plumes d'aigrette piquées dans sa chevelure rousse, Lulu Forchette tenait une flûte de champagne dans une main et un long fume-cigarette dans l'autre.

— Alice m'a dit que vous avez réussi à ranimer Magenta et que vous lui avez sauvé la vie. Asseyez-vous, ma chère, je veux tout savoir sur vous et le miracle que vous avez accompli.

La voix de Lulu Forchette était aussi forte que sa personne.

Hannah prit place en face d'elle sur une chaise recouverte de brocart. Par contraste avec le luxe ostentatoire du salon qu'elle venait de traverser, cette pièce paraissait presque modeste : papier floqué sur les murs décorés d'aquarelles et de paysages, quelques plantes en pot, des lampes de cuivre poli, des bibelots, des étagères de livres, un canapé et des fauteuils de velours aux têtières en crochet. Bref, un confort bourgeois rehaussé de quelques objets coûteux mais de bon goût, parmi lesquels, sur la cheminée, un vase chinois ancien en laque rouge et or entre une paire de chiens en faïence du Staffordshire.

— Excusez-moi de ne pas me lever, dit Lulu. Une de mes chevilles me fait souffrir.

— Voulez-vous que je l'examine ? offrit Hannah.

D'un geste désinvolte, Lulu déclina la proposition.

— Alice m'a dit que vous avez ramené Magenta à la vie avec des sels très puissants. Comment avez-vous fait ? Tous ceux que nous avons essayés n'ont eu aucun effet.

Hannah prit la fiole dans son sac et la tendit à Lulu, qui sursauta à peine l'eut-elle approchée de son nez.

— Bon sang ! C'est drôlement puissant ! Nous en

aurions l'usage, mes filles s'évanouissent quelquefois. C'est à cause des corsets trop serrés. Les hommes ne peuvent pas résister à une taille de guêpe.

Lulu tendit la main vers une assiette de pralines, dont elle prit une poignée qu'elle mastiqua pensivement.

— Dites-moi, comment il se fait que j'aie envoyé Alice chercher le médecin et qu'elle soit revenue avec vous ? Et qui êtes-vous, au juste ?

Hannah expliqua comment elle avait rencontré Alice devant la maison du docteur Young et décrivit brièvement son expérience médicale. Lulu pouffa de rire.

— Alors, si je comprends bien, vous êtes une sage-femme fraîchement débarquée du bateau. Bien sûr, Alice ne vous a pas dit dans quel genre de maison elle travaillait. Vous avez dû avoir une belle surprise en arrivant ici ! Au moins, je reconnais que vous n'avez pas demandé à mon cocher de faire demi-tour et de vous ramener en ville, mais vous me désapprouvez quand même, j'en suis sûre, dit-elle en levant la main pour prévenir une objection que Hannah ne pensait pas formuler. Mais que voulez-vous, c'est la vie aux colonies ! Là où il y a une demande, il faut que l'offre suive. On fait ce qu'on peut pour survivre. Moi, j'ai été déportée ici pour avoir volé un tablier. J'ai purgé ma peine et je me suis retrouvée libre. Le problème, c'est que je ne savais ni coudre ni cuisiner et que les blanchisseuses, il y en avait treize à la douzaine. Comme beaucoup de filles, je n'avais pas de métier et je ne savais pas faire grand-chose. Alors, je me suis retrouvée sur le pavé à mendier. Le premier homme qui m'a proposé de l'argent pour un petit service rapide, c'était un banquier. Ça ne s'invente pas ! On est allés dans une ruelle et j'en suis sortie avec six pence en poche. Je lui plaisais, je suis restée un moment avec lui, il m'a présentée à des amis rupins. Bref, voilà où ça m'a menée. Merci pour ce que vous avez fait pour Magenta. J'avais pourtant répété plus de cent fois à cette fille de ne pas toucher à la belladone, mais elle ne veut pas m'écouter.

— Peut-être parce qu'elle n'est pas heureuse ici, hasarda Hannah.

— Pas heureuse ? répliqua Lulu avec un bref éclat de rire. Pourquoi serait-elle malheureuse ? Magenta est ma fille, elle est ici chez elle.

— Votre fille ?...

— Oui, le bon Dieu m'a fait la bénédiction de me donner quatre filles, plus jolies les unes que les autres. Et je suis fière de dire qu'elles sont plus demandées que les autres, déclara Lulu avec un rire sonore qui fit tinter ses boucles d'oreilles et tressauter ses colliers sur son ample poitrine. Ne prenez pas cette mine offusquée, ma petite. Nous formons une grande famille heureuse, ici. Nous faisons ce qui nous plaît, nous portons des jolies toilettes et nous n'avons pas de maris qui nous tapent dessus quand ils ont bu. Et puis, surtout, nous ne savons pas ce que c'est que d'avoir faim, dans cette maison. La faim, c'est pire que tout. Au point de se battre avec les chiens pour leur disputer des restes. Alors, quand un homme passe et vous propose six pence pour quelques minutes de votre temps, lequel ne vaut rien de toute façon, vous ne pensez qu'à ce que vous pourrez manger avec cet argent. Quand on crève de faim, on ferait n'importe quoi pour avoir de quoi manger. Un type peut demander les trucs les plus bizarres, on le fait tant qu'il y a au bout du compte de quoi se nourrir et un toit pour s'abriter. De toute façon, ajouta-t-elle, qu'est-ce qu'il y a de plus dans le mariage, hein ?

— Je n'avais jamais vu la chose sous cet angle, dit Hannah avec sincérité.

— Et pour ce qui est d'être heureuses, toutes mes filles le sont, ici. Elles sont libres de partir quand elles veulent, mais elles ne partent pas, dit Lulu en prenant une autre poignée de pralines. Qu'est-ce que vous savez faire contre une rage de dents ? ajouta-t-elle en se frottant la mâchoire avec une grimace de douleur.

— L'essence de girofle vous soulagera.

— Et des rougeurs qui démangent ?

— J'ai constaté qu'un onguent à base de graisse d'agneau et de camphre calme la plupart des démangeaisons. Ces ingrédients peuvent se trouver dans toutes les pharmacies.

Tout en parlant, Lulu étudiait Hannah de son bonnet lavande à ses fines chaussures poussiéreuses.

— Vous en savez donc beaucoup sur les remèdes et les maladies. Vous savez aussi recoudre les plaies, les choses de ce genre ?

— Oui.

Lulu se frotta de nouveau la mâchoire, songeuse.

— Le docteur Young était le seul de la ville à bien vouloir venir ici s'occuper de mes filles. Les autres sont trop snobs pour se montrer rien que sur le pas de la porte. Alice m'a dit qu'il était parti prendre sa retraite à Sydney. Que diriez-vous de passer un accord avec moi, mademoiselle Conroy ? Si j'envoie quelqu'un vous chercher en cas de besoin, vous viendriez ? Je vous paierai bien pour votre peine. Nous avons des malades de temps en temps, mais il nous arrive surtout des accidents. On ne se doute pas de ce qui peut se passer dans une maison !

Hannah réfléchit un instant. Si son père ne voyait pas d'objection à se rendre dans une maison « accueillante » sur la route de Bayfield, pourquoi sa fille le refuserait-elle ?

— Si je peux vous être utile, c'est d'accord. Je loge à la pension de Mme Throckmorton, dans Gray Street.

Lulu reprit la fiole du docteur Applewhite, qu'elle avait posée sur un guéridon.

— Où est-ce que je pourrais trouver ces sels ?

— Gardez le flacon, j'en ferai d'autre.

— Vous m'en faites… *cadeau* ? Sans me le faire payer ? Laissez-moi vous dire une bonne chose, ma petite : ne faites *jamais* cadeau de ce qui peut être vendu ! C'est la règle dans cette maison et c'est celle qui m'a rendue riche. Ces sels sont diablement efficaces et je doute qu'il y ait les mêmes ailleurs dans toute la colonie. Je suis sûre que M. Krüger n'a rien d'aussi fort. Si vous savez en refaire, un bon conseil : mettez-les dans des petits flacons, vendez-les et vous serez vite riche vous aussi.

D'une main, Lulu montra la porte donnant sur le grand salon d'où émanait une musique entraînante.

— Les hommes qui sont là dans leurs beaux costumes, qui boivent du champagne hors de prix et paient les yeux de la tête pour s'offrir mes filles, ils débarquent ici maigres comme des épouvantails avec de la crasse derrière les oreilles. Des moins que rien au pays, ici ils se paient cinq cents hectares de terre pour une poignée de cerises, ils élèvent des vaches ou des moutons et ils s'engraissent si bien qu'ils ne rentrent plus dans leurs pantalons. C'est pour ça que tout le monde vient en Australie, pour s'enrichir. Vous seriez bien bête de ne pas entrer dans la danse.

Hannah demanda ensuite ce qui avait causé la défiguration d'Alice.

— La pauvre petite ! soupira Lulu. Elle avait douze ans quand un feu de brousse a détruit la ferme de ses parents. Ça s'est passé en pleine nuit, la famille dormait et ils ont tous péri sauf elle, qui a été sauvée par un ouvrier agricole. Elle avait échappé aux flammes en étant prise sous une poutre. Son sauveteur a tiré fort pour l'en sortir, sans se rendre compte que ses cheveux étaient coincés sous la poutre. Elle y a laissé une oreille et une partie du cuir chevelu. Le type l'a confiée à des voisins qui l'ont soignée et remise sur pied. Ils lui ont même proposé de rester chez eux et de travailler en échange. Mais ils se sont rendu compte qu'Alice avait une peur panique du feu, au point de ne même pas pouvoir allumer une lampe ou s'approcher d'une cheminée sans hurler de terreur. Comme ils avaient déjà du mal à joindre les deux bouts, ils ne pouvaient pas prendre en charge une fille incapable de gagner son pain. Alors, ils l'ont emmenée en ville dans un orphelinat qui a essayé de la placer comme domestique, mais sa peur du feu la faisait renvoyer de partout au bout de quelques jours. Finalement, quand elle est arrivée à l'âge où les autorités ont cessé de s'intéresser à son sort, elle s'est retrouvée à la rue. C'est là que je l'ai trouvée, une pauvre petite chose pitoyable qui mendiait sur les quais.

Lulu s'interrompit le temps de prendre quelques pralines, qu'elle mastiqua cette fois avec lenteur.

— Moi, voyez-vous, je partage toujours ma chance avec ceux qui sont dans le besoin, reprit-elle. De temps en temps, je me fais conduire en ville dans ma voiture et je cherche des filles dans des situations désespérées. J'en recueille quelques-unes, je les ramène ici, je les remets en état et elles font partie de ma grande famille. C'est tout moi, que voulez-vous, le cœur sur la main ! La plupart des filles savent l'apprécier, mais quelques-unes sont ingrates. Ce n'est pas toujours facile d'être charitable, vous savez... Voulez-vous rester dîner ? Ma cuisinière fait le meilleur rosbif et le meilleur Yorkshire pudding de toute la colonie.

— Merci, mais il faut que je rentre.

Lulu tendit la main vers le cordon de sonnette qu'elle tira deux fois. Une jeune rousse, qui lui ressemblait de façon frappante, apparut.

— Rita, raccompagne Mlle Conroy à la voiture et donne-lui un billet d'une livre pour la remercier d'être venue. Si je pouvais me lever, ajouta-t-elle en se tournant vers Hannah, je vous aurais raccompagnée moi-même, mais ma cheville me fait trop mal.

Hannah remarqua près du lit de repos une canne d'ébène, avec une poignée en or d'une forme originale. Ce n'était pas le genre de canne qu'on achète pour une indisposition passagère. Elle se demanda si le poids excessif de Lulu n'était pas ce qui l'empêchait de marcher.

Rita lui refit traverser la cuisine, où régnait une vive activité. En approchant de la porte, elles passèrent devant un réduit servant de lingerie. Hannah entendit chanter à l'intérieur et reconnut la familière « Ballade de Barbara Allen », chantée par une voix si belle et si pure qu'elle en eut la chair de poule. Elle jeta un coup d'œil et reconnut Alice, qui rangeait des draps et des taies d'oreillers. Alice se tut aussitôt qu'elle se sentit observée.

— Je n'ai jamais entendu une aussi belle voix, lui dit Hannah.

— Merci, mademoiselle, répondit Alice timidement, rougissant à tel point que Hannah se demanda si elle n'osait chanter que quand elle se savait seule.

Hannah rejoignit Rita sur le seuil. La nuit était chaude, les étoiles scintillaient dans un ciel sans nuages.

— Prenez ce sentier, mademoiselle, la voiture vous attend au bout, dit Rita avec un sourire charmant. C'est à deux pas.

Le parfum des fleurs embaumait, le crissement des cigales et les coassements des grenouilles faisaient vibrer l'air nocturne. Et nous sommes en février, pensa Hannah en s'engageant sur le sentier. Pâques arrivera bientôt, en automne. C'est le monde à l'envers...

Mais sa visite à cette maison lui paraissait plus extraordinaire encore que l'inversion des saisons. Elle songeait à Lulu, à Magenta, à Rita et aux autres

143

filles, aux riches visiteurs, aux fenêtres illuminées. Son imagination était impuissante à évoquer ce qui se passait dans toutes ces pièces. Et qu'avait voulu dire Lulu en parlant d'« accidents » ?

Ses pensées allèrent ensuite au docteur Davenport et à sa première journée de travail le lendemain à son cabinet. Cette perspective l'emplissait d'une si joyeuse excitation qu'elle ne vit pas une forme sombre apparaître devant elle. Ce qui attira son attention, ce fut un sourd grondement.

Hannah s'arrêta net. Un chien était sorti de l'ombre. À la lumière de la lune, elle vit qu'il avait un pelage roux orangé, un long museau pointu et des oreilles dressées lui donnant l'aspect d'un gros renard. Ses côtes saillaient sous ses poils sales et emmêlés. À l'évidence, cette bête mourait de faim.

Le chien grognait, montrait les dents. La bouche sèche, Hannah fit un petit pas en arrière, l'animal avança. Hannah recula encore, le chien avança d'autant. Hannah continua son prudent mouvement de recul dans l'espoir de regagner la lumière et que le bruit de la cuisine ferait fuir le chien, mais en reculant encore d'un pas, elle heurta un arbre. Elle était coincée et le chien continuait d'avancer vers elle.

Elle se demandait si appeler au secours le ferait partir ou si, au contraire, le bruit de sa voix provoquerait l'attaque, quand elle entendit près d'elle une voix masculine murmurer :

— Ne bougez plus. Ne faites plus un geste.

Hannah retint sa respiration. Un homme émergea de l'obscurité et vint se placer devant elle en parlant calmement au chien :

— Tout va bien, l'ami. Nous ne voulons pas te faire de mal, nous passons simplement par là. Sois tranquille.

La cacophonie nocturne parut s'amplifier alors que, immobile, l'inconnu regardait le chien dans les yeux sans cesser de parler d'une voix apaisante. Hannah ignorait qui pouvait être son sauveteur. Il semblait arriver de la route et n'était pas vêtu avec recherche comme les clients de Lulu. Coiffé d'un chapeau de brousse à large bord, il paraissait plutôt en tenue de travail.

— Excuse-nous d'avoir envahi ton territoire, disait-il au chien, mais c'est partout comme ça, maintenant. Alors, quittons-nous bons amis, d'accord ?

Le silence qui suivit parut durer une éternité à Hannah, rendu d'autant plus irréel par le parfum des fleurs et l'écho des rires et de la musique qui parvenait jusqu'à eux tandis que l'inconnu se dressait seul entre elle et un chien sauvage, prêt à tuer pour se nourrir.

Puis le chien cessa de gronder, referma sa gueule et se coula dans les ténèbres de la nuit aussi soudainement qu'il était apparu.

L'inconnu se retourna alors vers Hannah.

— Ça va ? Pas trop peur ?

Elle posa une main sur sa poitrine en lâchant un profond soupir.

— J'ai le cœur qui bat la chamade, mais ça va. Je ne sais pas ce que vous lui avez fait, mais je vous dois un grand merci.

— Ces pauvres bêtes ne comprennent pas que ce n'est plus leur territoire. Maintenant que les hommes leur ont volé leurs terrains de chasse, elles

145

viennent jusqu'auprès des maisons fouiller dans les ordures.

— Quelle race de chiens est-ce donc ?

— Les Aborigènes les appellent des dingos. Ils sont inapprivoisables et souvent dangereux. Mais j'oublie mes bonnes manières. Jamie O'Brien, pour vous servir, dit-il en souriant.

Il souleva son chapeau, le temps pour Hannah de voir ses cheveux blond foncé, son regard perçant, ses traits accusés. Son teint tanné par le soleil et les intempéries lui rappela celui du capitaine Llewellyn et elle se demanda s'il était naturellement blond ou s'il avait les cheveux décolorés par le soleil. S'il la dépassait d'une tête, il n'avait pas une carrure d'athlète et était plutôt mince. Il ne portait pas de veste mais un gilet de cuir noir sur sa chemise, dont les manches retroussées révélaient des avant-bras musclés. Hannah remarqua à sa ceinture un fourreau de cuir d'où dépassait le manche d'un couteau de chasse. Voilà un homme qui ne doit pas se laisser intimider, pensa-t-elle.

En dépit de sa minceur, il émanait de sa personne un tel sentiment de vigueur physique que Hannah se dit qu'il n'était pas un citadin, mais plutôt un de ces hommes endurcis, fermiers, éleveurs ou pionniers des immensités sauvages de l'Outback, qui venaient parfois en ville pour de courts séjours. Il a sans doute les mains calleuses, se dit-elle.

Hannah se rendit alors compte qu'il la dévisageait avec curiosité. Était-elle censée savoir qui il était ? Son nom était-il assez connu dans les parages pour qu'il se contente de l'énoncer ? Non, comprit-elle, il attend simplement que je me présente à mon tour.

— Hannah Conroy, dit-elle.

Il se tenait si près qu'elle ne pouvait pas s'écarter de l'arbre contre lequel elle était adossée. Il la regardait dans les yeux d'un air amusé et, pourtant, Hannah savait qu'il ne se moquait pas d'elle. Il était rasé de frais, elle pouvait même sentir l'odeur légère de sa mousse à raser et elle se douta donc de la raison pour laquelle leur rencontre avait eu lieu aussi près de chez Lulu.

— Qu'est-ce qu'une belle dame comme vous fait dans un endroit pareil ? demanda-t-il avec un regard pour la maison.

Elle lui expliqua qu'elle était sage-femme et qu'elle était venue soigner une des filles.

— Sage-femme ? répéta-t-il, l'œil plus pétillant que jamais. Pour une fille de chez Lulu ?

— Oui, elle s'était évanouie.

— Ah ?...

Il parut réfléchir, son regard changea.

— Ah... répéta-t-il comme s'il comprenait subitement quelque chose.

Il ne l'avait pas quittée des yeux.

— Merci encore d'avoir chassé ce chien, dit-elle.

Elle regardait de droite à gauche en cherchant un moyen de s'écarter et de mettre fin avec élégance à une situation qui devenait gênante. Le regard d'O'Brien était maintenant si sérieux qu'elle se demanda s'il n'était pas, lui aussi, dangereux.

La colonie d'Adélaïde était la porte de l'immense étendue sauvage de l'Australie. Les aventuriers venaient du monde entier à la recherche des trésors qu'elle était censée receler, opales, or, diamants – et même le trésor perdu du roi Salomon ! Si l'on n'y avait encore découvert ni or ni opales, les rumeurs suffisaient à attiser les convoitises. La récente découverte de gisements de cuivre et d'argent laissait présager la présence un peu plus loin d'autres ressources encore inexploitées. C'est ainsi qu'une petite ville de huit mille habitants, plaque tournante des explorateurs, des chercheurs d'or et des illuminés, grouillait également d'hommes et de femmes en quête d'un moyen rapide et moins risqué de s'enrichir, escrocs, joueurs, aigrefins de tout poil, sans compter les voleurs et les pickpockets, toujours à l'affût d'une victime facile à gruger.

Le serviable inconnu se rangerait-il dans cette catégorie ? se demanda Hannah. Il l'étonna en cueillant une rose d'un massif tout proche, qu'il lui tendit.

— Pour les Aborigènes les fleurs ont été créées par les Ancêtres au temps du Rêve, il y a très, très longtemps. Les Ancêtres étaient des êtres magiques, dont les gestes et les pensées se transformaient en choses concrètes. C'est ainsi qu'une fleur naissait à chaque fois qu'un Ancêtre riait. Et parce que les hommes rient davantage au printemps, il pousse plus de fleurs au printemps. C'est du moins ce qu'ils disent.

L'accent d'O'Brien intriguait la jeune femme. Dans cette colonie peuplée d'immigrants venus des quatre coins de l'empire britannique, on entendait toutes sortes d'accents, de l'irréprochable anglais de l'aristocratie au cockney des bas-fonds londoniens, des parlers rocailleux de l'Écosse et de l'Irlande à l'incompréhensible dialecte des Gallois. Mais Hannah avait appris à reconnaître un autre accent, mélange probable de tous les autres, parlé par les natifs du continent australien. Elle se dit alors que son sauveteur providentiel n'était pas un aventurier fraîchement débarqué comme tant d'autres, mais un Australien de souche, une rareté dans la colonie.

La nuit parut soudain changer, prendre une tournure irréelle. Hannah avait chaud, trop chaud. Il ne faisait jamais aussi chaud en Angleterre. Son corset la serrait, ses jupons et sa crinoline lui entravaient les jambes. Elle pensa aux jumelles polynésiennes, nues sous leurs pagnes, qui dansaient dans le salon de Lulu. Sous le regard scrutateur de l'inconnu, elle sentait son cœur battre trop vite. Jamie O'Brien n'était pas un gentilhomme, loin de là, mais il était à sa place dans cette nuit moite, dans cette ambiance tropicale. Comme la nature qui l'entourait, il n'était pas domestiqué.

— Il faut que je m'en aille, parvint-elle à dire.

Elle avait la gorge serrée. Était-ce par la peur ? se demanda-t-elle. Sûrement. Quoi d'autre lui ferait battre le cœur ?

Il la fixa des yeux encore un instant et son sourire reparut. Il s'écarta d'un pas, souleva son chapeau en s'inclinant galamment.

— Ravi d'avoir fait votre connaissance, mademoiselle la sage-femme. J'espère très sincèrement que nous nous reverrons.

Alors qu'O'Brien s'éloignait vers la maison illuminée, Hannah entendit le cocher l'appeler avec inquiétude :

— Mademoiselle ? Mademoiselle Conroy ? Vous allez bien ?

La nuit redevint normale et Hannah reprit pied dans la réalité.

7

— La voilà, dit Ida Gilhooley à son mari. C'est bien Mlle Conroy qui entre à la poste, comme nous l'a dit sa logeuse.

Assis à côté d'elle dans la carriole, Walt Gilhooley cracha son jus de chique sur la chaussée rendue boueuse par une récente averse.

— Ça ne me plaît pas, Ida. Je te dis qu'on ferait mieux de laisser tomber cette affaire. Si Mme Forchette apprenait que...

— Elle ne me fait pas peur, cette grosse vache ! répliqua Ida, le menton levé en signe de défi.

Quinquagénaire replète, la cuisinière en chef de Lulu Forchette redoutait autant que son mari la vindicte de sa patronne. Mais elle ne craignait pas moins ce qui arriverait s'ils ne demandaient pas l'aide de Hannah Conroy. Laisser une pauvre fille mourir sans soins pèserait trop lourd sur la conscience d'Ida, qui croyait fermement en un Dieu vengeur. Aller chercher Mlle Conroy à l'insu de Lulu donnerait peut-être lieu à une scène pénible, voire pire, mais tout valait mieux que la damnation éternelle.

— Je vais entrer lui parler, dit-elle.

— D'accord, répondit son époux avec résignation.

Cocher et homme à tout faire de Lulu Forchette, Walt aurait préféré être n'importe où au monde plutôt que devant la poste centrale d'Adélaïde, où il n'était venu qu'afin d'entraîner une charmante et innocente jeune femme dans une situation déplaisante et potentiellement périlleuse.

La poste d'Adélaïde était un imposant édifice de brique à l'entrée flanquée de colonnes ioniennes et, de part et d'autre, de boîtes à lettres surmontées de panneaux précisant les destinations : *ADÉLAÏDE*, *MELBOURNE*, *SYDNEY* et *MONDE*. Dans le grand hall bruyant, les gens venaient poster des lettres, chercher du courrier en poste restante ou faire la queue devant des guichets munis d'encriers et de plumes. Au-delà du long comptoir derrière lequel les employés servaient les clients, on voyait la salle de tri où s'affairaient les postiers.

Hannah attendait patiemment à un des guichets, bien qu'elle ne comptât pas recevoir une lettre de Neal. Après avoir appareillé pour sa croisière d'un an le long des côtes, le HMS *Borealis* n'était pas censé faire escale dans un port pourvu de services postaux. Hannah espérait cependant qu'une missive, envoyée au hasard d'une rencontre avec une personne se rendant dans un endroit plus civilisé, viendrait s'ajouter à celle qu'elle avait reçue en novembre, il y avait de cela déjà six mois. Elle avait informé Neal de son engagement par le docteur Davenport et du plaisir qu'elle prendrait à travailler pour lui. Elle aurait aimé lui écrire tous les jours, car lui écrire la rapprochait de Neal, mais elle ne souhaitait pas non plus qu'à son retour à Perth il découvre une embarrassante montagne de lettres.

Mais si elle se décidait finalement à lui écrire, en cette grise journée d'automne du mois de mai, elle lui parlerait de ses matinées chez le docteur Davenport, des responsabilités croissantes qu'il lui confiait, de tout ce qu'elle apprenait grâce à lui et de l'amitié qu'il lui inspirait. En fait, il lui rappelait son père, doux et respectueux avec ses patients, n'imposant jamais un traitement susceptible de leur déplaire ou de leur faire peur. Il changeait de vêtements tous les jours et se lavait les mains avant chaque consultation. Hannah l'avait déjà secondé pour trois accouchements et il lui avait promis de la laisser procéder seule au suivant, sauf en cas de complication.

Dans la lettre qu'elle s'imaginait écrire à Neal, elle lui dirait aussi que, quinze jours plus tôt, elle avait marqué l'anniversaire de la mort de son père et de sa décision de quitter l'Angleterre en passant la journée seule dans le parc public. Assise sur un banc sous un poivrier, elle avait ouvert pour la première fois depuis son arrivée le recueil des notes prises par son père dans son laboratoire et, une fois de plus, s'était rappelé ses dernières paroles. « La lettre. » Mais Hannah n'avait trouvé aucune lettre parmi les papiers et elle ne trouvait toujours aucun sens à cette accumulation de feuillets remplis d'observations, de recettes, d'équations, de formules chimiques et de citations en grec et en latin. Peut-être, en complétant son éducation, parviendrait-elle à élucider le mystère contenu dans cet épais dossier et c'est dans ce but qu'elle puisait dans la bibliothèque médicale du docteur Davenport. Si ces ouvrages étaient pour la plupart d'une lecture ardue, la détermination de Hannah d'en apprendre toujours davantage ne faiblissait pas.

Elle ne dirait toutefois rien à Neal sur ses rapports avec une certaine Mme Lulu qui vivait en dehors de la ville. Prodiguer des soins aux pensionnaires d'une maison de prostitution était une occupation à tout le moins inhabituelle et, pour une personne comme elle, hautement improbable, sinon inconvenante. Lulu avait fait appel à elle pour des problèmes variés, une bagarre entre filles, une diarrhée qui avait touché toute la maisonnée, une cheville foulée, une aide de cuisine ébouillantée, le nez d'un client cassé au cours d'exercices un peu trop enthousiastes avec la belle Rita ou une nouvelle crise de Magenta due à sa consommation immodérée de belladone.

Hannah ignorait comment elle présenterait à Neal son association avec un établissement aussi scandaleux. Elle ne savait d'ailleurs pas qu'en penser elle-même. Le domaine de Lulu Forchette était un monde à part. Si elle n'avait jamais pénétré dans les chambres, elle entendait derrière les portes closes les manifestations bruyantes des passions qui s'y donnaient libre cours. Elle en était troublée, mais quand elle demandait aux filles si elles étaient heureuses de faire ce métier, elles répondaient toujours que oui, sinon elles seraient à la rue.

— Désolé, mademoiselle, lui dit le postier. Pas de courrier pour vous aujourd'hui.

Hannah le remercia puis, en regagnant la sortie, s'arrêta comme à son habitude devant le panneau d'affichage.

La poste centrale était le point névralgique des

nouvelles de la ville. Un mur entier était réservé aux annonces officielles et aux premières pages des journaux. On pouvait ainsi prendre connaissance des décrets municipaux, des résultats d'élections ; des lois et règlements en vigueur. On y voyait aussi les avis de recherche de la police.

Par curiosité, Hannah y jeta un coup d'œil.

Un certain Jeremy Palmer, de Warrington, Lancashire, âgé de 23 ans, taille moyenne, signe particulier : un pied bot, était activement recherché pour avoir poignardé à mort son employeur le 18 mars 1842. Un autre avis promettait une récompense pour la capture de Mary Jones, 38 ans, évadée d'une prison pour femmes où elle purgeait une peine de trois ans. Hannah passa rapidement devant ces avis, mais en arrivant devant un autre, récemment placardé, elle s'arrêta net.

50 £ de récompense pour la capture de Jamie O'Brien

Suivaient son signalement – 30 ans, 1,80 mètre, mince, cheveux blonds, yeux bleus – et la longue liste des méfaits pour lesquels il était recherché, notamment escroquerie, abus de confiance, faux et usage de faux, etc.

Hannah cligna des yeux. Jamie O'Brien… N'était-ce pas le nom de l'homme providentiel qui l'avait sauvée des crocs d'un dingo dans le jardin de Lulu, le soir de sa première visite ? Elle comprenait maintenant pourquoi il avait attendu sa réaction après s'être présenté.

Elle se demandait si elle reverrait jamais ce mystérieux inconnu. À chaque fois qu'elle était appelée chez Lulu, elle pensait à leur rencontre nocturne près du massif de roses et elle avait du mal à analyser l'étrange attrait que Jamie O'Brien exerçait sur elle, attrait sans rien de commun avec celui qu'elle éprouvait pour Neal. Pour elle, O'Brien faisait partie, en quelque sorte, des curiosités de l'Australie, au même titre que les kangourous, les koalas et les panoramas à couper le souffle. Hannah était captivée par l'étrangeté du pays qu'elle découvrait et peut-être éprouvait-elle un sentiment du même ordre pour O'Brien. Natif de ce continent, il en constituait un des surprenants aspects.

Songeuse, Hannah s'éloignait du panneau d'affichage quand elle reconnut dans la foule Ida Gilhooley qui se frayait un chemin vers elle.

— Ah, mademoiselle Conroy, vous voilà ! Votre logeuse avait bien dit que nous vous trouverions ici. Pouvez-vous venir à la maison ? La pauvre Alice est bien mal en point.

— Alice ? Qu'est-ce qu'elle a ?

Hannah la suivit vers la sortie et la carriole qui attendait.

— Elle est tombée et s'est blessée à la tête. Mme Forchette ne voulait pas qu'on vous fasse venir, elle a dit que ce n'était pas grave et que nous ne devrions pas vous déranger pour si peu. Mais Alice souffre beaucoup et elle a des nausées. Alors, j'ai dit à Sa Majesté que nous avions trouvé des charançons dans la farine, c'était le seul moyen pour Walt et moi de pouvoir aller en ville. Donc, elle ne sait pas qu'on est venus vous chercher pour Alice. Elle piquera une crise en l'apprenant, mais Alice va mal et nous ne pouvions plus supporter tout ça plus longtemps.

Hannah monta en voiture et ils se serrèrent tous trois sur le siège.

— Que voulez-vous dire par « supporter tout ça » ? s'étonna-t-elle.

— La manière dont cette femme traite les filles, c'est honteux ! Elle les tient en esclavage et elle les bat comme une brute !

Hannah eut l'air sincèrement étonnée.

— Mais… je croyais qu'elles étaient heureuses ?

— Elles ne le sont pas, c'est moi qui vous le dis ! répondit Ida pendant que Walt manœuvrait l'attelage dans les embouteillages de King William Street. Lulu va en ville dans sa voiture ramasser les filles qui mendient dans les rues. Elle choisit les plus jeunes pour être sûre qu'elles sont vierges et n'ont pas attrapé le mal français. Elle a l'air bien bonne au début, à leur offrir un lit et le couvert, et puis au bout de quelques jours elle leur demande de « distraire » un de ses amis. La suite, vous la connaissez.

Hannah en avait l'estomac noué. Ce que lui disait Ida ne pouvait pas être vrai !

— Mais les filles peuvent partir quand elles veulent !

— Lulu leur fait payer une pension. Elle note tout sur un registre. Celles qui veulent s'en aller doivent d'abord payer leur dette et Lulu s'arrange pour qu'elles ne gagnent jamais assez pour se libérer. Walt et moi lui devons de l'argent, nous aussi. Vous croyez qu'on travaillerait chez elle de notre plein gré ? Lulu nous a piégés comme elle piège les autres. Notre petite ferme a eu deux mauvaises récoltes de suite à cause de la sécheresse, la banque menaçait de nous la reprendre. Lulu a offert de nous prêter l'argent. Pensez si on a sauté sur l'occasion ! Quelques mois plus tard, elle a demandé à être remboursée. Comme on ne pouvait pas payer, elle nous a pris la ferme et nous a forcés à travailler pour elle jusqu'à ce qu'on ne lui doive plus rien. Voilà comment elle s'y prend. Elle déniche les gens dans le besoin, elle fait semblant de les tirer d'affaire et c'est comme ça qu'elle a de la main-d'œuvre gratuite.

— Et Alice ?

— Je crois qu'on a tort de raconter tout ça derrière le dos de Lulu, intervint Walt. On ne sait pas ce dont cette femme est capable.

— Occupe-toi de ton cheval, Walt, et ne te mêle pas de ça, répliqua Ida avec fermeté. J'ai de l'affection pour la petite Alice, elle chante comme un ange. Et puis il y a des limites à...

Ida laissa sa phrase en suspens. Hannah la regarda, intriguée.

— Des limites à quoi, madame Gilhooley ? demanda-t-elle.

Les lèvres résolument serrées, Ida ne répondit pas.

Envahie par l'appréhension, Hannah essaya de se caler sur l'étroite banquette pour le trajet d'une demi-heure, son grand fourre-tout de velours bleu sur les genoux. Molly Baker, une de ses compagnes à la pension de Mme Throckmorton, lui avait maintes fois suggéré de remplacer ce bagage vieillot et encombrant par un autre, plus à la mode et plus pratique, mais Hannah ne voulait pas s'en séparer, même quand elle s'offrait de nouvelles toilettes. Comme on était en mai, au seuil de l'hiver, elle venait justement de s'acheter une tenue du dernier cri, avec des manches ballon et une jupe festonnée, dans les tons rouille et bronze de l'automne.

King William Street, l'artère principale d'Adélaïde, n'était pas macadamisée, de sorte que la boue était brassée et piétinée par l'incessant trafic des charrettes et des voitures particulières, des cavaliers et des omnibus attelés de quatre chevaux. Les trottoirs de bois permettaient toutefois aux piétons de déambuler sans trop d'inconvénients devant les nombreuses boutiques, de s'attarder devant leurs vitrines ou d'y faire leurs emplettes, d'aller dans les pubs, les salons de thé, les banques ou les pharmacies, ou encore chez les tailleurs pour messieurs et les couturières pour dames. Les constructions qui bordaient cette rue animée offraient un large éventail de styles d'architecture, allant d'imposants édifices de quatre étages en brique à de coquets cottages et même à des baraquements en bois.

À son arrivée, Hannah avait été fascinée d'apprendre que la ville avait été construite d'après un plan. Elle croyait jusqu'alors que toutes les grandes villes, comme Londres, s'étaient développées plus ou moins au hasard au fil du temps. Mais des hommes étaient arrivés dans ces plaines désertes munis de plans qu'ils avaient appliqués en traçant de larges artères rectilignes se coupant à angles droits, avec une grande place centrale, nommée en l'honneur de la reine Victoria, et des espaces réservés à la création de parcs et de jardins publics plantés d'arbres et de gazon. Les plaines et les collines environnantes étaient quadrillées de champs de blé, de vignes, de pâturages. Dans les faubourgs s'élevaient maintenant deux moulins à farine, des usines de traitement des matières premières, une brasserie, plusieurs distilleries, une fabrique de chandelles et quelques abattoirs. Toutes ces installations industrielles déversaient leurs déchets dans le fleuve.

Que tout soit neuf ou récent à Adélaïde ne l'étonnait pas moins. À Bayfield, la taverne était vieille de quatre siècles. Ici, le plus ancien des pubs n'avait que douze ans. La région de Bayfield était peuplée depuis la préhistoire. Ici, avait appris Hannah, les premiers colons n'avaient rencontré à leur arrivée qu'une poignée d'Aborigènes qui, depuis, avaient dû s'installer ailleurs.

Hannah et les Gilhooley s'extirpèrent enfin des embouteillages de la ville pour suivre une agréable route de campagne, mais l'atmosphère dans la carriole était loin d'être joyeuse. Walt gardait un visage fermé, Ida serrait nerveusement ses mains gantées. Aucun n'avait desserré les dents depuis que la carriole avait quitté la grand-rue et Hannah elle-même se sentait trop anxieuse pour parler. En trois mois, elle s'était prise d'une sincère affection pour la jeune femme de chambre à la voix d'ange.

Quand elle se rendait chez Lulu, Hannah ne manquait jamais d'échanger quelques mots avec Alice et lui demandait de chanter – seulement à la cuisine devant le personnel, car elle savait que sa timidité maladive l'empêchait de le faire devant quelqu'un d'autre et même dans un autre endroit. À chaque fois, Alice s'épanouissait, les yeux fermés pour mieux se concentrer et lancer à son auditoire subjugué les rayons d'or de sa voix. Les ballades mélancoliques d'Alice émouvaient Hannah et réveillaient en elle ses souvenirs de Bayfield, de son père et même de sa mère.

Elle avait un jour demandé à Alice si elle savait combien sa voix touchait ceux qui l'écoutaient.

« Avant l'incendie, avait-elle répondu en rougissant, je ne savais même pas que j'avais une voix. Je l'ai découvert plus tard, chez les voisins qui me soignaient. J'éprouvais de telles souffrances morales et physiques que j'allais seule faire de longues promenades dans la campagne, loin des gens. Un jour que j'écoutais un oiseau chanter, j'en ai ressenti un tel bonheur que j'ai ouvert la bouche et poussé mon propre chant vers le ciel. Chanter m'a si vite apporté le soulagement que, depuis, je ne me suis plus arrêtée. Si je devais être condamnée au silence, je crois que j'en mourrais. »

Hannah déplorait qu'Alice ne puisse faire du chant sa profession pour partager avec le monde entier la sublime beauté de sa voix. Mais quel avenir s'ouvrirait à elle ? Son visage affreusement mutilé lui interdisait de se produire en public.

— Nous y voilà, annonça Walt en arrêtant la carriole.

Ida emmena Hannah dans une petite pièce derrière la cuisine, où Alice gisait sur une paillasse. En sous-vêtements de coton blanc, couchée en chien de fusil, elle gémissait et tremblait. Hannah remarqua aussitôt une plaie à la tête, dont le sang qui séchait noircissait ses cheveux blonds. Elle avait également le corps couvert d'estafilades et d'ecchymoses, un œil qui virait au violet et la paupière enflée.

Hannah s'agenouilla à côté d'elle, lui posa doucement une main sur l'épaule. Alice sursauta.

— Chut ! N'ayez pas peur, Alice, c'est moi, Hannah. Qu'est-ce qui vous est arrivé ?

Faute de réponse, Hannah se tourna vers les autres, groupées à l'entrée de la pièce, qui toutes évitèrent son regard.

— Qu'est-ce qui s'est passé ? leur demanda-t-elle.

— Elle a fait une mauvaise chute, répondit une fille de cuisine.

Inquiète, Hannah examina les yeux d'Alice et demanda si elle avait encore des nausées, mais le danger d'un traumatisme crânien paraissait écarté. Un examen des hématomes et des autres contusions lui confirma qu'ils n'avaient pas pu être causés par une chute. Alice avait été rouée de coups. La couleur de certains hématomes, jaunes ou violets, indiquait même qu'ils étaient déjà anciens.

Et ils avaient tous une forme curieuse, observat-elle.

En les regardant de plus près, elle constata qu'ils étaient ovoïdes. L'un d'entre eux avait même été refermé par des points de suture. Où avait-elle déjà remarqué cette forme ? se demanda-t-elle. La réponse qui lui vint tout à coup lui causa un choc : la poignée en or de la canne de Lulu Forchette.

Hannah releva la tête et se tourna vers les femmes.

— Alice n'a pas fait de chute, n'est-ce pas ?

Cette fois, ce fut Ida elle-même qui répondit :

— Lulu voulait qu'elle chante pour les clients.

La lumière venant de la cuisine fut soudain occultée. Hannah se retourna et vit la masse imposante de Lulu s'encadrant dans la porte.

— Qu'est-ce qui se passe ? rugit-elle. Fichez le camp d'ici !

Hannah se releva.

— Vous l'avez battue.

— Cette petite cruche le méritait.

Hannah remarqua que, en dépit de sa corpulence, Lulu marchait sans problème. La canne ne lui servait donc pas à soulager sa cheville, mais à d'autres usages. Tandis que les domestiques restaient muettes de peur, Hannah et Lulu s'affrontèrent du regard. Lulu fit un pas en avant ; Hannah ne recula pas, mais son cœur battait la chamade. Elle se rappela sa rencontre avec le dingo, sauf que, cette fois, Jamie O'Brien n'était pas là pour la sauver.

En affectant le plus grand calme, Hannah tourna le dos à sa redoutable adversaire et se pencha sur la jeune femme.

— Voulez-vous venir chez moi, Alice ?

Les yeux écarquillés de terreur, Alice regardait Lulu. Hannah fit un pas de côté pour la cacher à sa vue.

— Voulez-vous venir à la maison avec moi ? répéta-t-elle. Vous y serez en sécurité, je vous le promets. Personne ne vous fera mal.

La voyant hésiter, Hannah ajouta :

— Vous avez le droit d'être traitée avec respect et dignité, comme tout être humain.

Alice avala péniblement sa salive avant de répondre :

— Oui, mademoiselle, je veux bien aller avec vous.

— Cette fille me doit de l'argent ! aboya Lulu. Je l'ai prise chez moi par charité !

Hannah affecta de l'ignorer. Elle aida Alice à se relever et l'enveloppa dans la couverture posée sur la paillasse. Elle n'avait pas le temps d'aller chercher ses quelques affaires personnelles. Un bras protecteur sur les épaules d'Alice, elle se retourna pour faire face à Lulu :

— Vous avez été largement remboursée par son travail, madame Forchette. Alice ne reviendra pas ici. Et moi non plus.

Lulu ne répondit pas. Le silence se fit pesant, l'atmosphère tendue. Des filles étaient descendues voir ce qui se passait. En chemise ou en combinaison, ébouriffées, elles venaient de se réveiller, leur journée de « travail » ne devant commencer que dans l'après-midi.

Hannah regarda tour à tour ces filles qu'elle avait soignées, avec lesquelles elle avait plaisanté – Rita la « toujours prête », la rieuse Sal, Abby l'acrobate, la naine Gertie. Les jumelles polynésiennes étaient descendues, elles aussi.

— Celles qui veulent partir d'ici peuvent venir avec moi.

L'une après l'autre, elles baissèrent les yeux en se raclant nerveusement la gorge.

— Je suis à la pension de Mme Throckmorton, dans Gray Street, reprit Hannah. Vous pouvez venir me voir quand vous voudrez, je vous aiderai à trouver un travail honnête et un logement décent.

Puis, se tournant vers Lulu, elle poursuivit :

— Je crois que les autorités s'intéresseront à ce qui se passe dans cette maison.

Lulu s'esclaffa.

— Les autorités ? Ce sont mes meilleurs clients !

Sans répondre, Hannah gagna la porte en aidant Alice à marcher. Elle allait sortir quand Lulu la héla :

— Comment comptez-vous rentrer en ville, pauvre idiote ? À pied ? Il y a plus de quinze kilomètres !

— Je vais les y conduire, moi ! déclara Walt Gilhooley, du pas de la porte. Vous ne pourrez rien nous faire de pire à Ida et moi que ce que vous avez déjà fait.

Il précédait Hannah et Alice vers la carriole quand Lulu cria :

— Vous regretterez votre geste, petite saintenitouche ! Vous vous en mordrez les doigts jusqu'au sang !

8

Le docteur Gonville Davenport sifflotait gaiement. Il brossait son épaisse chevelure brune en regardant l'effet produit dans le miroir de sa table de toilette. La présence de quelques fils gris aux tempes lui fit froncer les sourcils et il se demanda s'il ne devait pas les faire disparaître avec de la teinture noire. Le flacon de la lotion pour ses cheveux était presque neuf. Il l'avait acheté la veille chez Butterworth sous prétexte de se rendre plus présentable à ses clients.

En réalité, Hannah n'était pas tout à fait étrangère à l'attention qu'il portait depuis quelque temps à son apparence.

Davenport croyait fermement en deux choses : la bonté foncière de la nature humaine et le fait qu'un homme se devait, de temps à autre, de violer les frontières des conventions et faire un bond dans l'inconnu. Hannah avait mis ces deux croyances à l'épreuve quand elle était venue dans son cabinet trois mois auparavant lui faire l'ahurissante proposition d'être son assistante médicale ! D'abord méfiant, puis vite convaincu de son honnêteté et de la pureté de ses intentions, il avait décidé de lui accorder un essai qui s'était révélé un succès. Depuis, il ne pouvait que s'en féliciter.

Car non contente d'être devenue la coqueluche de sa clientèle, Hannah avait réveillé en lui des intérêts professionnels affadis au point d'être oubliés, de sorte qu'il reprenait plaisir à travailler. Se retrouvant à Adélaïde veuf et sans enfants, il avait perdu le goût d'exercer la médecine, sinon de vivre. Blasé de la litanie des plaintes et des malheurs de ses patients, il ne s'en souciait plus guère. Mais depuis que Hannah l'assaillait de questions, il retrouvait l'enthousiasme de l'étudiant en médecine qu'il avait été, redevenait curieux de tout et cherchait aussi avidement qu'elle des réponses et des solutions.

La jeune femme lui avait soumis une intrigante énigme personnelle. Un jour, à la fin des consultations, pendant qu'il mettait ses dossiers à jour et qu'elle balayait le cabinet, Hannah lui avait dit :

« Ma mère est morte de la fièvre puerpérale. Mon père l'avait dit, le coroner aussi, elle en présentait les symptômes les plus classiques et mon père a consacré le restant de sa carrière à chercher les moyens de prévenir et de guérir cette affection. Pourtant, après la mort de mon père, j'ai trouvé dans ses notes un morceau de papier sur lequel étaient écrits ces mots : "Qu'est-ce qui a tué ma bien-aimée Louisa ?" Se pourrait-il, docteur, que mon père ait pensé ou constaté que sa mort avait une autre cause ? »

Davenport lui avait demandé de décrire les symptômes et le déroulement de la maladie de sa mère, dans lesquels il avait bien reconnu ceux de la fièvre puerpérale. Mais ce qui avait pu amener le docteur Conroy à se poser la question était pour lui un mys-

166

tère. Ce soir-là, pourtant, il s'était plongé dans ses traités de médecine. Pour la première fois depuis le décès de son épouse, Davenport reprenait intérêt à des sujets qu'il avait trop longtemps délaissés.

Il avait également découvert qu'il prenait un réel plaisir à se muer en professeur, surtout avec une élève aussi douée et enthousiaste que Hannah. Se rappeler une énigme médicale qu'ils avaient résolue ensemble le faisait toujours sourire.

Un cordonnier d'une soixantaine d'années, M. Paterson, était venu consulter en se plaignant de migraines. Sa peau avait aussi une couleur étrange qui, disait-il, rebutait ses clients et ses amis qui craignaient une maladie contagieuse. Le docteur Davenport avait d'abord pensé qu'un symptôme aussi évident de la jaunisse trahissait une grave maladie de foie, mais comme il ne voulait jamais faire perdre à ses patients un espoir de guérison, il avait prescrit à M. Paterson un tonique de sa composition. Le tonique, inoffensif mélange d'eau sucrée et de sirop de fraise, était un de ces placebos que les médecins tenaient souvent en réserve pour ne pas renvoyer un patient chez lui les mains vides. Un espoir, même illusoire, valant toujours mieux que pas d'espoir du tout, l'effet placebo opérait parfois des cures miraculeuses.

Après le départ de M. Paterson, cependant, Hannah avait exprimé son inquiétude pour la santé de ce sympathique cordonnier, déjà âgé, dont les affaires périclitaient à cause de son étrange aspect. Elle avait alors observé que sa peau était plus orange que jaune et que le problème avait peut-être une autre cause que le foie. Serait-ce, par exemple, la vessie ?

Davenport avait d'abord sursauté. Jamais personne, encore moins une femme, n'avait émis de doutes sur ses diagnostics. Mais il avait déjà pu constater que les questions de Hannah n'étaient pas motivées par un manque de confiance dans son jugement ou son expérience médicale, mais par une franche curiosité. Il lui avait donc expliqué que l'absence de douleurs dans le bas-ventre excluait l'hypothèse de troubles de la vessie. C'est alors qu'elle lui avait rappelé les migraines dont se plaignait M. Paterson et qui restaient inexpliquées.

Après le départ de la jeune femme ce jour-là, Davenport s'était retrouvé confronté à une énigme médicale qu'il ne se résignait pas à laisser sans solution logique. Hannah avait observé avec justesse que des troubles du foie ou de la vessie ne pouvaient à eux seuls provoquer à la fois la couleur orangée de la peau et la persistance des migraines. Dans ces conditions, de quoi souffrait donc M. Paterson ?

Davenport avait passé une partie de la nuit à compulser ses ouvrages de médecine avant de se souvenir d'un article récemment paru dans une revue médicale étrangère. En le relisant, il découvrit la véritable cause de l'étrange coloration de M. Paterson. Le lendemain matin, il s'était rendu à son échoppe et lui avait posé quelques questions qu'il avait omises lors de sa visite à son cabinet, plus précisément sur son régime alimentaire.

« J'avais lu dans cette revue, avait-il ensuite raconté à Hannah, qu'une substance présente dans certains végétaux avait été isolée et identifiée par une équipe de chimistes de la Sorbonne, qui l'avaient baptisée *carotène* parce qu'ils l'avaient trouvée dans les carottes. J'ai donc demandé à M. Paterson s'il mangeait des carottes et il m'a emmené dans son jardin pour me montrer fièrement les carottes qu'il y cultive. Il a une telle passion pour cette racine qu'il en mange à tous les repas, bouillie, braisée, rôtie et même crue ! Ce sont donc les carottes qui donnent cette coloration orange à sa peau, mademoiselle Conroy.

— Et ses migraines ?

— Il m'a avoué que, depuis des années, il porte un chapeau trop petit d'une taille, qu'il garde par mesure d'économie. »

M. Paterson mangea des pommes de terre et d'autres légumes, acheta un chapeau plus grand et fut guéri. Davenport et Hannah avaient bien ri de la mésaventure du cordonnier et, depuis, partageaient ce secret. Le docteur Davenport n'avait pas éprouvé autant de satisfaction dans l'exercice de la médecine – ni autant de plaisir dans la compagnie d'une jeune femme – depuis de longues années.

Hannah constituait aussi un réel atout auprès des patientes du docteur Davenport. Alors qu'un médecin pouvait librement examiner un patient masculin jusqu'à lui demander de se dévêtir, il aurait été impensable qu'il puisse jeter le moindre coup d'œil sous les vêtements d'une dame. Il devait donc se baser sur ce que lui disait sa patiente, le plus souvent trop timide ou trop gênée pour lui décrire avec précision ce dont elle souffrait. Les euphémismes auxquels les femmes avaient recours constituaient des sortes de devinettes à partir desquelles il fallait prononcer un diagnostic et prescrire un traitement. Quand une femme parlait en rougissant de

169

son « irrégularité », comment savoir s'il s'agissait de son cycle menstruel ou de son transit intestinal ? Mais, en présence de Hannah, elles pouvaient s'exprimer librement, de sorte que, ayant elle-même acquis une grande expérience auprès de son père, Hannah pouvait transmettre au docteur Davenport les éléments lui permettant de faire un diagnostic exact et de prescrire le traitement approprié. Dans ces conditions, comment s'étonner que sa clientèle féminine se soit accrue dans des proportions si considérables qu'il avait décidé d'étendre ses jours de consultation de trois à cinq par semaine – et d'augmenter du même coup la rémunération de son assistante !

Pendant qu'il descendait l'escalier menant de son appartement à la cuisine, à son cabinet et à la salle d'attente, où les clients commençaient déjà à arriver, le docteur Davenport prit une décision. Quand Hannah lui avait soumis sa stupéfiante proposition, il envisageait sérieusement de retourner en Angleterre afin de se remarier avec une cousine éloignée pour laquelle il éprouvait une certaine affection. Tout avait changé et il avait maintenant d'autres projets en tête. Bien qu'ils ne se connaissent que depuis trois mois, il ne serait pas trop inconvenant qu'il invite Hannah à une course de chevaux qui devait se dérouler le dimanche suivant à Chester Downs, à un peu plus d'un kilomètre de la ville. Ce serait un grand événement mondain avec buffet, orchestre et une attraction inédite présentée par deux Français se proposant d'effectuer un vol dans un ballon à air chaud, que les gens au fait des progrès de l'aérostation appelaient montgolfière.

Il entra dans son cabinet, tira les rideaux et alla à son bureau, sur lequel la femme de ménage avait déjà déposé le courrier du matin. Il passa rapidement en revue la pile d'enveloppes – factures, publicités, une lettre de la cousine anglaise. L'une d'elles, à l'écriture inconnue, attira son attention. Il la décacheta, la parcourut, fronça les sourcils. À mesure que sa lecture avançait, son expression passait par toutes les nuances de la stupeur et de l'incrédulité. À la troisième lecture, il sentit ses jambes fléchir et il se laissa tomber sur son fauteuil.

— Je suis sûre qu'il te plaira, dit Molly avec enthousiasme. Il s'appelle Robert et il est clerc d'avoué.

Dans le salon du rez-de-chaussée, les pensionnaires de Mme Throckmorton s'apprêtaient à partir pour la journée. Le visage rond et épanoui, Molly était apprentie chez une couturière à la mode de Peel Street, situation qui lui conférait une telle assurance qu'elle s'exprimait avec autorité sur tous les sujets, trait de caractère que ses amies supportaient avec une patience méritoire.

— Il porte toujours un col blanc et il a les ongles propres, ajouta Molly en épinglant son bonnet à son chignon.

Ledit Robert était le quatrième jeune homme que Molly essayait de présenter à Hannah. Celle-ci avait beau lui répéter qu'elle attendait un jeune scientifique américain qui devait la rejoindre à Adélaïde à la fin d'une exploration de la côte ouest de l'Australie, Molly ne voulait rien entendre. Trop de jeunes filles se vantaient d'attendre un prétendant qui ne se matérialisait jamais pour qu'elle accorde du crédit aux protestations de Hannah.

— Tu es d'une innocence, Hannah ! reprit-elle. Pourtant, tu as déjà vingt ans. Je suis prête à parier qu'aucun homme ne t'a tenu la main.

Molly en avait vingt et un et pouvait proclamer fièrement qu'elle n'avait pas été embrassée par un garçon, mais bel et bien par trois ! Aucune de ces relations n'avaient débouché sur rien de sérieux, certes, mais elle ne perdait pas confiance. Il n'était pas non plus question de se marier avec n'importe qui. L'élu devait au moins travailler dans un bureau et changer de chemise tous les jours.

Neal ne m'a pas seulement tenu la main, pensait Hannah en nouant les rubans de son bonnet. Il m'a serrée dans ses bras quand nous croyions que le navire était sur le point de sombrer. C'est après qu'il m'a embrassée. Mais Hannah ne pouvait parler de ce genre de choses. Elles étaient trop intimes et personne ne pourrait les comprendre sans avoir vécu une expérience aussi terrifiante. Elle ne pouvait pas non plus parler à Molly ni aux autres de ses visites à la maison de Lulu Forchette et que, de ce fait, elle en savait bien plus sur les problèmes féminins qu'une jeune dinde ayant été embrassée trois fois.

— Je suis sûre que ce Robert est un charmant jeune homme, se borna-t-elle à répondre, et j'apprécie tes efforts pour me trouver un compagnon, mais je n'en cherche pas.

Par un sourire entendu, Molly laissa entendre qu'elle pensait que Hannah guignait le docteur Davenport. « Il est propriétaire de sa maison, avait-elle dit un soir. Avec l'appartement à l'étage et son cabinet au rez-de-chaussée. Un docteur a de bons revenus, Hannah ! Et il est plutôt bel homme, même s'il est un peu vieux. »

Hannah laissait Molly penser ce qu'elle voulait, car cette dernière ne pourrait jamais comprendre la raison profonde de sa collaboration avec le docteur Davenport : elle désirait faire carrière dans la profession médicale.

Hannah prit congé de son amie et sortit de la maison par une fraîche matinée d'automne. Avant de traverser la rue, elle se retourna vers une fenêtre du deuxième étage, d'où Alice la saluait de la main. Elle lui rendit son salut et poursuivit son chemin.

Alice récupérait de la sévère rossée infligée par Lulu une semaine plus tôt, mais ne voulait pas se montrer avant que ses meurtrissures au visage aient entièrement disparu. Hannah avait pu constater qu'Alice, en dépit de son apparence frêle et délicate, possédait une force de caractère peu commune. Elle n'était pas de ces filles languissantes qui s'apitoient sur leur sort. Elle avait décidé qu'une fois remise, elle chercherait un emploi en ville. Son passage chez Lulu l'ayant forcée à dominer sa terreur du feu, elle était désormais capable de prendre n'importe quel emploi domestique et le ferait sans regret.

Estimant que cela l'aiderait à reprendre pied, Hannah avait persuadé Alice de descendre un soir et de chanter devant les autres pensionnaires. Son auditoire avait été captivé. « La voix d'Alice est comme un rayon de soleil qui perce les nuages un triste jour de pluie », avait commenté une fille. Une autre avait remarqué : « Elle me rend à la fois joyeuse et mélancolique. » Quant à Molly, elle avait

173

déclaré : « Avec une voix pareille, elle peut attraper un riche mari. »

Mais hors de la présence d'Alice, elles avaient unanimement admis qu'il était grand dommage qu'elle soit aussi défigurée.

Ces sept jours ne s'étaient pas passés sans difficulté. Hannah avait d'abord dû mentir à Mme Throckmorton sur l'« accident » d'Alice pour qu'elle l'autorise à partager sa chambre. De plus, Hannah était torturée de scrupules sur son association, même temporaire, avec un établissement aussi mal famé que celui de Lulu. Maintenant qu'elle savait que les filles y étaient gardées contre leur gré et subissaient des sévices, elle se sentait obligée de faire quelque chose pour mettre fin à une telle situation. Elle ne comprenait pas qu'Alice la supplie de ne pas intervenir. « Les autorités ne feront rien, ce sont les meilleurs clients de Lulu. Je pourrais citer les noms de juges, de banquiers, d'hommes haut placés dans le gouvernement qui y vont régulièrement. Ces gens feront tout pour que vous n'exposiez pas leurs vices en public et cela se retournera contre vous. »

Depuis une semaine, tiraillée entre les objurgations de sa conscience et la pertinence des mises en garde d'Alice, Hannah luttait contre ce dilemme moral. Elle avait maintenant pris sa décision : demander l'avis du docteur Davenport. Il était intelligent, instruit, expérimenté. Elle lui révélerait en confidence ses visites à la maison. Il serait choqué d'apprendre l'existence à deux pas de la ville d'un tel établissement comptant dans sa clientèle autant de personnages influents, mais Hannah avait besoin de conseils pour savoir que faire.

Elle arriva quelques minutes plus tard au petit bâtiment de brique de Light Square, pris entre une boutique de mode et une librairie, où le docteur Davenport avait installé son appartement et son cabinet. En montant les deux marches du perron, elle lança un sourire à la plaque de cuivre qui brillait au soleil. Bientôt, son nom y serait gravé lui aussi.

On entrait par un petit vestibule pourvu de deux portes. L'une, marquée *Privé*, ouvrait sur la cuisine et la chambre de service. L'autre était celle de la salle d'attente qui communiquait avec le cabinet proprement dit. À l'arrivée de la jeune fille, de nombreux patients s'y trouvaient déjà.

La salle d'attente comportait deux bancs. Quand un patient sortait du cabinet du docteur, le suivant entrait à son tour et les autres se décalaient d'une place pour se rapprocher de la porte. En passant, Hannah fit un sourire à chacun. Les hommes se levèrent et portèrent la main à leur chapeau en murmurant un salut. Hannah reconnut M. Billingsly, le mercier, qui avait un orteil infecté ; Mme Hudson, la boulangère, qui souffrait d'une toux persistante. L'homme au bras en écharpe était Sammy Usher, un bouvier qui s'était démis l'épaule en tombant d'un fardier. Hannah remarqua aussi que Mme Rembert souffrait toujours d'arthrite et que M. Sanderson revenait chercher une dose du tonique du docteur qui lui redonnait, proclamait-il à qui voulait l'entendre, la vitalité d'un jeune homme de vingt ans. Il y avait aussi quelques personnes que Hannah ne connaissait pas encore. Elle savait que certains venaient par curiosité : la présence d'une femme dans un cabinet médical constituait un phénomène si extraordinaire qu'il fallait le voir pour y croire.

Tout en ouvrant la porte de communication, Hannah se préparait avec impatience à une nouvelle journée d'apprentissage, car chaque jour réservait son lot de surprises, comme ç'avait été le cas le lundi précédent. Une femme était arrivée en courant pour dire que toute la famille d'un de ses voisins était mourante. Le docteur Davenport s'était immédiatement rendu sur place avec Hannah. Ils avaient en effet trouvé les parents dans une chambre et les cinq enfants dans une autre, souffrant tous de sévères douleurs abdominales accompagnées de vomissements et d'une extrême faiblesse. Pendant que le docteur examinait les enfants, le père, M. Dykstra, avait réussi à se lever et à s'approcher. Il titubait, ricanait et semblait sous le coup de l'alcool.

Le docteur Davenport l'avait aidé à se recoucher et lui avait demandé quand ces troubles avaient frappé sa famille. Les premiers signes s'étaient produits peu après le petit déjeuner, en commençant par les plus jeunes. À midi, tout le monde avait la nausée, la diarrhée et des douleurs insupportables.

Le médecin l'avait alors interrogé sur leur repas. C'était le menu classique d'un copieux petit déjeuner, des œufs brouillés et des saucisses avec des tomates du jardin. Laissant la famille gémir sous la surveillance attentive de Hannah, le docteur Davenport était sorti dans le petit jardin, typique de la ville, comportant des rangées de laitues, de carottes, de tomates. En inspectant la cabane à outils, il avait trouvé des bidons de kérosène vides et était revenu au chevet de M. Dykstra.

« Avez-vous utilisé du pétrole lampant dans votre jardin ? lui avait-il demandé.

— Il fallait bien, docteur. Les insectes et les araignées s'en prenaient encore à mes plants de tomates et j'allais perdre toute ma récolte. Alors, je les ai arrosés avec du pétrole et ça a marché.

— Monsieur Dykstra, le kérosène est un poison pour les insectes mais aussi pour les humains. Les tomates que vous avez mangées ce matin étaient empoisonnées.

— Mais ma femme les avait pourtant bien lavées avant de les faire cuire !

— Oui, mais la terre était imprégnée de pétrole, qui a empoisonné les racines des jeunes plants. Une fois mûres, les tomates étaient gorgées de kérosène. Il va falloir que vous trouviez un autre moyen de vous débarrasser de vos parasites. »

Le docteur Davenport avait prescrit des vomitifs et l'absorption de grandes quantités d'eau jusqu'au rétablissement. Ce soir-là, Hannah avait soigneusement noté toutes les caractéristiques de ce cas inédit et ajouté ses notes à celles de son père, en espérant être en mesure de compléter toujours davantage cette somme d'observations.

Mais lorsqu'elle entra dans le cabinet du docteur Davenport, elle fut frappée de lui voir une mine soucieuse.

— Mon Dieu, un de vos patients est mort ? demanda-t-elle en s'asseyant. Serait-ce Mme Gardner ? Son cœur était très affaibli.

Les bruits de la rue emplirent le cabinet pendant que Davenport s'efforçait de retrouver sa voix.

— Mademoiselle Conroy, dit-il enfin, vous êtes-vous rendue dans une maison mal famée des environs de la ville, tenue par une certaine Mme Forchette ?

— Oui, docteur. En fait, je comptais justement vous en parler.

— Mademoiselle Conroy, que diable vous est-il passé par la tête pour mettre les pieds dans un endroit pareil ?

Étonnée de sa brusquerie inattendue, Hannah décrivit sa rencontre avec Alice trois mois plus tôt devant le cabinet du docteur Young.

— Comme aucun autre médecin ne voulait y aller, j'ai proposé mon aide, voilà tout.

— Vous rendez-vous compte que cette démarche, si altruiste vous soit-elle parue, jette un doute sérieux sur votre moralité ? dit-il avec un profond soupir. Que votre réputation est désormais compromise ? Quelqu'un, poursuivit-il en lui montrant une feuille de papier, s'en est offusqué au point de menacer d'informer toute la bonne société de la ville de vos rapports avec cette maison.

— Qui ?

Il lui tendit la lettre, signée *Un citoyen responsable*.

— Ce correspondant ne signe pas de son nom. Sans doute pour ne pas admettre qu'il connaît l'existence de cet établissement.

— Je vous jure, docteur, que je n'y suis jamais allée pour des raisons immorales ! Je n'y allais que pour prendre soin des filles. Elles ont le droit d'être soignées, comme tout le monde.

— Personne ne dit le contraire. Mais cet endroit a une réputation détestable, mademoiselle Conroy. Quiconque est associé d'une manière ou d'une autre aux activités qui s'y déroulent devient suspect. Vous le comprenez, j'espère ?

— Le docteur Young s'y rendait régulièrement. Pourquoi ce « citoyen responsable » n'en a-t-il pas répandu la nouvelle dans toute la ville ?

— Parce qu'il y allait en tant que médecin afin d'y prodiguer ses soins.

— Comme moi, docteur ! Je m'y suis rendue pour soigner une cheville foulée, des brûlures, des démangeaisons. Que faisait d'autre le docteur Young ?

— Un médecin s'occupe d'une quantité de problèmes, mademoiselle Conroy. Mais le domaine d'une sage-femme se limite à une seule fonction du corps humain. Personne ne peut savoir que vous traitiez d'autres maux. Vous n'êtes pas médecin, vous êtes sage-femme et, dans l'esprit des gens, une sage-femme ne s'occupe que d'une chose dans de telles maisons.

— Laquelle ? L'auteur de ce message ne s'imagine quand même pas que j'y allais pour mettre des bébés au monde !

Il la regarda, effaré. Elle ne comprenait donc vraiment pas ?

— Mademoiselle Conroy, dit-il en choisissant ses mots, pour quelles autres raisons une sage-femme pourrait-elle être appelée dans un établissement tel que celui de Mme Forchette ?

— Je n'en ai aucune idée.

Davenport vit la sincère innocence de son regard, l'absence totale de dissimulation dans son expression. Il voyait une veine palpiter sur son cou gracile, ses mains gantées crispées sur ses genoux et se sentit bouleversé par une émotion qu'il ne pouvait s'expliquer.

179

— Mademoiselle Conroy, il existe un traitement illégal pratiqué en secret par certaines sages-femmes...

Il n'en dit pas plus en espérant qu'elle comprendrait enfin.

Ce fut au tour de Hannah d'ouvrir grand les yeux. Et tandis qu'elle détaillait ses traits anguleux mais harmonieux, la boucle indisciplinée qui lui retombait sur le front malgré la brillantine censée la maintenir en place, sa gêne visible d'aborder un tel sujet, la signification de ce qu'il venait de dire l'atteignit enfin.

Un léger cri lui échappa.

— Docteur Davenport, je vous jure que je n'ai jamais pratiqué un...

Elle se tut, incapable de prononcer le mot.

— Je le sais, mademoiselle Conroy. Mais les autres, eux, ne le savent pas. Si vous n'étiez pas sage-femme de profession, ces allégations ne seraient pas aussi graves. En fait, il n'y aurait pas d'allégations, tout au plus des questions sur votre moralité. Malheureusement, si la rumeur se répandait, elle pourrait avoir de fâcheuses conséquences pour moi-même et mon exercice de la médecine. Le seul fait d'avoir engagé une avorteuse...

Le mot lâché, il laissa sa phrase en suspens. Hannah ferma brièvement les yeux.

— Je ne me doutais en rien de...

Il leva vers elle un regard si accablé qu'elle en fut déconcertée.

— Je sais, mais ce qui est fait est fait. Je crains de me voir obligé de vous congédier.

— Me congédier ? Mais... mais j'ai rompu toutes mes relations avec cette maison !

— Peu importe, le mal est fait. Si je ne mets pas immédiatement un terme à notre association, je risque de perdre toute ma clientèle. Et si je suis contraint de fermer mon cabinet, les patients qui avaient mis leur confiance en moi risquent de devoir se rabattre sur des médecins moins... recommandables.

— Je suis sincèrement, profondément désolée, murmura-t-elle.

En voyant ses yeux s'emplir de larmes, Davenport dut se dominer pour ne pas se lever et la prendre dans ses bras. Elle était si vulnérable, si malheureuse... Il aurait voulu pouvoir lui dire que tout allait s'arranger, qu'il se moquait de ce que disaient ou pensaient les « citoyens responsables » d'Adélaïde, qu'il la protégerait et l'aiderait à repousser cette vague de dénigrement. Mais c'était impossible. Il devait avant tout penser à ses patients.

Il ne pouvait s'en prendre qu'à lui-même. Hannah n'avait que vingt ans, elle venait d'arriver d'Angleterre, elle n'avait pas de famille. Sa maturité, ses capacités l'avaient aveuglé. Il n'avait pas vu son innocence. Il aurait dû mieux s'occuper d'elle, s'enquérir de ce qu'elle faisait de son temps libre, de ses amies, de ses fréquentations. Maintenant, il était trop tard. Sa candeur avait causé un dommage irréparable. La course de chevaux de Chester Downs, le grand buffet et les Français en montgolfière se passeraient de lui – et d'elle.

Hannah se leva. Elle était presque à la porte quand il la rappela :

— Un instant, mademoiselle Conroy...

Il prit la statuette de la déesse Hugieia, qui ornait

son bureau depuis son voyage de noces à Athènes, et la lui tendit.

— J'aimerais que vous la gardiez.

Hannah s'aperçut à peine du vacarme de la circulation et de la foule en rentrant chez elle. Comment avait-elle pu être aussi aveugle ? Personne ne pouvait croire qu'une sage-femme se rendait dans une maison de prostitution pour d'autres raisons que des avortements, c'était l'évidence même ! Pourquoi ne s'en était-elle pas rendu compte ? Aveuglée par les larmes, elle louvoyait tant bien que mal entre les voitures et les cavaliers. Adélaïde n'était pas Bayfield. Elle n'était pas l'assistante de son père, qui la protégeait de son expérience et de sa sagesse. Elle n'était qu'une fille trop jeune et trop naïve qui venait sans doute de commettre, par son inexpérience, la plus grosse erreur de sa vie !

La mine sombre, Mme Throckmorton fit entrer Hannah au salon. Pâle et de toute évidence apeurée, Alice s'y trouvait aussi. Hannah remarqua alors que sa malle avait été descendue.

— Je suis désolée, ma chère, dit la logeuse avec une tristesse sincère. Vous avez été une pensionnaire modèle et je suis au désespoir de devoir vous laisser partir, mais j'ai reçu une lettre...

— Je comprends.

— Mais Alice peut rester, enchaîna Mme Throckmorton. Je lui ai dit que quand elle irait mieux, je lui procurerais un logement et un emploi.

Avec détermination, Alice alla se placer à côté de Hannah.

— Je pars avec Mlle Conroy. Ce qui vous arrive

est ma faute, mademoiselle. C'est moi qui vous ai fait venir chez Mme Lulu. Je ferai tout pour vous dédommager, je prendrai deux emplois, mais ce n'est pas juste que vous souffriez à cause de moi.

— Puis-je voir cette lettre, madame Throckmorton ?

Elle la lut avec attention. C'était la même litanie de menaces et de propos insultants que celle reçue par le docteur Davenport et la même signature anonyme. Mais Hannah remarqua un détail capital qu'elle avait été trop troublée pour noter dans le cabinet du médecin : l'écriture était celle de Lulu.

— Merci, Alice, vous pouvez venir avec moi, dit-elle en rendant la lettre à son ex-logeuse. Tout ira bien, vous verrez.

Elle prit une poignée de la malle, Alice l'autre et elles allèrent jusqu'au coin de la rue. Mais là, la circulation était si dense qu'il leur fut impossible de traverser. Elles ne savaient plus que faire quand deux cavaliers les hélèrent :

— Un coup de main, mesdames ?

Hannah fut stupéfaite de les voir mettre pied à terre et prendre chacun une poignée de la malle. La peau recuite par le soleil, ils étaient en vêtements de travail poussiéreux et chapeaux de brousse. Ils lancèrent un coup d'œil curieux au visage d'Alice mais ne firent aucun commentaire.

— Où on va, mesdames ? fit l'un d'eux avec un grand sourire.

Les deux jeunes femmes suivirent les serviables inconnus jusqu'à un modeste hôtel, quelques rues plus loin, où un écriteau à la devanture stipulait : *Les dames doivent être accompagnées.*

183

Quand Hannah voulut les payer de leur peine, ils refusèrent avec grâce en disant que tout le plaisir était pour eux et partirent récupérer leurs montures attachées à des anneaux. Un gamin pieds nus et en guenilles collait des affiches sur le mur de brique de l'hôtel. Les mêmes que celles qu'elle avait déjà vues sur les panneaux d'affichage, qui reproduisaient la première page de l'*Adélaïde Clarion*. D'inquiétantes nouvelles provenaient de l'Australie occidentale. Un soulèvement des Aborigènes avait eu lieu près de Perth. Des colons et des missionnaires avaient été massacrés. Un navire affrété par les autorités, à l'ancre dans une anse déserte, avait lui aussi subi une attaque et l'on déplorait des victimes.

9

Cette nuit-là, Alice rêva de nouveau au feu. C'était la quatrième fois depuis son départ de chez Lulu. Avant, elle n'avait pas fait un seul cauchemar sur l'incendie qui avait coûté la vie à sa famille entière pour n'épargner qu'elle. Pourquoi ? se demanda-t-elle en finissant son thé du matin. Pourquoi n'avait-elle plus rêvé ni même pensé à ces flammes qui revenaient la hanter huit ans plus tard, avec un tel luxe de détails qu'elle s'était réveillée en sursaut, couverte de sueur ?

« Je regrette, mademoiselle, mais je ne me mettrai pas de cosmétiques, répondait-elle fermement à Hannah quand celle-ci lui suggérait de masquer la partie mutilée de son visage. Lulu se peint la figure et force les filles à se maquiller. Je ne veux pas être comme elles. »

Sans cette défiguration, Alice serait très jolie. En cette fraîche matinée de mai, Hannah l'examinait pensivement pendant qu'elles finissaient leur petit déjeuner dans la chambre qu'elles partageaient à l'hôtel Torrens, dans King William Street. Hannah avait maintes fois demandé à Alice de l'appeler par son prénom, mais Alice avait trop peu l'habitude d'une telle familiarité pour ne plus lui donner du

« mademoiselle ». En outre, Hannah avait dû prétendre qu'Alice était à son service, condition impérative puisque l'hôtel n'acceptait pas de femmes seules. Elles devaient donc sauver les apparences.

Une semaine s'était écoulée depuis leur expulsion de chez Mme Throckmorton. Les traces des coups s'estompant, Alice était déterminée à chercher un emploi. Hannah craignait cependant qu'elle ne se heurte aux mêmes problèmes qu'avant d'être engagée par Lulu : personne ne voudrait d'une servante défigurée. Elle avait pourtant une idée précise de la manière de surmonter la question, mais Alice ne voulait même pas en entendre parler.

— Vous êtes vraiment ravissante, avec vos beaux cheveux blonds naturellement ondulés et vos yeux bleus. Votre profil droit est parfait, votre peau sans défaut. Si nous pouvions juste couvrir...

Devant l'expression butée d'Alice, Hannah s'interrompit.

— Un instant, reprit-elle, laissez-moi vous montrer quelque chose.

Hannah était plus décidée que jamais. La mutilation d'Alice constituait un réel et sévère handicap. En la voyant, les gens pouvaient réagir avec dégoût ou cruauté. Partout où elle allait, Alice rencontrait des regards de curiosité, de pitié ou de répulsion. En guise de protection, elle avait adopté le geste défensif de lever une main en écran devant sa joue blessée, ce qui avait malheureusement pour résultat d'attirer encore plus l'attention.

Hannah sortit de son fourre-tout le recueil de poèmes de sa mère, dans lequel elle conservait en souvenir une affiche qu'elle déplia.

— Ma mère, lui dit-elle, était une actrice shakespearienne. Regardez.

Légende d'Hiver
de William Shakespeare
Pour la dernière représentation de la saison,
Madame Louisa Reed
tiendra le rôle principal
Théâtre Royal, Shakespeare Square, Édimbourg
le 29 juillet 1824

— C'était la dernière apparition de ma mère sur scène, reprit Hannah. Elle avait rencontré mon père quelques mois auparavant, pendant une tournée de sa compagnie dans le sud de l'Angleterre. Il l'avait soignée pour une entorse de la cheville et ils étaient tombés amoureux l'un de l'autre. Après cette dernière représentation, ma mère a rejoint John Conroy à Bayfield et renoncé au théâtre pour toujours.

Tout en parlant, Hannah revit avec précision un de ses souvenirs d'enfance. Elle avait six ou sept ans quand sa mère lui avait montré ce qu'elle appelait son « nécessaire ». C'était un sac extraordinaire plein de flacons, de boîtes, d'étuis, de tout le maquillage de ses années sur scène. Fascinée, Hannah avait regardé les tubes de fard, les poudriers, les crayons destinés à transformer la physionomie des acteurs pour incarner leur personnage. « Grâce à cet attirail, lui avait dit Louisa, je peux devenir une princesse chinoise, une Africaine ou une vieille fille revêche du fin fond du Lancashire. Je peux me rendre jeune ou vieille, belle ou laide. Comme je veux ! »

Ce lointain souvenir avait amené Hannah à penser que si les cosmétiques de théâtre pouvaient simuler des défauts, ils pouvaient aussi bien les dissimuler.

— Vous voyez, Alice, ma mère se maquillait et c'était une personne très respectable. Êtes-vous jamais allée voir une pièce de théâtre ? Je vous y emmènerai dès que nous en aurons les moyens.

— Merci, mademoiselle.

Si nous en avons les moyens, se dit Alice. Elles étaient déjà en retard pour leur note d'hôtel et n'auraient bientôt même plus de quoi manger. Gagner leur vie posait un problème grave. Dans son état actuel, personne ne voudrait engager Alice, et Hannah, après avoir passé les offres d'emploi au peigne fin, avait fini par décider que chercher une place n'était pas la bonne solution. Elle n'avait pas expliqué pourquoi à Alice, mais celle-ci avait compris ses raisons : elle courrait le même risque qu'avec le docteur Davenport. Elles savaient l'une et l'autre que Lulu Forchette s'empresserait de répandre son venin auprès du premier employeur que trouverait Hannah. Malheureusement, se mettre hors de portée de Lulu en quittant Adélaïde leur était impossible, Alice le savait. C'est à Adélaïde que Hannah devait retrouver en octobre le jeune Américain, Neal Scott – du moins l'espérait-elle.

Après les nouvelles alarmantes du soulèvement des Aborigènes en Australie occidentale, Hannah avait écrit aux autorités de Perth pour s'informer de ce qu'il était advenu du navire d'exploration *Borealis*. Elle avait également écrit à la mission centrale de ce territoire pour demander des nouvelles d'un couple de missionnaires dont elle avait fait la connaissance au cours de la traversée depuis l'Angleterre.

Alice n'ignorait plus rien du voyage mouvementé du *Caprica* et de sa survie miraculeuse. Elle avait vu aussi la photographie de Neal Scott. Il était bel homme et, d'après ce qu'en disait Hannah, intelligent, instruit, aventureux, courageux et un parfait gentleman. Alice en était un peu jalouse, car elle ne pouvait plus espérer connaître le bonheur de l'amour. Il y avait bien longtemps, avant l'incendie qui l'avait privée de sa famille, elle rêvait de devenir une épouse et une mère. Ce rêve-là avait lui aussi été réduit en cendres.

Après avoir enlevé le tablier de soubrette qu'elle s'obstinait à porter, Alice ajusta les manchettes et les boutons de sa robe démodée, aux manches étroites et dépourvue de crinoline. Elle se coiffa d'un léger chapeau de paille qui recouvrait en partie son visage, qu'elle étudia dans la glace – un côté soi-disant ravissant, l'autre rendu hideux par les boursouflures. Elle jeta ensuite un coup d'œil au reflet de Hannah, assise devant du papier, une plume et un encrier. Le tintement harmonieux des cloches des nombreuses églises d'Adélaïde entrait par la fenêtre ouverte.

— Vous n'allez pas à l'église, mademoiselle ? On est dimanche.

— Pardon ? dit Hannah en levant les yeux, étonnée.

— Votre père était quaker. Les quakers ne vont pas à l'église ?

Hannah ne perçut qu'une innocente curiosité dans les beaux yeux bleus d'Alice.

— Quand mon père a épousé une actrice, il a été banni de la Fraternité. Mais il observait le jour du Seigneur à sa manière.

Alice réfléchit un court instant.

— Vous priez, alors, mademoiselle ?

Hannah hésita à son tour. C'était moins la question qui l'embarrassait que la réponse qui lui échappait. Prier ne lui était jamais venu facilement. Elle évoqua le souvenir de son père, debout dans le salon de leur petit cottage, qui entamait toujours ses journées par une méditation avant d'aller au-devant des joies ou des peines, des réussites ou des échecs quotidiens. Priait-il dans ces moments-là ? Était-ce ainsi qu'il offrait son esprit à la Lumière ? Il n'en parlait jamais. Quand le soleil apparaissait au-dessus des arbres et que ses premiers rayons se glissaient dans la pièce, John Conroy s'arrachait à l'emprise invisible du surnaturel et reprenait le cours de sa vie.

Hannah avait tenté de l'imiter, sinon de l'égaler. Mais elle n'avait jamais rien pu faire de mieux que rester immobile et garder le silence. Elle ne pouvait pas aller plus loin, plus haut ou plus profond. Debout dans sa chambre, avant même de faire son lit, pieds nus sur le carrelage froid, elle s'efforçait de suivre le même chemin spirituel que son père, de mettre ses pas dans les siens, mais ses pensées déviaient obstinément vers un sujet prosaïque, une recette de cuisine, un rideau à raccommoder, un verre de lampe à changer, la facture du boucher à payer, une lettre reçue de son hôpital.

— Je fais de mon mieux, répondit-elle enfin en souriant. Je crois que, quelle que soit la manière dont nous Lui parlons, Dieu nous entend.

— Je me souviens, avant que notre ferme brûle, que le dimanche mon père ouvrait la Bible au hasard et lisait la page sur laquelle il tombait. Je n'ai aucun souvenir de notre voyage, poursuivit-elle, le regard dans le vague. J'avais quatre ans quand nous avons quitté l'Angleterre. Mes parents avaient tellement d'espoir...

Sa voix se brisa.

— Voulez-vous aller à l'église, Alice ?

— Non, j'irai juste me promener.

— Pourquoi n'iriez-vous pas aux courses de Chester Downs ? J'ai entendu dire que des omnibus y conduisent. Ils partent toutes les heures de Victoria Square.

— Peut-être.

Alice sortit et suivit l'artère principale, comme beaucoup de gens allant profiter du bon air de la campagne environnante. À pied, à cheval ou en voiture, la promenade du dimanche était une des occupations favorites des citoyens d'Adélaïde. Mais les pensées d'Alice étaient bien éloignées de la flânerie et des courses de chevaux.

Elle avait un long chemin à parcourir. Les blessures infligées par Lulu étaient en bonne voie de guérison, ses douleurs n'étaient plus qu'un souvenir. Elle se sentait forte et marchait d'un bon pas sur la petite route bordée de maisons, de jardins et d'enclos à moutons. Bientôt, les derniers signes de la ville cédèrent la place à des champs si vastes que les fermes paraissaient éloignées les unes des autres de plusieurs kilomètres. Rendant de temps à autre leurs saluts aux passants ou aux cavaliers croisés, Alice luttait contre sa crainte. Le doute la prenait par moments : ne commettait-elle pas une erreur ? Lulu n'allait-elle pas la prendre au piège pour la séquestrer comme elle l'avait déjà fait ? Elle se répétait alors des mots appris depuis peu : justice, bonne foi, honnêteté, et y puisait la force de continuer.

Il s'agissait là de concepts qui lui étaient restés étrangers, en quelque sorte. Les souvenirs de sa vie à la ferme étaient vagues. La tragédie qui avait coûté la vie à sa famille en la laissant défigurée lui avait altéré la mémoire. Elle avait probablement mené une existence ordinaire, peut-être même heureuse. Ensuite, elle n'avait connu que les froides autorités de l'Assistance publique qui la plaçaient dans des maisons d'où la chassaient des employeurs impatients ou indifférents, qui ne comprenaient pas sa terreur du feu. Après, elle n'avait connu que les rues où elle dormait, les portes où elle mendiait de la nourriture – et la maison de Lulu.

Quand Hannah Conroy y était entrée, la vie d'Alice avait changé. Pour la première fois, elle découvrait la bonté, la compassion et même un peu d'espoir. Voilà ce qui la poussait à marcher sur la route de Kapunda où quasiment plus personne ne circulait, le gros de la population se rassemblant déjà à Chester Downs pour les courses et la grande fête de plein air.

En arrivant près de la demeure, Alice constata à nouveau à quel point tout était paisible le dimanche matin, sans les voitures et les chevaux devant la porte. Ses clients avaient beau être de puissants personnages, Lulu savait qu'il valait mieux ne pas ouvrir son établissement le dimanche – la corruption elle-même avait des limites. C'était donc le seul jour où les filles pouvaient se reposer, repriser leur linge ou encore aller faire un tour en ville sous le regard vigilant de Walt Gilhooley. Mais ce dimanche-ci, ni les filles ni le reste du personnel n'avaient résisté à l'attrait des courses de Chester Downs, même si elles devaient s'habiller avec décence et ne pas se faire remarquer. Le silence régnait donc sur la maison déserte. Lulu n'irait pas à la fête, Alice le savait. Elle resterait dans son petit salon privé à ronfler ou se gaver de sucreries en comptant ses sous.

À la porte de service, Alice marqua une pause pour reprendre haleine et redresser ses épaules. Les lettres anonymes au docteur Davenport et à Mme Throckmorton ne seraient pas les dernières, et c'est pour cela qu'elle était venue. Lulu ne serait satisfaite qu'après avoir irrémédiablement détruit Hannah. Hannah avait d'abord voulu affronter elle-même Lulu, mais Alice l'en avait dissuadée. Rien n'arrêterait la vengeance de Lulu, et la démarche de Hannah ne ferait qu'empirer les choses. Alors, Alice lui avait dit : « Lulu finira bien par se lasser, mademoiselle. N'y pensez plus », et Hannah s'était résignée à suivre son conseil.

Nul ne savait d'où venait Lulu ni quelles étaient ses origines. Le nom même de Lulu Forchette était manifestement inventé. Alice avait entendu dire que les serpents les plus venimeux au monde se trouvaient en Australie, mais elle aurait juré qu'aucun ne pouvait être plus malfaisant que Lulu Forchette. Croire qu'un cœur humain battait sous cette enveloppe de graisse était une erreur. Les pensionnaires de Lulu n'avaient pas le droit d'avoir des enfants.

Quand sa tisane spéciale se révélait inefficace, elle faisait appel au docteur Young et à ses instruments barbares. Si les filles en mouraient, Lulu ne s'en souciait pas le moins du monde. Elle en trouverait toujours d'autres dans les rues, sans compter celles qui débarquaient tous les jours d'Angleterre.

Alice ne se donna pas la peine de frapper avant d'entrer. Comme prévu, elle trouva Lulu dans son salon, vautrée sur sa méridienne, sa tignasse roussie au henné répandue sur les épaules, l'ourlet de son peignoir de soie traînant sur le tapis de Turquie. La tête en arrière, la bouche ouverte, elle ronflait. Sur un guéridon à portée de main, il y avait encore les restes de son petit déjeuner habituel : œufs brouillés, pommes de terre, bifteck, saucisses, toasts beurrés et chocolat.

Alice se racla la gorge. Lulu ouvrit les yeux.

— Tiens ! Tu es venue en rampant demander pardon ?

— Je suis venue vous dire de laisser Mlle Conroy en paix.

— Manquerait plus que ça ! ricana Lulu. C'est elle qui t'envoie ?

— Elle ne vous a rien fait de mal...

— Rien fait de mal ? Cette vertueuse petite hypocrite a flanqué la pagaille chez mes filles ! Trois m'ont demandé à partir, une autre a essayé de s'enfuir. Ta sainte-nitouche mérite une bonne leçon. J'ai encore cinq lettres à envoyer à des personnes influentes.

Alice lança un coup d'œil au bureau encombré et vit cinq enveloppes cachetées, prêtes à partir, posées sur un livre de comptes.

— Si vous n'expédiez pas ces lettres, je reviendrai travailler ici.

— Tu crois que j'ai besoin d'un laideron comme toi ? répliqua Lulu.

— Je chanterai pour vos clients.

L'argument parut la faire réfléchir.

— Non, dit-elle enfin, je ne changerai pas d'avis.

— Je vous plains, murmura Alice.

Un éclair de rage s'alluma dans le regard de Lulu.

— Pour qui tu te prends, hein ? Tu n'as pas de quoi être fière de toi ! Où crois-tu que tu iras dans la vie avec une figure comme la tienne qui fait peur aux enfants ? Chez moi, tu étais bien. Tu étais à l'abri. Sale petite ingrate ! Je t'ai recueillie, je t'ai donné un toit.

— Oui, vous m'avez recueillie pour me faire travailler dix-huit heures par jour. Vous me faisiez coucher par terre. Vous me laissiez crever de faim. Vous me traitiez comme personne n'oserait traiter un chien. J'ai eu tort de venir vous voir. Je croyais pouvoir en appeler à votre pitié, à votre bon cœur, ou à ce qui en reste. Mais je me suis trompée.

En trois pas, Alice s'approcha du bureau, prit les cinq enveloppes puis se dirigea vers la porte.

— Ah, mais non ! gronda Lulu.

Elle se leva avec effort en s'aidant de sa canne et voulut lui barrer le passage. Plus leste, Alice la contourna et sortit avant qu'elle ait pu l'en empêcher. Lulu la suivit en lui criant de s'arrêter, mais Alice n'en fit rien et Lulu ne la rejoignit qu'à la porte de la cuisine.

— Vas-y, prends-les, ces foutues lettres ! J'en écrirai d'autres !

Cette fois, Alice s'arrêta. Lulu avait raison, voler les lettres était stupide et inutile. Elle se retourna vers la grosse femme qui s'avançait sur elle, le regard étincelant de cruauté, sa redoutable canne à la main. Alice était trop frêle. Il fallait trouver un moyen de se défendre. Dans la cuisine encombrée de casseroles, d'ustensiles, de bouteilles, elle vit sur la table une boîte rouge et blanc : *Allumettes chimiques. Allument tout partout*, en gros caractères sur un décor de flammes.

Un rugissement fit soudain rage dans les oreilles d'Alice. Dans la cheminée vide et froide, elle vit jaillir des flammes. Cette vision la troubla au point de ne plus savoir si elle était réelle ou imaginaire. Se rappelait-elle son récent cauchemar ou l'incendie auquel elle avait échappé des années plus tôt ? Le cri de femme qu'elle entendait, était-ce le sien dans le cauchemar ou celui de sa mère cette nuit-là ?

Alors même que les souvenirs affluaient, celui du rideau de flammes rouges et jaunes, de la chaleur infernale, de la terreur qui la paralysait, de ses ongles à demi arrachés en grattant à la porte pour s'enfuir, elle s'entendit parler d'une voix calme, posée, presque raisonnable :

— La pire des tortures que vous m'ayez infligées, c'est de m'enfermer à la cave, seule dans le noir absolu, sans rien qu'une lampe et des allumettes.

— Il le fallait bien, cracha Lulu. À quoi peut servir une bonne qui n'est même pas capable d'allumer une lampe ou une chandelle, qui pousse des hurlements en voyant une cheminée ? Je le faisais pour ton bien et ça t'a réussi, n'est-ce pas ?

196

Les jours et les nuits dans cette cave, mourant de faim et de peur, en train de hurler, de supplier. Et Lulu derrière la porte qui disait : « Allume la lampe et je te laisserai sortir… »

— Oui, cela m'a réussi, dit Alice. Je n'ai plus peur du feu.

Elle prit les allumettes, en gratta une.

— Qu'est-ce que tu fabriques ? aboya Lulu.

Alice leva l'allumette enflammée devant ses yeux.

— Je vous montre combien vous avez réussi à vaincre ma terreur du feu. J'étais venue vous demander de cesser d'écrire vos lettres empoisonnées. Le mieux, c'est de les brûler.

— Qu'est-ce que… ?

Avant que Lulu ait pu réagir, Alice mit le feu aux enveloppes et jeta les papiers enflammés. Ils tombèrent sur le bas du peignoir de Lulu, qui se pencha en hâte pour les éteindre.

— Regarde ce que tu as fait, pauvre imbécile ! cria-t-elle.

Alice craqua une autre allumette, qu'elle jeta délibérément sur la soie qui flottait autour des grosses jambes de Lulu.

— Arrête, sale petite garce !

Une autre allumette déclencha un autre foyer. Hurlant, Lulu se battait frénétiquement les cuisses, tapait des pieds.

— De l'eau ! De l'eau !

Alice ne bougea pas et regarda les flammes croître, monter, submerger le corps de Lulu dans la puanteur de la soie brûlée et le crépitement des flammes.

— Au secours ! Aide-moi !

Ses cheveux se dressaient sur sa tête tandis que son corps tout entier devenait la proie des flammes et qu'elle battait désespérément des bras telles les ailes d'un ange satanique. Lulu trébucha, Alice recula d'un pas, incapable de détacher son regard de la vision d'horreur du visage grimaçant qui commençait à noircir, de la bouche béante d'où s'échappaient des râles d'agonie. Des fragments de dentelle et de chair calcinées voletaient sur le carrelage et Lulu s'écroula à genoux, méconnaissable.

Alice sortit de la cuisine, claqua la porte derrière elle et la ferma à clé tandis que résonnaient encore les appels au secours de Lulu Forchette.

— Il fallait vous arrêter, murmura Alice. Je ne pouvais pas vous laisser continuer de détruire Mlle Conroy. Ni personne d'autre. Et vous vous trompez. Je ferai mon chemin dans le monde. Je dissimulerai ma laideur sous des fards, parce que je sais maintenant que les actrices se maquillent et que ce sont des femmes respectables. Et si je peux, je chanterai pour d'autres, parce que les pensionnaires de Mme Throckmorton m'ont prouvé que je le pouvais.

Elle regarda les volutes de fumée qui s'échappaient de sous la porte pendant que décroissaient les hurlements inhumains.

— Je prierai Dieu qu'Il vous pardonne.

Lorsqu'elle fut de nouveau sur la route bordée d'arbres, avec le jacassement des cacatoès dans les branches et le bêlement des moutons dans les pâtures, Alice foula le sol rouge de l'Australie en sentant une force nouvelle gagner son corps. Droite, le menton levé, elle respirait l'air frais et pur, pleine d'espoir dans l'avenir.

Derrière elle, loin déjà, un dernier hurlement d'agonie s'éleva avant de s'éteindre.

10

Au mois d'août, au cœur de l'hiver, des trombes de pluie glaciale se déversaient sur les rues d'Adélaïde. En se débattant avec leurs capes et leurs parapluies, Hannah et Alice se demandaient si elles n'étaient pas folles de sortir par un temps pareil. Mais elles n'avaient pas le choix, elles étaient dans une situation désespérée.

Il ne leur restait pas trois sous à elles deux, elles devaient plusieurs semaines à l'hôtel et n'entrevoyaient ni l'une ni l'autre la plus mince perspective de trouver du travail. C'est donc le désespoir qui les poussait à affronter la pluie hivernale qui transformait les rues en rivières de boue. Un nouveau magasin, Kirkland's Emporium, qui venait d'ouvrir, offrait disait-on des possibilités d'emploi.

Alice y allait dans l'espoir d'y trouver des cosmétiques, Hannah afin de se présenter au propriétaire et lui donner sa carte en disant ce qu'elle avait déjà dit à tous les pharmaciens de la ville : « Si vous pouvez suggérer à vos clients de faire appel à mes services, je chanterai à mes patientes les louanges de votre merveilleux établissement. » Cette prospection ne lui avait valu jusque-là qu'un seul appel pour un accouchement d'urgence dans une chambre d'hôtel.

La mère et l'enfant se portant bien, la famille avait poursuivi quelques jours plus tard son voyage à destination de Melbourne. Il n'y avait pas là de quoi former le noyau d'une clientèle.

Hannah obéissait aussi à un autre impératif : trouver le moyen de quitter leur hôtel, lieu ouvert au public, bruyant et provisoire par nature. Jamais de sa vie elle ne s'était sentie aussi déracinée. Son rêve de posséder un jour un petit cottage bien à elle devenait obsédant. Si Kirkland's présentait un assortiment de remèdes préparés et de manuels d'hygiène domestique aussi impressionnant qu'elle l'avait entendu dire, ce serait peut-être le point de départ qu'elle recherchait depuis son arrivée et dont elle avait le plus urgent besoin.

— Nous y voilà enfin ! soupira-t-elle en voyant la devanture.

Elles replièrent leurs parapluies et se hâtèrent de franchir la porte, comme l'avaient déjà fait les rares habitants dont la curiosité avait été plus forte que leur aversion des intempéries.

— Ça alors ! souffla Alice en découvrant l'immensité du magasin et l'alignement des comptoirs et des étagères. On pourrait se perdre, ici.

— Séparons-nous, Alice. Allez voir le rayon des cosmétiques et je commencerai par regarder le panneau d'affichage.

Aussi grand que celui de la poste centrale, un panneau destiné aux messages et aux annonces des particuliers se dressait en effet près de l'entrée. Hannah voulait consulter les offres d'emploi et afficher sa carte, comme elle l'avait déjà fait sur tous les panneaux publics en ville. Maintenant que Lulu

Forchette n'était plus là pour lui nuire, elle pouvait reprendre activement ses recherches d'emploi.

À la nouvelle de la mort de Lulu Forchette, retrouvée carbonisée dans sa cuisine, les langues avaient marché bon train. La rumeur publique se perdait en conjectures sur les activités qui se déroulaient réellement dans cette maison. Les officiels de la colonie, du lieutenant gouverneur au directeur général des Postes, avaient exprimé leur vive indignation en apprenant qu'un négoce aussi immoral avait pu prospérer aux portes mêmes de leur vertueuse cité et qualifié la mort de Lulu de jugement de Dieu.

Ce qu'étaient devenues les filles, Hannah l'ignorait. Rita et Sal étaient venues la voir en juin à son hôtel, toutes deux en tenues de voyage et une valise à la main. Elles venaient non pas lui demander de l'aide, mais la remercier de la bonté et de la gentillesse dont elle avait fait preuve à leur égard. Elles partaient pour Sydney, lui avaient-elles dit, dans l'espoir d'y trouver un meilleur travail. Elles avaient aussi appris à Hannah et Alice qu'en rentrant à la maison le soir des courses, personne n'avait versé une larme en faisant la macabre découverte. Magenta s'était évanouie à l'enterrement de sa mère et avait succombé peu après à une dose excessive de belladone. Les autres filles de Lulu, ses héritières, avaient dû renoncer à la propriété, saisie par le fisc pour un important arriéré d'impôts, et tout le monde s'était égaillé. Les Gilhooley avaient trouvé une bonne situation dans un élevage de moutons où ils se disaient très heureux. Hannah avait souhaité bonne chance aux deux filles et leur avait fait ses adieux en disant très sincèrement qu'elle les regretterait.

Le docteur Davenport avait lui aussi quitté la ville.

Quand elle avait découvert, le jour de son expulsion par Mme Throckmorton, que Lulu était l'auteur des lettres anonymes, Hannah lui avait écrit qu'il n'avait plus rien à craindre pour sa réputation. Il lui avait répondu qu'il fermait son cabinet et rentrait en Angleterre épouser une cousine, veuve avec cinq enfants. Il souhaitait bonne chance à Hannah et lui assurait qu'il garderait toujours le meilleur souvenir de leurs trois mois de collaboration. Hannah conservait sur sa table de nuit la statuette qu'il lui avait offerte.

La photographie de Neal, dans un beau cadre de métal argenté, ne quittait pas non plus son chevet. Malgré plusieurs courriers de relance, elle n'avait toujours pas reçu de nouvelles du *Borealis* ni de ce qu'il était advenu des Merriwether. Elle avait maintenant de si sérieuses inquiétudes sur le sort de Neal qu'elle envisageait de se rendre à Perth pour partir elle-même à sa recherche.

Dans l'immédiat, toutefois, gagner sa vie constituait pour elle une priorité absolue. En se dirigeant vers le panneau, Hannah observa la disposition des lieux. Le magasin était gigantesque et la variété des marchandises proposées à la clientèle avait de quoi l'étonner et l'émerveiller. Sur le comptoir principal, une pancarte affirmait : « *Nous avons tout ! Ce que nous n'avons pas, nous le trouverons pour vous !* » à côté de journaux et de magazines venus de Londres, le *Times*, *Punch*, l'*Illustrated London News* et la *Quarterly Review*, entassés en piles bien nettes.

Il y avait des étalages entiers de mouchoirs et de gants pour femmes, de sacs à main et de manchons, de coupons de calicot, de coton et de soie dans une incroyable variété de couleurs et de nuances. Il y avait aussi un stock de pantalons de travail pour les hommes, étiquetés *Authentiques blue-jeans américains du Kentucky*. Une vitrine de confiserie offrait à la convoitise un assortiment de douceurs, de frangipanes, de *toffees* et de pastilles de réglisse. Sur des étagères, on voyait les œuvres récentes de Charles Dickens, *Oliver Twist, les Aventures de M. Pickwick, le Chant de Noël,* les romans de Jane Austen, William Thackeray et sir Walter Scott, ainsi que des recueils de poèmes de Tennyson, Keats et lord Byron, sans oublier le théâtre de Shakespeare et même, proclamait fièrement un écriteau indiquant les œuvres de Melville et Richard Henry Dana, les *Dernières nouveautés arrivées d'Amérique.*

Quand elle tourna le coin de l'allée suivante, Hannah stoppa net, les yeux écarquillés de surprise devant ce qu'elle découvrait.

En louvoyant dans le labyrinthe des allées et des présentoirs, Alice priait pour trouver ce qu'elle cherchait. L'idée de Mlle Conroy de dissimuler son aspect par du maquillage se révélait plus difficile à réaliser qu'elles ne s'y attendaient. D'abord, les femmes ne se fardaient pas. Elles pouvaient se mordre les lèvres ou se pincer les joues pour en aviver la couleur avant d'entrer dans une pièce, mais l'usage de crayons et autres artifices constituait le scandaleux stigmate des « femmes perdues ». Bien que l'on puisse se procurer des produits cosmétiques dans certaines boutiques, poudres, fonds de teint ou cires légèrement teintées – articles importés de France pour la plupart –, ils étaient vendus à des prix prohibitifs. Hannah et Alice étaient allées au théâtre Victoria s'enquérir auprès des actrices de la troupe si elles pouvaient leur céder des cosmétiques, mais elles gardaient farouchement leurs secrets et leurs recettes. Alice continuait donc à sortir avec sa joue mutilée et son sourcil absent en masquant tant bien que mal sous ses cheveux et son bonnet son cuir chevelu et son oreille arrachés.

En apprenant l'ouverture d'un magasin annonçant « un grand nombre de rayons variés », elles avaient vendu tout ce qu'elles avaient pu, depuis des bobines de fil jusqu'à leurs chaussures de pluie. Alice espérait trouver dans cette caverne d'Ali Baba les produits de maquillage dont elle avait besoin. En parcourant les allées, elle passa devant des étalages de fils et d'aiguilles, de boutons et de galons, de mètres souples et d'épingles de toutes sortes. Plus loin, après des comptoirs chargés de bougies et de bidons de pétrole lampant, de savons, de napperons, de semences pour le jardinage, de café d'Arabie, de cacao du Mexique, de thé des Indes, de couvertures et de cuvettes, de miroirs et de brosses à cheveux, de sandales et de capelines pour s'abriter du soleil, elle arriva devant un vaste panneau d'affichage en liège « *Pour la commodité de notre clientèle* ». Y étaient épinglées des cartes de visite professionnelles, des réclames publicitaires, des annonces variées, des offres et des demandes d'emploi.

Alice avait dit qu'elle accepterait n'importe quel

travail, mais elle n'en était plus aussi sûre. Elle s'était rendue à un entretien chez des gens riches, dans une belle demeure près de North Terrace. La maîtresse de maison l'avait reçue à la cuisine en lui posant des questions personnelles et indiscrètes que pouvaient entendre les domestiques présents. Avec une attitude hautaine et méprisante, presque pire que celle de Lulu, cette femme avait ensuite récité une liste d'interdits – si Alice avait la chance insigne d'obtenir le poste. Alice avait compris qu'elle s'engagerait dans un nouvel esclavage et pris congé de la femme, étonnée de son manque d'empressement à se jeter à ses pieds.

À présent, Alice ne savait plus que faire. Depuis son départ de chez Lulu, elle se sentait partir à la dérive. Chaque jour de ses vingt et une années d'existence, Alice Starky – elle en arrivait même à oublier son nom – s'était entendue ordonner ce qu'elle devait faire ou ne pas faire, où dormir, où se nourrir. Nulle part, pas une heure de sa vie elle n'avait été maîtresse de son destin. Depuis qu'elle l'était, elle n'avait pas même idée de la manière dont elle voulait mener son existence. « Vous pouvez être tout ce que vous voulez », lui avait dit Hannah. Qu'est-ce que cela pouvait bien signifier ?

Une grande affiche, décorée d'une bordure vivement colorée, attira son regard. Elle proclamait en gros caractères : « *Bientôt à Adélaïde ! Un tout nouveau music-hall comme ceux qui font fureur à Londres !* » N'ayant reçu qu'une instruction rudimentaire, Alice n'avait jamais entendu parler de music-hall et dut relire ce mot inconnu. Elle comprit en revanche tout ce qui suivait – magiciens, pianistes, musiciens, acrobates, jongleurs, trapézistes. Une ligne lui sauta particulièrement aux yeux : « Chanteurs solistes, chanteuses de préférence. Belle voix et physique agréable exigés. » Un mot lui échappait cependant : Auditions. Elle ignorait ce qu'il signifiait, mais une lecture plus attentive lui permit de deviner que c'était en rapport avec un essai que devaient passer les artistes avant de pouvoir se produire sur scène. Le texte se terminait par : « Salaire selon talent et notoriété. S'adresser à Sam Glass, propriétaire. »

Le cœur d'Alice se mit à battre plus fort. Chanter ? Serait-ce possible ? D'instinct, elle se couvrit la joue d'une main en pensant à un auditoire imaginaire, que l'aspect de son visage rendrait sourd à la beauté de sa voix. On lui avait dit que quand elle chantait, personne ne remarquait plus sa défiguration. Mais était-ce réellement vrai ou une simple marque de pitié ?

Frémissante d'excitation, Alice nota l'adresse du nouveau music-hall et la date des auditions, le 10 octobre. Dans six semaines. Serait-elle capable d'ici là de rendre son visage présentable ?

En découvrant l'impressionnant étalage de remèdes manufacturés, Hannah n'en crut pas ses yeux. Comme tout le monde, elle allait chez un pharmacien quand elle avait besoin de soigner une migraine, une rougeur ou un mal d'estomac. Mais ces remèdes, même les plus simples, nécessitaient une ordonnance que le pharmacien devait préparer et il fallait attendre que le sirop, la pommade ou l'élixir soit confectionné selon les règles de l'art, ce qui pouvait demander un certain temps pour peu que le pharmacien ait beaucoup de clients en même temps dans son officine. Or, ces remèdes-ci étaient déjà tout prêts, il n'y avait qu'à les acheter et les consommer !

Une rangée de flacons était surmontée d'une pancarte déclarant hardiment : « *Accouchements absolument sans danger pour la mère et l'enfant.* » Les flacons de liquide rouge étaient étiquetés : *Composé antiseptique du docteur Vickers.* Ce Vickers avait-il découvert la formule de son père avant lui ? se demanda-t-elle. L'étiquette ne disait rien de plus que « l'utilisation de ce composé miracle garantit un accouchement sans risque de complications, comme il en survient encore lors de cet heureux événement ».

Hannah prit un flacon, le regarda par transparence. Qu'est-ce que cela pouvait bien être ? Elle le déboucha, porta le goulot à son nez. Aucune odeur. Elle enleva un gant, y trempa le bout d'un doigt, le goûta. Pas de goût non plus. Ce n'était donc que de l'eau teintée. Comment la pancarte et l'étiquette osaient-elles faire des promesses aussi ahurissantes ?

Après avoir rebouché et remis le flacon à sa place, elle examina les autres produits sur le comptoir, boîtes, paquets, flacons contenant des élixirs, des toniques, des remèdes de toutes sortes sous forme de poudres, de liquides, de sirops ou d'onguents. Sur une pyramide de ces produits, un écriteau proclamait : « *Plus sûr que les sangsues ! Plus besoin de purgatifs désagréables ! Économisez les honoraires d'un médecin ! Moins cher qu'un pharmacien !* »

Hannah regarda la *Panacée du docteur Brogan* qui

promettait de tout guérir, des boutons à la goutte, et se proclamait efficace contre la chute des cheveux, les aigreurs d'estomac et jusqu'aux irrégularités menstruelles. « *Une dose généreuse de cocaïne dans chaque cuillerée* » était même garantie.

Si certaines étiquettes n'indiquaient pas les ingrédients, d'autres se vantaient de généreux dosages d'opium, de cocaïne et d'alcool. Quand un produit était vendu sous le nom d'une personne, il ne s'agissait jamais moins que d'un docteur ou d'un professeur. Les *Pastilles vermifuges infaillibles du docteur Doyle* éliminaient les vers là où les autres échouaient. Le *Tonique du professeur Barnard* contenait plus de soixante ingrédients, dont une rarissime huile de serpent. Les *Pilules du docteur Palmer* garantissaient aux dames le soulagement immédiat des douleurs utérines. L'*Élixir de vie du Swami Gumpta*, qui avait fait ses preuves aux Indes, éradiquait à jamais toutes les formes du cancer. Quant au *Tonique de fertilité du docteur Harrow*, il promettait un bébé dans chaque flacon.

Hannah n'avait pour ainsi dire jamais eu connaissance de ces remèdes produits à l'échelle industrielle. À Bayfield, le pharmacien exécutait les prescriptions des médecins et ne proposait par ailleurs que de rares médicaments tout prêts. De temps à autre, un colporteur qui passait par le village vendait des remèdes miracles du haut de sa charrette, mais le docteur Conroy mettait ses patients en garde contre ces charlatans.

Un monsieur corpulent s'approcha alors. En strict costume noir, le crâne chauve et luisant, le visage rose à l'expression avenante encadré d'une barbe grise et de favoris bien fournis, il se présenta comme étant M. Kirkland en personne, fondateur et propriétaire de ce superbe établissement.

— Quel que soit le mal qui afflige le corps humain, déclara-t-il fièrement en désignant d'un geste l'étalage de ses produits, j'ai le remède.

— C'est tout à fait remarquable, dit Hannah, qui tenait un flacon de *Gouttes à la cocaïne pour le mal de dents des enfants*.

— Extraordinaire, n'est-ce pas ? renchérit M. Kirkland. Et chacun de ces remèdes est garanti. Un pharmacien ne peut pas garantir l'efficacité de ses remèdes, alors que ceux-ci le font. Et ils coûtent beaucoup moins cher qu'une préparation dans une pharmacie. Ils économisent aussi le temps d'aller au préalable consulter un médecin.

Comment, se demanda Hannah, ces remèdes peuvent-ils promettre la guérison alors que les médecins eux-mêmes ne le peuvent pas ? Elle comprenait pourquoi son père qualifiait ces gens de charlatans. Ils ne faisaient qu'exploiter la crédulité humaine. Aucune loi ne l'interdisait, et les ignorants qui espéraient se débarrasser ainsi de leurs maux et de leurs douleurs croyaient que ce qui était imprimé était forcément vrai.

M. Kirkland l'informa qu'il offrait aussi une collection complète de livres pratiques sur la santé. Hannah en prit un intitulé *Soins du malade à domicile* et l'ouvrit au chapitre « Comment donner un bain au malade alité ». « Si le patient est trop faible pour se lever de son lit et aller à la baignoire, apportez à son chevet une cuvette d'eau savonneuse et, à l'aide d'un linge, lavez le patient en partant du cou et descendez le plus bas possible. Cela fait, commencez par les pieds et remontez le plus haut possible... » Elle prit un autre manuel, *Précautions à prendre pour l'accouchement*, qu'elle feuilleta rapidement : « Premièrement : quand les douleurs commencent, faites sortir tous les messieurs de la maison. Deuxièmement : isolez la mère derrière un paravent... » Hannah n'en croyait pas ses yeux : page après page se succédaient des informations inutiles. Aucun détail sur la manière d'aider la mère à mettre l'enfant au monde, pas le moindre conseil sur les complications pouvant survenir ni, bien entendu, sur les précautions élémentaires telles que l'utilisation de linges propres ou le devoir de se laver les mains. Il n'était question, en substance, que de veiller à ce que la mère ait bon moral : « Offrez-lui libéralement des spiritueux, gin ou rhum. Un vin vieux pourra suffire... »

— Les manuels et les remèdes constituent mes meilleures ventes, déclara M. Kirkland sur le ton d'un politicien promettant la lune à ses électeurs. Mes clients viennent parfois de loin. Certaines fermes sont tellement isolées que leurs habitants ne voient jamais un médecin. Ils doivent se soigner eux-mêmes.

Un nouveau venu s'approcha d'eux et inclina son chapeau melon ruisselant d'eau.

— Bonjour, mes amis. Farley Gladstone, à votre service.

Sur quoi, il tendit à chacun une carte de visite mouillée sur laquelle était imprimé : *Docteur Gladstone, dentiste indolore*.

Menu et le visage étroit, Gladstone avait les

cheveux ternes et de petites mains presque féminines qui devaient être un atout dans son métier,
se dit Hannah. Avec un épais accent de Liverpool,
il dit avoir importé en Australie de pleins barils de
dents de Waterloo.

— De dents de quoi ? s'étonna M. Kirkland.

— Les râteliers sont faits le plus souvent avec des
dents d'animal, expliqua Gladstone sur le ton du ca-
melot vantant sa marchandise, quoique les dents humaines soient préférables. Mais comment s'en procurer en quantités suffisantes pour satisfaire une
demande croissante ? On se sert, bien sûr, des dents
des criminels condamnés à mort ou de celles des
indigents qui vendent leurs incisives ou leurs mo-
laires pour quelques sous. La bataille de Waterloo
a constitué un trésor pour l'art de la dentisterie !
Cinquante mille hommes jeunes et vigoureux ont
péri sur le champ de bataille, mais pas leurs dents !
Une fois récoltées, ces dents ont recommencé une
nouvelle vie dans la bouche de nombreux sujets britanniques. Et maintenant, grâce à moi, les Australiens pourront eux aussi en profiter.

M. Kirkland l'avait écouté en fronçant le nez.

— Vous êtes dentiste, dit-il en relisant sa carte.
Pourquoi vous qualifiez-vous de docteur ? Les dentistes sont des barbiers.

— Je suis docteur en dentisterie, mon bon monsieur, répliqua Gladstone. Il y a une ville en Amérique appelée Baltimore qui a fondé récemment un
collège de dentisterie, la première école dentaire officielle au monde ! Nous autres dentistes voulons,
comme les chirurgiens, rompre notre affiliation à
la catégorie des barbiers et devenir aussi respec-

tables que les médecins. J'ai une vision si grandiose d'un avenir dans lequel on s'adressera aux dentistes par leur titre de docteur que je l'adopte avec un peu d'avance.

M. Kirkland émit un soupir en lançant à Hannah un regard résigné tandis que le prolixe docteur Gladstone se présentait à d'autres personnes qui s'avançaient dans sa direction.

— Un dentiste se bombarder docteur ! commenta M. Kirkland d'un air désabusé. Voilà l'effet qu'a l'Australie sur les gens qui y viennent. Elle leur donne des grandes idées.

Le propriétaire prit congé de Hannah, qui tourna de nouveau son attention vers l'étalage en pensant aux fermes isolées dont Kirkland avait parlé, aux fermiers et à leurs familles trop éloignés de tout pour bénéficier des soins d'un médecin. Elle pensa aussi à Bayfield, à la voiture que son père attelait pour aller visiter ses patients à la campagne. Une idée toute neuve se forma alors dans son esprit, une idée si lumineuse qu'elle se surprit à sourire.

Quand elle vit Alice s'approcher, elle remarqua qu'elle souriait aussi. Affronter le déluge glacial n'avait pas été inutile.

11

Le spectacle de la nature frémissant sous la lumière du matin était un tel enchantement que Hannah se demandait si, du jour au lendemain, la main invisible d'un alchimiste ne l'avait pas transmuée en or. Un vrai miracle ! En pleine floraison, l'acacia doré d'Australie se couvrait de petites fleurs jaunes agglomérées en bouquets et son écorce brune scintillait au soleil comme s'il était saupoudré de paillettes d'or.

Le monde entier semblait éclater de vie et de couleurs. En menant son léger tilbury sur la route bordée d'arbres, Hannah s'émerveillait de voir comment la terre rouge de l'Australie donnait naissance à une telle abondance de verdure et de fleurs sauvages, allant du rouge sang au jaune canari. Les champs de luzerne, de blé, de maïs se succédaient, les vignes se chargeaient de grappes. Sous le ciel d'un bleu éclatant on voyait, au flanc des collines, paître les moutons et les vaches avec, de loin en loin, le toit rouge d'une ferme. Et tout en cheminant au rythme du petit trot de sa jument, Hannah entendait la brise chanter dans les branches des gommiers et cette brise lui murmurait « Viens vivre avec nous ».

En cette radieuse matinée, elle retrouvait le sentiment d'irréalité intemporelle qui l'avait tenue sous le charme huit mois plus tôt, dans le crépuscule chaud et parfumé de sa rencontre avec Jamie O'Brien. N'ayant plus entendu parler de lui depuis, sauf par les avis de recherche placardés dans toute la ville, elle supposait qu'il était toujours dans la nature. Comment pouvait-elle ressentir la même impression dans la campagne silencieuse sous un soleil éblouissant ? Peut-être, se dit-elle, parce que confrontée au danger imminent d'une attaque par un chien sauvage affamé, elle avait été sauvée par un inconnu surgi de l'obscurité, un inconnu aussi exotique que cette terre dont elle faisait la découverte avec émerveillement. Comme si l'Australie elle-même était venue à son secours sous la forme d'un être humain auquel elle avait donné le jour. Où Jamie O'Brien avait-il disparu ensuite ? S'était-il fondu dans cette terre rouge et nourricière, dans l'esprit des gommiers, dans le ciel infini, dont il ne s'était détaché que le temps de lui sauver la vie ?

Se découvrir aussi romanesque ne la surprenait plus. Hannah tombait amoureuse de sa contrée d'adoption. Son étrangeté même la ravissait. L'envol des cacatoès dans un grand bruissement d'ailes, l'apparition soudaine d'un émeu traversant la route, les kangourous paissant paisiblement à côté des moutons importés d'Angleterre. Les noms mêmes des lieux-dits, Wattle Run, Billabong, étaient pour elle autant de sujets d'étonnement.

Elle s'étonnait aussi de voir, le long de la route, des panneaux fraîchement peints indiquant l'accès aux exploitations agricoles ou d'élevage. À Bayfield, les routes et les chemins dataient de plusieurs siècles et les fermes appartenaient aux mêmes familles depuis des générations. Les chênes eux-mêmes plongeaient leurs racines dans les traditions. Ici, les cottages étaient trop neufs pour avoir été repeints, certains champs étaient labourés pour la première fois et donnaient leur première récolte. Les nouveaux arrivants imprimaient leur marque sur cette terre vierge pour la mettre en valeur – et se mettre eux-mêmes en valeur.

Cette nouveauté de l'Australie fascinait Hannah. Ce n'est pas ici qu'elle trouverait un vieux manoir poussiéreux où un médecin imbu de son titre et de son savoir démodé se permettrait de juger un homme qui ne devait sa valeur qu'à ses propres efforts. Elle songea à Neal, qui ne savait ni qui il était ni d'où il venait. Ce pays était pour lui. C'était un pays fait pour de nouveaux départs, un pays où ce que l'on avait été et ce que l'on avait fait par le passé ne comptaient pas. Seul comptait ce que l'on faisait dans le présent – et pour l'avenir.

Elle aurait voulu partager avec Neal l'émerveillement de sa découverte. Peut-être le pourrait-elle bientôt. Hannah avait fini par recevoir un courrier du gouvernement colonial de Perth. Le navire d'exploration scientifique sur lequel Neal était embarqué n'avait pas souffert des soulèvements indigènes et devait prochainement revenir au port. Neal était peut-être déjà de retour à Perth et attendait un autre navire pour l'emmener à Adélaïde.

À l'entrée d'un chemin de terre disparaissant entre des gommiers, une pancarte avec une flèche

« Ferme des Sept Chênes » lui indiqua qu'elle approchait de sa destination.

Après avoir appris que Neal était sain et sauf, Hannah avait abandonné son projet de se rendre à Perth et exploré la campagne pour chercher un endroit où se former une clientèle. L'idée lui était venue au Kirkland's Emporium, quand le propriétaire lui avait parlé des fermiers trop isolés pour bénéficier de soins médicaux. Elle avait donc décidé de quitter Adélaïde, où les sages-femmes défendaient jalousement leur territoire. Son nouveau départ, c'est à la campagne qu'elle le prendrait.

Alice et elle résidaient à l'hôtel Australia, dynamique établissement situé sur la route de Kapunda, beaucoup plus loin de la ville que la maison de Lulu. Sa propriétaire, Mme Guinness, une veuve sympathique, n'avait pas de scrupules à accueillir des femmes seules. L'hôtel avait été construit deux ans plus tôt, au moment de la découverte de cuivre à Kapunda. Les grands tombereaux de minerai qui parcouraient sans cesse la route transportaient aussi des hommes qui avaient besoin de se nourrir et de dormir. Quelques autres bâtiments avaient poussé autour de l'hôtel, une quincaillerie, un magasin de fournitures agricoles, une forge. Mme Guinness recevait d'Adélaïde le courrier adressé aux habitants de la région, éleveurs et agriculteurs, qui venaient le chercher à l'hôtel.

Installée là depuis maintenant cinq semaines, Hannah essayait de se faire connaître. Tous les matins, elle partait dans son tilbury de location munie d'un pique-nique, viande froide, pain et fromage, de son fourre-tout de velours bleu, d'une carte, et elle explorait la région. Elle s'arrêtait dans toutes les fermes et les habitations isolées, se présentait et laissait sa carte : *Hannah Conroy, sage-femme diplômée formée à Londres*.

Alice ne l'accompagnait pas dans ses tournées. Mme Guinness ayant besoin de quelqu'un pour l'aider à la cuisine, elle avait ainsi la chance d'être employée par sa logeuse. Le soir, elle s'entraînait dans le salon accompagnée au piano par une des filles de la propriétaire. Elle était fermement décidée à passer l'audition au nouveau music-hall. Elle avait essayé un répertoire varié auprès des clients qui se succédaient à l'hôtel et observait leurs réactions afin de choisir ce qu'elle présenterait à l'audition. Son public, en majorité composé de fermiers, d'éleveurs, de bouviers, de tondeurs de moutons, changeait tous les soirs. Mais tous, sans exception, étaient captivés quel que soit le morceau qu'elle chantait. Ils déclaraient unanimement que sa voix était semblable à un fil d'or pur – même si un rustre avait déclaré, alors qu'Alice était encore à portée de voix : « Elle est belle si on ne la regarde pas. »

En franchissant la large barrière, surmontée de la pancarte « Ferme des Sept Chênes », Hannah chercha les chênes. Les avenues d'Adélaïde étaient plantées de chênes et d'ormes importés d'Angleterre. Lulu elle-même avait orné son jardin d'une flore européenne. Un peu partout autour des habitations, la végétation propre à la région avait été remplacée par des essences familières aux habitants, saules ou peupliers. Aux Sept Chênes, apparemment, gommiers et acacias avaient gardé droit de cité car Hannah ne voyait pas un seul chêne.

Le printemps étant la saison des naissances, Hannah dépassa un enclos occupé par une centaine de brebis et leurs agneaux. Un peu plus loin, dans un autre, des veaux tétaient leurs mères de race Angus. Dans une vaste pâture, Hannah vit des chiens de berger discipliner un imposant troupeau de bovins surveillé par des hommes à cheval. La ferme paraissait être une exploitation active et prospère où se dressaient toutes sortes de bâtiments, écuries, étables, bergeries, hangars, ainsi qu'un grand poulailler. Une cacophonie de bêlements, de meuglements, de cris, d'aboiements et même de croassements emplissait l'air du matin.

Devant l'habitation principale, Hannah fit halte, impressionnée.

C'était une vaste bâtisse rectangulaire de plainpied, avec une véranda à la balustrade de fer forgé sur ses quatre côtés. Des piliers richement décorés soutenaient la toiture. Si les murs étaient en bois naturel, les entourages des portes et des fenêtres étaient peints en blanc. Cette architecture, simple mais élégante, conférait à la maison une imposante grandeur. Elle se dressait au milieu d'un beau jardin descendant jusqu'à une pièce d'eau, où nageaient des cygnes noirs et des canards.

Immobile dans son tilbury, fascinée, Hannah contempla la demeure. Quelque chose la frappait qu'elle n'aurait su décrire. Comment expliquer que certains endroits exercent une attirance quasi magnétique et d'autres non ? Elle ne pouvait détacher son regard des gommiers qui abritaient la maison et dont les feuillages laissaient filtrer des taches de soleil sur le toit. Elle entendait les insectes bourdonner, elle sentait la chaleur la pénétrer et se laissait emporter par une sensation intemporelle.

Car cette maison nichée au creux de verts vallons sous l'immensité du ciel bleu, baignant à la fois dans le silence et les bruits de la nature, était exactement la maison de ses rêves.

Elle s'ébroua, repartit et s'arrêta à côté d'un poteau auquel elle attacha la jument. En montant les marches du perron devant la porte d'entrée en chêne, vitrée à hauteur d'yeux, elle devina ce qu'elle trouverait derrière comme si elle était déjà venue : un vestibule au plancher ciré allant jusqu'à l'arrière de la maison, où devaient être la cuisine et la lingerie, des portes ouvrant sur un salon confortable, meublé avec goût, au sol recouvert de tapis aux vives couleurs. Elle sentirait l'odeur de la cire, elle apercevrait le reflet de cuivres et de verreries. Il y aurait aussi une de ces lampes à la mode, avec des pendeloques de cristal qui tinteraient harmonieusement au moindre souffle d'air.

Elle frappa. Une servante à l'air débordé lui ouvrit, écouta à peine ce que Hannah lui disait et la fit entrer avant de disparaître au fond du vestibule. Hannah regarda autour d'elle. L'intérieur était en tous points conforme à ce qu'elle avait imaginé. À droite, un salon semblable à l'idée qu'elle s'en était faite, à gauche une salle à manger avec une table vernie entourée de six chaises, un dressoir aux étagères garnies de fines porcelaines. Les chambres à coucher devaient donc se trouver à l'arrière.

Au bout du hall, une femme apparut qui s'avança vers Hannah à grandes enjambées. Elle enleva un gant de travail, tendit la main et se présenta comme étant Mary McKeeghan, maîtresse des lieux. Hannah se présenta à son tour, lui donna sa carte et expliqua qu'elle faisait la tournée de la région pour offrir ses services.

Mary McKeeghan laissa échapper un éclat de rire dépourvu de gaieté.

— Nous n'avons pas besoin d'une sage-femme, ici !

Mais elle dit cela avec un sourire qui inspira à Hannah une sympathie immédiate.

Mme McKeeghan était une grande femme à la large carrure et à la peau tannée par le soleil. Elle portait un corsage blanc poussiéreux sur une jupe qui paraissait faite de cuir fin et souple et, sous un chapeau de brousse masculin, une chevelure auburn indisciplinée. Une alliance brillait à son annulaire. Hannah estima qu'elle avait une trentaine d'années. Elle remarqua aussi, avec un choc, qu'elle avait un brassard noir à chaque bras. Mme McKeeghan s'aperçut de son regard.

— Nous sommes en deuil, mais j'ai une armée d'hommes à nourrir, dit-elle en désignant le fond du hall. Je n'ai pas eu le temps d'aller en ville acheter une robe noire ou du crêpe à accrocher au-dessus de la porte. C'est la période de l'année où nous avons le plus de travail.

Hannah avait en effet appris que les agriculteurs comme les éleveurs croulaient sous le travail. Mais, aussi débordés que soient les gens, des bébés venaient au monde et les sages-femmes étaient demandées toute l'année.

— Je vous présente mes condoléances, dit-elle.

— C'est ma sœur, expliqua Mary, les larmes aux

yeux. Elle s'est rompu le cou en faisant une chute de cheval. Le pire, c'est qu'elle laisse un nouveau-né.

Elle contenait visiblement son impatience de retourner à ses occupations. À l'évidence, elle n'avait pas beaucoup de temps.

— Un nouveau-né ?

— Cinq mois, et pas trop bien portant non plus.

— Qu'est-ce qu'il a ?

De ses yeux verts, Mary parut jauger Hannah, sa tenue sobre mais élégante. Hannah cultivait sa présentation pour donner une impression de maturité et de professionnalisme dans l'espoir de faire oublier sa jeunesse.

— Vous connaissez quelque chose aux bébés, à part les mettre au monde ?

— J'ai quelque expérience, oui.

— Par ici.

Mary s'éloigna d'un pas si vif que Hannah eut du mal à la suivre.

Les chambres étaient bien à l'arrière de la maison. Celle où Mary la fit entrer était spacieuse et ensoleillée, avec un lit à colonnes au couvre-lit en patchwork, un tapis sur le parquet ciré et de belles commodes en acajou. Un berceau était disposé près de la fenêtre. Aucun bruit n'en émanait.

— Il a cinq mois et il se portait bien il y a encore quinze jours. C'est à notre retour de l'enterrement qu'il est tombé malade, comme s'il savait que sa maman était partie. Sylvie l'a nourri au sein les trois premiers mois avant de lui donner du lait sucré, qu'il avalait avec appétit. Elle pouvait même le laisser prendre tout seul son biberon. Et maintenant, regardez...

Mary se pencha sur le berceau, présenta un biberon à la bouche du bébé, qui détourna la tête.

— Il ne veut plus manger, dit-elle tristement.

Le biberon était en céramique du Staffordshire. Les tétines le plus souvent utilisées étaient des tétines de vache conservées dans l'alcool, mais celui-ci avait le bec recouvert d'une gaze.

Hannah tira la couverture et fut choquée de voir à quel point le bébé était maigre et souffrait de malnutrition. Elle claqua des doigts à côté de sa tête, sans obtenir aucune réaction.

— Est-il sourd ?

— Pas du tout. Il réagissait très bien. On dirait qu'il ne se soucie plus de rien.

— Il se tourne de temps en temps ?

— Au début, oui. Plus maintenant.

Hannah remarqua qu'elle avait beau faire des bruits, lui sourire et le chatouiller, le bébé restait de marbre. Elle prit son stéthoscope, écouta le petit cœur qui luttait faiblement pour survivre. En repliant son instrument avant de le remettre dans son sac, elle fut sur le point de dire à Mme McKeeghan qu'un bébé n'avait pas seulement besoin de téter un biberon posé dans son berceau, mais aussi et surtout d'être pris avec amour dans les bras, de sentir le contact, la chaleur d'un corps, faute de quoi il dépérissait et mourait. Mais en voyant le visage de Mary, marqué par la lassitude, la douleur et l'inquiétude, elle comprit que cette femme courageuse était prête à succomber sous le fardeau d'exigences contradictoires qui la tiraillaient de toutes parts.

— Entre le bébé et ma mère, dit Mary comme si elle avait lu les pensées de Hannah, je ne sais plus quoi faire. C'est l'époque de l'année où nous avons le plus de travail. Mes deux enfants doivent même donner un coup de main à la tonte des moutons.

— De quoi souffre votre mère ?

Mary emmena Hannah dans la chambre voisine, où une femme d'une cinquantaine d'années, les cheveux grisonnants et le regard éteint, gisait inerte sur le flanc, tournée vers le mur.

— Elle est comme cela depuis l'enterrement. Je la supplie de se lever, de manger, mais elle ne veut pas faire le moindre effort. Je crois qu'elle ne nous entend même pas.

Hannah lui prit le poignet, tâta son pouls presque imperceptible. Elle avait le front froid, ne réagissait à rien et fixait le mur d'un regard sans vie. Celle-ci abandonne la lutte, l'autre n'en a plus la force, pensa Hannah.

Elle retourna dans la chambre du bébé, le souleva dans ses bras, prit le biberon et revint dans la chambre de la mère.

— Que faites-vous ? s'étonna Mary.

— Quelque chose que j'ai vu faire à mon père.

Hannah posa le biberon sur la table de chevet puis, se penchant au-dessus de la mère de Mary, déposa le bébé près d'elle sous la couverture, arrangea un oreiller pour que l'enfant soit blotti contre sa grand-mère. Ni l'une ni l'autre n'émirent le moindre son.

— Quel est le prénom de votre mère ? demanda Hannah à Mary en se redressant.

— Naomi.

Hannah posa une main sur l'épaule de la mère.

— Écoutez-moi, Naomi. Si vous voulez nourrir

votre petit-fils, le biberon est là, juste à côté de vous, sur la table de nuit.

— Espérez-vous un résultat ? demanda Mary quand elles furent de retour au salon.

— Franchement, je ne sais pas. Cela ne servira peut-être à rien, mais cela peut aussi les sauver tous les deux.

— Merci d'avoir essayé. Mais, poursuivit Mary avec une pointe de remords dans ses yeux verts, ce n'est pas facile de veiller à l'agnelage et à la tonte, de nourrir tous ces hommes et d'avoir l'œil à tout. J'espérais que maman pourrait au moins s'occuper du petit Robbie et les voilà maintenant malades tous les deux alors que je n'ai pas une minute à moi.

Avant de rejoindre la route, Hannah arrêta le tilbury et se retourna vers la maison. Elle se munissait toujours de papier et d'une écritoire pour noter ses observations. Mais cette fois, ce n'était pas pour écrire qu'elle sortit cet attirail de son fourre-tout. L'écritoire bien calée sur ses genoux, elle dessina la maison de Mary McKeeghan.

12

Quand elle vit toutes les jolies filles alignées devant le music-hall, Alice se demanda si elle ne commettait pas une terrible erreur. Aurait-elle même la moindre chance d'être écoutée ?

Elle était venue seule en ville, car Hannah avait été appelée pour un accouchement. Hannah avait voulu l'accompagner quand même, mais Alice avait catégoriquement refusé : se constituer une clientèle dans leur nouveau lieu de résidence était beaucoup plus important.

Les cosmétiques étant introuvables, Hannah et Mme Guinness avaient aidé Alice à choisir un bonnet lui couvrant le côté abîmé du visage et dessiné son sourcil manquant avec un crayon gras. « Ce qu'il faut, c'est mettre l'accent sur vos atouts », avait dit Hannah en rabattant des mèches de ses beaux cheveux blonds sur son front pour souligner l'éclat de ses yeux bleus. Elles avaient aussi écorné leurs précieuses économies pour acheter une nouvelle robe, ni trop voyante ni trop coûteuse, mais à la mode et de bon goût.

Les espoirs d'Alice étaient au plus haut jusqu'à ce qu'elle découvre la file d'attente. Les filles étaient plus belles les unes que les autres et, si elles n'étaient pas toutes chanteuses, celles qui l'étaient avaient une ligne et un visage irréprochables. À côté d'elles, Alice se sentit maigre comme un piquet et laide à faire peur.

Quand les portes s'ouvrirent, tout le monde se précipita à l'intérieur. Alice découvrit une salle sur le modèle des nouveaux saloons, où les spectateurs installés à de petites tables pouvaient boire, manger et fumer pendant le spectacle. Le propriétaire envoya les postulants aux emplois de serveurs, barmen, cuisiniers ou machinistes vers une autre partie de la salle, mais se chargea personnellement des artistes, qu'il appela sur la scène à tour de rôle. Il regardait jusqu'au bout les jongleurs, acrobates ou magiciens si leurs numéros lui plaisaient et les éliminait d'un geste de la main s'il n'était pas rapidement convaincu de leur valeur.

En costume marron et gilet à carreaux, une casquette de tweed sur la tête, Sam Glass avait une voix grave, râpeuse comme de la toile émeri. Il mâchouillait en permanence un cigare éteint et avait une fine moustache noire, comme tracée au crayon.

Les numéros se succédaient à un rythme soutenu, car la plupart étaient trop amateurs pour être dignes de l'Élysium. Quand vint le tour d'Alice, elle monta sur scène. Glass la jaugea d'un coup d'œil. Beaux yeux. Et blonde de surcroît. Ce serait un plus.

— Enlève ton bonnet, ordonna-t-il.

— Mon bonnet ?

— Tu ne le porteras pas sur scène, les gens voudront admirer tes beaux cheveux blonds. Enlève-le.

Dans la salle, les autres postulants étaient trop occupés à répéter leurs numéros pour leur prêter

227

attention. Alice se tourna vers Glass assis à une table au pied de la rampe, une chope de bière à portée de main.

— Allons, pressons ! aboya-t-il. Je n'ai pas toute la journée. Enlève-moi ça ou débarrasse le plancher.

Alice obéit. En découvrant son visage sous l'éclairage cru, Glass resta un instant bouche bée.

— Bon Dieu ! C'est une blague ou quoi ?

Puis, devant le sérieux d'Alice, il se radoucit :

— Écoute, ma petite, tu as peut-être la plus belle voix du monde, mais mes clients ont des yeux aussi bien que des oreilles. Tu vois ce que je veux dire ? Il y a des pubs du côté du port qui engageraient des chanteuses sans trop se soucier de leur allure. Au suivant ! conclut-il en faisant signe à Alice de déguerpir.

Mais Alice ne bougea pas. Alors que Glass se détournait pour dire quelques mots à l'homme à côté de lui, elle repensa en un éclair à la bonté de Hannah et aux encouragements de Mme Guinness, qui lui disait combien sa voix était belle. Elle repensa à Lulu Forchette, qui lui répétait combien elle était laide et repoussante. Elle revit les visages de toutes celles avec qui elle avait attendu devant le music-hall, avec leurs joues parfaites et leurs sourcils intacts.

Alors, Alice se redressa, prit une profonde inspiration. Les clients de l'hôtel Australia lui disaient : « Chantez quelque chose de gai pour nous distraire, quelque chose de drôle pour nous faire rire, quelque chose de grivois comme dans les pubs. » Mais quand elle ouvrit la bouche et commença à chanter, ce ne fut rien de gai, de drôle ni de grivois qui jaillit de sa gorge, mais un cantique :

228

Grâce merveilleuse, ô doux murmure
Qui sauva le misérable que j'étais.
J'étais perdu, je me suis retrouvé
J'étais aveugle et maintenant je vois.

Dans la salle, ceux qui se trouvaient près de la scène se retournèrent et se turent, étonnés d'entendre une voix si pure.

C'est la Grâce qui m'a appris à craindre
Et c'est la Grâce qui a apaisé mes craintes.
Combien précieuse cette Grâce m'a paru
À l'heure même où j'ai cru.

Ceux qui étaient dans les coulisses et plus loin dans la salle firent silence également, et la voix d'Alice prit de l'ampleur, rebondissant sur les murs et le plafond, jusqu'à ce que les musiciens qui accordaient leurs instruments, les acrobates qui répétaient leurs cabrioles cessent à leur tour de s'activer et se tournent vers la source de cette musique angélique.

Par bien des dangers, des épreuves et des pièges
Je suis déjà passé.
C'est la Grâce qui nous a gardés sains et saufs
Et c'est la Grâce qui nous mènera à bon port.

Les sourcils froncés, Sam Glass regarda autour de lui. Un silence total s'était fait dans la salle entière, jusqu'au bar au fond. Les menuisiers ne donnaient plus de coups de marteau, les peintres avaient abaissé leurs pinceaux, les ouvriers grimpés sur des échelles prenaient un meilleur appui pour se tourner vers cette voix hypnotique.

Le Seigneur m'a fait des promesses
Sa parole affermit mes espoirs.
Il sera mon abri et ma sauvegarde
Tant que ma vie durera.

Les gens encore dans le foyer entraient peu à peu dans la salle et écoutaient religieusement. On n'entendait plus rien que les rubans soyeux de cette voix qui flottait au-dessus de l'auditoire pétrifié d'admiration.

Nous étions là depuis dix mille ans
Sous le soleil étincelant
Sans plus de temps pour louer le Seigneur
Que quand nous avons enfin commencé.

Sam Glass fixait Alice avec stupeur tandis que les hommes sortaient leurs mouchoirs et se mouchaient bruyamment et que les femmes s'essuyaient les yeux. En voyant les visages de ces colons si loin de la mère patrie, il comprit que ce chant leur rappelait les êtres chers qu'ils avaient laissés derrière eux et se tourna de nouveau vers la fille seule sur scène, si menue, si fragile. Ce n'était pas seulement le fait d'avoir une belle voix et de savoir s'en servir, toutes les chanteuses qu'il avait auditionnées possédaient ces qualités, il y avait autre chose, quelque chose de plus dans cette créature éthérée. Elle ne faisait pas que chanter, elle respirait d'une manière unique, elle savait mettre l'accent sur certaines notes et en adoucir d'autres, marquer une pause là où personne n'y penserait, tenir une note haute plus longtemps qu'il n'en aurait cru ses poumons capables. Sentant sa propre gorge se nouer, Glass se rendit compte que sa manière de chanter avait une qualité spirituelle capable de communiquer à ses auditeurs le sentiment d'être revenu chez soi, de voir la Vierge Marie, d'entendre le chœur des anges.

Grâce merveilleuse, ô doux murmure,
Qui sauva le misérable que j'étais
J'étais perdu, je me suis retrouvé
J'étais aveugle et maintenant je vois.

Les dernières notes s'envolèrent jusqu'aux combles, mais le silence dura, personne ne bougea. Tout le monde regardait cette jeune femme défigurée en essayant de comprendre comment tant de beauté et de difformité pouvaient cohabiter dans un même corps. Les regards se croisèrent de nouveau, les conversations reprirent peu à peu à voix basse. Chacun se demandait s'il serait convenable d'applaudir un cantique.

Sam Glass se leva d'un bond.

— Dieu tout-puissant ! Où vas-tu chercher une voix pareille ? Comment un brin de fille qui paraît tout juste capable de souffler une bougie trouve la force de chanter comme cela un hymne à la louange du Seigneur ?

Il fit signe à Alice de descendre de scène. Quand elle arriva à sa table, il lui dit d'un trait sans reprendre haleine :

— Nous ouvrons dans quatre semaines jour pour jour. Je te ferai passer en milieu de spectacle pour être sûr d'avoir l'attention générale. Je demanderai à des filles de t'arranger la figure avec du maquillage, on pourra aussi faire quelque chose pour tes cheveux. Tu t'habilleras pour éblouir le public, une jupe assez courte pour donner aux messieurs un aperçu de tes chevilles, les bras nus, l'encolure assez basse pour montrer autant de poitrine que tu pourras sans risquer une descente de police. Comment tu t'appelles ?

— Alice Starky.

Il réfléchit un instant.

— Bon. À partir de maintenant, tu seras Alice Star. Et tu vas faire sensation, je te le garantis.

13

Tandis qu'elle guidait son attelage sur le chemin ombragé des Sept Chênes, Hannah débordait de bonheur. D'abord, parce que en voyant se profiler la maison, elle eut le sentiment de rentrer chez elle. Ensuite, et peut-être surtout, parce qu'elle pensait à Neal. Il devait maintenant arriver à Adélaïde d'un jour à l'autre et Hannah en perdait presque le sommeil et l'appétit. De surcroît, Alice allait chanter au nouveau music-hall ! Le monde entier paraissait couvert d'or comme les acacias en fleur et regorger de promesses.

Elle ne s'étonna pas de voir Mary McKeeghan et sa mère assises sur la véranda avec le petit Robbie, joufflu et souriant, sur les genoux de sa grand-mère. Mary avait envoyé un message à Hannah à l'hôtel Australia pour l'informer que sa mère et le bébé se remettaient de leurs indispositions respectives et l'inviter à venir prendre le thé. Hannah avait accepté d'autant plus volontiers qu'elle voyait ainsi l'occasion de se faire une amie dans la région.

— J'ai déjà parlé de vous autour de moi, mademoiselle Conroy, lui dit Mary pendant qu'elle prenait place. Nous n'avons pas de médecin dans les parages et Dieu sait si nous en avons besoin !

J'estime que vous valez bien un vrai médecin et je sais que les gens dans notre coin serons rassurés de savoir que quelqu'un sera capable de les aider en cas de nécessité. En rentrant, peut-être pourriez-vous vous arrêter au passage à la ferme de Fairview ? Edna Bassett a le croup, ce qui la rend bien malade.

14

Le grand panneau au-dessus de l'entrée proclamait : « Inauguration ! Divertissements de choix
pour une élite exigeante et cultivée ! Musiciens,
chanteurs, comédiens et autres numéros exceptionnels ! Tenue correcte de rigueur. Entrée interdite
aux ivrognes. »

Des voitures et des calèches rangées le long du
trottoir descendaient des dames et des messieurs en
tenue de soirée. Les badauds s'attroupaient pour
voir parader les notables d'Adélaïde venus à l'inauguration de cet endroit du dernier cri. Dans le ciel,
les millions d'étoiles du Sud clignotaient comme
pour leur souhaiter la bienvenue.

À l'intérieur, sous les lustres étincelants du foyer,
la foule animée et chamarrée bavardait en buvant
du champagne avant de s'installer aux tables de la
salle, où les musiciens accordaient déjà leurs instruments. Un grand rideau de velours rouge occultait
la scène. À la différence des théâtres traditionnels,
le music-hall de Sam Glass, baptisé l'Élysium, était
doté d'un long bar en acajou verni et sculpté, décoré
de miroirs, sur lequel luisaient des robinets à bière
et des pyramides de chopes et de verres de cristal.
Les cuisines communiquaient avec la salle. À dix-

neuf heures, une fois tout le monde installé, de jeunes serveurs en chemise blanche, pantalon noir et tablier blanc serviraient le dîner. Au menu, gigot d'agneau, pommes de terre rôties et carottes nouvelles, suivis de fromages français et de crème anglaise. À vingt heures précises, les tables seraient débarrassées, les consommations servies et le rideau se lèverait.

— Je suis si nerveuse, mademoiselle ! dit Alice à Hannah.

Elles étaient en coulisses avec les autres artistes. Pour dissimuler ses mutilations, Sam avait fourni à Alice des cosmétiques. Le résultat n'était pas parfait, mais avec ses cheveux blonds habilement coiffés maintenus par un diadème de strass et une plume d'aigrette, l'ensemble était acceptable, même sous les lumières de la scène. De plus, comme tous les messieurs fumaient la pipe, le cigare ou la cigarette, il y aurait assez de fumée dans l'atmosphère pour rendre les détails indistincts.

— Tout se passera à merveille, la rassura Hannah.

Elle s'efforçait de se tenir à l'écart pour ne pas gêner les allées et venues des acrobates en collants, des clowns costumés, des acteurs et des magiciens en habit, sans compter les machinistes harassés. Les femmes portaient des robes à paillettes montrant généreusement leurs charmes, sauf Alice. Contrairement aux instructions de Sam, elle avait choisi une simple robe blanche de style Empire, à la taille haute et à manches longues, qui ne dévoilait qu'un minimum de son anatomie.

Le régisseur passa dans les coulisses pour ordonner à tous ceux qui ne faisaient pas partie du spectacle de sortir, car le rideau allait bientôt se lever. Hannah embrassa Alice, lui promit un triomphe et se hâta de regagner la table qu'elle avait retenue avec Mme Guinness. Le public applaudit les numéros qui se succédèrent, rit aux pitreries des clowns et hua un magicien qui faisait tomber sa baguette magique.

Au fond de la salle comble, Sam mâchouillait son cigare en surveillant avec inquiétude le déroulement du spectacle. Il y avait eu quelques ratés, heureusement passés inaperçus. L'agneau avait manqué en cuisine et le vin au bar, mais tout le monde paraissait content. Sam avait beaucoup investi dans cette affaire et il comptait sur la satisfaction de ce public choisi pour chanter les louanges de l'Élysium.

La soirée était aux trois quarts écoulée quand le rideau se baissa. Dans la salle, l'ambiance devint fiévreuse en attendant la suite et, quand le rideau se releva, Sam sentit soudain une forte migraine lui marteler les tempes. Au mépris de ses instructions les plus formelles sur la tenue de scène qu'elle devait porter, Alice Star s'était déguisée en ange ! Jusqu'à présent, le public avait eu droit à des chevilles nues et à des décolletés affriolants. La trapéziste en collant couleur chair l'avait enthousiasmé. Alice était censée se mettre au diapason.

Sam mâchonna le bout de son cigare, le cracha dans un crachoir de cuivre. Pour qu'un concept aussi nouveau que celui de son théâtre-restaurant-bar prenne, tout le monde devait obéir à ses ordres. Si chacun s'avisait de n'en faire qu'à sa tête, le chaos s'ensuivrait ! Mais il était trop tard pour intervenir. Alice ferait son tour de chant. Après quoi, il la flanquerait à la porte.

Seule en scène, immobile, Alice paraissait attendre on ne savait quoi. Habitué depuis le début du spectacle à des introductions tonitruantes avant chaque numéro, à grand renfort de cuivres et de grosse caisse, le public murmurait d'impatience. La fille en robe virginale raide comme un piquet n'avait rien qui puisse éveiller l'attention. Dans la salle, le cœur de Hannah battait la chamade. Sa mère lui avait jadis parlé d'un malaise, appelé le trac, qui paralysait parfois les acteurs. Alice en était-elle frappée ?

Le silence retomba. Alice fit alors un léger signe de tête au violoniste de l'orchestre, qui se leva et joua quelques mesures. Alice prit une profonde inspiration et commença à chanter.

En ce joyeux mois de mai
Quand les bourgeons partout éclosent,
Le jeune Jimmy Grove sur son lit de mort gisait
Pour l'amour de Barbara Allen.

Un soupir collectif monta de la salle. Tout le monde connaissait cette chanson, douce et mélancolique à la fois. Les mains se tendirent vers les verres d'alcool ou les tasses de thé, car tous se souvenaient de la première fois qu'ils avaient entendu la *Ballade de Barbara Allen.*

Il envoya son valet la chercher
Dans la ville où elle résidait.
« Il faut venir chez mon cher maître
Si votre nom est Barbara Allen. »

L'auditoire faisait peu à peu silence, tous les yeux se braquaient sur la fille en robe blanche qui se tenait seule en scène sous le faisceau de lumière. Sa voix trop pure pour sortir d'une gorge humaine semblait plutôt émaner de la blancheur immaculée de sa robe. Une vraie voix d'ange, étaient-ils nombreux à penser.

Car la mort qui marque son visage
Lui étreint déjà le cœur.
Hâtez-vous de le consoler,
Ô douce Barbara Allen.

Beaucoup se remémoraient les chagrins de leur propre vie, la perte d'un être cher, les nuits passées à consoler, les jours endurés sans réconfort. Les yeux s'emplissaient de larmes, mais Sam Glass bouillait d'une fureur croissante. Cette idiote faisait sombrer son public dans la mélancolie ! Pour lui, c'était la ruine assurée.

Sans se hâter, elle se leva
Et lentement alla vers lui.
Mais à son chevet, tout ce qu'elle dit
Ce fut « Jeune homme, vous êtes mourant ».

On entendit des sanglots étouffés. Hannah elle-même dut prendre son mouchoir pour s'essuyer le coin des yeux, un fin mouchoir de lin avec les initiales N.S. brodées dans l'angle. Le mouchoir de Neal Scott qui ne la quittait jamais, souvenir d'autant plus précieux que la voix si pure d'Alice ravivait son désir pour Neal et son chagrin d'être séparée de lui. Mme Guinness avalait péniblement sa salive au souvenir d'un jeune homme qu'elle croyait avoir oublié depuis des années et qui lui apparaissait tout à coup, jeune, beau, souriant, fier d'aller combattre Napoléon.

Quand il fut mort et mis en terre
Le cœur de Barbara fut meurtri de douleur.
« Ô ma mère, prépare ma couche
Car je veux expirer demain. »

Captivé par cette voix d'or soutenue par le seul violon, l'auditoire pétrifié gardait un silence complet. Pas une main ne bougeait, pas un œil ne clignait. Sam Glass se demandait même si les gens respiraient encore. Beau résultat ! Il leur avait promis une soirée de joyeux divertissements, il leur donnait une veillée funèbre !

Gisant sur son lit de mort,
Suppliant d'être enterrée près de lui,
Amèrement elle se repentait
De l'avoir un jour repoussé.

Les dernières notes s'éteignirent, la voix hypnotique se tut. Nul ne faisait plus un geste. Sam Glass imaginait déjà le public se ruer vers la caisse en exigeant d'être remboursé.

C'est alors que les premiers applaudissements crépitèrent, enflèrent, déferlèrent en une lame de fond qui se mua en une assourdissante ovation tandis que toute l'assistance se levait en hurlant « Bravo ! ».

— Vous avez été merveilleuse ! dit Hannah, enthousiasmée, quand elle rejoignit Alice dans le tohubohu des coulisses.

Sam Glass la couvrait de louanges et disait qu'il la ferait désormais passer en fin de spectacle dont elle serait le clou. Car les numéros qui avaient suivi étaient presque tous tombés à plat, soit parce que les artistes n'avaient plus le cœur à se produire, soit parce que l'ambiance n'était plus la même. Mais tout le monde s'accordait à dire que la prestation d'Alice avait constitué le point d'orgue de la soirée – et c'était bien l'impression que Sam Glass voulait laisser à ses clients avant qu'ils ne rentrent chez eux.

— Je vous dois tant, Hannah ! répondit Alice.

Les admirateurs se bousculaient autour d'elle. Alice ne trouvait pas de mots pour exprimer ce qu'elle ressentait, pas encore du moins, pas avant d'être seule et de revivre ces instants. Car tandis qu'elle chantait avec toute son âme, qu'elle sentait l'émotion gagner son auditoire, qu'elle voyait les visages changer et les larmes perler, elle s'était sentie submergée par une émotion si profonde que les mots lui échappaient. Elle savait seulement qu'en chantant pour ces inconnus, elle avait soudain pris conscience que c'était là sa destinée. Qu'elle découvrait sa vocation, sa raison d'être.

— Pas du tout, voyons ! protesta Hannah.

Pour la première fois, remarqua-t-elle avec plaisir, Alice l'appelait par son prénom.

Hannah s'écarta pour laisser les gens saluer la vedette de la soirée puis, une fois assurée qu'Alice était entourée d'attentions, elle se retira dans un coin tranquille où elle put s'isoler derrière un palmier en pot.

Elle sortit de son sac le recueil de poèmes de sa mère, où elle gardait la photographie de Neal entre

Lucy Gray de Wordsworth et *Ode à un rossignol* de John Keats. Elle contempla son regard pensif, se remémora le son de sa voix. Cette photographie lui rappelait toujours les semaines passées près de lui à bord du *Caprica* et la nuit de la tempête où, serrés l'un contre l'autre, ils s'étaient donné un baiser passionné.

Le cœur battant, elle regarda une enveloppe glissée entre les pages avec la photographie. Elle était arrivée le jour même à l'hôtel Australia avec le courrier quotidien au moment où Hannah et Mme Guinness se préparaient à partir pour la ville. Elle n'avait encore vu que le timbre de la poste de Perth et reconnu l'écriture de Neal, à qui elle avait écrit pour lui faire part de son changement d'adresse dans l'espoir que, une fois le *Borealis* à quai, il vérifierait son courrier avant de chercher un navire pour Adélaïde. Elle aurait voulu l'ouvrir aussitôt, mais cette soirée était celle d'Alice. Quelles que soient les nouvelles de Neal, elles pouvaient attendre la fin de la représentation. Hannah ne voulait altérer en rien l'heure de gloire qui attendait Alice.

Il était temps maintenant de prendre connaissance de la lettre. Neal aurait dû la rejoindre depuis longtemps à Adélaïde. Hannah supposa que sa lettre contenait une explication de son retard et lui donnait une nouvelle date à laquelle elle pouvait espérer le revoir enfin.

Et c'est d'une main tremblante qu'elle décacheta l'enveloppe.

ADÉLAÏDE

Avril 1848

15

En cette chaude journée d'avril, quand Liza Guinness vit le bel étranger franchir la porte de son hôtel et venir vers elle, elle se sentit soudain à court de paroles. Elle vérifia d'une main preste que son chignon était bien en place et qu'il ne s'en échappait pas de mèches folles.

Bien que veuve avec deux grandes filles, Liza s'estimait toujours jeune et soignait son apparence ; rinçages de son abondante chevelure au henné, applications sur le visage de crèmes nourrissantes avant de se coucher et surveillance attentive de sa ligne restée irréprochable. Si depuis cinq ans elle dirigeait l'hôtel Australia, isolé en pleine campagne à quinze kilomètres au nord d'Adélaïde, elle avait toujours refusé de se laisser aller, comme tant de femmes endurcies en quelques mois par cette vie rude à l'écart de la civilisation – des femmes qui s'affublaient de jupes-culottes parce qu'elles montaient à cheval à califourchon comme les hommes au lieu de monter en amazone, qui se coiffaient n'importe comment, qui portaient des chapeaux de brousse, de gros gants de cuir et laissaient le soleil leur tanner la peau. Liza, elle, mettait un point d'honneur à toujours s'habiller en robe à la mode avec une crinoline, d'ampleur toutefois suffisamment modeste pour lui permettre d'aller et venir sans gêne derrière le comptoir de la réception.

Elle se félicitait maintenant de n'avoir pas relâché ses efforts, car le monsieur qui s'approchait avec un sourire charmeur n'était pas seulement bel homme, il paraissait être un personnage d'importance et financièrement à l'aise. Il était coiffé d'un de ces nouveaux chapeaux venus d'Amérique centrale, en fibres blanches finement tissées et à la coiffe cernée d'un large ruban noir. Ces chapeaux faisaient fureur car on les disait légers et confortables par forte chaleur. Il portait aussi un costume blanc en lin, signe d'un homme qui avait les moyens de se payer un valet de chambre pour veiller sur sa mise.

Estimant son âge à environ vingt-sept ans, Liza se surprit à regretter de ne pas avoir quinze ans de moins.

— Que puis-je faire pour vous, monsieur ? lui demanda-t-elle avec son plus beau sourire.

La replète et majestueuse Edna Bassett, venue chercher son courrier et restée bavarder avec Liza, observait la scène avec intérêt.

L'étranger ôta son chapeau, qui découvrit des cheveux châtains coupés court, et regarda autour de lui le hall orné de plantes vertes, d'aquarelles et d'un vase de marguerites sur le comptoir à côté d'un écriteau : « Dépêchez-vous de dormir, nous avons besoin des lits. »

— Je cherche Mlle Hannah Conroy, madame, répondit-il en souriant. Je m'appelle Neal Scott.

Les deux paires d'yeux braquées sur lui s'écarquillèrent.

— Vous êtes monsieur Scott, le savant américain ? s'exclama Liza avec enthousiasme. Nous avons tant entendu parler de vous, n'est-ce pas, Edna ? Mais... Mlle Conroy nous a dit que vous n'arriveriez pas avant au moins un an.

— Je sais, mais j'ai dû modifier mes projets et je n'ai pas eu le temps de l'en avertir. Mlle Conroy est-elle ici ?

— Non, elle a dû s'absenter.

Son sourire fit place à une moue déçue.

— Savez-vous si elle a reçu ma dernière lettre ? Je suis passé par ici il y a trois semaines et l'on m'a dit que je l'avais manquée de peu. Elle venait d'être appelée pour une épidémie de grippe, je crois.

— Oui, dans la vallée de Barossa, dit Liza d'un air navré.

Ce district vinicole, né du labeur d'immigrants allemands, était distant d'une bonne cinquantaine de kilomètres et isolé par des chaînes de collines. Comment savoir quand Hannah serait de retour ? Liza se tourna vers les casiers accrochés au mur derrière le comptoir et y prit une enveloppe cachetée qu'elle lui tendit.

— Serait-ce cette lettre-ci ?

En voyant intacte l'enveloppe qu'il avait scellée trois semaines auparavant, Neal se sentit accablé. Hannah ignorait qu'il était à Adélaïde

— Oui, c'est bien elle.

— Hannah devrait déjà être rentrée, dit Liza en remettant l'enveloppe dans le casier. Voulez-vous l'attendre ? Notre salon est très agréable et nous pouvons vous offrir une variété de pâtisseries et de thés.

Neal jeta un coup d'œil à une porte ouverte sur le hall. Il vit un salon confortablement meublé, qui ressemblait davantage à celui d'une demeure cossue qu'à un lieu ouvert au public. Quelques clients bavardaient, assis sur des canapés et des fauteuils. C'était en effet très tentant.

— Je crains de ne pas pouvoir rester, répondit-il à regret. Je dois quitter Adélaïde cet après-midi même.

— Cet après-midi ? s'exclamèrent Liza et Edna à l'unisson.

Elles avaient l'une comme l'autre espéré passer au moins un moment en compagnie de cet Américain qui les intriguait et assister à une touchante scène de retrouvailles. La vie à la campagne était parfois bien monotone...

— Nous avons appris que l'épidémie avait été enrayée, dit Liza. Hannah doit donc être sur le chemin du retour et peut arriver d'une heure à l'autre. Juste une tasse de thé, monsieur Scott ?

— Je suis désolé, mais je dois rejoindre une expédition qui finit de se préparer. Si je suis en retard, sir Reginald ne m'attendra pas.

Liza Guinness regarda avec un ébahissement mêlé de respect cet étranger, à la fois le personnage le plus exotique qui eût franchi son seuil et le seul Américain qu'elle eût jamais rencontré.

— Vous ne voulez pas dire... sir Reginald Oliphant ?

— Si, lui-même.

— J'ai tous ses ouvrages ! Je les ai tous lus ! Vous rendez-vous compte, Edna ? ajouta-t-elle en se tournant vers son amie avec un sourire épanoui. Un explorateur ici, dans mon hôtel !

Et Edna, qui de son côté aurait bien voulu avoir trente ans de moins, lui rendit un sourire tout aussi réjoui.

Neal prit sa montre dans son gousset, la consulta, compara avec l'heure de l'horloge au mur, se tourna vers la porte, hésita, réfléchit.

— Je suis obligé de lui laisser un nouveau message, se résigna-t-il enfin à dire. Avez-vous de quoi écrire ?

Mme Guinness raffolait des histoires d'amour, même quand il s'agissait de celles d'autrui, et faisait toujours de son mieux pour les favoriser. Elle savait tout de la traversée sur le *Caprica* et avait dûment remarqué qu'à chaque fois que Hannah parlait de la tempête pendant laquelle l'Américain et elle avaient craint pour leur vie, ses pommettes se coloraient de rose et qu'elle baissait les yeux – signes classiques, selon elle, d'une femme qui a un secret. C'était donc un de ces amours connus pour naître durant les longues traversées océaniques, Liza en était certaine et en éprouvait une vive satisfaction. En particulier maintenant qu'elle voyait l'homme et non plus sa photographie plate et sans vie. Laquelle montrait, certes, un assez séduisant jeune homme, mais qui ne rendait en rien justice à celui qu'elle avait devant elle en chair et en os.

Elle disposa devant lui une feuille de papier à lettres, une plume, un encrier et approcha une chaise.

— Voilà, monsieur. Installez-vous à votre aise.

En guidant son tilbury sur la petite route où les plages d'ombre succédaient aux lacs de lumière sous le doux soleil d'automne, Hannah était impatiente d'arriver enfin à l'hôtel. Un bain chaud, une tasse du thé à la menthe de Liza et une bonne sieste la remettraient d'aplomb. Résoudre l'énigme de l'épidémie – apparue sans signe avant-coureur dans la vallée de Barossa et qui s'était capricieusement propagée pour toucher certains foyers et en épargner d'autres avant de disparaître tout aussi mystérieusement – attendrait un autre jour. Elle était épuisée. Si elle n'avait pas elle-même contracté la maladie, prodiguer ses soins sans relâche dans tant de fermes et de maisons isolées, disséminées dans toute la vallée, l'avait vidée de ses forces.

Elle se demandait si elle avait reçu du courrier en son absence. Peut-être une lettre d'Alice, en tournée avec la troupe de Sam Glass. Devant le prodigieux succès de l'Élysium, Sam avait décidé d'ouvrir des music-halls dans d'autres villes. Il avait décrété que le meilleur moyen d'intéresser des investisseurs et des associés à son projet, c'était de les éblouir en leur présentant ses meilleurs numéros : deux frères qui jonglaient avec des torches enflammées, un baryton qui chantait des airs d'opéra, un numéro de comiques faisant merveille avec des tartes à la crème et des pétards, une extraordinaire contorsionniste se produisant sous le nom de scène de Lady Godiva et, bien entendu, la sublime soprano Alice Star. La troupe avait d'abord donné une série de représentations à Melbourne avant de poursuivre sa route vers Sydney. Hannah était sûre qu'Alice gagnerait tous les cœurs partout où elle irait, comme elle l'avait fait à Adélaïde, où ses innombrables adorateurs l'avaient vite surnommée le Rossignol australien.

Hannah espérait presque qu'il n'y aurait pas de lettre de Neal. Depuis le mois de novembre, il lui avait écrit régulièrement en lui donnant des nouvelles de l'expédition Oliphant, qui se préparait activement, et en lui racontant des anecdotes sur les gens qu'il rencontrait et les faits curieux ou passionnants qu'il apprenait : « Saviez-vous, ma chère Hannah, que les kangourous peuvent marcher à reculons ? »

Cinq mois auparavant, le soir de la première apparition d'Alice à l'Élysium, Hannah avait été très déçue en ouvrant la lettre de Neal d'apprendre qu'il ne viendrait pas directement à Adélaïde comme prévu. Après que le *Borealis* avait accosté à Fremantle, Neal avait fait la connaissance de l'illustre explorateur sir Reginald Oliphant, qui était en train de monter une expédition de Perth à Adélaïde et l'avait invité à se joindre à lui. « Je compte plus que jamais venir à Adélaïde, ma chère Hannah, sauf que ce ne sera pas un simple voyage d'une quinzaine de jours mais un long et laborieux périple – mais ô combien exaltant ! – à la découverte des territoires inexplorés. »

Prévue pour partir en janvier, l'expédition avait subi des retards successifs et Neal n'avait pas pu s'éloigner de Perth. Si Hannah ne trouvait pas de lettre de lui ce jour-là, cela signifierait qu'elle n'en avait pas reçu au cours de ses trois semaines d'absence, donc que l'expédition était enfin en route et que Neal, lentement mais sûrement, se rapprochait d'elle.

Si Hannah n'appréciait aucunement de savoir Neal errant dans un désert inconnu, entouré de serpents venimeux, de chiens sauvages et d'Aborigènes hostiles, il lui déplaisait tout autant de devoir rester un an sans nouvelles. Elle avait cependant appris qu'affronter les dangers faisait partie intégrante de la vie des colons et, plus encore, des explorateurs dans un monde aussi neuf. Se trouver longtemps séparé d'êtres chers était un élément inhérent à la vie en Australie. Les hommes qui partaient aux colonies lancer une affaire ou établir une ferme et ne faisaient venir leurs familles qu'une fois installés ne les revoyaient souvent que deux ou trois ans plus tard. Un échange de courrier avec l'Angleterre demandait un an.

Alors, se demanda-t-elle en passant devant ses repères familiers – la ferme des Bassett d'un côté de la route, l'élevage de volailles des Arbin de l'autre –, vais-je trouver ou non une lettre de Neal ?

Un cavalier la croisa en soulevant son chapeau :

— Bonjour, mademoiselle Conroy !

Richard Lindsay et sa femme convoyaient d'immenses troupeaux de moutons depuis les fermes d'élevage plus au nord jusqu'au port et aux abattoirs d'Adélaïde. Quand Hannah voyait ces hommes, rudes, basanés, farouchement indépendants, elle repensait à Jamie O'Brien, le hors-la-loi, et à leur étrange rencontre dans le jardin de Lulu. Que devient-il ? se demandait-elle. Les avis de recherche le concernant étant toujours placardés en ville, elle en déduisait qu'il n'avait pas été arrêté.

— Bonjour, monsieur Lindsay ! répondit-elle.

Elle avait accouché Judith Lindsay de son cinquième enfant.

Fidèle à sa parole, Mary McKeeghan avait répandu le nom de Hannah dans tout le district et les appels à ses services s'étaient multipliés. Il s'agissait le plus souvent d'accouchements et si Hannah était satisfaite de voir ainsi s'accroître sa clientèle, elle restait néanmoins frustrée. Elle pourrait faire tant d'autres choses si on lui en donnait l'occasion ! Le plus souvent, quand il n'y avait pas de médecin disponible, les gens se rabattaient au mieux sur des remèdes éprouvés mais manquant d'efficacité, au pire sur les pseudo-médications des charlatans, comme elle l'avait constaté pendant l'épidémie de grippe. Ils étaient interloqués qu'elle leur offre leur aide. Ainsi, elle s'était rendue dans une ferme où elle avait entendu dire qu'une famille entière de douze personnes frappée par la grippe avait le plus grand mal à s'en sortir. Une voisine charitable mais débordée lui avait ouvert, Hannah lui avait tendu sa carte et proposé de l'aide. La femme avait jeté un coup d'œil sur la carte sans même la prendre et grommelé « Ce n'est pas d'une sage-femme qu'on a besoin ici » en lui refermant la porte au nez.

Je suis plus qu'une sage-femme, aurait voulu lui dire Hannah, qui continuait inlassablement à étendre et approfondir ses connaissances en médecine. Elle était émerveillée, par exemple, de ce qu'elle avait découvert sur les propriétés de l'eucalyptus et de toutes les utilisations qu'on pouvait en faire : en inhalations ou en frictions sur la poitrine pour les affections pulmonaires, en liniment pour les foulures et les douleurs musculaires. La sève pouvait même entrer dans la composition de pastilles pour les maux de gorge. Elle se voyait confrontée à des maladies ou des troubles inconnus en Angleterre, piqûres d'insecte, morsures de serpent, et devait trouver, parfois par empirisme, parfois par recours à la tradition orale, les remèdes ou traitements appropriés.

À quelques centaines de mètres de l'Australia, chaque pore de sa peau implorait un bain. Hannah ne regrettait plus de devoir vivre de nouveau à l'hôtel, car celui de Liza Guinness se dressait en pleine campagne et elle s'y sentait comme chez elle. Son désir de trouver un véritable chez-soi restait toutefois aussi vif et elle gardait un œil sur les propriétés à vendre tout en espérant mettre assez d'argent de côté pour acheter ou à tout le moins louer un modeste cottage. Mais tout ce qu'elle voyait lui paraissait bien fade comparé aux Sept Chênes de Mary McKeeghan.

À la réception de l'hôtel Australia, Neal Scott finissait d'écrire sa lettre :

Ma chère Hannah,

Je suis profondément navré que nous nous soyons manqués. Comme je vous l'expliquais dans mon précédent message, sir Reginald n'a pas trouvé assez de fournitures ni de mécènes à Perth. Il a donc été décidé d'aller à Adélaïde et de suivre un parcours d'est en ouest à l'inverse de celui initialement envisagé. Je ne vous l'avais pas écrit car ma lettre serait arrivée en même temps que moi ! J'ai consacré ces trois dernières semaines à rassembler du matériel et des instruments, à louer un chariot et à engager un assistant, le tout entrecoupé d'allers et retours entre Adélaïde et le camp de base de sir Reginald établi plus au nord. Je quitte Adélaïde aujourd'hui car l'expédition part dans quelques jours et sir Reginald ne m'attendra pas. Il estime que nous pourrons parcourir une quarantaine de kilomètres par jour dans de bonnes conditions, une quinzaine dans le cas contraire. Nous nous arrêterons souvent pour prendre des photographies, reconnaître le terrain, dresser des cartes et réunir le plus d'informations possible. Perth se trouvant à quelque deux mille kilomètres à l'ouest, il nous faudra six mois pour y parvenir, peut-être un peu moins, ce qui veut dire que je serai de retour ici avant Noël. D'ici là, ma chère Hannah, prenez bien soin de vous-même. Vous serez toujours présente dans mon cœur.

Lorsque le bel Américain en complet blanc coiffé d'un panama sortit de l'hôtel, Liza se hâta de charger Ruth, sa fille aînée, de tenir la réception, car Edna Bassett et elle devaient bien vite aller à l'épicerie-bazar mettre Mme Gibney, sa propriétaire, au courant des derniers et palpitants événements.

Dans la cour devant l'hôtel, Neal marqua un temps d'arrêt pour regarder autour de lui, frustré par les caprices du destin qui s'acharnait à le maintenir séparé de Hannah. Ne voyant aucun signe de son tilbury, il en conclut que la jeune femme devait encore se trouver dans la vallée de Barossa. Alors, le cœur lourd, il enfourcha son cheval et prit la route vers le sud en direction d'Adélaïde.

255

Hannah entra dans la cour de l'hôtel, où un garçon d'écurie vint dételer le tilbury pour le remiser. La jeune Ruth l'accueillit dans le hall, lui donna le courrier qui l'attendait dans son casier ainsi qu'une enveloppe cachetée, en disant :

— Maman m'a dit que celle-ci venait tout juste d'arriver.

Hannah la remercia et monta dans sa chambre en se demandant si elle commencerait par faire chauffer un bain ou boire un thé. Elle posa son bagage, enleva son bonnet et sa cape, dénoua ses cheveux. En commençant à déboutonner son corsage, elle regarda distraitement son courrier. Deux lettres d'Alice. Un petit mot d'Ida Gilhooley, avec qui elle gardait de bonnes relations. Un prospectus de M. Krüger, le pharmacien d'Adélaïde, l'informait de ses nouveaux produits en stock. Et deux lettres sur du papier de l'hôtel.

Hannah fronça les sourcils. Sans timbre postal, elles étaient simplement adressées à *Mademoiselle Hannah Conroy*. Reconnaissant alors l'écriture, elle ouvrit en hâte la deuxième, celle dont Ruth lui avait dit qu'elle « venait tout juste d'arriver ». À peine en eut-elle parcouru les premiers mots que Hannah rassembla ses jupes, dévala l'escalier et se précipita, hors d'haleine, vers Ruth qui la regardait avec stupeur.

— Le monsieur qui a laissé cette lettre, où est-il allé ?

— Je ne...

Sans attendre la réponse, elle sortit en courant, bouscula deux nouveaux venus qui la suivirent des yeux, choqués par son comportement et ses cheveux flottant sur ses épaules.

Arrivée sur la route, elle aperçut Neal qui s'éloignait au petit trot.

— Neal ! cria-t-elle.

Pas de réaction. Hannah s'élança.

— Neal ! Neal ! Arrêtez !

Le cheval ne ralentit pas. Faisant appel à toutes les forces que possédait encore son corps recru de fatigue, Hannah pressa l'allure en hurlant le nom de Neal, ce qui provoqua l'attention étonnée de deux hommes dans l'atelier du forgeron, d'un piéton sur le bord de la route et d'un chien de berger réveillé de sa sieste.

La distance entre eux s'accroissait inexorablement, la route allait faire un coude. Neal ne tarderait plus à disparaître derrière les arbres.

Hannah accéléra encore, trébucha.

— Neal ! Neal !

À ce moment-là, il lança un dernier regard de regret derrière lui. En un éclair, il fit faire volte-face à son cheval et revint au grand galop, juste à temps pour recevoir Hannah dans ses bras.

— Je croyais... commença-t-elle.

Elle n'en dit pas plus. Déjà leurs lèvres se soudaient en un baiser brûlant de passion. Hannah noua ses bras autour du cou de Neal qui la serrait contre lui et ils s'étreignirent avec force. La route, les arbres, autour d'eux tout avait disparu. Ils étaient revenus sur le *Caprica*, désespérément, éperdument amoureux, consumés par un désir aussi douloureux dans son exigence que son éclosion leur était douce.

Neal aurait voulu la garder dans ses bras sa vie entière sans jamais la lâcher. Il s'écarta quand même un peu, mais pour mieux la voir.

— Hannah, murmura-t-il. Grand Dieu, Hannah...

— Neal, vous êtes là...

Leurs lèvres se rejoignirent et, sur cette route poudreuse, rouge de la terre d'Australie, ils s'étreignirent à nouveau avec la même passion qui les avait poussés l'un vers l'autre dans la tempête. Mais cette fois, ils n'étaient pas plongés dans l'obscurité, au milieu des eaux glaciales et déchaînées de l'océan, ils baignaient dans la lumière dorée du soleil d'Australie et leur propre chaleur.

Un long moment plus tard, quand Neal recula d'un pas afin de tenir Hannah à bout de bras pour la contempler tout entière, il remarqua que le haut de son corsage était déboutonné. Il baissa les yeux vers la naissance de sa gorge, la bordure en dentelle de la camisole qui laissait deviner les rondeurs de ses seins, sa peau crémeuse voilée d'une légère rosée de transpiration. Frémissant de désir, il vit alors quelque chose qui lui fit monter le sang au visage : le coin d'un carré de lin marqué des initiales brodées N.S.

Son mouchoir !

Secoué par le pouvoir érotique d'une telle découverte, il recula encore d'un pas. Elle gardait son mouchoir sur sa poitrine !

— J'ai lu votre lettre, dit-elle en écartant les cheveux de ses yeux. Vous partez aujourd'hui même ?

— Il le faut...

Il pouvait à peine articuler. Ivre de désir, en proie au vertige, il ne se rendait pas compte des mines effarées des jeunes palefreniers sur le bas-côté de la route qui regardaient, bouche bée, la jeune femme impudique aux cheveux lâchés et dont le corsage entrebâillé recelait un trésor caché. Son mouchoir !...

Neal conservait précieusement le gant qu'elle lui avait donné en échange lorsque leur navire avait jeté l'ancre à Perth. À chaque fois qu'il le prenait, comme s'il lui tenait la main, il se demandait si elle avait conservé son mouchoir. S'il avait su plus tôt *où* elle le serrait, il aurait plongé dans l'océan et nagé jusqu'à Adélaïde !

Ils gardèrent tous deux le silence, les yeux dans les yeux, tandis que le monde reprenait peu à peu de sa réalité.

— Vous devez vraiment partir aujourd'hui ? redemanda-t-elle.

Il regardait son visage levé vers lui, son cou, son front luisants de la transpiration de sa course folle. Au diable sir Reginald ! se dit-il.

— Peut-être que... commença-t-il.

Non. Il fallait partir.

— J'ai une idée, Hannah, dit-il tout à coup.

Il la prit aux épaules sous les regards scandalisés des quelques badauds restés assister à ce spectacle de choix.

— Je suis obligé de retourner en ville réunir le reste de mon équipement. Comme je vous l'ai écrit, j'ai déjà loué un chariot, engagé un assistant. Mais nous passerons par ici en repartant vers le nord le long du golfe de Spencer. Venez à Adélaïde avec moi, je vous raccompagnerai ici. Cela nous fera au moins quelques heures ensemble.

Hannah n'eut pas besoin d'être persuadée davantage. Ils se hâtèrent de regagner l'hôtel en passant devant les témoins de leurs effusions, déçus qu'elles aient déjà pris fin. Hannah se précipita dans sa chambre pour changer de tenue pendant que Neal demandait au garçon d'écurie d'atteler un cheval frais au tilbury de Mlle Conroy et d'attacher sa jument à l'arrière de la voiture. Liza et Edna revinrent sur ces entrefaites et stoppèrent net sur le seuil en voyant M. Scott arpenter le hall avec une évidente impatience.

— Monsieur Scott ! s'exclama Liza. Je vous croyais parti.

— Maman ! intervint Ruth, émoustillée. Hannah est revenue et ils ont eu les plus romantiques des retrouvailles sur la route !

— Ruth Ophelia, une jeune fille ne parle pas comme cela ! la réprimanda Liza avec un sourire qui démentait ses propos. Quelle chance qu'en fin de compte vous n'ayez pas manqué Hannah, monsieur Scott !

Mal à l'aise sous le regard scrutateur des trois femmes, Neal entendit avec soulagement une porte se fermer à l'étage et des pas rapides dans le couloir. Il se précipita au bas de l'escalier et son cœur bondit en voyant Hannah apparaître en haut des marches.

Elle portait une robe rose pâle à col et poignets de dentelle blanche, le corsage fermé par une rangée de boutons blancs. Elle avait délaissé la crinoline. Fasciné, Neal admirait la féminité de ses lignes, à peine altérées par les jupons qui gonflaient sa jupe.

Il reconnut aussitôt le volumineux sac de velours bleu qui ne la quittait pas sur le *Caprica* et où elle gardait, disait-elle, ses biens les plus précieux. Le mouchoir avait-il regagné sa place dans le sac ou était-il encore sur son cœur, caché sous l'étoffe rose, les boutons blancs et le délicat col de dentelle ? Une nouvelle vague de désir le submergea. Ainsi vêtue, les cheveux noués en chignon sous un coquet petit bonnet, Hannah lui parut encore plus attirante que si elle avait été nue.

Après avoir pris congé, ils s'éloignèrent en silence et montèrent dans le tilbury. Neal prit les rênes et lança le cheval au trot.

Sous sa capote de cuir, la voiture juste assez large pour deux créait l'intimité. Bercée par la chaleur et le trot régulier du cheval, dans l'odeur de la poussière rouge et du parfum entêtant des fleurs de l'été finissant, Hannah sentait sa sensualité d'autant plus éveillée que son bras frottait celui de Neal. Elle était incapable de prononcer un mot. Le désir qui la consumait lui nouait la gorge. Dans son complet et son chapeau de paille blancs qui contrastaient avec son teint hâlé, il était particulièrement séduisant. Ses mains, fines mais vigoureuses, qu'ombrait un fin duvet brun sur les phalanges étaient si masculines...

Muet lui aussi, Neal aurait voulu lui dire tant de choses, exprimer la passion qui l'habitait par des mots assez éloquents, assez poétiques pour l'éblouir. Mais le désir l'embrasait au point qu'il respirait avec peine. Il s'efforçait de concentrer son attention sur la route, les rênes, le cheval, de réprimer l'envie d'arrêter la voiture, de prendre Hannah dans ses bras et de la posséder là, sur la route, au milieu des arbres, des champs et des collines ondulant à perte de vue sous le soleil.

La première, Hannah retrouva son souffle et sa voix.

— Avez-vous eu des nouvelles de Boston, au sujet de votre mère ?

— Non, rien jusqu'à présent.

Il avait écrit à Josiah Scott, son père adoptif, qui lui avait répondu qu'il se renseignerait. Neal avait aussi écrit à un autre avocat, à l'état civil, aux archives de deux journaux locaux et à un de ses vieux amis de l'université, tous susceptibles de lui indiquer une piste pour retrouver la trace de celle qui l'avait abandonné sur le pas de la porte de Josiah. Son ami lui avait écrit que, d'après la description de son « vase de larmes », il s'agissait d'un modèle rare et ancien que peu de verriers avaient été capables de fabriquer. Il lui promettait de poursuivre ses recherches dans ce sens.

En y repensant, Neal prit la fiole dans sa poche et la tendit à Hannah. Sous le soleil, le verre émeraude et les fils d'or du filigrane prirent des couleurs éclatantes.

— Je dois vous faire un aveu, Hannah. Depuis que Josiah m'a dit que j'étais un enfant trouvé, j'ai gardé secrètement l'espoir de n'avoir pas été rejeté par ma mère et qu'elle avait eu des raisons impérieuses de m'abandonner. Pendant tous ces longs mois à bord du *Borealis*, avec tout le temps de retourner mes pensées dans ma tête, j'ai procédé à une sérieuse introspection. Avoir appris que ce petit flacon n'était pas un coûteux échantillon de parfum mais un réceptacle de larmes m'a profondément touché, Hannah. Grâce à vous, je ne peux plus croire que ma mère m'ait abandonné de son plein gré.

— J'en suis heureuse, Neal.

Son visage carré aux traits réguliers, son nez droit, sa mâchoire ferme lui paraissaient encore plus séduisants de profil.

— Je continuerai à écrire, à me mettre en contact avec toutes les personnes susceptibles de faire ne serait-ce qu'un peu de lumière sur ce qui s'est passé il y a vingt-sept ans, quand Josiah Scott m'a trouvé dans un berceau devant sa porte.

Alors, ma très chère Hannah, ajouta-t-il intérieurement, quand je saurai avec certitude qui je suis et d'où je viens réellement, je vous demanderai en mariage.

Hannah lui rendit le flacon de verre émeraude.

— Comment s'est passé votre voyage sur le *Borealis* ?

Hannah avait déjà lu le récit de cette exploration dans les lettres que Neal lui avait écrites pendant qu'il attendait le départ de l'expédition de sir Reginald ; mais elle avait besoin d'entendre sa voix pour redonner à cet instant un peu de réalité.

— Comment était-ce ?... murmura-t-il.

Il revint en esprit au jour de son débarquement à Fremantle à la fin du périple, cinq mois plus tôt. S'il avait alors éprouvé une réelle frustration que cette merveilleuse aventure soit terminée, il avait aussi senti se produire en lui un phénomène extraordinaire.

Quand il regardait l'horizon, il sentait au plus profond de lui-même de mystérieux bouleversements, comme les strates d'un terrain glissant les unes sur les autres pour former une nouvelle configuration. Au-delà des montagnes côtières s'étendait l'immensité du continent australien, appelée l'Outback. Nul ne savait ce qu'il y avait là. S'il existait des cartes détaillées des côtes, indiquant les noms et la topographie des lieux, la localisation des implantations humaines qui s'accroissaient et se multipliaient peu à peu, le centre du continent restait blanc. Inconnu. Comme le vide qui existe en moi, pensait Neal. Il ignorait d'où il venait, quel était son véritable nom de famille, qui étaient ses ancêtres. Il ne se sentait lié à personne ni à aucun lieu. Ainsi lui apparaissait l'Australie, dénuée d'identité jusqu'à ce que des hommes découvrent ses précieux secrets. Et quand il avait posé le pied à terre sur le quai de Fremantle, il avait éprouvé le besoin irrésistible d'être l'un de ces hommes.

— Nous avons exploré des îles et des estuaires, répondit-il enfin. Des archipels et des récifs coralliens. Nous sommes remontés au nord jusqu'à Port Hedland et descendus au sud jusqu'à la pointe d'Irwin. Il était pour moi aussi exaltant que frustrant d'être à bord de ce navire, de voir chaque jour l'horizon lointain et de ressentir l'appel de cette immensité mystérieuse sans pouvoir y aller. Aussi, quand sir Reginald m'a offert de me joindre à son expédition pour explorer ces territoires inconnus, j'ai accepté avec empressement.

À mesure qu'il parlait, Neal s'animait. Avant de poursuivre, il se tourna vers Hannah en souriant.

— Ce sera une expédition scientifique, Hannah. Nous mesurerons, nous décrirons, nous analyserons et nous enregistrerons tout ce que nous verrons. Nous ouvrirons le continent au progrès, au télégraphe, au chemin de fer, afin qu'un jour on puisse voyager de Sydney à Perth sans devoir prendre le bateau. Je serais si heureux, ajouta-t-il avec un soupir, que mon père adoptif puisse faire lui aussi cette expérience ! Quand j'étais petit, Josiah m'emmenait pour de longues randonnées. Il peignait des aquarelles. Nous préparions des provisions, son chevalet et ses couleurs, et nous partions dans les collines. Josiah adorerait un pays aussi neuf. Malheureusement, le bateau et les voyages en mer le terrifient.

Plus il regardait Hannah, plus Neal sentait son cœur se serrer. Il se demandait s'il serait possible de retarder son départ de vingt-quatre heures. En brûlant les étapes, arriverait-il au camp à temps pour le départ de l'expédition ? Si je le fais, se dit-il, je pourrais passer un jour – et une nuit – de plus avec Hannah...

— Et vous ? demanda-t-il. Dites-moi ce que vous avez fait et où vous en êtes.

Hannah lui avait déjà relaté par écrit son passage chez le docteur Davenport, l'idée qu'elle avait eue au Kirkland's Emporium d'aller à la campagne où elle trouverait sa clientèle, sa rencontre avec Mary McKeeghan et son installation à l'hôtel de Liza Guinness. Elle lui avait même parlé d'Alice, sans cependant préciser les circonstances de leur rencontre. Elle avait encore honte d'avoir été assez naïve pour fréquenter une maison de prostitution au risque de ruiner la réputation d'un bon et honnête médecin. Elle préféra donc lui parler de son envie croissante d'avoir un vrai chez-elle.

— Juste de quoi élever quelques moutons, faire pousser des plantes médicinales. Un endroit qui sera toujours là dans cent ans ! Mais ce n'est pas aussi facile à trouver que je l'espérais. Mon métier de sage-femme marche bien, mais les gens hésitent encore à faire appel à moi pour d'autres soins, même quand je leur assure posséder l'éducation, l'expérience et la compétence nécessaires. De temps en temps, si le médecin le plus proche de chez eux est absent ou indisponible, ils se rabattent sur moi en cas d'urgence mais, pour eux, je ne suis qu'une sage-femme. Je n'abandonne pourtant pas. D'une manière ou d'une autre, je finirai par avoir une maison à moi.

Neal écouta cette déclaration sans mot dire. Comment lui avouer que la soif d'aventure qui l'avait poussé à quitter Boston, loin de s'apaiser, ne faisait que s'attiser ? Que plus il rencontrait de mystères, plus il avait besoin de les éclaircir ? Son séjour à bord du *Borealis* l'avait rendu insatiable. Depuis leur séparation sur le pont du *Caprica* dix-sept mois plus tôt, ils avaient tous deux changé, et leurs routes n'avaient pas cessé de diverger. Maintenant que Hannah se disait plus déterminée que jamais à s'enraciner alors qu'il n'aspirait qu'à consacrer son existence à l'exploration de l'inconnu, Neal redoutait qu'ils ne puissent même plus espérer pouvoir vivre ensemble.

À moins que l'un d'eux ne se résigne à sacrifier son rêve...

Neal avait pensé demander à Hannah de partir à l'aventure avec lui, de se joindre à l'expédition de sir Reginald et de parcourir à ses côtés le cœur inexploré de l'Australie. Il pressentait maintenant qu'elle souhaitait au contraire lui demander de rester avec elle, d'acheter une terre, d'y bâtir une demeure et de s'intégrer à ce pays neuf. Les deux étaient inconciliables.

Hannah remarqua son soudain changement d'humeur et se demanda ce qui l'avait provoqué.

— Parlez-moi de cette expédition.

— Nous allons traverser la plaine de Nullarbor, région déserte, aride et dépourvue de végétation à l'ouest de l'Australie. J'ai entendu dire qu'elle était particulièrement désolée. Le nom de Nullarbor, qui vient du latin, signifie d'ailleurs « aucun arbre ». On croit qu'il s'agissait d'une vaste mer intérieure, asséchée depuis des millénaires.

Que Neal parte pour une région affublée d'un tel nom fit frémir Hannah.

— L'expédition sera-t-elle dangereuse ?

Neal s'abstint de dire que des hommes partis l'explorer n'en étaient jamais revenus.

— Elle a un objectif vital et elle doit être faite. Il ne s'agira pas seulement d'explorer le territoire, mais de le reconnaître en détail et de le cartographier en vue du développement ultérieur. Ce sera le travail des cartographes et des géologues, bien entendu, mais ils auront surtout besoin d'un bon photographe – et ce photographe, c'est moi. Sir Reginald possède une grande expérience. Il a écrit de nombreux ouvrages relatant ses précédentes aventures. Mon préféré décrit un terrible incident survenu à la passe de Khyber. Lorsque les Anglais ont envahi l'Afghanistan depuis leurs bases des Indes, sir Reginald était conseiller de l'armée britannique et, par sa présence d'esprit, a évité un désastre au corps expéditionnaire. Notre voyage ne sera sans doute pas exempt de dangers, mais j'ai toute confiance en son chef.

Le silence retomba. Ils n'avaient plus envie de

parler alors qu'ils étaient tous deux habités par des passions plus fortes. D'ailleurs, ils entraient dans les faubourgs de la ville, la circulation devenait plus dense et Neal devait lui accorder toute son attention.

Dans North Terrace, rue cossue face au fleuve Torrens et à un parc verdoyant, l'hôtel Clifford était un solide bâtiment de deux étages en granit local, pourvu de vingt chambres et offrant à ses clients des « services de lingerie et de restauration ». Neal guida le tilbury dans la cour intérieure bordée d'écuries et de remises. Fintan, l'assistant qu'il avait récemment engagé, était en train d'y procéder au chargement du matériel photographique de Neal dans le chariot.

Neal présenta Fintan à Hannah, qui ne put s'empêcher de le dévisager. Elle n'avait jamais vu de jeune homme aussi beau, avec de grands yeux expressifs sous de longs cils soyeux, une bouche digne de Cupidon, le menton marqué d'une fossette et des cheveux noirs aux admirables boucles naturelles. Il doit faire fondre tous les cœurs féminins, se dit-elle. Pourtant, quand il ôta son chapeau et la salua, son sourire était empreint de timidité et ses joues se couvrirent d'une touchante rougeur de jeune fille. Hannah se prit pour lui d'une affection immédiate en pensant qu'il était grand dommage qu'Alice soit à Sydney. Fintan avait à peu près le même âge qu'elle, une petite vingtaine d'années, estima-t-elle, et ils se seraient entendus à merveille.

— J'ai juste à prendre ma valise et à payer ma facture, dit Neal.

Il lui prit le bras pour la faire entrer dans le hall,

petit mais confortable, meublé de fauteuils tapissés de crin et de plantes vertes. Un gros chat faisait la sieste sur un appui de fenêtre ensoleillé.

Neal marqua une pause pour regarder les yeux de Hannah qui le faisaient penser à la rosée du matin. Il grava dans son esprit ses cheveux noirs qui encadraient si bien son visage à l'ovale parfait. Il brûlait d'envie de la prendre dans ses bras et de la porter jusque dans sa chambre en vouant sir Reginald à tous les diables...

— J'en ai pour une minute.

— Je vous attends ici.

Voilà une réponse bien inutile, songea-t-elle. Que pourrait-elle faire d'autre ? Mais plutôt dire n'importe quoi que laisser échapper « Emportez-moi là-haut ».

Neal redescendit cinq minutes plus tard chargé d'une valise de cuir et d'une liasse de billets. Le réceptionniste le remercia avec effusion et ils sortirent dans la cour, où Fintan vérifiait l'arrimage de caisses marquées : DANGER ! PRODUITS VOLATILS. TENIR À L'ABRI DE LA CHALEUR.

Avant de monter en voiture, Neal céda à une soudaine impulsion.

— Je vais vous montrer quelque chose, Hannah. C'est un secret, Fintan lui-même ne l'a pas vu. En fait, sir Reginald ne voulait pas divulguer cette information, mais je n'ai accepté de me joindre à lui qu'à condition qu'il ne me cache rien.

Sa curiosité ainsi piquée, Hannah le regarda prendre une carte dans une poche intérieure et la déplier devant elle.

— Avez-vous entendu parler d'Edward John Eyre ? demanda-t-il.

Il était impossible de vivre à Adélaïde plus de quelques jours sans entendre citer le nom du célèbre explorateur qui avait ouvert aux colons la plus grande partie des territoires inconnus au nord de la ville. Et il était impossible de se déplacer dans la région sans voir des rues, des lacs et des montagnes baptisés en son honneur.

— Il y a huit ans, en 1840, Edward John Eyre partit de la baie de Fowler, située à environ trois cents kilomètres d'ici, dit-il en montrant l'endroit sur la carte, avec un ami et trois Aborigènes. Quand ils atteignirent Caiguna, deux des Aborigènes tuèrent l'ami d'Eyre et s'enfuirent avec les provisions. Eyre continua seul son voyage avec le troisième Aborigène et, par miracle, ils achevèrent leur périple en juin 1841 en arrivant ici dans le sud, à Albany, qui est très distant de Perth comme vous pouvez le constater.

Neal pointait à mesure sur la carte l'itinéraire de l'explorateur.

— Sir Reginald ne compte pas suivre la même route, malgré tout assez proche de la côte. Il en a prévu une autre, beaucoup plus ambitieuse, qui s'enfoncera plus au nord dans les territoires inconnus, encore en blanc sur la carte, qu'il a l'intention de traverser jusqu'à Perth, sur la côte Ouest, soit un parcours de près de deux mille kilomètres.

En suivant le doigt de Neal sur la carte, Hannah remarqua un endroit cerclé de rouge marqué du nom Galagandra.

— Si je vous le dis, Hannah, reprit Neal en repliant et rempochant la carte, c'est parce que je veux que vous sachiez où je vais et où je serai. Mais je vous demande de n'en parler à personne. Sir Reginald exige le secret absolu.

Devant l'expression inquiète et désemparée de Hannah, il ajouta avec douceur :

— N'ayez pas peur pour notre sécurité, Hannah. Eyre était parti à cinq, nous sommes plus de trente. Eyre a aussi commis l'erreur de se fier à des guides indigènes qui l'ont trahi. Nous n'en avons pas.

— Ne vous seraient-ils pourtant pas utiles ? demanda-t-elle avec un redoublement d'inquiétude.

— Sir Reginald n'a jamais eu confiance dans les indigènes depuis une expérience dramatique au Soudan. Il estime que les indigènes n'ont partout qu'un seul objectif : chasser les hommes blancs de leur territoire.

Fintan étant parti devant, Neal et Hannah le suivirent dans le tilbury. Entre eux, la tension montait. Neal avait les mains crispées sur les rênes à en avoir les phalanges blanches. Hannah serrait ses mains gantées au point que ses doigts lui faisaient mal. Neal ne voulait pas plus la quitter qu'elle ne désirait le voir s'éloigner.

En approchant de l'hôtel Australia, tandis que Fintan continuait avec le chariot, Neal ne put se retenir davantage et arrêta le tilbury sur le bas-côté pour prendre Hannah dans ses bras.

Ils échangèrent un long baiser sans même reprendre leur souffle, un baiser aussi passionné que s'il devait être leur dernier. Neal arracha le bonnet de Hannah pour plonger les mains dans sa chevelure, Hannah froissait entre ses doigts le lin blanc de la veste de Neal.

271

— Non, je ne peux ni ne veux partir, dit-il enfin d'une voix rauque. Il y aura d'autres expéditions.

Oh, oui ! pensa-t-elle avec un délicieux frisson. Restez avec moi, je serai au septième ciel...

— Non, murmura-t-elle, le souffle court. Il faut partir. Vous le savez déjà, c'est votre vocation qui vous appelle.

Parce que si vous manquez cette expédition et qu'il n'y en ait plus d'autres, se dit-elle intérieurement, combien de temps faudra-t-il à vos regrets pour se muer en ressentiment envers moi ?

Il lui prit le visage entre les mains, plongea son regard dans ses yeux de nacre.

— Venez avec moi, Hannah. Venez vivre cette grande aventure ! Nous allons faire des découvertes historiques !

Mais alors même qu'il disait ces mots, il était conscient qu'il n'avait pas le droit de lui demander de se lancer avec lui dans un voyage semé de périls. Et puis, ce serait d'une inconvenance scandaleuse, ils n'étaient pas mariés. Si au moins ils l'avaient été...

Neal reprit les rênes à regret, lança le cheval au trot et l'hôtel apparut bientôt. Fintan bavardait avec les garçons d'écurie. Neal aida Hannah à descendre du tilbury. Il aurait eu tant de choses à lui dire ! « Je capturerai dans mon appareil toutes les merveilles de l'Australie que je déposerai à vos pieds comme un trésor... »

— Je ne veux plus vous quitter, Hannah, murmura-t-il.

Hannah aurait voulu qu'il la prenne encore dans ses bras, mais une distance décente était de mise, en particulier en présence de Liza Guinness et Edna Bassett, sorties pour les voir arriver.

— Vous devez partir, Neal, et moi je dois rester. Nous devons chacun aller au bout de ce que nous avons à accomplir. Et c'est ce qui fera votre gloire et votre grandeur. Votre nom sera dans les livres d'histoire.

— Je ne m'attendais pas à ce que ce soit aussi douloureux.

— Mon père citait souvent cette maxime : « Il y a toujours beaucoup de gens prêts à porter le tabouret quand il faut déplacer le piano. »

— C'était un sage, murmura Neal.

Il aurait eu encore bien d'autres choses à lui dire. Entre autres, qu'il l'aimait éperdument, qu'il voulait le crier à tous les vents, le graver sur le tronc des arbres, l'annoncer aux passants. Mais deux vieilles blessures le lui interdisaient : ne pas savoir qui était sa mère et les paroles perfides d'Annabelle. Son esprit savait que Hannah ne le rejetterait pas et ne le ferait jamais souffrir. Mais vivre si longtemps avec cette crainte avait appris à Neal à taire ses sentiments profonds. Quand je reviendrai, pensa-t-il, quand j'aurai prouvé ma valeur, alors je serai libre de crier au monde entier que j'aime Hannah Conroy et que je veux l'épouser.

Hannah le suivit des yeux pendant qu'il s'éloignait sur la route qui l'emmenait au loin, bien au-delà des dernières fermes, au-delà des limites des territoires explorés et jusque dans le mystérieux Outback.

Elle frémissait de peur et d'excitation. Qu'allait découvrir Neal tout là-bas, dans l'immensité de l'inconnu ?

16

— Alors, mes copains et moi, on était en train de faire une partie tranquille dans un pub de Riordan quand, tout d'un coup, voilà Paddy Grady qui se lève d'un bond et qui gueule : Muldoon, t'es qu'un fumier de tricheur !

Le chapeau nonchalamment repoussé en arrière, les jambes étendues, Jamie O'Brien rejeta une carte, en tira une autre au talon et étudia son jeu. Puis, sûr que ses compagnons étaient tout ouïe, il reprit :

— Dis donc Paddy, je lui dis, c'est une sacrée accusation que tu lances là. Tu as la preuve que Muldoon trichait ? Oui, j'ai la preuve, réplique Paddy. Muldoon vient de jeter un trois et je lui avais distribué une paire de sept, un dix, un deux et une dame !

Les autres éclatèrent de rire. Jamie posa ses cartes, les étala en éventail et les rires se changèrent instantanément en grognements : O'Brien avait encore gagné ! Tandis que ses compagnons de jeu jetaient leurs cartes sur la table avec dépit et se levaient, Jamie prit sa montre dans son gousset : cinq heures et demie. Le pub allait fermer dans une demi-heure. D'ici deux minutes, tout le monde se ruerait vers le bar pour le « dernier coup de six heures ».

Profitant de la confusion générale, Jamie récupéra discrètement les deux cartes qu'il avait glissées dans sa manche « en cas de besoin ». Tout en tirant sur son fin cigare et en savourant une gorgée de whisky, tandis que le violoneux jouait une gigue irlandaise endiablée, Jamie jeta un coup d'œil circulaire aux clients encore attablés ou déjà alignés au bar. Ils lui étaient tous familiers, même s'il ne connaissait pas leurs noms. Il avait déjà vu leurs semblables dans tous les débits de boissons de la côte, de Botany Bay à Fremantle. Des laborieux que ces gens qui fréquentaient le pub local hâtivement bâti en planches et en terre séchée, marins, dockers, chemineaux toujours courant après un emploi précaire. Rien que des hommes. À part Sally, la barmaid, pas une femme.

Pas de bourgeois non plus. Le terrain autour de l'embouchure du fleuve étant surtout marécageux, la ville d'Adélaïde avait été construite une dizaine de kilomètres à l'intérieur des terres, ce qui obligeait ceux qui arrivaient ou partaient en bateau à avoir recours à un cheval ou une voiture. Le pub était à un jet de pierre du port et de sa forêt de mâts. En face, se trouvait une petite église montée sur pilotis à cause du sol meuble.

Ce pub n'était pas le pire de ceux que Jamie avait fréquentés. S'il ne connaissait peut-être pas le monde entier, il connaissait bien l'Australie. Depuis son évasion d'une chaîne de bagnards quatre ans auparavant, il n'avait cessé de se déplacer de ville en village, des ports aux bourgades les plus reculées. Ici et là, il trouvait du travail ou réussissait quelques arnaques lucratives, mais il ne restait jamais assez longtemps au même endroit pour que son vrai nom apparaisse. Il était même remonté vers le nord aussi loin que Port Hedland, où il avait embarqué sur le bateau d'un pêcheur de perles et passé un moment exposé au danger d'être dévoré par les requins. Il s'était ensuite fait engager dans l'équipage d'un bateau de pêche qui descendait vers Carnarvon. De là, il avait cherché de l'or dans le Kimberley et, comme cela ne donnait rien, s'était joint à un cirque ambulant. « Offrez-vous un round contre le Formidable Irlandais ! » proclamait une pancarte à l'entrée. Bien entendu, les matamores locaux ne gagnaient jamais, Jamie était bien trop fort et trop rapide pour eux.

Tout en comptant ses gains, il retournait dans sa tête deux pensées qui l'occupaient depuis quelque temps : un trésor caché à découvrir et la jolie petite sage-femme rencontrée un peu plus d'un an plus tôt au crépuscule dans le jardin de Lulu Forchette.

Jamie avait dû quitter Adélaïde parce qu'une de ses arnaques avait mal tourné et que sa victime était allée se plaindre à la police. Mais il était maintenant de retour, prêt à partir vers le nord dans une région où aucun homme blanc n'avait encore mis les pieds, et le souvenir de la mignonne sage-femme lui était revenu.

Elle n'avait eu aucune réaction quand il lui avait dit son nom. La plupart des femmes ayant déjà entendu parler de lui se seraient régalées du récit de ses légendaires parties de cartes et de son habileté à délester de leurs gros sous les riches citoyens. Jamie ne se considérait pourtant pas comme un criminel. « Un honnête menteur », ainsi se qualifiaitil. Et il affirmait toujours à celle qu'il courtisait que sa vie obéissait à deux règles : ne jamais rien dérober à plus pauvre que lui et ne jamais tricher contre ceux qui ne le méritaient pas.

Il repensait à la jolie petite sage-femme telle qu'il l'avait vue au clair de lune, aussi calme et gracieuse que s'ils s'étaient rencontrés à une réunion paroissiale. Elle avait le regard franc, honnête. Aucune coquetterie. Pas d'excuses embarrassées pour expliquer sa présence dans un endroit où elle n'aurait pas dû se trouver. Que penserait-elle de son gagne-pain, des innocentes filouteries qu'il machinait contre des gens si imbus d'eux-mêmes qu'ils méritaient d'en payer le prix ? Trouverait-elle irrésistible, elle aussi, le récit de ses exploits ?

Jamie pensait également à l'aventure dans laquelle ses camarades et lui allaient se lancer. Les « Plaines de feu », comme les Aborigènes appelaient cette contrée. Un désert plus torride encore que ceux mêmes où les hommes à la peau noire osaient se risquer. Ce serait agréable de fêter son départ en compagnie de la jolie fille croisée un soir dans le jardin de Lulu. Ce serait aussi intéressant de se lancer un défi à lui-même : voir combien de temps il faudrait à Mlle Conroy pour succomber à son charme.

Tout à coup, une voix au bar vociféra :

— Hé, là-bas ! Tu sais pas lire ? La pancarte sur la porte spécifie pas de chiens, pas de femmes et pas d'Aborigènes !

Jamie se tourna vers la porte. Un vieil homme noir en haillons vacillait sur le seuil en proférant des mots incompréhensibles, la main tendue devant lui.

— Allons, Bruce, dit une autre voix, tu vois bien qu'il a faim, le pauvre bougre.

— Je m'en fous ! Il y a des lois dans ce pays. On a pas le droit de donner de l'alcool aux Abos. Allez, dehors ! Dégage !

Le vieux ne bougeait toujours pas et continuait à tendre la main d'un air suppliant. Le nommé Bruce, docker à la carrure de lutteur et au visage congestionné, alla se planter devant le vieillard aux cheveux blancs qu'il écrasait de sa taille.

— Qu'est-ce qu'y a ? Toi pas parler anglais ?

— Donne à manger, chef, répondit le vieux à voix basse.

— À manger ? Où tu te crois ? Allez, fous le camp !

— Joseph avoir très faim.

— Ah bon, t'es Joseph ? Alors, où qu'elle est, Marie ?

Le violoneux arrêta de jouer.

— Ça va, Bruce. Laisse-le tranquille.

— Faut quand même remettre ces gens à leur place, non ?

Sur quoi, il lança une bourrade au vieil Aborigène qui trébucha et s'affala contre le montant de la porte. Bruce se tourna vers la salle en redressant ses larges épaules et en serrant les poings, prêt à la bagarre.

— Eh ben, quoi ? Qu'est-ce qu'y a, vous autres ?

— Ça va comme ça, mon gars. Arrête ton numéro.

Le docker se tourna vers Jamie O'Brien, qui se levait de sa chaise.

— Te mêle pas de ça, espèce de foutu maquereau, gronda-t-il.

— Tu devrais surveiller ta langue devant les dames, dit Jamie sans élever la voix.

— Quoi ? aboya Bruce en désignant le bar. Tu veux parler de Sally ? Sally, c'est pas une dame !

D'un seul mouvement si rapide que personne ne le vit venir, le mince et leste Jamie avait empoigné un bras de l'imposant Bruce qu'il lui tordait derrière le dos. Bruce poussa un rugissement.

— Lâche-moi ! Tu vas me casser le bras !

— Présente tes excuses à Sally ou je te le craque comme une brindille.

— Bon, ça va, grogna le docker. J'm'excuse, Sal.

D'une poussée, Jamie le jeta dehors et Bruce s'étala sur le trottoir.

— Dis donc, Paddy, dit Jamie en se tournant vers le patron du pub, tu devrais faire plus attention aux gens que tu laisses entrer ici. Ils pourraient attirer les puces.

Sa repartie souleva un éclat de rire général.

Jamie se retourna alors vers Joseph, le vieil Aborigène qui était toujours là. Le nuage crépu de ses cheveux blancs faisait paraître sa peau encore plus noire. Il gardait la tête haute, le menton levé sous une longue barbe blanche et ses yeux noirs, profondément enfoncés, restaient attentifs et vigilants. En son temps, se dit Jamie, Joseph avait dû être un Ancien respecté.

— Vous ne devriez pas venir dans un endroit pareil, mon vieux, lui dit-il. Vous n'êtes pas en sécurité ici.

— Pas d'argent, chef.

Jamie eut pitié de lui. À l'évidence, le vieillard avait déserté sa tribu : il baragouinait l'anglais, était vêtu de hardes et son haleine empestait le gin bon marché. Jamie en voyait de plus en plus dans le même état. Attirés par le mode de vie des Blancs, ils venaient dans les villes, se logeaient dans des abris de fortune à la périphérie, attrapaient toutes les maladies des hommes blancs, se donnaient du cœur au ventre avec des alcools frelatés et finissaient par oublier les lois et les coutumes de leur peuple.

Pauvre vieux, pensa Jamie. Quand les Aborigènes, soixante ans auparavant, avaient vu les premiers hommes blancs, ils avaient pris ces nouveaux venus pour la réincarnation des esprits de leurs ancêtres et les avaient accueillis avec les honneurs. Comme les esprits à la peau blanche ne comprenaient pas leur langue et ignoraient tout de leurs coutumes et de leur culture, les Aborigènes avaient cru que la mort avait effacé leur mémoire. Et puis, quand les Blancs commencèrent à apprendre le langage des Aborigènes, ceux-ci crurent que leur langue maternelle revenait peu à peu dans la mémoire des esprits blancs. Les Aborigènes ne se rendirent compte que bien trop tard que ces êtres n'avaient rien de surnaturel ni n'étaient des esprits ancestraux, mais de simples humains.

— Retournez à la mission, Joseph. Ils vous donneront à manger.

— Pas aimer mission, chef. Enseigner Jésus à homme noir, oublier le Rêve.

Jamie prit quelques sous dans sa poche et les lui donna.

— Tenez, mon vieux, achetez quelque chose à manger. Et retournez d'où vous venez, si vous le pouvez.

En suivant des yeux le vieillard qui s'éloignait d'un pas incertain, Jamie se rappela avoir entendu dire que les Aborigènes occupaient ce continent depuis des milliers d'années, peut-être même trente mille ans. Trente mille ans, se dit-il en secouant la tête. Avoir vécu ici aussi longtemps pour, en à peine soixante ans, perdre leur mode de vie et leurs traditions du seul fait de l'arrivée de l'homme blanc...

Un rouquin trapu en costume noir poussiéreux, coiffé d'un « tuyau de poêle » et le visage presque coupé en deux par une balafre que ses taches de son rendaient encore plus blanche, arriva à ce moment-là.

— Tout est arrangé, mon gars. J'ai trouvé un type qui nous équipera et nous transportera jusqu'au fond du golfe.

— Changement de programme, Mikey. On fait d'abord une étape à Adélaïde.

Michael Maxberry fixa son ami d'un regard incrédule et secoua la tête d'un air désabusé. À en juger d'après le sourire en coin d'O'Brien, il y avait une affaire de fille derrière ce changement de dernière minute.

17

Hannah se trouvait devant un mystère qu'elle ne parvenait pas à élucider.

Ce problème l'obsédait alors qu'elle marchait vers Victoria Square au milieu de la cohue. Serait-il possible qu'aucune des trois formules ne soit correcte ? Elle était pourtant certaine d'avoir retrouvé la bonne recette de la teinture d'iode. Aurait-elle commis une erreur de dosage et devrait-elle tout reprendre de zéro ? Ou était-il envisageable qu'elle ne possédât pas les notes complètes de son père ?

Tout en s'efforçant d'éviter à sa jupe la boue d'une récente pluie d'automne, Hannah repassa dans sa mémoire les événements de la nuit fatidique, déjà lointaine, où Luke Keen était venu dire à son père que lady Margaret était sur le point d'enfanter. À ce moment-là, se souvenait-elle, elle était en train de mettre la table pour le dîner et son père travaillait dans son laboratoire aux perfectionnements à apporter à sa formule de solution iodée. Ils avaient tout laissé en plan pour partir sous la pluie afin de porter assistance à la baronne. Qu'est-ce que son père avait fait des notes sur lesquelles il travaillait ce soir-là ?

Hannah s'était toujours servie de la solution pour

se laver les mains avant les accouchements pendant lesquels elle était intervenue – quelques gouttes de concentré dans une cuvette d'eau – mais sa petite réserve était maintenant épuisée. Faute d'observer les strictes mesures d'antisepsie qu'elle s'astreignait à pratiquer, elle courrait le risque de provoquer une infection chez les parturientes. Afin de reconstituer un stock de cette précieuse préparation, Hannah devait reproduire les expériences de son père jusqu'à retrouver la bonne formule. Elle avait donc aménagé dans sa chambre de l'hôtel Australia un petit laboratoire avec des cornues, des éprouvettes et des instruments de mesure achetés sur place, ainsi qu'un réchaud à alcool et le microscope de son père apporté d'Angleterre.

Lorsqu'elle s'était lancée dans ses recherches, peu après le départ de Neal, Hannah avait pu sauter un certain nombre d'expériences intermédiaires, notées par son père en même temps que la formule originale. Tel ou tel dosage, par exemple, brûlait la peau ou était sans effet sur les microbes. Mais dans quelles proportions précises l'iode devait être combiné à quels produits exactement, elle l'ignorait. En suivant toutes les formules réunies dans le dossier de son père, elle n'était toujours pas parvenue à retrouver la bonne.

La boutique des Établissements Krüger, produits chimiques et pharmaceutiques, se trouvait entre un marchand de cannes, ombrelles et parapluies et une boulangerie spécialisée dans « toutes les variétés de pains allemands ». Quand Hannah entra chez Krüger, l'ouverture de la porte déclencha le tintement d'une clochette. Le local, pourtant vaste, était encombré de grands meubles à tiroirs, de placards et d'étagères chargées de boîtes en fer-blanc, de flacons et de grands vases d'apothicaire en faïence bleu et blanc étiquetés *Acide sulfurique*, *Esprit de lavande*, *Huile de castor* ou de mots latins d'aspect rébarbatif.

Hans Krüger, petit homme tout rond au crâne dégarni, émergea de l'arrière-boutique et fit un large sourire dès qu'il reconnut Hannah.

— Ah ! *Liebe Fraülein*... commença-t-il.

S'apercevant alors qu'il avait encore sa serviette de table sous le menton, il se hâta de l'enlever et de rajuster son col. Hannah huma dans son haleine une vague odeur de choucroute et de saucisse.

— ... votre commande est prête, acheva-t-il.

La charmante Mlle Conroy, une cliente régulière, faisait des achats pour le moins inhabituels de la part d'une jeune femme, tels que du chlore, de la soude, du sulfate de cuivre ou de l'ammoniaque. M. Krüger s'était d'abord demandé si elle mettait au point un nouveau produit de lessive ou de nettoyage. Tout le monde se disait inventeur ces temps-ci ! Adélaïde regorgeait de gens débordant d'idées nouvelles, les femmes y compris. Par temps pluvieux, en effet, Adélaïde était une ville salissante, et la boue soulevée par les sabots des chevaux et les roues des voitures éclaboussait les pantalons des messieurs et les robes des dames. Celles-ci, en particulier, se lamentaient de l'impossibilité de garder propre l'ourlet de leurs jupes qui, au mieux, traînaient dans la poussière et le crottin jonchant la chaussée. La découverte d'un bon produit de lessive apporterait à coup sûr la fortune à son inventeur.

M. Krüger prit sur une étagère une bouteille contenant une substance pulvérulente de couleur sombre, destinée à être dissoute dans de l'eau ou de l'alcool, qu'il tendit à Hannah.

— Voilà. Vos expériences progressent-elles à votre satisfaction ?

Quand il lui avait poliment demandé, lors de l'une de ses dernières visites, sur quoi elle travaillait, il avait été très surpris de l'entendre répondre sans détour qu'il s'agissait d'un produit antiseptique à usage médical. Les gens se montraient le plus souvent cachottiers sur la nature de leurs travaux, dont ils gardaient jalousement le secret.

— J'ai du mal à mettre au point la formule exacte, monsieur Krüger, mais je n'abandonne pas.

Hannah avait répondu avec une confiance qu'elle était cependant loin d'éprouver. Après avoir essayé et testé toutes les formules notées par son père sans réussir à retrouver la bonne, elle se voyait devant la tâche décourageante de tout reprendre à la base, point par point. Elle *devait* le faire. Depuis neuf mois qu'elle exerçait dans le district autour de l'hôtel Australia, elle s'était taillé la réputation d'être une praticienne « propre », sans un seul cas d'infection parmi ses patientes. C'était d'ailleurs la raison pour laquelle sa clientèle s'accroissait régulièrement. Elle avait donc tout lieu de s'inquiéter du fait que si elle ne disposait plus de la solution iodée mise au point par son père, son succès – et ses clientes – en pâtirait.

— Avez-vous un produit pour les gerçures ? demanda-t-elle en mettant la bouteille dans son sac.

— Vous ne testez quand même pas ces formules

expérimentales sur vous-même ? s'étonna M. Krüger, alarmé.

— Si. C'est la seule manière d'être sûre que la formule ne présente aucun risque pour la peau de mes patientes.

Il alla prendre une petite jarre dans un placard.

— Je manipule des produits chimiques puissants et cette crème me fait du bien. Tenez, essayez-la.

Une si charmante demoiselle, se livrer à de pareilles expériences ! pensait M. Krüger pendant que Hannah payait ses achats. À une époque, il s'était même demandé s'il ne lui présenterait pas son fils, qui lançait un négoce de vins et avait à peu près le même âge qu'elle. Mais, à mesure qu'il apprenait à la connaître, M. Krüger se rendait compte qu'il avait beau voir en elle la belle-fille idéale, la jeune sage-femme londonienne, si charmante soit-elle, était un peu trop intelligente et éduquée et, à coup sûr, bien trop indépendante d'esprit pour passer le restant de ses jours à faire la cuisine et le ménage pour son mari, fût-il le meilleur du monde.

Une fois sortie du magasin, Hannah se dirigea vers le nouveau kiosque. C'était là la véritable raison de son déplacement en ville : voir s'il y avait des nouvelles de l'expédition de sir Reginald Oliphant.

Bien que sir Reginald se fût efforcé d'entourer de secret sa grande entreprise, le bruit s'en était vite répandu. D'ambitieux journalistes étaient partis à bride abattue jusqu'au camp de base, près d'Iron Knob, qu'ils avaient atteint au moment où l'imposante troupe d'hommes, de chevaux et de chariots s'apprêtait à partir. Ils s'étaient hâtés, pour la plupart, de regagner leurs journaux respectifs afin de rédiger leurs articles, mais les plus hardis avaient affrété des embarcations jusqu'à Streaky Bay, où ils avaient loué des montures et galopé vers le nord dans le but de découvrir l'itinéraire de l'expédition, laquelle, selon les manchettes de la presse, ne suivait « absolument pas » le parcours reconnu par Eyre.

Une carte géante placardée au kiosque retraçait la progression de l'expédition selon les dernières informations. Les citoyens émettaient des supputations, souvent contradictoires, sur l'itinéraire choisi par sir Reginald, et des paris étaient ouverts sur la date de son arrivée à destination. Mais ces spéculations étaient vaines, car le groupe de sir Reginald serait bientôt dans l'impossibilité de communiquer et s'enfoncerait seul au cœur de l'immensité inconnue du continent australien.

Profitant d'une brève accalmie dans le flot de la circulation, Hannah parvint à traverser la rue sans encombre.

Le kiosque à journaux était implanté au coin de Victoria Square, vaste place gazonnée que dominait une statue de la reine. On y trouvait les journaux, magazines, gazettes et autres périodiques de la presse, nationale ou étrangère – tels que *Punch* ou l'*Illustrated London News* et même le *New York Monthly Magazine* importé des États-Unis – ainsi que du tabac, des pipes, du papier à cigarettes, des allumettes, des bonbons, des livres, des cartes, des chandelles, des lanternes et des boîtes de thé bon marché. Une pancarte proclamait en lettres rouges : « *Directement d'Amérique ! Cigarettes roulées pour les dames modernes souhaitant profiter d'un plaisir jusqu'alors réservé aux hommes !* »

Comme la quasi-totalité des colons, Bertram Day, propriétaire du kiosque, avait enduré une éprouvante traversée de dix mois entre son Irlande natale et l'Australie du Sud dans l'espoir d'y trouver une vie meilleure. Débarqué à Adélaïde sans un sou en poche, il avait gagné son pain en vendant des journaux dans les rues. L'idée lui était alors venue d'aller au port tous les matins et, avec ses maigres gains, d'y acheter les journaux fraîchement débarqués pour les revendre en ville le jour même, les lecteurs du *London Times* étant prêts à payer leur journal à prix d'or pour peu que les nouvelles ne datent pas trop. L'entreprenant M. Day avait ensuite cloué quelques planches pour étaler ses périodiques, y avait ajouté des murs et un toit, et avait peu à peu agrandi sa cabane pour y abriter d'autres marchandises. Jamais à court d'idées, il avait également imaginé de louer ses murs pour y placarder des annonces. Il en avait bientôt retiré un bénéfice suffisamment coquet pour lui permettre de se marier et il vivait depuis dans un respectable cottage avec jardin, où son épouse attendait leur premier bébé. Tout le monde en ville le connaissait et n'avait que du bien à en dire. Selon la rumeur, M. Day était garçon d'écurie avant d'émigrer et vidait le fumier des stalles comme l'avaient fait son père et son grand-père avant lui.

Affairé à servir les clients, il prit cependant le temps d'adresser un sourire à Hannah, qui contournait le kiosque pour aller au panneau d'affichage. Hannah le lui rendit. Elle appréciait le sens de l'humour de M. Day. Ainsi avait-il placardé, bien en vue derrière lui, un écriteau en grosses lettres : « *Pour toutes réclamations, dernière limite : HIER.* »

Hannah, absorbée par la lecture des premières pages des journaux, affichées le matin, à la recherche de nouvelles éventuelles de l'expédition de sir Reginald, n'avait pas conscience de la présence derrière elle d'un vaurien qui l'observait avec concupiscence.

Ce n'était pas Hannah elle-même qui excitait sa convoitise, mais son fourre-tout de velours bleu. Le sac ne devait pas valoir grand-chose, mais la manière dont il était gonflé laissait espérer un contenu intéressant. Sa propriétaire était sobrement vêtue, mais cela ne voulait rien dire. Les gens s'enrichissaient vite dans cette partie du monde ; ceux qui étalaient leur richesse découvraient vite qu'ils devenaient la proie des filous et préféraient s'habiller sans ostentation. L'aspect élimé du gros sac bleu ne trompait donc pas l'œil exercé du pickpocket. Il était plein à craquer et paraissait lourd. Il abritait donc sûrement des choses de valeur.

À la fois déçue et soulagée de ne pas trouver de nouvelles des compagnons de Neal, Hannah réfléchit : ils étaient sans doute trop loin pour qu'on puisse les suivre et… Elle se sentit tout à coup bousculée et tirée par le bras.

— Excusez-moi, dit-elle, croyant gêner le passage.

C'est alors qu'elle vit un gamin dépenaillé s'enfuir avec son fourre-tout et courir vers le jardin public au milieu de la place.

— Stop ! cria-t-elle. Arrêtez-le !

Cinq hommes s'élancèrent à sa poursuite en lui criant de s'arrêter, mais le gamin se faufilait prestement entre les piétons et les voitures en lançant de temps en temps un sourire de défi à ses poursuivants. Son sourire s'effaça néanmoins en voyant qu'un des cinq, un gaillard mince et qui courait plus vite que les autres, était sur le point de le rattraper. En deux enjambées, l'homme le rejoignit, l'empoigna par le col et le jeta à terre sous les applaudissements des témoins de la scène.

Le serviable inconnu revint sur ses pas en traînant le jeune voyou par le collet et s'approcha de Hannah.

— Merci, monsieur, lui dit-elle.

L'homme poussa le gamin vers elle.

— Présente tes excuses à la dame, gronda-t-il.

— J'm'excuse, pleurnicha le vaurien.

D'un dernier geste de défi, il jeta aux pieds de Hannah le sac qui s'ouvrit et répandit son contenu, avant de partir à toutes jambes en criant des injures par-dessus son épaule. Hannah se pencha pour ramasser ses affaires.

— Attendez, dit son sauveteur en se penchant à son tour, je vais vous aider.

Quand il se releva, il écarquilla les yeux d'étonnement et sa bouche se fendit en un large sourire.

— Ma parole, mais... c'est la sage-femme ! Hannah Conroy !

Hannah sursauta, leva les yeux et reconnut aussitôt ce visage à la peau tannée, ces yeux bleu clair qui se plissaient aux coins quand il souriait. En plein soleil, elle remarqua aussi que Jamie O'Brien avait le nez légèrement de travers, comme s'il avait été cassé longtemps auparavant. Si l'ensemble n'était pas beau à proprement parler, ce visage ne manquait cependant pas d'un certain attrait. Mais c'étaient surtout ses yeux qui retenaient son attention, le regard perçant qu'il posait sur elle.

Tandis qu'il finissait de ramasser des instruments médicaux, flacons, bandages, un bloc de papier et un crayon, Jamie s'émerveillait de l'heureuse coïncidence : il était venu en ville pour retrouver Hannah Conroy, la jeune et jolie sage-femme, et voilà que le hasard la mettait sur son chemin !

— Qu'est-ce que c'est ? demanda-t-il, le stéthoscope dans la main.

— Un appareil pour écouter le cœur.

Son sourire se fit goguenard.

— On peut entendre avec ça s'il y a de l'amour dedans ?

Sans répondre, Hannah se redressa, rajusta sa jupe.

— Encore une fois, je dois vous remercier.

Il se contenta de lui adresser un grand sourire. Il avait le même chapeau que lors de leur première rencontre, un chapeau de brousse en feutre brun à large bord, la coiffe entourée d'un galon noir. Il portait cette fois une chemise de batiste bleu clair aux manches roulées jusqu'aux coudes sous le même gilet noir à boutons dorés et, à la ceinture, le même couteau d'aspect redoutable dans son fourreau.

Il ne paraissait pas pressé, en tout cas, d'accepter ses remerciements et de prendre congé.

— Vous transportez là-dedans un tas d'équipements médicaux, dit-il en désignant le fourre-tout.

— Mon père était médecin, ces instruments étaient les siens. Il m'a appris à m'en servir.

Devant son air ironique, elle se crut obligée d'ajouter :

— Il n'y a pas de raison pour qu'une femme ne sache pas aussi bien qu'un homme réparer un os cassé ou panser une blessure !

L'ironie s'effaça du visage de Jamie O'Brien pour faire place à une expression pensive, indéchiffrable. Tandis que les piétons contournaient de leur mieux l'obstacle qu'ils formaient au milieu du trottoir et que Hannah terminait l'inventaire de son sac pour s'assurer que rien ne manquait, il reconsidéra son projet initial de chercher à convaincre Mlle Conroy de passer une joyeuse soirée en tête à tête avec lui.

Au cours de ses trente années d'existence, Jamie O'Brien avait connu bien des femmes. Il en avait aimé plusieurs, les avait toutes quittées, mais était incapable à ce jour de se souvenir d'un seul de leurs visages. Sauf de celui de Hannah Conroy, resté gravé dans sa mémoire, aussi net et clair que le soir de leur unique rencontre dans la roseraie de Lulu. En la voyant là, en chair et en os, debout à un coin de rue animé sous le soleil de mai que cachaient par moments des nuages annonciateurs de pluie, il se rendait compte qu'elle n'avait rien de commun avec les autres.

— Pouvez-vous me donner le stéthoscope, s'il vous plaît ? dit-elle en tendant la main.

— Oui, bien sûr. Le voilà.

En le remettant à sa place dans le fourre-tout, à côté d'une paire de ciseaux chirurgicaux, elle remarqua le coin d'un morceau de papier qui dépassait d'un sachet d'aiguilles à suturer. C'était un reçu du cordonnier de la grand-rue de Bayfield. Étonnée, elle le retourna et, en lisant ce qui était inscrit au verso, eut un choc.

C'était une recette de la main de son père, datée d'avril 1846 :

5 g d'iode
10 g d'iodure de potassium
40 ml d'eau et 40 ml d'alcool

La formule définitive !

Son père avait dû la glisser dans sa trousse lorsque Luke Keen était venu le chercher pour aller à Falconbridge Manor. Plus tard, au moment de la vente du cottage, pour gagner du temps, Hannah avait roulé les instruments de son père dans une serviette, sans voir le morceau de papier qui se trouvait dans le lot.

— Pardonnez-moi, monsieur O'Brien, mais il faut que je m'en aille. Merci encore d'avoir sauvé ma sacoche.

Jamie porta une main à son chapeau et lui sourit avec un clin d'œil.

— J'espère pouvoir vous rendre encore service une autre fois.

Quand Hannah se fut éloignée, Jamie rejoignit son ami Michael Maxberry, qui lisait la presse au kiosque en fumant une cigarette, et lui montra Hannah avant qu'elle ne disparaisse dans la foule.

— Je veux savoir où habite cette femme, lui dit-il. Fais un saut chez le pharmacien du coin, dis-lui que ta femme est enceinte et a besoin d'une sage-femme. Quelqu'un lui a recommandé Mlle Conroy et tu veux savoir où tu peux la joindre.

— Mais on est sur le point de quitter la ville ! protesta Maxberry. On sera sans doute loin avant le coucher du soleil.

— Je veux savoir où elle habite, compris ? Je

voudrais aller lui rendre visite quand nous reviendrons les poches pleines.

C'est bien du Jamie, pensa Michael en traversant la place. Un de ces jours, sa manie de courir les jupons le mettra dans de vilains draps.

18

— Quel diable possède donc ces chevaux ? aboya sir Reginald.

Neal leva les yeux de son travail. L'après-midi touchant à sa fin, les chevaux avaient été laissés en liberté pour paître l'herbe rare qui poussait autour du camp avant d'être entravés pour la nuit. Les animaux paraissaient en effet anormalement agités.

— Quelque chose les énerve, dit Andy Mason, un des soigneurs.

Il regarda autour de lui. Le ciel était d'un bleu soutenu, sans nuages. À l'est, l'horizon s'assombrissait et, à l'ouest, se teintait des oranges et des ors du soleil couchant. Ne voyant rien d'anormal – et le regard portait à perte de vue dans cette région sans reliefs –, il se leva de son siège et se dirigea vers ses bêtes pour se rendre compte de plus près.

L'expédition campait à quelque trois cent cinquante kilomètres au nord-ouest d'Adélaïde, juste au-delà d'un endroit particulièrement inhospitalier qu'Eyre avait baptisé Iron Knob à cause des gisements de fer qui y abondaient. C'était un désert de sable brunâtre, parsemé çà et là de broussailles et de rares arbustes rabougris, que bosselaient des formations rocheuses aux formes bizarres zébrées de stries brunes et ocre. Neal avait examiné ce terrain et, à l'aide d'un aimant, déterminé que le sous-sol recelait des gisements de fer notablement plus importants que ceux affleurant en surface. Il en avait fait un rapport à sir Reginald, qui l'avait noté comme un site favorable à l'établissement d'opérations minières.

Les membres de l'expédition étaient assis sur des sièges pliants devant des tables dressées selon les règles, chargées de théières, de tasses et d'assiettes de sandwiches. Des tentes d'un blanc éblouissant sous le soleil couchant étaient disposées en un cercle parfait autour d'un feu de camp au-dessus duquel rôtissait un kangourou. Chaque tente était pourvue d'un lit préparé par des assistants chevronnés, amenés d'Angleterre avec les bagages. Nul n'ignorait que si sir Reginald avait exploré certaines des régions les plus inhospitalières du globe, il tenait à ce que le décorum et le confort britanniques le suivent partout où il allait.

En voyant le soigneur parler aux chevaux pour les apaiser, Neal se demanda s'il devait mettre aussi ses trois juments dans l'enclos où les autres seraient rassemblés pour la nuit. Tourné face à l'ouest et clignant des yeux contre le soleil, il examina l'immensité désolée qui s'étendait devant lui. Était-ce un caprice de son imagination ou sentait-il un subit changement de température ? Et qu'était donc ce grondement étouffé qu'il percevait dans le lointain ? Les toiles des tentes claquaient sous une brise nouvelle.

— Savez-vous, pérorait l'explorateur, que le mot Sahara signifie désert en arabe ?

Robuste sexagénaire à la peau tannée sur laquelle tranchait le blanc de ses cheveux et de sa moustache, sir Reginald était toujours vêtu de blanc et coiffé d'un casque colonial. Aux yeux de Neal, il avait davantage l'allure d'un gentleman farmer arbitrant un tournoi de croquet que d'un homme sur le point d'affronter un désert inconnu et périlleux.

Le professeur Williams leva le nez de sa tasse de thé.

— Ce serait donc le désert Désert, commenta-t-il avec un sourire entendu.

— Précisément !

Et sir Reginald continua de régaler ses commensaux du récit de ses exploits dans la vallée du Nil, de ses visites du Caire, des féroces sauvages qu'il avait combattus en Afrique, des Bédouins qui l'avaient initié aux mirages du haschisch, etc.

— Vous savez, monsieur Scott, je suis allé maintes fois en Amérique et je suis fasciné par vos Indiens. J'ai eu la bonne fortune d'être accueilli et de séjourner un moment chez les Séminoles de New York. Quel peuple étonnant !

Neal le regarda, étonné.

— Les Séminoles de Floride, voulez-vous dire ?

— C'est exact. Pardonnez mon erreur, mais l'Amérique est vaste.

Neal se remit au travail. Il examinait les échantillons de roches qu'il avait ramassés et les analysait en grattant la surface avec un diamant avant de les cataloguer. Il se référait à la charte établie par le géologue allemand Mohs pour déterminer leur degré de dureté et leur composition. Il les pesait ensuite sur une balance de précision, les mesurait avec

297

une règle et un compas et les dessinait dans un cahier avec leur description précise. Il n'avait pas encore eu l'occasion de prendre des photographies, car sir Reginald imposait à l'expédition un rythme trop rapide. Neal avait été frappé par la manière discourtoise avec laquelle il avait reçu les journalistes venus d'Adélaïde, comme s'il cherchait à éviter l'attention du public. Lorsque Eyre avait lancé son expédition huit ans auparavant, son départ avait été célébré en fanfare au son du *God Save the Queen*, et les dames de la bonne société étaient venues lui souhaiter bonne chance. Quand Neal avait demandé à sir Reginald la raison de son étonnant souci du secret, ce dernier s'était contenté de répondre : « La publicité est chose vulgaire. »

Neal ne s'était pas joint à l'expédition pour la gloire. Quoi qu'il trouve dans ces territoires jamais encore explorés par les hommes blancs, il était convaincu de pouvoir l'analyser et le cataloguer comme il était en train de le faire pour ces roches. Il s'était muni des instruments scientifiques les plus perfectionnés, des meilleures jumelles de fabrication allemande, d'un couteau suisse, d'une boussole de marine et d'un sextant, d'un baromètre, d'un anémomètre et d'instruments de prévision météorologique. Sans oublier, bien entendu, tous les outils d'un géologue : loupes, pics, ciseaux, marteaux, brosses, compas gradués, balances, avec les carnets de notes, les flacons d'acide, les tamis et les truelles indispensables.

Neal avait également dans ses bagages une écritoire de voyage en bois léger pouvant se déployer comme un véritable bureau, avec un encrier, un casier de rangement pour le papier et les enveloppes et une pendulette du dernier modèle. Il prévoyait de consigner chaque minute de son périple pour en faire le récit le plus précis, le plus détaillé d'une expédition de découverte jamais lancée par l'homme.

Neal pensait à l'immensité qui s'étendait devant eux, à cette plaine de Nullarbor décrite par Eyre comme « une hideuse anomalie, une tache sur la face de la Nature, le genre de lieux qu'on ne voit que dans des cauchemars ». Pour sa part, il avait hâte de découvrir les mystères qu'elle recelait, et ses compagnons lui semblaient animés de la même énergie enthousiaste.

Outre sir Reginald et Neal lui-même, accompagné de son jeune assistant Fintan Rorke, l'expédition comprenait un géomètre, un cartographe, un botaniste, un zoologiste, trois chasseurs professionnels, deux cuisiniers magasiniers, des conducteurs de chariots et soigneurs pour les chevaux, plusieurs gardes du corps armés pour veiller à la présence éventuelle d'indigènes hostiles, les valets anglais chargés de servir les repas, faire les lits et assurer le service personnel des scientifiques, ainsi qu'un colonel dont le rôle, supputait Neal, consistait à être le représentant officiel de la Couronne. Le groupe ne comprenait aucun Français, Allemand ou Italien, sir Reginald ne se fiant pas aux étrangers.

Le zoologiste était le professeur Williams, dont le physique émacié s'agrémentait d'une impressionnante barbe grise. Il était venu en Australie dans le dessein d'écrire un traité magistral sur la faune du grand continent austral. Les chapitres devaient couvrir les mammifères, les oiseaux, les reptiles, les poissons et les insectes. Le dernier chapitre était réservé à l'étude des Aborigènes, dont le professeur se proposait d'enregistrer le mode de vie dans leur habitat naturel, les coutumes de chasse et de nourriture, les rituels d'accouplement, l'éducation des jeunes et la défense de leurs territoires.

Le colonel Enfield, représentant des armées de Sa Majesté, approchait de la quarantaine. Il avait des cheveux d'un blond clair presque blanc, comme ses sourcils et sa moustache, et le teint rose pâle. On aurait pu le croire albinos, au point que Neal se demandait s'il survivrait sous le soleil du désert. Enfield avait aussi la manie de cligner des yeux, ce qui laissait penser qu'il souffrait d'une vue déficiente.

Neal n'avait pas encore eu l'occasion de faire la connaissance de John Allen, le pisteur, Andy Mason, le soigneur, Billy Patton, le gros cuisinier, ni du reste de la troupe. Parce qu'il voyageait avec des inconnus, il avait décroché le « vase de larmes » de sa chaîne en or pour le mettre dans un solide étui de cuir attaché à un cordon qu'il pouvait ainsi continuer à porter au cou sous sa chemise. Non qu'il soupçonnât ses compagnons d'être des voleurs, mais le flacon émeraude aux filigranes d'or avait un aspect coûteux pouvant en tenter plus d'un et il ne voulait pas courir le risque inutile de se réveiller un matin pour constater la disparition de ce souvenir précieux – et d'un des hommes.

Neal ne se séparait jamais non plus de son autre objet le plus cher, le gant de Hannah. À chaque fois qu'il le sortait pour penser à elle et raviver le lien qui existait entre eux, il avait l'impression de tenir réellement la main de Hannah dans la sienne.

Le vent devint assez fort pour que soient lestées avec des presse-papiers les cartes dépliées sur les tables. Neal se tourna vers son jeune assistant, qui sculptait un morceau de bois à l'ombre d'une tente. Neal le considérait encore comme un adolescent, mais Fintan avait vingt et un ans, à peine six de moins que lui. Cela tient sans doute à son allure encore juvénile et à son sourire, se disait Neal. Quand il avait voulu faire fabriquer spécialement des caisses capables de contenir ses produits dangereux sans qu'ils menacent d'exploser sur des terrains accidentés, il s'était rendu chez un menuisier ayant pour apprentis ses cinq fils, tous en compétition pour prendre la succession de leur père. Fintan était le troisième des cinq. En entendant parler de l'expédition, il s'était empressé de demander à Neal s'il avait besoin d'un bon menuisier, et Neal l'avait engagé. Un habile artisan se rendrait toujours utile et l'initiative du jeune homme lui avait plu. Dès le début, ils s'étaient entendus à merveille. Fintan exécutait ses ordres sans jamais rechigner et possédait l'heureux caractère indispensable pour aller au bout d'un parcours aussi ardu que celui qu'ils allaient entreprendre.

Le vent forcissait de plus en plus, soulevant des tourbillons de sable. Neal héla Fintan pour lui dire de vérifier si leur chariot était en sûreté et son chargement bien arrimé. À chaque étape, Fintan s'assurait méticuleusement que les produits chimiques soient à l'écart de la chaleur et des flammes. Les membres du groupe avaient d'ailleurs été mis en garde contre le danger présenté par ces substances et évitaient de s'approcher du chariot.

— Tout de suite, monsieur Scott !

Fintan délaissa aussitôt le morceau de bois qu'il était en train de sculpter. « Une perte de temps, grommelait son père. Tu ferais mieux de faire du travail sérieux. » Fintan était pourtant un bon menuisier, à son affaire avec les scies, les rabots et les marteaux. Il savait exécuter des travaux plus compliqués que de tourner un montant de lit, comme réparer une roue ou un essieu de chariot et même réaliser les assemblages étranges dont M. Scott avait besoin pour ses photographies. Mais ce n'était pas à cela que se bornaient les ambitions de Fintan. Il voulait créer de la beauté avec du bois et un couteau parce que c'était là le vrai talent que Dieu lui avait donné : la faculté de transformer un vulgaire morceau de bois en une rose épanouie, un chat endormi ou un papillon.

Non que le jeune Fintan espérât se suffire de son seul talent pour gagner sa vie. Qui voudrait acheter ces petites choses qui s'accumulaient dans un coin en prenant la poussière ? Il réservait donc sa sculpture à ses moments de loisir et ne faisait jamais étalage de sa production. Les rudes hommes qui l'entouraient jugeraient sans complaisance un jeune homme qui sculptait des fleurs ! Fintan ne se souciait toutefois guère de leur opinion. Il se savait aussi viril que les autres, aimait tout autant les filles. Simplement, sans pouvoir le dire précisément, il sentait qu'il y avait dans la vie plus que l'argent, les femmes et la gloire.

John Allen, le pisteur et chasseur, arrivé d'Angleterre depuis des années et qui connaissait le sud de l'Australie aussi bien qu'un indigène, se leva, s'étira et se tourna vers Williams, qui venait de faire une réflexion méprisante sur les Aborigènes.

— Laissez-moi vous dire, professeur, qu'il y a trois choses dont il faut se méfier dans ce pays : les serpents, les dingos et les Abos. Les serpents venimeux grouillent partout. Les dingos ressemblent à des chiens ordinaires, mais ils sont aussi féroces et rusés que les bêtes les plus dangereuses qu'on trouve en Afrique. Mais ce sont les Abos les plus dangereux. Ne vous fiez pas à leur allure placide et somnolente. Ils sont vicieux et ils nous haïssent. Vous recevrez une sagaie dans le dos sans même savoir qui vous l'a lancée.

Andy Mason, le soigneur, observa que le pays appartenait aux Aborigènes longtemps avant l'arrivée des Blancs, à quoi Allen répliqua :

— Ils n'en faisaient rien, de cette terre, avant notre arrivée ! Ils marchaient dessus, rien de plus. Ils n'ont rien planté, rien construit. Qu'est-ce que ça peut leur faire que nous la leur prenions ? Vous ne les voyez pas refuser notre tabac et notre whisky, n'est-ce pas ? Ils n'ont aucune culture, ils ne savent pas écrire, ils n'ont pas d'alphabet. Ce n'est même pas eux qui ont inventé l'arc et la flèche ! Et leur moralité, parlons-en ! Des vieillards qui se marient avec des fillettes de huit ans, des maris qui donnent leur femme à des étrangers. Ils ne croient pas en Dieu, ils adorent des rochers ou des arbres, ils vivent tout nus et ils sont cannibales, par-dessus le marché !

Un sourd grondement dans le lointain mit fin à la polémique et fit tourner toutes les têtes vers l'ouest, d'où le soleil avait presque disparu. Neal remarqua à l'horizon la formation de gros nuages sombres qui, il l'aurait juré, n'y étaient pas quelques minutes plus tôt. Le temps avait été capricieux tout l'après-midi, avec des rafales d'un vent chaud et sec venu du nord.

— Croyez-vous qu'une tempête se prépare ? demanda-t-il.

— Le temps est bizarre, murmura sir Reginald.

La température avait augmenté et ce qu'il avait d'abord pris pour des nuages de pluie étaient en réalité des nuages d'une poussière rouge-brun qui n'étaient pas dans le ciel mais roulaient littéralement sur le sol. Une sorte de falaise gigantesque qui se dirigeait droit sur leur campement !

Il se leva d'un bond, inquiet. Une tempête de sable à cette époque-ci de l'année ? Incroyable ! Il savait qu'elles survenaient surtout au printemps. Il connaissait bien celles du Sahara, du désert libyen et du Soudan, il savait qu'elles pouvaient déplacer des dunes entières et modifier la topographie d'une région jusqu'à la rendre méconnaissable.

— Une tempête de sable ! cria-t-il. Tournez-lui le dos, vite !

Tandis que le vent forcissait de seconde en seconde, il ordonna de rassembler les chevaux, d'attacher tout ce qui pouvait s'envoler et de se mettre à l'abri.

— Grand Dieu ! s'exclama le colonel Enfield, abasourdi. D'où diable ce nuage de poussière peut-il venir ?

Le mur rouge-brun gagnait de la vitesse, de la force et de l'ampleur jusqu'à prendre les proportions d'une montagne qui paraissait barrer l'horizon tout entier. Figés sur place, muets de stupeur, les hommes fixèrent des yeux cette force de la nature sur le point de les engloutir avant que la panique les fasse courir en quête d'un abri.

— Scott ! cria sir Reginald. Que diable faites-vous ?

Ce fou d'Américain venait en effet de sauter sur un cheval.

— Il faut rassembler les animaux ! répondit-il en tenant d'une main son chapeau.

— Vous n'irez jamais assez vite !

Le vent arracha le casque colonial de sir Reginald, les tentes vacillaient, menaçant d'être emportées. Les hommes couraient dans tous les sens, les chevaux galopaient dans toutes les directions. En quelques secondes, la visibilité décrut au point qu'on ne voyait plus à trois pas.

Et la montagne de sable s'écroula sur eux.

Se couvrant la bouche d'une main, Neal éperonna sa monture.

— Bougre d'imbécile ! eut le temps de lui crier sir Reginald.

Mais Neal eut beau la talonner, sa jument ne fut pas assez rapide. En moins d'une minute, tous deux furent à leur tour avalés par le nuage mortel.

Il était tard. Hannah avait calfeutré sa porte avec des chiffons afin que l'odeur de sa mixture ne se répande pas dans l'hôtel au risque d'inquiéter Liza et ses clients. La chambre était accueillante, avec sa chemise de nuit étalée sur le lit, et sur la table de chevet, sous la lampe à pétrole, la photographie de Neal dans son cadre et la statuette de la déesse Hugieia.

Derrière ses rideaux tirés, elle entendait hurler le vent qui s'était levé depuis peu. Il était arrivé d'un coup, envoyant des rafales dans les cheminées, faisant vibrer les vitres, claquer les portes des remises et des écuries. Un vent du diable, se disait Hannah assise à la petite table de travail que Liza avait montée de la cuisine. Hannah y avait disposé ses cornues, ses éprouvettes, son microscope et sa lampe à pétrole. En écoutant les bourrasques malmener les branchages, elle pensait à Neal qui se trouvait quelque part dans les déserts inhospitaliers de l'Australie et se réconfortait en se disant qu'il y était en compagnie d'une trentaine d'hommes pourvus de chevaux, d'armes à feu et de barils d'eau. Elle lui souhaitait surtout de profiter pleinement de sa merveilleuse aventure et de faire d'importantes découvertes.

Concentrée sur sa tâche, elle pesa une mesure d'iode solide qu'elle pulvérisa dans un mortier. « L'iode est extrait des algues. Il a été isolé et identifié en 1811, avait écrit John Conroy. Ses propriétés chimiques restent encore inconnues. La solubilité de l'iode primaire dans l'eau est accrue par l'addition d'iodure de potassium. On peut en obtenir une teinture, car l'iode se dissout aisément dans l'alcool. »

Hannah mélangea l'iode pilé à la préparation liquide et vit l'émulsion virer au pourpre en dégageant une forte odeur qui lui parut aussitôt familière. Elle y trempa un doigt et, n'éprouvant ni brûlure ni picotement, l'y laissa quelques secondes.

Quand elle le retira, elle ne constata aucune altération de la peau, à part la coloration brune.

L'étape suivante lui prouverait si sa préparation était conforme à la formule de son père. Elle plaça entre deux lamelles de verre une goutte de l'eau avec laquelle elle s'était rincé les mains et, sous le microscope, vit les microbes bouger. À l'aide d'une pipette, elle y ajouta une goutte de sa solution iodée, remit les plaquettes sous le microscope et retint sa respiration en adressant une prière à Dieu.

Les microbes ne bougeaient plus. La formule les avait tués.

Un profond soupir de soulagement lui échappa. Elle avait retrouvé la formule ! Elle pouvait continuer à mettre des bébés au monde sans craindre de les infecter, eux ou leurs mères.

Pendant qu'elle versait sa mixture dans un flacon, elle songea aux étranges détours que prenait parfois le destin. Si elle ne s'était pas fait voler son sac et si M. O'Brien ne lui avait pas porté secours, elle n'aurait peut-être jamais retrouvé la vieille facture du cordonnier au dos de laquelle son père avait noté la formule…

Une rafale plus forte que les autres, qui fit claquer des volets et frotter des branches d'arbre contre les murs, ouvrit brutalement la fenêtre de sa chambre. Les rideaux et des papiers volèrent, une lampe, heureusement éteinte, tomba par terre. Hannah se précipita pour refermer la fenêtre, mais elle eut beau s'évertuer, les battants ne restèrent pas fermés. À l'évidence, une forte tempête s'abattait sur la région.

Au bout de la quatrième tentative infructueuse,

elle se rappela tout à coup que la clé de la porte condamnait aussi la crémone de la fenêtre. Elle courut prendre la clé restée dans la serrure, referma la fenêtre en luttant contre le vent et parvint à la verrouiller avant qu'elle ne se rouvre une fois de plus.

Elle balayait la chambre du regard pour voir s'il y avait eu des dégâts plus graves que la lampe renversée et des papiers épars quand le contact du métal froid la ramena à une autre nuit venteuse, deux ans auparavant. « C'est la clé, Hannah. La *clé* », avait murmuré son père en lui mettant dans la main le flacon de solution iodée avant de rendre son dernier soupir. La clé...

L'énormité de ce qu'elle entrevoyait lui coupa le souffle. Cette solution iodée pourrait-elle être une panacée ? Que cherchait à lui faire comprendre son père ? Aurait-il, presque par inadvertance, ouvert à la médecine la voie d'une évolution révolutionnaire ?

Hannah avait l'impression qu'une porte s'ouvrait soudain devant elle et que, de l'autre côté, s'étendait une infinité de pistes encore inexplorées. Si son père avait réellement inventé une panacée...

Elle domina à grand-peine son impatience d'entreprendre sur-le-champ une série de nouveaux essais, de nouvelles expériences. Avant de déterminer la meilleure manière de procéder, elle devait d'abord se consacrer à la réflexion, s'adonner à des analyses, des examens. Elle ignorait jusqu'où cette découverte l'entraînerait, elle savait seulement qu'elle devait suivre le cours inattendu pris par les événements, franchir le seuil de cette porte ouverte et s'engager jusqu'au bout de ces pistes inexplorées.

La tempête de sable fit rage toute la soirée et la plus grande partie de la nuit. Emprisonné sous une bâche, suffoquant, Neal se voyait déjà enterré vivant et s'attendait à une mort certaine.

Le vent une fois tombé et le calme revenu, il n'entendit autour de lui ni appels d'hommes ni hennissements de chevaux. La bâche l'avait emprisonné, certes, mais lui avait aussi sauvé la vie. Il parvint à s'extraire d'une dune de sable qui n'existait pas auparavant et se leva en titubant pour regarder autour de lui. Il ne vit que le noir absolu, car des nuages cachaient les étoiles. Il essaya d'appeler ses compagnons, mais sa gorge était trop sèche pour laisser passer un son. Secoué, assommé, il n'en gardait pas moins son sang-froid. Les autres membres de l'expédition devaient sans doute se trouver à proximité mais être, comme lui, hors d'état de crier. Il se rappela le conseil de son père adoptif, lorsqu'il l'emmenait en randonnée dans des endroits écartés pour peindre des paysages : « Si par malheur nous étions séparés, n'oublie pas une règle essentielle : reste où tu es. » Neal et les compagnons de sir Reginald ne pouvant se retrouver dans une telle obscurité, il fallait demeurer sur place et n'évaluer la situation qu'au lever du jour. Neal se blottit donc sous la bâche encore chaude et sombra dans un profond sommeil.

Les premières lueurs de l'aurore lui firent reprendre conscience. Il se glissa hors de la bâche, secoua le sable dont il était couvert et cligna des yeux pour lutter contre l'éblouissement. Le soleil levant jetait une lumière dorée mais diffuse sur un paysage déroutant. On ne voyait plus ni arbuste ni touffe d'herbe. Un sable brun orangé modelait à perte de vue un moutonnement de dunes là où il n'y en avait jamais eu. Lentement, Neal se retourna. Il n'en croyait pas ses yeux : où était le camp ? Où étaient sir Reginald et les autres ? Il n'avait pourtant pas eu le temps de s'éloigner beaucoup avant l'arrivée de la tempête. Tout le monde, tout le matériel aurait dû être là, tentes, chariots, chevaux.

Il prit peu à peu conscience de ce qui s'était sans doute passé. Le vent à peine tombé, ils avaient dû réussir à s'orienter dans l'obscurité, tout rassembler à la lumière des lanternes et partir. Il ne subsistait pas la moindre trace du campement de l'imposante expédition. Ses instruments scientifiques, ses outils, son matériel, tout ce que la technique moderne aurait mis à son service pour l'aider à trouver son chemin jusqu'à Perth, tout avait disparu.

Il comprenait pourquoi. Quand il avait repris sir Reginald sur sa grossière erreur de situer le territoire des Séminoles à New York, la lueur de colère ayant brièvement traversé le regard de l'explorateur ne lui avait pas échappé et valait un aveu : Oliphant n'était qu'un imposteur. Il n'avait jamais vécu avec les Séminoles ni aucune tribu indienne. Neal se demandait même s'il avait jamais mis les pieds hors de l'Angleterre. C'était la seule explication au fait ahurissant qu'il ait profité de l'obscurité pour décamper en le laissant pour mort. Sir Reginald avait peur que Neal ne l'ait démasqué et ne fasse éclater le scandale au grand jour.

Neal était maintenant seul dans cette immensité aride, sans un signe de présence humaine ou animale d'un horizon à l'autre. S'il faisait jour, une brume translucide – des particules de sable encore en suspension dans l'atmosphère, lui souffla son instinct scientifique – empêchait de repérer avec précision la position du soleil, donc de déterminer les points cardinaux. Il n'avait plus ni boussole ni sextant. Aucune nourriture, pas une goutte d'eau. Et plus de chapeau pour se protéger la tête du soleil.

Alors, il se décida à marcher. Titubant dans le sable, il mit un pied devant l'autre sans savoir où ses pas le portaient ni jusqu'à quand ses forces lui permettraient de continuer.

19

Michael Maxberry, Mikey pour les intimes, eut de sérieuses réserves sur le jugement de son ami quand il lui demanda d'aller chercher cette fille, mais il s'exécuta néanmoins. D'abord parce que Jamie était bien mal en point. Et puis, qui appeler à l'aide quand on est Jamie O'Brien et qu'on a sa tête mise à prix ?

« Ce n'est pas Hannah Conroy qui me donnera à la police, lui avait dit Jamie d'une voix altérée par la douleur. Elle me remettra sur pied et personne n'en saura rien. »

Quand il monta les marches de l'hôtel Australia, Mikey espéra que Jamie ne se fourrait pas le doigt dans l'œil. Parce que si elle refusait de venir ou si elle appelait un constable, Jamie serait cuit pour de bon.

En entendant la cloche de la porte, Liza Guinness sortit du bureau en rajustant sa coiffure et en lissant sa robe pour s'assurer qu'elle était à son avantage. L'adage « On ne sait jamais qui va franchir cette porte » était pour elle une règle de vie.

Son sourire s'élargit. Le monsieur en costume noir et chemise blanche, coiffé d'un chapeau haut de forme, était couvert de poussière et luisant de sueur, comme la plupart de ses clients, mais n'était pas trop désagréable à regarder, si on faisait abstraction de la balafre qui lui divisait la figure en deux. Une bagarre de pub sans doute, durant laquelle il s'était trouvé du mauvais côté d'un couteau, mais il était encore là pour le raconter et c'était l'essentiel, en déduisit Liza pendant qu'il s'approchait du comptoir.

— Bonjour, monsieur. Vous désirez une chambre et un bain ?

D'un air engageant, elle tourna vers lui le registre des inscriptions.

— Non, je voudrais voir Hannah Conroy. Je suis venu la chercher pour un de nos amis communs qui a besoin de ses soins. Il est un peu plus loin vers le nord, sur cette route.

Liza leva des sourcils étonnés.

— Un ami commun ?

— Oui, elle le connaît. Ils sont bons amis.

Elle le connaît, donc un homme ? Et un bon ami...

— M. Scott ?

— Euh, oui, c'est ça. M. Scott.

Liz claqua des doigts pour attirer l'attention d'une femme de chambre en train d'arroser les plantes vertes.

— Trudi, courez à la cuisine dire à Mlle Conroy que quelqu'un la demande !

Jacko Jackson, homme à tout faire de l'hôtel, était entré à la cuisine chercher une paire de gants car il s'était fait une ampoule à la main en coupant du bois. Mais quand Ruth Guinness, qui avait plus qu'un faible pour le jeune homme au caractère toujours gai, avait vu la taille de l'ampoule, elle avait demandé à Hannah de le soigner. Hannah avait aussitôt décidé qu'il fallait la vider et la protéger par un pansement.

Tout en opérant, Hannah expliquait à Ruth ce qu'elle faisait. À dix-huit ans, la fille de Liza s'intéressait en effet beaucoup à la possibilité de se lancer dans une carrière médicale, à l'exemple de Hannah, et de rendre service aux autres. Hannah l'avait même emmenée plusieurs fois avec elle chez des patientes, expérience qui s'était révélée bénéfique pour elles deux, car Hannah découvrait qu'elle aimait enseigner et Ruth était ravie de s'éloigner de l'hôtel.

— Il faut commencer par vider l'ampoule en laissant la peau intacte, dit Hannah sous le regard attentif de Ruth. Mais nous allons d'abord la badigeonner avec ceci.

— Pourquoi ?

À son dernier passage en ville, Hannah était allée voir M. Krüger et, pendant qu'elle procédait à ses achats, lui avait parlé des vertus curatives de sa préparation iodée, au point qu'elle se demandait si ce n'était pas une sorte de panacée. M. Krüger lui avait alors fait lire une lettre de son frère de Heidelberg qui se consacrait à la recherche médicale. Il lui faisait part de la récente découverte d'un microorganisme baptisé du nom de bactérie, selon le mot latin *bacterium* qui signifie brindille, et de la théorie selon laquelle ces bactéries pouvaient provoquer des maladies et des infections. Une thèse aussi révolutionnaire, qui n'était encore admise que par une poignée de médecins et de scientifiques, enthousiasma Hannah. Son père avait donc raison ! Plus on découvrirait et on identifierait de ces organismes nuisibles, plus la médecine se rapprocherait de son objectif essentiel, vaincre la maladie.

Elle n'en souffla mot, bien entendu, à Ruth et à Jacko, à qui elle dit simplement :

— Ce médicament aidera à une prompte guérison.

Ruth n'avait pas hérité du physique agréable de sa mère. Plutôt quelconque, elle avait le visage rond et le nez retroussé, mais sa personnalité attachante compensait largement son peu d'attrait physique. Jacko était visiblement flatté de bénéficier de ces attentions féminines.

Hannah badigeonna l'ampoule de teinture d'iode et trempa la pointe d'une épingle dans le flacon pour la désinfecter.

— Il faut percer l'ampoule près du bord, la vider de son pus mais laisser la peau en place. Ensuite, remettre un peu de préparation à la surface et couvrir le tout d'un bandage. Dans quelques jours, nous détacherons la peau morte et mettrons une compresse neuve.

— Je croyais qu'il fallait enlever la peau et laisser l'ampoule à l'air libre, commenta Jacko.

— C'est une très vieille façon de faire qui mérite un bel enterrement.

Hannah avait vu trop d'ampoules infectées, au point que son père avait parfois dû procéder à l'amputation. Tout en montrant à Ruth comment panser la main de Jacko, elle songeait à toutes les méthodes obsolètes que la science médicale devrait balayer de son chemin afin de progresser. Avant que l'association d'idées provoquée par le mot *clé* ne soit pour elle comme une véritable illumination, Hannah n'aurait jamais pensé d'elle-même à appliquer directement la préparation de son père sur l'ampoule de Jacko. Même maintenant, elle ne pouvait que supposer que l'iode protégerait la blessure d'un risque d'infection. En fait, elle se livrait à une expérience, mais elle n'en dit rien à Ruth.

Pendant cette nuit venteuse, quatre jours auparavant, l'idée que l'iode puisse être une panacée l'avait enthousiasmée. Mais le problème s'était aussitôt posé : comment en avoir la preuve ? Elle devait trouver le moyen d'expérimenter la préparation, mais comment s'y prendre sans risque d'effets secondaires pouvant être pires que le mal ? Soigner une ampoule n'avait pas grand-chose à voir avec la guérison de toutes les maladies qui accablaient l'humanité !...

— Mademoiselle Conroy, dit Trudi sur le pas de la porte. Il y a là un monsieur qui veut vous voir.

Hannah la suivit dans le hall, où Maxberry lui fit un profond salut en enlevant son chapeau.

— Mademoiselle Conroy, un de nos amis communs est blessé et vous demande.

— Un ami commun ? s'étonna-t-elle.

— Oui. M. Scott.

Hannah lui décocha un regard sceptique.

— M. Scott est à plusieurs centaines de kilomètres d'ici.

Maxberry rougit.

— Oui, eh bien... Je me suis dit que si je vous disais la vérité, vous ne voudriez pas venir. C'est Jamie O'Brien.

— Où est-il ?

— À deux jours d'ici, le long du golfe. Il est mal en point, je dois vous emmener le soigner. Mais soyez tranquille, s'empressa-t-il d'ajouter, je suis venu avec ma femme. Vous ne partirez pas toute seule avec un inconnu.

— Que lui est-il arrivé ?

— Il s'est cassé une jambe et il souffre comme un damné.

— C'est un chirurgien dont il a besoin !

— Je ne peux pas en appeler, mademoiselle. Vous savez pourquoi.

Hannah le regarda un instant dans les yeux.

— Oui, dit-elle enfin. Je fais atteler la voiture.

— Ce sera trop long, et il faut faire vite. J'ai mes chevaux et j'ai pris la liberté d'en louer un pour vous. Mais je n'ai pas de selle d'amazone.

— Laissez-moi le temps de rassembler quelques affaires.

Elle se hâta de monter dans sa chambre pour y prendre son fourre-tout. Elle prit aussi le nécessaire en cuir toujours prêt pour ses déplacements, un accouchement pouvant requérir sa présence plusieurs jours. Il contenait de quoi se laver, une chemise de nuit, des vêtements de rechange, ainsi qu'une bougie et des allumettes. Elle glissa aussi la photographie de Neal dans le fourre-tout. À la dernière minute, elle passa une main sous sa jupe pour détacher sa crinoline, qu'elle laissa tomber à ses pieds, prit son bonnet et sa cape, car les nuits devenaient fraîches, et redescendit dans le hall où son messager et compagnon de voyage inattendu faisait les cent pas avec impatience.

Tout émoustillée, Liza Guinness se tenait à la réception.

— Je ne sais pas combien de temps je serai absente, lui dit Hannah, mais ne vous inquiétez pas.

Liza était habituée à ce que Hannah soit appelée d'urgence et reste absente quelques jours.

— Prenez tout votre temps, ma chère Hannah, répondit-elle avec un clin d'œil appuyé.

En franchissant la porte, Hannah se retourna brièvement.

— Je me demande pourquoi elle m'a fait ce signe, s'étonna-t-elle.

— Je lui ai dit que je venais vous chercher de la part d'un ami. Elle m'a demandé si c'était M. Scott et je lui ai répondu oui. Je ne pouvais pas lui dire qui c'était vraiment, n'est-ce pas ?

Hannah marqua une hésitation. Elle aurait dû retourner détromper Liza mais, connaissant son imagination débordante, elle devinait qu'il lui serait impossible de lui faire comprendre ses raisons. Elle voyait déjà Liza, avec sa passion pour les drames spectaculaires, lancer une milice à ses trousses pour la sauver des griffes d'un dangereux criminel.

Les chevaux de Maxberry étaient attachés à un poteau dans la cour. Hannah ne put réprimer un léger sursaut de surprise en découvrant que Mme Maxberry était une indigène.

— Elle s'appelle Nampijinpa, mais nous l'appelons Nan. Elle est de la tribu Kaurna, mais elle parle bien anglais. Je suppose que des missionnaires ont dû le lui apprendre. Elle s'habillait avec des peaux de kangourou quand on s'est connus, mais j'ai réussi à lui faire mettre une vraie robe.

Hannah essaya d'estimer l'âge de Nan, en vain. Elle était dodue, le visage fendu d'un large sourire qui dévoilait des dents absentes. Elle avait des cheveux longs et raides aussi noirs que sa peau. Hannah n'avait encore jamais vu d'Aborigènes, car ils avaient été expulsés et confinés dans des réserves.

La jeune femme accrocha son fourre-tout et son nécessaire au pommeau de la selle puis, avec l'aide de Maxberry, enfourcha le cheval aussi gracieusement qu'elle le put. Elle n'était pas montée à califourchon depuis son enfance et, de prime abord, se sentit gênée de ce comportement inconvenant et aussi peu féminin. Mais la pensée de M. O'Brien, qui l'avait sauvée deux fois de périls imminents, gisant la jambe cassée et souffrant mille morts chassa bientôt de son esprit toute idée d'inconvenance.

20

— J'ai une grande nouvelle pour toi, fils, dit Josiah Scott en posant une main sur l'épaule de Neal. Ta mère est là.

Neal sanglotait de joie. Il se traînait plus qu'il ne marchait dans un désert minéral, aveuglé par le soleil et le sable. Quatre jours déjà s'étaient écoulés depuis la tempête. Sans chapeau, il se protégeait la tête sous sa veste de lin. Il pensait à l'endroit cerclé de rouge sur sa carte : Galagandra. Quand il avait demandé à sir Reginald ce qu'il signifiait, ce dernier avait répondu que des éclaireurs y avaient signalé d'importantes réserves d'eau douce. Neal savait donc que l'expédition s'y dirigerait. Si seulement il pouvait déterminer sa position ! Mais sa carte avait disparu avec toutes ses autres possessions – y compris le gant de Hannah.

— Vous m'avez cru perdu, n'est-ce pas, mère ? dit-il à haute voix.

Il ne parlait qu'à des spectres confus qui s'élevaient du sable surchauffé. Il avait conscience d'être la proie d'hallucinations, mais il ne cherchait pas à leur échapper car elles lui étaient agréables et il se demandait à quoi elles aboutiraient. Il se rendait vaguement compte que la soif lui brûlait la gorge, que ses lèvres craquelées saignaient et qu'il n'y avait autour de lui, aussi loin que portait le regard, que du sable et de rares touffes d'herbes sèches, mais il voyait aussi clairement que s'il y était le cabinet de travail de son père à Boston, avec les étagères de traités de droit, une mappemonde, un astrolabe et un buste d'Aristote.

Il sourit à son père. Josiah était bel homme et Neal se demandait parfois pourquoi il était resté célibataire.

— Est-ce à cause de moi, père ? Les femmes se désintéressaient-elles d'un homme déjà encombré d'un fils, surtout d'un bâtard ? Quel fardeau ai-je dû être pour vous ! Mais maintenant que ma mère est revenue, vous pourrez vous marier avec cette charmante veuve qui vient vous voir toutes les semaines pour vous demander conseil sur la gestion de ses propriétés.

Neal passa le dos d'une main sur ses lèvres boursouflées. En clignant des yeux, il vit tout à coup sa mère apparaître dans une touffe d'herbe sèche. Son image n'était pas aussi distincte que celle de Josiah. Ses traits étaient flous, brouillés. Elle portait une robe simple, surannée, les cheveux coiffés en bouclettes comme il y avait près de trente ans. Il s'élança vers elle, mais il eut beau s'évertuer, se forcer à marcher aussi vite qu'il le pouvait, elle resta hors de sa portée.

Un sanglot lui échappa. La faim lui tordait le ventre. Il avait essayé de trouver de l'eau et de la nourriture dans ce désert décrit par Edward Eyre comme un décor de cauchemar. En vain. Son estomac était à la torture, ses jambes hurlaient de douleur. Il s'endormait chaque soir, roulé en boule, pour rêver à Hannah, à un providentiel sauveteur qui lui permettrait de la revoir. Chaque aurore ne lui apportait que la désolation.

Je vais mourir et je n'ai pas encore trente ans. J'aurais dû demander à Hannah de m'épouser. Pourquoi ne lui ai-je pas dit que je l'aimais ? Elle ne m'aurait pas rejeté comme Annabelle. Comme ma mère. Hannah n'est pas comme elles. La façon dont elle m'embrassait, dont elle se serrait contre moi...

Marcher lui demandait un effort surhumain, mais il continuait à poser un pied devant l'autre, jetant de temps à autre un regard autour de lui. Le soleil jouait des tours à ses yeux épuisés. Le désert semblait parsemé de mares d'eau fraîche aux reflets argentés. Les maigres touffes d'herbe sèche prenaient des proportions de forêts ombreuses ou, déformées par la brutale lumière du soleil, de troupes d'hommes en mouvement.

Il marchait. Un aigle apparut au-dessus de lui, plongea comme s'il voulait voir de plus près cet intrus et disparut aussitôt. Neal était de nouveau seul. Un pied devant l'autre, encore et encore, et il laissa son père et sa mère de plus en plus loin derrière lui. L'horizon restait à la même place, toujours aussi loin, le narguait avec des mirages de lacs inexistants. À la fin de l'après-midi, il sentit un vertige le gagner. Il essaya de trouver quelque chose à manger, des racines imprégnées d'un peu d'humidité, mais ne trouva rien. Il gratta frénétiquement le lit d'un ruisseau asséché sans y découvrir la moindre trace d'eau. Tout était sec. Stérile.

Il marchait. La douleur lui martelait les tempes. Au mois de mai, l'hiver était proche, mais la chaleur se faisait plus torride, comme celle d'un four. Le coucher du soleil lui apporta un peu de soulagement. La soif qui était la sienne dépassait l'entendement. Titubant, épuisé, il se laissa tomber au creux d'un monticule de sable et sombra dans le sommeil en pensant aux dingos affamés et aux serpents venimeux.

Des bruits qu'il ne put identifier le réveillèrent deux fois. Il frissonnait. La température qui faisait de l'Outback un chaudron infernal dans la journée devenait la nuit celle d'une glacière. Couché sur le flanc, grelottant, claquant des dents, il croyait voir dans l'obscurité un cercle de chiens sauvages qui se rapprochaient tous crocs dehors, ou des hommes à la peau noire armés de lances et de sagaies.

Il accueillit presque avec joie le retour du soleil. Il se releva, se remit en marche. Sa tête était de plus en plus douloureuse. Il ne transpirait plus. Ses jambes étaient aussi lourdes que du plomb. Déshydratation, pensa-t-il. Je vais mourir de déshydratation.

Vers la fin de l'après-midi, tandis que le disque cuivré du soleil lui brûlait les yeux comme pour défier ce fragile être humain de lui résister un jour de plus, Neal entendit soudain un bruit – un bruit humain. Il stoppa, tendit l'oreille. Sa peau était si sèche qu'il ne pouvait même plus cligner des yeux pour tenter de mieux voir. Quand il entendit de nouveau le bruit, il se rendit compte qu'il émanait de lui-même. Il sanglotait sans s'en rendre compte.

Il était maintenant couvert de piqûres d'insectes

et d'égratignures. Il avait la langue enflée, déglutissait avec difficulté. Mais il se remit en marche. Devant lui, loin, très loin sans doute, il y avait l'expédition de sir Reginald. Il y avait des barils d'eau, des onguents pour ses blessures, un oreiller pour sa tête. Et dès qu'il aurait repris des forces, il partirait pour Adélaïde. Et rejoindrait Hannah.

Neal dormit d'un sommeil si lourd que rien ne le réveilla jusqu'à ce que les rayons d'un soleil déjà brûlant lui percent les paupières. À midi, il s'écroula et il lui fallut plusieurs minutes pour se relever. Il se remit à marcher, tomba de nouveau. Il délirait, riait en pensant aux explosions que pouvaient provoquer ses produits photographiques. Il riait sans pouvoir s'arrêter. Lorsque le soleil se transforma à nouveau en un disque de cuivre, il tomba sur les genoux et fut incapable de se relever.

Sa tête lui faisait mal au point qu'elle lui semblait près d'exploser. Affalé par terre, il essaya de penser à une prière. Son pouls résonnait si fort dans ses oreilles qu'il n'entendit pas chuchoter près de lui, ses yeux étaient si aveuglés par le couchant qu'il ne vit pas les formes qui se rassemblaient lentement autour de lui. Des formes humaines à la peau noire, armées de sagaies et de boomerangs.

21

Avec ses deux compagnons, Hannah avait dépassé le point le plus éloigné de l'hôtel Australia où elle se soit encore aventurée. Et elle était enchantée de découvrir cette contrée nouvelle.

Avant de prendre la route, ils avaient fait halte à l'épicerie pour acheter des provisions. L'après-midi touchait maintenant à sa fin, Adélaïde, ses faubourgs et les exploitations agricoles étaient derrière eux. À leur gauche s'étendait le golfe de Spencer, vaste et paisible, qu'empruntaient les navires en route vers les terres pastorales encore isolées où l'élevage des moutons enrichissait les hommes. À leur droite, des vallonnements boisés et des plaines où les champs, dans lesquels de courageux pionniers faisaient pousser du blé sur une terre qui n'était pas faite pour lui, alternaient avec les vignobles tirés au cordeau. Dans cette région peuplée de fraîche date, la faune sauvage abondait. Au lieu d'un émeu isolé ou d'un kangourou solitaire perdu dans un troupeau de moutons, c'étaient des familles entières que Hannah ne parvenait pas à dénombrer. Au-dessus d'elle, des vols de cacatoès au plumage noir et à la crête orange, de canards et d'oies sauvages, parfois d'un cygne noir aux ailes majestueusement déployées traversaient le ciel d'automne parsemé de petits nuages floconneux.

Neal avait dû suivre ce parcours pour rejoindre le camp de base de l'expédition. Dans un an, à son retour, il lui montrerait peut-être une photographie du golfe prise de cet endroit même. Alors, elle pourrait lui dire : « J'y suis passée moi aussi et je l'ai vu de mes propres yeux ! »

Depuis le départ, ses compagnons et elle n'avaient pas échangé un mot. De nature taciturne, M. Maxberry regardait droit devant lui en imposant aux chevaux un trot soutenu. Hannah s'était étonnée de la curieuse balafre qui lui coupait le visage du front au menton. Comment avait-il survécu à pareille blessure ? Malheureusement pour lui, M. Maxberry ne pouvait pas la dissimuler à l'aide de cosmétiques, comme Alice y était si bien parvenue.

Le soir tombait, les chevaux donnaient des signes de fatigue. Maxberry décida de faire halte et de camper pour la nuit. Pendant qu'il allait ramasser du bois et que Nan, munie d'un long bâton pointu, descendait vers l'eau, Hannah massa ses muscles endoloris et prépara du pain, qui une fois cuit sur les braises était qualifié du sobriquet peu flatteur d'étouffoir. Jamie O'Brien l'inquiétait. Une extrême douleur associée à une fracture de la jambe dénotait une réelle gravité de la blessure, au point qu'elle se demandait si les soins appropriés ne dépasseraient pas ses compétences.

Nan revint au campement, l'ourlet de sa jupe mouillée relevé et glissé dans sa ceinture, en brandissant fièrement le harpon avec lequel elle avait attrapé trois gros poissons orange. Maxberry les vida avant de les mettre à frire dans une poêle décrochée de sa selle.

— Quand la nuit tombe, ils montent se nourrir à la surface, ce qui en fait des cibles faciles pour les gens comme Nan. Je ne suis jamais arrivé à en attraper un, mais Nan a le savoir-faire de sa race.

Cette Aborigène piquait la curiosité de Hannah, qui aurait bien voulu lui poser des questions. Mais comme c'était peut-être une impolitesse selon les coutumes et la culture de Nan, elle se contenta de contempler les étoiles qui l'émerveillaient toujours autant. Les constellations n'étaient pas celles de l'hémisphère Nord telles qu'elle avait appris à les reconnaître. À la place de la Grande Ourse, elle voyait l'Étoile du Sud, rappel céleste de son incroyable voyage jusqu'aux antipodes.

Maxberry ne desserra pas plus les dents pendant qu'il cuisinait les poissons et que Nan vérifiait la cuisson du pain. En attendant le dîner, Hannah sortit de son sac la photographie de Neal qu'elle regarda à la lumière du feu de camp, en lui disant par la pensée que, ce soir, ils dînaient tous deux sous les étoiles.

Hannah était si affamée que le poisson, sans assaisonnement ni autre accompagnement que le pain sec, fut pour elle un vrai festin. Comme rien n'avait été prévu pour le couchage, elle dut se contenter de s'étendre par terre, enveloppée dans sa cape. Nan et Maxberry allèrent s'allonger côte à côte près du feu qui rougeoyait encore. En d'autres circonstances, Hannah s'en serait sans doute offusquée, mais elle vivait désormais dans un autre monde, où les coutumes de l'Angleterre n'avaient plus cours.

Elle s'endormit en pensant à Neal pour se réveiller à l'aurore, raide et courbaturée. Après avoir déjeuné de thé et de pain, tartiné de sirop de sucre roux, Hannah trouva un coin isolé au bord du golfe où elle fit sa toilette du mieux qu'elle put, en voyant au large croiser des navires toutes voiles dehors.

Ils maintinrent la même allure rapide jusqu'à ce que les chevaux n'en puissent plus, campèrent encore une fois et, le lendemain, arrivèrent au pied d'une montagne verdoyante. Maxberry descendit de sa monture et examina le sol. Il était midi. Ce répit fut pour Hannah un soulagement.

— Ils auraient dû être ici ! dit Maxberry, exaspéré. C'est ici que je les avais laissés.

On voyait en effet les restes noircis d'un foyer et les traces d'un campement.

— Ils ne nous ont pas attendus. Ils montent vers le nord, mais ils sont moins rapides que nous. On va les rattraper.

Hannah aurait voulu lui demander pourquoi un homme aussi gravement blessé s'acharnait à poursuivre un tel voyage. Qu'y avait-il d'aussi urgent ou important pour se remettre en route au péril de sa vie ? Elle ne dit toutefois rien, car elle savait qu'elle n'aurait pas de réponse.

Le lendemain, à une quarantaine de kilomètres au nord, ils trouvèrent les traces d'un autre campement, plus récemment abandonné.

— Ils ne sont plus très loin, dit Maxberry. On les rattrapera sans doute demain ou après-demain.

En fin de compte, ce fut le lendemain à l'extrême nord du golfe, après avoir dépassé les ultimes fermes et élevages de moutons, qu'ils rejoignirent le groupe.

Depuis quelques kilomètres, le changement de paysage était spectaculaire. Devant eux, se dit Hannah, commençait l'Outback, immense étendue de désert rocailleux ponctuée, de loin en loin, d'ondulations sableuses, de bouquets de gommiers rachitiques et de touffes d'herbes sèches.

Le camp, une poignée de chariots et de tentes, était dressé au bord d'un mince ruisselet. Hannah dirigea sans hésiter sa monture vers un chariot à l'ombre d'un gommier, un peu à l'écart, autour duquel les hommes s'étaient rassemblés. Sans leur prêter attention, elle trouva Jamie étendu à l'arrière entre des sacs de farine et de pommes de terre, adossé à un baril d'eau. Il lui sourit de sous son chapeau.

— Ma foi, je suis bien content de vous voir. J'avais peur que vous ne veniez pas.

Hannah mit pied à terre, si percluse de courbatures qu'elle se jura de ne jamais plus monter à cheval comme les hommes. La première chose qu'elle remarqua, ce fut le teint couleur de cendre de Jamie. Elle constata aussi qu'il transpirait abondamment et que c'était moins par un sourire que par une grimace de douleur qu'il l'avait accueillie. Il avait la jambe droite prise entre deux branches en guise d'attelles, travail manifestement fait en dépit du bon sens. Hannah alla prendre son fourre-tout accroché à sa selle.

— Vous n'auriez pas dû poursuivre votre voyage dans cet état, monsieur O'Brien, lui dit-elle d'un ton sévère. Où que vous alliez, il ne peut rien y avoir de si important que vous risquiez votre vie.

Sans répondre, il s'efforça de changer de position avec une nouvelle grimace de douleur.

— Dites-moi ce qui vous est arrivé, reprit-elle plus doucement.

Quand elle sortit son stéthoscope, les hommes – ceux du moins qui n'étaient jamais allés chez un médecin et ignoraient à quoi servait cet instrument bizarre – écarquillèrent les yeux.

— On chargeait des barils d'eau dans un chariot, répondit Maxberry. Un baril a glissé et lui est tombé sur la jambe. On lui a posé des attelles, mais il a voulu remonter à cheval et il l'a de nouveau cassée.

Hannah regarda autour d'elle les visages de ces hommes barbus et crasseux. Aucun ne paraissait savoir que faire dans cette situation. Ceux ou celui qui avaient posé les attelles n'avaient pas immobilisé la cheville et le pied, de sorte que la jambe cassée pouvait bouger.

— Nous allons d'abord enlever ces attelles, dit Hannah, elles ne servent à rien. Il faudra deux planches bien droites. S'il le faut, arrachez-les d'un chariot. Quelqu'un veut-il enlever les attelles, s'il vous plaît ?

Deux hommes se levèrent et dénouèrent les chiffons qui maintenaient les attelles en place.

— Bien. Maintenant, enlevez-lui sa botte.

— Pourquoi donc ? demanda Maxberry.

— Fais ce qu'elle te dit, Mikey, ordonna Jamie.

Il ravala sa douleur quand Maxberry tira sur la botte.

— Excusez l'odeur et les trous dans les chaussettes, dit-il à Hannah d'une voix étranglée.

Les autres rirent par politesse en observant la

jeune femme enlever sans sourciller la chaussette nauséabonde. Elle retira son gant et posa le bout des doigts sur le cou-de-pied, entre la cheville et les orteils.

— Le pouls bat presque normalement, le sang circule, c'est bon signe. Je vais maintenant manipuler la fracture. Il me faut quelqu'un pour lui maintenir le genou.

Maxberry se porta volontaire.

— Préparez les planches et des chiffons propres pour les attacher, dit-elle aux autres. Monsieur O'Brien, je vais immobiliser votre cheville et votre genou avec ces attelles. Vous devrez donc garder votre jambe raide et immobile. Je vais sans doute vous faire mal, mais une fois les os remis en place, la douleur s'atténuera.

En relevant la jambe du pantalon, elle fut stupéfaite de découvrir un épais bourrelet autour de la cheville. Elle se souvint alors que Jamie avait été condamné aux travaux forcés, comme il était mentionné sur les avis de recherche. C'était sans doute la trace des fers qui frottaient la peau à vif avant qu'elle soit complètement cicatrisée.

Mais ce qu'elle remarqua ensuite sur l'étoffe du pantalon, vers le milieu du tibia, était beaucoup plus inquiétant : une tache de la taille d'un shilling.

Une tache rouge vif, donc du sang frais.

Maxberry était monté dans le chariot et s'était agenouillé à côté de Jamie, prêt à lui tenir le genou.

— Un instant, lui dit Hannah le plus calmement possible.

Elle prit une paire de ciseaux dans son sac et coupa la jambe de pantalon de l'ourlet au genou.

Les autres regardaient en silence. On n'entendait que les mouches bourdonner et le bruissement des feuilles sèches dans la brise.

Une fois la jambe à nu, Maxberry poussa un cri d'horreur :

— Bon Dieu, mais...

— Dieu tout-puissant, murmura Hannah.

— Qu'est-ce qu'il y a ? demanda Jamie. Vous avez trouvé de l'or dans ma culotte ?

— Bon Dieu ! dit Maxberry. Pour une mauvaise fracture, c'est une mauvaise fracture, mon gars ! L'os est passé à travers la peau. Quand est-ce que c'est arrivé ?

— Ce matin. Je suis descendu du chariot et j'ai senti que quelque chose n'allait pas.

— Tu as cassé ta jambe une troisième fois ? s'exclama Maxberry.

Hannah fut bouleversée de voir des larmes lui couler des yeux.

S'il était aussi inquiet, elle savait pourquoi. Les fractures multiples ou aggravées étaient souvent fatales. N'importe quel médecin ou chirurgien aurait dit que l'amputation était le seul traitement approprié.

— Vous pouvez soigner ça ? demanda Maxberry.

— Je n'ai ni les instruments ni la compétence pour le faire, répondit-elle. Il faut emmener d'urgence votre ami à Adélaïde.

— Pas question de revenir en arrière, déclara Jamie. Et puis, perdre une jambe, ce n'est pas la fin du monde. Vous pouvez me la couper, mademoiselle Conroy ?

Ses yeux bleus exprimaient une courageuse honnêteté. Hannah réfléchit. Ayant assisté son père pour amputer un fermier de Bayfield qui s'était cassé le tibia en tombant d'un arbre, elle s'efforçait de se rappeler exactement comment il avait procédé. « Une fracture aggravée, quand l'os perce la peau, entraîne presque toujours la gangrène et une infection si grave qu'elle gagne rapidement l'organisme tout entier et entraîne la mort, lui avait expliqué John Conroy. Le seul moyen de prévenir la propagation de l'infection consiste à amputer à hauteur du genou et à cautériser la plaie avec un fer rouge. »

En écoutant la voix de son père résonner à ses oreilles, tandis que les compagnons d'O'Brien affichaient des mines pitoyables d'enfants perdus, Hannah se força à écarter de son esprit l'idée même d'amputation et de raviver dans sa mémoire d'autres paroles qu'il avait prononcées et qui prenaient maintenant une tout autre signification. Pourquoi la méthode barbare de l'amputation était-elle, à l'époque, la seule capable d'empêcher une infection de se propager ? N'y aurait-il pas d'autres moyens d'atteindre le même but ?

Son silence se prolongea si longtemps que Maxberry lui décocha un regard furieux.

— Vous n'allez pas vous évanouir, au moins ?

Elle leva les yeux vers l'homme agenouillé près de son ami et lut sur son visage mutilé une douleur, une angoisse profondes et sincères. Jamie O'Brien, lui, affichait un sourire presque goguenard.

— Ne vous faites pas de souci, mademoiselle Conroy, cela ne changera pas mes projets d'un pouce. Avec une seule jambe, un homme peut devenir aussi riche qu'avec deux. De toute façon, je me fatiguais de toujours enfiler une botte de ce côté-là.

Hannah examina la blessure sanguinolente, d'où pointait l'os qui brillait au soleil. Déjà, des mouches commençaient à tournoyer autour. En les chassant, elle sentit peser sur ses épaules le poids de ce ciel infini, le fardeau de l'émotion qui étreignait ces hommes rudes. Elle imagina ce qu'auraient décidé, dans une situation aussi dramatique, son père, le docteur Applewhite ou le docteur Davenport – l'amputation, à n'en pas douter – et pensa alors à la solution iodée dans sa trousse.

Le cœur battant, elle sortit le flacon. Elle ne l'avait encore expérimenté que sur des peaux saines, jamais sur des blessures à vif (l'ampoule de Jacko ne comptait guère). La formule avait été mise au point pour désinfecter les mains. Jamais son père n'avait envisagé de l'appliquer sur la chair à vif, encore moins sur un os à nu ! Cette mixture risquait-elle d'empoisonner le sang de Jamie O'Brien et de le tuer aussi sûrement qu'une infection généralisée ?

Ses doigts se crispèrent autour du flacon. Avait-elle le droit d'expérimenter ce produit sur un homme ?

— Monsieur Maxberry, dit-elle enfin, voulez-vous changer de place avec moi, s'il vous plaît ?

Maxberry sauta à bas du chariot et aida Hannah à y remonter afin de s'agenouiller à côté de Jamie. Maxberry la regarda d'un air soupçonneux déboucher le flacon.

— Qu'est-ce que vous faites ?

— C'est un médicament.

Il serait inutile de lui expliquer ce qu'étaient les microbes et la nécessité de l'antisepsie.

— Vous n'allez pas lui faire boire ça ?

— Laisse-la faire, Mikey, le rabroua Jamie. Je lui fais confiance.

Hannah remarqua qu'il respirait avec peine.

Elle imbiba son mouchoir de solution iodée, nettoya la plaie aussi méticuleusement que possible. Elle ordonna ensuite à Maxberry de maintenir la cheville en légère traction et manipula l'os jusqu'à ce que les deux extrémités brisées soient en face l'une de l'autre et rentrées sous la peau. Sous les regards vigilants des hommes rassemblés autour du chariot, elle sutura la plaie avec du fil de soie et une aiguille courbe. La couture était nette, mais le pansement posait un problème. Selon les théories encore en vigueur en médecine, une plaie étant sale par définition, peu importait le pansement tant qu'il n'était pas fait de vieux chiffons souillés. Fidèle à la mémoire de son père, Hannah décida d'agir à l'encontre des opinions les plus répandues. Elle découpa donc dans son jupon des bandes de tissu dont elle fit un bandage en laissant sur la plaie son mouchoir imprégné de solution iodée.

Les hommes fixèrent les attelles à la jambe de Jamie en prenant soin d'immobiliser le genou et la cheville. Hannah lui tâta le pouls au cou-de-pied. Il était rapide et irrégulier, mais bien présent.

Quand elle leva les yeux vers O'Brien, il avait perdu connaissance.

— Bon, dit Maxberry. Maintenant, je vais vous raccompagner à l'hôtel.

Hannah se tourna vers le sud, où les champs

335

verdoyants et la civilisation lui faisaient signe. Elle balaya du regard le désert inhospitalier qui l'entourait, dont l'aridité ne permettait la survie que de rares arbustes, d'herbes sèches et de nuages de mouches. Au loin, vers l'ouest, on distinguait la crête d'une chaîne de collines qui, d'après son souvenir de la carte que lui avait montrée Neal, s'appelait le Baxter Range au nord d'un endroit qu'Edward Eyre avait baptisé Iron Knob. Elle pensa à Neal, parti depuis longtemps déjà avec l'expédition de sir Reginald, qui faisait de merveilleuses découvertes et les photographiait. Son regard se baissa enfin sur l'homme à la jambe brisée auquel elle venait d'appliquer un traitement hautement expérimental à l'issue douteuse. Elle avait pris envers lui une lourde responsabilité, et avait donc le devoir de veiller à ce qu'il ne souffre pas des suites de son expérience.

— Non, je reste. Je veux être sûre que M. O'Brien se rétablira.

— Comme vous voudrez, bougonna Maxberry. Bon, vous autres, on va rester ici cette nuit et on reprendra la route demain matin !

Il repartit aussitôt vers le camp. Hannah le rattrapa :

— Monsieur Maxberry ! Vous ne pouvez pas déplacer M. O'Brien. Il doit rester immobile pendant au moins quinze jours.

— Désolé, ma petite dame, mais il faut avancer, Jamie lui-même serait le premier à vous le dire. On a encore du chemin devant nous.

En s'approchant du camp, Hannah nota les chariots chargés de provisions et de matériel, les chevaux, les armes à feu. La troupe paraissait forte d'une douzaine d'hommes.

— Où allons-nous ?

Maxberry montra le nord-ouest d'un geste vague.

— Mais il n'y a rien par là ! remarqua Hannah.

Il ne répondit que par un rire et alla retirer du feu une casserole d'eau bouillante qui débordait.

Hannah se tourna dans la direction indiquée par Maxberry. Le nord-ouest. Ce n'était pas celle suivie par Neal, l'expédition allait plein ouest. Au moins, leur route restait-elle parallèle à la côte, ils pourraient faire appel à un navire en cas d'urgence. Au nord-ouest, il n'y avait que d'immenses étendues inconnues qu'aucun explorateur, même aussi chevronné que sir Reginald Oliphant, n'avait encore osé ni n'oserait affronter d'ici longtemps.

Que diable pouvait-il y avoir là-bas qui valait la peine de risquer la vie de M. O'Brien – et leurs vies à tous ?

22

Neal se réveilla en plein cauchemar. Une mélopée l'avait tiré du néant. À mesure qu'il reprenait conscience, les voix se faisaient plus fortes et ses sens sortaient peu à peu de leur torpeur. Il sentait dans l'air une odeur forte, qui lui était familière sans qu'il parvienne à l'identifier. Il avait chaud, très chaud, mais c'était une chaleur humide, moite comme celle d'un bain de vapeur. Un goût infect lui emplissait la bouche, une atroce migraine lui martelait la tête. La mélopée croissait de volume au point qu'il finit par ouvrir les yeux pour voir d'où elle provenait.

Il fut frappé d'horreur.

Des diables noirs, aux corps nus peints de bandes blanches, dansaient autour d'un feu. D'autres, assis en cercle, tenaient des bâtons qu'ils entrechoquaient sur un rythme frénétique.

Neal reçut un nouveau choc en se rendant compte qu'il était nu lui aussi et attaché. Son dos le démangeait. Il gisait sur une sorte de claie de branchages, à la fois chaude et humide.

Et cette claie était posée sur des braises.

Grand Dieu ! Ils me rôtissent, ils vont me manger !

Il était trop faible pour briser ses liens. Il ne pouvait que rester là à attendre le sacrifice comme un gibier. Regarder ses ravisseurs exécuter autour de lui une danse sauvage pendant que Neal Scott, de Boston, États-Unis d'Amérique, finissait de cuire à point.

Le néant eut pitié de lui et le ravala. Il sentit une terrible douleur aux yeux, comme s'ils étaient lacérés par des couteaux. Sa bouche était si sèche qu'elle brûlait. La mélopée cessa. Allaient-ils le découper maintenant ? Sans même attendre qu'il soit tout à fait mort ?

Non, attendez, je suis encore vivant !

Ce fut un soleil éblouissant qui le tira du néant dans lequel il était une fois de plus retombé. Il cligna des yeux jusqu'à ce que sa vision s'accommode de la lumière du jour et que la douleur se dissipe. Un visage était penché sur lui.

— Comment allez-vous, monsieur ?

Neal fronça les sourcils. Rêve, réalité ? Il n'était plus attaché ni en train de rôtir, il était couché sous un abri de branchages. Sous son dos nu, il sentait la douceur d'une fourrure. Il leva les yeux vers le visage qui souriait. C'était une femme. Une jeune fille.

— Jallara, dit-elle en montrant sa poitrine du doigt. Moi, Jallara. Comment allez-vous, monsieur ?

Neal ne pouvait que la regarder, effaré. Jallara était la fille la plus exotique qu'il eût jamais vue. Incontestablement aborigènes, ses traits dénotaient toutefois une ascendance mêlée. En Amérique, Neal avait rencontré beaucoup de gens moitié noirs moitié blancs ou encore moitié indiens moitié blancs, mais cette fille ne ressemblait à aucun. Debout à côté de lui, elle lui parut grande, avec des membres longs et déliés. Elle avait un visage rond, des fossettes, d'épais sourcils noirs surmontant des yeux très noirs, un nez un peu épaté, une bouche sensuelle. Pas vraiment belle, mais... intrigante. Sa peau était d'un brun mat, ses cheveux longs et noirs. Elle était vêtue d'un étrange costume, un pagne qui s'arrêtait aux genoux et le haut du corps couvert d'une sorte de linge indescriptible. Une tunique en végétaux tissés à mailles larges, peut-être ? Neal s'efforçait d'améliorer la mise au point de sa vue encore floue quand il se rendit compte que ce qu'elle portait n'était pas un vêtement mais une peinture blanche. Un réseau de traits, de points et de spirales si dense qu'il lui couvrait entièrement le torse.

Il comprit alors qu'elle avait les seins nus et en fut si choqué qu'un gémissement lui échappa.

Inquiète, Jallara s'agenouilla près de lui.

— Malade ? Souffrir ?

Il émanait de son corps une odeur de graisse animale. La sentir si proche lui coupa le souffle un instant. Elle ne devait pas avoir plus de seize ou dix-sept ans. Sa peau était souple et lisse, ses yeux avaient des reflets sombres et, quand elle souriait, ses fossettes encadraient si parfaitement ses lèvres que...

Neal se détourna, stupéfait de sa réaction.

Jallara glissa un bras sous sa nuque, approcha une outre de sa bouche. Neal but avec avidité. Il ne fut d'abord conscient que de la merveilleuse fraîcheur du liquide qui emplissait sa bouche et coulait dans sa gorge desséchée. Mais il ne tarda pas à prendre aussi conscience de deux seins fermes et satinés, proches de son visage à le frôler.

Sa soif étanchée, Neal se sentit mieux.

— Merci. Vous parlez anglais ?

Le sourire de Jallara dévoila deux rangées de dents blanches.

— Comment allez-vous, monsieur ?

Neal lui retourna son sourire.

— Un anglais un peu limité, à ce que je vois.

La conscience lui revenait peu à peu. Il sentait un délicieux arôme de viande en train de rôtir. En bougeant ses membres, il s'aperçut qu'il était capable de se soulever sur un coude. Il s'ébroua pour finir de se clarifier les idées et se rendit compte que l'abri sous lequel il se trouvait faisait partie d'un campement ou d'un village. Autour de lui, il y avait des hommes, des femmes, des enfants. Dans quelques huttes dressées à côté d'un point d'eau vivaient une trentaine d'Aborigènes, du nouveau-né au vieillard. Les hommes fabriquaient ou réparaient des armes et des outils, les femmes nourrissaient leurs bébés, tressaient des paniers ou des filets en fibres végétales, les enfants jouaient avec des chiots. Autour du point d'eau, des arbres aux branches chargées d'oiseaux. Le sol était couvert d'une herbe verte parsemée de fleurs sauvages. Un vrai paradis terrestre en plein désert.

— Où suis-je ? demanda-t-il.

Jallara fronça les sourcils, s'efforçant de retrouver des mots oubliés. Neal se demanda si elle avait appris l'anglais à l'école d'une mission ou après avoir vécu dans une ferme.

— Toi ici, Thulan, dit-elle enfin.

— Thulan ? C'est le nom du village ?

Neal balaya du regard les formations rocheuses qui se dressaient dans le sable rouge, les arbres entourant le point d'eau et, au-delà, le désert qui s'étendait à perte de vue.

Jallara secoua la tête et posa l'index sur la poitrine de Neal.

— Toi, Thulan.

— Pourquoi m'appelez-vous Thulan ? demanda-t-il, perplexe.

— Thulan nous mener à toi.

— Que voulez-vous dire ?

Elle réfléchit longuement en cherchant ses mots.

— Nous chasser, nous suivre Thulan. Thulan trouver toi… Toi dormir… yeux fermés.

— Oui, j'étais inconscient.

— Thulan ton esprit guide. Toi marcher loin. Rêver. Thulan protéger toi.

— Neal Scott est mon nom, dit-il en posant un doigt sur sa poitrine. Je suis Neal Scott.

Jallara fit un effort visible. Sa langue maternelle ne possédait sans doute pas le son S. Tout ce qu'elle parvint à répéter fut quelque chose qui ressemblait à Nil-ah-kahtt.

— Tant pis, va pour Thulan.

Il se demandait ce que ce mot signifiait, si c'était le nom d'un esprit ou s'il avait une connotation inconvenante ou comique.

— Nous croire toi mort. Esprit Arbre sauver toi.

— Arbre ?

Il se souvint alors des braises au-dessus desquelles il était couché, de l'odeur à la fois familière et indéfinissable. Bien sûr, c'était celle des feuilles d'eu-

342

calyptus ! Loin de le faire rôtir, les Aborigènes lui avaient appliqué le même genre de traitement par fumigation d'eucalyptus ou de camphre que son père, jadis, quand il avait un gros rhume.

Il se frotta le menton, sentit que sa barbe poussait. Puis, se souvenant du reste de son corps, baissa les yeux et vit avec soulagement qu'une peau de kangourou gris lui couvrait le bas-ventre. Peut-être ses sauveurs savaient-ils que la pudeur était le propre des Blancs, car les hommes du village n'avaient aucune vergogne à exhiber leurs parties intimes. Mais la peau de kangourou complétait peut-être le traitement...

— Où sont mes vêtements ? demanda-t-il.

Jallara paraissant ne pas l'avoir compris, il mima par gestes son pantalon et sa veste jusqu'à ce qu'elle approuve d'un signe de tête. Elle montra alors un grand feu en se pinçant le nez avec dégoût.

— Vous avez brûlé mes vêtements parce qu'ils sentaient mauvais ?

Elle acquiesça en souriant.

Un coup d'œil à ses pieds lui apprit qu'ils lui avaient laissé ses chaussures. Fort heureusement, car sa peau tendre d'homme blanc n'aurait jamais pu résister au terrain rocailleux et brûlant.

Fatigué, Neal se laissa retomber sur sa couche improvisée.

— Merci de m'avoir sauvé la vie, Jallara... Je ne sais pas ce qui m'est arrivé... Je ne sais plus...

Il se frotta les yeux. Oui, que lui était-il arrivé ? Sa mémoire refusait de fonctionner. Il y avait eu une tempête de sable. Après, il avait erré des jours et des jours. La soif, la faim. Terribles. Mais qu'est-ce que je pouvais bien faire au milieu de nulle part ?

Il referma les yeux, s'efforça de ranimer sa mémoire défaillante. Je m'appelle Neal Scott, fils adoptif de Josiah Scott, avocat à Boston. Ma mère ou quelqu'un de sa famille, quelque patriarche offusqué de ma naissance illégitime sans doute, m'a abandonné à la porte de Josiah. J'ai un diplôme universitaire de géologie. Je suis un scientifique et un photographe. Je suis follement amoureux d'une sagefemme qui s'appelle Hannah Conroy. Je suis venu en Australie faire des découvertes et élucider les mystères de ce continent inconnu. Je faisais partie d'une expédition...

Arrivé à ce stade, sa mémoire flancha de nouveau. Il revoyait très vaguement des visages d'hommes autour d'un feu de camp, en particulier celui d'un homme déjà âgé, au teint fleuri et aux cheveux blancs, coiffé d'un casque colonial...

Mais oui ! Sir Reginald Oliphant, le célèbre explorateur !

Neal poussa un soupir de soulagement : il n'avait pas perdu la mémoire. Les détails demeuraient flous, mais la déshydratation affectait le cerveau, il le savait. Tout lui reviendrait peu à peu.

Le premier souvenir qui lui revint avec netteté fut celui de Hannah. De leurs adieux à l'hôtel Australia. De ses lèvres sur les siennes, de son corps souple contre le sien.

Vaincu par l'épuisement, il sombra dans le sommeil. Quand il se réveilla, l'après-midi touchait à sa fin. Jallara n'était plus à son chevet. À sa place, trois hommes à la mine farouche le regardaient de sous leurs épais sourcils. Ils avaient la peau noire, le torse et les membres osseux mais musclés et ils étaient vieux, les cheveux et la barbe blancs. Ils avaient le corps peint de bandes blanches, des sagaies à la main. Ils donnaient l'impression d'être surgis d'un autre âge. Mais leur évidente forme physique était impressionnante.

Avant que Neal ait pu parler, Jallara revint et s'agenouilla près de lui avec l'outre d'eau et des galettes rondes de couleur sombre.

Les trois hommes s'accroupirent pendant que Neal buvait et mangeait. En dépit de leur aspect féroce, ils étaient amicaux et souriaient en lui posant des questions par l'intermédiaire de Jallara, qui servait d'interprète. Neal avait lui aussi des questions. Depuis combien de temps était-il avec eux et où se trouvaient-ils maintenant ? Il finit par comprendre laborieusement qu'il était là depuis plusieurs jours et loin de l'endroit où ils l'avaient trouvé.

Les galettes lui parurent étonnamment bonnes, mais il ne put en manger beaucoup, son estomac ayant été trop longtemps privé de nourriture. Son état de faiblesse le stupéfiait. Il remercia Jallara du repas et se laissa aller en arrière sans la quitter des yeux.

— Où avez-vous appris à parler anglais ?

— Oui, anglais, répondit-elle en souriant.

— Où ? Dans une mission ?

Elle ne comprit pas. Neal réfléchit un instant et dit : « Jésus », parce que c'était toujours le premier mot que les missionnaires apprenaient aux indigènes, mais elle ne comprit pas davantage. D'où lui venaient, alors, ses rudiments de la langue et son sang mêlé ?

Le plus vieux des trois hommes accroupis près de

Neal, un collier de dents d'animaux au cou et le nez percé d'un morceau de bois, dit quelque chose à Jallara en montrant la poitrine de Neal.

— Thumimburee demander être quoi ?

Étonné, Neal regarda son torse. Elle était encore là ! Les Aborigènes lui avaient laissé la fiole vert émeraude aux filigranes d'or dissimulée dans un sachet de cuir, qu'il gardait sous sa chemise pour la soustraire à la cupidité éventuelle d'un de ses compagnons de l'expédition. Les Aborigènes devaient croire que c'était un talisman, car eux-mêmes portaient des colliers ornés d'amulettes auxquelles ils attribuaient des pouvoirs magiques ou spirituels.

Il parvint à expliquer que c'était un flacon contenant des larmes de sa mère. Par le truchement de Jallara, Thumimburee déclara alors avec solennité :

— Magie très forte, Thulan.

Cette nuit-là, le clan célébra le rétablissement de l'homme blanc qu'ils avaient trouvé mourant. Les hommes et les jeunes gens ornèrent leurs cheveux de plumes et d'os, leurs cous de colliers de dents et de coquillages, leurs corps de peinture blanche et dansèrent autour d'un grand feu pendant que les femmes et les enfants rythmaient leur danse en entrechoquant des bâtons.

Ils firent rôtir un kangourou qu'ils se partagèrent avec des rayons de miel et des baies sauvages, selon un protocole très strict que Neal observa depuis son abri de branchages. Il n'y avait ni dispute ni empoignade, les portions étaient distribuées conformément à un rituel qu'il avait entendu évoquer pendant son voyage d'étude sur le *Borealis* : le chasseur ayant tué le kangourou servait d'abord les siens, les parents de son épouse, ses frères et ceux qui avaient chassé avec lui. Ceux-ci partageaient alors leur part avec leurs familles et ceux auxquels ils devaient une faveur, parfois sans rien garder pour eux-mêmes. Neal savait aussi qu'un jeune garçon qui avait pris un lézard se devait de le donner à ses parents et qu'une fille ne pouvait accepter de la nourriture que d'un homme faisant partie de sa proche parenté.

Jallara lui apporta elle-même à manger. Elle lui tendait timidement de succulentes tranches de viande, des morceaux de rayons gorgés de miel et de gros vers grillés sur les braises. Neal était affamé et il se jeta sur la nourriture avec une voracité telle que tout le monde le regardait. Il finit par se rendre compte de son impolitesse et se força à manger plus lentement. Le clan n'avait pour boisson que de l'eau mais, après avoir tant souffert de la soif, elle paraissait à Neal plus délicieuse que le meilleur des vins.

À chaque fois qu'il se tournait vers Jallara, elle le regardait à travers les flammes et les étincelles et, à chaque fois, il éprouvait un sentiment à la fois étrange et choquant. Elle éveillait en lui une intense curiosité et une inexplicable attirance. Peut-être était-ce simplement parce qu'elle parlait anglais et lui permettait ainsi de se sentir moins isolé parmi ces inconnus. Peut-être s'agissait-il de quelque chose de plus profond qu'il n'était pas encore mentalement en état d'analyser.

Il dormit mal cette nuit-là et se réveilla d'un cauchemar dans lequel il se voyait à nouveau perdu dans le désert. Couvert de sueur, il regarda les étoiles scintiller à travers les branchages entrelacés

347

en se demandant où il était, où la tribu de Jallara l'avait ramassé inconscient et jusqu'où il avait été transporté. Qu'étaient devenus sir Reginald et les membres de l'expédition ? Étaient-ils morts ? Il pensa au jeune Fintan Rorke, qui sculptait des fleurs dans des morceaux de bois, en espérant qu'il avait survécu. Si les autres avaient eux aussi échappé à la mort, ils devaient sûrement être à sa recherche. Avaient-ils abandonné tout espoir de le retrouver et repris leur progression vers l'ouest ? Ou bien étaient-ils perdus comme lui dans ce désert mortel sans avoir eu la chance d'être secourus par des Aborigènes ?

Le lendemain matin, le clan se livra à ses activités coutumières. Les hommes partirent chasser, les femmes récolter ce qu'elles trouvaient autour du point d'eau. Tous revinrent au village au début de l'après-midi, les chasseurs avec du gibier, les femmes avec des vers, des racines et un ou deux gros lézards. Tous dormirent pendant les heures les plus chaudes avant de se remettre à tailler des sagaies, sculpter des boomerangs et tresser des paniers, sans jamais cesser de rire, de chanter et de parler.

Avec l'aide de deux jeunes garçons, Neal parvint à se lever et à marcher jusqu'à un gros rocher, derrière lequel il put satisfaire ses besoins naturels. Une fois debout, il fut en mesure d'observer le terrain qui s'étendait autour de l'oasis. Aussi loin que portait son regard, il ne vit que de lointaines collines orangées et du sable rouge, parsemé de mottes d'une herbe dure et pointue ressemblant à de gros porcs-épics.

Neal eut également un meilleur aperçu de ses

hôtes. Bien qu'ayant eu l'occasion d'observer des Aborigènes depuis son arrivée en Australie, il n'en avait jamais été aussi proche. Il n'avait entendu parler d'eux que par les qualificatifs méprisants de nègres, de sauvages ou d'indigènes, mais son esprit scientifique les considérait sous un tout autre angle. Les Aborigènes d'Australie ne ressemblaient à aucun autre peuple sur terre. Ils n'avaient pas de points communs avec les Africains noirs, encore moins avec les Polynésiens et les Mélanésiens, leurs plus proches voisins. La seule personne chez laquelle il eût jamais vu des caractéristiques similaires était un gourou venu des Indes, rencontré dans un salon de Boston, qui avait d'épais sourcils proéminents, un nez large et épaté, de longs cheveux flottants et une barbe blanche d'une prodigieuse longueur, comme les Anciens qu'il voyait dans le village.

Ce souvenir en éveilla un autre, plus lointain. À huit ans, explorant le monde sur la mappemonde du cabinet de travail de Josiah, il se disait en voyant les formes des continents qu'ils ressemblaient aux pièces d'un puzzle. L'est de l'Amérique du Sud coïncidait avec l'ouest de l'Afrique et le sud de l'Australie avec l'Antarctique. Plus tard, pendant ses cours de géologie à l'université, il avait eu connaissance d'une théorie nouvelle et intrigante sur la dérive des continents. Selon cette théorie, il n'existait au commencement que deux énormes masses de terre émergée qui, au cours de millions d'années, s'étaient brisées et séparées pour former les continents tels qu'ils existaient actuellement.

Était-ce la raison pour laquelle les Aborigènes, aux longs cheveux lisses ou ondulés au lieu d'être crépus, le faisaient penser à ce gourou des Indes ? Serait-il possible que, en des temps très reculés, une migration venue du sous-continent indien ait peuplé l'Australie des lointains ancêtres de Jallara ?

En observant leurs activités en cette fin de journée, d'autres questions lui venaient à l'esprit. Il pensa à Hannah. Avait-elle entendu parler de la tempête de sable ? Le croyait-elle mort ? Et que s'était-il passé ensuite ? Cette tempête avait-elle eu des répercussions ailleurs ? Tandis qu'il fouillait sa mémoire engourdie à la recherche de réponses, Neal prit conscience que quelque chose le tracassait sans qu'il puisse exactement le définir.

Quelque chose d'important. De vital même. Mais quoi ?

Tout en continuant à lutter pour raviver ses souvenirs, Neal regardait les hommes en train de se couper les cheveux avec des pierres aiguisées. Alors que les femmes et les fillettes laissaient leur chevelure pousser jusqu'au-dessous des épaules, les hommes taillaient la leur en forme de couronne nuageuse. Ils passaient des heures, avec des pigments blancs, à se peindre mutuellement le corps de bandes et de points qu'ils prenaient soin d'appliquer selon des dispositions précises dont la signification symbolique lui échappait.

Le travail qu'il imposait à sa mémoire troubla encore une fois le sommeil de Neal. Il devait se souvenir de quelque chose de très important, il en était sûr. Mais quoi ? Couché les yeux grands ouverts tandis que ses sauveteurs dormaient paisiblement en ronflant à qui mieux mieux, Neal revenait sans répit aux jours ayant précédé la tempête de sable. Avait-il fait une promesse que la tempête l'aurait empêché de tenir ? Avait-il eu une tâche déterminée à remplir ? Était-il censé remettre un message à quelqu'un ? Si seulement il pouvait se le rappeler…

Il se laissa finalement glisser dans le sommeil pour être réveillé en sursaut en sentant contre lui quelque chose de doux et chaud. Il prit appui sur un coude et vit Jallara endormie. La stupeur lui coupa le souffle. Couchée sur le flanc, elle lui tournait le dos. Son épaule se soulevait régulièrement au rythme de sa respiration. Il balaya le village du regard. Tout le monde dormait, même les dingos. Mais que se passerait-il au lever du soleil ? En le voyant couché avec cette jeune fille, Thumimburee serait furieux contre lui, car il avait à coup sûr violé un tabou…

Il regarda Jallara de plus près. Les mains jointes sous la joue, elle dormait profondément. À la lumière de la lune, il vit que la peinture de son torse et de son visage était intacte. En soulevant la couverture, il constata avec soulagement que son pagne était toujours en place. Rien ne semblait anormal, il ne s'était donc rien passé d'inconvenant pendant son sommeil. Peut-être s'était-elle glissée sous sa peau de kangourou pour se protéger du froid de la nuit. Peut-être était-elle venue le consoler en l'entendant crier dans son sommeil.

En tout cas, elle avait réussi, car Neal se sentit étrangement apaisé par sa présence et sa chaleur. Il lui fallut un moment pour dissiper le souvenir de son cauchemar, mais il se rendormit et ne rêva plus.

Il se réveilla quand Jallara lui apporta l'outre d'eau et des galettes chaudes. En regardant ses yeux noirs, en se rappelant le bien-être que lui avait apporté sa présence pendant la nuit, il éprouva le besoin impérieux de manifester d'une manière ou d'une autre sa gratitude à ces gens qui lui avaient sauvé la vie. Si les détails de la tempête de sable et du calvaire qu'il avait ensuite enduré restaient imprécis, il savait avec certitude que sans Jallara et sa famille, il serait mort.

Le moyen d'exprimer sa reconnaissance lui vint peu de temps après quand il se leva afin d'exercer ses jambes encore faibles. Il trébucha et, pour se retenir, s'appuya d'une main à un abri de branchages pareil au sien. La légère structure s'écroula sous son poids. Confus, il s'excusa de son mieux auprès de deux hommes accourus pour l'aider à se relever, mais ils ne firent qu'en rire et réparèrent les dégâts en quelques minutes. Neal comprit alors comment il pouvait remercier ces gens.

Ces hommes primitifs qui ne portaient pas de vêtements, ne possédaient rien, n'avaient aucune notion de l'argent, ne savaient ni lire ni écrire, chassaient avec des lances et des boomerangs et vivaient sous des abris de branchages étaient comme Adam et Ève dans le jardin d'Éden avant la tentation. Pourquoi ne se construisent-ils pas des huttes plus solides ? se demanda-t-il. Parce qu'ils ne savent pas comment s'y prendre. Ils n'ont pas d'outils, de marteaux, de clous, de scies. Pourquoi n'ont-ils jamais inventé l'arc et la flèche ? Neal décida alors de leur montrer ce qu'il fallait faire pour améliorer leurs techniques de chasse, leurs conditions de vie, construire des abris résistants, planter des graines assurant des récoltes toute l'année au lieu de se contenter de cueillettes précaires. Content de lui, il cherLa des yeux des matériaux avec lesquels confectionner un arc et des flèches. Une fois qu'il aurait recouvré ses forces, il demanderait à Jallara et à son clan de l'aider à retrouver ce qui subsisterait de l'expédition de sir Reginald.

Mais quand serait-il en état d'entreprendre ces recherches ? Il était impatient de commencer. Il pouvait de nouveau marcher, d'une démarche encore hésitante et sans abuser de ses forces. Il n'avait pour se vêtir qu'une peau de kangourou – et ses chaussures, Dieu merci ! – et devait veiller à protéger sa peau sensible des ardeurs du soleil. Il était encore loin de pouvoir se lancer dans une rude traversée du désert. Il devait donc songer avant tout à se rétablir. Il absorbait chaque bouchée de la nourriture qu'on lui offrait et commençait à y prendre goût.

Jallara et ses compagnes passaient leurs journées autour du point d'eau, le *billabong*, à déterrer de gros tubercules. Une fois pilées, ces racines donnaient une sorte de farine qui avait le goût de pomme de terre amère. De petits buissons produisaient des baies comestibles rouges et plates. Des touffes d'herbes pointues étaient extraites des graines avec lesquelles les femmes faisaient les galettes ainsi qu'une sorte de pain. Quant aux gros vers blancs, une fois qu'on oubliait leur état premier, ils avaient un goût d'amande.

Les hommes partaient chasser tous les matins et revenaient avec des oiseaux et du petit gibier, tués à l'aide de lances ou de boomerangs. Ayant remarqué qu'ils ne dépouillaient pas le gibier avant de le rôtir, Neal avait demandé à Jallara si c'était à cause d'une règle sacrée ou d'un tabou. Elle avait répondu avec un grand sourire que c'était afin de conserver leur graisse et leurs bons sucs.

Neal alla cueillir de grands roseaux qui poussaient au bord du *billabong*. Leurs tiges, qui ressemblaient à des bambous, étaient déjà utilisées pour confectionner des sagaies. Elles étaient aussi coupées en différentes longueurs pour faire des colliers et leurs éclats pour les ornements de nez. Les feuilles servaient à fabriquer des sacs et des paniers. Elles auraient désormais un usage de plus, Neal comptant les utiliser pour des armes de chasse perfectionnées que Thumimburee et les autres apprécieraient sûrement à leur juste valeur.

En examinant des acacias, afin d'y repérer de jeunes branches souples pouvant faire de bons arcs, Neal regarda Jallara occupée avec les autres jeunes femmes en s'interrogeant une fois de plus sur ses origines. Lequel de ses deux parents n'était pas aborigène ? Connaissait-elle son père et sa mère ou son histoire était-elle similaire à la sienne et ignorait-elle d'où elle venait ? Était-elle orpheline ou enfant trouvée ?

Quand il la rejoignit près du *billabong*, Jallara lui demanda :

— Loin maison, Thulan ?

Ses seins nus le troublaient toujours autant et il dut se forcer à garder les yeux fixés sur les dunes et le désert. Comment lui expliquer qu'il venait d'un monde qui considérait la vision d'une simple cheville de femme comme une inconvenance ?

— Oui, très loin de chez moi.

— Toi avoir femme ?

La pensée de Hannah lui traversa aussitôt l'esprit.

— Non, je n'ai pas de femme.

— Toi loin du Rêve, Thulan. Loin des Pouvoirs Esprits. Qui veiller sur lieux sacrés ? Qui danser pour Pouvoirs Esprits donner eau et viande et miel ?

— Mon père veille sur toutes ces choses-là.

Elle hocha la tête en signe qu'elle comprenait et se pencha pour déterrer un tubercule gorgé d'humidité.

— Quand toi partir ?

— Quand j'aurai repris mes forces.

— Non, Thulan. Quand homme blanc partir ?

Neal n'en crut pas ses oreilles. Était-elle sérieuse ?

— Vous voulez savoir quand *tous* les hommes blancs vont partir ?

Elle acquiesça d'un hochement de tête et d'un sourire.

— Oui. Homme blanc ici longtemps. Quand aller maison ?

Seigneur ! se dit Neal. Ces pauvres gens s'imaginent que tous les Blancs qui peuplent les villes, se répandent partout avec des fermes et des élevages, des usines et des mines, ne sont venus qu'en visiteurs ? Il se sentit tout à coup profondément triste.

— Je ne sais pas, Jallara.

Le lendemain au réveil, Neal découvrit son pagne en peau de kangourou envahi par des puces qui le piquaient furieusement. Jallara lui fit signe de le lui donner. Il s'attendait à ce qu'elle en rie, mais elle paraissait sérieuse et lui tendit à la place une sorte de ceinture de touffes d'herbe sèche. Perplexe, Neal

355

la vit poser la peau de kangourou sur une fourmilière en pleine activité.

— Nous attendre, dit-elle en souriant.

Au début de l'après-midi, Neal constata avec étonnement que les fourmis avaient dévoré toutes les puces. Jallara les chassa de quelques revers de main, secoua fermement la peau et la rendit à Neal vierge de parasites.

Il avait maintenant fait la connaissance de plusieurs autres membres du clan : Allunga, petite femme à la peau couleur brou de noix et aux cheveux blancs qu'il supposa être la grand-mère de Jallara ; Burnu, jeune homme souriant d'environ dix-huit ans qui regardait tout le temps Neal en paraissant se demander ce que cet homme blanc faisait parmi eux ; Daku, le frère de Burnu, et Jima, leur père, qui avait une jambe atrophiée et marchait en s'appuyant sur un bâton fourchu ; leur sœur Kiah, timide jeune fille qui riait souvent et semblait être la meilleure amie de Jallara ; Yukulta, une jeune mère qui veillait sur la meute de dingos, allaitait parfois elle-même les chiots et dormait avec eux la nuit.

À l'aube de chaque nouvelle journée, Neal s'éveillait avec deux pensées en tête : retrouver le souvenir important qui s'obstinait à le fuir et Hannah.

J'aurais dû rester à Adélaïde, murmura-t-il en choisissant les branches d'un acacia pour en faire des arcs. J'aurais dû rester avec Hannah. Il y aura d'autres expéditions, mais il n'y a qu'une seule Hannah. Si j'étais resté près d'elle, si je l'avais épousée, si je m'étais installé avec elle… si j'étais resté avec

Hannah, je n'aurais pas été surpris par une terrible tempête de sable et... et...

Il s'interrompit. Le soleil qui filtrait entre les feuilles d'un eucalyptus lui brûlait les épaules. Les femmes et les jeunes filles, dispersées dans la plaine, fouillaient le sol avec des bâtons pointus, déterraient des racines, attrapaient des rongeurs et des lézards pour le dîner.

— Je n'aurais pas été surpris par une tempête de sable, répéta-t-il. Et alors... Bon Dieu ! s'exclama-t-il soudain dans le vent chaud qui ne cessait jamais de souffler. Bon Dieu !

Le souvenir rebelle lui était revenu.

Neal tendit la main vers le tronc de l'eucalyptus pour se retenir. Devant lui, l'immense étendue désertique paraissait se dilater et se contracter, le bourdonnement des mouches s'amplifier, le soleil percer le feuillage avec une ardeur redoublée. Pendant que le souvenir et ses implications revenaient le frapper avec violence, il retenait son souffle.

J'ai été pris dans une terrible tempête de sable et laissé pour mort.

La brume qui subsistait dans son esprit se dissipa en quelques secondes et sa mémoire se remit à fonctionner avec une parfaite clarté. Tout lui revint : ses appels dans la nuit restés sans réponse, sa décision d'attendre l'aube sous la bâche qui l'avait protégé avant de se mettre en quête de ses compagnons, son réveil en découvrant qu'ils étaient partis sans même l'avoir cherché. Il le savait parce qu'il ne s'était pas éloigné de beaucoup quand le nuage de sable l'avait englouti. Les hommes s'étaient sans doute dispersés, mais ils seraient restés à portée de voix et de vue.

Or, au lever du soleil, il n'avait pas retrouvé la moindre trace des tentes, pas même un vestige du feu de camp.

Sir Reginald l'avait sciemment abandonné.

Parce que je l'avais surpris à mentir, pensa-t-il sombrement. S'il n'a jamais vécu avec les Séminoles comme il le prétendait, quel crédit accorder au reste de ses aventures ? Sur combien d'impostures a-t-il bâti sa célébrité frauduleuse ? Pour préserver ses honteux secrets, il n'a pas hésité à avoir recours au meurtre.

23

Le moment était venu de quitter le *billabong*.

Avec autant de précision qu'il en était capable, Neal avait estimé qu'entre son errance dans le désert après la tempête de sable, sa période d'inconscience ayant précédé son sauvetage et sa convalescence auprès du clan de Jallara, une quinzaine de jours s'étaient écoulés depuis que sir Reginald l'avait abandonné à son sort.

Il n'avait aucune idée de la localisation, fût-elle approximative, du *billabong*. Sans une carte, un sextant ou même une simple montre, il ne disposait d'aucun moyen de déterminer la latitude et la longitude de l'endroit où il se trouvait. Tout ce dont il était certain, c'est que pendant qu'il restait immobilisé là, l'expédition poursuivait sa progression vers l'ouest, donc s'éloignait de plus en plus.

Et que le désir de se venger habitait désormais son cœur.

« Pouvez-vous me conduire vers le sud, vers la côte ? » avait-il demandé la veille à Jallara. Il ne pensait plus à fabriquer des arcs et des flèches pour ses hôtes, à leur construire des abris plus solides ou leur apprendre l'alphabet. Il était poussé par un instinct primitif, bestial. Il se souvenait suffisamment de la carte pour savoir que s'il atteignait l'océan Indien, il pourrait suivre vers l'ouest l'itinéraire d'Edward Eyre au moins jusqu'à Espérance et, de là, remonter vers le nord en ayant une chance de croiser le chemin suivi par sir Reginald. Il se rappelait également avec une certaine précision la position sur la carte du lieu cerclé de rouge appelé Galagandra. Il avait demandé à Jallara si elle le connaissait, mais elle n'en avait jamais entendu parler.

Jallara avait eu avec Thumimburee un long conciliabule dont Neal avait anxieusement attendu l'issue. Maintenant que la mémoire lui était revenue, le besoin de retrouver sir Reginald l'obsédait. Aussi avait-il été soulagé de voir Thumimburee sourire avec un signe d'acquiescement.

« Nous aller, lui avait dit Jallara.

— Quand ? » avait-il demandé.

Elle avait joint les mains contre sa joue en fermant les yeux pour imiter le sommeil, fait un geste représentant le lever du soleil. Elle avait rouvert les yeux et, le pouce levé, mimé le chiffre un.

« Nous partons demain ?

— Oui, Thulan, demain. »

L'aube se leva, annonçant le jour du départ. En les aidant à démonter les abris et à en former des charges faciles à transporter sur le dos, Neal se promit qu'une fois arrivé à Perth il veillerait à ce que de la nourriture, des vêtements et des médicaments soient distribués au clan de Jallara en témoignage de sa gratitude.

En peu de temps, ils furent prêts, trente-trois hommes, femmes et enfants, leurs habitations primitives sur le dos, les feux éteints et tous signes d'occupation humaine effacés. Neal avait des remords de leur faire quitter un endroit aussi agréable. Il n'avait demandé que deux hommes pour le guider, mais Thumimburee avait vraisemblablement estimé que le clan entier devait l'accompagner.

Les bras levés, Thumimburee, le Sage du clan, dansa lentement en cercle en chantant une mélopée. Jallara expliqua à Neal qu'il rendait grâce aux esprits du *billabong* de leur avoir offert une bonne vie pendant leur séjour chez eux. Il implora aussi le pardon des esprits des animaux qu'ils avaient tués et mangés ainsi que les esprits des plantes. Ce rituel avait donc un rapport avec l'équilibre de la nature.

Mais lorsque Thumimburee se mit en marche en direction du nord, suivi de tous les autres, Neal sursauta.

— Attendez ! J'ai dit que je devais aller vers le sud !

— Venir, Thulan, fit gaiement Jallara. Thumimburee dire toi être ami, toi venir.

Neal la regarda, consterné. Il l'avait mal comprise. Elle avait dû lui dire qu'il serait le bienvenu s'il voulait les suivre partout où ils iraient et non pas qu'ils l'emmèneraient là où il souhaitait aller, lui.

Pendant que le clan défilait devant lui, Thumimburee en tête, Neal s'efforça de mieux s'expliquer.

— Je dois aller vers le sud. Je dois retrouver mon expédition.

Jallara s'éloignait déjà. Elle s'arrêta, se retourna.

— Nous aller là.

— Pourquoi ? Quelle différence entre par là ou par ici ? Il n'y a pas de villes ni de villages. Votre peuple peut aller où il veut.

— Nous suivre Ligne du chant, Thulan.

La Ligne du chant ? Qu'est-ce que cela voulait dire ? Il ne voyait aucune ligne tracée sur le sol, aucun signe indiquant une direction plutôt qu'une autre, aucun repère particulier à l'horizon.

Droit et fier, Thumimburee marchait d'un pas ferme vers la plaine aride en laissant derrière lui le *billabong* nourricier. Enfants, dingos, chasseurs, femmes, tous le suivaient docilement. Neal se tourna vers le sud, regarda l'immense désert qui le séparait de la côte. Il se demanda s'il serait capable de le traverser par ses propres moyens et comprit qu'il ne réussirait jamais. Il n'avait donc pas le choix, il devait suivre ce clan qui l'avait adopté comme l'un des siens.

Alors, malgré lui, il se joignit à eux, pour s'enfoncer toujours plus profondément au cœur de ce continent inconnu. Chaque pas l'éloignait davantage de Hannah et de la civilisation, chaque pas creusait un peu plus la distance qui le séparait de sir Reginald, de l'expédition – et de sa vengeance.

24

— Comment vous sentez-vous, monsieur O'Brien ?

Jamie leva les yeux. La silhouette de Hannah se découpait en ombre chinoise contre le soleil. Ils étaient assis à l'arrière du chariot, entre les sacs, les barils et les caisses. Les roues grinçaient dans le silence de cette fin de matinée. Depuis qu'elle lui avait réduit sa fracture, dix jours plus tôt, elle était restée à le soigner et à veiller sur lui. Ce n'est pas si désagréable, se disait Jamie. Malheureusement, elle s'opposait catégoriquement à ce qu'il descende du chariot. Jamie O'Brien n'était pourtant pas homme à rester sans bouger, il débordait de trop d'énergie. Mais Mlle Conroy n'avait pas seulement décidé d'être son médecin, elle s'était aussi instituée son geôlier.

Une jolie geôlière en tout cas, pensa-t-il. Sa robe et son bonnet gris perle étaient de la même nuance que ses yeux. Jamie connaissait le mot « nacré », mais il ne le comprenait que maintenant. Un mot qui paraissait avoir été inventé tout exprès pour Hannah Conroy, avait-il conclu, car ce gris n'était pas celui d'un brouillard froid et triste, mais le gris aérien des brumes irlandaises autour d'un vieux château. Et ses cheveux noirs, si noirs, paraissaient dire à un homme : Venez nous ébouriffer.

— Je me sens très bien, répondit-il avec un grand sourire.

— Et votre jambe ?

Le sourire se fit impertinent.

— Laquelle ?

Il affectait cette attitude désinvolte pour tromper sa peur, Hannah en était consciente. Il n'éprouvait plus de douleur depuis quatre jours ni aucune sensation à l'endroit de sa blessure. Hannah examina son visage, abrité du soleil par le large bord de son chapeau. Il ne paraissait pas fiévreux ni ne transpirait outre mesure. Ils savaient cependant l'un et l'autre que l'absence de douleur constituait un symptôme inquiétant. Il pouvait signifier que, sous le pansement maintenant crasseux et couvert de poussière, la gangrène rongeait les nerfs et rendait la chair insensible là où l'os avait percé l'épiderme. Et la gangrène était une condamnation à mort.

Ce pansement, Hannah devait le retirer ce soir-là et, comme tous les autres membres du groupe, elle était très angoissée.

Le silence presque irréel n'était troublé que par les grincements des chariots et le cliquetis des casseroles accrochées aux bâts des chevaux de charge. Le soleil se levait lentement dans le ciel bleu, blanchissait tout sur le sol, effaçant les ombres au point que les hautes herbes elles-mêmes n'en projetaient plus. Ils étaient au milieu d'un paysage lunaire, minéral, hérissé de protubérances rocheuses aux formes bizarres. Sur cette terre déshéritée, rien ne pourrait jamais pousser qu'une végétation rachitique.

L'eau était extrêmement rare et saumâtre. En parvenant au sommet d'un pli de terrain, ils avaient vu ce qu'Edward Eyre avait appelé le lac Torrens. Mais ce n'était qu'un mirage, car ils avaient constaté en s'approchant qu'il s'agissait d'une étendue desséchée autrefois pleine d'eau, évaporée depuis des millénaires. Au nord-est de ce lac illusoire, aussi loin que portait le regard, des chaînes de collines dénudées barraient l'horizon de leurs crêtes déchiquetées.

C'est une troupe silencieuse qui progressait lentement vers le nord, les uns à cheval, les autres marchant à côté des chariots, les vêtements poussiéreux et déchirés, le fusil à la bretelle. Ils étaient maintenant dans un territoire inconnu où aucun homme blanc n'avait encore pénétré. Hannah se rappela ce qu'avait dit une fois le capitaine Llewellyn, commandant du *Caprica*. Selon une théorie fumeuse, Dieu aurait créé quelque part sur terre un second paradis terrestre qui se trouverait peut-être au cœur mystérieux de l'Australie.

Ces hommes n'étaient cependant pas à la recherche d'un nouveau jardin d'Éden, de cités perdues ou d'une légendaire mer intérieure. Hannah avait finalement appris qu'ils venaient là dans le seul but de découvrir des opales et qu'ils suivaient Jamie parce qu'il leur avait promis la fortune. Aucun ne se basait pourtant sur rien de plus convaincant qu'une carte douteuse, le flair de Jamie et son esprit aventureux. L'un d'eux, Stinky Sam, avait raconté à Hannah qu'au cours d'une mémorable partie de cartes ayant duré trois jours, le pot final comprenait une poignée de shillings, une liasse de billets de banque, une bague en or, un collier de perles, le titre de propriété d'un élevage de bovins et une carte indiquant un gisement d'opales.

Jamie avait perdu la partie mais acheté la carte au vainqueur, qui doutait de son authenticité. « Comment peut-on faire la carte d'un endroit d'où personne n'est jamais revenu vivant ? » avait-il sagement commenté en donnant la carte à Jamie. Mais Jamie avait été séduit par le parchemin jauni, les chemins tracés à l'encre de Chine et les gros X placés çà et là. Il avait raconté à ses compagnons la légende aborigène du Serpent Arc-en-ciel, au corps étincelant de flammes couleur de pierres précieuses, qui pondait des œufs magiques d'une pierre translucide qui reflétait les couleurs de l'arc-en-ciel. Ces œufs mythiques, disait-on, se trouvaient à l'intérieur du continent, quelque part au nord d'Adélaïde. Jamie avait donc fait le rapprochement entre la légende et la carte et décidé de mettre sur pied une expédition.

Un soir au dîner – pommes de terre, pain « étouffoir » et émeu rôti dû à la carabine de Bluey Brown –, Stinky Sam avait dit à Hannah :

« Les opales, on les trouve par terre. Des superbes morceaux de feu congelé gros comme le poing qui sont là, pour celui qui se donne la peine de les ramasser. On va tous devenir riches ! »

Hannah avait entendu parler des opales, provenant jusqu'alors du Mexique et de certains pays d'Europe, mais n'en avait jamais vu. Comme c'était une pierre rare, elle comprenait pourquoi ces hommes déguenillés suivaient Jamie avec une confiance aveugle. Ils formaient un groupe de camarades courant d'un faux espoir à une illusion, trouvaient un travail précaire ici et là, bouviers une saison, tondeurs une autre, allaient ailleurs quand la bougeotte les reprenait, toujours confiants en Jamie qui leur disait que le bout de la route était à deux pas.

Ils s'identifiaient tous par des surnoms dont les Australiens étaient friands : Blackie White, Abe Brown (appelé Bluey sans raison évidente), Charlie Olde dit Chilly, Banger qui raffolait des saucisses, Tabby qui aimait faire la sieste, et Ralph Gilchrist, surnommé Church à cause de son nom. Il y avait aussi Roddy, Cyrus et Elmo, trois frères qui se ressemblaient tant que Hannah avait du mal à les différencier.

Ces hommes, Jamie les avait connus autour d'une pinte de bière et d'une partie de cartes dans des endroits aux noms improbables tels que Geelong, Coonardoo ou Streaky Bay. Aussi, une fois en possession de la carte du trésor et son plan de chasse aux opales mis au point, il était allé à Geelong, Coonardoo et Streaky Bay battre le rappel de sa bande d'aventuriers, comme Jésus ses disciples, se disait Hannah. Chacun avait contribué dans la mesure de ses moyens à l'achat des chariots, des chevaux et du matériel sur la seule garantie que le trésor, une fois découvert, serait réparti en parts égales.

Les trois frères, Roddy, Cyrus et Elmo, étaient de jeunes maçons en quête d'aventure ; Blackie White un forgeron édenté quinquagénaire ; Banger un ancien cuisinier dans une ferme d'élevage ; Stinky Sam et Chilly cow-boys dans un élevage où Jamie avait été homme à tout faire un hiver. Church avait passé le plus clair de sa vie à mener des chars à bœufs dans la brousse pour approvisionner les élevages isolés et en rapporter des montagnes de toisons brutes. Quant à Bluey et Tabby, ils étaient des bûcherons ayant pour devise : « Si ça pousse, on le coupe. » À eux deux, ils avaient déboisé plus d'un million d'hectares dans leur vie.

Le seul absent ce jour-là était Stinky Sam, parti de son côté chercher des opales armé d'une pioche, d'une lanterne et d'une gourde de whisky. Stinky Sam (Sam qui pue) devait son surnom au fait d'avoir travaillé dans un abattoir de Hobart, où il purgeait une peine de travaux forcés après avoir été condamné à Dublin comme pickpocket.

En regardant défiler le paysage ingrat, Hannah se demandait si la terre n'était pas redevenue plate comme avant Christophe Colomb. L'horizon était si lointain et le ciel si vide qu'elle se croyait revenue à bord du *Caprica*. Fin mai, au seuil de l'hiver, il faisait si chaud qu'elle pouvait imaginer la fournaise que le désert devait être en plein été. La nuit, toutefois, la température était si glaciale que tout le monde grelottait et restait le plus près possible du feu. Hannah jouissait quand même du privilège d'avoir une tente pour elle seule.

Tout en progressant lentement mais sûrement, les hommes s'éloignaient parfois du convoi à la recherche de bois pour le feu et, bien entendu, d'opales. Hannah pensait à Neal : ce désert inhospitalier ressemblait-il à celui qu'il explorait ?

Sur fond de grincements de roues, Jamie se mit à parler.

— Est-ce que je vous ai déjà raconté, mademoiselle Conroy, l'histoire de ce type appelé Fry que je connaissais dans le temps ? Je traînais du côté de Gundagai un été quand je suis tombé sur ce bon vieux Sammy Fry qui déambulait dans une rue. L'allure d'un mendiant, pas de chaussettes, le pantalon retenu par une ficelle, le chapeau troué. « Allons, monsieur Fry, je lui dis, tout le monde par ici sait que vous avez fait fortune avec les moutons. Vous avez votre propre élevage et vous allez toujours déguenillé comme un tondeur au chômage. Pourquoi vous ne vous habillez pas en homme riche que vous êtes ? » Et le vieux Fry me répond : « Pourquoi donc, puisque tout le monde par ici sait qui je suis. » Eh bien, croyez-le ou pas, un an plus tard je passais dans une des rues les plus animées de Sydney quand je tombe de nouveau sur Sammy Fry, toujours en haillons et encore plus riche qu'avant d'après ce que je savais. « Alors, monsieur Fry, je lui dis, vous êtes dans la grande ville maintenant, vous devriez vous habiller mieux que ça. » Et le vieux Sammy me répond : « Pourquoi donc, puisque personne par ici ne sait qui je suis. »

Hannah sourit. Elle avait découvert que Jamie O'Brien possédait un vrai don de conteur et disposait d'un répertoire quasi intarissable d'anecdotes, d'histoires, de fables et de contes, toujours distrayants, qui lui coulaient des lèvres comme d'une fontaine.

— Avez-vous jamais entendu parler d'un type appelé Queenie MacPhail, mademoiselle Conroy ?

— Non, monsieur O'Brien, je ne crois pas.

— Cela vous amuserait-il de savoir comment Queenie a eu droit à son surnom ? demanda-t-il avec un grand sourire. Je menais un troupeau le

369

long de la rivière Murrumbridgee, loin de tous les endroits habités, quand j'ai rencontré un fermier du nom de MacPhail et sa femme, qui était très dévote. Ils m'ont invité à manger un morceau et m'ont parlé de leurs soucis. Il n'y avait pas beaucoup d'églises dans le coin, vous vous en doutez, et la femme de MacPhail s'inquiétait de ce que leur fils, qui avait déjà neuf ans, n'était toujours pas baptisé. Bien sûr, cela voulait dire qu'il n'avait pas non plus de prénom, alors ils l'appelaient Garçon. Mme MacPhail m'a avoué qu'elle avait peur que si le garçon mourait, saint Pierre ne veuille pas de lui au paradis puisqu'il ne saurait pas qui il était. Alors, je lui ai proposé de trouver dans les parages un prêcheur itinérant et de l'amener chez eux pour qu'il baptise le garçon.

« Ce qu'on ne savait pas, c'est que le garçon écoutait par le trou de la serrure pendant que le prêcheur et moi on discutait avec les MacPhail. Le garçon s'était mis en tête que baptiser c'était comme marquer les bêtes au fer rouge, parce que le prêcheur avait dit qu'il pourrait maintenant faire partie du troupeau. Du coup, le gamin a détalé pour ne pas subir le supplice du baptême. On a tous couru après lui, les MacPhail, le prêcheur et moi, à travers les champs puis dans la maison, où il nous filait entre les doigts de pièce en pièce pire qu'un diable de Tasmanie. Quand le père MacPhail a finalement réussi à l'attraper alors que sa femme criait : "Donnez un nom chrétien à mon fils !", le prêcheur était si énervé qu'il en a lâché sa bouteille d'eau de baptême.

« "Dépêche-toi, femme, une autre bouteille !" a beuglé MacPhail, sur le point de lâcher le gamin qui gigotait comme un beau diable. La femme a pris la première bouteille qu'elle a trouvée et l'a collée dans la main du révérend qui a fait couler le liquide sur la tête du garçon en disant les paroles rituelles : "Je te baptise au nom du…" Et il s'est arrêté brusquement en voyant l'étiquette. "Dieu tout-puissant, c'est du Queen of Highlands !" Et jusqu'au jour d'aujourd'hui, mademoiselle Conroy, ce cher vieux Queenie MacPhail se vante d'être l'homme le plus baptisé de la terre parce qu'il l'a été avec du bon whisky écossais.

Hannah éclata de rire et se pencha pour mieux arranger le sac de farine contre lequel Jamie était adossé.

Quand Hannah lui avait demandé pourquoi il se lançait dans la difficile recherche des opales, il lui avait répondu : « Parce que je ne l'avais encore jamais fait. La vie est courte, un homme doit goûter à tout ce qu'il peut. — Et que ferez-vous si vous devenez riche ? » lui avait-elle alors demandé. « Je ne prévois jamais aussi loin », avait-il plaisanté. C'est ainsi qu'elle avait peu à peu appris à mieux connaître l'homme auquel elle dispensait ses soins, l'insouciant vagabond capable aussi bien, selon son humeur du moment ou le temps qu'il faisait, d'accomplir un travail honnête que de tricher, de mentir ou de voler. Un homme à l'esprit toujours en mouvement, trop plein d'énergie pour rester en place. Elle avait aussi découvert que Jamie O'Brien était habitué à ce que les femmes succombent à son charme et à son sens de la repartie.

Ce qu'elle ignorait, toutefois, c'était comment il était devenu ce qu'il était. Elle ne savait pas encore de quel milieu social il venait ni quelles circonstances l'avaient amené à cette vie aventureuse qui dépassait souvent les limites de la légalité.

En tête du convoi, Maxberry leva la main pour donner le signal qu'il était temps de s'arrêter et de dresser le campement pour la nuit.

Et de retirer le pansement de Jamie.

Comme à l'accoutumée, quatre hommes vinrent aider O'Brien à descendre du chariot, les attelles de sa jambe lui interdisant de marcher même avec des béquilles. Hannah sauta à terre la première et prit son fourre-tout. La gorge nouée, elle redoutait ce qui allait arriver.

En passant les bras autour des épaules des compagnons qui le soutenaient, Jamie observa Hannah qui cherchait un endroit écarté avec autant de grâce que si elle regardait des fleurs dans un jardin. Les hommes prenaient grand soin de préserver l'isolement et l'intimité dont elle avait besoin. Ils avaient aussi commencé à se coiffer, à surveiller leur langage et à ne pas cracher leur jus de chique à côté d'elle.

Pendant que certains dételaient les chariots et enlevaient le harnachement des chevaux pour les laisser paître en liberté autour du campement, Tabby alluma le feu, d'autres montèrent les tentes ou ramassèrent du bois et Nan, armée d'un bâton pointu, alla chasser des lézards. Hannah veilla à ce que Jamie soit confortablement installé, adossé à un rocher et une bouteille d'eau à portée de main. Elle se retira ensuite sous la tente dressée pour elle et s'assit en tailleur pour étirer son dos endolori. Elle avait mal partout, elle était fatiguée et elle avait faim. Et plus que tout, elle mourait d'envie d'un bain, mais l'eau bien trop rare dans cette contrée aride devait être réservée à la cuisine et à la boisson. Les hommes avaient renoncé à se laver et laissaient pousser leur barbe. Jamie lui-même, pourtant toujours soigné de sa personne et rasé de près, avait le menton couvert d'une barbe naissante.

Le soleil disparu sous l'horizon, l'obscurité tomba très vite. Hannah alluma sa lanterne et, comme tous les soirs, sortit la photographie de Neal à qui elle parla en souriant : « Avez-vous déjà fait de merveilleuses découvertes, donné votre nom à des montagnes ou à des rivières, vos plaques photographiques portent-elles l'image de sites fabuleux qu'aucun homme n'a encore jamais vus ? » Elle se rappela leurs derniers moments ensemble, sur la route de Kapunda, le baiser passionné qu'ils avaient échangé. Son désir pour lui ne s'était pas affaibli, elle l'aimait toujours aussi profondément, et pourtant...

Les yeux levés vers la paroi de toile, elle pensa à l'homme assis de l'autre côté, à quelques pas de là. Jamie O'Brien... Qu'avait-il en lui qui l'ensorcelait à ce point ? Depuis leur première rencontre au clair de lune dans le jardin de Lulu Forchette, il exerçait sur elle une sorte de fascination. À chaque fois qu'elle pensait à lui, comme lors de leur rencontre au kiosque du marchand de journaux, elle s'était sentie inexplicablement attirée vers lui – et cette attraction allait croissant. Comment était-ce possible ? Elle aimait Neal, elle voulait passer sa vie avec lui. Alors ?

Elle ne réussissait pourtant pas à chasser de son

esprit le regard de Jamie, son sourire moqueur, son nez légèrement de travers, sa manière de se moquer de sa blessure, de rendre amusantes des histoires de gens ordinaires ou même son habileté à soulager de leurs shillings des Anglais trop naïfs.

Tandis qu'au-dehors les rires et les éclats de voix des hommes s'élevaient dans la nuit, Hannah reporta son attention sur la photographie de Neal. « J'ai peur que si M. O'Brien est frappé par la gangrène, je ne puisse m'en prendre qu'à moi-même. Je me dis maintenant que j'ai agi avec trop de hâte en appliquant la solution iodée sur sa blessure. Je savais que l'iode tuait les microbes, mais je le soupçonnais aussi de tuer la chair vivante et j'ai passé outre. Je n'aurais pas dû m'en servir, car je m'apercevrai peut-être que les vaisseaux sanguins et les nerfs qui nourrissent la chair autour de la blessure de M. O'Brien ont été tués avec les microbes. La gangrène se met dans les chairs mortes et j'en aurai été la cause. »

— Holà ! aboya Maxberry au-dehors. La tambouille est prête !

Nan avait attrapé quelques lézards, Bluey Brown et son infaillible carabine avaient abattu un wallaby isolé, ils avaient donc de la viande fraîche pour le dîner. Mais ce ne fut pas un repas joyeux. Les soirs précédents, les dîners étaient animés. Tous parlaient à qui mieux mieux de ce qu'ils feraient de la fortune qu'ils ne manqueraient pas d'amasser dans les fabuleux gisements d'opales. Ce soir, le dos voûté, ils se concentraient sur le contenu de leur gamelle comme pour nier l'existence des étoiles au-dessus de leurs têtes, de l'immensité désertique qui les entourait – et la mort de la jambe droite de Jamie O'Brien.

Inquiet de l'absence de Stinky Sam, Church se demanda à haute voix « où cette espèce d'enfoiré » avait bien pu se fourrer. Conscient de son langage, il devint écarlate et marmonna des excuses à Hannah. Maxberry tisonna le feu dans une gerbe d'étincelles.

— Il a dû se perdre, commenta-t-il sobrement.

Hannah n'avait plus faim. Elle se leva pour aller voir dans quel état était son patient.

Jamie était adossé à l'un des rares rochers autour du campement, les jambes étendues devant lui. Hannah s'assit à son côté, rassembla sa jupe sous elle et ajusta son châle sur ses épaules. À quelques pas, onze hommes et une Aborigène étaient groupés autour du feu. Les chevaux étaient attachés aux chariots, entre lesquels Church et Maxberry avaient tendu des ficelles auxquelles étaient accrochés des casseroles et des ustensiles pour donner l'alarme au cas où des dingos affamés viendraient rôder. Depuis plusieurs jours, ils n'avaient pourtant rien vu de vivant à l'exception d'un kangourou ou d'un wallaby égaré qui finissait presque toujours dans leurs assiettes.

— Monsieur O'Brien, acceptez-vous d'attendre demain matin pour enlever votre pansement ? Je préférerais examiner la blessure à la lumière du jour.

— Ce soir ou demain, c'est aussi bien, répondit-il en souriant.

— Êtes-vous inquiet ?

— Pour la gangrène ? Bah ! Si je dois mourir

demain, j'aurai quand même eu une bonne vie. Et si saint Pierre ne veut pas m'ouvrir la barrière, je ferai le tour et je me glisserai par une brèche de la clôture. Ce ne sera pas la première fois que j'aurai fait un pied de nez aux autorités.

— M. Maxberry m'a dit que vous aviez fait connaissance au bagne.

Jamie rit dans sa barbe.

— Vous voulez savoir comment ? En passant dans la vallée de la Snowy River, j'ai rencontré un type qui voulait acheter des peaux de kangourou. Je lui ai dit que j'en avais deux cents, des belles à fourrure rouge avec les oreilles, la queue, tout. Je lui ai dit un prix, il a été d'accord, j'ai pris l'argent et je lui ai dit en partant où il pouvait aller les chercher. La garde m'a rattrapé quatre jours plus tard. Le juge m'a accusé d'escroquerie, je me suis défendu en disant que les deux cents peaux étaient bien à l'endroit que j'avais dit. « Oui, mais en omettant de préciser qu'elles étaient encore sur les kangourous », m'a répondu le juge.

Hannah sourit tandis que Jamie riait à ce souvenir.

— Malheureusement, poursuivit-il, il n'avait pas le sens de l'humour, comme celui qui m'avait coincé l'année d'avant quand j'avais vendu un cheval. L'acheteur m'avait bien écouté et payé le cheval cinquante livres, mais quand il a vu que ce que je lui avais vendu était un séchoir à linge, vous savez, comme un cheval-d'arçons où on pose les draps à sécher, il m'a traîné devant le juge. Celui-là, il avait le sens de l'humour – et un bon coup de gin dans le nez, je crois bien – parce qu'il a dit à l'acheteur de faire plus attention à l'avenir et il m'a relâché. Mais les kangourous m'ont expédié au bagne, où Mikey et moi on a travaillé un bout de temps à casser des cailloux pour empierrer les routes jusqu'à ce qu'on s'offre une belle évasion au milieu de la nuit.

— Vous admettez donc que vous êtes un filou ?

— Seulement quand je ne trouve pas de travail honnête.

Il ponctua sa boutade d'un clin d'œil complice. Hannah se demanda comment un homme sur le point de perdre une jambe et peut-être la vie pouvait avoir la force, ou l'inconscience, de flirter avec une femme.

— Vous ne vous souciez donc pas de vos victimes ?

— La plupart le méritent. Vous voyez cette jument alezane ? dit-il en montrant les chevaux attachés. J'étais aux courses à Chester Downs, j'avais gagné des sous ce jour-là et je serais parti tranquillement si je n'avais pas vu ce vantard, un certain Barlow, qui chantait sur tous les tons les mérites de son champion qui avait gagné une course. J'ai regardé l'animal et j'ai dit au type que j'étais désireux de le lui acheter. On a marchandé tout l'après-midi avant de tomber d'accord pour échanger le cheval contre une terre. J'ai donc donné à ce Barlow un titre du gouvernement en bonne et due forme pour trente mille hectares du côté de Kapunda et il m'a donné la jument. Ça s'est passé juste avant mon départ. Depuis, j'imagine qu'il a voulu prendre possession de la terre et s'est rendu compte que le titre était faux.

— Et ça ne vous gêne pas ?

Jamie chercha sur le visage de Hannah un signe de réprobation, mais ne vit qu'une franche curiosité.

— C'est la cupidité de cet individu qu'il faut plutôt blâmer. Barlow savait très bien que la terre valait beaucoup plus que le cheval. Il croyait que c'était lui qui me volait. Vous savez, mademoiselle Conroy, je faisais aux types de ce genre des propositions trop belles pour être vraies. Un honnête homme ne m'aurait même pas écouté.

— Vous ne craignez pas que ce M. Barlow vous fasse mettre en prison ?

— Il n'ira pas se plaindre. Les types comme lui n'aiment pas passer pour des imbéciles. Il encaissera le coup pour sauver son amour-propre. Je choisis toujours soigneusement mes cibles. D'ailleurs, Barlow me rappelait mon père.

Jamie leva la tête, regarda longuement le ciel nocturne et enleva son chapeau, qu'il posa dans le sable à côté de lui. Hannah voyait la brise jouer dans ses cheveux châtains, déjà longs dans le cou.

— Mes parents, reprit-il, étaient parmi les premiers colons de la Nouvelle-Galles-du-Sud. Ils dévoraient les terres comme des affamés et galopaient vers la fortune sur le dos des moutons, comme on dit dans le coin. Je suis le seul qui soit né en Australie. Mes parents avaient déjà des enfants quand ils sont arrivés, ils en ont eu deux autres avant moi qui n'ont pas vécu. J'étais donc le petit dernier et ma mère est morte d'épuisement au printemps suivant. J'aurais sans doute pu avoir une bonne vie, mais la fortune qui lui est venue aussi vite a transformé mon père. De simple salarié dans un élevage du Suffolk, se retrouver propriétaire d'une dizaine de milliers d'hectares lui est monté à la tête. Il a donné à notre ferme un nom prétentieux et s'est enrichi en élevant par milliers des bons mérinos bien laineux. Longtemps avant, c'était un homme généreux, mais l'argent l'a rendu avare et cupide. Il en voulait toujours plus, rachetait les fermes voisines à des gens qui ne pouvaient plus rembourser leurs emprunts. Mon père voulait effacer son humble passé en remplissant la maison de meubles coûteux, de tapis d'Orient et même d'armures qu'il faisait venir d'Angleterre. Il se donnait de grands airs et voulait que ses fils en fassent autant. Mes frères ont suivi le mouvement, ils sont allés dans des internats huppés, sont devenus membres des clubs les plus chics de Sydney. Ils portaient des chapeaux hauts de forme et se conduisaient en vrais petits gentlemen. Mais moi, je n'étais pas pareil. Je suis né ici, c'est l'air de l'Australie que j'ai respiré dès le début et c'est ce qui m'a rendu différent du reste de ma famille. Il a eu beau essayer, mon père n'est jamais arrivé à me rendre comme les autres. J'étais rebelle de naissance, incapable de rester assis à un pupitre avec une ardoise et un bâton de craie. Les précepteurs se succédaient, mon père me cravachait le derrière plus souvent que je peux m'en souvenir, mais rien n'y faisait. Quand j'ai eu quatorze ans, il a décidé de m'expédier en Angleterre pour me fourrer dans une école où j'apprendrais à devenir un gentleman. Alors, je me suis enfui. J'ai fait mon baluchon, j'ai pris la route et je ne me suis jamais arrêté depuis.

— Êtes-vous jamais retourné là-bas ?

— Une fois, il y a quelques années. Le paternel avait pris une autre femme et fabriqué une nouvelle fournée de petits O'Brien. J'ai monté les marches du perron, mais il n'a même pas voulu me laisser entrer. Il m'a dit qu'il m'avait déshérité et que je ne devais jamais plus remettre les pieds chez lui. À l'époque, mes avis de recherche n'avaient pas encore une liste d'inculpations aussi longue que maintenant, juste quelques peccadilles, mais il m'a quand même menacé d'envoyer chercher la police si je ne décampais pas immédiatement. Ce n'était quand même pas un si mauvais bougre, il m'a donné une heure d'avance.

Il observa Hannah un long moment, caressa du regard son visage encadré par le coquet petit bonnet, s'attarda sur ses cheveux noirs noués en chignon sur la nuque. En plein désert, menant la vie rude que nous menons tous, se dit-il, elle garde quand même une allure de lady...

— Laissez-moi vous donner un brin de sagesse de l'Outback, Hannah.

Elle ne lui avait jamais permis de l'appeler par son prénom, il ne le lui avait pas demandé, mais elle ne protesta pas.

— Dans la vie, Hannah, le bon truc c'est de tout caser dans l'instant présent. Toutes les journées, toutes les heures, tout votre passé et tout votre avenir. Tassez bien le tout et savourez un festin d'homme riche.

— Même si, pour cela, on vit en dehors des lois ?

Il chercha à nouveau à discerner chez elle un jugement, une réprobation, mais n'en vit aucun signe. Elle était simplement curieuse d'en savoir plus sur lui. C'était aussi simple que cela. Elle méritait donc une réponse.

— Je ne vis pas *en dehors* des lois, Hannah. Je vis tout simplement selon mes propres lois. Aucun juge à perruque, aucun ministre à faux col vivant à des milliers de kilomètres d'ici ne pourra jamais dire à Jamie O'Brien comment il doit mener sa vie.

Il prit un bol en fer-blanc posé dans le sable à côté de son chapeau, le leva pour lui porter un toast et but une longue gorgée. Hannah savait que c'était du whisky pur.

— Je plains les pauvres bougres qui ne boivent jamais, dit-il.

— Pourquoi ?

— Parce que quand ils se réveillent le matin, ils ne se sentiront jamais mieux de la journée.

Il changea légèrement de position en faisant une grimace de douleur, que Hannah vit avec une inquiétude mêlée d'espoir.

— Vous avez mal ?

— Cette attelle me gêne. Vous ne pourriez pas la desserrer un peu ?

Il avait fallu rajuster tous les jours les liens des attelles, d'abord les relâcher pour tenir compte du gonflement de la jambe, puis les resserrer à mesure que l'enflure diminuait. Hannah dénoua délicatement les chiffons... et retint de justesse un cri d'horreur.

À la lumière de la lune et des étoiles, elle vit une grande tache sombre sur le bandage, juste au-dessus de la plaie suturée. La gangrène, pensa-t-elle en fermant les yeux. La putréfaction avait traversé le bandage. Tout espoir était perdu.

— Tout va bien ? demanda Jamie.

— Je vais juste le renouer.

Les mains tremblantes, elle reprit les deux bouts du chiffon et refit le nœud pour recouvrir l'horrible tache.

Jamie frotta son menton hérissé de poils.

— Je peux vous demander une faveur, Hannah ? Voulez-vous enlever votre bonnet, juste pour ce soir ? Appelez ça le dernier souhait d'un mourant, ajouta-t-il avec un grand sourire.

Hannah pensa à la tache sombre sur le pansement, à tout ce qui allait changer le lendemain dans la vie de Jamie et la sienne. Alors, elle enleva son bonnet et les épingles en laissant son chignon se défaire.

— Voilà, c'est beaucoup mieux comme ça, dit Jamie.

Il caressa des yeux avec gourmandise sa chevelure si noire qui brillait sous la lune. Leurs regards se croisèrent. Hannah vit ses yeux bleus refléter la lune et les étoiles. Elle se surprit à penser que Jamie O'Brien était un homme diablement séduisant et qu'elle était en train de se laisser envoûter par un étrange sortilège. Elle se frictionna les bras en sentant le froid pénétrer sa peau et gagner son corps jusqu'à la moelle des os – mais ce n'était pas le froid de la nuit.

Jamie sortit quelque chose de sa poche.

— Je veux vous faire partager un peu de magie. Mais il faudra enlever votre gant.

Hannah obéit et sentit dans sa paume un objet frais.

— Vous sentez ? demanda-t-il. C'est comme tenir un nuage.

C'était une opale bleutée de la taille d'un œuf de rouge-gorge, à la fois douce et lisse. Hannah la tourna, la retourna. Quand la pierre attrapait la lumière de la lune, elle renvoyait des reflets irisés qui faisaient penser aux yeux de Jamie.

— Plongez votre regard jusqu'au cœur de la pierre, Hannah, faites-la miroiter, laissez ses couleurs tournoyer autour de vous, vous embrasser, vous emmener là où il n'y a que paix et silence. Les Aborigènes croient que les opales sont des pierres qui guérissent. Ce sont les œufs pondus par le Serpent Arc-en-ciel, ils possèdent de puissants pouvoirs pour guérir et apaiser les souffrances.

Fascinée, Hannah contempla l'opale, qui rivalisait avec les plus belles pierres précieuses – le scintillement de l'émeraude, l'éclat violet de l'améthyste, l'or de la topaze, le bleu profond du saphir. Hannah comprenait maintenant pourquoi Jamie voulait en trouver d'autres.

Quand elle la lui rendit, il arrêta son geste.

— Gardez-la. Considérez-la comme une compensation pour vous avoir fait quitter votre hôtel confortable et venir vivre à la dure pour me soigner. De toute façon, j'en trouverai plein d'autres. Hannah, ajouta-t-il en la regardant dans les yeux, restez avec moi cette nuit.

Elle alla dans sa tente chercher deux couvertures. Jamie lui avait fait une place à côté de lui et lui entoura les épaules d'un bras protecteur. Hannah déploya les couvertures sur eux deux. La tête appuyée sur sa poitrine, elle écouta les battements réguliers de son cœur.

Il entama le récit hilarant d'une course et d'un

vieux cheval de retour. Les larmes aux yeux, Hannah entendait sa voix grave résonner dans sa poitrine en se disant que dans d'autres circonstances ou en un autre temps, elle aurait pu tomber amoureuse d'un tel homme.

25

Hannah se réveilla une fois, pensa retourner sous sa tente, mais elle ne voulait pas que Jamie à son réveil croie qu'elle l'avait abandonné. Elle resta donc avec lui jusqu'à l'aurore, quand les autres se réveillèrent à leur tour après une nuit de mauvais sommeil.

Le petit déjeuner, bœuf séché, pain sec et thé, fut morose. Ils ne parlèrent que de l'absence inexpliquée de Stinky Sam, disparu depuis la veille. Enfin, les hommes portèrent Jamie jusqu'au chariot où ils l'étendirent sur sa couche improvisée.

Tandis que le soleil finissait de se lever sur le désert aride alentour, les hommes se massèrent autour du chariot, les yeux cernés, le dos voûté, comme écrasés déjà par l'adversité. Hannah s'agenouilla à côté de Jamie. Avant de retirer le pansement, elle lui glissa dans la main l'opale qu'il lui avait donnée la veille et lui referma les doigts autour de la pierre douce et lisse. Leurs regards se croisèrent et il la remercia d'un sourire.

Préparée au pire, Hannah ouvrit son fourre-tout. Ayant assisté son père dans des circonstances similaires, elle savait d'expérience ce qu'il fallait faire, des plus simples cicatrices aux plaies purulentes et même aux chairs noircies et nécrosées par la gangrène. Aussi, après avoir ôté le pansement, elle versa de l'eau sur la plaie afin de rincer le sang séché.

Mais une fois le tibia propre, Hannah se figea. Elle avait sous les yeux la seule éventualité à laquelle elle ne s'était pas préparée. La voyant pétrifiée, les autres firent un silence complet et s'approchèrent d'un pas.

— Sainte Hilda ! s'exclama Church en se signant.

— Qu'est-ce qu'il y a ? voulut savoir Jamie. C'est pire que ce qu'on croyait ?

Hannah ouvrit la bouche sans pouvoir articuler un mot. Ce fut Maxberry qui répondit à sa place :

— C'est un miracle, mon gars. Un vrai miracle, je te dis !

Jamie eut le courage de se soulever sur les coudes pour regarder sa jambe. Comme tous les autres, il resta bouche bée.

— Qu'est-ce qui s'est passé ? demanda-t-il au bout d'un moment.

— Votre blessure, monsieur O'Brien, parvint enfin à dire Hannah. Votre blessure paraît être complètement guérie.

La peau de la jambe et du mollet était blanche et flétrie, comme on devait s'y attendre, la cicatrice elle-même encore violacée, encadrée de deux rangs de sutures noires, mais il n'y avait aucune trace de pus, de suintements ni d'infection.

Voilà donc pourquoi il ne souffrait plus, se dit Hannah. Ce n'était pas à cause de la gangrène, mais parce que la plaie guérissait.

C'est alors seulement qu'elle remarqua son mouchoir, encore collé au pansement. La teinture d'iode dont elle l'avait imprégné s'était répandue par capillarité jusqu'à l'extérieur du pansement en le teintant de sombre, ce qui lui avait fait croire que la chair était rongée par la gangrène.

La formule de son père… Elle tenait sa réponse !

Un intense soulagement la submergea. Mais autre chose, aussi : une émotion si puissante qu'elle dut fermer les yeux et s'appuyer en hâte au côté du chariot pour ne pas tomber.

À côté d'elle, Jamie riait à gorge déployée. Les autres criaient, lançaient leurs chapeaux en l'air, Tabby dansait la gigue, Bluey tirait une salve de coups de carabine et Nan souriait de toute sa bouche édentée. Muette, immobile, Hannah adressait à Dieu une prière d'action de grâces.

Abasourdis par cette guérison, les hommes se rapprochèrent à nouveau du chariot pour contempler et commenter le miracle. Ils avaient tous vu ou subi des blessures aussi graves. Maxberry lui-même avait failli mourir de sa blessure au visage qui s'était envenimée. Aucun d'entre eux n'avait jamais rien vu de comparable à ce qu'ils avaient sous les yeux. Dans quelque temps, il n'y aurait plus trace de cicatrice.

— Ma foi, Hannah, dit finalement Jamie, vous m'avez sauvé la vie.

Mais Hannah pensait à autre chose – et voyait plus loin. Elle avait la preuve que l'iode était une panacée, au moins contre les infections. Mais aurait-il d'autres vertus, d'autres applications ? Ivre d'une soudaine exaltation, elle brûlait d'impatience de retourner à Adélaïde pour développer cette incroyable découverte. Elle allait demander sans plus tarder à Maxberry de la raccompagner.

Des vociférations éclatèrent tout à coup dans le calme du matin. Tout le monde se retourna. Stinky Sam rentrait au campement d'une démarche titubante en agitant frénétiquement les bras.

— Des opales ! J'ai trouvé des opales ! Il y en a des millions !

26

Depuis des jours déjà, Neal entendait l'appel de la montagne.

Il ignorait comment il le percevait, il ne trouvait pas de mots pour expliquer exactement par quels moyens elle lui faisait signe d'aussi loin. Il savait seulement qu'il ne pouvait plus s'empêcher de garder les yeux tournés vers le gigantesque monolithe d'or rouge qui se dressait dans le désert tel un coucher de soleil pétrifié par le temps. Jamais il n'avait vu une telle formation géologique. Pour lui, les montagnes avaient des pics, de la neige ou, plus bas, des forêts alpines. Cette masse rocheuse en forme de miche de pain, dénuée de toute végétation, n'avait pas d'aspérités ni de contreforts, n'était pas davantage entourée d'une forêt. Comment avait-elle pu se former ? À la suite de quelle fantastique gestation la planète avait-elle pu produire un phéno-mène aussi énigmatique ?

Tandis que les deux frères Daku et Burnu, le corps peint en blanc, traquaient un échidné, avan-çant sans bruit, le dos courbé et la sagaie brandie, Neal – censé les suivre et se tenir prêt à faire usage de son boomerang si les sagaies manquaient leur cible – restait fasciné par l'extraordinaire masse rocheuse. Le visage fouetté par le vent chaud et sec, il se sentait étrangement détaché de la réalité. Vibrante d'ondes de chaleur, la montagne paraissait bouger, respirer, comme habitée d'un étrange pouvoir exerçant sur lui son irrésistible magnétisme. S'il avait eu son appareil, il aurait tenté de capturer ce phénomène sur une plaque photographique.

Lorsque le clan était arrivé là quelques jours plus tôt, Jallara lui avait expliqué :

« Lieu très sacré. Premiers Êtres vivre ici dans Temps du Rêve.

— Des hommes ont habité ici ? » avait-il demandé.

Le vent portait jusqu'à lui une lente et sourde vibration qu'il ressentait plus qu'il ne l'entendait réellement.

« Non, Thulan. Pas hommes. Créateurs. »

Des Créateurs, pensait Neal au moment où les chasseurs lançaient leurs sagaies en poussant un cri de victoire. Quelle est la source de cette étrange vibration ? Provient-elle de la force d'une vapeur souterraine, d'un mouvement sismique ? En cet instant, il regrettait amèrement de ne pas disposer de ses outils de géologue et de ses instruments scientifiques. Il aurait voulu explorer, sonder cette gigantesque roche rouge. Il n'était venu en Australie, après tout, qu'afin d'en percer les mystères, mais Jallara l'avait averti : la Montagne était interdite. « Très sacrée, très taboue », lui avait-elle répété. Thumimburee lui-même, le Sage du clan, n'avait pas le droit de fouler le sol sacré.

Les solennelles mises en garde de Jallara n'avaient malheureusement fait qu'attiser l'intérêt de Neal. Pourtant, malgré son envie de se séparer du groupe et de satisfaire sa curiosité, il se devait de respecter les lois du clan et ne pouvait pas passer outre à cet interdit.

Il y avait aussi un autre domaine qu'il souhaitait ardemment explorer. Un domaine qui n'avait rien à voir avec la géologie ni même avec le monde de la réalité.

Depuis leur départ du *billabong* cinq mois plus tôt, le clan avait eu une mort, deux naissances, l'initiation d'une fille et celle de deux garçons. Pour la mort et les naissances, Neal avait été admis aux cérémonies. Il avait été écarté, en revanche, du rite de passage de la jeune fille, ce qu'il comprenait. Mais il n'avait pas non plus eu le droit d'assister à celui des deux garçons, et Jallara avait dû lui expliquer que seuls les hommes ayant été eux-mêmes initiés pouvaient y participer. Déçu, Neal avait dû rester au campement avec les femmes et les enfants pendant que les hommes emmenaient les deux jeunes gens procéder au rituel quelque part dans le désert.

Toute la nuit, il était resté assis à côté de Jallara devant le feu de camp jusqu'où arrivaient selon les caprices du vent des bouffées de la mélopée chantée par Thumimburee, son intérêt et sa curiosité ne faisant que croître. Et lorsque les deux garçons étaient revenus le lendemain, à peine en état de marcher, sa curiosité était à son comble. Jallara lui avait dit que c'était un rituel de sang et de souffrance. Elle n'exagérait pas.

Une fois remis, les deux garçons étaient partis accomplir une autre épreuve secrète avec leurs sagaies pour tout bagage. Neal avait compris qu'il s'agissait d'une sorte de voyage ou de parcours initiatique. Le clan avait levé le camp en même temps pour reprendre son errance. Les nouveaux initiés les avaient rejoints quelques jours plus tard à leur nouveau campement, et leur retour avait donné lieu à une grande fête célébrant leur entrée dans l'âge adulte.

« Le voyage initiatique est une preuve de virilité ? avait demandé Neal à Jallara.

— Voir esprits, Thulan. Avoir message secret. »

Esprits, message secret… La quête d'une vision spirituelle, avait compris Neal. Qu'ont-ils vu, ces deux garçons ? Quel message ont-ils recueilli dans le désert, armés de leurs seules ressources mentales et de leurs sagaies ? Comme il était tabou de parler des expériences vécues lors du voyage initiatique, Neal en était réduit aux conjectures, et sa curiosité était si forte qu'elle devenait presque douloureuse.

Et puis, un matin, il s'était réveillé en proie à l'envie de passer lui aussi par le rituel de l'initiation.

Plus il y réfléchissait, plus l'idée s'imposait à lui. Que pouvait-on ressentir au cours d'une épreuve mystique, en recevant un message secret d'un esprit-guide ? Était-il même concevable qu'un athée tel que lui, qui ne croyait à l'existence d'aucun royaume en dehors de la réalité du monde physique, visible et tangible, puisse accéder à une dimension surnaturelle ? Il se devait à lui-même d'en tenter au moins l'expérience.

Neal avait demandé à Jallara de présenter sa demande à Thumimburee, qui, à sa surprise, avait aussitôt accepté. Le Sage avait précisé que puisque l'esprit de Thulan les avait menés au mourant pour lui sauver la vie, l'esprit lui-même veillait sur l'étranger et qu'il était donc admissible de lui faire subir les épreuves spirituelles de sang et de souffrance.

Malgré tout, Neal hésitait à prendre la décision finale. Le désir de retrouver sir Reginald l'obsédait toujours autant, la vengeance et la justice occupaient jour et nuit ses pensées. Lorsque le clan avait quitté le *billabong* cinq mois auparavant en se dirigeant vers le nord, Neal avait été atterré. À son grand soulagement, toutefois, ils avaient rapidement obliqué vers l'ouest et, depuis, poursuivi leur chemin dans cette direction. Ils suivaient donc un itinéraire parallèle à celui de l'expédition et, lorsque le moment serait venu pour Neal de se séparer d'eux, il n'aurait qu'à diriger ses pas vers le sud pour retrouver la troupe de sir Reginald.

Ce moment était proche. Ayant retrouvé sa forme physique, Neal était prêt à entreprendre le voyage. Thumimburee lui avait proposé de le faire accompagner par trois hommes pour traverser la plaine jusqu'à un point où l'eau, la végétation et le gibier abondaient, d'où il pourrait continuer seul. Neal avait maintenant hâte de partir. Plus vite il irait, plus tôt il pourrait affronter sir Reginald et le sommer de répondre de son crime. Plus vite aussi il rejoindrait Perth et pourrait enfin aller retrouver Hannah. Mais s'il décidait de se soumettre aux rites de l'initiation, son départ en serait retardé de plusieurs jours. Il risquait de manquer sir Reginald, qui aurait le temps d'arriver à Perth et d'embarquer sur le premier bateau en partance pour l'Angleterre. Neal n'aurait alors plus aucune chance de remettre la main sur le criminel qui l'avait abandonné dans le désert en le condamnant délibérément à une mort certaine.

Tandis qu'il contemplait la montagne d'or rouge qui vibrait sous le soleil brûlant, il eut le sentiment qu'en lui vivaient trois hommes : l'un était assoiffé de vengeance, l'autre se languissait de sa bien-aimée et le troisième était le scientifique ne pouvant se résigner à laisser passer l'occasion extraordinaire de découvrir un domaine inconnu, occasion qui ne se représenterait sans doute jamais.

Il y avait là matière à un rapport sensationnel ! Il serait le premier Blanc à avoir activement participé aux rites d'une peuplade primitive, au cœur d'un territoire inexploré. Quel scientifique digne de ce nom laisserait échapper une chance pareille ? Il n'était venu que dans le dessein d'explorer l'inconnu et d'en élucider les mystères. Le monde des esprits et de la métaphysique ne constituait-il pas le plus grand et le plus obscur de tous les mystères ?...

L'expérience n'était cependant pas sans risques. Jallara lui avait dit qu'il était arrivé que des jeunes gens ne reviennent pas de leur parcours initiatique. Ou encore que le tatouage, au premier stade de l'initiation, entraîne la mort causée par des esprits maléfiques qui infectaient les blessures. Il arrivait aussi, mais très rarement, que le message secret des esprits soit si puissant – « plus grand que la tête », disait-elle – que le nouvel initié en mourait sur-le-champ.

Pendant que ses compagnons scrutaient le désert à la recherche d'une nouvelle proie et le ciel au cas où l'aubaine d'un oiseau se présenterait, le regard de Neal restait rivé sur la montagne taboue.

Une fois encore, il eut l'étrange impression qu'elle lui parlait, qu'elle le défiait de se soumettre aux rites antiques du sang et de la souffrance, à l'exemple des innombrables générations qui s'y étaient pliées avant lui. Il n'y avait pas là matière à un simple rapport scientifique, pensa-t-il, mais à un ouvrage entier ! L'extraordinaire aventure d'un homme blanc seul dans une tribu aborigène…

Hannah se matérialisa soudain devant ses yeux, silhouette translucide entre la montagne et lui. Elle lui souriait, ses cheveux dénoués tombant sur ses épaules et ses mains nues tendues vers lui. Le désert se moquait-il de lui avec ces mirages ? Non ! se dit-il. Si ce lieu mystique lui faisait voir l'image de Hannah, ce n'était pas sans raison. La montagne sacrée lui confirmait que ce qu'il allait faire le rendrait digne de la jeune femme. Il se distinguerait de ses confrères en se soumettant aux rites secrets et en les décrivant. En tenant une chronique de son passage chez les Aborigènes en anthropologue consciencieux qui étudie un clan non encore corrompu par le contact des Européens. Ses observations feraient sensation. Le récit de sa vie quotidienne avec le clan de Jallara et de son adaptation à ses coutumes et à ses lois ferait le tour du monde ! Les lecteurs avides de découvertes s'arracheraient son livre. Il pourrait voyager, faire des conférences dans le monde entier. Il deviendrait célèbre. Alors, il pourrait demander la main de Hannah.

Quand Neal revint à la réalité, Daku et Burnu avaient pris deux échidnés et un gros lézard. Il eut des remords de s'être laissé aller à sa rêverie. Depuis qu'il partageait la vie du clan, il avait appris le savoir-faire de ses compagnons et fait de son mieux pour contribuer à la quête de nourriture. Ses efforts pour introduire l'usage de l'arc et des flèches étaient restés infructueux et il en avait abandonné l'idée devant l'incroyable habileté des hommes de Thumimburee avec la sagaie et le boomerang. Ses premières tentatives avaient soulevé l'hilarité des chasseurs, mais sa détermination à apprendre comment survivre seul dans le désert afin de rejoindre sir Reginald lui avait fait faire de rapides progrès.

Avant d'avoir vu la montagne, il pensait partir de son côté dès le lendemain de leur arrivée au campement. Le clan se rendait en effet à un rassemblement de toutes les tribus. À cette occasion, lui avait expliqué Jallara, les membres des différents clans échangeaient des nouvelles, renouvelaient leurs contacts et leurs amitiés, les Sages siégeant en tribunal jugeaient les fautes commises et prononçaient les peines, les lois et les tabous étaient renforcés si nécessaire, les bébés pourvus de leurs noms et de leurs esprits-guides, les filles d'un mari et les ancêtres dûment honorés. Ce rassemblement tribal, appelé *jindalee*, était la raison pour laquelle le clan avait fait route vers le nord en quittant le *billabong* et continué à se déplacer au lieu de se fixer.

Mais Neal ne prendrait pas congé de ses amis aussi vite qu'il le pensait initialement. Impatient maintenant de faire part à Thumimburee de sa décision de subir l'initiation, il rejoignit Burnu et Daku qui se moquèrent gentiment de lui en voyant son panier vide alors que les leurs étaient pleins de gibier. En s'approchant du camp, dressé dans une sorte de cirque rocheux à l'ombre d'un mulga et pourvu d'une abondante source d'eau, il vit Jallara et les autres femmes se livrer à la recherche de racines et de tubercules, de baies et d'insectes comestibles.

Grande, élancée, le torse peint de motifs blancs, ses longs cheveux et son pagne ondulant au vent, Jallara était pour Neal comme la montagne sacrée, exotique, mystérieuse, inexplorée. Et intouchable. Jallara trouverait un mari au *jindalee*, se joindrait à son clan et quitterait ce territoire pour celui de sa nouvelle famille. Neal ne la reverrait jamais.

Elle l'intriguait depuis qu'il l'avait vue pour la première fois et entendue lui dire : « Comment allez-vous, monsieur ? » Longtemps, Neal n'avait pas compris pourquoi elle lui inspirait une telle fascination. C'était plus qu'une simple curiosité, plus aussi que la réaction naturelle d'un homme normalement constitué devant le corps souple et la poitrine séduisante d'une jeune femme. La réponse lui était venue un après-midi pendant qu'il l'observait en train de tresser un panier à l'ombre d'un arbre. Jallara bavardait et riait avec les filles de son âge. Quand elle relevait la tête, les reflets châtains dans sa chevelure noire rappelaient à Neal qu'elle était en partie européenne et il se demandait dans quelles circonstances son père ou sa mère aborigène avait bien pu rencontrer une personne blanche et, plus encore, rester avec celle-ci assez longtemps pour faire un enfant.

Durant les premiers temps de Neal au sein du clan, Jallara ne possédait pas assez de vocabulaire pour lui parler de son histoire mais, au fil des semaines, elle avait fait suffisamment de progrès pour lui raconter ses souvenirs d'enfance. D'après ce que Neal avait compris, sa mère s'était mariée avec un homme d'un clan voisin dont le territoire était situé au sud-est. Elle avait ensuite soit quitté le clan, soit été capturée par des Blancs pour se retrouver cuisinière dans une ferme isolée. Toujours en reconstituant de son mieux le récit fragmentaire de Jallara, la fillette avait une dizaine d'années quand sa mère et elle avaient été relâchées, ou avaient réussi à s'enfuir. Ensuite, elles avaient beaucoup marché, la mère était tombée malade et avait succombé près d'un *billabong* où un certain Jiwarlee avait retrouvé Jallara et l'avait ramenée dans le clan de sa mère.

Voilà donc, s'était-il dit, la cause de sa fascination pour Jallara. Comme lui, elle était le produit de parents issus de deux mondes différents. Dans le cas de Jallara, la différence était raciale, sociale dans celui de Neal, mais c'est ce qui expliquait ce lien entre eux. En un sens, pensait-il, nous sommes pareils, elle et moi.

En voyant Thulan s'approcher, Jallara lui sourit. Elle avait suivi jour après jour son retour à la santé, son plaisir d'apprendre à lancer le boomerang et d'acquérir de nouveaux savoir-faire. Il portait toujours une fourrure pudique autour des reins et des chaussures pour protéger ses pieds sensibles, mais il avait le torse peint de signes blancs pour écarter les insectes et les mauvais esprits, et portait ses armes de chasse sur le dos. Avec sa barbe et ses cheveux longs, il avait l'allure d'un vrai chasseur.

Comme il lui rappelait son père, elle s'interrogeait

maintenant à son sujet. Elle n'y avait jusqu'alors jamais pensé, mais la présence de cet homme blanc dans son clan avait réveillé son intérêt. Qui était son père ? Comment sa mère l'avait-elle connu ? Pourquoi n'était-elle pas restée dans le clan de cet homme blanc ?

Elle se posait aussi des questions sur Thulan. Qu'est-ce qui l'avait incité à quitter son clan pour s'éloigner autant de son peuple ? Il avait utilisé des mots comme « explorer », « ouvrir la voie », concepts qu'elle s'efforçait de comprendre mais qui lui échappaient. Elle se demandait aussi quelle maladie de l'âme le poussait à perfectionner sans relâche sa maîtrise de la sagaie et du boomerang.

Jallara l'avait observé pendant ses premières leçons et compris que Thulan obéissait à une sorte d'obsession. Longtemps après que les autres chasseurs avaient reposé leurs armes, Thulan continuait à s'entraîner. Jallara ne comprenait pas non plus pourquoi il semblait se forcer à développer son corps et ses muscles. Quand Thulan s'était réveillé de son long sommeil, il avait été gai et charmant. Et puis, il avait changé. Il était devenu sérieux, déterminé – à quoi ? Il lui avait dit qu'il s'était souvenu de quelque chose. Jallara craignait que ce ne soit quelque chose de mauvais, parce qu'à partir de ce moment-là elle avait senti une maladie dans l'esprit de Thulan.

Il piquait sa curiosité, il la fascinait et, en un sens, l'attirait. Elle savait pourtant qu'elle ne resterait plus longtemps avec lui et qu'un mari l'attendait au *jindalee*. Elle se souciait cependant de Thulan et souhaitait pouvoir faire quelque chose pour guérir la maladie de son âme. Cette maladie, *yowu-yaraa* dans sa langue, Thulan l'appelait « colère ».

Au début, elle avait dormi avec lui, mais Thulan l'avait éconduite. Elle n'avait pas compris pourquoi. Les nuits étaient froides. Dans sa famille, les maris et les femmes couchaient ensemble, les enfants couchaient ensemble, certains couchaient même avec les dingos. Il fallait se tenir chaud, mais il fallait aussi ne pas se réveiller seul d'un mauvais rêve ou marcher dans son sommeil. Pourtant, Thulan dormait seul. Cela faisait-il aussi partie de sa maladie de l'âme ?

Thulan s'approcha, s'arrêta près d'elle, lui sourit.

— Jallara, va dire à Thumimburee que j'ai décidé d'être initié selon les rites de son clan.

27

Les rites de l'initiation comportaient trois phases. Neal en connaissait deux, le tatouage et le voyage initiatique. Mais la troisième restait un mystère, car personne ne voulait en parler. Un tabou de plus dans un univers rempli de tabous…

Les épreuves débutèrent la veille du premier jour de l'initiation. Neal fut emmené à l'écart du campement, derrière les rochers. Une fosse avait été creusée au fond de laquelle se consumaient des feuilles d'eucalyptus. Il devait rester accroupi au-dessus de la fosse jusqu'à l'aube, sans boire, sans manger et sans tomber endormi, pendant que les hommes assis autour de lui chantaient une mélopée. Après une heure dans cette position, Neal commença à sentir ses genoux crier grâce et son dos prêt à craquer. Il n'avait jamais souffert un tel martyre, mais il resta là, résolu à endurer la torture jusqu'au bout au nom de la connaissance scientifique.

Au lever du soleil, les hommes l'emmenèrent à une demi-journée de marche du campement, loin des regards des femmes et des jeunes garçons pas encore initiés. Arrivés à un entassement de rochers où poussaient des touffes d'épineux, Daku en cueillit de longs brins qui, en brûlant, dégagèrent une âcre fumée noire. Les hommes s'assirent autour du foyer et chantèrent jusqu'à la tombée de la nuit.

Le soleil couché, Thumimburee dénoua de ses reins la fourrure de kangourou et en sortit deux morceaux de bois sculptés, appelés *wirra*. Ils ressemblaient à des boomerangs, se dit Neal, mais les branches n'étaient pas symétriques. Le devant de chaque *wirra* était sculpté de signes et de symboles et le dos plat hérissé de rangées d'épines acérées, dont il comprit la fonction.

Un Ancien muni d'un instrument de musique appelé *didgeridoo* resta assis par terre tandis que les autres se levaient et se mettaient en cercle, une baguette dans chaque main. Thumimburee fit alors signe à Neal de se tenir au centre du cercle, à côté du feu, et d'enlever sa peau de kangourou. Puis, tandis que Neal la laissait tomber à ses pieds, le Sage lui montra l'étui de cuir pendu à son cou en lui indiquant de le mettre dans son dos. Neal comprit que le tatouage serait effectué sur sa poitrine et qu'il devait se tenir debout pendant la cérémonie.

Alors que Thumimburee entonnait la mélopée rituelle soutenue par les nasillements hypnotiques du *didgeridoo*, Neal s'efforça de garder assez de détachement pour graver dans sa mémoire les étapes du rite et les objets utilisés, afin de les décrire en détail dans le rapport scientifique qu'il comptait présenter à la prestigieuse Association américaine des géologues et naturalistes. Ce rapport constituerait par la suite un chapitre entier de son livre.

Thumimburee posa le premier *wirra* sur le côté droit du torse de Neal, la branche la plus longue descendant jusqu'à la taille et la plus courte aboutissant à l'épaule, au-dessus du pectoral. Après avoir exercé une pression uniforme pour que les pointes des épines accrochent l'épiderme, Thumimburee entreprit de marteler avec une pierre le dos du *wirra* jusqu'à ce que les épines s'enfoncent dans la chair. Neal ne ressentit d'abord qu'un picotement, mais à mesure que les épines pénétraient plus profondément, la douleur se fit plus vive pour atteindre son point culminant lorsque le *wirra* fut enfoncé de la taille à l'épaule. Pendant ce temps, les hommes chantaient en entrechoquant leurs baguettes au rythme de la mélopée, aussi ancienne que les origines de l'humanité.

Neal transpirait abondamment. Il ne s'était pas attendu à ce que ce soit aussi douloureux. Pourquoi lui infligeaient-ils cette épreuve debout ? Ce serait moins pénible couché. Il sentait du sang couler sur sa cuisse. Saignait-il beaucoup ? La pensée de dingos affamés rôdant dans la nuit lui traversa l'esprit. Les poings serrés, il parvint à ne pas crier de douleur. Quand Thumimburee arrêta enfin de marteler, Neal se détendit un peu, mais ne put retenir un grognement quand le Sage enleva le *wirra*.

Il avait peur de regarder sa poitrine et de s'évanouir en voyant couler son propre sang. Mais avant même qu'il ait eu le temps de baisser les yeux, Thumimburee avait déjà appliqué le deuxième *wirra* sur son côté gauche et recommençait à le marteler.

Malgré le froid de la nuit, Neal était trempé de sueur. La tête lui tournait, la douleur était intolérable et le sang ruisselait sur son autre jambe. Pourtant, à travers le brouillard de souffrance qui l'aveuglait, il éprouva tout à coup une bouffée de fierté virile. C'était donc ce que l'on ressentait quand on était un noble sauvage ? Il avait maintenant hâte de coucher cette expérience sur le papier. Il essaya d'imaginer quelle allure était la sienne dans la lumière dansante du feu de camp, seul au milieu de ces hommes primitifs qui entrechoquaient leurs baguettes en chantant. Il se voyait en homme blanc donnant la preuve de son courage et de sa fierté en se soumettant de son plein gré à ce rituel barbare sans laisser un cri s'échapper de sa gorge. Il regrettait aussi que le jeune Fintan ne soit pas là avec son appareil photographique pour immortaliser la scène. Quel document exceptionnel ce serait ! Imprimé en frontispice de son livre, il donnerait aux lecteurs un avant-goût des révélations qui abonderaient dans les pages !

Le tatouage achevé du côté gauche, Neal voulut parler, mais Thumimburee lui imposa le silence. Le Sage prit une gourde, but une gorgée de liquide qu'il recracha sur la poitrine de Neal, qui, stupéfait, retint de justesse un cri de douleur. Ses plaies le brûlaient plus qu'une flamme. Baissant les yeux, il vit un liquide vert pâle à l'odeur d'herbes ruisseler sur sa poitrine. Par trois fois, Thumimburee l'aspergea de la même manière et, à chaque fois, la douleur se fit plus intense.

Se disant qu'il ne pourrait en supporter davantage et espérant que le rituel touchait à sa fin, Neal vit avec horreur Thumimburee puiser dans un petit sac une substance rouge dont il barbouilla ses blessures avec tant de vigueur que Neal se demanda presque s'il ne voulait pas l'écorcher vif.

Finalement, lorsque Neal sentit ses jambes le lâcher et se crut prêt à s'écrouler en se mordant la langue pour s'empêcher de hurler, des mains secourables le prirent aux aisselles et l'aidèrent à s'asseoir. Les deux frères, Daku et Burnu, lui donnèrent une gourde d'eau et le félicitèrent avec de grandes tapes dans le dos. Ils passèrent tous le reste de la nuit au même endroit et ramenèrent Neal le lendemain matin au campement, où il se remit de ses épreuves à l'ombre de l'eucalyptus.

Les plaies mirent une quinzaine de jours à cicatriser. Une fois la douleur calmée, Neal dut faire des efforts constants pour ne pas se gratter tant sa poitrine le démangeait, mais, ce stade franchi et les croûtes tombées d'elles-mêmes, il put contempler avec un étonnement incrédule son torse d'homme blanc couvert de points formant des motifs symboliques, teintés du rouge de la terre d'Australie.

28

— Que se passe-t-il après le voyage ? Y a-t-il une phase de plus à l'initiation ? demanda Neal.

Jallara leva la main pour signifier que le sujet était tabou. Neal espéra que ce ne serait rien d'aussi abominable que devoir, par exemple, avaler un serpent cru.

Le soleil était levé, le campement animé d'une joyeuse activité car tout le monde aimait la célébration d'un départ en voyage initiatique. Les jeunes garçons lançaient et rattrapaient leurs boomerangs ou faisaient la course, les hommes s'étaient rassemblés autour de Neal à qui ils prodiguaient leurs conseils, montraient du doigt de mystérieuses directions ou gesticulaient. Neal n'y comprenait rien, mais ils prenaient tous un réel plaisir à se remémorer leurs propres voyages, déjà lointains pour la plupart, et voulaient faire profiter le nouvel initié de leur expérience. Absorbée par le cérémonial sacré de préparer l'initié, Jallara ne traduisait pas. Pendant que les femmes peignaient le corps de Neal et nouaient des bouquets de plumes dans ses cheveux et sa barbe, Jallara lui passa au cou un collier de dents d'animaux qui reposerait sur sa poitrine avec le petit étui de cuir contenant la précieuse fiole de verre émeraude.

— Pas manger *thulan*. *Thulan* esprit-guide. Tabou tuer, tabou manger *thulan*, lui dit-elle.

Neal avait appris que le mot *thulan*, dont il portait le nom, désignait un gros lézard qu'il connaissait sous son nom scientifique de *Moloch horridus*, et que les colons appelaient diable cornu. Neal en avait vu des dizaines au cours de ses pérégrinations avec le clan. Les autres s'en régalaient volontiers, mais ne lui donnaient jamais un morceau.

— Thulan n'a rien à craindre de moi, répondit-il en souriant.

Jallara ne lui rendit pas son sourire comme à l'accoutumée. Pourquoi est-elle aussi solennelle ? se demanda-t-il. Même son amie Kiah, qui riait à tout propos, paraissait étrangement sérieuse. Neal se demanda si leur attitude avait un rapport avec l'épreuve liée au voyage initiatique dont il était, bien entendu, tabou de parler.

Neal était maintenant prêt à partir. Il regarda autour de lui ces visages qui, à d'autres, auraient paru trop semblables pour être distingués les uns des autres, avec d'épais sourcils sur des arcades sourcilières proéminentes où les yeux étaient profondément enfoncés, mais il reconnaissait Allunga, Burnu, Daku, Jiwarli, Yukulta, qui étaient devenus ses amis.

— Quand dois-je rejoindre le clan ? demanda-t-il.

— Le moment venu, répondit Jallara.

— Que veux-tu dire ? À quel moment ?

— Thulan seul savoir.

— Tu veux dire que c'est à moi de décider ?

— Esprits décident, Thulan. Après avoir vision, tu reviens.

Neal la regarda, incrédule. Il ne pourrait

rejoindre le clan qu'après avoir eu une vision ? Il avait supposé jusqu'alors que le voyage avait une durée déterminée, de sept jours par exemple ou jusqu'à la prochaine pleine lune. Ou encore, lorsque l'initié arrivait au bout de ses forces et ne pouvait continuer davantage. Il ne s'attendait aucunement à cette hypothèse. Comment pourrait-il les rejoindre s'il n'avait pas de vision ?

Il se demanda s'il n'avait pas présumé de ses forces en se soumettant à ce rituel. Quand il regardait les superbes tatouages des hommes et entendait les récits de leurs voyages, cela lui paraissait viril et aventureux, précisément le genre de récits que les hommes blancs aimeraient lire dans le confort de leur salon. Il ne s'était pas attendu à autant de souffrances et de sacrifices. Encore moins à risquer sa vie pour aller jusqu'au bout de l'épreuve.

Mais il ne pouvait plus reculer. Ce serait trop lâche. Et qu'écrirait-il dans son livre, que dirait-il à Hannah ? Il lui vint à l'esprit d'inventer une vision, mais il se savait incapable de mentir. Il s'agissait d'un rite sacré. Même un athée comme lui devait respecter les croyances des autres.

Face à l'immense plaine ocre, il tenta d'évaluer l'épreuve qui l'attendait. Il avait piégé et tué autant de lézards que les autres et même assommé un gros kangourou à fourrure rouge – que Daku et Burnu avaient dû achever, il est vrai. Il savait traquer les échidnés, débusquer les rongeurs de leurs terriers, faire un feu et trouver de l'eau. Comme il doutait que les esprits enverraient un message à Neal Scott, de Boston, Massachusetts, malgré son envie d'en recevoir un, il lui faudrait choisir son moment pour rejoindre le clan. Cinq ou six jours paraissaient un délai raisonnable. Et il n'aurait même pas besoin de mentir : comme il était tabou de parler du message secret des esprits, personne ne lui demanderait de détails. Pour ses compagnons, il serait censé avoir visité l'autre monde.

Finalement, Neal se déclara spirituellement prêt. On lui donna une sagaie, une couverture en peau de kangourou et rien d'autre. Thumimburee lui dit que s'il n'était pas revenu à la fin d'une lunaison complète, ils partiraient à sa recherche et l'enterreraient, car une aussi longue absence signifierait qu'il n'avait pas survécu.

Neal le regarda démonter leurs abris, en lier les branchages pour le transport, éteindre le feu et effacer toutes traces de leur occupation, comme ils l'avaient fait à chaque départ d'un campement. Puis, sans un regard en arrière, ils s'éloignèrent vers l'ouest.

Neal les suivit longtemps des yeux, jusqu'à ce que leurs silhouettes déformées par les ondes de chaleur se fondent dans le désert. Il avait beau savoir qu'ils étaient encore proches, il eut l'impression d'être le dernier homme sur terre. Sans le rire des enfants et le joyeux bavardage des femmes, le vent était devenu hostile. Il soulevait ses longs cheveux et sa barbe comme pour lui dire : « Enfin seuls, toi et moi. »

Il tourna lentement sur lui-même, observa ce paysage qu'il croyait aride et sur lequel il portait maintenant un autre regard. Loin d'être désolé, il offrait une palette de couleurs. Les touffes d'herbacées ponctuaient de vert les ocres de la plaine, encadrée de roches d'un rouge éclatant sur un arrière-plan de montagnes lavande et d'infini ciel bleu.

« Nous l'appelons Nullarbor, avait-il dit un jour à Jallara.

— Pourquoi ?

— Parce qu'il n'y a rien. »

Elle n'avait pas compris et, sur le moment, Neal n'avait pas pu le lui expliquer. Ne voyait-elle pas ces étendues arides, plates, où le vent soufflait sans entrave en soulevant la poussière ? À présent, il savait que ce nom était injustifié. Au cours de leurs étapes, Jallara lui avait montré des lieux sacrés : Fourmilière du Rêve, Chant du Dingo, le lieu où l'esprit Lézard avait créé le premier *thulan*. Sans être encore rompu à reconnaître les signes permettant de les identifier tous, Neal comprenait le sens profond de ce qu'elle lui disait. Cette immense plaine parsemée de formations rocheuses biscornues, de nappes d'eau souterraines invisibles et d'arbustes rabougris était sillonnée de pistes ancestrales et fourmillait de lieux chargés d'une histoire religieuse et historique pour ceux qui y vivaient depuis des millénaires.

C'était loin d'être un espace désertique dépourvu de tout.

« Suivre les pistes du Chant, trouver les lieux du Rêve », lui avait dit Jallara. Pourtant, Neal avait beau scruter, il n'en voyait aucune trace. Il ne savait même pas par où commencer. Malgré tout, il saisit sa sagaie et décida de partir dans la direction opposée à celle prise par le clan. Il y avait par là quantité de choses à voir et à découvrir, mieux valait partir sans perdre davantage de temps. À bord du *Borealis*, il avait lu des ouvrages écrits par des naturalistes ayant exploré le continent. En ce premier matin de son voyage initiatique, il était fier de pouvoir identifier la faune qu'il rencontrait. Ce désert était un rêve de naturaliste où il espérait secrètement découvrir une espèce qu'aucun homme blanc n'aurait vue avant lui et à laquelle il aurait l'honneur de donner un nom.

À midi, son estomac criait famine et Neal se tourna vers le cirque de rochers où le clan avait élu domicile ces derniers temps. Personne ne lui avait dit qu'il ne pouvait pas y rester, il y avait de l'eau et du gibier. Mais le but était de cheminer jusqu'au lieu choisi par les esprits pour leurs révélations.

Malgré tout, la faim fut la plus forte. Il but l'eau de la source, fit rôtir un gros lézard et dormit pendant la forte chaleur de l'après-midi. Il se mettrait en route après le coucher du soleil. Pourtant, quand il se réveilla de sa sieste, il décida de rester et de ne partir qu'au matin. Adossé au tronc de l'acacia, il contempla les étoiles.

Neal s'était maintenant habitué au ciel nocturne de l'hémisphère Sud, à ce dais d'un merveilleux éclat qu'on ne voyait jamais aussi scintillant au-dessus des villes éclairées. L'oreille aux aguets pour entendre rôder les prédateurs, il pensa à sa vie. Il se souvint de son douzième anniversaire, quand Josiah lui avait dit qu'il était assez grand pour apprendre la vérité. « Je suis ton père adoptif », avait-il dit en lui montrant le berceau, la couverture et la fiole vert émeraude. Neal n'oublierait jamais les larmes qui coulaient ce jour-là des yeux de Josiah, comme si dire la vérité lui faisait perdre le fils unique qu'il chérissait depuis douze ans.

Neal pensa aussi à Hannah, à leur étreinte désespérée pendant la tempête essuyée par le *Caprica*, à leurs baisers par un après-midi chaud et poussiéreux devant l'hôtel Australia.

En serrant sa couverture autour de lui, il tourna enfin son regard vers la montagne monolithique qui, d'un rouge aveuglant le jour, virait la nuit au violet profond. S'il savait qu'on était en octobre, il ignorait le jour exact et ne s'en souciait pas. Au début, en scientifique conditionné à régler son existence sur des faits et des données précis, il avait tenu un compte aussi exact que possible des jours et même des heures. Mais son long séjour chez les Aborigènes lui avait enseigné une autre manière de marquer le passage du temps à l'aide des étoiles, de la lune, de la longueur des ombres et de son propre rythme interne.

Il avait appris bien d'autres choses encore. À mesure que Jallara retrouvait son anglais et qu'il assimilait la signification de ses gestes, des inflexions de sa voix et même quelques mots de la langue aborigène, il avait découvert la complexité des croyances religieuses de ce peuple, infiniment moins primitif que le pensaient les Occidentaux imbus de leur culture. Dans le monde des Aborigènes, tout événement, action ou processus vital d'une certaine importance laissait dans le sol une vibration résiduelle à l'endroit où il s'était produit. La terre, les montagnes, les rochers, les rivières, les points d'eau transmettaient tous l'écho des vibrations ayant amené chacun de ces lieux à prendre sa place dans la Création.

En regardant la montagne rouge, qui prenait sous le ciel étoilé une allure sombre et redoutable, Neal se demanda si les vibrations qu'il avait senties en émaner, ou qu'il avait imaginées, dataient d'aussi loin que le cataclysme géologique qui l'avait fait surgir de terre.

Jallara lui avait aussi parlé du Rêve, ou du Temps du Rêve, qui était « le temps avant le temps », lorsque les Esprits Ancêtres étaient venus, sous forme humaine ou autre, donner à la terre, aux animaux et aux hommes leurs formes et leurs vies telles qu'elles sont connues aujourd'hui. C'est la raison pour laquelle, avait expliqué Jallara, les Esprits Ancêtres et leurs pouvoirs sont toujours présents dans les Rêves de chaque créature autour de nous.

Pour Neal, qui n'avait reçu que peu d'éducation religieuse, cela ne voulait pas dire grand-chose. Josiah l'emmenait à l'église le dimanche, mais Neal ne prêtait aucune attention aux sermons. De ce qui lui était d'abord apparu comme un fatras de superstitions, un élément émergeait toutefois : chaque jour passé avec le peuple de Jallara lui avait fait de mieux en mieux comprendre l'étroitesse des liens qui unissaient ces hommes à la terre et à la nature. Il avait appris que les membres du clan ne se sentaient pas différents ni isolés du grand dessein de la Création, qu'ils ne se considéraient pas supérieurs aux animaux, à l'eau ou aux rochers, mais croyaient qu'ils faisaient avec eux partie de la texture complexe tissée au Temps du Rêve par les Esprits ayant tout créé.

En écoutant le vent bruire dans les branches, il se demanda quel oiseau ou quel petit rongeur y était perché et repensa à son désir d'exprimer sa gratitude au clan de Jallara qui lui avait sauvé la vie. Il avait abandonné l'idée de leur montrer comment construire des huttes solides quand il s'était rendu compte qu'il leur fallait au contraire des abris légers et démontables compatibles avec leur vie nomade. L'idée de leur apprendre à lire et à écrire lui était venue ensuite. Ces gens étaient doués d'une mémoire phénoménale : écouter Thumimburee réciter l'histoire du clan le captivait, même s'il n'en comprenait pas le dixième. Certains épisodes duraient des heures, voire des jours. C'est extraordinaire, se disait Neal, mais ce serait encore mieux conservé par écrit.

Il se roula dans sa couverture en regrettant de ne pas en avoir une autre, car le froid devenait de plus en plus vif, et décida qu'aussitôt arrivé à Perth, il trouverait le moyen de faire parvenir ou d'apporter lui-même au clan de Jallara les outils nécessaires à l'apprentissage de la lecture et de l'écriture.

Neal se tourna et se retourna, cherchant le sommeil. Le silence était oppressant. Il avait pris l'habitude d'entendre dans la nuit des bruits humains, ronflements, toux, soupirs, parfois même des bruits de copulation qui l'avaient d'abord troublé puis lui étaient devenus aussi naturels qu'entendre un enfant pleurer. Il finit quand même par s'endormir d'un sommeil agité. Hannah lui apparut en éclairs fugitifs qu'il essayait de retenir sans y parvenir. Il rêva ensuite que le clan était revenu et en éprouva un intense soulagement. Il se vit aussi dans une courte scène accuser sir Reginald d'assassinat.

Le soleil à travers les branches le réveilla. Avant

de partir, il but son content d'eau de source. Il regretta de ne pas avoir d'outre pour en emporter, mais il avait appris à trouver de l'eau dans cette aridité apparemment absolue. Quand les kangourous avaient soif, ils creusaient des puits, parfois profonds de plusieurs dizaines de centimètres, et Jallara lui avait appris à reconnaître les « puits de kangourou ». Pour se nourrir, il ferait comme le clan, cueillerait des baies ou des racines qu'il savait maintenant comestibles ou tuerait un animal. Avec de la chance, il trouverait aussi des œufs d'émeu à coquille verte, dix fois plus gros que les œufs de poule.

Il se tourna face au vent, fit le premier pas pour s'éloigner du campement. Et s'arrêta net.

Il sentait derrière lui les radiations de sa chaleur. Ses vibrations surnaturelles.

La montagne. La montagne l'appelait.

Neal se retourna, regarda le monolithe doré par le soleil levant et s'avoua enfin la vérité : sa décision de subir les rites de l'initiation n'avait rien à voir avec la curiosité scientifique ou le désir d'écrire un savant ouvrage d'ethnologie. C'était un prétexte pour être seul afin de s'approcher de cette montagne qui, depuis des jours et en ce moment encore, lui faisait signe de venir à elle.

Tabou ou pas, il devait percer le mystère de la montagne rouge.

29

Toute la matinée et une partie de l'après-midi, Neal marcha sous l'empire d'une impérieuse volonté extérieure. Comme s'ils étaient soumis eux-mêmes à un sortilège, ses pieds foulaient le sable et le rapprochaient du monolithe qui, à mesure que le soleil se levait sur l'horizon, virait de l'or au rouge. Malgré tout, Neal refusait d'admettre que des forces surnaturelles étaient la cause de ce qu'il éprouvait.

Je ne suis poussé que par la curiosité scientifique, se répéta-t-il en arrivant au pied de la falaise. Afin de se le prouver, il examina la paroi rocheuse dont il nota mentalement les caractéristiques : grès à granulométrie grossière, riche en quartz et en feldspath. Les épisodes successifs de soulèvement et de compression de la masse ont eu pour résultat la formation de strates verticales. La surface est attaquée par l'érosion qui, en oxydant les minéraux ferrugineux, lui donne sa couleur rouille.

Il tendait la main pour toucher le roc quand une peur soudaine le retint. Allons, se dit-il, je suis diplômé de géologie, je suis un scientifique… Mais il resta figé au pied de l'énorme masse, paralysé par le pouvoir émanant de la roche rendue aveuglante

par le soleil. Cette montagne serait-elle magnétique ? se demanda-t-il.

Il se sentit capituler devant des pouvoirs plus puissants que sa raison. Non, se dit-il, il n'y a pas plus
de charge magnétique que de courants souterrains
ni de phénomènes sismiques ou telluriques. Il n'y a
aucune cause géologique, rien qui soit du ressort de
la physique pure. Il se rendait subitement compte
que, depuis plusieurs jours déjà, il avait changé. En
lui, le rationalisme objectif du scientifique cédait devant le besoin de spiritualité de l'individu aspirant
à communiquer avec un monde invisible, dont la su-
périorité s'imposait. Et si vraiment les esprits me
livraient un message secret, se demanda-t-il, que
pourrait-il être ?

Si sa tête lui rappelait sa promesse de respecter
les lois et les tabous du peuple de Jallara, son cœur
ne put résister à l'appel des esprits qui habitaient
la montagne. Poussé encore une fois par une volonté extérieure, Neal reprit sa marche en suivant
la base de la falaise, comme s'il y cherchait une ouverture. Il foulait des cailloux, des bouts de roc tombés depuis des millénaires. Le soleil qui baissait sur
l'horizon l'aveuglait, la chaleur l'écrasait. Il transpirait au point d'enlever son pagne en peau de kangourou et de le laisser tomber sans ralentir. La sueur
lui coulait dans les yeux, il s'essuyait le front d'un
revers de main. Les Aborigènes dormaient pendant
les heures les plus chaudes de la journée, Neal savait
qu'il aurait dû en faire autant, mais quelque chose
l'en empêchait.

Sa sagaie lui échappa de la main, il ne la ramassa
pas. Le soleil était maintenant derrière lui, et il

comprit qu'il tournait en rond autour de la montagne et qu'il finirait par revenir à son point de départ. Pourtant il continua à marcher. Pourquoi ? Qu'espérait-il trouver ?

La réponse lui vint quand un *thulan* apparut devant lui.

L'animal fit une pause, le regarda et poursuivit son chemin. Neal le suivit jusqu'au moment où le *thulan* disparut dans le rocher. Neal eut la surprise de voir une faille dans la masse. Une crevasse qui semblait donner accès à un étroit couloir. Il s'y glissa.

Ce qu'il découvrit lui coupa le souffle. Le soleil déjà bas illuminait une paroi lisse, qui se dressait majestueusement, formant à son sommet une crête semblable à une vague géante prête à déferler. Par réflexe, son esprit scientifique chercha à identifier la roche, à évaluer son âge, à expliquer comment elle avait surgi de terre en prenant une forme aussi peu commune. Mais il ne put qu'admirer la beauté de la pierre, dont les strates orange et jaunes brillaient sous les rayons du soleil en composant un décor irréel.

C'est alors qu'il les vit.

Tout un peuple. Des hommes, des femmes, des enfants. Des animaux, aussi. Des symboles dessinant des nuages, le soleil, la lune. Une procession s'étirant à perte de vue sur toute la longueur de la paroi, peinte par des mains visiblement différentes avec des pigments rouges, blancs, jaunes et noirs. Les hommes marchaient, sagaie en main, les kangourous fuyaient devant eux. On voyait des nourrissons au sein de leurs mères, un vieillard chenu allongé sur un tumulus funéraire. La chronologie de cette fresque stupéfiait Neal. Il avait appris de Jallara que, dans sa langue, les notions d'hier, d'aujourd'hui, de demain n'existaient pas. Son peuple ne parlait jamais de l'avenir, bien qu'il ait conscience d'un passé. Le concept du temps lui était étranger, car il vivait dans un présent constant. Comment, alors, expliquer cette chronique ? Il lui fallut un moment pour comprendre. Chaque génération venue devant cette paroi y peignait son présent. Ce long défilé représentait un enchaînement de présents.

Toutes ces silhouettes qui marchaient, dormaient, tuaient des kangourous ou cueillaient des herbacées appartenaient aux générations successives d'une même famille. Le clan de Jallara, peut-être. Neal imagina que lorsque Thumimburee récitait la longue histoire de sa famille, il voyait en même temps la représentation graphique de tous ceux qui l'avaient précédé. La fresque était donc l'enregistrement permanent de l'histoire d'un peuple – auquel Neal avait cru devoir apprendre à lire et à écrire...

Longeant la paroi, il vit des pères et leurs fils ayant vécu plusieurs millénaires avant lui. Devant l'émouvant portrait stylisé d'un père enseignant à son fils le lancer du boomerang, il sentit des larmes lui monter aux yeux. Et ces larmes lui en rappelèrent d'autres, un lointain souvenir de jeunesse qu'il croyait oublié.

À neuf ans, Neal était rentré un jour de l'école plus tôt que d'habitude et avait trouvé Josiah qui pleurait dans son cabinet de travail. Neal comprit qu'il avait dû effacer ce souvenir de sa mémoire parce qu'il avait honte, à neuf ans, de voir l'homme qu'il révérait pleurer comme une femme. Mais maintenant que ce blocage avait disparu, il revoyait la scène en détail. Assis à son bureau, Josiah serrait sur sa poitrine en sanglotant les vêtements de bébé de Neal, la couverture et le « flacon de larmes » vert émeraude.

Dix-huit ans durant, Neal avait refoulé cette scène choquante. Il s'était sans doute enfui pour ne pas en voir davantage. Il se rappelait seulement que le spectacle de son père en larmes lui avait fait peur. Jusque-là, Josiah Scott avait été pour lui un roc, celui qui savait tout, répondait à toutes ses questions et n'avait jamais laissé son fils dans le doute ou l'insécurité. Neal ne lui en ayant jamais reparlé, Josiah n'avait pas su que le garçonnet avait été témoin de ce moment de faiblesse. Neal avait réussi à ne plus y penser – jusqu'à cet instant. Il était étrange que ces silhouettes stylisées peintes sur la paroi d'une caverne vieille de plusieurs millénaires aient réveillé sa mémoire. Pourquoi ? Dans quel but ?

La gorge nouée, Neal continua d'avancer. Le soleil ne l'accablait plus, mais illuminait toujours les personnages peints qui, sous la lumière rasante, prenaient une apparence fantastique. Une main posée sur la roche, Neal aurait juré que la montagne vibrait.

L'atmosphère devenait pesante. Un bourdonnement lui emplissait les oreilles. Le fond de la caverne paraissait s'éloigner toujours plus à chacun de ses pas. Plus il progressait, plus il remontait le cours du temps. La représentation des personnages devenait plus primitive, moins reconnaissable, sans doute à cause de l'érosion causée par des infiltrations d'eau au cours des siècles.

Jallara lui avait expliqué, en montrant le ciel, que ses Ancêtres, les premiers hommes, étaient nés du Serpent Arc-en-ciel. La vue de ces peintures datant des premiers âges de l'humanité le bouleversait. À mesure qu'il avançait, les hommes prenaient une apparence de moins en moins humaine, des proportions gigantesques. La tête couverte de sortes de bols transparents, ils paraissaient descendre du ciel. Des étoiles et des formes ressemblant à des flammes étaient peintes dans la partie supérieure de la fresque. Qui étaient ces êtres ? Jallara les appelait les Créateurs… Figé devant ces silhouettes dont il ne pouvait détacher son regard, Neal sentit l'atmosphère se modifier autour de lui, comme si la pression baissait et remontait par à-coups.

Et tout à coup, incrédule, il vit les silhouettes s'animer.

Il poussa un cri, recula. Bouche bée sous le coup de la frayeur, il vit les bras et les jambes bouger sur la pierre, les créatures plates prendre du relief, leurs poitrines soulevées par la respiration. Des bras jaillissaient, le saisissaient, l'attiraient vers la roche comme pour l'y faire entrer.

Suffoquant, il hurla de terreur. Les silhouettes noires, aux membres en forme de bâtons, dansaient autour de lui. Des flammes cascadaient du ciel. Des géants marchaient vers lui. Il hurla encore, mais aucun son ne sortit de sa bouche. Il était littéralement pétrifié, incorporé à la roche tandis que les animaux s'animaient à leur tour. Des kangourous aux corps difformes, des faucons aux pattes griffues se ruaient sur lui. Des créatures effrayantes paraissaient nager entre les strates de la paroi, des doigts crochus se tendaient vers lui.

Alors, il se mit à courir. Comme dans un cauchemar, ses jambes molles refusèrent de le porter, des mains le retenaient, le tiraient. De toutes ses forces, il luttait pour échapper à la pierre dans laquelle ces monstres voulaient l'enfermer. Au secours ! hurlait-il en un cri silencieux.

Soudain, une lumière apparut, s'avança vers lui, de plus en plus claire, de plus en plus intense. Quand elle arriva près de lui, il vit que cette lumière était une femme, une belle femme. Pas une de ces silhouettes stylisées de couleur noire, mais une vraie femme de chair et d'os, aux cheveux blonds et à la peau blanche, vêtue d'une longue robe blanche qui ondoyait autour d'elle. Elle sourit, se pencha vers lui, lui murmura quelques mots à l'oreille. Puis, tandis que les silhouettes noires rentraient dans la pierre, la femme se couvrit le visage de ses mains et, quand elle les retira, Neal vit qu'elles étaient pleines de diamants. Les bras levés, elle fit tomber les diamants en pluie sur le visage de Neal qui sentit ruisseler sur sa peau des gouttes de vie et de joie.

Quelques secondes plus tard, il se retrouva audehors, dans l'air frais de la nuit. Il avait du mal à respirer, aspirait l'air à grands traits comme un homme ayant échappé à la noyade. Sa vision resta floue quelques instants, il ne savait pas où il était. Et puis il vit Jallara qui lui souriait. Agenouillée à côté de lui, elle tenait la fiole vert émeraude. Elle en avait brisé le sceau et répandu sur lui les larmes de sa mère.

— Moi trouver toi, dit-elle en lui tendant la fiole

vide. Toi dormir. Esprits retenir toi. Moi appeler Thulan, Thulan pas entendre. Thulan dans monde des esprits. Verser larmes de ta mère, redonner vie.

Il s'ébroua pour se clarifier l'esprit. Il avait sans doute couru en s'éloignant de la montagne alors qu'il se croyait encore à l'intérieur, mais il était resté prisonnier du cauchemar jusqu'au moment où...

Sa respiration reprenait son rythme normal, même si son cœur continuait à battre la chamade.

— Jallara, j'ai eu la plus extraordinaire des visions. C'était une femme. Je ne sais pas qui elle était, peut-être un ange. Elle m'a transmis un message...

— Pas dire, Thulan. Tabou.

— Si, Jallara, je dois te le dire. C'est un merveilleux message que j'aurais toujours dû savoir, que je savais peut-être mais que je me cachais à moi-même. Elle m'a dit que Josiah Scott est mon vrai père.

Tout maintenant devenait clair. Il comprenait pourquoi le souvenir de cette scène surprise dans le cabinet de travail de Josiah Scott était revenu à la surface de sa mémoire, pourquoi les silhouettes primitives des pères et de leurs fils l'avaient tant ému. Elles signifiaient que ce dont il avait été témoin enfant n'était pas un moment de faiblesse de son père, mais une manifestation d'angoisse pure.

Neal leva les yeux vers les constellations, les rabaissa sur Jallara dont les yeux noirs reflétaient les étoiles.

— Je ne suis pas sûr que tu comprennes tout ce que je te dis, reprit-il, mais il faut que je te le dise. Josiah Scott est mon père, je n'en doute plus. Je n'ai pas été abandonné sur le pas de sa porte, il m'a recueilli parce que ma mère ne pouvait pas me garder pour une raison que j'ignore. Le jour de mes douze ans, quand il m'a dit n'être que mon père adoptif, il avait les larmes aux yeux et j'ai cru qu'il pleurait parce qu'il devait m'avouer une douloureuse vérité. Je sais maintenant que c'était un mensonge, plus douloureux encore, qu'il devait dire sans doute pour protéger ma mère. Je ne suis donc pas un enfant trouvé, Jallara, mais un enfant de l'amour, ce qui est très différent. Josiah et ma mère s'aimaient, mais ils ne pouvaient pas se marier. Je sais maintenant pourquoi il ne s'est jamais marié. Il est toujours resté amoureux d'elle, mais...

— Mais quoi, Thulan ?

— Si la femme apparue dans ma vision est ma mère, cela veut-il dire qu'elle est morte ?

— Non. Pouvoir de ses larmes sauver ta vie.

Neal essaya de se lever, mais il était encore trop faible et dut rester assis dans le sable frais. Alors qu'il était nu, il n'avait pourtant pas froid. Une inquiétude lui vint tout à coup.

— Jallara, tu m'as dit que la montagne était taboue, mais j'ai été obligé d'y venir. Il m'a été impossible de résister. Pardonne-moi si j'ai offensé tes ancêtres ou si je t'ai choquée. Je ne suis sans doute plus digne maintenant d'être initié dans le clan. Je peux dire pour ma défense que j'ai suivi un *thulan* qui m'a amené jusqu'ici.

Il fut étonné de la voir sourire.

— Toi venir parce que montagne appeler. Ancêtres appeler. Toi être un de nous, Thulan.

Il soupira, leva les yeux vers la muraille rocheuse.

— J'étais donc censé venir ici ? La montagne a-t-elle un nom ?

— Non, pas de nom.

Quand je serai retourné à la civilisation, pensa-t-il, j'ajouterai la Montagne Sans Nom sur la carte de l'Australie. Et puis non, se dit-il. Les hommes blancs y viendront, ils la profaneront, lui donneront un nom ridicule ou encore voudront planter un drapeau à son sommet. Cette pensée le fit frémir.

Une bouffée de vent froid souleva les longs cheveux de Jallara.

— Dis-moi, Jallara. Thumimburee savait-il ce que j'apprendrais ici ?

— Non. Visions toutes différentes.

Neal réfléchit à sa réponse. Il comprit alors que le voyage initiatique n'avait pas pour but de survivre dans le désert, mais d'amener à une révélation d'ordre spirituel et à la connaissance de soi. Il ne pouvait que s'émerveiller devant les voies mystérieuses du monde invisible.

— Si je n'avais pas demandé à être initié, je ne serais pas venu à la montagne, je n'aurais pas vu le mur des Ancêtres, je ne saurais pas que j'ai un père, que je suis réellement le fils de quelqu'un...

Comment un esprit scientifique pouvait-il expliquer ce qu'il avait vécu ? Il n'existait aucun instrument, aucune équation capable d'analyser, de mesurer, de classifier une expérience mystique.

— Les Créateurs m'ont converti, Jallara. Maintenant, je crois fermement au monde des esprits.

Jallara secoua la tête en lui posant un doigt sur la poitrine.

— Thulan toujours croire aux esprits. Esprits toujours là.

A-t-elle raison ? se demanda-t-il. Il serait logique, en effet, que si un homme éprouve le besoin de découvrir l'existence d'un royaume spirituel, c'est qu'une partie de lui-même y croit déjà. Il se sentait encore courbaturé comme s'il avait réellement été emprisonné dans la roche.

— J'ai appris autre chose. Je suis arrogant.

Jallara fit signe qu'elle ne comprenait pas.

— Je croyais avoir toutes les réponses, expliqua-t-il. Je croyais pouvoir miraculeusement apporter à ton peuple une vie meilleure en lui apprenant à fabriquer des arcs et des flèches, à lire et à écrire, à construire des huttes solides, alors que vous avez vécu sans rien de tout cela pendant des milliers d'années. La fresque que j'ai vue représente votre histoire, n'est-ce pas ?

— Ancêtres, répondit-elle en souriant. Thumimburee.

Neal hocha la tête. La première silhouette à l'entrée, la plus récente, ressemblait en effet au Sage du clan.

— J'étais aveugle quand je t'ai dit il y a cinq mois, en quittant le *billabong*, que ton peuple allait n'importe où parce qu'il n'avait pas de domiciles permanents ni de villes à visiter. Je le voyais alors avec les yeux de l'homme blanc dans un monde d'hommes blancs. Mais je me trompais. Vous avez vos propres repères, vos propres monuments, vos propres lieux qui vous appellent. Nous croyons que vous êtes de simples nomades parce que nous ne savons pas voir les lieux du Rêve...

426

Il aurait pourtant juré que le clan regretterait de s'être éloigné de cette oasis. Mais il avait été abasourdi de voir que le clan arrivait toujours à un point d'eau dissimulé sous le sable ou les buissons. Il avait cru pouvoir leur apprendre à vivre, alors qu'ils savaient déjà depuis des millénaires.

— J'imagine Thumimburee arrivant chez mon père pour lui dire que la cheminée est mal faite, l'éclairage déplorable et les lits ridicules avant de lui apprendre comment il faut vivre ! dit-il avec un sourire penaud. Je me croyais l'homme supérieur venu éclairer ton peuple des lumières de mon savoir ! En fait, c'est vous qui m'avez tout appris.

Neal garda le silence un moment. Son esprit s'éclaircissait, ses courbatures s'apaisaient. Son incursion dans la montagne s'estompait pour devenir le souvenir d'un rêve qu'il n'aurait pas vraiment vécu.

Enfin revenu à la réalité, il s'étonna de la présence de Jallara.

— Pourquoi es-tu là ? Thumimburee t'a dit de me suivre ?

Elle sourit en lui coulant un regard de sous ses longs cils noirs. Il remarqua alors pour la première fois que Jallara n'était pas vêtue comme d'habitude de son seul pagne. Elle portait plusieurs colliers dont un de coquillages. Où en avaient-ils trouvé dans un désert ?

— Comment ?... commença-t-il.

La vérité lui apparut alors :

— Tu es... C'est toi la troisième étape du rituel ?

— Un, douleur, dit-elle en souriant. Deux, esprits. Trois, virilité.

Malgré le soudain désir que cette réponse éveilla en lui, Neal ne put s'empêcher de protester – sans réelle conviction :

— Mais… nous ne sommes pas mariés, Jallara. Je me suis promis à une autre et…

Il n'insista pas. Jallara n'était pas venue à lui par amour ou par dévouement, encore moins pour le détacher de Hannah. Sa présence près de lui au pied de la montagne sacrée était dictée par l'accomplissement d'un rituel religieux, non pour assouvir un appétit charnel. Avait-elle été désignée parce qu'elle était à moitié blanche ? L'avait-elle demandé ? Avait-elle gagné une compétition avec d'autres filles ? Peu importait, après tout. Plus Neal la regardait au clair de lune, plus il détaillait la courbe sensuelle de ses lèvres souriantes, la profondeur de son regard, plus il jugeait vain de se poser des questions en un tel instant.

D'un petit sac accroché à la ceinture de son pagne, Jallara prit des feuilles vertes à l'odeur pénétrante qu'elle pressa contre les lèvres de Neal, qui leur trouva une amertume plutôt agréable. Elle sortit ensuite des baies rouges d'un autre petit sac. Il crut qu'elle les lui ferait manger, mais elle les écrasa contre son propre cou en laissant le jus couler avant de prendre la tête de Neal pour lui poser les lèvres au creux de son épaule, qu'il lécha avec gourmandise. Le délicieux mélange de l'amertume des feuilles et de la douceur du jus sucré eut sur lui un puissant effet érotique.

Jallara se leva. Les bras tendus, elle exécuta au clair de lune une danse voluptueuse qu'il contempla, fasciné par le souple balancement de ses seins et de ses hanches. Tout en dansant, elle dénoua son pagne. La voyant apparaître nue, il ne put retenir un grognement de désir.

Alors, elle s'agenouilla, le poussa doucement pour l'étendre de nouveau sur le sable. Penchée sur lui, elle balaya son érection de ses longs cheveux, lécha ses tatouages encore sensibles. Grisé par l'odeur musquée de sa peau moite de transpiration, Neal explora la géographie mystérieuse de son corps, ses vallonnements et ses collines. Quand il l'attira contre lui, elle le serra dans ses bras. Ils roulèrent sur le sol pendant qu'il plongeait son regard dans ses yeux, lui caressait les hanches, la poitrine, le ventre. Les lèvres collées à son oreille, elle lui murmurait des mots aussi mélodieux que le bruissement de l'eau sur les galets d'une rivière.

Quand il la pénétra et qu'elle noua ses cuisses autour de lui pour l'attirer au plus profond d'elle-même, Jallara leva les yeux vers la montagne qui lui cachait le ciel en se demandant ce que Thulan avait réellement vu à l'intérieur.

Jallara n'était jamais entrée dans la caverne. Aucune femme n'en avait le droit, le lieu était tabou et les hommes qui y étaient allés n'en parlaient jamais. Elle enviait Thulan d'avoir pu vivre une telle expérience. Pour la première fois de sa jeune vie, elle se demandait pourquoi les hommes se réservaient pour eux-mêmes des lieux secrets qu'ils interdisaient aux femmes. Elle y pensait en serrant contre elle cet homme blanc dont l'haleine chaude lui caressait le cou et le visage. Et c'est en le sentant palpiter au plus secret de son corps qu'il lui vint une pensée qui l'étonna elle-même : les femmes avaient déjà toutes leurs propres endroits secrets, des endroits où elles créaient la vie.

Jallara gémit de plaisir. Thulan était fort, doux et chaud entre ses bras. Et puis, sentant son cou et ses épaules humides, elle se rendit compte qu'il pleurait. Mais les initiés pleuraient souvent, se rappela-t-elle, quand les visions envoyées par les esprits étaient trop puissantes. Elle savait aussi que Thulan avait besoin d'être guéri et qu'ils se feraient leurs adieux dans quelques jours. Alors, elle se pressa plus fort contre lui et lui murmura encore et encore des mots tendres à l'oreille.

Et tandis qu'ils étaient prêts l'un et l'autre à atteindre le sommet du plaisir, Jallara sourit aux étoiles et remercia l'esprit de la Montagne. La maladie avait quitté l'âme de Thulan.

30

— Au secours ! À l'aide !

Hannah releva la tête, tendit l'oreille. Avait-elle vraiment entendu appeler ? Les constants sifflements du vent à travers la plaine désolée jouaient souvent de mauvais tours. Les yeux plissés contre le soleil aveuglant de l'après-midi, elle balaya du regard le désert de sable rouge, défiguré par une douzaine d'excavations béantes. À côté de chaque trou, les monticules de déblais donnaient à la plaine l'aspect étrange d'un champ de taupinières géantes.

Agenouillée sur un de ces monticules, Hannah grattait la terre évacuée des puits de mine. Armée d'une rivelaine, elle triait les cailloux à la recherche d'opales ayant pu échapper à l'attention des mineurs. Elle en avait déjà trouvé plusieurs d'assez belle taille, allant du bleu pâle au noir profond à reflets de feu.

— Au secours ! Mon foutu trou s'écroule !

Hannah se leva d'un bond. De quel puits venait l'appel ? Déjà, des hommes couraient vers un des cratères, celui de Ralph Gilchrist. Après avoir épuisé la récolte des opales en surface, les hommes avaient creusé des puits verticaux d'où partaient des galeries horizontales permettant d'exploiter les meilleurs filons. Quand elle rejoignit les autres, Hannah constata que l'orifice était dégagé, donc que l'éboulement s'était produit dans la galerie.

— Ça va, mon gars ? cria Mikey dans le puits.

— Sors-moi de là, tout me tombe dessus ! répondit Church. Si tu veux une bonne raison, je tiens une opale grosse comme ton cul !

Ils étaient maintenant tous penchés au-dessus du puits, scrutant l'obscurité.

— Ho, Church, bougre d'andouille ! cria Charlie Olde. Tu nous entends ? Si t'es déjà mort, pousse un coup de gueule !

Les hommes plaisantaient, mais Hannah voyait la peur sur leurs visages. Si aucun n'avait encore été victime d'un éboulement, la menace n'en était pas moins toujours présente. Tous les matins, en descendant dans leur galerie, chacun se disait : Est-ce aujourd'hui que je finirai enterré vif ?

— Envoyez-moi le baquet ! cria Church du fond du puits.

Sur un signe de Jamie, ils coururent chercher le treuil. Six hommes étaient nécessaires pour placer le gros engin au-dessus d'un puits et tourner les manivelles. Fabriqué avec des planches et des essieux de chariots, il servait surtout à remonter les déblais.

Jamie participa à la manœuvre.

— Ralph, on descend le baquet ! cria-t-il. Tu peux te sortir tout seul de ta galerie ?

Jamie n'avait plus besoin d'attelles ni de béquilles, mais il boitait encore. En le voyant s'escrimer avec la pesante machine, Hannah ne pouvait s'empêcher d'admirer sa musculature. La vue de son torse nu luisant de sueur soulevait chez la jeune femme une vague de sensualité. Un désir qu'elle éprouvait un peu plus chaque jour et qui lui faisait peur. Elle n'était pas amoureuse de lui, son cœur appartenait toujours à Neal, mais son corps chantait à l'évidence une chanson discordante.

Quelques soirs plus tôt, pendant le dîner, il lui avait demandé :

« Quand vous déciderez-vous à m'appeler Jamie ?

— Bien que nous soyons dans le désert, monsieur O'Brien, j'estime que nous devons nous efforcer de maintenir un certain décorum. En fait, nous le devons surtout parce que nous sommes dans le désert. »

Elle savait pourtant que son insistance à ne pas l'appeler par son prénom était dictée par le souci de maintenir une barrière entre elle et l'homme qui exerçait sur elle une dangereuse séduction. Et parce qu'elle le soupçonnait – par les regards qu'il posait sur elle, les sourires qu'il lui décochait – d'éprouver pour elle la même attirance, elle craignait, s'il s'avisait de faire le premier pas, de ne pas pouvoir lui résister.

En regardant le baquet descendre dans le puits, Hannah écarta les cheveux qui lui retombaient sur le front. Le vent soufflait sans arrêt de tous les points cardinaux, jour et nuit, chaud ou froid. Elle devait tenir sa jupe et rajuster sa coiffure en permanence. Son bonnet avait depuis longtemps été emporté par une bourrasque.

Mais l'exaltation ressentie en enlevant le pansement de la jambe de Jamie ne s'était pas affaiblie. L'iode pouvait prévenir les infections sur des blessures aussi graves qu'une fracture. Quels autres miracles accomplirait-il ? Quand Maxberry lui avait proposé de la raccompagner à Adélaïde, Hannah avait rapidement estimé ce qu'elle pourrait faire avec l'argent, si elle trouvait des opales et si ces pierres étaient aussi précieuses que le disait O'Brien. D'abord, elle serait en mesure de quitter l'hôtel Australia pour trouver un logement à elle où il lui serait possible de procéder à de nouvelles expériences, d'accroître ses connaissances et de se rendre utile. Tant de gens auraient besoin de soins ! Elle s'était dit aussi que Neal était toujours en expédition, qu'Alice était en tournée et que Liza Guinness la croyait avec Neal. Personne ne l'attendait donc à Adélaïde, aussi avait-elle refusé l'offre de Michael Maxberry et préféré rester pour chercher des opales.

Lorsque Jamie avait acheté la carte du mystérieux trésor, il avait discrètement discuté avec des chercheurs d'or et de pierres précieuses expérimentés. Il avait ainsi appris qu'il fallait creuser des galeries de mine et, avec le concours de Maxberry, avait acheté le matériel nécessaire dans tout Adélaïde et jamais en grande quantité à la fois afin de ne pas éveiller les soupçons et provoquer une ruée. Depuis leur arrivée au gisement repéré par Stinky Sam, Jamie et ses hommes avaient travaillé sans relâche et creusé tant de trous que Nan avait éclaté de rire et dit dans sa langue : « *Kooba peedi* », ce qui veut dire « Hommes blancs dans trous ». Avec la pointe de son couteau, Jamie avait gravé sur un rocher les mots *Coober Pedy*, équivalent phonétique approximatif de la langue aborigène.

Leurs premières trouvailles avaient été décevantes – quelques pierres bleues au lieu des millions annoncés par Stinky Sam dans l'ivresse de la découverte et du whisky. Mais, résolus à trouver les trésors dont parlait la légende, ils s'étaient sérieusement attelés à la tâche et avaient fondé ainsi, à huit cents kilomètres au nord d'Adélaïde, un véritable village comportant six tentes, un enclos pour les chevaux, un abri de branchages pour le tri et le dégrossissage des pierres, sans oublier un édicule « hygiénique » construit en planches par Blackie White. L'eau restant rationnée, Hannah se contentait de pendre son linge sans le laver, car le vent et le sable suffisaient à le rendre propre.

La vie quotidienne ne se limitait cependant pas au dur labeur et aux sacrifices. Charlie Olde et Stinky Sam maniaient si bien les armes à feu qu'ils mangeaient de la viande à presque tous les repas et, quand ils revenaient bredouilles, Nan y suppléait avec son bâton pointu. Les trois frères rouquins, Roddy, Cyrus et Elmo, qui se ressemblaient au point que Hannah avait toujours du mal à les distinguer, procuraient chaque soir un divertissement musical, Roddy au banjo, Cyrus au violon et Elmo en sifflant.

Et puis il y avait toujours Jamie et son inépuisable répertoire de fabuleuses histoires de l'Outback.

Pendant qu'ils regardaient Jamie et Blackie White manier le treuil en attendant que Church s'extirpe de sa galerie, une délicieuse odeur de cuisine flotta jusqu'à leurs narines. Affairée devant un des feux, Nan rôtissait dans sa peau à la mode aborigène un gros iguane qu'elle avait elle-même piégé. Hannah ne connaissait pas l'histoire de Nan ; les autres non plus, d'ailleurs. D'après son visage grêlé, elle avait subi une sévère attaque de variole, maladie de l'homme blanc. Maxberry n'avait jamais rien dit de sa compagne. Jamie savait seulement que son clan avait été anéanti par une épidémie de variole dont Nan était la seule survivante. Pour une raison ou une autre, elle s'était attachée à Mikey et ne l'avait plus quitté. Nan n'était pas loquace, bien qu'elle parlât anglais. Hannah l'avait seulement entendue dire une fois que les Aborigènes appelaient Plaines de Feu la région où ils se trouvaient, si torride en été que les Aborigènes eux-mêmes n'osaient pas s'y aventurer.

C'était justement ce qui tracassait Hannah en cet après-midi de printemps. Elle craignait que les hommes ne soient aveuglés par leur obsession des pierres précieuses au point de ne pas vouloir délaisser leurs mines le moment venu. Et ce moment, celui où l'été transformerait la plaine en fournaise mortelle, ne tarderait plus.

Elle en était là de ses réflexions quand un grondement sourd monta du puits. Les hommes échangèrent des regards anxieux.

— Church ! cria Jamie. Tu es toujours là ?

Ils tendirent l'oreille, mais on n'entendait que le sifflement du vent.

— J'y vais, dit Jamie.

— Pour qu'on te perde toi aussi ? protesta Maxberry. C'est du suicide d'y aller, mon gars ! Ralph est foutu.

Sans répondre, Jamie s'introduisit dans l'excavation en s'aidant des ressauts creusés dans la pierre et posa un pied dans le baquet, encore à mi-hauteur.

— Descendez-moi, ordonna-t-il.

Roddy et Blackie White empoignèrent les manivelles. En silence, les autres regardèrent Jamie disparaître dans le puits. Montant des profondeurs, ils entendirent le choc sourd du baquet touchant le fond, des raclements de pierres et de cailloux dégagés de l'entrée de la galerie et les appels répétés de Jamie :

— Tiens bon, Church, j'arrive !

Hannah se mordait les lèvres avec angoisse. Moins d'une semaine plus tôt, Jamie s'était inquiété de ce que les hommes aient peut-être creusé leurs galeries trop proches les unes des autres, risquant ainsi de provoquer une dangereuse déstabilisation du sol. Des bruits montaient toujours du puits, mais pas la voix de Gilchrist. Le regard levé vers l'horizon, par-delà les immensités désolées, Hannah se dit que personne au monde ne savait qu'ils étaient là.

— Je le tiens ! Remontez-le ! cria Jamie.

Roddy et Blackie s'escrimèrent à tourner le treuil et, quand Church apparut enfin, toutes les mains se tendirent pour l'aider à sortir. Il était couvert de sang. Hannah se précipita vers lui. Il paraissait souffrir, mais il était conscient et lucide. Ses blessures étaient dues à l'avalanche de pierres et de cailloux causée par l'éboulement.

Les autres plaisantaient pour lui remonter le moral et Church, qui lui-même souriait jusqu'aux oreilles, les rabroua.

— Ne riez pas tant, les gars ! C'était moins drôle que vous le croyez.

Quand elle vit ses dents que dévoilait un large sourire, Hannah reçut un choc qui lui coupa l'envie de se réjouir avec les autres.

— Emmenez-le sous sa tente, dit-elle. Je vais m'occuper de lui.

Jamie émergea du puits à son tour sous les ovations de ses compagnons, mais Hannah était trop secouée pour le féliciter de son courage.

Car si les chercheurs d'opales l'ignoraient encore, ils étaient face à une situation extrêmement grave, peut-être même mortelle.

31

Quand Hannah eut fini de panser les plaies et les écorchures de Church, heureusement bénignes, il faisait nuit et les hommes étaient rassemblés autour du feu principal. Stinky Sam pêchait des biscuits sous les braises pendant que Nan découpait l'iguane et en servait de juteuses tranches. En attendant leur assiette, les hommes se passaient l'outre d'eau dont ils buvaient leur content.

La réserve d'eau s'amenuisait pourtant à vue d'œil. Les quelques pluies de l'hiver avaient suffi jusqu'à présent à maintenir un niveau suffisant dans les barils et Nan savait creuser des trous dans les lits de rivières asséchées où elle siphonnait une eau saumâtre, potable une fois bouillie, mais l'été serait sec. Hannah avait réussi à mettre de côté un peu du précieux liquide pour soigner les cas fréquents de conjonctivite, mais cette réserve-là s'épuisait elle aussi.

Un problème infiniment plus grave la préoccupait pour le moment. Ralph Gilchrist n'avait plus longtemps à vivre, et son état n'avait rien à voir avec l'effondrement de la galerie.

Hannah sentit un vent froid lui cingler le visage. Ce soir, l'air lui semblait différent, étrange. Était-ce un présage de pluie ? Aucun nuage ne voilait pourtant les étoiles.

Elle tourna son regard vers Jamie et remarqua qu'il avait mis une chemise propre sous son sempiternel gilet noir à boutons d'argent. Si la pénurie d'eau l'obligeait à ne pas se raser, il prenait toujours soin de se tailler la barbe et de se couper les cheveux.

En les voyant tous manger, plaisanter et rire, leurs visages éclairés par la lumière dansante du feu de camp, Hannah pensa une fois de plus à quel point ils étaient unis par une véritable fraternité. Ils illustraient la camaraderie scellée par l'Outback, où le danger était présent en permanence, où l'ami à ses côtés était souvent tout ce qui séparait un homme d'une mort certaine. Convaincre ces hommes de délaisser leur champ d'opales, parce que c'était littéralement une question de vie ou de mort, posait donc un problème dont seul Jamie O'Brien détenait la solution. Si Hannah réussissait à l'en persuader, les autres suivraient.

Tandis qu'il racontait une de ses histoires, Jamie ne quittait pas Hannah des yeux. À l'écart du cercle, devant la tente que Church partageait avec Tabby et Bluey, elle avait une mine inquiète. Church irait-il plus mal ? se demanda-t-il. Une nouvelle bouffée de désir monta en lui. Certes, sa robe était défraîchie, ses cheveux voletaient en désordre autour de son visage, mais en dépit de leur vie fruste, elle restait une lady jusqu'au bout des ongles.

Hannah Conroy occupait jour et nuit les pensées de Jamie. Elle peuplait ses rêves. Quand il travaillait au fond de sa mine, il imaginait ce qu'il éprouverait

440

en la serrant dans ses bras, en l'embrassant. Après avoir couru les jupons sa vie entière, il se croyait immunisé contre l'amour. Il ne l'avait pas même approché de près ni de loin.

Jusqu'à présent...

Il commençait à comprendre où les poèmes et les chansons qui parlaient d'amour et de fidélité éternelle prenaient leur source. Il avait cru que ce n'étaient que des chimères imaginées par des garçons travaillés par le désir de connaître les filles – ou vice versa. Jamie regrettait maintenant de ne pas avoir le don de la poésie. Penser tout bonnement « Je suis amoureux de cette femme » paraissait totalement impropre à exprimer ce qu'il ressentait.

— L'histoire du chien accroupi sur les chiottes, tu la racontes de travers, Jamie ! le taquina Charlie Olde. Moi, je l'ai entendue autrement.

— Surveille ton langage, l'apostropha Jamie tandis que les autres éclataient de rire.

S'apercevant tout à coup de la présence de Hannah, Charlie devint cramoisi et se confondit en excuses, mais Hannah n'était pas offusquée. Elle avait pris l'habitude d'entendre des mots crus, et les histoires de Jamie la fascinaient toujours autant.

Elle s'était aussi rendu compte que, tout aventurier qu'il fût, Jamie ne connaissait pas grand-chose en dehors de l'Australie et de ses propres expériences. Certes, il avait beaucoup bourlingué, mais si elle faisait allusion à Keats ou Byron, par exemple, il ne comprenait pas de quoi ni de qui elle parlait. Il ignorait tout de l'histoire de la science et ses connaissances en géographie étaient plus que rudimentaires. « Je ne suis jamais allé en Angleterre.

Il y pleut beaucoup, à ce qu'on dit », avait-il déclaré un jour. L'intelligence de Jamie O'Brien se bornait, en fait, à réfléchir vite, à savoir ruser pour obtenir ce qu'il voulait et à rester le plus possible hors de portée de la loi.

Hannah ne pouvait cependant pas s'empêcher de le comparer à Neal, ce qui était injuste, sinon absurde, elle le savait. Neal était un homme cultivé, un vrai gentleman, doué d'un esprit curieux cherchant à élucider les mystères de la vie et de la nature. Un homme solide, intègre, un homme avec lequel elle voulait vivre sa vie entière.

Alors, comment était-il concevable qu'elle soit attirée par deux hommes aussi différents ? Peut-être était-ce possible, après tout, si les émotions qu'elle ressentait étaient elles-mêmes différentes. Son amour pour Neal était assez profondément ancré pour troubler son sommeil. Ce que lui inspirait Jamie était flou, indéfinissable, mais immédiat. D'autant plus attirant qu'il était interdit. Ce n'était pas de l'amour, non, mais du désir. Un désir purement physique.

Hannah se rapprocha de ce groupe d'hommes auxquels elle était toujours contente de se joindre, des rustres en apparence mais qui, avec elle, étaient timides et déférents, qui l'appelaient mademoiselle Conroy et lui faisaient leurs excuses quand une grossièreté leur échappait. Comment présenter à Jamie la nouvelle de la catastrophe imminente ? La gorge nouée, elle s'assit près de lui et, profitant d'un éclat de rire qui saluait une anecdote de Tabby, lui murmura à l'oreille :

— Puis-je vous dire un mot en particulier, monsieur O'Brien ?

Ils allèrent dans l'atelier improvisé. Sur des planches posées sur des barils vides s'étalait la récolte du jour, de superbes opales colorées de toutes les nuances de l'arc-en-ciel encore enchâssées dans leur gangue de terre. Une rançon de roi.

— Comment va Church ? demanda Jamie.

— Ses blessures sont bénignes.

— Dieu merci. En voyant tout ce sang, je m'attendais au pire.

Ce soir-là, Jamie ne portait pas de chapeau et le vent jouait dans ses cheveux – couleur de vieil or, pensait Hannah. Il y avait assez de lumière pour faire briller ses yeux bleus de l'éclat des opales sur la table. Seule avec lui dans le silence de la nuit, Hannah se sentit mal à l'aise. Il se tenait trop près d'elle, son sourire était trop... séduisant.

— Monsieur O'Brien, nous faisons face à une situation grave que je redoutais depuis longtemps. Ralph Gilchrist est atteint du scorbut.

— Vous en êtes sûre ?

— Il saigne des gencives, c'est le premier signe. Son état ne peut aller qu'en empirant.

— Comment l'a-t-il attrapé ?

— Le scorbut est causé par des carences alimentaires. Depuis des mois, nous ne mangeons que de la viande et du biscuit.

Jamie se frotta pensivement la mâchoire.

— Alors, comment se fait-il que nous ne l'ayons pas, nous autres ?

— Nous l'aurons tous, ce n'est qu'une question de temps. Avant que M. Maxberry vienne me chercher, je mangeais beaucoup de fruits et de légumes. Mon organisme avait emmagasiné assez de sucs acides pour prévenir ou, du moins, retarder l'apparition du scorbut. J'imagine qu'avant votre départ d'Adélaïde, vos hommes et vous ne vous nourrissiez pas toujours correctement. C'est évident dans le cas de M. Gilchrist, son régime alimentaire souffrait déjà de carences, de sorte qu'il est le premier à montrer les symptômes de la maladie. En tout cas, monsieur O'Brien, je puis vous affirmer que si nous ne rentrons pas à Adélaïde sans délai, nous serons tous atteints.

— C'est aussi grave que vous le dites, le scorbut ?

— L'issue en est toujours fatale.

Il fronça les sourcils, incrédule.

— Vous n'avez pas de remèdes contre ça ?

— Le scorbut n'est pas une maladie qui se manifeste par de la fièvre, il est causé par un déséquilibre dans l'alimentation. Si M. Gilchrist ne peut pas très vite se nourrir correctement avec des fruits et des légumes, il en mourra. Nous en mourrons tous, monsieur O'Brien, si nous nous attardons plus longtemps ici. Si vous ne voulez pas aller à Adélaïde, emmenez au moins les autres jusqu'au golfe de Spencer, où vous aurez de l'eau fraîche et des végétaux.

Une rafale de vent fit voler quelques mèches échappées du chignon de Hannah. Jamie résista à l'envie de les rajuster.

— Ce n'est pas si facile, Hannah, dit-il enfin. Ils ont quitté leur métier, vendu tout ce qu'ils avaient, laissé leur femme ou leur bonne amie en leur promettant d'être riches à leur retour.

Elle montra les pierres étalées sur la table.

— Nous avons déjà beaucoup d'opales.

— Pas assez pour les partager en douze.

— Je leur donnerai ma part.

— Moi aussi, mais ce ne sera pas encore suffisant. Ils ont englouti leurs économies dans l'achat des chariots et du matériel, ils veulent rentrer dans leurs frais et avoir quelque chose en plus. Vous avez vu les efforts qu'ils font et à quel point ils sont obsédés. Chaque petit caillou qu'ils déterrent leur fait en espérer davantage.

Elle tenta de protester, mais Jamie la fit taire d'un geste.

— Ces hommes ne sont pas de simples camarades de rencontre, Hannah. Quand Mikey et moi nous sommes évadés et que la police était à nos trousses, c'est à eux que je suis allé demander de l'aide. Ils nous ont cachés, donné à manger et ont aiguillé la police sur de fausses pistes. Je leur dois la vie, à ces types-là. Alors, quand je suis tombé sur la carte au trésor et que j'ai compris que ça valait le coup, j'ai voulu le partager avec ceux à qui je devais d'être encore libre et en vie.

— Vous ne pouvez pas leur payer mieux votre dette qu'en sauvant leur vie, monsieur O'Brien.

— Écoutez-moi, Hannah. Ralph a le scorbut, d'accord, mais aucun autre n'en a les signes. Ils ne voudront pas partir tant qu'ils se sentiront en bonne santé et je ne suis pas sûr de vouloir les forcer à tout arrêter. Vous voyez Charlie ? dit-il en montrant le plus jeune du groupe. J'ai fait sa connaissance il y a dix ans. J'étais libre, à l'époque, et je battais la campagne en cherchant un emploi de tondeur quand j'ai trouvé ce gamin qui creusait un trou en pleurant parce qu'il enterrait son frère. Alors, j'ai posé mon baluchon, je l'ai aidé à finir la fosse et j'ai pelleté la terre sur son frère. Charlie m'a dit qu'il était seul au monde. Il avait quinze ans, j'en avais vingt-trois, alors je lui ai dit de prendre la route avec moi et on a atterri dans une ferme d'élevage où il a travaillé comme vacher sous les ordres de Stinky Sam, qui était déjà un ami. Six ans plus tard, ces deux-là nous ont planqués, Mikey et moi, ils nous ont nourris, ils ont menti à la police qui était sur notre piste. Ils risquaient gros, très gros, parce qu'ils auraient été eux-mêmes jetés en prison pour nous avoir protégés. Je leur ai promis de les rendre riches. Comment voudriez-vous que je renie ma promesse ?

Jamie garda le silence un moment en regardant ses mains calleuses. Une soudaine bourrasque survint et les hommes s'écartèrent précipitamment du feu pour échapper aux étincelles qui volaient.

— Ralph Gilchrist était attaqué par une bande de brigands au moment où je passais par là. Je lui ai prêté main-forte et à nous deux on les a mis en fuite. Sans moi, Church y passait ou serait resté infirme. Alors, il m'a trouvé un boulot de convoyeur de troupeaux de bœufs et grâce à lui j'ai bien gagné ma vie tout un été. Vous voyez, Hannah, il y a des liens d'amitié particuliers entre ces hommes et moi. Je ne peux ni les laisser tomber ni les décevoir.

Hannah réfléchit à ce qu'elle venait d'entendre. Même après qu'il lui avait appris qu'il s'était enfui de chez lui, elle l'avait toujours considéré comme un homme sans famille. Elle comprenait maintenant qu'en réalité ce n'était pas le cas. Jamie O'Brien avait une vraie famille. Elle avait toujours cru qu'une famille ne méritait ce nom que parce que ses membres étaient liés par le sang. Or, en pensant à son amitié avec Alice et Liza Guinness, elle se rendit compte qu'elle se sentait aussi attachée à elles que si elles étaient réellement ses sœurs. À la mort de son père, Hannah s'était crue seule au monde. Pourtant, comme Jamie, elle ne l'était pas elle non plus.

Avant de pouvoir à nouveau tenter de le convaincre de l'urgence de la situation, un éclair illumina le ciel, aussitôt suivi d'un coup de tonnerre assourdissant.

— Qu'est-ce que... ? s'écria Jamie.

Il n'eut pas le temps de finir sa phrase. Un deuxième éclair déchira la nuit. Très vite, les éclairs se succédèrent sans interruption, formant un rideau lumineux entre le ciel et la terre.

— Hé ! cria Blackie. Un orage nous arrive dessus ! Et il arrive vite !

De monstrueux nuages noirs surgis de nulle part semblaient rouler vers eux. Tous les hommes lâchèrent leurs assiettes et s'empressèrent de retourner des barils vides pour recueillir l'eau de pluie.

Un éclair mit le feu à la légère couverture de branchages de l'atelier des pierres. La foudre frappait le sol, l'odeur d'ozone emplissait l'air, Hannah sentait sa peau la picoter et ses cheveux se dresser sur sa nuque. Le désert entier paraissait s'enflammer, le tonnerre grondait sans interruption, les premières gouttes de pluie s'écrasèrent dans la poussière.

— Vite, abritez-vous dans les puits, nous ne sommes pas en sécurité à la surface ! cria Jamie. Allez chercher Church !

Roddy et ses frères se précipitèrent vers la tente d'où ils sortirent Church en le portant aux aisselles et par les pieds.

Le vent soufflait maintenant en tempête. La pluie, miracle bienvenu, tombait sans discontinuer, mais les éclairs aveuglaient les hommes assourdis par le tonnerre. Jamie entraîna Hannah par le poignet.

— Descendez là, vite ! Je serai derrière vous.

— Et les chevaux ?

— Nous ne pouvons rien pour eux. Dépêchez-vous !

Elle agrippa les appuis taillés dans la roche, se prit un pied dans l'ourlet de son jupon, se rétablit tant bien que mal. Elle aperçut Maxberry qui aidait Nan à descendre lorsqu'un éclair géant parut tomber sur eux. Elle craignit qu'ils n'aient été foudroyés mais elle vit Maxberry enjamber à son tour l'ouverture.

Hannah était à mi-chemin de la descente quand elle regarda en l'air. Jamie n'était pas derrière elle comme il le lui avait dit.

— Monsieur O'Brien, où êtes-vous ? Jamie !

Sa tête apparut brièvement.

— Il faut que j'aide les autres.

Et il disparut aussitôt.

Une fois au fond, Hannah leva les yeux vers l'ouverture du puits et attendit anxieusement de voir Jamie descendre à son tour. Entre deux éclairs, le puits était plongé dans une obscurité totale. Hannah entendait les hommes crier, l'air sentait le soufre et la fumée. Jamie apparut enfin. Elle suivit des yeux sa descente prudente.

— Ils sont tous à l'abri, dit-il en arrivant au fond.

Hannah songea à Church et à l'effondrement de sa galerie. Une fois de plus, Jamie parut lire dans ses pensées.

— Ici, nous ne risquons rien.

Il prit une torche accrochée à la paroi, craqua une allumette, alluma la mèche. La lumière révéla l'entrée d'un étroit boyau et des outils épars sur le sol. En voyant une couverture, Hannah comprit qu'ils étaient dans la mine de Tabby, qui aimait faire la sieste au frais.

Assez large pour livrer passage à un homme, la galerie ne dépassait guère trois ou quatre mètres de long, le plafond était au ras de la tête. Mais l'air frais pénétrait par le puits et le tonnerre était assourdi.

Jamie prit la main de Hannah pour l'aider à s'asseoir par terre.

— Autant nous mettre à l'aise en attendant que ça passe.

— La pluie risque-t-elle d'inonder le puits ? demanda-t-elle.

— Je surveillerai. Inquiétons-nous plutôt de la foudre.

Hannah regarda les ombres que la flamme vacillante de la torche faisait danser sur la paroi. Adossée au roc, elle parvenait tout juste à allonger les jambes. La proximité de Jamie lui faisait battre le cœur et lui coupait la respiration. Elle tentait tant bien que mal de lutter contre le désir qui montait en elle, sensation à la fois nouvelle et familière.

De son côté, Jamie l'observait sans le cynisme blasé du coureur de jupons invétéré qu'il était. Hannah n'avait plus son teint de lis mais le hâle de l'Outback. Serré contre elle, il sentait la tiédeur de son bras, il détaillait la finesse de ses traits, l'arc parfait de ses sourcils, les cils soyeux qui voilaient les reflets irisés de ses yeux. Il réfréna à grand-peine un frémissement de désir.

En proie à un trouble grandissant, Hannah avait envie de parler de tout et de rien pour rompre le silence épais qui s'éternisait. Elle s'était vouée à Neal, elle comptait les jours qui les séparaient encore. Mais il y avait aussi cet homme, recuit par le soleil, aussi pittoresque que les histoires qu'il racontait, vivant selon un code étrange où l'honneur et le respect de la parole donnée cohabitaient avec le mensonge et la filouterie. Le désir d'être serrée dans ses bras, d'éprouver l'ivresse d'une telle expérience, de découvrir avec lui un monde inconnu devenait presque douloureux par son intensité.

— Vous devriez écrire vos histoires, monsieur O'Brien. Elles pourraient devenir de passionnantes ballades.

— Je ne me crois pas capable de rester assis assez longtemps pour écrire quoi que ce soit. Vous savez, enchaîna-t-il en plongeant son regard dans celui de Hannah, quand j'étais en train d'aider les autres et que vous m'avez appelé, vous avez dit *Jamie*.

— C'est vrai ? murmura-t-elle.

S'il la prenait maintenant dans ses bras et l'embrassait, se demanda-t-il, lui rendrait-elle son baiser ? S'embrasseraient-ils jusqu'à ce que la tourmente soit apaisée ?

Dans un passé encore récent, quand une femme éveillait son désir, Jamie ne s'embarrassait pas de scrupules pour user de toutes les armes de la séduction jusqu'à ce qu'ils partagent ensemble les plaisirs d'un lit, comme il n'en avait pas davantage pour lui dire adieu ensuite. Il avait toujours veillé à ce qu'une femme ne lui donne que son corps plutôt que son cœur et ne cherche, elle aussi, qu'un plaisant interlude sans conséquence. Et quand il reprenait ses errances, il s'assurait qu'à son départ, l'élue délaissée avait le sourire aux lèvres.

Mais Hannah n'était pas comme les autres. Même s'il brûlait du désir de la prendre dans ses bras et savait que ce serait un souvenir qui durerait jusqu'à la fin de ses jours, il avait conscience que ce serait une grosse erreur de céder à son envie. Pour la première fois de son existence mouvementée, le mot « mariage » lui traversait l'esprit.

Le temps sembla s'étirer alors que l'un et l'autre étaient agités par de puissantes émotions. Tandis que la tempête qui faisait rage au-dessus d'eux envoyait des bouffées d'air froid dans le puits de mine et que les éclairs déchiraient l'obscurité, le tunnel était devenu un refuge intime. Au prix d'un effort, Hannah détourna son regard de Jamie.

— Comment pourrais-je convaincre vos amis de partir vers le golfe de Spencer avant d'être victimes du scorbut, monsieur O'Brien ? Je sais ce qu'ils pensent de moi, enchaîna-t-elle. Elle n'est qu'une sage-femme, qu'est-ce qui l'autorise à parler de ce genre de choses ? Je l'ai déjà entendu dire par d'autres. J'ai pourtant guéri votre jambe, n'est-ce pas ? Vous, au moins, vous savez que mes connaissances médicales et mon expérience dépassent celles d'une simple accoucheuse.

Il posa sur elle un long regard pensif.

— Comment se fait-il qu'une lady telle que vous ait appris autant de choses que les hommes sont seuls censés savoir ? demanda-t-il enfin.

Elle lui parla de son père médecin, qu'elle avait secondé, de tout ce qu'il lui avait enseigné et de ce qu'elle avait ensuite appris de son côté.

— En ce qui concerne le scorbut, conclut-elle, je sais donc de quoi je parle.

— Je n'en doute pas.

— C'est frustrant, monsieur O'Brien.

Il fixait ses lèvres roses, moites.

— Qu'est-ce qui est frustrant ?

— Tout ce que je veux, c'est soigner les malades.

— Cela paraît assez simple.

— Pour un homme, oui. Les femmes sont entravées.

— Qu'est-ce qui vous entrave ?

Elle resta un moment fascinée par l'éclat de ses yeux bleus et finit par s'en arracher pour regarder le plafond rocheux de la galerie. Le plus fort de l'orage était passé, on n'entendait plus le tonnerre que de loin et les éclairs ne perçaient plus l'obscurité du puits.

— Écoutez, il pleut, dit-elle.

— Nous ne pouvons pas encore remonter, nous devons au moins être sûrs que la foudre ne tombe plus. Je surveille le puits pour que la pluie ne nous inonde pas. Il va faire froid ici, Hannah. Couvrez-nous donc, dit-il en lui tendant la couverture de Tabby.

Hannah déploya sur eux la couverture rugueuse. La température baissait, mais la flamme de la torche et le murmure régulier de la pluie maintenaient dans l'étroit boyau une atmosphère de douillette intimité. Jamie passa un bras autour de ses épaules et Hannah se serra contre lui. Il sentait la sueur et la poussière, son corps était aussi dur que le roc qui les abritait, elle percevait sa chaleur à travers l'étoffe de sa robe. Et elle pensait aux histoires, drôles ou émouvantes, qu'il racontait autour du feu de camp, à ce qu'il lui avait dit des hommes qui l'avaient suivi dans ce désert, aux liens qui les unissaient, au passé qu'ils partageaient. Elle pensait aussi à l'attraction qu'il exerçait sur elle et qui venait, en grande partie, du fait qu'il était natif de l'Australie. Il était né sur cette terre, son âme en avait reçu l'étincelle, venue du fond des âges, qui l'y attachait avec une force qu'aucun immigrant de fraîche date ne pouvait ressentir.

Hannah désirait aussi intensément être avec Jamie, devenir une partie de lui-même qu'elle désirait appartenir à l'Australie. Mais son cœur restait lié à l'homme qui l'avait serrée dans ses bras au plus fort d'une tempête menaçant leur vie. Des liens puissants l'attachaient à Neal Scott d'une manière qu'aucune autre personne qu'elle-même ne pouvait concevoir. Elle aspirait à être, à vivre avec lui. Et en même temps...

Jamie pensait à la femme jeune et belle blottie contre lui. L'embrasser, l'amener à se donner à lui serait facile. Trop facile. Il sentait d'étranges phénomènes se produire en lui, des changements, des sentiments encore inconnus, tels que des scrupules de conscience.

Il devait y réfléchir à tête reposée.

Jamie s'arracha à la chaleur de Hannah sous la

couverture et alla au bout de la galerie regarder la pluie qui tombait dans le puits. Jamais encore il n'avait regardé au fond de lui-même. Il connaissait l'Australie mieux qu'il ne se connaissait. Voir les choses de trop près, surtout soi-même, ne rapporte rien à un homme, disait-il souvent. Vivre au jour le jour, profiter de l'instant et ne pas se poser de questions, telle était la règle de vie de Jamie O'Brien.

Maintenant qu'il regardait la vie qu'il avait vécue, il la voyait sous un autre jour. Avait-il vraiment toujours eu à cœur l'intérêt de ses amis ? Il s'était toujours estimé généreux, même quand il trichait aux cartes, parce qu'il partageait ses gains avec ses amis. Mais c'était lui qui avait l'idée des coups plus ou moins tordus dans lesquels ils le suivaient les yeux fermés. Il ne lui était jamais venu à l'esprit de demander « Qu'en penses-tu ? » à l'un ou à l'autre.

Hannah avait sur lui un effet inattendu, n'ayant rien à voir avec les sermons des bigots moralisateurs qui serinaient des versets de la Bible aux hommes qui sortaient des pubs en titubant. Elle ne l'avait jamais jugé, ne lui avait jamais rien reproché. Mais elle le faisait penser à sa mère, à laquelle il n'avait pas songé depuis des années. Si elle avait vécu, aurait-il eu une autre vie ? Vers quoi sa douce influence l'aurait-elle mené ? Était-ce ce genre d'influence que Hannah exerçait sur lui en ce moment ? Jamie aimait sa vie errante. Il s'arrêtait là où il en avait envie, quand il en avait envie, partait là où l'horizon l'appelait, travaillait parfois à des métiers honnêtes, profitait plus souvent d'expédients condamnables.

Si Hannah ne l'avait jamais jugé, c'est Jamie lui-même qui se jugeait maintenant. En repassant le cours de son existence, en revoyant ses actes, en soupesant ses motivations – comme le lui ordonnait sa conscience assoupie depuis si longtemps –, il reçut la plus stupéfiante des révélations : ce n'était pas à lui qu'il incombait de punir tous les hommes avides et avares de la terre pour la seule raison que son père l'avait lui-même été.

Il s'éclaircit la gorge, se retourna vers Hannah.

— Je parlerai aux hommes du danger mortel du scorbut. S'ils sont d'accord, nous partirons dès demain.

— Merci, murmura-t-elle.

Demain… « Nous nous reverrons avant Noël », lui avait dit Neal en avril. On était en octobre, Noël arriverait dans quelques semaines. Neal était-il déjà de retour à Adélaïde ? La cherchait-il ? Liza, qui croyait Hannah partie le rejoindre, allait-elle s'affoler, lancer des recherches ?

Pensive, Hannah suivit Jamie des yeux pendant qu'il remontait en haut du puits avant de disparaître dans la nuit.

32

L'aurore pointait quand Hannah s'éveilla. En sortant de la mine, dans l'air vivifiant, elle constata que la pluie avait laissé des mares où se miraient de petits cumulus ronds et blancs. Le monde paraissait tout neuf, lavé de frais. Comme une ardoise d'écolier avant qu'on écrive dessus, pensa-t-elle en s'étirant.

Le paysage qu'elle découvrait la fascina par sa beauté. Elle avait assisté à bien des levers de soleil dans ce lieu que les hommes, par dérision, avaient baptisé Coober Pedy, mais sans y voir autre chose qu'un désert aride, monotone et sans vie. Ce matin, sous la lumière dorée du soleil levant, les rochers biscornus et les monticules faits par les hommes scintillaient comme s'ils étaient couverts de pierres précieuses. Les flaques reflétaient toutes les irisations de l'arc-en-ciel, les oiseaux sillonnaient un ciel aux nuances nacrées. De petits lézards, des rongeurs surgissaient du sable comme par magie. Bientôt, des fleurs allaient éclore pour donner un spectacle aussi bref que féerique. Le vent frais et pur semblait offrir des promesses de renouveau.

Hannah repensa à tous les personnages rencontrés depuis son arrivée : Lulu Forchette, qui vivait dans le luxe sous un faux nom ; M. Day, le marchand de journaux de Victoria Square, autrefois garçon d'écurie en Angleterre, aujourd'hui citoyen prospère et respecté d'Adélaïde ; Alice Starky, obscure domestique sans avenir, devenue vedette du music-hall sous le nom d'Alice Star ; le barbier dentiste Gladstone, croisé au Kirkland's Emporium, dont le cabinet ne désemplissait pas depuis qu'il s'était paré du titre de docteur...

« Qui est-ce qui vous entrave ? » lui avait demandé Jamie dans la mine où ils s'étaient réfugiés. Maintenant, elle pouvait répondre à cette question : moi-même.

À l'hôtel Australia ou aux Sept Chênes, au cabinet du docteur Davenport comme dans le salon de Lulu Forchette, partout où elle passait, Hannah se présentait sous l'identité de Hannah Conroy, sage-femme diplômée. Je disais qui j'étais, ce que j'étais, pensa-t-elle. Mais si je disais que je suis quelqu'un d'autre ?

Dans le camp, les hommes s'ébrouaient, s'émerveillaient de voir les tentes toujours debout. Seul le toit de l'atelier des opales avait été frappé par la foudre, mais les pierres étaient intactes. Hannah chercha Jamie du regard et le vit occupé avec Mikey Maxberry à chasser les cendres tombées sur les opales. Quand il leva la tête, il délaissa son travail et courut vers elle.

— J'étais prêt à descendre vous chercher. Comment allez-vous ?

— Je ne pourrais pas aller mieux, monsieur O'Brien.

Elle ne luttait plus contre son désir pour ce trop séduisant aventurier. Elle savourait au contraire l'idée d'être prête à y céder, sans se soucier de savoir où cela la mènerait ni ce que le lendemain apporterait. L'avenir lui apparaissait tout à coup paré des plus chatoyantes couleurs.

Si je disais que je suis quelqu'un d'autre ?

Jamie tendit la main, lui effleura le bras :

— Hannah, parlez aux hommes du scorbut, demandez-leur s'ils acceptent de partir. Je vous soutiendrai et je me rangerai à leur décision.

Elle admira les reflets du soleil dans ses cheveux châtains.

— Merci. Mais je vais d'abord m'occuper de M. Gilchrist.

Après s'être assurée que Church était confortablement couché et ne souffrait pas, elle alla sous sa tente et constata avec soulagement que ses affaires étaient restées au sec. Elle prit le temps de se rafraîchir et, en sortant, vit que les hommes buvaient du thé et mangeaient des biscuits tout en parlant de l'orage. Banger et Tabby rassemblaient les chevaux, qui avaient eux aussi survécu par miracle à la fureur des éléments, tandis que Mikey et Jamie continuaient à nettoyer les opales.

Hannah rejoignit les autres près du feu. Ils l'accueillirent par des saluts amicaux, lui demandèrent si elle avait passé une bonne nuit dans la mine de Tabby et comment allait Church. Nan lui tendit un bol de thé et Hannah prit la parole. Les hommes l'écoutèrent poliment.

À mesure qu'elle leur parlait avec autorité de la maladie de Church et des dangers du scorbut, auxquels ils allaient tous succomber s'ils restaient là, Hannah sentait en elle une force nouvelle. Quand

Jamie lui avait demandé ce qui l'entravait, elle avait découvert une vérité fondamentale.

Nous sommes ce que nous disons être. En disant que j'étais sage-femme, je me limitais moi-même. Je ne peux pas reprocher aux autres de me mettre dans la niche que j'ai moi-même creusée. Mais le monde est maintenant essuyé comme une ardoise et je peux écrire dessus ce qu'il me plaira d'écrire.

— Vous voyez donc, messieurs, conclut-elle, que nous devons retourner le plus vite possible vers le sud, au moins jusqu'à la rive nord du golfe de Spencer.

Son auditoire ne réagit pas.

— Je sais que vous me croyez tous simple sage-femme, ajouta-t-elle. Mais je suis plus que cela, je suis praticienne de santé. Je sais par conséquent de quoi je parle.

Roddy fronça le nez.

— Qu'est-ce qu'elle a dit ?

— Elle est quelque chose dans la santé, l'informa son frère Cyrus.

— Une praticienne de santé, précisa Hannah.

Blackie White se gratta la barbe.

— Jamais entendu parler de ça, grommela-t-il.

— Une *quoi* de santé ? voulut savoir Maxberry.

— Cela veut dire, intervint Jamie qui s'était approché, qu'elle sait de quoi elle parle.

— Qu'est-ce que ça veut dire une prati... praticienne de santé ? s'enquit Bluey.

Il connaissait l'existence des médecins et des dentistes, mais rien d'autre.

— Ça veut dire que si Hannah dit qu'il faut partir, nous partons, déclara Jamie. Faites les bagages, on s'en va.

— Elle n'est pas docteur, protesta Mikey.

Il était aussi noir de cendres que la peau de Nan.

— Elle est une *dame* docteur, dit Jamie. Et quand elle dit que nous allons tous perdre nos dents et crever du scorbut, vous pouvez la croire. En plus, l'été s'annonce sévère et on a trouvé assez d'opales pour voir venir. On commence à plier bagage tout de suite.

Secrètement contents de quitter cet endroit inhospitalier et impatients de dépenser l'argent qu'ils avaient gagné, les hommes s'égaillèrent sans protester. Maxberry se gratta la tête, perplexe. Avait-elle vraiment raison ? Il se tâta la mâchoire, sentit une dent branler et hocha la tête.

Jamie se tourna vers Hannah, lui fit un grand sourire.

— Praticienne de santé ? On ne pourra pas vous dire le contraire, en tout cas. Alors, mademoiselle la praticienne, venez que je vous dise l'idée brillante qui m'est venue.

Il lui prit le coude, l'entraîna vers l'atelier au toit brûlé.

— Je ne suis plus le même, Hannah. Un homme est descendu dans le trou hier soir, un autre en est sorti ce matin. J'ai décidé d'arrêter ma vie de vagabond, de tricheur et de vaurien. Je vais me fixer, si vous voyez ce que je veux dire.

— Mais... et la police ?

— Je m'en arrangerai. J'ai de quoi payer des amendes et soudoyer des juges, je ferai disparaître les affiches avec mon nom dessus. Jamie O'Brien redeviendra un homme respectable.

Et dès que nous serons à Adélaïde, ajouta-t-il pour lui-même, je vous donnerai la plus belle et la plus chère des bagues de fiançailles que je pourrai acheter avec nos opales.

33

Jallara avait un merveilleux secret.

Depuis sa nuit passée avec Thulan à la montagne sacrée, l'esprit de la Lune ne l'avait pas visitée. Son isolement mensuel du clan, comme toutes les femmes soumises au cycle menstruel, n'avait donc pas eu lieu. Une vie nouvelle commençait dans son ventre. Le clan s'en réjouissait, parce que cela voulait dire que Thulan serait toujours avec eux et que leurs adieux ne leur causeraient pas autant de peine.

Elle n'avait rien dit à Thulan, bien entendu. Jallara savait que les hommes blancs avaient de curieuses idées sur les enfants, surtout quand il s'agissait de garçons. Ils disaient qu'ils étaient à eux, alors qu'un enfant appartenait au clan tout entier. Si elle lui en parlait, il déciderait peut-être de rester avec eux, donc de ne pas continuer à suivre son rêve. Ou alors, il voudrait les emmener, l'enfant et elle, dans le monde des hommes blancs. Mieux valait donc qu'il ne sache rien.

Sous le soleil déjà brûlant, trente-trois Aborigènes et un homme blanc se séparaient avec tristesse. Il était temps pour le clan de marcher vers le nord pour rejoindre les autres tribus au *jindalee*. Cette fois, Jallara trouverait sans peine un mari. Jusqu'à présent, elle avait été dédaignée parce qu'elle n'était pas assez belle. Maintenant, les hommes ne lui reprocheraient plus d'avoir la peau trop claire, parce que sa grossesse apporterait la preuve de sa fertilité qui comptait bien plus que la beauté.

Elle donna à Neal une Pierre Esprit, un galet gris et lisse gravé de symboles mystiques qui tenait juste dans le creux de sa main, en lui disant qu'elle le protégerait toute sa vie.

Neal glissa la pierre dans le petit sac de cuir avec le « vase de larmes » vide. Il pensait au sang mêlé de Jallara en se demandant si sa mère avait couché avec l'homme blanc de son plein gré ou si elle avait été violée. Il pensait aussi aux Merriwether, ces missionnaires pleins de bonnes intentions qui voulaient amener Jésus aux Aborigènes.

— Jallara, lui dit-il d'un ton passionné, emmène ton peuple loin d'ici. D'autres hommes blancs vont venir. Ils ouvriront des routes, construiront des chemins de fer qui briseront les pistes sacrées. Le télégraphe viendra aussi, des villes vont apparaître. Votre mode de vie sera détruit.

Jallara sourit. Que pouvaient bien être des chemins de fer, le télégraphe ? Elle n'en avait aucune idée.

— Nous pas pouvoir être différents de ce que les Ancêtres nous ont appris, Thulan. Nous pas pouvoir partir d'ici.

Neal hocha la tête, accablé. Ils étaient condamnés et il ne pouvait rien faire pour les détourner de leur destin.

Le moment de se quitter était venu. Neal avait passé six mois avec le clan de Jallara. Une vie entière... Accompagné de Daku et Burnu pour lui montrer le chemin, il leva la main en signe d'adieu et partit vers l'ouest à travers des territoires inconnus à la recherche de l'homme qui l'avait condamné à mort en l'abandonnant dans le désert.

— Si je dois encore avaler une bouchée de lézard, je me pendrai au premier arbre, si on arrive à en trouver un dans ce foutu pays !

Nul ne prêta attention aux ronchonnements de Billy Patton. Il avait beau se plaindre de la nourriture – alors que c'était lui le cuisinier ! –, il n'oubliait jamais de se servir copieusement.

Le campement n'était plus aussi impeccable qu'il l'était six mois plus tôt, au nord d'Iron Knob, lorsque sir Reginald imposait une inspection quotidienne et une discipline quasi militaire. L'épreuve que constituaient des centaines de kilomètres dans le désert, le vent, le sable, les averses torrentielles et imprévisibles, sans parler des dingos, des serpents, du rationnement de l'eau et maintenant d'une vague de chaleur intense, avaient eu raison du décorum britannique. La belle toile blanche des tentes était aussi crasseuse et fripée que les hommes.

Mais maintenant qu'ils approchaient de leur but – Galagandra, qui brillait sur la carte comme pour leur faire signe –, leur moral remontait. Seul le jeune Fintan Rorke restait abattu. Inconsolable de la mort de M. Scott, il prenait ses repas à part et s'isolait des journées entières en taillant tous les morceaux de bois qui lui tombaient sous la main. Ils auraient dû rester, attendre, chercher M. Scott.

Il ne pardonnait pas à sir Reginald leur départ précipité après la tempête de sable.

Malgré son humeur morose, Fintan était devenu un membre essentiel de l'expédition. Les essieux et les roues des chariots se brisaient souvent et le savoir-faire de Fintan était mis à contribution pour réparer tout ce qui devait l'être. Le jeune homme coopérait sans rechigner. Il s'était joint à l'expédition de son plein gré, il vivait une grande aventure. Il n'en déplorait pas moins la triste fin de M. Scott et ne se résignait pas à devoir mettre son équipement photographique et scientifique sous la responsabilité de sir Reginald une fois arrrivés à Perth. M. Scott ne l'aurait sûrement pas voulu, se disait-il.

John Allen se leva subitement.

— Holà ! cria-t-il. Voilà des Abos !

Tout le monde se retourna. En voyant des hommes noirs armés de sagaies, ils prirent précipitamment leurs armes. C'est alors qu'un des indigènes leva les bras et cria :

— Ne tirez pas ! Je suis Neal Scott !

Les hommes blancs se regardèrent, stupéfaits, et se levèrent pour courir au-devant de leur camarade qu'ils croyaient mort. Avant de le rejoindre, ils virent les compagnons de Neal lui toucher le bras avec une évidente tristesse et disparaître dans le désert. Neal les suivit des yeux avant de se retrouver au centre d'un comité de réception dont la joie n'était pas feinte.

— Quel plaisir de vous revoir, mon vieux ! On vous croyait mort !

Neal cherchait du regard sir Reginald.

— Des Aborigènes m'ont retrouvé. Ils m'ont sauvé la vie.

— Vous avez vécu tout ce temps avec des Aborigènes ? Vous devez avoir des tas d'histoires passionnantes à raconter !

Ils écarquillaient les yeux à la vue de ses tatouages. Mais quand ils s'approchèrent pour les détailler, Neal recula. Ces hommes empestaient !

En gagnant le campement avec les autres, il constata qu'aucun des membres de l'expédition ne manquait à l'appel. Les chevaux rassemblés dans un enclos étaient eux aussi tous présents, y compris la jument alezane qu'il montait au moment de la tempête de sable.

Fintan se fraya un passage dans le groupe qui entourait Neal, se jeta sans honte dans ses bras et lui donna une accolade enthousiaste.

— Vous êtes vivant ! Dieu soit loué !

— Voilà le plus beau des accueils, monsieur Rorke, lui dit Neal en souriant.

Fintan le lâcha et s'essuya le nez sur sa manche. Comme ses compagnons, il avait dû laisser pousser ses cheveux, mais il n'avait qu'une courte barbe peu fournie.

— Vos affaires sont toutes ici, monsieur. Je ne me suis même jamais permis d'ouvrir votre malle. Tout est tel que vous l'avez laissé.

Neal pensa aussitôt au gant de Hannah avec le désir intense de le serrer dans sa main.

— Merci, Fintan.

— Je voulais rester, monsieur Scott, reprit Fintan les larmes aux yeux. Quand sir Reginald nous a dit de lever le camp alors que le soleil n'était pas encore levé, j'ai voulu rester pour vous chercher. Mais il m'a dit que si je ne partais pas avec les autres, il garderait le chariot et les chevaux.

Neal ne quittait pas des yeux la tente où il savait que sir Reginald faisait la sieste.

— C'est bien, Fintan. Vous ne pouviez pas faire autrement.

— J'ai surveillé votre équipement, les produits chimiques sont intacts. Je n'ai permis à personne d'y toucher. Votre appareil photographique est toujours en parfait état.

— Eh bien, Fintan, je m'en servirai dès demain. Nous avons encore un long chemin à faire avant d'arriver à Perth, nous trouverons beaucoup de beaux paysages à photographier.

Sir Reginald sortit alors de sa tente, plus couperosé que jamais, sa barbe et ses cheveux blancs au vent.

— Grand Dieu, mais c'est M. Scott ! s'exclama-t-il.

Il marcha vers Neal, les mains tendues. Neal ne lâcha pas sa sagaie et ne tendit pas l'autre main. L'autre ne releva pas l'affront.

— Nous n'espérions plus vous revoir ! Et vous êtes devenu un vrai indigène, à ce que je vois. Vous devez en avoir, des histoires à nous raconter !

— J'y suis resté un certain temps, répondit Neal sans le quitter des yeux. Je ne pensais pas vous revoir, moi non plus. L'expédition semble réussir, jusqu'à présent.

— À la perfection ! Nous n'avons pas croisé un seul indigène, contrairement à vous. Nous devrions bientôt arriver à Galagandra, où il y a paraît-il d'abondantes réserves d'eau douce. Mais venez donc vous asseoir, vous devez avoir faim ! Impressionnants, vos tatouages ! Il faut nous dire comment ils ont été faits.

En rejoignant le cercle formé autour du feu de camp par ses compagnons qui ne tarissaient pas d'éloges, Neal décida de ne pas confronter sir Reginald, mais d'attendre leur arrivée à Perth, où il pourrait mener une enquête discrète. Une fois en possession des preuves des mensonges et des vantardises du prétendu explorateur, il le démasquerait publiquement.

Il se demandait aussi si sir Reginald se doutait de ses soupçons. Si tel était le cas, quel forfait pourrait-il encore commettre avant Perth ? Ils étaient encore très loin de la civilisation ou même d'un embryon de colonie blanche, ferme ou élevage. Pour sa propre sécurité, Neal devait donc agir avec prudence. Sir Reginald avait déjà essayé de se débarrasser de lui, il était capable de s'y prendre mieux la prochaine fois.

34

Quand elle arriva en vue de l'hôtel Australia, Hannah ne put retenir un cri de joie.

Bien qu'on ne soit pas encore officiellement en été, le soleil de novembre tapait fort sur la file de chariots et de cavaliers qui cheminait avec lassitude sur la route poussiéreuse. Depuis le gisement d'opales, le voyage avait été long et pénible. Le pauvre Ralph Gilchrist n'y avait pas survécu. Ses compagnons l'avaient enterré dans le désert, au nord du golfe de Spencer. Nan les avait quittés peu après. La veille de leur arrivée au bord du golfe, ils avaient aperçu un groupe d'Aborigènes qui les observait de loin et, le lendemain, Nan avait disparu. Puis, en arrivant aux mines de cuivre de Kapunda, les trois frères, Cyrus, Elmo et Roddy, étaient partis à leur tour en disant que la vie de mineurs leur avait plu et qu'ils resteraient là à chercher fortune. C'était donc un groupe réduit qui se dirigeait vers l'hôtel Australia, la tête pleine de visions de bains chauds, de lits propres et de repas servis sur une table.

Ils s'aperçurent tout de suite que quelque chose n'allait pas. Il n'y avait pas de voitures dans la cour, pas de chevaux attachés aux anneaux. Pas de palefreniers qui s'agitaient, de chèvres qui bêlaient, de poulets qui picoraient. Un calme inhabituel planait. Les bâtiments paraissaient à l'abandon. Lorsque Hannah et Jamie gravirent les marches du perron, ils pressentirent que l'hôtel était délaissé depuis déjà longtemps.

Hannah essaya d'ouvrir la porte, mais elle était fermée à clé.

— Que s'est-il passé ? murmura-t-elle, inquiète.

Elle regarda à travers les vitres poussiéreuses, vit que les meubles de Liza étaient toujours en place, que des journaux jaunissants étaient encore posés sur la table du hall. En retournant sur la route, elle reçut un nouveau choc : les quelques commerces qui s'étaient établis autour de l'hôtel – la quincaillerie, l'épicerie, le maréchal-ferrant – étaient eux aussi barricadés et abandonnés.

Hannah s'efforça de surmonter sa panique. Il y avait sûrement une explication logique. Mais quand elle remonta dans le chariot à côté de Jamie qui tenait les rênes, une terrible appréhension lui nouait l'estomac. Une épidémie mortelle avait dû sévir dans les parages et emporté la vie de tous ceux qu'elle avait connus. Alice en avait-elle été elle aussi victime ? Et Mary McKeeghan aux Sept Chênes ?

Grand Dieu, et Neal ?…

Ils reprirent la route en silence. Avant d'atteindre les faubourgs d'Adélaïde, ils dépassèrent l'ancienne maison de Lulu Forchette, où Hannah eut la surprise de voir des enfants jouer dans la cour, du linge sécher sur des cordes, une jeune femme balayer le perron. À l'évidence, une famille s'y était installée. Le potager, les écuries étaient toujours là mais la roseraie avait disparu, ce qui l'attrista. Elle fut néanmoins soulagée de voir que ce qui avait fait disparaître les habitants du hameau autour de l'hôtel ne s'était pas propagé aussi loin. À côté d'elle, Jamie pensait à peu près la même chose. Il songeait également au pauvre dingo solitaire qui avait perdu son territoire de chasse.

Adélaïde leur parut étrangement calme. S'étaient-ils trompés de jour, était-on un dimanche ? Non, les pubs étaient ouverts et, pourtant, la circulation était moins dense, les piétons moins nombreux. Elle remarqua aussi que les hôtels arboraient des pancartes indiquant qu'ils avaient des chambres libres, chose rare en temps normal.

La maladie qui avait emporté Liza avait-elle touché la ville ? Hannah décida qu'aussitôt après être passée chez le joaillier, elle irait à la poste voir si Neal lui avait laissé un message. Mon Dieu, pourvu qu'il ne soit pas encore revenu à Adélaïde en son absence !

Jamie arrêta le chariot dans Flinders Street devant la bijouterie Grootenboer. Tandis qu'il attachait les chevaux à l'anneau, les hommes mirent pied à terre et s'essuyèrent le front d'un revers de manche en déclarant qu'ils voulaient leur argent le plus vite possible pour aller s'offrir un bain, un copieux dîner et de la compagnie féminine. Hannah regarda le mur à côté de la boutique, où étaient affichées les unes des journaux, pour savoir si l'expédition de sir Reginald était arrivée à Perth au bout des six mois qu'avait estimés Neal. Il ne lui faudrait ensuite qu'une quinzaine de jours par voie de mer pour rejoindre Adélaïde. Mais il n'y avait aucune nouvelle.

Elle vit toutefois autre chose qui la glaça d'horreur : un avis de recherche, illustré d'un portrait de Jamie O'Brien. La ressemblance était frappante. Les nouveaux procédés de gravure lancés par l'*Illustrated London News* avaient donc fini par arriver dans ces lointaines colonies et la police les mettait à son service.

— Jamie, dit-elle à mi-voix.

— Qu'est-ce qu'il y a ?

Il se retourna et elle lui fit signe de regarder le mur.

Le visage de Jamie s'assombrit. Quelqu'un avait réussi à le décrire avec assez de précision pour que l'artiste le dessine, et la gravure était d'une parfaite netteté. Mais le plus inquiétant se trouvait dans le nouveau délit ajouté à une liste déjà longue : vol de chevaux.

— Le vantard du champ de courses a donc fini par porter plainte, commenta-t-il. Je n'aurai sans doute pas de quoi me sortir de ce guêpier-là. Voler un cheval, dans ce pays, ça vaut la pendaison.

Hannah n'eut pas de peine à imaginer la suite. Jamie ne pourrait plus marcher dans les rues, aller là où il voulait, jouer aux cartes avec ses amis – et tricher avec les autres. Avec cette menace au-dessus de sa tête, il n'était plus libre de vivre sa vie.

Après avoir demandé à Maxberry de rester avec les autres, Jamie se dissimula une partie du visage en tenant un mouchoir sur sa bouche et entra dans la boutique avec Hannah. Un monsieur corpulent aux cheveux blancs se leva à leur entrée avec un grand sourire.

— Bienvenue, madame, monsieur. En quoi puis-je vous être utile ? demanda-t-il avec un fort accent hollandais.

Les hommes aux tenues crasseuses, hirsutes et la peau brûlée par le soleil offraient un spectacle courant à Adélaïde. Chercheurs d'or, explorateurs, bouviers et fermiers venaient en ville à la recherche d'un bain, d'un lit propre ou d'un nouveau départ. Il était impossible de deviner la fortune d'un homme d'après sa mise, et M. Grootenboer, comme tous les commerçants d'Adélaïde, reçut Jamie et Hannah avec autant d'égards que s'ils étaient habillés à la dernière mode et arrivaient dans une élégante voiture de ville.

Jamie garda son mouchoir sur la bouche, comme si la poussière de l'Outback le faisait encore tousser.

— Nous avons trouvé ces cailloux, dit-il en posant négligemment quelques pierres sur le comptoir.

D'un commun accord, ils avaient décidé de vendre les opales dans plusieurs bijouteries plutôt qu'une seule.

M. Grootenboer prit un des blocs de grès au flanc duquel brillait une surface bleutée.

— Cela ne paraît pas d'origine volcanique. Une opale ? Dans quel genre de terrain l'avez-vous trouvée ?

Jamie décrivit le lieu de manière vague. Les épais sourcils du joaillier se levèrent d'étonnement.

— Des opales dans du grès ? Je ne croyais pas que c'était possible. Je vais les regarder de plus près.

À l'aide d'une grosse loupe attachée à une chaîne qu'il portait au cou, il examina chaque pierre une à une. Hannah et Jamie attendirent.

— Ces pierres sont encore très grossières et prises

473

dans leur gangue, il faudra les dégager et les tailler, dit-il enfin. Je n'ai pas l'expertise suffisante pour procéder à ces opérations, comprenez-vous ? Il me faudra les envoyer à un lapidaire de Sydney. L'opale est une pierre relativement tendre dont le traitement nécessite le plus grand soin… Cela me coûterait cher, dit-il en soupirant, et je ne sais pas quel bénéfice me laisserait l'opération. Si vous le souhaitez, je puis toutefois vous débarrasser de ce lot pour, disons, cinq shillings.

Jamie posa sur le comptoir un bloc plus gros, au cœur duquel luisait une opale, noire de prime abord, avec des reflets rouges, jaunes et orange qui chatoyaient sous la lumière.

— Que pensez-vous de celle-ci, alors ?

L'examen dura plus longtemps. Finalement, le joaillier laissa échapper un cri de stupeur, lâcha sa loupe et s'éclaircit la voix.

— Je pourrai vous donner un bon prix de celle-ci, monsieur. Et un prix encore meilleur, ajouta-t-il en baissant la voix, si vous me dites où vous l'avez trouvée.

— Monsieur Grootenboer, intervint Hannah.

Elle avait eu le temps de parcourir la boutique des yeux et avait remarqué dans une vitrine un nombre considérable de montres en or, certaines déjà anciennes.

— Oui, madame ?

— Vous avez là une remarquable collection de montres. Comment se fait-il que vous en ayez autant ?

Grootenboer eut l'air ébahi.

— Vous n'êtes pas au courant ?

474

— Au courant de quoi ?

— On a découvert de l'or en Californie.

Hannah et Jamie échangèrent un regard étonné.

— Où est-ce, la Californie ? demanda Jamie.

— C'est un territoire de l'Amérique. Il y a quelques mois, on y a trouvé de l'or, des pépites grosses comme le poing disséminées par terre. En apprenant la nouvelle, beaucoup d'hommes d'ici sont partis là-bas dans l'espoir d'y faire fortune. Ils m'ont vendu leurs biens les plus précieux pour payer le prix de la traversée.

Serait-ce la cause de la soudaine désertification de l'hôtel Australia ? se demanda Hannah, perplexe.

De retour dans la rue, Jamie partagea l'argent de M. Grootenboer avec ses compagnons en leur promettant de poursuivre les ventes et de leur en donner leur part. Bien entendu, il devrait s'y prendre avec précaution tant que son portrait serait affiché sur tous les murs de la ville.

— Hannah, lui dit-il, mes amis et moi connaissons un endroit discret où passer quelque temps. Mais vous ? Où pourrai-je vous retrouver ?

Hannah avait espéré reprendre sa chambre à l'hôtel Australia. Elle devait maintenant chercher un autre logement. Mais elle voulait d'abord aller à la poste au cas où Neal lui aurait laissé une lettre.

— Je vais voir si mon amie Alice est revenue en ville. Elle a dû passer à l'hôtel Australia et doit donc être ailleurs, je le saurai par l'Élysium. Pour le moment, jusqu'à ce que je trouve un logement décent, le music-hall sera le meilleur endroit pour me laisser un message.

Sous le soleil brûlant, dans la foule qui les

contournait, ils se regardèrent longuement dans les yeux. L'air vibrait du bourdonnement des mouches, l'odeur du crottin piquait les narines, mais Hannah et Jamie n'avaient conscience que d'eux-mêmes. Ils avaient chacun tant de choses à dire à l'autre, mais le moment ne s'y prêtait pas. D'ailleurs, tout entre eux avait changé sans que Hannah en sache exactement la raison. Le nouvel avis de recherche sur Jamie l'avait profondément choquée, la menace était devenue trop sérieuse pour ne pas s'en soucier. Et puis, maintenant qu'elle était de retour en ville, elle considérait la situation sous un jour différent. Elle avait ici des attaches, une autre existence, Neal. Dans l'immédiat, elle ne trouvait plus son équilibre. Où et comment caser Jamie O'Brien dans sa vie ?

Jamie avait lui aussi senti le changement. Il continua un instant à fixer Hannah sous le large bord de son chapeau de brousse.

— Il faut y aller, dit-il enfin. Je vous enverrai un mot quand les opales seront toutes vendues et que j'aurai l'argent.

Elle le vit enfourcher le cheval acquis avec un faux titre de propriété et pour lequel il risquait maintenant sa vie. Blackie White prit les rênes du chariot et la petite troupe disparut au bout de la rue.

Hannah se remémora le soir où un homme sorti de l'obscurité l'avait sauvée des crocs d'un chien sauvage. Elle éprouvait à présent le même sentiment, celui que Jamie O'Brien n'avait jailli de la terre rouge de l'Australie que pour faire un bout de chemin avec elle, tel un être mythique comme le Serpent Arc-en-ciel, avant de la quitter pour retourner à la terre qui lui avait donné le jour.

35

N'ayant trouvé aucune lettre pour elle à la poste restante, Hannah en déduisit que Neal était encore à Perth, car il y était sûrement arrivé, depuis le temps. Par acquit de conscience, elle lui écrirait quand même aux bons soins des autorités de Perth, qui lui transmettraient sa missive. Elle ne voulait pas que Neal subisse le même choc qu'elle en découvrant l'hôtel Australia déserté de toute présence humaine.

Par les portes grandes ouvertes de l'Élysium, des torrents de musique se déversaient sur le trottoir. Hannah entra dans la relative fraîcheur du hall, où un colosse en gilet rayé, aux bras comme des jambons, lui barra le passage.

— On est fermé jusqu'à ce soir, déclara-t-il. Personne ne peut entrer pendant une répétition.

Hannah parvint à jeter un coup d'œil dans la salle. Des acrobates cascadaient sur la scène.

— Mademoiselle Alice Star est-elle ici ?

— Qui la demande ?

— Une amie.

— Comme les trois quarts d'Adélaïde, grommela le gorille.

— Veuillez aller lui dire que Hannah Conroy désire la voir.

L'homme s'exécuta de mauvaise grâce. Un instant plus tard, Hannah entendit une voix familière crier son nom. Alice jaillit dans le hall en courant et se précipita pour serrer Hannah dans ses bras, au point de lui couper la respiration.

— Hannah ! Nous étions si inquiets ! Nous ne savions pas où vous étiez partie ! Liza avait dit que vous aviez rejoint M. Scott. Vous êtes restée avec l'expédition ? Vous êtes allée jusqu'à Perth ?

Alice interrompit son flot de paroles le temps de reprendre son souffle et lâcha Hannah en reculant d'un pas.

— Vous êtes toute bronzée ! Vous étiez au soleil ? Racontez-moi…

Hannah pouffa de rire.

— Laissez-moi respirer, Alice !

La métamorphose de son amie était spectaculaire. La timide jeune fille terrorisée par Lulu Forchette avait disparu. La tournée, la découverte de lieux nouveaux, l'assurance acquise sur scène avaient révélé sa nature exubérante et son charisme. Alice était une femme belle et sûre d'elle. Ses cicatrices étaient si bien maquillées, ses sourcils si parfaitement dessinés et sa coiffure si artistement arrangée que nul ne pouvait discerner ses mutilations.

— Alice, vous êtes aussi éblouissante qu'une femme amoureuse !

— C'est que je suis amoureuse. Du théâtre, du public, du chant ! Mais d'aucun homme, ajouta-t-elle sombrement. Et je doute fort de l'être jamais. Mais j'ai des admirateurs et cela me suffit amplement.

Dans une superbe robe de soie orange et vert,

un ravissant bibi sur la tête, Alice était une véritable gravure de mode.

— Mais parlons plutôt de vous, Hannah ! Nous étions tous morts d'inquiétude !

— C'est une longue histoire. Savez-vous ce qu'est devenue Liza ? J'ai trouvé l'hôtel fermé.

Alice raconta qu'elle aussi était allée à l'hôtel Australia au retour de sa tournée – qui avait eu un grand succès, précisa-t-elle sans fausse modestie. Entre-temps, Liza était tombée amoureuse d'un beau conducteur de bestiaux. En entendant parler de la découverte de l'or en Californie, il avait voulu y aller. Liza et lui s'étaient mariés et avaient pris le premier bateau à destination d'un port appelé San Francisco.

— Liza m'a laissé une lettre pour vous, Hannah. J'ai toutes vos affaires, vos vêtements, votre malle, votre équipement médical et même la statuette de la déesse grecque. Oh, Hannah ! Je suis si heureuse de vous revoir ! s'exclama-t-elle en la serrant de nouveau dans ses bras. Où habitez-vous, maintenant ?

— Je ne sais pas encore. Je viens d'arriver en ville.

— Alors, vous allez venir chez moi. J'ai loué une jolie maison. J'ai même des domestiques ! Vous vous rendez compte ?

36

Hannah reçut trois messages de Jamie. Il lui disait qu'il se voyait forcé de se déplacer souvent et de rester discret, mais que les opales rapportaient bien et qu'il avait des projets pour commencer une vie nouvelle. Il ajoutait qu'elle était toujours présente dans ses pensées comme dans son cœur et qu'il se désolait d'être dans la même ville qu'elle sans pouvoir la voir.

Le dernier arriva quinze jours après leur arrivée à Adélaïde. Il lui demandait de le rencontrer aux environs de la ville, sur un ancien chemin de bûcherons qui ne menait plus nulle part. Comme l'endroit n'était pas loin de l'ancienne maison de Lulu Forchette, Hannah s'y rendit sans difficulté. Ils se retrouvèrent en fin d'après-midi, dans un petit bois d'acacias pourvu d'un peu d'herbe au bord d'un ruisseau.

Jamie était déjà arrivé, son cheval paissait à quelques pas. La gorge serrée, parce qu'elle savait que leurs adieux seraient définitifs cette fois, Hannah arrêta son tilbury. Jamie était habillé de neuf, chapeau de brousse compris, mais il avait gardé sa barbe, mieux taillée que la dernière fois, sans doute afin de parfaire son déguisement. Elle ne put s'empêcher de trouver fort seyant le contraste entre son hâle sombre et sa chevelure éclaircie par le soleil.

En s'approchant pour aider Hannah à descendre de voiture, il constata que son changement, déjà pressenti devant la bijouterie, était maintenant complet. Hannah était redevenue une citadine et une lady accomplie, de son bonnet noué autour du menton à sa robe à crinoline en soie grège. Si son teint gardait le hâle de l'Outback, il ne tarderait pas à s'effacer à l'abri des capelines et des ombrelles. Ses mains, elles aussi, seraient de nouveau douces et lisses, sans plus de traces des mois passés avec les chercheurs d'opales.

Il enleva son chapeau, sourit, mais son regard était empreint de tristesse.

— Nous devons partir, Mikey et moi, dit-il sans préambule.

— Je sais.

Des rayons de soleil dorés perçaient le feuillage des arbres, le bourdonnement des insectes emplissait l'air.

— Nous allons en Californie. Nous avons signé un engagement comme matelots sur le *Southern Cross*. Les capitaines de navires marchands se sont aperçus qu'ils avaient le choix de leurs équipages sans devoir payer de salaire parce que les hommes veulent tous aller en Californie. Ils ne leur demandent même pas leurs noms du moment qu'ils sont musclés et capables de grimper dans le gréement.

— Ce doit être dur pour vous de quitter l'Australie.

— Les endroits lointains m'ont toujours attiré. Je m'étais cru capable de me ranger, de changer de vie, mais l'appel de l'aventure est trop difficile à ignorer. Je n'ai encore jamais traversé un océan,

Hannah, jamais mis le pied dans un pays étranger. Il est grand temps que j'élargisse mes horizons. Et puis, ajouta-t-il avec un sourire, pensez à tous ces riches pigeons là-bas qui ne demandent qu'à se laisser plumer.

Il sortit de sa poche une épaisse liasse de billets qu'il lui tendit.

— Voilà votre part des opales.

— Mais c'est beaucoup trop !

Il y avait plusieurs centaines de livres.

— On n'a pas besoin de payer notre passage, il nous faudra juste de quoi démarrer à l'arrivée. Les autres, Bluey, Tabby, Charlie Olde, ils sont tous rentrés chez eux, plus riches que quand ils en sont partis et un grand sourire aux lèvres. Mais ils ont cotisé, donc cet argent vient de nous tous. Nous voulons que vous preniez un bon départ en Australie, Hannah. Je crois qu'ils sont tous tombés un peu amoureux de vous.

Il marqua une pause, sa mine devint sérieuse.

— Je voulais vous demander de m'accompagner, mais j'ai compris que ce serait une erreur et, de toute façon, je ne crois pas que vous auriez dit oui. Vous êtes venue en Australie pour accomplir de grandes choses, Hannah. Un jour, je reviendrai peut-être et je verrai qu'on vous a élevé une statue dans Victoria Square.

Il s'interrompit à nouveau, les yeux humides.

— J'ai autre chose pour vous...

Il lui tendit un petit cahier relié en cuir noir. Hannah l'ouvrit. Les pages étaient toutes remplies au crayon d'une écriture serrée.

— Mes histoires, dit-il. Je vous les donne.

482

Muette, la gorge nouée, Hannah feuilleta le cahier. Elle reconnut au passage les histoires les plus drôles ou émouvantes entendues autour du feu de camp.

— Vous devriez les emporter en Californie avec vous, Jamie.

— Non, Hannah, elles sont à vous maintenant, elles ne m'appartiennent plus. J'en ferai une nouvelle récolte là-bas, des histoires de chercheurs d'or, des histoires d'un autre pays tout neuf... Poursuivez votre rêve, Hannah. Vivez selon vos propres règles. Faites des miracles avec vos mains. Vous m'avez sauvé la vie, vous en sauverez d'autres. Guérissez les malades...

Sa voix se brisa. Il s'essuya les yeux d'un revers de main.

— Dieu sait combien je vous aime, Hannah. Si je vis jusqu'à cent ans, je n'aimerai jamais une femme autant que je vous ai aimée.

Il la prit dans ses bras, lui donna un baiser passionné. Les bras noués autour de son cou, Hannah le lui rendit en songeant que Jamie O'Brien aurait beau se vanter d'être un vrai Australien et d'appartenir à cette terre, il était en réalité un homme sans attaches.

Elle le regarda enfourcher son cheval, le suivit des yeux pendant qu'il s'éloignait sous le couvert en direction des docks d'où, le lendemain matin, le *Southern Cross* devait appareiller pour traverser les océans jusqu'à une contrée inconnue appelée la Californie.

37

— Bon sang, mon garçon, ces gens-là vous ont-ils transformé en sauvage comme eux ?

Sir Reginald ne se donnait plus la peine de dissimuler son mépris. Voir l'Américain refuser de se conduire en homme civilisé l'exaspérait. Il avait rejoint l'expédition depuis déjà quinze jours et il ne voulait toujours pas s'habiller décemment !

Sans répondre, Neal continua à retourner le lézard sur le gril au-dessus du feu. Je suis un sauvage ? se dit-il. En tout cas, ce n'est pas moi qui pue à cent pas.

À cause du rationnement imposé par la pénurie d'eau, les hommes avaient abandonné toute pratique d'hygiène corporelle. En dépit de la chaleur torride de décembre, ils continuaient à s'habiller normalement, de sorte que leurs vêtements crasseux empestaient. Ils ne se donnaient plus la peine de se laver les dents. Infestés de puces et de poux, ils se grattaient sans arrêt. Neal avait donc refusé de remettre ses vêtements occidentaux afin que sa transpiration s'évapore à la chaleur. Il se protégeait des piqûres d'insectes avec de la peinture à base de pierres pulvérisées mêlées à des sucs de plantes et se nettoyait les dents, comme les membres du clan de Jallara, à l'aide de brindilles et de feuilles d'eucalyptus.

Un Blanc à demi nu, vêtu d'un pagne en peau de kangourou, debout derrière le tripode d'un appareil photographique et donnant des ordres à son assistant constituait un étrange spectacle, il le savait. Comme il savait que sir Reginald ne supportait pas son comportement et le méprisait. Mais le mépris était mutuel. Neal avait été écœuré de voir la carte établie à mesure de la progression de l'expédition. En vertu de leur prétendu « droit de découverte », les hommes avaient donné leurs noms à tous les endroits par lesquels ils étaient passés : Mason's Creek, Allen's Hill, Mount Williams. Mais Neal put aussi voir où il avait voyagé avec le clan de Jallara, une grande tache blanche marquée *Inconnu*. Neal, lui, y connaissait des noms de lieux tels que Colline des Fourmis, Sentier du Dingo, Montagne Sans Nom, en se demandant quels noms les Aborigènes avaient donnés aux lieux que les Blancs s'étaient appropriés.

L'expédition avait finalement atteint Galagandra, censé posséder d'abondantes réserves d'eau douce. Jusqu'à présent, ils n'en avaient pas trouvé la moindre goutte. C'était une région de lacs salés et de plaines sableuses couvertes d'arbustes rabougris et d'herbes épineuses, plate à perte de vue, parsemée de loin en loin d'un monticule indigne du nom de colline. L'expédition avait établi son campement au bord d'un ruisseau à sec où quelques buissons s'efforçaient de survivre. Non loin, un amas de rochers à peine plus hauts qu'un homme s'adossait à une colline de deux ou trois cents mètres couverte de broussailles desséchées.

Ce matin-là, John Allen était allé avec deux hommes explorer la source présumée du cours d'eau, qui débordait sans doute largement de son lit quand il pleuvait. Le sol était donc de nature alluviale, l'eau en période de crue entraînant jusqu'à la plaine des boues riches en quartz. Neal le savait car sir Reginald lui avait demandé d'analyser le terrain sans pour autant lui dire dans quel but.

Sir Reginald se leva en lançant des regards furieux au géologue de la troupe. Sans qu'il puisse dire exactement pourquoi, le comportement de Scott l'exaspérait. Ses tatouages, surtout, le gênaient. Les six rangées de points rouges allant du nombril aux pectoraux pour se recourber aux épaules constituaient un spectacle à la fois fantastique et troublant. Le processus avait dû être douloureux. Quels autres rites sauvages Scott avait-il subis ? Il n'en parlait pas parce que c'était « tabou ». Comme si les lois des indigènes s'appliquaient au monde civilisé ! Et que diable pouvait-il bien cacher dans ce sac de cuir pendu à son cou ?

Depuis qu'il avait surgi du désert en pagne et sagaie à la main, Scott n'avait fait aucune allusion à la tempête de sable ni à ce qu'il avait fait ensuite. Il était taciturne, solitaire, sans rien du joyeux compagnon qu'il avait été. Étrange, non ? Les sauvages lui avaient-ils infligé quelque traitement sinistre au cours de ces six mois ? Ou fallait-il chercher une autre cause à sa transformation ?

Soupçonnerait-il la vérité à mon sujet ?

— Habillez-vous, au moins ! aboya sir Reginald avant de s'éloigner.

Neal l'ignora. Les retrouvailles avec ses collègues

n'avaient pas été si heureuses, en fin de compte. Les autres l'assaillaient de questions sur les mœurs sexuelles des Aborigènes et lui demandaient, d'un air égrillard, s'il avait goûté au « velours noir ». Williams, le naturaliste, comptait sur lui pour étoffer son savant traité : quels rites pratiquaient donc ces « gens-là » pour célébrer les naissances, les deuils, etc.

Ce sont des hommes, pensait Neal, furieux. Pas des animaux ! La description de leurs mœurs n'a pas sa place dans une étude de la vie sauvage. Il effleura le petit sac de cuir, toucha la surface lisse de la pierre magique. « Esprit très puissant, Thulan, lui avait dit Jallara avec un sourire radieux. Esprit protéger Thulan sur chemin du Rêve. »

Il pensa aussi à la fiole de verre, maintenant vide. Les larmes de sa mère l'avaient fait revenir du monde des esprits. Depuis son passage dans la grotte peinte, Neal réexaminait sa vision, et la vérité lui paraissait maintenant si évidente qu'il s'en voulait de ne pas l'avoir vue plus tôt : la fierté que manifestait constamment Josiah Scott pour les succès de son fils adoptif, leurs longues randonnées en montagne, les anniversaires où il voyait ses moindres désirs exaucés, Neal mettait cette générosité sur le compte des remords de n'être pas son vrai père alors que, en réalité, Josiah agissait en père aimant et attentionné.

À l'autre bout du camp, le jeune Fintan s'occupait des chevaux. Depuis son retour, Neal et son assistant avaient photographié de superbes paysages de l'Outback : des formations rocheuses étonnantes, un arbre isolé au milieu d'une plaine, un arc-en-ciel paraissant monter droit comme une colonne de lumière. Neal voulait que son père puisse voir ces images, qu'il sache ce que son fils avait accompli. Sache qu'il avait survécu seul dans le désert, partagé la vie d'une tribu d'Aborigènes et subi les épreuves secrètes de l'initiation. Qu'il avait capturé sur ses plaques photographiques la beauté et l'âme de l'Australie – des images qu'aucun homme blanc n'avait vues avant lui.

Le silence du matin fut tout à coup brisé par les cris de John Allen, qui revenait en courant :

— De l'or ! J'ai trouvé de l'or !

Ils se levèrent tous d'un bond sans plus penser au déjeuner.

Neal les rejoignit d'un pas plus mesuré. Agenouillés près des gros rochers, les hommes grattaient frénétiquement le sol rouge et sec. Sir Reginald les regardait faire, un sourire satisfait aux lèvres.

— Nous sommes venus ici chercher de l'or ? lui demanda Neal.

— Bien sûr. Et nous en trouvons.

— Vous n'aviez jamais parlé de cet or !

— Moins il y a de gens au courant, mieux cela vaut.

Il plongea une main dans la poche de son short dont il sortit une pépite qu'il fit briller au soleil.

— L'histoire de cette pépite est fragmentaire mais, en résumé, un type m'a parlé à Perth de bagnards en fuite qui la lui avaient vendue. Je l'ai rachetée cinquante livres avec un nom : Galagandra.

— Votre prétendue expédition de reconnaissance scientifique n'est donc qu'une mascarade !

Sous leurs yeux, Billy Patton, Andy Mason, le colonel Enfield et même le digne professeur Williams creusaient la terre à mains nues.

— Je ne pouvais pas clamer sur les toits le véritable but de cette expédition, dit sir Reginald d'un air hautain. J'aurais déclenché une ruée.

Neal observait le spectacle déshonorant de ces hommes devenus subitement fous quand il remarqua, sur la face de certains rochers, quelque chose qui lui glaça le sang : des silhouettes humaines stylisées dessinées en traits noirs.

— Grand Dieu ! murmura-t-il. C'est un site sacré, sir Reginald ! Il faut immédiatement dire à vos hommes de s'en aller !

Le prétendu explorateur balaya l'objection d'un geste dédaigneux.

— Si la tribu qui vit dans ces parages apprend notre présence ici... insista Neal.

— Eh bien, nous leur achèterons la terre au prix qu'ils voudront.

— Mais c'est un site sacré, ils ne le vendront jamais !

Neal regarda autour de lui avec inquiétude. Ces hommes à quatre pattes, aveuglés par la cupidité, seraient une cible facile pour un raid éclair. Aucun n'en réchapperait.

Neal continua à balayer l'horizon du regard. Dans le camp, à quelques centaines de mètres, Fintan se hâtait de monter le tripode. Il était devenu l'assistant idéal, pensa Neal. Fintan pressentait qu'un moment historique était sur le point d'advenir et, en plus, il ne s'était pas précipité pour chercher de l'or avec les autres.

Neal termina son tour d'horizon. Comment réussir

à convaincre ces hommes assoiffés d'or qu'ils risquaient leur vie en restant là ?

Sur la crête de la colline, une silhouette apparut.

— Sir Reginald, dit-il à voix basse.

Au même moment, Billy Patton se releva d'un bond, le poing brandi.

— J'ai trouvé une pépite ! cria-t-il. Une grosse pé…

Une sagaie en pleine poitrine lui coupa la parole. Les yeux écarquillés de stupeur, il tomba à la renverse, mort.

Neal se retourna. Ce n'était pas l'homme sur la colline qui avait lancé la sagaie. Cinq Aborigènes armés accouraient. Neal empoigna sir Reginald par la chemise.

— Ordonnez à vos hommes de partir !

Livide, sir Reginald regardait les assaillants.

— Vous connaissez ces gens, Scott. Parlez-leur, montrez-leur vos tatouages.

— Ceux-ci, je ne les connais pas !

Au cours de ses pérégrinations avec le clan de Jallara, ils avaient croisé d'autres clans, certains amicaux, d'autres hostiles, qui parlaient tous des dialectes différents. D'après les dessins rupestres qu'il venait d'apercevoir, il avait compris qu'ils s'exprimaient dans une langue sans points communs avec celle de son clan. Ses tatouages signifieraient peut-être même son arrêt de mort.

Les Aborigènes se trouvaient maintenant entre les Blancs et le campement et poussaient des cris de guerre. Les sagaies volaient vers leurs cibles avec une précision mortelle. Andy Mason en reçut une dans le ventre qui le tua sur le coup. Les autres coururent s'abriter derrière les rochers – le site le plus sacré.

— Non ! hurla Neal. Pas là !

Trop tard. Les Aborigènes encerclaient déjà le piège où les hommes s'étaient eux-mêmes jetés.

— Faites quelque chose, bon Dieu ! cria Neal à sir Reginald.

— Je... je ne sais pas...

— La passe de Khyber, l'embuscade ! Vous les avez tous tirés de là sains et saufs ! Comment avez-vous fait ?

— Euh... je... je ne suis jamais...

Neal le repoussa d'une bourrade.

— Cela aussi, vous l'avez inventé ! Vous avez tout inventé !

Sir Reginald était devenu blanc comme un linge.

— Vous m'avez démasqué, n'est-ce pas ? bredouilla-t-il. Non, je ne suis jamais allé en Afghanistan.

— Vous n'êtes qu'un menteur, un mythomane ! C'est pour cela que vous m'avez laissé crever seul dans le désert ! Vous saviez que j'avais percé votre honteux petit secret ! Avez-vous même jamais mis le pied en dehors de l'Angleterre ?

Muet de terreur, sir Reginald regardait en direction des Aborigènes : ils étaient plus nombreux maintenant. Neal se tourna vers le campement en pensant aux armes à feu qui y étaient restées. D'autres hommes étaient déjà tombés sous les sagaies, le colonel Enfield, John Allen, dont les cris d'agonie retentissaient dans l'air du matin.

Sir Reginald agrippa le bras de Neal.

— Je vous donnerai mille livres si vous me conduisez à Perth !

Neal se libéra d'une secousse et partit en courant vers le camp.

Sir Reginald se précipita dans l'enclos des chevaux, enfourcha une jument à cru et la lança au galop. Un boomerang le frappa à la nuque, le jetant à bas de sa monture. Un groupe d'Aborigènes se rua sur lui et ils l'achevèrent à coups de bâton.

Neal avait du mal à conserver sa lucidité. Les Aborigènes surgissaient maintenant de toutes parts. Il y en avait au moins une cinquantaine. D'où sortaient-ils ? Un massacre se préparait. Neal savait que le feu ne suffirait pas à les effrayer et que les fusils seraient impuissants à les repousser. Il réfléchit une seconde. Des explosions ?

Il trouva Fintan accroupi derrière un chariot, le fusil à l'épaule. Il tremblait tellement qu'il manquait toutes ses cibles.

— Fintan !

Le jeune homme accourut vers lui.

— Nous allons les chasser par des explosions. Aidez-moi à déplacer le chariot.

— Mais, monsieur Scott, votre équipement... vos plaques...

Ils n'avaient plus le temps de vider le chariot. L'attaque s'intensifiait au pied des rochers, les Blancs encore en vie ripostaient avec des pistolets, quelques Aborigènes avaient été tués. Neal et Fintan poussèrent le chariot jusqu'au lit du ruisseau où il pouvait rouler seul sur la pente. Quand il fut à portée des assaillants, Neal jeta sur les caisses de produits chimiques un tison enflammé. En quelques secondes, des flammes jaillirent, suivies d'explosions assourdissantes et de nuages d'une épaisse fumée noire qui suffirent à provoquer la retraite précipitée des Aborigènes. Les quelques arbres avoisinants prirent feu à leur tour. Horrifié, Fintan vit disparaître en fumée les précieuses plaques photographiques avec leurs superbes paysages.

Les survivants les rejoignirent en courant, ensanglantés.

— Brillante initiative ! s'exclama le professeur Williams, le front en sang. Où est sir Reginald ?

Il vit alors le cadavre désarticulé gisant à côté de la jument. Six autres hommes avaient trouvé la mort.

Neal regarda autour de lui. Les Aborigènes s'étaient enfuis, mais ce n'était pas fini pour autant, ils reviendraient en force. Il fallait rassembler les hommes, les chevaux, s'éloigner au plus vite. Auraient-ils même le temps d'enterrer les morts ?

Un homme émergea de la fumée, un sourire de dément aux lèvres. Malgré la tache de sang qui s'élargissait sur sa chemise, il brandissait le poing en exhibant une grosse pépite.

— Il y en a d'autres ! Par terre, prêtes à être ramassées !

Les autres repartirent en courant vers le lieu du massacre. Neal essaya en vain de les arrêter.

— Non, restez ! Les explosions ne sont pas terminées ! Les arbres sont en feu ! D'autres produits chimiques vont exploser !

La soif de l'or était la plus forte, les hommes ne ralentirent pas. Neal vit alors les branches des arbres en feu se détacher, sur le point de tomber sur les caisses encore intactes.

Les hommes étaient déjà à quatre pattes à gratter la terre.

Neal hésita à peine. Il s'élança à travers le rideau de fumée, agrippa à tâtons des bras, des jambes. Fintan le secondait de son mieux. Un buisson s'enflamma près d'eux en lançant des pluies d'étincelles qui retombèrent sur les dernières caisses de produits hautement toxiques – dont du cyanure de potassium.

Et l'explosion libéra un nuage de gaz mortels qui submergea Neal et Fintan avec les autres.

38

— Voilà ! Est-ce joli, comme cela ?

Hannah recula pour admirer son œuvre et s'épongea le front avec son mouchoir. Il était pour le moins déconcertant de décorer un arbre de Noël par une telle chaleur...

— Une fois les bougies allumées, ce sera ravissant, répondit Alice.

Hannah s'était installée en ville, non seulement parce que l'hôtel Australia était fermé, mais aussi parce que, pendant son absence, un nouveau médecin arrivé dans le secteur lui avait pris sa clientèle. Elle avait donc choisi une petite maison à étage dans un des quartiers neufs d'Adélaïde, à l'écart des médecins déjà établis. Elle s'était aménagé un appartement à l'étage et, au rez-de-chaussée, son cabinet, la salle d'attente, un petit dispensaire et son laboratoire.

Depuis un mois, elle avait accroché sa plaque : Hannah Conroy, *Praticienne de santé diplômée de Londres, spécialiste des femmes et des enfants*, sans avoir encore reçu la visite d'un seul patient. Mais elle ne se décourageait pas. Elle avait publié des annonces dans la presse, en avait placardé sur tous les panneaux d'affichage et même, comme le pseudo-docteur Gladstone, le dentiste, fait la tournée des pharmacies et autres établissements plus ou moins en rapport avec la médecine. Elle savait qu'il fallait aux gens un certain temps pour s'habituer à une nouvelle spécialité.

Six semaines s'étaient écoulées depuis qu'elle avait fait ses adieux à Jamie au bord du ruisseau. Il était maintenant en route vers la Californie, mais son souvenir resterait à jamais gravé dans son cœur. Elle avait la certitude que Neal frapperait à sa porte d'un jour à l'autre. Elle lui avait laissé une lettre à la poste restante et punaisé un message au tableau d'affichage du kiosque de M. Day. Neal lui avait promis d'être de retour pour Noël et Noël était le surlendemain.

— Il faut que je retourne à l'Élysium pour la répétition du spectacle de Noël, dit Alice. Viendrez-vous ?

Après la tournée qui lui avait valu une avalanche d'articles élogieux dans la presse, Alice attirait des foules plus nombreuses que jamais.

— Je ne le manquerai pour rien au monde ! Merci de m'avoir aidée à installer l'arbre, répondit-elle en l'embrassant.

Elle la raccompagna à la porte et, en refermant, vit sur la console du vestibule le journal du matin que la femme de ménage y avait posé. Elle le déplia machinalement. La une était barrée par la manchette : *L'EXPÉDITION OLIPHANT ANÉANTIE DANS LE DÉSERT.*

Aucun survivant de cette noble entreprise n'a été retrouvé, annonçait le sous-titre.

Hannah sentit le plancher vaciller et dut se retenir

au mur pour ne pas tomber. Incapable de respirer, elle parcourut la suite :

Au cours du service religieux organisé à l'église Saint George de Perth, le lieutenant-gouverneur McNair a prononcé l'éloge funèbre des trente-deux hommes courageux partis d'Adélaïde il y a neuf mois sous la conduite de sir Reginald...

Il fallut à Hannah un moment avant d'entendre qu'on frappait à la porte. Mme Sparrow, la femme de ménage, apparut du fond du vestibule en robe noire et tablier blanc et alla ouvrir.

Une femme se tenait sur le seuil avec deux enfants. Derrière elle, dans la rue, une élégante voiture était arrêtée.

— Je suis bien chez la praticienne de santé ?

Mme Sparrow s'écarta pour la laisser entrer et lui présenta Hannah.

— Mon Timothy n'arrête pas de tousser, lui dit la femme, et ma petite Lucy a des rougeurs. Quant à moi, ajouta-t-elle en baissant la voix, j'ai un petit problème, euh... intime qui me gêne beaucoup. Pour tout vous dire, je suis heureuse d'avoir affaire à une lady comme vous pour ce genre de choses. Les médecins n'y comprennent rien, vous savez.

MELBOURNE

Novembre 1852

39

La belle jeune femme qu'il avait déjà remarquée était revenue, se dit sir Marcus, intrigué.

Il avait appris par hasard son nom, Hannah Conroy. Tout en s'entretenant avec le docteur Soames, son adjoint, il la suivit des yeux pendant qu'elle traversait le hall de l'hôpital et montait l'escalier. Cette jeune personne piquait sa curiosité au plus haut point.

Ce n'était pas la première fois qu'elle venait et, à chaque fois, son allure détonnait dans cet endroit. Par définition, un hôpital n'accueillait que les indigents, ceux du moins qui n'avaient pas les moyens de payer une visite de médecin à domicile ou du personnel pour les soigner chez eux. Les visiteurs de l'hôpital Victoria de Melbourne faisaient donc partie des classes les plus pauvres, étaient souvent en haillons, parfois ivres et menant grand tapage. Voilà pourquoi la présence de cette jeune femme, toujours habillée à la perfection et appartenant visiblement à l'élite, paraissait aussi déplacée. À l'évidence, elle ne venait pas voir un membre de sa famille. Sir Marcus Iverson, distingué directeur de l'hôpital et traitant une opulente clientèle privée à son cabinet établi dans le quartier le plus prisé de la ville, ne pouvait donc que supposer que l'élégante jeune femme en robe de soie, ne paraissant pas souffrir le moins du monde de l'écrasante chaleur de novembre, venait dans son établissement pour quelque œuvre charitable.

Mais ce qui intriguait plus que tout sir Marcus, c'est qu'elle était toujours munie d'une mallette de cuir ressemblant fort à une trousse de médecin.

Une fois en haut de l'escalier, Hannah s'arrêta un instant pour s'éponger le cou. La chaleur estivale arrivait en avance. À moins que son excitation d'avoir enfin découvert la maison de ses rêves dans la campagne environnante ne soit la cause de sa transpiration.

Sa résidence actuelle de Collins Street, une rue animée, comportait comme sa maison d'Adélaïde un appartement à l'étage et, au rez-de-chaussée, le cabinet où elle recevait les patients cinq matinées par semaine. Elle avait amené avec elle Mme Sparrow, sa femme de ménage d'Adélaïde promue gouvernante, qui régnait sur deux femmes de chambre. Hannah envisageait d'engager une assistante pour l'aider dans ses soins, comme elle-même l'avait fait pour le docteur Davenport. Depuis la miraculeuse aurore de Coober Pedy où elle avait décidé de se donner le titre de praticienne de santé, la vie de Hannah avait suivi une courbe ascendante. Non seulement les dames de la bonne société venaient en foule à son cabinet et la recommandaient à leurs amies, mais elles l'invitaient à leurs réunions mondaines. Bon nombre de ses clientes étaient fortunées, beaucoup étaient devenues des amies.

Mais beaucoup aussi étaient pauvres, et Hannah

ne faisait pas de différence entre celles-ci et les autres. Parmi elles, Nellie Turner avait consulté Hannah un mois auparavant en lui demandant d'être sa sage-femme quand viendrait le moment de son accouchement. Ce matin-là, en revenant d'une visite, Hannah avait trouvé un message l'informant que les douleurs de Nellie avaient commencé prématurément et que des amis l'avaient emmenée à l'hôpital Victoria. Elle s'y était rendue pour s'assurer de l'état de sa patiente.

Tout en se dirigeant vers la salle commune, Hannah pensait à la propriété qu'elle avait remarquée sur la route de Bendigo, une ferme agricole avec un peu d'élevage et, surtout, une belle maison de maître qui soutenait la comparaison avec celle des Sept Chênes. Elle avait arrêté sa voiture sur la route et un seul regard aux pâtures, aux champs et à la maison l'avait convaincue qu'elle les voulait. À la grille, cloué sur un poteau à côté du nom de la propriété, *Brookdale*, il y avait un panneau « À vendre ». Selon un voisin, le propriétaire s'appelait Charlie Swanswick et avait hâte de vendre. Le seul problème, c'est que ledit Charlie Swanswick était parti, comme des milliers d'autres, pour les gisements aurifères au nord et personne ne savait comment l'y joindre. Deux autres acquéreurs potentiels s'étaient déjà renseignés, avait dit le voisin. Si Hannah était réellement intéressée, elle devait s'arranger pour retrouver rapidement Charlie. Elle s'était donc promis, dès qu'elle aurait fini de s'occuper de Nellie Turner, de charger un agent d'aller à la recherche de Charlie Swanswick et de lui soumettre une proposition ferme pour l'achat de la propriété.

Elle passa entre les deux rangées de lits, vingt de chaque côté, où étaient couchées les malades atteintes de dysenterie, de pneumonie, de grippe ou de fractures en souriant aux visiteurs venus s'occuper des leurs. Les familles ayant la responsabilité de laver, nourrir et soigner les hospitalisés, la salle était toujours bruyante et bondée. La seule employée de l'hôpital présente était une femme en longue blouse grise et bonnet blanc, qui passait une serpillière humide sur le plancher. Le rôle du personnel se bornait, en effet, à vider les pots de chambre, entretenir un minimum de propreté et appeler un médecin en cas d'urgence.

En arrivant au fond de la salle, où se trouvaient les quelques lits réservés à la maternité, Hannah s'étonna de ne pas voir le bébé de Nellie à côté de sa mère. Les yeux clos, Nellie ne répondit pas à son salut. Hannah enleva ses gants et tâta le front de la jeune accouchée. Elle était brûlante de fièvre. Alarmée, Hannah lui prit le pouls, tira le drap pour lui palper l'abdomen. Son geste provoqua un gémissement de douleur.

Atterrée, Hannah se figea : Nellie présentait tous les symptômes de la fièvre puerpérale. La jeune femme se trouva brutalement ramenée des années en arrière, la nuit où sa mère gisait, brûlante de fièvre, deux jours après avoir donné le jour à son petit frère. Jour et nuit, John Conroy s'était évertué à tenter de sauver la mère et l'enfant. En vain : ils avaient l'un et l'autre péri d'une maladie dont nul ne connaissait la cause ni le remède et qui se révélait fatale dans tous les cas.

Hannah fit signe à l'employée, qui posa son balai et accourut.

— Allez vite chercher le docteur Iverson, je vous prie. Il est en ce moment dans le hall d'entrée.

En attendant, elle prit son stéthoscope dans sa trousse et ausculta Nellie. Le rythme cardiaque désordonné et la respiration laborieuse étaient des symptômes indiscutables de la maladie.

— Puis-je savoir ce que vous faites, madame ?

Hannah se redressa, se retourna. La cinquantaine et une allure pleine de dignité qui en intimidait plus d'un, le docteur Iverson était toutefois connu pour sa bonté et sa compassion. Hannah savait qu'il prenait toujours le temps de rassurer les malades et de leur dire quelques paroles de réconfort. Elle avait vu à l'hôpital de Londres des médecins qui ne se donnaient pas même la peine de saluer les patients dont ils avaient la charge.

Elle appréciait aussi le fait que le docteur Iverson porte toujours une blouse blanche et des vêtements d'une impeccable propreté quand il faisait ses rondes et exige la même chose de ses collaborateurs, pratique exceptionnelle pour l'époque. L'obligation de vider les pots de chambre quand ils étaient pleins au lieu d'une seule fois par jour, de changer les draps des lits entre le départ d'un malade et l'arrivée du suivant ou de nourrir les malades sans famille faisait partie des autres idées révolutionnaires de sir Marcus.

Hannah replia son stéthoscope.

— Mme Turner a une forte fièvre et de sévères douleurs abdominales.

— Occupez-vous une quelconque fonction dans cet hôpital ? s'enquit Iverson avec froideur.

— Je suis sage-femme. Je devais accoucher Mme Turner, mais j'ai dû m'absenter.

Sir Marcus fit une moue perplexe. Cette jeune femme ne ressemblait en rien aux sages-femmes qu'il avait rencontrées jusque-là. Impassible en apparence, il posa une main douce sur le front de Nellie, qui ouvrit les yeux, terrifiée.

— Je vais mourir, docteur ? demanda-t-elle d'une voix tremblante.

— Mais non, voyons. Vous serez bientôt guérie, la rassura-t-il avant de se tourner vers Hannah. Vous pensez qu'il s'agit de la fièvre puerpérale ?

Hannah replaça le stéthoscope dans sa trousse. En décidant de devenir praticienne de santé, elle avait remplacé son fourre-tout de velours bleu par une élégante trousse de cuir, plus conforme à son nouveau statut professionnel.

— Je crains en effet que ce ne soit le cas, docteur. Et, comme vous le savez, cette fièvre est hautement contagieuse.

Avec un bref regard déconcerté, il approuva d'un signe de tête. Il partageait l'inquiétude de Hannah. Cette fièvre était inattendue, la patiente était en bonne santé la veille encore. Qu'avait-il pu se passer ?

— Allez dire à Mme Butterfield de préparer des draps imprégnés de chlore, de faire apporter des soufflets et de demander un garçon pour les manœuvrer, dit-il à l'employée qui attendait ses ordres.

Entourer le lit d'un malade de draps imprégnés de chlore et emplir l'air de fumigations constituait la procédure normale dans les cas de fièvres infectieuses. Hannah sortit néanmoins de sa trousse un flacon de sa préparation iodée, qu'elle tendit au docteur Iverson.

— Puis-je vous demander, docteur, de dire aux médecins de se laver les mains avec ce liquide avant de toucher les autres malades, surtout s'ils commencent par s'occuper de Nellie ?

— Pourquoi ?

— À titre de précaution, dans le cas où la fièvre ne se propagerait pas par l'atmosphère mais par le contact des mains.

Il examina le flacon – plus intéressé par la finesse de la main qui le lui tendait et l'absence d'alliance à l'annulaire que par le liquide.

— Qu'est-ce que c'est ?

— Une solution iodée antiseptique de ma préparation.

Étranges propos dans la bouche d'une aussi jolie jeune femme, pensa sir Marcus.

— Je ne suis pas convaincu que le lavage des mains ait une quelconque influence, négative ou positive, sur la santé, mais j'ai lu de récentes publications sur les études menées en Europe. Certaines théories sur les microbes avancent des arguments qui méritent réflexion. Cependant, comme vous dites, une précaution de plus ne peut pas faire de mal. Sans imposer à mes collaborateurs l'usage d'un produit inconnu qui risquerait de leur arracher l'épiderme, je donnerai toutefois l'ordre de disposer à l'entrée de la salle une bassine d'eau chlorée.

Il marqua une pause, observa ouvertement Hannah et se rendit compte qu'elle lui paraissait familière, comme s'il l'avait déjà rencontrée.

507

— Pardonnez ma curiosité, mais que savez-vous de la fièvre puerpérale ? demanda-t-il.

Hannah lui donna sa carte. Il haussa un sourcil, intrigué.

— Praticienne de santé ? Que fait au juste une praticienne de santé, mademoiselle Conroy ?

Hannah trouvait sir Marcus bel homme – *patricien* serait le mot juste – mais austère. Il lui rappelait un peu lord Falconbridge.

— Je mets les bébés au monde, je soigne les plaies, je dispense des remèdes, je donne des conseils sur l'hygiène et les soins courants.

Plus il l'observait, plus sir Marcus était sûr qu'ils s'étaient déjà rencontrés quelque part.

— Et quelle formation avez-vous suivie ?

Hannah avait appris à se présenter de manière plus professionnelle. Elle ne répondait plus simplement : « Mon père était médecin. »

— J'ai fait mon apprentissage en secondant mon père, qui était docteur en médecine. Je suis diplômée des hôpitaux de Londres, où j'ai été formée. J'ai été six mois l'assistante d'un chirurgien de marine puis celle d'un des médecins les plus considérés d'Adélaïde.

La jeune Mlle Conroy n'avait pas l'air d'un charlatan. Elle savait se servir d'un stéthoscope et avait correctement diagnostiqué un cas de fièvre puerpérale. Sir Marcus ne savait plus que penser. À cinquante-deux ans, il s'estimait homme d'expérience, mais il ne lui était jamais arrivé d'avoir en face de lui une jeune femme qui se présentait de manière aussi hardie et, de surcroît, lui donnait sa carte de visite professionnelle ! Son curriculum vitae semblait bien celui d'une professionnelle, mais elle était inclassable dans une catégorie déterminée, ce qui accroissait sa perplexité et sa curiosité. Elle avait une vingtaine d'années, elle était belle, célibataire, se bombardait du titre de praticienne, paraissait pleine de ressources et faisait preuve de courage. Bref, une jeune femme à la tête bien faite.

— Pardonnez-moi, mais ne nous sommes-nous pas déjà rencontrés ? demanda-t-il.

— En effet. L'année dernière chez Blanche Sinclair, qui donnait une fête de bienfaisance.

— Mais oui, bien sûr ! Je m'en souviens, maintenant. Veuillez excuser mon oubli.

Quand il avait décidé d'effacer Blanche Sinclair de son esprit, il en avait apparemment fait autant de ses amis et relations. La grande soirée de l'an passé lui revenait maintenant en mémoire. Sa première impression de Mlle Conroy avait été celle d'une jeune femme séduisante, aimable mais réservée. Il avait aussi senti chez elle une profonde tristesse, comme si elle avait récemment perdu un être cher.

— Viendrez-vous ce soir au grand bal à l'hôtel Addison, docteur Iverson ? lui demanda-t-elle.

Sir Marcus avait reçu l'invitation de Blanche, qu'il s'était empressé de jeter au panier. Il n'avait aucune intention d'aller à ce bal ni à aucun des autres événements que Mme Sinclair organiserait. Surtout pas après ce qui s'était passé l'an dernier ! Mais maintenant, en voyant la charmante Mlle Conroy lui sourire avec tant de charme…

— Si mon emploi du temps le permet, répondit-il.

Il serait absurde, pensait-il, de me priver du plaisir

de la compagnie de cette jeune personne à cause de ma brouille avec Blanche.

— Vous comprenez, mademoiselle, que Mme Turner est patiente de l'hôpital, dit-il en glissant la carte de Hannah dans sa poche. Elle n'est plus désormais sous votre responsabilité et je dois donc vous demander de ne pas interférer avec nos collaborateurs.

— Puis-je savoir où est le bébé ?

— Mme Turner n'étant pas en état de le nourrir, une voisine est venue le chercher pour le faire allaiter par sa fille. Je vous souhaite une bonne journée, mademoiselle.

En la regardant s'éloigner, il ne put s'empêcher de penser qu'elle avait une bien jolie silhouette.

Une fois sortie de l'hôpital, Hannah s'arrêta un instant sur le trottoir. Au mois de novembre, les fleurs éclosaient, l'été arrivait. Mais un gros nuage noir s'était formé au-dessus d'elle : comment la pauvre Nellie avait-elle contracté la fièvre puerpérale ?

L'hôpital n'était rien de plus qu'une grosse bâtisse de brique ne comportant que deux salles communes à l'étage, une pour les hommes, l'autre pour les femmes. En guise de salle d'opération, une table rangée hors de vue – et d'ouïe – des salles communes. La cuisine et la blanchisserie se trouvaient dans des bâtiments annexes. Une salle de consultation, une pièce réservée aux archives et le bureau du docteur Iverson étaient aménagés au rez-de-chaussée. Chandelles et lampes à pétrole assuraient l'éclairage, un puits l'alimentation en eau, et les ordures étaient jetées dans une fosse creusée dans le terrain vague derrière les bâtiments. Il était question de projets d'agrandissement et même d'éclairage au gaz d'ici quelques années. Si l'initiative du docteur Iverson de créer un hôpital pour les indigents était fort louable, elle ne suffisait pas à maîtriser les maladies qui sévissaient dans une ville aussi peuplée que Melbourne, où affluait une immigration incontrôlée venant du monde entier chercher fortune.

La statuette de la déesse Hugieia que lui avait donnée le docteur Davenport trônait en bonne place sur la cheminée de Hannah pour lui rappeler que la fille du dieu Asclépios veillait sur l'hygiène, donc sur la prévention des maladies. Hannah rêvait d'écrire et de publier à l'usage des familles un traité sur les règles de l'hygiène, de la nutrition et des premiers soins. Elle voulait partager toutes les connaissances qu'elle avait acquises mais, jusqu'à présent, elle n'avait pas eu le loisir de s'atteler à ce grand ouvrage. Sa clientèle lui prenait le plus clair de son temps et elle cherchait toujours le sens caché des derniers mots prononcés par son père avant de rendre l'âme. Car si elle avait cru que l'iode était une panacée, son expérience des quatre dernières années lui avait démontré son erreur.

Il faisait chaud. Hannah prit dans son sac un mouchoir pour s'éponger le front mais, en voyant les initiales brodées dans un coin, elle arrêta son geste. Ce mouchoir n'était pas fait pour être utilisé, c'était le précieux souvenir d'un être cher. « Ne souffrez-vous pas de la solitude ? » lui avait un jour demandé son amie Blanche. Mais Hannah n'éprouvait aucun intérêt pour les hommes. La perte de Neal était trop récente et trop douloureuse.

Le jour où elle était tombée sur la manchette du journal, Hannah avait fait le tour de toutes les rédactions d'Adélaïde pour tenter d'obtenir davantage de détails, mais les journaux ne disposaient pas de plus d'informations que les récits sommaires rapportés d'Australie occidentale par des voyageurs. Elle avait alors écrit aux autorités de Perth, dont elle avait reçu pour toute réponse la confirmation que sir Reginald Oliphant et tous les membres de son expédition avaient été massacrés par des Aborigènes hostiles. « L'unique survivant est un géomètre attaché à l'expédition, précisait le rapport. Il a sauté sur un cheval dès le début des hostilités et, en se retournant, a vu de terribles explosions, des flammes et des nuages de fumée. Il a réussi à atteindre une mission proche de Perth, mais pour succomber peu après aux épreuves et aux privations endurées dans sa traversée du désert. »

— Ah, vous voilà, chère amie !

Hannah reconnut la voix de son amie Blanche Sinclair, dont l'élégant landau découvert attelé de deux chevaux s'arrêtait à sa hauteur. Un valet de pied était assis à côté du cocher en livrée et une femme de chambre sur la banquette en face de Mme Sinclair. Habillée comme toujours à la dernière mode, Blanche avait trente ans mais les fossettes de ses joues et son menton en forme de cœur la faisaient paraître dix de moins. Elle avait une fortune immense, édifiée par son mari grâce à de judicieux investissements dans les mines d'argent et de cuivre, l'armement maritime et la laine. Sa mort prématurée à la suite d'une mauvaise chute de cheval avait laissé Blanche largement à l'abri du besoin.

Elle gérait son héritage en femme d'affaires avisée, savait éconduire les coureurs de fortune et avait des amis plus nombreux que l'Australie ne comptait d'eucalyptus.

— Je sors de chez vous, reprit-elle de sous son ombrelle rose. Votre Mme Sparrow m'a dit que vous étiez revenue de la campagne ce matin et ressortie aussitôt vous occuper d'une de vos patientes. Je croyais que vous n'aimiez pas les envoyer à l'hôpital.

— Cela ne me plaît toujours pas, mais elle y avait été emmenée par des amis.

— Vous avez l'air inquiète, Hannah. Comment se porte-t-elle ?

— Je crains qu'elle n'ait la fièvre puerpérale et je suis très inquiète, en effet. Mais le docteur Iverson prend les précautions nécessaires. J'espère que la contagion ne se propagera pas.

— Vous avez vu Marcus ? Vous lui avez parlé ?

La lueur d'espoir soudain apparue dans le regard de Blanche n'échappa pas à Hannah. Connaissant les sentiments que son amie nourrissait pour le distingué médecin, elle regrettait de ne rien avoir de très encourageant à lui rapporter.

— Il ne m'a d'abord pas reconnue, ce qui est normal puisque nous ne nous étions encore jamais parlé. Mais quand je lui ai rappelé votre soirée où nous nous étions croisés, il s'en est souvenu.

— A-t-il dit quelque chose au sujet du bal de ce soir ?

Les joues de Blanche rosissaient. Depuis un an, elle envoyait à sir Marcus des invitations à tous les galas qu'elle organisait et, à chaque fois, il refusait. Elle commençait à désespérer de réparer la brouille survenue dans leur amitié par sa propre étourderie, car il lui inspirait toujours de tendres et profonds sentiments.

Après un bref regard, chargé à la fois d'espoir et de crainte, vers l'entrée de l'hôpital, Blanche reprit contenance et retrouva son sourire.

— Il ne reste plus un ticket d'entrée au gala de ce soir grâce à notre chère Alice ! Tout le monde veut l'entendre chanter.

— Elle est toujours ravie de donner un récital privé, surtout au bénéfice d'une bonne cause.

Quatre ans auparavant, après avoir appris la mort de Neal, Hannah s'était jetée à corps perdu dans le travail et trouvait le réconfort dans l'étude des ouvrages médicaux. Puis, ayant épuisé les ressources limitées que lui offrait Adélaïde, elle avait pris la décision de partir s'installer à Sydney. Alice, de son côté, commençait à se sentir trop à l'étroit au music-hall de Sam Glass. Elle éprouvait le besoin croissant de partager sa musique et son bonheur de chanter avec un public plus étendu et plus varié. Les deux amies avaient donc décidé de se bâtir ailleurs une nouvelle vie. La chance voulut que Sam Glass se soit entiché d'une trapéziste, qui se produisait vêtue d'un simple collant couleur chair ne laissant nulle place à l'imagination et refusait de partager avec une autre la tête d'affiche de l'Élysium. Il avait accepté avec empressement de résilier le contrat d'Alice. Hannah et Alice avaient donc quitté Adélaïde ensemble et, au cours de leur escale à Melbourne, étaient tombées amoureuses de la ville, où elles avaient décidé de rester.

Alice chantait désormais devant des salles

combles au Queen's Theater. Son surnom de Rossignol australien, gagné à Adélaïde, l'avait suivie à Melbourne où la ville entière la couvrait de louanges.

— Aurez-vous un cavalier ce soir, Hannah ?

— Non, je viendrai seule.

Blanche feignit un air de reproche.

— Il n'y a que vous, ma chérie, pour oser faire des choses pareilles. Une femme seule à un grand bal !

En fait, elle admirait secrètement l'indépendance et la réussite professionnelle de son amie.

Quand elle était arrivée à Melbourne, Hannah avait fait passer des annonces dans la presse et sur les tableaux d'affichage, distribué sa carte chez les commerçants. Cette méthode, qu'elle croyait éprouvée, restant sans résultat, elle s'était dit que les femmes répandent plus volontiers les nouvelles de vive voix que par écrit. Elle était donc allée se présenter chez les couturières, les coiffeuses, les modistes. Blanche Sinclair avait ainsi entendu parler de Hannah par sa brodeuse. C'est tremblante de peur et d'angoisse que la femme la plus riche de la ville s'était rendue chez une inconnue qui s'intitulait praticienne de santé, parce qu'elle n'avait personne d'autre vers qui se tourner.

Peu de temps auparavant, en prenant son bain, elle s'était rendu compte de la présence d'une sorte de boule dure dans son sein droit. Elle était immédiatement allée consulter un médecin qui, sans l'ausculter puisque son sexe le lui interdisait, s'était contenté de lui demander de décrire la grosseur pour déclarer ensuite doctement que le sein devait être amputé. Deux autres médecins lui avaient confirmé le diagnostic, toujours sans la palper. C'est alors que Blanche avait appris l'existence d'une femme spécialisée dans les problèmes féminins.

Elle avait donc été très étonnée d'entendre Hannah dire d'emblée qu'il fallait d'abord déterminer la nature de la boule. Pour la première fois, Blanche avait dû se dévêtir. Hannah lui avait ponctionné la grosseur suspecte sans trop la faire souffrir et, après avoir examiné le fluide ainsi prélevé, lui avait dit qu'il ne s'agissait pas d'une tumeur cancéreuse mais d'un simple kyste. Une fois le kyste drainé et la plaie bandée, elle lui avait prescrit quelques doses de laudanum contre la douleur en lui conseillant la vigilance sur l'éventualité d'une infection de la plaie jusqu'à sa cicatrisation complète, même si ses instruments étaient aseptisés. Cela remontait à trois ans et, depuis, Blanche et Hannah étaient devenues les meilleures amies du monde.

Les louanges chantées par Blanche sur la nouvelle « doctoresse » avaient amené à Hannah tant de patientes qu'elle était débordée. Elle avait pris conscience que ces femmes ne venaient pas seulement chez elle pour être soignées. Qu'elle soit elle-même une femme les libérait de la gêne qu'elles éprouvaient devant un médecin. Elles déclaraient aussi que Hannah avait la main légère et s'efforçait toujours de ne pas leur faire mal, alors que les hommes ne prenaient pas autant de précautions.

— Au fait, reprit Blanche, il y aura une addition de dernière minute à notre programme de ce soir. Cecily a découvert un autre artiste.

Hannah sourit. Cecily Aldridge collectionnait les artistes comme d'autres les objets d'art.

— Celui-ci est un photographe, poursuivit Blanche. Un Américain. Il vient d'arriver à Melbourne et Cecily a réussi à le persuader d'exposer une dizaine de ses œuvres. Selon elle, son travail est absolument extraordinaire et nous devrions récolter des fonds considérables si nous en vendons quelques-unes.

Hannah sentit son sang affluer à ses joues, sa gorge se serrer.

— Savez-vous comment il s'appelle ?

— Je l'ai rencontré tout à l'heure alors qu'il accrochait ses œuvres. Il s'appelle Neal Scott et il vient d'arriver de Sydney avec sa fiancée.

40

Blanche priait avec anxiété pour que son gala soit une réussite. Et que le docteur Iverson décide d'y venir.

La soirée avait lieu au luxueux hôtel Addison, nouvel établissement offrant deux cents chambres, une salle de bal, un salon de coiffure et quatre restaurants. Le bal de bienfaisance marquait l'inauguration de l'hôtel, car Blanche avait proposé à son propriétaire de la faire coïncider avec une grande soirée mondaine au bénéfice d'un nouvel orphelinat. L'élite de la ville y était conviée, lui avait-elle dit, et pourrait ainsi apprécier la qualité de ses prestations. Elle avait emporté la décision en ajoutant au programme une exposition des œuvres des meilleurs artistes de Melbourne. Avec du champagne à volonté, un orchestre et un récital exceptionnel d'Alice Star, le succès était assuré – et la construction de l'orphelinat placée sous les meilleurs auspices.

La rue était brillamment éclairée, la façade de l'hôtel décorée de lanternes, et des flots de lumière s'échappaient des fenêtres, grandes baies vitrées aux dimensions nouvelles et hardies. Une foule élégante descendue de belles voitures se massait déjà dans le hall. Si quelques messieurs étaient arrivés seuls, les dames étaient toutes accompagnées – à l'exception d'une seule. Mais comme tout le monde connaissait Hannah Conroy, personne ne s'en étonnait.

Dans le hall aménagé en galerie d'art, des tableaux étaient accrochés aux murs ou posés sur des chevalets. Un quatuor à cordes jouait du Mozart, des valets en livrée passaient des plateaux chargés de flûtes de champagne et de petits-fours. Plus de cent bougies brûlaient dans les lustres et les candélabres posés sur les tables et les consoles. Sous une telle lumière, les robes des femmes chatoyaient de toutes les nuances de l'arc-en-ciel et leurs bijoux scintillaient. Les hommes en habit noir et plastron empesé paraissaient bien ternes à côté.

En voyant son amie franchir le seuil, Blanche se précipita, les mains tendues.

— Hannah, vous êtes ravissante ! Cette robe vous va à merveille. Tout le monde est venu. Le gouverneur a décliné avec ses regrets, comme nous nous y attendions, mais son épouse est là et s'intéresse à un tableau qui nous rapportera une centaine de livres.

En donnant sa cape à une femme de chambre, Hannah scrutait la foule à la recherche d'un certain visage. Jamais elle ne s'était sentie aussi nerveuse, impatiente et craintive à la fois.

Après sa rencontre avec Blanche, elle s'était rendue en toute hâte à l'hôtel Addison, où le personnel mettait les dernières touches aux préparatifs du gala du soir. Blanche y avait vu Neal, mais quand Hannah l'avait demandé, on lui avait répondu qu'il venait de partir. Elle s'était alors hâtée de rentrer chez elle consulter le courrier et les messages accumulés pendant son absence. Mme Sparrow l'avait informée qu'un gentleman américain était venu lui rendre visite et avait laissé un message à son intention : « *Je prie avec ferveur que vous soyez la même Hannah Conroy que celle avec qui j'ai passé six mois en mer à bord du* Caprica », avait-il écrit.

N'ayant aucune idée de l'endroit où le joindre, Hannah avait donc dû attendre sur des charbons ardents jusqu'au soir.

Le brouhaha des rires et des conversations était tel qu'elle dut élever la voix.

— Et ce photographe américain ? Est-il arrivé ?

— M. Scott m'a dit qu'il devait sortir quelques instants mais qu'il revenait tout de suite.

Blanche avait répondu distraitement, le regard tourné vers l'entrée. Marcus allait-il venir ? Si oui, elle l'attirerait à l'écart afin de lui expliquer pourquoi, l'an dernier, elle n'avait pas pu organiser la visite de l'hôpital comme il le lui demandait.

C'est alors qu'elle le vit tendre sa cape et son haut-de-forme à un valet. Sous la lumière des lustres, l'argent de sa chevelure formait le plus séduisant des contrastes avec le noir de son habit. Blanche eut une bouffée d'émotion en se rendant compte que ses sentiments pour lui ne s'étaient pas atténués pendant l'année où il l'avait évitée. Au bout de deux ans d'une chaleureuse amitié, même s'il s'abstenait en gentleman de lui faire des avances qu'elle aurait pu juger vulgaires, il avait suffi d'un instant pour que son attitude se transforme en froideur distante. Blanche connaissait l'attachement de Marcus à cet hôpital qu'il avait créé à partir de rien, mais comment lui faire comprendre que la simple vue du bâtiment lui tordait l'estomac et la glaçait jusqu'à la moelle ? Elle ne s'était pas attendue à ce qu'il soit aussi profondément blessé par son refus de se charger de réunir des fonds en organisant une visite de l'établissement par les donateurs potentiels. Quand elle avait pris conscience de la cause de sa soudaine froideur, il était trop tard pour réparer son impair.

Le cœur de Blanche battit la chamade en voyant sir Marcus fendre la foule vers Hannah et elle. Mais c'est Hannah qu'il salua en premier.

— Enchanté de vous revoir, mademoiselle Conroy.

— Merci, docteur. L'état de Nellie Turner s'est-il amélioré ?

Ulcérée, Blanche les interrompit en gardant son sourire au prix d'un effort.

— Allons, allons, ne parlons pas de travail ce soir ! Venez, Marcus, que je vous présente nos artistes.

— J'en serai ravi, chère madame, mais dans un instant, je vous prie.

En fait, la proximité de Blanche provoquait en lui un émoi dont l'intensité le désarçonnait. Devant son refus de s'intéresser à la cause de l'hôpital, il avait ravalé Blanche au rang des mondaines futiles dont l'amitié n'était qu'illusoire. Il se rendait maintenant compte de son erreur et ne pouvait s'en prendre qu'à lui-même de leur brouille. Après son veuvage, il avait cru ne jamais pouvoir aimer une autre femme et avait noyé sa douleur dans le travail et la fondation de l'hôpital. Et puis, lorsque Blanche

521

Sinclair avait perdu son mari, Marcus s'était surpris à vouloir la consoler et avait découvert la personnalité de cette femme jeune et belle, vive, intelligente, cultivée et généreuse. Après avoir observé une convenable période de deuil, visites et invitations étaient devenues de plus en plus fréquentes et leurs liens s'étaient resserrés au point que sir Marcus envisageait un nouvel avenir avec elle. Le refus qu'elle lui avait opposé sous le plus mince des prétextes l'avait donc choqué et blessé. Était-il encore temps de renouer des liens qui lui avaient été si précieux ?

Une calèche attelée de quatre chevaux qui arrivait à ce moment-là attira l'attention générale. Deux valets de pied ouvrirent la portière et aidèrent à descendre les passagers en tenue de soirée, une jeune femme, une autre plus âgée et un homme entre deux âges. La quatrième personne, Alice Star, fit alors son apparition, éblouissante en robe de soie blanche, une cape de velours blanc bordée d'hermine sur les épaules et un diadème de diamants étincelant sur ses cheveux blonds. À Melbourne, la célébrité et les cachets d'Alice ne le cédaient que de peu à ceux de Donald Craig, l'éminent acteur shakespearien.

Deux grooms s'empressèrent d'ouvrir la porte à deux battants et quand Alice arriva sous le grand lustre, les applaudissements éclatèrent. Elle marqua une pause, salua en s'inclinant comme si elle était sur scène. Puis, sa cape remise à une servante empressée, elle dit à ses trois compagnons de profiter de la soirée et ses admirateurs s'amassèrent autour d'elle. Hannah l'observait avec plaisir et admiration.

À vingt-six ans, sa silhouette gracile de jeune femme s'était épanouie dans la plénitude d'une femme sûre d'elle, plus radieuse que jamais.

Au bout d'un court instant, Alice s'excusa auprès de ses admirateurs pour se hâter de rejoindre Hannah.

— C'est vrai ? Neal est vivant ? J'ai failli m'évanouir en lisant votre petit mot ! Vous l'avez vu ? Où est-il ?

— On m'a dit qu'il était sorti mais qu'il reviendrait tout de suite.

— Avez-vous au moins vu ses œuvres ?

Bien qu'Alice n'ait jamais rencontré Neal, elle avait beaucoup entendu parler de lui par Hannah, vu sa photographie et été témoin de la douleur de son amie quand elle avait reçu la nouvelle de sa mort. Découvrir qu'il était toujours en vie tenait du miracle !

Après un échange de civilités avec Blanche et le docteur Iverson, qui partirent chacun de leur côté, Alice prit Hannah par le bras et elles se frayèrent un chemin dans la foule élégante pour aller observer les œuvres.

— Je suis ivre de joie pour vous, chère Hannah ! Je me demande comment vous faites pour rester aussi calme.

— Alice, répondit Hannah à mi-voix, Neal est fiancé.

Alice s'arrêta net, stupéfaite. Elle remarqua alors que son amie était pâle, avait les yeux humides et les lèvres tremblantes.

— Vous ne parlez pas sérieusement ?

Hannah s'efforça de maîtriser son désarroi.

— Si, j'en ai eu confirmation par plusieurs personnes. Neal a installé son studio la semaine dernière. Les gens s'y pressent déjà pour faire faire leur portrait et certains ont même été jusqu'à lui demander s'il était marié ou célibataire.

La joie d'Alice fit place à la tristesse.

— Oh, Hannah ! Je suis navrée. Comment cela a-t-il pu arriver ?

Au prix d'un effort surhumain, Hannah parvint à garder son calme et à répondre avec objectivité.

— Notre dernière rencontre remonte à plus de quatre ans, il peut se passer beaucoup de choses pendant un temps aussi long. Ma propre vie est transformée, en tout cas... Ah, nous y voilà !

Elles étaient arrivées devant un panneau où étaient accrochées de grandes photographies dans de superbes cadres sculptés. Un écriteau précisait qu'elles étaient l'œuvre de M. Neal Scott, artiste photographe.

Alice et Hannah restèrent un moment muettes d'admiration. Alors que les autres artistes avaient choisi d'exposer des scènes typiques de l'Australie qui leur était familière, tonte des moutons, courses de chevaux, navires dans le port, le photographe américain s'était aventuré dans l'inconnu au-delà des avant-postes de la civilisation, monde dont il rapportait des images que la plupart des gens ne verraient sans doute jamais. Bien plus que de simples documents, ces vues photographiques de l'Outback étaient de véritables œuvres d'art.

Les larmes aux yeux, Hannah allait de l'une à l'autre, montagnes, formations rocheuses, plaines dénudées. Elle sentait émaner de ces photos une puissance spirituelle. Comment, avec du verre, du papier et des produits chimiques, Neal avait-il réussi à évoquer l'immensité infinie de la nature australienne ? Un paysage en particulier la captivait : entre deux eucalyptus, une montagne se dressait au loin sur la plaine, tel un décor à l'arrière-plan d'une scène de théâtre dont les arbres figuraient le rideau venant de s'écarter. Avec un art consommé, Neal avait composé sa photographie comme si le public se tenait derrière son appareil et découvrait le décor en même temps que lui. Dans toutes ses œuvres, il avait su capturer le volume de ces immensités qui paraissaient vibrer sous l'intensité incandescente de la lumière.

Bouleversée, Hannah sentait son cœur déborder d'amour pour lui. Elle brûlait du désir de lui dire combien son travail la touchait au plus profond d'elle-même… mais elle se rappela l'existence de la « fiancée » et sa joie laissa place à la tristesse.

— Hannah, lui glissa Alice, regardez les cadres.

Reprenant contenance à grand-peine, Hannah détacha ses yeux des photos pour examiner les cadres de bois sculpté. À première vue, ce n'étaient que des motifs décoratifs sans signification particulière mais en les étudiant de plus près, on découvrait des fleurs, des arbres, des animaux et même une chute d'eau finement ciselés.

— Ces cadres ressemblent à celui dont vous a fait cadeau votre admirateur secret, répondit-elle.

— Ils sont bien de la même main, n'est-ce pas ?

Tout avait commencé un mois auparavant. Alice donnait son tour de chant tous les soirs ainsi qu'en matinée le week-end. Elle avait déjà souvent remarqué dans le public la présence d'habitués, mais l'un d'eux en particulier avait retenu son attention parce qu'il s'installait toujours à la même place dans l'ombre au fond de la salle et que, une fois le récital fini, il partait discrètement au lieu d'aller la féliciter en coulisses ou de l'attendre à l'entrée des artistes, comme la plupart des gens. En même temps, Alice avait commencé à recevoir des cadeaux ou des bouquets de fleurs sans que jamais celui qui les lui faisait parvenir s'identifie. Une semaine plus tôt, elle avait reçu dans sa loge un paquet, toujours dépourvu de carte. Le mystérieux colis contenait une aquarelle d'un artiste local, joli paysage d'une rivière où nageaient des cygnes. Mais le cadre sculpté d'oiseaux et de papillons était à lui seul une œuvre d'art d'une telle qualité qu'Alice avait compris que c'était lui plutôt que l'aquarelle qui constituait le vrai cadeau. L'anonymat persistant de ce généreux admirateur l'intriguait au plus haut point.

— Je me demande s'il est venu ce soir, dit-elle. Ces cadres sont aussi exceptionnels que les photographies. Il serait logique que le sculpteur soit ici lui aussi, n'est-ce pas ?

Hannah vit briller dans le regard de son amie un éclair qu'elle n'avait jamais vu jusqu'alors. Loin de manquer d'admirateurs, Alice décourageait ceux qui cherchaient à lui faire la cour. Elle avait dit à Hannah que les hommes étaient amoureux de son apparence, qui n'était qu'une illusion. Elle savait qu'une fois son maquillage essuyé, sa coiffure défaite et son diadème remis dans l'écrin, son prestige fondrait comme neige au soleil et elle retrouverait l'humiliation de son visage défiguré. Cet admirateurlà avait donc bien quelque chose d'unique. Pourquoi gardait-il l'anonymat ? Pourquoi venait-il à chaque représentation sans même essayer de se faire connaître ? Ce n'était peut-être qu'un jeu de sa part, mais Hannah comprenait qu'Alice en soit intriguée.

Dans un frou-frou soyeux, Blanche s'approcha d'elles, les mains tendues et le sourire aux lèvres.

— Chère mademoiselle Star, nous sommes tout à vous ! Vos admirateurs ont hâte de vous entendre !

Alice hésita un instant, posa une main sur le bras de Hannah.

— Vous vous sentez bien ? murmura-t-elle. Voulez-vous que je reste encore un peu avec vous ?

Hannah l'ayant rassurée, Alice s'avança jusqu'au milieu du hall, sous le lustre, s'inclina gracieusement, et le silence se fit. Quand il fut si total qu'on n'entendait plus que le grésillement épisodique des appliques à pétrole, elle commença à chanter. Le temps d'une mesure à peine, l'auditoire était captivé. Seule, sans accompagnement, avec pour toutes armes son visage angélique et sa voix d'or, Alice Star, naguère encore Alice Starky qui balayait le plancher d'une maison de tolérance, hypnotisait son public au point de le métamorphoser en un groupe de statues. Sa voix était si pure, son maintien si royal que nul ne pouvait se douter du douloureux secret que Hannah seule avait percé : la rayonnante vedette encensée par une ville entière, qui vivait luxueusement dans une belle maison avec des domestiques à son service et une voiture sortie des ateliers du meilleur carrossier, Alice Star, était une femme seule.

Fière de son amie, Hannah écoutait avec admiration quand elle vit à l'autre bout du hall la porte de l'hôtel s'ouvrir pour laisser entrer deux personnes en tenue de soirée, qui s'arrêtèrent sur le seuil afin de ne pas troubler la chanteuse ni distraire l'auditoire. La femme, jeune, mince, en robe vert émeraude contrastant avec sa chevelure rousse, gardait les yeux rivés sur la chanteuse, mais l'homme en habit, haut-de-forme et cape de soie balaya le hall du regard jusqu'à ce que ses yeux se posent sur Hannah.

Elle retint de justesse le cri prêt à lui échapper. Tout en elle la poussait à courir à lui, à se jeter dans ses bras, à le couvrir de baisers, à le bénir d'être toujours en vie. Mais elle ne pouvait pas bouger tant qu'Alice chantait et que Neal restait près de la porte en la dévorant des yeux.

À côté d'elle, Blanche se pencha pour lui chuchoter à l'oreille :

— Voilà donc pourquoi M. Scott s'était éclipsé. Il allait chercher sa fiancée.

Hannah endurait un véritable martyre. Les souvenirs qui affluaient et se télescopaient dans sa mémoire, la traversée sur le *Caprica*, la route poussiéreuse devant l'hôtel Australia, ravivaient en elle un élan de désir à la fois infiniment doux et infiniment douloureux. En habit noir, son teint hâlé tranchant sur le plastron blanc de sa chemise, Neal était plus beau et séduisant que jamais. Ses cheveux, moins courts qu'avant, bouclaient un peu sur la nuque et ses longs favoris étaient à la dernière mode. Au souvenir de leur baiser passionné dans le tilbury, juste avant de rester si longtemps séparés, elle se demandait si elle serait capable de supporter l'épreuve d'être présentée à la jolie jeune femme en robe émeraude.

Hannah s'apprêtait à inventer un prétexte pour s'en aller, une patiente la faisant demander d'urgence par exemple, quand Alice cessa de chanter. Le silence dura jusqu'à ce que l'auditoire prenne conscience de n'être plus sous l'empire du sortilège. Alors seulement, l'ovation éclata, assourdissante. Puis, peu à peu, le quatuor recommença à jouer, les conversations reprirent, les gens se groupèrent autour d'Alice pour la féliciter. Neal ôta sa cape qu'il tendit avec son chapeau à un valet. Hannah le vit murmurer quelques mots à la jolie rousse en robe verte. Elle lui répondit d'un signe de tête et d'un sourire, et s'éloigna tandis qu'il se hâtait de traverser le hall vers Hannah.

Trop émue pour articuler un son, elle tendit les mains. Il les saisit, les serra avec force. Au milieu de la foule bruyante qui tourbillonnait autour d'eux, Hannah n'avait plus conscience que de la présence de Neal, du contact de ses mains dans les siennes. Elle vit sur son visage des ridules qu'elle ne reconnaissait pas.

— Neal… dit-elle enfin. Je vous croyais mort. Que s'est-il passé ?

Brièvement, il lui parla du campement de Galagandra, de l'attaque des Aborigènes, de l'explosion de ses produits chimiques comme seul moyen de défense, mais il omit d'évoquer la tempête de sable, la trahison de sir Reginald, son sauvetage par le clan de Jallara. Plus tard il lui dirait tout, mais ce n'était ni le moment ni le lieu.

— Ce que je ne savais pas, enchaîna-t-il, c'est qu'un membre de l'expédition, un géomètre ou un cartographe je crois, avait réussi à s'enfuir jusqu'à une mission, où il a raconté avoir entendu les explosions et vu de loin la fumée. Il a dit aux missionnaires qu'il pensait être le seul survivant du massacre et le pauvre homme est mort quelques jours plus tard d'un coup de sagaie infecté. Ce sont les missionnaires qui ont rapporté aux autorités le triste sort de l'expédition. Personne ne savait donc que Fintan et moi avions survécu.

— Fintan ? Ah, oui...

Elle se rappela le jeune et beau garçon que Neal avait engagé comme assistant et qu'elle avait rencontré à Adélaïde.

— Une fois la fumée dissipée, nous avons retrouvé le campement intact, les chevaux, de l'eau, des provisions. Il m'a fallu trois jours pour enterrer les morts. Les explosions ont dû effrayer les Aborigènes, car ils ne sont jamais revenus. Fintan était blessé. Nous sommes restés sur place trois semaines jusqu'à ce que des chercheurs d'or et de pierres précieuses nous trouvent et nous emmènent à la même mission, où nous avons été soignés et remis sur pied. Un an s'est écoulé, Hannah, un an avant que nous arrivions à Perth ! Nous ignorions complètement que l'histoire avait été diffusée par toute la presse.

— Pourquoi ne pas avoir aussitôt rétabli la vérité ?

— J'avais commencé à le faire quand je me suis rendu compte qu'un esprit suffisamment malin déduirait de notre aventure que l'expédition avait découvert de l'or à Galagandra et que l'endroit serait vite envahi par des hordes d'aventuriers. C'était un lieu sacré pour les Aborigènes, je ne pouvais pas l'exposer à ce sacrilège. Fintan et moi sommes partis pour Adélaïde dès que nous l'avons pu. Je vous ai cherchée partout. Je savais que vous me croyiez mort, mais j'espérais vous retrouver ! Je suis allé à l'hôtel Australia, mais son nouveau propriétaire ignorait votre existence. Je suis allé aux Sept Chênes, mais les McKeeghan n'avaient aucune idée de ce que vous étiez devenue. J'ai finalement appris que vous étiez partie pour Sydney.

Hannah avala péniblement sa salive.

— Je n'avais pas pensé à vous laisser un message à la poste restante ou au kiosque à journaux. Je vous croyais bel et bien mort.

Autour d'eux, un espace se dégageait, des couples commençaient à valser. D'appétissantes odeurs de viande rôtie émanaient du buffet. Les gens qui les croisaient murmuraient « Bonsoir, mademoiselle Conroy », mais Hannah n'avait conscience de rien.

— Je n'ai trouvé votre mot que cet après-midi, reprit-elle. J'avais dû m'absenter quelques jours pour aller aux environs chez une patiente. Mais pourquoi demandiez-vous si j'étais la même Hannah Conroy que celle qui était à bord du *Caprica* ?

Il ne put réprimer un petit rire.

— Vous ne vous doutez pas du nombre de femmes qui portent ce nom ! À Sydney, j'ai mis des annonces dans la presse et sur les panneaux d'affichage. Je me suis renseigné auprès des médecins, des hôpitaux, des pharmaciens, des sages-femmes. J'ai même offert une récompense à quiconque me permettrait de vous retrouver ! J'ai suivi deux pistes qui m'ont entraîné loin dans l'Outback pour tomber sur des Hannah Conroy bien différentes l'une de l'autre et surtout de vous. De guerre lasse, j'ai décidé de tenter ma chance à Melbourne, où j'ai envoyé Fintan chercher un local pour mon studio de photographie et mon logement pendant que je m'y rendais par la route avec mon équipement. Je ne me fie plus aux navires, ajouta-t-il en souriant.

Neal a changé, remarqua Hannah. Il paraissait plus posé, moins téméraire que quand il l'avait quittée pour rejoindre l'expédition, au point qu'elle se demandait ce qui lui était arrivé pendant sa traversée des terres inconnues. Son apparence physique elle-même s'était modifiée. Il laissait pousser ses cheveux, son teint était hâlé, des lignes lui encadraient la bouche et les yeux. Sans avoir franchement vieilli, il semblait plus sage, plus réfléchi. En voyant les photographies exposées, elle se demanda si c'était l'Australie même qui avait provoqué ces changements.

Elle s'interrogeait aussi sur sa fiancée, son nom, les circonstances de leur rencontre, mais elle avait peur de le lui demander.

Neal ne la quittait pas du regard.

— Mais vous, Hannah, qu'avez-vous fait durant tout ce temps ? Vous avez toutes les apparences de la réussite. Votre profession de sage-femme marche à merveille, si j'en crois mes yeux.

— J'ai dû faire quelques... aménagements, répondit-elle en prenant une de ses cartes dans son réticule. Au début, j'ai eu du mal à établir ma réputation. J'en rendais la société responsable, jusqu'au jour où j'ai compris que ce n'était pas elle qui m'enfermait dans un rôle étroitement défini, mais que je m'y confinais moi-même. Une fois ce rôle redéfini, le succès est venu tout seul.

Un simple changement d'intitulé professionnel n'explique pas la profondeur de son changement, se dit-il en l'observant. À leur arrivée en Australie six ans plus tôt, Hannah était une jeune fille. Elle était maintenant une femme. À bord du *Caprica*, elle n'avait encore qu'une vague idée de la direction qu'elle donnerait à sa vie. Elle était désormais maîtresse de son destin.

— Seriez-vous le photographe, monsieur ?

Neal se retourna et cligna des yeux, interloqué. Un monsieur ventripotent au teint couperosé se tenait derrière lui.

— Euh… oui. Pourquoi ?

— Ce paysage, dit l'homme en montrant un cadre. Pouvez-vous me dire où vous l'avez photographié ? Je n'avais jamais rien vu de semblable.

Hannah reconnut M. Beechworth, un riche entrepreneur ayant récemment fondé la première compagnie de chemins de fer de la région.

Blanche apparut à cet instant comme par enchantement.

— Savez-vous, cher monsieur, que les enchères sur cette œuvre ont déjà atteint cinquante livres ? Si vous voulez l'acquérir, soumettez votre offre sans tarder, la vente sera bientôt clôturée.

— Merci, ma chère Blanche, j'y vais de ce pas.

Pensive, Blanche regarda tour à tour Neal et Hannah. Elle savait qu'il y avait eu dans le passé de Hannah un gentleman avec qui elle était venue d'Angleterre, mais ne connaissait pas l'histoire en détail. Elle croyait seulement savoir que ce jeune homme était la raison pour laquelle Hannah ne cherchait pas à être présentée aux plus beaux partis de Melbourne. Elle se demandait à présent si ce séduisant Américain n'était justement pas le mystérieux inconnu du passé de Hannah.

De l'autre côté du hall bondé, le docteur Iverson regardait Mlle Conroy et l'Américain devant les photographies.

Depuis plusieurs minutes déjà, il observait leur comportement où l'aisance et la familiarité se mêlaient à une certaine nervosité, révélant plus qu'une simple amitié, une profondeur de sentiments mutuels ne pouvant s'exprimer librement. Sir Marcus s'étonna d'en éprouver de la jalousie, émotion qu'il n'avait pas ressentie depuis les jours lointains où sa bien-aimée Caroline était la reine de tous les bals et concentrait sur elle l'attention et l'empressement des hommes. Il décida d'aller saluer l'Américain pour le remercier d'avoir généreusement contribué, par ses œuvres et sa présence, au succès d'une noble cause.

En s'approchant, il ne put s'empêcher de remarquer que Mlle Conroy et M. Scott se tenaient plus près l'un de l'autre que ne l'aurait exigé la bienséance. Et puis la manière dont ils se dévoraient littéralement des yeux, celle dont le jeune homme ponctuait ses phrases en touchant le bras de Hannah comme si le monde n'existait pas… Les sentiments qui l'agitaient déconcertaient sir Marcus. Il ne pouvait s'empêcher de penser que Mlle Conroy lui rappelait à certains égards sa chère Caroline, que la typhoïde avait ravie à son affection. Caroline faisait partie de ces rares femmes cultivées, intelligentes et aux opinions bien arrêtées. S'il n'était pas d'accord avec elle sur tous les sujets, leurs discussions toujours stimulantes lui manquaient. Sir Marcus ne se cachait pas d'admirer les femmes intelligentes, qu'il jugeait infiniment plus séduisantes que les sottes. Il pressentait d'ailleurs qu'il existait dans le monde bien davantage de femmes remarquables qu'elles ne voulaient elles-mêmes le laisser paraître.

— Mademoiselle Conroy, quel plaisir de vous revoir !

Hannah fit les présentations. Sir Marcus serra la main de Neal.

— Enchanté de faire votre connaissance, monsieur.

Pendant que les deux hommes parlaient photographie, Hannah observa la fiancée de Neal, dont la chevelure rousse brillait sous la lumière des lustres. Si elle comprenait que Neal soit attiré par sa beauté, ce n'était pas moins douloureux. Elle avait souffert de leur séparation, vécu un deuil douloureux, pour le voir reparaître plus charmant et viril que jamais, et le perdre à nouveau à cause d'une autre femme ! Tout en elle refusait d'être présentée à cette rivale. Pas encore, du moins. Elle n'était pas prête.

— Je suis au désespoir de devoir quitter si vite cette charmante soirée, dit le docteur Iverson à Hannah. Mais quand je suis parti de l'hôpital, il y avait un nouveau cas de fièvre puerpérale.

— Oh, non !

Honteux de son stratagème pour briser ce tête-à-tête qui l'indisposait sans raison valable, sir Marcus le regretta immédiatement tout en se félicitant de son succès, car Mlle Conroy se montra inquiète.

— Je devrais aller voir comment va Nellie Turner.

Sans remarquer que Hannah avait, en lui parlant, le regard tourné vers une jeune femme en robe verte qui s'avançait dans leur direction, sir Marcus approuva précipitamment.

— C'est une bonne idée, en effet. J'aimerais aussi avoir votre avis sur ce nouveau cas. Voulez-vous me retrouver à l'entrée ?

— Je vous suis, docteur. Neal, enchaîna-t-elle pendant que sir Marcus s'éloignait, je dois réellement y aller. Et puis tout le monde va vouloir vous parler de vos photographies.

— Il faut que nous parlions, Hannah. Demain matin à la première heure. À mon studio ?

— Impossible le matin, c'est mon tour de garde au Centre quaker pour la distribution de vêtements aux indigents. Mais je serai libre demain après-midi.

Elle prit la main de Neal, sentit son cœur s'affoler à son contact.

— J'ai hâte de tout savoir sur ce que vous avez fait, dit-elle en redoutant de l'entendre parler de sa fiancée. De mon côté, j'aurai à vous raconter une histoire assez extraordinaire.

Alice bavardait près de l'entrée avec un groupe d'amis quand elle vit Hannah prendre sa cape au vestiaire et sortir avec le docteur Iverson. Elle suivit des yeux leur voiture qui s'éloignait avant de regarder de nouveau le hall. À l'autre bout, Neal Scott se tenait au centre d'un groupe d'admirateurs qui l'assaillaient de questions sur ses œuvres.

Une chose étrange eut alors lieu : elle le vit dire quelques mots à Blanche et se diriger à grands pas vers une porte, marquée *PRIVÉ*, à côté de la réception. Il en ressortit quelques instants plus tard et s'approcha de la table où étaient centralisées les enchères. Alice sentit sa curiosité piquée. Que pouvait-il y avoir derrière cette porte, apparemment un simple local de l'hôtel, qui ait un rapport avec M. Scott ?

Elle s'excusa auprès de ses compagnons et, avec une nonchalance affectée, rejoignit la réception en recevant de nombreuses félicitations au passage. Une main sur la poignée, elle jeta un rapide coup d'œil autour d'elle puis, sûre qu'on ne la voyait pas, ouvrit et entra prestement en refermant aussitôt derrière elle.

Elle découvrit une réserve remplie de rayonnages chargés de boîtes de papier à en-tête, de vases de fleurs vides, de crachoirs de cuivre bien astiqués. Au centre de la pièce, des tas de paille et des rouleaux de papier d'emballage entouraient de grandes caisses marquées *FRAGILE*. Derrière les rayonnages, on entendait quelqu'un siffloter. Des pas résonnèrent sur le dallage et un jeune homme apparut, porteur d'une pelote de ficelle et d'une paire de ciseaux. Il était en chemise, les manches retroussées et des bretelles brodées autour de larges épaules.

Conscient d'une présence, il s'arrêta net, cessa de siffler, sourit.

— Bonsoir.

— Bonsoir, répondit Alice.

Son diadème scintillant sous la lumière vacillante

de la lampe à pétrole, Alice écarquilla les yeux devant le merveilleux jeune homme qui lui faisait face. Avec sa fossette au menton et sa bouche en arc de Cupidon, il ressemblait au portrait de lord Byron. Comme lui, il avait de longs cils soyeux voilant un regard expressif et des cheveux qui ondulaient avec grâce.

Confuse de le dévisager avec autant d'insistance, elle détourna les yeux et son regard se posa sur une des caisses où *Neal Scott Photographe* était imprimé au pochoir. Elle comprit alors que ces caisses avaient servi à transporter les photographies encadrées.

— Je crois deviner, monsieur, que vous m'avez fait un cadeau, dit-elle en ressentant un étrange frisson. Une aquarelle encadrée.

Le voyant rougir, Alice songea qu'il n'avait pas conscience de sa propre beauté.

— J'avoue. Je suis votre admirateur secret, dit-il en lui tendant la main. Fintan Rorke, votre serviteur.

Fintan garda sensiblement plus longtemps que ne l'auraient exigé les convenances la main d'Alice dans la sienne pendant que ses yeux noirs fixaient obstinément ses yeux bleus.

— Vous savez, dit-elle enfin, les photographies de M. Scott sont superbes et méritent d'être vendues très cher. Mais pour ma part, je crois que ce sont les cadres que les acheteurs paieront en réalité. C'est bien vous qui les avez sculptés, n'est-ce pas, monsieur Rorke ? Comme vous avez sculpté celui qui m'a été apporté dans ma loge la semaine dernière ? Je suis enchantée de vous rencontrer enfin.

— Tout le plaisir est pour moi, mademoiselle.

— Je me demande, monsieur, si vous ne jugerez pas trop inconvenant de ma part de vous inviter à me rejoindre demain soir dans les coulisses du théâtre à la fin de la représentation ?

Fintan ne pouvait détacher son regard du visage angélique dont il était tombé éperdument amoureux dès le premier instant où il l'avait vu un mois auparavant. Il était arrivé à Melbourne avec un mois d'avance pour chercher un local où Neal puisse installer son studio et, un après-midi, il était allé au spectacle dont tout le monde parlait. Il ne fallut qu'une chanson de cette créature éthérée pour que le cœur de Fintan soit séduit à jamais. Depuis, il n'avait pas manqué une seule représentation. Assis dans l'obscurité, il donnait libre cours à son adoration. Il avait même eu l'audace de lui faire anonymement un cadeau pour lui signifier que sa beauté inspirait la beauté.

— C'est pour moi un honneur et une joie d'accepter votre invitation, mademoiselle.

La porte s'ouvrit alors à la volée, un flot de lumière brisa l'intimité du moment.

— Ah, vous êtes là, Alice ! s'exclama Blanche. Je vous cherchais partout. L'épouse du gouverneur tient à vous remercier personnellement de votre merveilleux tour de chant de ce soir.

— Je viens tout de suite. À demain soir, monsieur, dit-elle en tendant la main à Fintan.

Il la serra entre les siennes. À travers l'étoffe de son gant blanc, elle sentit sa chaleur et sa force. Sans se résoudre à la quitter des yeux, Fintan la relâcha à regret.

— À demain soir, chère mademoiselle.

41

À peine étonnée de pouvoir voler, Hannah flottait dans une lumière dorée quand elle se rendit compte que Neal la tenait dans ses bras, la serrait contre lui, ses lèvres avidement pressées sur son cou.

Baignant tous deux dans un halo iridescent, ils étaient entourés d'arbres aux formes étranges. Elle sentait sous ses mains la peau nue de Neal. Quand s'étaient-ils dévêtus ? Où que Neal pose les lèvres, la peau de Hannah la brûlait. Quand leurs bouches se joignirent, elle sentit un feu d'artifice éclater en elle. Sa passion explosa avec une force qui la fit trembler de la tête aux pieds.

— Je vous aime, Hannah, murmura-t-il en explorant son corps de ses mains expertes.

— Ne me quittez jamais, chuchota-t-elle. Oui, oh oui !...

Elle ouvrit brusquement les yeux. Là où tout était lumière, elle ne vit que le plafond obscur. Où Neal était-il parti ? Alors seulement, elle se rendit compte qu'elle était seule dans son lit et que l'aurore n'était pas encore apparue. Son cœur battait à se rompre, sa chemise de nuit collait à sa peau moite. Au cours de la nuit, elle avait rejeté ses draps et sa couverture, elle était entièrement découverte et pourtant, elle n'avait jamais eu aussi chaud.

L'été arrive, se dit-elle en s'asseyant au bord du lit. Elle pouvait à peine respirer. Il n'y avait pas un souffle de vent, ni même la brise la plus légère. Rien qui soit capable de la rafraîchir.

Elle alla à sa fenêtre, tira les rideaux, regarda la rue qui ne dormait jamais tout à fait. Il faisait encore nuit, mais des chevaux passaient, des promeneurs désœuvrés bavardaient sous les réverbères. Des éclats de voix, des rires montaient jusqu'à elle. Hannah regarda la pendule posée sur la cheminée à côté de la statuette de la déesse Hugieia. Il était à peine cinq heures.

Jamais elle n'avait éprouvé de désir physique aussi intense.

Il est fiancé, se dit-elle. Fiancé à une autre…

Elle enfila un peignoir, alluma une lampe à pétrole sur son bureau et mit de l'eau à bouillir. L'appartement au-dessus de son cabinet possédait une cuisine bien équipée, mais afin de ne pas déranger Mme Sparrow, qui dormait au bout du couloir, elle se préparait parfois du thé dans sa chambre sur un petit réchaud. En mettant les feuilles de thé dans la théière, elle repensa à son rêve. Il avait été d'une telle réalité qu'il réveillait en elle des émotions qu'elle croyait avoir bannies depuis qu'elle avait fait son deuil de Neal mais qui revenaient avec une force qui la laissait pantelante. Neal n'avait reparu dans sa vie que pour l'abandonner de nouveau…

Il voulait la voir à la première heure. Dieu merci, elle disposait d'une excuse légitime pour retarder leur rencontre. Chaque mercredi, Blanche et elle participaient à la distribution de vêtements aux indigents, ce qui l'occuperait jusqu'à l'heure du déjeuner et détournerait ses pensées d'elle-même pour se concentrer sur les besoins d'autrui.

Comment survivre dans la même ville que Neal en sachant qu'il donnait son amour à une autre femme ? Elle avait la gorge si serrée par la douleur qu'elle pouvait à peine avaler le thé qu'elle venait de préparer.

Au prix d'un effort, elle tourna son attention vers d'autres sujets, le cas inexplicable de Nellie Turner en particulier. La veille, après avoir quitté l'hôtel Addison pour aller à l'hôpital avec le docteur Iverson, elle avait été atterrée de constater que l'état de Nellie avait empiré et que deux autres patientes brûlaient de fièvre.

Comment la contagion s'était-elle répandue ? Quel facteur avait provoqué son apparition ?

La douceur du thé sucré l'apaisa un peu et elle ferma les yeux. À quelle date le mariage de Neal aurait-il lieu ?

Blanche Sinclair résidait dans une belle maison de quatorze pièces, entourée de gazons soigneusement tondus et de parterres toujours fleuris, au cœur du faubourg de Carlton, le plus élégant quartier résidentiel de l'agglomération de Melbourne.

Elle monta en voiture accompagnée d'une femme de chambre chargée d'un ballot de vêtements. Par respect pour les convictions de ses amies quakers, elle portait une simple robe grise sans ornements et un modeste bonnet sur son opulente chevelure. Arrivée à destination, elle renvoya le cocher en lui demandant de venir la reprendre à midi et entreprit aussitôt de superviser le déchargement et le tri des vêtements apportés dès le matin par les donateurs.

Tout en travaillant, Blanche ne pouvait s'empêcher de revivre la soirée de la veille. L'arrivée de Marcus avait ravivé ses espoirs, mais il l'avait traitée avec froideur pour ne s'intéresser qu'à Hannah. Sur le moment, elle en avait été ulcérée. Ce matin, elle était furieuse.

Elle avait beau savoir combien Marcus était attaché à son hôpital, elle jugeait excessive sa réaction à son refus d'organiser une visite pour recueillir des fonds. Et puis après tout, se dit-elle en ravalant sa fureur, peu importe ! On ne peut pas revenir sur le passé ni éviter de commettre parfois des erreurs. Ce qui est fait est fait.

Une petite foule se rassemblait déjà devant les portes. Hannah s'y fraya un passage et fut admise à l'intérieur par les bénévoles chargés de maintenir l'ordre. En la voyant entrer, Blanche se précipita au-devant d'elle, les mains tendues.

— Hannah ! Vous êtes quand même venue. Ma pauvre chérie ! J'ai été bouleversé en lisant votre petit mot. Vous ne vous sentez pas trop mal ?

Dans son courrier du matin, Blanche avait trouvé une courte lettre de Hannah lui apprenant la stupéfiante nouvelle que le photographe américain était bel et bien l'homme qu'elle aimait et qu'elle avait cru mort ces dernières années.

— Non, cela ira, répondit Hannah en enlevant ses gants et son bonnet. Il y a beaucoup de monde, ce matin.

La population de Melbourne s'accroissait en effet

543

à une vitesse alarmante. Les immigrants attirés toujours plus nombreux par le mirage de l'or se retrouvaient souvent démunis de tout.

— Pourquoi ne pas aller le voir tout de suite ? Je peux m'occuper seule de la distribution.

Hannah ne se sentait pas prête. Une moitié d'elle-même brûlait du désir de courir dans les bras de Neal, de dissiper une fois pour toutes le cauchemar de sa « mort ». L'autre avait peur de l'entendre parler de sa maudite fiancée.

— Voulez-vous en parler un peu ? demanda Blanche à voix basse.

— Merci, Blanche, répondit Hannah avec un sourire. Mais je ne préfère pas, pour le moment du moins.

Pendant que Hannah prenait place derrière la table, Blanche se remémora les regards que lui lançait Marcus la veille au soir. La jalousie qu'elle avait ressentie sur le moment n'était plus maintenant qu'un mauvais souvenir. À l'évidence, Hannah ne s'intéressait pas à Marcus. En fait, elle luttait contre ses propres démons : découvrir que l'homme que l'on aime et que l'on croyait perdu à jamais est non seulement vivant, mais doit en épouser une autre est une épreuve qu'on ne souhaiterait pas à sa pire ennemie !

Blanche s'affairait à trier des mouchoirs quand Hannah leva les yeux du registre d'inventaire et se pencha vers elle :

— C'est sir Marcus qui vous tracasse, n'est-ce pas ?

— Oh, Hannah, à nous deux nous faisons vraiment la paire ! Pourquoi l'amour doit-il toujours être aussi compliqué et nous rendre malheureuses ? Marcus est venu à mon gala et m'a délibérément ignorée. J'ai l'impression qu'il cherche à me punir.

Hannah attendit qu'une femme s'éloigne avec une boîte de bas.

— Écoutez, Blanche, quand vous aviez le dos tourné, j'ai vu dans son regard qu'il a toujours de l'affection pour vous, peut-être même bien davantage. Je suis quasiment sûre qu'il n'attend qu'un prétexte pour renouer vos liens d'amitié.

— Eh bien, qu'il parle !

— Il est sans doute trop fier pour faire le premier pas. Pourquoi ne pas le faire vous-même ? Tant de choses vous rapprochent, Marcus et vous. Tout le monde s'attendait à ce que vous décidiez de vous remarier. Ce serait vraiment dommage de gâcher votre avenir pour un simple malentendu.

À sa surprise, Hannah vit des larmes perler dans les yeux violets de son amie.

— Tout vient de ma peur, Hannah. Une peur qui me paralyse. Depuis la terrible expérience, dont je vous ai parlé, que j'ai eue dans mon enfance, ma terreur des hôpitaux est si profondément enracinée en moi que je n'ai jamais pu la surmonter. C'est irrationnel, je sais. J'ai tout essayé. L'année dernière, quand Marcus m'a demandé d'organiser cette visite, je m'étais habillée pour l'occasion, je suis montée dans ma voiture. Mais à peine avais-je posé le pied sur le trottoir devant l'hôpital que mon cœur s'est emballé. J'avais la bouche sèche, je transpirais de la tête aux pieds, je ne pouvais plus faire un geste. J'étais littéralement hors d'état de me joindre au groupe de visiteurs qui commençait déjà à entrer dans l'hôpital. Cela peut paraître absurde, Hannah, mais j'étais terrassée par la panique. Alors, je suis remontée en voiture et je suis rentrée chez moi.

Hannah posa une main réconfortante sur le bras de son amie.

— C'est ce qu'il faut lui dire, Blanche.

— Mais j'ignore comment ! Et puis, ajouta-t-elle en se redressant, cela vaut peut-être mieux. Les femmes n'ont pas toujours besoin d'un homme. Il y a d'autres choses plus importantes dans la vie.

Blanche était arrivée d'Angleterre, jeune mariée de dix-neuf ans, onze ans auparavant. Oliver Sinclair, son époux, était déjà aisé et avait triplé sa fortune en Australie avant son décès prématuré des suites d'une chute de cheval. N'ayant pas eu d'enfants pendant leurs sept ans de mariage, Blanche se demandait si elle n'était pas stérile mais n'en souffrait pas. Elle n'avait jamais eu l'instinct maternel et n'avait pas même prévu de chambre d'enfant quand Oliver avait fait construire leur maison. Elle avait d'autres aspirations – malheureusement, elle ne savait pas lesquelles.

Tout ce qu'elle savait, c'est qu'elle voulait faire quelque chose, avoir un but. Elle enviait ses deux amies d'avoir chacune embrassé une carrière, Alice sur la scène et Hannah dans la médecine. Quand Blanche leur avait demandé comment elles avaient découvert ce qu'elles voulaient faire dans la vie, Alice avait répondu que le chant lui venait de l'âme et qu'elle mourrait si elle devait un jour ne plus chanter ; quant à Hannah, elle avait toujours voulu marcher dans les pas de son père. Blanche, elle, n'avait jamais été habitée par une telle passion ni eu de véritable vocation.

Dans l'immédiat, elle avait à Melbourne la flatteuse réputation de compter parmi les dames les plus actives de la bonne société. La veille encore, pendant le bal, une de ses relations avait déclaré : « Je ne sais pas, chère madame, où vous puisez l'énergie de mener à bien autant d'activités aussi louables ! » Blanche avait modestement souri. Ce que les autres ignoraient, c'est que ses activités trépidantes la laissaient insatisfaite et que plus elle meublait son temps, plus il lui paraissait vide.

Malgré tout, elle refusait d'attendre sans rien faire qu'un but dans son existence se présente de lui-même. Dans son inlassable recherche de ce qui pourrait la passionner, elle se lançait dans des expériences diverses, sculpture, peinture, collection de coquillages, comme si sa vocation allait surgir devant elle au prochain coin de rue. « Je désire avec ardeur éprouver un désir ardent », avait-elle une fois confié à Hannah sur le ton de la plaisanterie.

Elle avait commis l'erreur de s'ouvrir de ses vagues aspirations à son frère, resté en Angleterre, qui lui avait répondu : « Ton agitation brouillonne, ma chère Blanche, vient de ce que tu es seule. Je te suggère donc de trouver le plus vite possible un veuf respectable, de préférence avec des enfants dont tu t'occuperais. Maintenant que père n'est plus, la responsabilité de ton bien-être m'incombe. Si tu ne trouves pas sur place de mari convenable, reviens en Angleterre. Mary et moi te logerons chez nous avec plaisir et tu pourras nous aider dans l'éducation de tes neveux et nièces. »

Après cela, Blanche avait gardé pour elle ses sentiments. Pourquoi la solution à tous les problèmes des femmes devrait-elle toujours être un homme ? Même avec un mari et des enfants, une femme pouvait souhaiter autre chose, voire quelque chose de *plus* dans sa vie ! L'une de ses meilleures amies, Martha Barlow-Smith, avait cinq enfants qu'elle confiait à des nourrices et à des gouvernantes pendant qu'elle poursuivait une prometteuse carrière d'aquarelliste. Mais était-ce réellement pour elle une vocation, se demandait Blanche, ou un simple passe-temps ? Martha assouvissait-elle une passion, un besoin de peindre ? Où n'était-ce qu'un prétexte pour échapper au fardeau de sa maisonnée et de ses enfants ?

Blanche était présidente de l'Association féminine de bienfaisance de Melbourne, qui regroupait une quarantaine de femmes de la meilleure société ayant des enfants pour la plupart. Elle se rendait compte pour la première fois que les époux de ces dames ne soulevaient pas d'objections à leurs activités du moment que leur maison fonctionnait à leur satisfaction et que leurs enfants ne posaient pas de problèmes. Aucune d'entre elles, bien entendu, ne percevait un salaire. Tant qu'il n'était pas payé, leur travail était considéré comme respectable. Toucher des gages ou un salaire aurait été indigne d'elles.

Elle enviait Hannah qui avait non seulement une clientèle lucrative mais avait publié un livre, recueil d'anecdotes hérité d'un certain Jamie O'Brien. Paru sous le titre *Un pays en or : contes et légendes de l'Outback*, il était composé d'histoires humaines, drôles ou tragiques, mettant en scène des bergers, des fermiers et des Aborigènes. Hannah préparait un autre ouvrage, un manuel pratique de soins et de premiers secours pour les habitants des endroits isolés où les médecins étaient rares.

Comment déterminer dans quel domaine on a du talent ? Comment une femme peut-elle trouver sa place dans le monde ?

Blanche se surprit alors à penser que sa crainte maladive des hôpitaux ne constituait pas seulement l'obstacle qui l'empêchait de régler son différend avec Marcus Iverson. Elle se demanda si cette phobie paralysante n'était pas aussi la cause de son incapacité à trouver sa véritable raison d'être et son but dans la vie.

Cette révélation était si stupéfiante que Blanche se figea, les mains encore pleines des bas et des mouchoirs qu'elle était en train de trier. Elle se dit que Hannah et Alice avaient dû elles aussi surmonter des obstacles, vaincre des craintes, relever des défis pour devenir ce qu'elles étaient. Alors, que devait faire Blanche ? Affronter ses terreurs ?

Cette pensée fit naître en elle un frisson d'exaltation. Oui, il y avait une solution ! Une solution qui effacerait du même coup sa brouille absurde avec Marcus Iverson. Un instant plus tard, toutefois, elle fronça les sourcils avec perplexité. Comment s'y prendre ? Affronter la peur était une chose. La vaincre, une autre. Bien différente.

42

Le local de Neal se trouvait dans une rangée de maisons de pierre toutes neuves. Il comprenait une boutique à côté du studio de photographie, appelé « la serre » car entièrement vitré pour laisser entrer la lumière du jour, une chambre noire à l'arrière et un appartement au-dessus.

Par ce chaud après-midi d'été, dans la rue bruyante où voitures et cavaliers soulevaient la poussière, Hannah s'arrêta un instant pour lire l'enseigne en lettres dorées : *Neal Scott, Studio photographique*. Dessous, un écriteau calligraphié proclamait : *Grâce à un nouveau procédé révolutionnaire, quinze secondes seulement de temps de pose au lieu de douze minutes ! Idéal pour enfants et personnes nerveuses ! Votre portrait avec le sourire !*

Le cœur battant, Hannah poussa la porte. Aux murs de la boutique décorée avec goût étaient accrochés des portraits de femmes en crinoline, d'hommes en habit, raides et compassés, d'enfants à l'air effarés ou solennels. Plusieurs étaient présentés dans de superbes cadres sculptés comme ceux qu'elle avait vus au gala. La boutique était vide et Hannah attendit.

Après sa matinée au Centre quaker, elle était retournée chez elle se baigner et se changer. Elle avait trouvé un petit mot d'Alice lui disant avoir découvert que son admirateur discret n'était autre que Fintan Rorke. Puis, après une brève visite à une patiente enceinte de huit mois, elle s'était rendue au studio de Neal en proie à une tempête d'émotions où la crainte se mêlait au désir, la joie à la tristesse. Elle souhaitait connaître en détail la vie qu'il avait menée depuis leur séparation devant l'hôtel Australia, mais elle avait le cœur brisé en sachant qu'il allait aussi lui parler de celle qu'il devait épouser.

Personne ne se manifestant, Hannah allait actionner la sonnette posée sur le comptoir quand la porte du fond s'ouvrit devant un jeune homme qu'elle reconnut sans peine.

— Monsieur Rorke ! Quel plaisir de vous revoir !

— Tout le plaisir est pour moi, mademoiselle Conroy. Neal est dans la chambre noire, il en sortira dans une minute. Il vous attend avec impatience.

Elle trouva Fintan changé. Son visage était moins « joli », plus mûr, avait pris du caractère. Mais il n'avait pas perdu l'attendrissante faiblesse de rougir en souriant aux femmes.

— Si vous voulez bien me suivre, dit-il.

Il fit entrer Hannah dans le studio, où elle découvrit un décor de jardin. Il y avait des palmiers dans des urnes de pierre, des fleurs dans des vases, un cadran solaire en bronze et même un treillage couvert de vigne vierge, le tout baignant dans une douce lumière, tamisée par des voilages tendus au plafond vitré. Fintan l'invita à s'asseoir sur un banc d'osier tressé, flanqué d'une fougère et d'un arbuste fleuri.

— Je suis désolé de ne pas pouvoir rester vous tenir compagnie, s'excusa-t-il, mais Neal va venir d'un instant à l'autre.

En le regardant sortir, Hannah se douta qu'il allait rejoindre Alice. Il portait un élégant costume et un chapeau melon tout neuf. Sa hâte, sa démarche élastique étaient elles aussi révélatrices.

Malgré le décor paisible, Hannah avait toujours les nerfs à vif. En plus de son anxiété à l'idée d'entendre Neal lui parler de sa fiancée, elle pensait à l'agent qu'elle avait chargé la veille de retrouver le propriétaire de Brookdale et dont elle attendait des nouvelles. Tant d'hommes revenaient enrichis des gisements aurifères que les belles propriétés trouvaient preneur sans mal. Elle espérait avec ferveur que ce M. Jones pourrait contacter M. Swanswick avant d'autres acheteurs éventuels.

Elle songeait aussi à Nellie et aux deux patientes qui avaient contracté la fièvre puerpérale à l'hôpital. D'où pouvait bien venir la contagion, comment s'était-elle propagée ?

Mais la porte de la chambre noire s'ouvrit, Neal entra dans le studio et les soucis et les craintes s'évanouirent de l'esprit de Hannah. Il ne lui avait jamais paru plus beau ni plus séduisant.

— Hannah !

En trois pas, il fut près d'elle. Hannah se leva, les jambes flageolantes. Avant qu'elle ait pu faire un geste, elle était dans ses bras, leurs bouches soudées par un baiser.

Elle sentit les larmes lui piquer les yeux. Elle humait son odeur, qu'elle n'avait jamais oubliée – son savon à raser, sa lotion pour les cheveux. Serrée contre son corps si ferme, elle savourait la force virile qui émanait de lui, la rendait féminine, sans défense, et la submergeait de désir.

Leur baiser durait au point qu'il ne se serait jamais interrompu si Hannah ne s'était pas écartée en regardant Neal dans les yeux.

— Non, Neal, nous ne pouvons pas faire cela.

— Pourquoi donc ?

— Nous devons penser à votre fiancée.

— Ma... fiancée ? répéta-t-il, interloqué.

— Mon amie Blanche Sinclair m'a dit que vous arriviez de Sydney avec votre...

Neal l'interrompit d'un éclat de rire :

— Mais non, Hannah ! Quand Mme Sinclair m'a demandé ce qui m'amenait à Melbourne, je lui ai répondu que j'y venais pour me marier.

— Mais... la jeune femme qui est arrivée avec vous au gala d'hier soir... celle en robe verte...

Les sourcils froncés, il fouilla dans sa mémoire.

— Oh ! Vous voulez dire, la femme qui a franchi la porte en même temps que moi ? Je n'ai aucune idée de qui elle est, Hannah !

— Pourtant, vous lui avez parlé avant de me rejoindre.

— Vraiment ? Je ne m'en souviens pas... Peut-être quelque chose comme « bonne soirée », par politesse. Je lui avais ouvert la porte pour la laisser entrer, c'était la moindre des courtoisies. Et cela, très chère Hannah, a été le début et la fin de mes relations avec la jeune femme en robe verte.

Neal se tut. Il voyait dans les yeux de Hannah le reflet d'émotions aussi puissantes que celles qui l'étreignaient lui-même. Cet instant, il en avait si longtemps rêvé, avait imaginé tant de scénarios qu'il lui paraissait presque irréel maintenant qu'il le vivait.

Il revivait également sa vision de Hannah telle qu'elle lui était apparue la veille. Ses épaules nues, la naissance de ses seins, sa peau si pure, si pâle qu'elle se confondait presque avec le satin de sa robe. Il se souvint de la dernière fois qu'il avait aperçu sa poitrine, quand elle l'avait rejoint en courant sur la route poussiéreuse devant l'hôtel, le corsage à demi dégrafé. Du choc qu'il avait éprouvé en découvrant son mouchoir glissé contre son cœur.

— Hannah... Oh, Hannah... répéta-t-il dans un murmure.

Il faisait rouler son nom dans sa bouche, le savourait, dévorait des yeux chaque détail de son corps, comme pour mieux s'en pénétrer. Ses cheveux noirs tranchant sur son teint de lis, le petit point sombre sur l'iris gris de son œil droit...

— Asseyez-vous, Hannah, dit-il enfin d'une voix étranglée.

Reprenant place sur le banc d'osier, elle leva les yeux vers lui, incapable encore d'assimiler la révélation que la fiancée tant redoutée n'était que le fruit d'un malentendu et n'avait existé que dans son imagination.

— J'ai si souvent répété ce que je vous dirais que les mots m'échappent au moment de les prononcer, commença-t-il.

Alors, un genou en terre, il lui prit la main.

— Je n'ai jamais aimé une femme comme je vous aime, Hannah. Vous avez volé mon cœur pour toujours il y a six ans à bord du *Caprica*. Dès l'instant où nous nous sommes séparés à Perth, j'ai eu la certitude de vouloir vivre avec vous jusqu'à mon dernier jour.

Il lui lâcha la main, prit dans sa poche un petit écrin. Quand il l'ouvrit, une bague en diamants lança des éclairs éblouissants.

— Voulez-vous m'épouser, Hannah ? Je vous promets de vous aimer, de vous chérir et de vous honorer toute ma vie. Sans vous, je ne suis que l'ombre d'un homme. Nous formons vous et moi les deux tomes d'un même ouvrage. Vous seule pouvez faire de moi un être complet. Dites-moi que vous voulez bien devenir ma femme, Hannah.

Elle trouva à grand-peine assez de souffle pour murmurer :

— Oui.

Avec un cri de joie, Neal la souleva dans ses bras et, sa bouche rivée à la sienne, l'emporta vers l'escalier.

La voiture à peine arrêtée, le passager en descendit sans attendre, comme d'habitude, l'assistance de son cocher. Le docteur Iverson était à la fois pressé et mécontent. Le docteur Soames, son jeune confrère, lui avait fait parvenir un message l'appelant d'urgence à l'hôpital sans lui en expliquer la raison. Sir Marcus était en train de dîner avec le gouverneur et d'autres officiels, et c'est avec impatience qu'il pénétra dans le hall désert de l'hôpital puis, sans même enlever sa cape et son chapeau, monta directement à la salle des femmes.

Dès l'entrée, la forte odeur de chlore lui indiqua que les mesures de désinfection étaient appliquées conformément à ses instructions. Au fond de la salle, il trouva le docteur Soames penché sur le lit d'une patiente dont il prenait le pouls.

Edward Soames était un médecin prudent et méthodique, diplômé d'Oxford et formé à l'hôpital Saint Bart. Avec une tendance à l'embonpoint, il avait un visage jeune et rond couronné de cheveux roux frisés et orné d'un pince-nez. Doux et attentionné avec ses patients, il avait cependant ce caractère alarmiste souvent observé chez les jeunes médecins.

— Eh bien, qu'y a-t-il de si urgent ? demanda le docteur Iverson.

Un coup d'œil alentour ne lui avait rien révélé qui justifie l'interruption d'un dîner important. La femme que Soames auscultait n'était même pas une de ses patientes.

Ils s'étaient partagé la salle. La maternité et la gynécologie étaient du ressort du docteur Iverson, les maladies et blessures diverses de celui du docteur Soames.

— Nous avons un nouveau cas de fièvre puerpérale, monsieur.

Sir Marcus balaya d'un regard exercé la rangée de lits où ses patientes dormaient paisiblement.

— Quand avons-nous admis une maternité ? J'avais donné l'ordre formel de ne pas en prendre tant que la fièvre ne serait pas jugulée.

— C'est justement le problème, monsieur. Molly Higgins, dit Soames en montrant la patiente, est une lavandière de cinquante ans admise hier pour une épaule luxée.

— Alors ?

556

— Elle est atteinte de fièvre puerpérale.

— C'est impossible, voyons !

— C'est aussi ce que je me suis dit, mais je l'ai observée de près. Elle se portait bien hier et elle a commencé à en montrer les signes aujourd'hui vers midi. Maintenant, le doute n'est plus permis.

Le docteur Iverson se déganta, prit le pouls de la malade, lui tâta le front, l'ausculta. Une légère pression sur l'abdomen lui arracha un gémissement, mais sans la tirer de son sommeil léthargique.

— Pouls très rapide, température élevée, bronches congestionnées. Hum... Il pourrait s'agir d'autre chose, ajouta-t-il sans conviction.

— Regardez sa chemise, monsieur. Ses pertes sont incontestables.

Sir Marcus souleva le drap, pâlit.

— Comment diable est-ce possible ? La fièvre puerpérale n'affecte que les post-parturientes.

— Apparemment non, monsieur.

— Dieu tout-puissant...

Il y avait quarante femmes dans la salle. Allaient-elles toutes être atteintes de cette fièvre fatale ? La pollution de l'air était sûrement responsable de la contagion... Pourtant, s'il fallait plutôt incriminer les mains des médecins comme l'avait affirmé Mlle Conroy, comment expliquer ce dernier cas ? Le docteur Soames n'avait jamais touché les patientes en maternité, le docteur Iverson n'avait jamais touché les autres et ne s'était même pas approché de Molly Higgins.

— À l'évidence, les miasmes se sont répandus d'un côté à l'autre de la salle. Nous devons redoubler de vigilance pour protéger les patientes de l'air vicié. Isolez le lit de Molly Higgins avec des draps imprégnés de chlore, gardez les fenêtres hermétiquement closes. Et prions pour que ce ne soit qu'un pur hasard, Soames, ajouta-t-il.

Il avait soudain la gorge plus sèche que le sable du désert.

La tête au creux de l'épaule de Neal, Hannah suivait d'un doigt les lignes de points rouges tatoués sur sa poitrine en écoutant avec un joyeux abandon sa voix lui murmurer des mots d'amour à l'oreille. Jamais encore elle ne s'était sentie aussi amoureuse, aussi pleine de vie et d'énergie pour aborder l'avenir.

Elle avait longtemps rêvé aux instants qu'elle venait de vivre, mais sans jamais imaginer à quel point l'amour physique pouvait apporter autant de plaisir, d'ivresse, et de désir d'en éprouver toujours davantage. Ils reposaient nus, côte à côte sous le drap, baignant dans la douce lumière dorée d'une lampe. Du dehors montaient des bruits de voix, de sabots, mais, pour eux, le monde extérieur avait cessé d'exister. Ils goûtaient la délicieuse lassitude d'avoir enfin donné libre cours à leur amour et à leur désir mutuels. Et c'est dans cette atmosphère de béatitude que Hannah écoutait Neal lui raconter, en caressant ses longs cheveux défaits, la fantastique histoire d'une fille nommée Jallara et du clan d'Aborigènes auquel elle appartenait.

— C'est incroyable. Ces gens sont les plus sains, les plus robustes que j'aie jamais rencontrés. Ils ignorent à peu près la maladie, peut-être grâce à leur style de vie nomade. Ils se déplacent constamment de point d'eau en point d'eau, de lieux vierges en oasis.

Il avait décidé de passer sous silence sir Reginald, sa criminelle désertion et le fait que le célèbre explorateur n'était qu'un imposteur et un mythomane. Salir le nom d'un mort ne servirait à rien et Neal préférait ne conserver de son aventure que les aspects positifs.

Il rejeta le drap, se leva, alla à la fenêtre. Hannah put admirer à loisir son corps musclé à la lumière de la lune.

— On a peine à croire qu'il y a à peine dix-sept ans il n'y avait rien ici, pas même un village. Savais-tu, Hannah, qu'un certain John Batman a acheté toute cette région aux Aborigènes ? Il les a payés avec des couvertures, des vêtements, des haches et des sacs de farine. Je me demande s'ils étaient conscients de la valeur de ce qu'ils abandonnaient. Et maintenant, les habitants originels de ces lieux vivent confinés dans des missions chrétiennes ou des réserves gouvernementales.

— N'auraient-ils pas préféré vivre libres dans l'Outback ?

— La superficie de la ville de Melbourne était leur territoire ancestral, le reste non. Alors, bien qu'ils ne puissent plus accéder à leurs sites sacrés, ils ne s'en éloignent pas. Je crois que beaucoup d'entre eux pensent que les Blancs partiront un jour ou l'autre. Pauvres gens...

Il se retourna vers Hannah, allongée sous un rayon de lune.

— Pendant le temps que j'ai passé dans le désert, Hannah, j'ai vécu une véritable révélation

559

spirituelle. J'ignore comment elle m'est venue, mais je sais avec certitude que Josiah Scott est mon vrai père et qu'il ne m'a pas trouvé abandonné sur le pas de sa porte.

— Mais c'est merveilleux, Neal ! Le lui as-tu déjà écrit ?

— J'y ai beaucoup réfléchi, pour arriver à la conclusion qu'il valait mieux respecter son désir. Quelles qu'aient été ses raisons, mon père avait choisi de ne pas me dire la vérité sur ma mère et lui. Quand j'ai quitté Boston pour l'Angleterre il y a huit ans, il aurait eu l'occasion de me révéler ce secret si longtemps gardé. Il a pourtant préféré se taire et je dois me plier à sa décision.

— Que crois-tu qu'il se soit passé quand tu étais dans cette caverne ?

— Je ne sais pas. Tout ce que je peux dire, c'est que cette expérience m'a profondément marqué. Je suis allé dans le Nullarbor avec l'intention de mesurer, quantifier, catégoriser tout ce que je verrais. J'en suis sorti avec la conviction que la science est incapable d'expliquer tous les mystères. Mon initiation m'a dévoilé un autre monde, Hannah. C'est difficile à expliquer, mais elle m'a, comment dire ? intégré à cette terre, à ce pays. J'en ai arrosé de mon sang le sable rouge pendant que des hommes noirs chantaient des incantations aussi anciennes que l'apparition de l'homme sur terre. J'ai marché jusqu'à la montagne, j'y suis entré. J'appartiens désormais à l'Australie, Hannah. C'est peut-être aussi pourquoi je préfère que mes relations avec mon père restent telles qu'elles sont. Elles appartiennent à une autre vie. Ma vie est désormais ici et j'ai besoin d'en savoir plus sur ma nouvelle patrie. J'ai besoin de l'explorer, de la saisir sur mes plaques de verre. Et surtout, ajouta-t-il en baissant la voix, je ne suis plus athée. Je ne comprends pas encore tout à fait pourquoi et j'ai besoin d'explorer aussi ce domaine inconnu.

— Tu avais quitté Adélaïde en adorateur du futur, tu es revenu amoureux du passé.

Elle se leva à son tour, alla le rejoindre à la fenêtre où ils étaient dissimulés par les rideaux. Hannah n'était ni honteuse ni gênée de sa propre nudité. Elle savourait au contraire le sentiment d'être libérée de ses vêtements, de sentir l'air du soir sur sa peau. Les caresses de Neal réveillaient en elle la flamme du désir.

Serrée contre lui, elle lui donna un long baiser.

— Ton expérience dans l'Outback est très comparable à celle que j'ai connue avec Jamie O'Brien et ses hommes. Un peu comme si nous l'avions vécue ensemble.

— Nous l'avons fait, Hannah. Par l'esprit.

Il ne pouvait pas se rassasier de la contempler, d'explorer de ses mains les courbes de son corps.

— Nous avons tous deux changé, mon amour. Tu es maintenant une praticienne reconnue, avec un cabinet et une clientèle. Ta réussite, tu ne la dois qu'à toi-même. Comme disent les Aborigènes, tu as accompli ton destin de soigner et guérir ceux qui souffrent. Tu as suivi la piste de ton Rêve.

Ils échangèrent un nouveau baiser, profond et passionné. Neal frémissait de désir, mais aussi d'une émotion plus puissante encore.

— Je croyais savoir ce qu'était l'amour, reprit-il.

Mais les mots me manquent pour te dire ce que je ressens, ma bien-aimée. Jamais plus je ne m'éloignerai de toi. Je devais partir demain pour un endroit au-delà de Bendigo. Pendant mon voyage depuis Sydney, j'ai rencontré un vieux prospecteur qui m'a parlé d'un site sacré d'Aborigènes qu'il a découvert l'année passée, une curieuse formation rocheuse dans la forêt au nord de Bendigo. En explorant les cavernes souterraines, il a vu de très anciennes peintures aborigènes, des centaines d'empreintes de mains, certaines placées si haut sur la roche qu'elles sont hors de portée d'un homme de taille normale. Quand je lui ai dit que je m'y intéressais, il m'a conseillé de me dépêcher, car il était tombé sur un filon de quartz au fond d'une grotte. Si la nouvelle s'ébruite, l'endroit sera vite envahi par les chercheurs d'or.

— Alors, il faut y aller, Neal.

— Je ne veux plus te laisser, maintenant que je t'ai retrouvée.

— Écoute, mon chéri, nous avons à l'hôpital un accès de fièvre infectieuse qui a débuté avec une de mes patientes. Je dois m'y rendre demain matin pour aider le docteur Iverson à l'empêcher de se propager. Va à la grotte, rapportes-en de belles photographies que tout Melbourne admirera.

Tandis que Neal la serrait contre lui et la couvrait de baisers, Hannah fut saisie d'un doute en se rappelant les mots qu'elle venait de prononcer. Le destin de Neal lui dictait d'aller explorer l'inconnu, le sien de rester là où des hommes avaient besoin de soins. Comment, dans ces conditions, pourraient-ils vivre ensemble ? Quand se verraient-ils ? Où vivraient-ils ? Je ne pourrai pas me contenter d'un petit appartement au-dessus d'un studio de photographie, pensait-elle. J'ai besoin d'un cabinet pour recevoir mes patients, et Neal ne peut pas vivre au-dessus de ce cabinet, avec des gens qui défilent à longueur de journée. Il a besoin d'espace, lui aussi. Alors ?...

Malgré la chaleur, l'amour et le désir dont Neal l'enveloppait, Hannah ne parvenait pas à chasser de son esprit les questions troublantes venues soudain la hanter. Les chemins divergents qu'ils suivaient pourraient-ils jamais se croiser ? Comment réussiraient-ils à créer une existence commune ?

43

Dans le couloir du Queen's Theater menant à la loge d'Alice Star, Fintan Rorke maîtrisait mal sa nervosité. Il avait passé la journée dans son atelier à sculpter un objet avec un soin tout particulier. Depuis leur brève rencontre dans la réserve de l'hôtel Addison, il ne pensait qu'à Alice. Elle l'avait invité à venir la voir dans sa loge après la représentation et le moment tant attendu était enfin venu. Comment ne pas avoir le cœur battant ?

Surtout qu'il avait quelque chose d'important à lui dire.

Fintan frappa, une femme à cheveux gris lui ouvrit avec un sourire chaleureux.

— Monsieur Rorke, sans doute ? Entrez donc.

Pour la première fois de sa vie, Fintan pénétra dans le monde du spectacle. Bouche bée, il regarda l'alignement des robes, les étagères de bonnets, de couronnes et de diadèmes, la coiffeuse surmontée d'un grand miroir avec sa collection de pots, de flacons, de brosses, de crayons. Mais les deux lampes de cristal sur la cheminée et le parfum des bouquets l'impressionnaient davantage.

Alice portait encore sa robe de scène, dont la taille haute soulignait la poitrine, avec une écharpe de gaze translucide sur les épaules. À sa vue, Fintan éprouva une bouffée de désir.

Elle vint au-devant de lui, les mains tendues.

— Je suis ravie que vous soyez venu, monsieur Rorke ! Permettez-moi de vous présenter Mme Lawrence. Plus que mon habilleuse, Margaret est ma fidèle compagne depuis l'Élysium à Adélaïde.

La femme aux cheveux gris sourit au beau jeune homme, enchantée qu'Alice reçoive un gentleman aussi raffiné et précédé d'une flatteuse réputation artistique. Après l'avoir salué, elle se retira au fond de la loge et s'installa sur une des rares chaises que n'encombraient pas des vêtements.

— Puis-je vous offrir une coupe de champagne, monsieur ?

Il coula un regard à Mme Lawrence, assise dans son coin avec le sourire, mais l'œil aux aguets. Alice et lui ne s'étaient rencontrés que la veille sans avoir été présentés selon les règles. Fintan savait donc que, pour cette première visite, il ne devait pas rester trop longtemps.

— Avec plaisir, merci. Je suis venu vous offrir un petit cadeau, mademoiselle Star.

Il lui tendit un paquet enveloppé d'un carré de satin bleu. Alice le défit délicatement et laissa échapper un léger cri en découvrant un petit oiseau, si finement sculpté que l'on voyait presque son gosier palpiter. Au lieu de le peindre, Fintan lui avait laissé la teinte naturelle du noyer, ce qui le rendait encore plus réel.

— C'est un fée-roitelet, il ne vit qu'en Australie, lui expliqua Fintan. Il chante merveilleusement bien.

La ravissante créature au creux de sa main, Alice

resta muette. Si Fintan Rorke lui avait offert des émeraudes et des rubis, ces pierres n'auraient pas eu plus de valeur à ses yeux.

— Vous savez, reprit Fintan, bouleversé par le regard admiratif qu'Alice posait sur l'oiseau, je ne compte pas me borner à sculpter des cadres toute ma vie. Je veux créer des œuvres d'art.

Alice leva ses yeux bleus vers lui. Il en fut plus bouleversé encore.

— Mais, monsieur Rorke, vos cadres sont déjà des œuvres d'art !

— Je voudrais faire toujours mieux. Sculpter des êtres humains. J'aimerais surtout représenter votre beauté, mademoiselle, dit-il en rougissant. En acajou ou en teck, pour que votre effigie soit éternelle...

Des bruits de voix dans le couloir et le regard de Mme Lawrence posé sur eux interrompirent son envolée. Alice tendit la main vers un carafon en cristal posé sur une console.

— Soyez gentille, Margaret, allez le remplir d'eau s'il vous plaît.

Mme Lawrence obtempéra en lançant au visiteur un regard méfiant.

— Je reviens tout de suite.

Et elle sortit sans refermer la porte derrière elle.

— Margaret veille jalousement sur ma réputation, expliqua Alice.

— Je comprends. Vous avez des légions d'admirateurs.

— Mais elle n'a rien contre vous, malgré les apparences.

— Je voudrais vous dire quelque chose, se hâtat-il d'enchaîner comme pour ne pas perdre courage. Quand Neal Scott et moi étions dans le désert, nous avons vécu une tragédie.

— Je sais. À Galagandra. Hannah et moi l'avons appris par les journaux. Cela a dû être une terrible épreuve.

— Malgré tous nos efforts, nous n'avons pu que nous sauver nous-mêmes. À la suite de ce drame, j'ai fait pendant des mois d'affreux cauchemars et, même s'ils ont cessé, je ne suis pas encore tout à fait remis. Mais quand je vous ai écoutée pour la première fois il y a un mois, chère mademoiselle, j'ai vu un ange descendu du ciel dans un faisceau de lumière. J'ai entendu les fils d'or et de soie de votre voix envelopper l'auditoire muet d'admiration et je me suis senti baigné d'un baume bienfaisant. Pour la première fois depuis Galagandra, j'ai connu le réconfort.

Fintan marqua une pause, jeta un rapide coup d'œil vers la porte. Le couloir étant encore désert, il s'enhardit.

— J'ai assisté à chacune de vos représentations depuis un mois et, à chaque fois, je suis sorti du théâtre apaisé. Alors, chère mademoiselle, je suis maintenant persuadé que la grâce de Dieu et Son pouvoir de guérir les âmes se manifestent par votre voix.

Alice ne sut que dire. Un simple merci aurait été ridiculement inapproprié. Profondément émue, elle ne put qu'entrouvrir les lèvres et plonger son regard dans le sien, brûlant d'une passion contenue. En pensant aux mains de Fintan qui avaient donné la vie au merveilleux oiseau à partir d'un morceau de bois inanimé, elle éprouva l'envie irrésistible de les sentir sur sa peau, faisant naître l'amour et le désir d'une chair qui n'avait jamais encore ressenti le bonheur de mains d'homme.

Mme Lawrence revint à ce moment-là, avec, dans le regard, une expression signifiant qu'elle arrivait juste à temps. Alice et M. Rorke étaient si proches l'un de l'autre... Un instant, au souvenir de sa propre jeunesse, elle fut sur le point de tourner les talons et de les laisser seuls. Mais Alice avait une image à sauvegarder. Une chanteuse, une vedette comme elle, devait se montrer plus vigilante que les autres femmes. Elle devait protéger sa vertu.

— Voilà, ma chérie, dit-elle à voix haute en posant le carafon sur la console. Oh, grand Dieu ! Avez-vous vu l'heure ?

Fintan s'arracha à sa contemplation et recula d'un pas.

— Puis-je revenir vous voir, mademoiselle? Nous pourrions peut-être visiter le nouveau jardin botanique, il est superbe, à ce que l'on dit.

— Avec plaisir, répondit Alice en lui tendant la main. Au fait, monsieur Rorke, puis-je vous demander pourquoi vous vous asseyez toujours dans le coin le plus sombre du théâtre ?

— Parce que, répondit-il en souriant, j'ai ainsi l'impression d'être votre seul public et que vous ne chantez que pour moi.

Il prit courtoisement congé des deux femmes et se retira.

Alice le suivit des yeux, étonnée de l'intensité des émotions qui l'envahissaient. En revivant l'émoi qu'elle ressentait lorsqu'ils étaient proches à se toucher, elle ne se rendit pas compte que sa main droite s'était levée d'elle-même en un geste protecteur jusqu'à sa joue, où les cicatrices et les boursouflures étaient toujours présentes sous le fard.

44

Comme chaque matin, Edward Soames embrassa sur le pas de sa porte sa femme et ses quatre enfants. D'habitude, il se rendait à pied à son cabinet mais, ne se sentant pas très bien ce matin-là, le docteur Soames héla un fiacre. Il ne s'était guère éloigné quand il éprouva des difficultés à respirer et sentit son malaise s'accroître. Il demanda donc au cocher de le conduire à l'hôpital Victoria, où il se ferait ausculter par le docteur Iverson. Ce n'était peut-être rien, tout au plus un début de grippe ou une indigestion, mais on n'était jamais trop prudent.

À l'entrée de la salle des femmes, la bassine de désinfectant destinée à se laver les mains était vide. Hannah fronça les sourcils. Pourquoi ne l'avait-on pas remplie ?

Dans la vaste salle, les familles étaient groupées autour des lits de leurs malades auxquelles elles avaient apporté à manger. Si le personnel n'était pas chargé de nourrir les patients, l'application des mesures d'hygiène ordonnées par le médecin-chef lui incombait et l'eau chlorée des bassines aurait dû être renouvelée. Or, elles étaient toutes vides. Les pots de chambre n'étaient pas vidés eux non plus, ni les pichets d'eau potable remplis. Voulant en avoir le cœur net, Hannah redescendit l'escalier.

Peu avant l'aube, Neal l'avait raccompagnée chez elle dans sa voiture de peur qu'on ne la voie sortir de chez lui à une heure aussi indue. Pour sa part, Hannah se moquait du qu'en-dira-t-on. Ils étaient fiancés et elle était éperdument amoureuse de son futur mari. Elle l'avait vu partir avec regret. Mais on avait besoin d'elle à l'hôpital, Neal devait préparer son matériel photographique pour se rendre à la grotte et lui avait promis de passer lui dire au revoir chez elle vers midi.

Dans la salle des hommes, aussi bruyante et bondée que celle des femmes, elle reconnut le vieux docteur Kennedy qui changeait un pansement. Si le docteur Iverson et le docteur Soames étaient les seuls médecins permanents de l'hôpital, la plupart des autres médecins et chirurgiens de Melbourne y avaient accès quand ils y envoyaient leurs patients, et Hannah les connaissait presque tous.

Faute là aussi de trouver un employé, elle se rendit au bureau du docteur Iverson, qui donnait sur le hall d'entrée. Une porte au fond de la pièce communiquait avec une petite chambre équipée d'un lit de camp et d'une table de toilette. Le docteur Iverson y couchait quand un de ses patients était dans un état critique et qu'il voulait s'éviter l'aller et retour à son domicile, situé au nord dans la banlieue résidentielle.

— Bonjour, mademoiselle Conroy, dit-il en se levant à son entrée. Que puis-je faire pour vous ?

Quand ils avaient quitté le gala pour se rendre à l'hôpital, il avait pris un réel plaisir à faire le trajet en sa compagnie. Ils avaient parlé de médecine, et ses connaissances dans ce domaine l'avaient vivement impressionné. Ensuite, pendant leur visite, elle s'était comportée avec un professionnalisme supérieur à celui de bien des médecins.

— Je ne vois aucun personnel de salle nulle part, docteur.

— Je sais. Ils se sont tous enfuis.

— Enfuis ?

— Mme Chapelle a contracté la fièvre puerpérale. Terrorisés, les employés sont partis sur-le-champ.

— Mme Chapelle ? Mais… elle est entrée ici pour une fracture de la cheville ! Comment une patiente en dehors de la maternité a-t-elle pu se trouver infectée ?

— Je l'ignore, mademoiselle, et la situation s'est brutalement aggravée. Le docteur Soames montre lui aussi les symptômes de la maladie.

Muette de stupeur, Hannah écarquilla les yeux.

— C'est impossible, murmura-t-elle enfin.

— Venez avec moi.

Quand il ouvrit la porte de la petite chambre, Hannah eut un choc. Le docteur Soames gisait sur le lit de camp. Les yeux clos, le visage congestionné, il respirait avec peine.

— Je lui ai donné un sédatif, dit le docteur Iverson à mi-voix avant de refermer la porte. Laissons-le dormir.

— Comment le docteur Soames, un *homme*, peut-il avoir contracté une maladie de *femme*, docteur ? La fièvre puerpérale est causée par une infection de l'utérus !

— Je n'en sais rien, mademoiselle, répondit-il en

se massant le front. Je ne suis pas absolument certain, dans son cas, qu'il s'agisse de la fièvre puerpérale, mais avec deux autres patientes qui l'ont contractée, je crois qu'il vaut mieux tenir le docteur Soames à l'écart pour le moment.

Iverson traversa le bureau, s'arrêta devant sa bibliothèque pleine d'ouvrages de médecine dont il regarda les titres.

— Nous faisons face à une situation grave, reprit-il. Je dois résoudre le problème le plus vite possible si nous ne voulons pas qu'il dégénère en une véritable catastrophe. Espérons que la réponse se trouve quelque part dans un de ces livres...

Mais Hannah avait une autre idée.

45

Hannah posa le doigt sur la carte de Neal.

— Brookdale, c'est ici.

Ils étaient devant sa porte, à côté de laquelle brillait une plaque de cuivre : *Hannah Conroy, praticienne de santé diplômée de Londres, spécialiste des femmes et des enfants.* Neal était venu lui dire au revoir comme il l'avait promis.

Il repéra l'endroit, à mi-chemin de Melbourne et des mines de Bendigo, et replia la carte qu'il empocha.

— Je m'y arrêterai sûrement et je regarderai avec attention.

Il rajusta tendrement une mèche des cheveux de Hannah que la brise faisait voler. Elle avait la gorge serrée. Le contact de sa main, la vue de son visage, sa proximité l'emplissaient de désir, mais la rue était animée à cette heure de la journée et il fallait respecter les convenances. C'était bien difficile…

— Si tu rencontres dans les parages M. Jones, l'agent immobilier, rappelle-lui que j'ai hâte de savoir s'il a pu prendre contact avec M. Swanswick, le propriétaire. Je voudrais signer le plus vite possible.

— Bien sûr.

Neal partait seul muni de son équipement dans un chariot léger attelé d'un cheval, avec un cheval de réserve attaché derrière. Il ignorait dans combien de temps il serait de retour et Hannah ne pouvait s'empêcher de penser qu'il en irait de même lorsqu'ils seraient mariés. Combien de fois allaient-ils se séparer, combien de fois Neal partirait-il ainsi dans l'inconnu sans savoir quand il reviendrait ?

Si Neal avait hâte d'aller explorer cette Grotte des Mains, si Hannah était impatiente de retourner à l'hôpital, ils ne pouvaient ni l'un ni l'autre se résoudre à dire « au revoir » le premier. Après avoir si longtemps cru Neal mort, après que Neal eut si longtemps cherché à retrouver Hannah, cette nouvelle séparation leur était cruelle à tous deux.

Mais ce n'était pas tout. Après sa visite à l'hôpital, Hannah avait révélé à Neal qu'une contagion mortelle se propageait sans qu'on puisse la contrôler. Un des médecins en avait lui-même été atteint. Neal voulait rester. Et si Hannah tombait malade à son tour ? Mais elle avait insisté pour qu'il parte visiter cette grotte avant que des chercheurs d'or ne la découvrent et ne la profanent.

Hannah était pourtant pleine d'appréhension. Neal la quittait au moment où Melbourne risquait d'être la proie d'une épidémie mortelle. Elle refusait toutefois de laisser son anxiété transparaître devant lui et de lui avouer son inquiétude devant l'incertitude de leur avenir commun.

Neal dénoua un lacet de cuir à son cou. Il avait fait percer un petit trou à un bout du talisman que Jallara lui avait donné afin de pouvoir le porter sur lui. Il noua le lacet autour du cou de Hannah de manière que le galet gravé repose au creux de son cou.

— Il possède un puissant pouvoir magique qui te protégera.

Il la serra avec force contre lui, l'embrassa, monta sur le siège du chariot et s'éloigna. Hannah le suivit des yeux en faisant appel à toute sa volonté pour ne pas lui crier de revenir.

Rentrée chez elle, elle écrivit en hâte deux courts billets à Alice et à Blanche avec lesquelles elle devait déjeuner.

Pardonnez-moi, je ne peux pas venir à notre rendez-vous. Nous avons une urgence à l'hôpital, le personnel s'est enfui par peur de la contagion, le docteur Iverson a besoin de mon aide. La situation est grave. Je ne sais pas quand je pourrai me libérer.

Elle demanda à Mme Sparrow de veiller à ce que les missives soient portées sans délai à leurs destinataires, prit sa trousse médicale et un nécessaire avec quelques affaires personnelles. Puis, ayant averti sa gouvernante qu'elle pourrait rester absente au moins un jour ou deux, elle prit, le cœur serré, le chemin de l'hôpital Victoria.

46

Hannah déposa sa cape et son nécessaire au vestiaire et monta directement à la salle des femmes voir comment se portait Nellie Turner.

Le lit était vide, dépouillé de ses draps.

Elle se tourna vers la salle, où les lits étaient entourés de draps imprégnés d'eau chlorée. Deux d'entre eux étaient inoccupés. Les trois lits en question se trouvaient dans la section de la maternité.

Hannah trouva le docteur Iverson dans la salle des hommes, penché sur un homme âgé affligé d'une forte toux. En voyant Hannah s'approcher, il replia son stéthoscope, qu'il glissa dans sa poche, et lui fit signe de l'attendre dehors.

— Nellie Turner ? commença-t-elle.

— Je suis désolé, mademoiselle. Elle est morte il y a une heure.

— Et les deux autres ?

— Elles aussi.

Hannah remarqua ses yeux cernés et sa mise négligée, alors qu'il veillait toujours à être soigné de sa personne. De son côté, il estima que l'espèce de grigri d'aspect barbare et primitif que Hannah portait au cou était déplacée en de pareilles circonstances.

— Comment va le docteur Soames ?

— Son état est stationnaire. J'ai fait prévenir son épouse, elle est avec lui en ce moment. Elle a confié les enfants à leur nourrice. Je n'ai pas parlé à Mme Soames de fièvre puerpérale, car j'espère encore qu'il ne s'agit que d'une forme de grippe ou d'une inflammation des bronches.

— Les membres du personnel sont-ils revenus ?

— Aucun, malheureusement, et j'ai recensé trois nouveaux cas en dehors de la maternité. Le docteur Kennedy est allé chercher de l'aide, mais les visiteurs constituent le problème le plus sérieux. Ils ne comprennent pas les principes de l'infection et de l'antisepsie. Ces maudites femmes ouvrent tout le temps les fenêtres, ce qui fait circuler l'air vicié.

— Pouvons-nous parler quelques instants seule à seul dans votre bureau, docteur ? Je voudrais vous montrer quelque chose.

Ils rejoignirent le rez-de-chaussée et traversèrent le hall, encombré de visiteurs chargés de couvertures et de paniers à provisions. Le décor était sobre, austère. Contrairement à une large majorité des immigrants, le docteur Iverson n'était pas venu en Australie dans le but de s'enrichir, mais afin de réaliser son rêve de fonder un hôpital moderne qui ferait figure de modèle pour d'autres établissements dans le monde, projet impossible à mener à bien en Angleterre, où une tradition rigide imposait sa loi. Dès son arrivée à Melbourne, il avait battu le rappel des citoyens les plus éminents et les plus prospères afin de réunir les fonds nécessaires. Blanche Sinclair avait été l'une des plus généreuses donatrices, car c'est sa contribution qui avait permis l'achat du terrain et la première pierre de l'hôpital Victoria avait ainsi pu être posée en mars 1846. À la fin de la cérémonie, émaillée de nombreux discours, l'allocution de sir Marcus qui se terminait par « Désormais, un hôpital ne doit plus être un lieu où les malades vont pour mourir, mais où ils se rendent pour en sortir guéris » avait été saluée par une assourdissante ovation.

Lentement mais sûrement, son rêve prenait forme. Les plans prévoyaient des agrandissements dont – innovations révolutionnaires – un laboratoire de recherche et une aile réservée aux enfants, dont la construction avait commencé. Sur le terrain autour des bâtiments, où devait s'élever un pavillon pour les convalescents, on traçait déjà un jardin et des massifs de fleurs.

Tout allait donc pour le mieux – jusqu'à présent. Cette épidémie surgie du néant menaçait de faire voler en éclats l'œuvre de toute sa vie, pensait sombrement le docteur Iverson en entrant dans son bureau.

— Docteur, dit Hannah une fois la porte close, je crois connaître la cause de la contagion et, par conséquent, le moyen de stopper sa propagation.

Il l'écouta avec attention relater les expériences et les recherches de son père sur les microbes et l'antisepsie. Elle conclut par ces mots :

— Il a découvert un spécimen de ce microbe dans le sang de ma mère et en a déduit que c'est lui qui provoque la fièvre puerpérale.

Tout en parlant, elle avait déposé devant lui les notes et les résultats des analyses effectuées par son père. Avec un intérêt croissant, le docteur Iverson étudia le croquis du microbe, baptisé du nom de streptocoque, et l'idée du docteur Conroy d'analyser le sang d'un malade pour déterminer son diagnostic, pratique dont il n'avait jamais entendu parler.

— Vous suggérez donc de suivre l'exemple de votre père et d'analyser le sang des patients ? demanda-t-il enfin.

Le docteur Iverson était très fier du microscope, brillant de tous ses cuivres, qui trônait sur une étagère. S'il n'en avait pas encore perçu l'utilité, il estimait que l'instrument symbolisait le progrès scientifique dont il se voulait l'apôtre.

— Nous pourrions au moins essayer, docteur.

Ils remontèrent dans la salle des femmes afin de prélever discrètement quelques échantillons sur des patientes. De retour dans le bureau, sir Marcus admira la dextérité avec laquelle Mlle Conroy manipulait l'instrument, préparait les plaques et ajustait l'oculaire. Au bout d'un moment, elle s'écarta.

— Voyez par vous-même, docteur.

Les streptocoques étaient présents dans tous les échantillons des malades atteintes de fièvre puerpérale et absents des autres.

— Remarquable, murmura-t-il en se redressant. Remarquable.

D'un air pensif, il prit une plaque propre et se piqua le bout du doigt avec une épingle pour faire tomber une goutte de son sang sur le verre. Après avoir examiné l'échantillon, il hocha la tête avec satisfaction.

— Le microbe ne se trouve pas dans mon sang, il fallait que je m'en assure. Mais la question reste posée : comment ce microbe s'est-il introduit dans le sang d'autant de personnes ? Si elles l'ont respiré, pourquoi pas les autres ? Quel facteur a rendu ces malades plus sensibles à l'infection ? Ou alors, si le microbe se propage, comme vous le dites, par...

Il s'interrompit. D'après le regard qu'il lança vers la porte de la chambre, Hannah devina qu'il pensait au docteur Soames.

— Il nous faut confirmer vos assertions, reprit-il avec gravité.

Il prit une plaque propre, entra dans la chambre. Hannah l'entendit murmurer quelques mots à Mme Soames. Il revint peu après, disposa la plaque sous l'objectif et regarda longuement sans mot dire.

— La présence du streptocoque est évidente dans le sang de mon jeune collègue, dit-il en se redressant.

Le silence retomba, s'éternisa, meublé seulement des bruits de la rue, de voix et de rires venant de l'étage des salles communes. Enfin, le toujours digne docteur Iverson laissa échapper un soupir qui ressemblait à un sanglot étouffé.

— Vous dites que la solution iodée de votre père tue les microbes ?

Hannah pensait à la pauvre Mme Soames assise au chevet de son mari sans se douter qu'il vivait peut-être ses derniers instants.

— Sur les mains et les objets, oui. Malheureusement, elle ne peut que prévenir la propagation de l'infection, elle ne la guérit pas. Nous n'en connaissons d'ailleurs toujours pas la source. Comment Nellie Turner a-t-elle été infectée ? Tant que nous n'aurons pas de réponse à cette question, j'ai bien peur que de nouveaux cas ne continuent à se manifester.

Sir Marcus se frotta pensivement le menton, rendu râpeux par une barbe de deux jours.

— Bien, dit-il enfin. Une chose à la fois. Je veillerai à ce que des bassines d'eau iodée soient disposées à chaque entrée de la salle des femmes, et les médecins auront pour consigne de se laver les mains dans cette solution.

C'est bien, mais comment empêcher les visiteurs de propager la contagion ? pensa Hannah. Impossible de dire à chacun d'eux de se laver les mains, surtout s'ils approchent plusieurs malades. Des écriteaux ne serviraient à rien, ils sont illettrés pour la plupart. Et comment leur interdire l'entrée de l'hôpital, puisque ce sont eux qui nourrissent les patients ?

Quand sa voiture fut proche de l'hôpital, Blanche éprouva les symptômes familiers : contractions d'estomac, mains moites et pouls emballé. Son amie Martha Barlow-Smith, assise à côté d'elle, ne se rendait aucunement compte de sa panique.

Par ce bel après-midi ensoleillé, les passants auraient pu croire que ces dames distinguées étaient en promenade, alors qu'elles allaient remplir une mission charitable. Dans une autre voiture, Alice Star et Margaret Lawrence transportaient elles aussi des paniers de vêtements et de provisions. Mais quand la voiture de Blanche s'arrêta devant l'hôpital et que Martha en descendit, Blanche fut incapable de mettre pied à terre. La simple vue des grandes portes la paralysait. Martha lui jeta un regard étonné. Cette visite, après tout, lui avait été suggérée par Blanche elle-même. En effet, dès qu'elle avait reçu le billet de Hannah, celle-ci avait décidé d'aller l'aider.

— Alors, venez-vous, chère amie ? lui demanda Martha.

— Oui, je vous rejoins tout de suite.

Elle avait beau se raisonner, la terrible vision passait et repassait par fragments dans sa mémoire. À sept ans, elle avait accompagné sa mère dans un hôpital où elle rendait une visite de charité. Séparée de sa mère par la foule grouillante, la petite Blanche avait erré seule dans les couloirs en voyant sur son passage d'horribles spectacles dont son cerveau d'enfant n'avait pas idée – corps émaciés ou ensanglantés sur des civières, cadavres aux yeux écarquillés par la douleur – et en entendant des gémissements mêlés à ses propres cris de terreur. Quelqu'un avait fini par la ramener auprès de sa mère, qui l'avait serrée dans ses bras. Mais le poison de cette scène d'horreur était resté dans ses veines et revenait l'assaillir devant l'hôpital de Marcus Iverson.

— Je ne peux pas... Je ne peux pas, murmura-t-elle.

Et puis, en voyant Martha, Alice et Margaret gravir bravement les marches du perron, elle se dit qu'elle ne saurait jamais ce dont elle était réellement capable tant qu'elle n'aurait pas réussi à vaincre sa peur. Elle se redressa, descendit de voiture et suivit les autres en priant pour ne pas s'évanouir. Mais, une fois à la porte, elle ne put aller plus loin.

À l'exemple de sa mère, réputée pour sa philanthropie et sa charité, Blanche avait toujours voulu se montrer digne d'une si noble tradition. Mais ce qu'elle s'apprêtait à affronter n'était pas aussi facile que d'organiser des bals ou des galas, se rendit-elle compte, une main sur la poignée. Alors, était-elle vraiment aussi charitable et altruiste qu'elle l'avait toujours cru ? Le moment était venu de mettre ses principes à l'épreuve.

En pensant à sa mère, à son propre rêve de donner un but à son existence – et aussi à Marcus Iverson, qui méritait une explication à sa dérobade de l'année passée –, elle redressa les épaules, prit une profonde inspiration et fit un pas à l'intérieur.

Hannah rassemblait les notes de son père quand elle aperçut, par la porte du bureau, un visage familier à l'entrée du hall.

— Alice ! s'écria-t-elle.

Hannah courut au-devant de son amie et fut étonnée de voir Margaret Lawrence entrer derrière elle.

— Que faites-vous ici, vous deux ?

— Nous *quatre*, la corrigea Alice.

Martha Barlow-Smith entrait à son tour suivie de Blanche, dont l'apparition laissa Hannah éberluée.

— Quand nous avons reçu votre message pour décommander notre déjeuner et dire que vous étiez seule avec le docteur Iverson à vous occuper de tous ces patients, reprit Alice, Blanche et moi avons immédiatement voulu venir vous aider. Margaret et Martha ont tenu à nous accompagner.

Le docteur Iverson, qui sortait de son bureau à ce moment-là, découvrit avec étonnement les nouvelles visiteuses. Il reconnut Alice et sa fidèle Margaret, Martha Barlow-Smith... mais la vue de la quatrième personne le frappa de stupeur.

Blanche se tenait sur le seuil, une main sur le cœur, en lançant des regards désemparés autour d'elle. Était-elle malade elle aussi ? Marcus traversa vivement le hall en constatant qu'elle était pâle et respirait difficilement.

— Madame Sinclair... Blanche ! Vous ne vous sentez pas bien ?

Il jeta aux autres un coup d'œil à la fois soucieux et interrogateur.

— Elles sont venues nous aider, lui expliqua Hannah.

Mais il continuait à scruter le visage de Blanche avec inquiétude.

— Vous paraissez souffrante, lui dit-il. Venez dans mon bureau.

Blanche pouvait à peine respirer. Il régnait dans cet hôpital les mêmes odeurs que dans ses cauchemars – une puanteur de fumée, de chlore et de vomi. Un homme passa en claudiquant sur des béquilles, un autre avec un bras en écharpe. Les visiteurs avaient la même allure miséreuse que ceux au milieu desquels elle s'était retrouvée seule.

Elle se sentait défaillir quand deux mains la retinrent fermement par les épaules. Devant elle, un beau visage d'homme exprimant l'inquiétude et une sincère compassion. Un visage encadré de cheveux argentés...

Celui de Marcus.

Blanche cligna des yeux, s'efforça de clarifier sa vision. Que Marcus, toujours impeccable, soit en

585

chemise et mal rasé trahissait la gravité de la situation. Mais cela dénotait aussi son attention à ce que le devoir lui dictait. Elle l'en admira davantage.

— Pardonnez-moi, murmura-t-elle en portant une main à son front.

— Allons dans mon bureau, lui dit-il avec douceur. Mademoiselle Conroy, ayez la bonté de vous occuper de nos visiteuses.

Une fois dans le bureau, Blanche lutta pour se ressaisir. Elle refusa le cognac que Marcus lui offrait, resta debout quand il lui proposa de s'asseoir et réussit enfin à rassembler son courage.

— Pardonnez ma faiblesse, Marcus. Les hôpitaux me terrifient. Voilà, j'ai fini par vous l'avouer.

— Beaucoup de gens ont peur des hôpitaux, Blanche, dit-il d'un ton rassurant. Il n'y a pas de quoi avoir honte.

— Peut-être, mais ma peur est telle qu'elle me paralyse.

Elle vit ses yeux exprimer la compassion, l'attention mais, à son soulagement, pas la réprobation. Au prix d'un effort pour aller au bout de son aveu, elle parvint à lui relater l'incident vécu dans son enfance et les cauchemars qui n'avaient cessé de la tourmenter depuis.

— Voilà pourquoi je n'ai pas été capable d'organiser la visite que vous me demandiez, Marcus. J'étais hors d'état de mettre le pied dans votre hôpital, puisqu'il abritait déjà des patients. J'ai honte d'être aussi peureuse…

Il fit un pas vers elle.

— Pourtant, vous êtes venue aujourd'hui.

— Je ne suis pas très brave pour autant.

— Il n'y a pas de bravoure si on n'a pas peur, dit-il en souriant.

— J'aurais dû être franche avec vous, Marcus, mais cela paraissait si sot de ma part que j'ai préféré me taire pour que vous ne vous fassiez pas une mauvaise opinion de moi. Vous tenez beaucoup à cet hôpital, je ne l'ignore pas. Quel gâchis ai-je fait ! Je ne me doutais pas que vous seriez aussi blessé par ma dérobade. Je n'avais pas compris quelle importance vous attachiez à cette visite.

— C'était important, c'est vrai, et je comptais sur votre talent pour organiser cet événement...

Il posa une main sur son bras. Blanche se sentit parcourue d'un frisson. L'hôpital et sa terreur avaient soudain disparu.

— C'est moi qui me suis conduit en imbécile, Blanche, reprit-il. J'ai considéré votre refus comme un affront personnel, d'autant plus que vous aviez accepté le lendemain d'aider Clarence Beechworth à lever des capitaux pour sa compagnie de chemins de fer. Cela m'a mis en fureur, mais ce n'était qu'un accès de jalousie masculine, en fin de compte. Je vous ai traitée ensuite avec une abominable cruauté. Je ne sais si vous pourrez jamais me le pardonner.

— J'aurais dû vous parler plus tôt de ma terreur panique, Marcus.

Blanche pouvait à peine respirer. Elle se crut de nouveau sur le point de défaillir – pour une raison bien différente, cette fois.

— C'était à moi d'aborder la question le premier, Blanche. Mais l'orgueil m'a interdit de vous demander la cause de votre refus. Vous savez, ma chère Blanche, poursuivit-il à voix plus basse, notre amitié m'a beaucoup manqué. *Vous* m'avez beaucoup manqué.

— Oh, Marcus... murmura-t-elle.

Il la dépassait d'une tête. Quand il se pencha pour rapprocher son visage du sien, elle vacilla.

— Je me rends compte maintenant, poursuivit-il, que ce n'était pas seulement à votre talent d'organisatrice que je faisais appel. Je voulais que vous soyez à mes côtés pendant que je montrais fièrement ce que j'avais accompli. Mais vous êtes venue quand même.

— Oui, et je resterai.

— Non, Blanche, vous avez manqué vous évanouir.

— Je reprends contenance, Marcus. C'était le premier pas le plus difficile. Il fallait que je me force à le faire. Dorénavant, tout sera beaucoup plus facile, j'en suis certaine.

Si seulement cette scène se déroulait ailleurs et à un autre moment, se prit-il à regretter.

— Eh bien, il faut nous mettre au travail, soupira-t-il.

— Dites-moi ce que je dois faire.

47

—Alice ! Alice ! Où êtes-vous ?

Elle sursauta, Blanche et Martha pivotèrent sur leurs talons, des patientes poussèrent des cris. On entendait une galopade dans l'escalier. Qui pouvait faire un tel tapage à cette heure tardive ?

Un jeune homme en habit et chapeau haut de forme entra en courant – un beau jeune homme, ne manquèrent pas de remarquer plusieurs femmes – et se rua dans l'allée avec tant d'impétuosité que les visiteurs s'écartèrent précipitamment.

—Alice ! Alice !

Elle reconnut la voix de Fintan et sortit d'une alcôve où elle faisait manger une patiente.

—Vous voilà ! s'exclama-t-il en la saisissant aux épaules. Êtes-vous malade ? Blessée ?

Avant qu'elle ait pu répondre, Blanche intervint avec autorité :

—Du calme, jeune homme ! Vous effrayez les patientes !

Il rougit, se ressaisit aussitôt.

—Pardonnez-moi... Mademoiselle Star, on m'a dit au théâtre que vous étiez à l'hôpital et je...

—Je suis venue aider, l'interrompit Alice.

Il regarda autour de lui, prit enfin conscience de

l'endroit où il était, reconnut Mme Sinclair qu'il avait vue au gala, Margaret, Mme Sparrow, mais pas la quatrième. Ce qui l'étonna le plus, ce fut de les voir accoutrées de tabliers en toile grossière et la tête couverte de bonnets comme en portaient les filles de cuisine. Maintenant qu'il était soulagé de voir Alice en bonne santé, il se rendit compte avec embarras du trouble que provoquait sa bruyante irruption. Il fut encore plus gêné de constater qu'il était le seul homme dans la salle.

— Venez, monsieur Rorke, je vais vous expliquer, dit Alice en l'entraînant par le bras. Rassurez-vous, Margaret, ajouta-t-elle, nous n'irons pas loin.

Ils sortirent de la salle, s'arrêtèrent dans le couloir.

— Vous ne devez pas rester, monsieur Rorke. Il y a ici une maladie contagieuse.

— Ah ? Je comprends, maintenant.

— Que comprenez-vous ?

— Je ne voudrais pas vous inquiéter, mais une foule se rassemble devant l'hôpital. Les gens veulent savoir si leurs proches ne sont pas en danger à l'intérieur. Le docteur Iverson s'efforce de les rassurer, mais l'ambiance devient houleuse.

— Raison de plus pour partir, monsieur Rorke. Je vous en prie, dit-elle en posant une main sur son bras.

— Raison de plus pour rester ! rétorqua Fintan d'un air sombre.

Des visiteurs les regardaient avec curiosité.

— Allons prendre un peu l'air, suggéra Alice.

Ils sortirent par une porte de derrière dans la bienfaisante fraîcheur de la nuit, contrastant fortement avec l'atmosphère confinée et viciée de la salle. Alice et Fintan marchèrent à pas lents dans une allée sablée entre des massifs prêts pour les plantations, pendant qu'elle lui expliquait pourquoi la salle sentait le chlore et que, à la suite de la désertion des employées, ses amies et elle étaient venues aider Hannah

Fintan n'écoutait que d'une oreille. Toute la journée, il n'avait pensé qu'à Alice, à son impatience de la revoir le soir au théâtre – pour s'entendre dire, en y arrivant, qu'Alice était à l'hôpital ! Jusqu'à ce moment-là, il n'avait pas mesuré la profondeur des sentiments qu'elle lui inspirait. Son ange à l'hôpital, malade, blessée peut-être, ou pire encore ! C'était inconcevable, insoutenable. Or, il la retrouvait en bonne santé, occupée à des tâches charitables en vrai ange de miséricorde. Alors, il *devait* rester pour la protéger au cas où l'inquiétude de la foule massée devant l'hôpital se transformerait en colère.

— Ce que vous faites est admirable, Alice, dit-il avec gravité.

Le cœur battant, elle leva les yeux vers lui. Fintan l'émouvait comme aucun autre homme ne l'avait jamais fait. Pourquoi ? Par sa beauté virile, sa timidité si touchante, son don de créer de la beauté avec de simples morceaux de bois, les épreuves qu'il avait subies et surmontées à Galagandra ? Oui, il y avait un peu de tout cela, mais plus encore. La personnalité de Fintan a de nombreuses facettes, pensa-t-elle. Elle brûlait du désir de les découvrir et de les explorer toutes.

— Je ne suis pas la seule, vous savez. Blanche m'a avoué avoir eu toute sa vie une peur panique des hôpitaux. Vous auriez dû la voir cet après-midi. Pour franchir la porte, il lui a fallu plus que du courage, de l'héroïsme ! Elle a bravement soigné les malades toute la journée en luttant contre sa peur. Hannah m'a même dit que c'est elle qui avait tout de suite pris la décision de venir se rendre utile.

Fintan aurait préféré parler d'autre chose. Il résistait de plus en plus mal à l'envie de la prendre dans ses bras.

— Je croyais que c'était l'air vicié qui la provoquait.

— Il paraît que non. Et puis, on dit aussi que l'hôpital est construit sur un site sacré des Aborigènes, qu'il est hanté par les esprits et que c'est leur malédiction qui a déclenché l'épidémie. Je n'en crois pas un mot, bien sûr. Ce sont les employées qui ont lancé cette rumeur avant de prendre la fuite. Mais elles sont irlandaises et les Irlandais sont superstitieux, comme vous le savez sûrement, ajouta-t-elle en souriant.

Fintan lui rendit son sourire et reprit son sérieux.

— Vous êtes encore plus belle au clair de lune, chère Alice. Je ne comprends pas pourquoi vous n'êtes pas encore mariée. À moins qu'il n'y ait dans votre vie quelqu'un dont vous ne voulez pas parler ?

Alice avait le souffle court. Elle avait pensé à Fintan toute la journée et sa présence ce soir à côté d'elle la troublait profondément.

— Non, il n'y a personne. Je me suis longtemps convaincue que ma carrière de chanteuse suffisait à me combler, que je n'avais pas besoin d'avoir un mari et des enfants, que je pouvais vivre sans amour.

Il m'était d'autant plus facile de m'en convaincre qu'aucun homme n'avait jamais dérobé mon cœur...

... jusqu'à présent, se retint-elle de préciser.

— Pourquoi vouloir vous convaincre d'une chose pareille ? C'est vous condamner à la solitude.

— Il faut que vous sachiez quelque chose, Fintan.

Alice prit un mouchoir glissé dans la ceinture de sa jupe. Sous le regard étonné du jeune homme, elle s'essuya vigoureusement le côté droit du visage, du sourcil à la joue et à l'oreille, avant de se tourner pour être bien éclairée par la lune.

— Voulez-vous en voir plus ?

Fintan fronça les sourcils, interloqué.

— Plus de quoi ?

— Je vous montre mon vrai visage, Fintan. Celui que personne ne voit jamais. Ce n'est qu'une façade. Un décor artificiel, dit-elle en montrant le mouchoir en guise de preuve.

— Je ne vois qu'un mouchoir tout à fait propre.

Alice regarda de plus près. Le carré d'étoffe était en effet vierge de toute trace de fard.

— Votre maquillage a dû partir il y a quelque temps, dilué par la chaleur de l'hôpital, dit Fintan en souriant. Vous vous êtes sans doute essuyé la figure plusieurs fois.

Elle se rappela alors s'être essuyée avec une serviette, sans penser qu'elle effaçait du même coup son maquillage si soigneusement appliqué.

— Écoutez, Alice, dit-il en la prenant aux épaules. Hier soir, pendant que nous parlions dans votre loge, j'ai remarqué que vous posiez souvent une main sur le côté droit de votre visage, comme si vous vouliez cacher quelque chose.

593

— Je ne l'avais pas fait depuis des années.

— Ce geste m'a amené à réfléchir. C'est alors que j'ai compris pleinement votre manière sublime de chanter et pourquoi elle émeut autant ceux qui vous entendent. Ce n'est pas votre gorge qui chante, Alice, c'est votre âme. Vous ne chantez pas simplement des paroles et des notes de musique, vous exprimez vos propres souffrances. Et je me suis demandé si ce que vous dissimuliez, dit-il en caressant sa joue avec douceur, n'était pas plutôt votre angoisse.

Avant d'en perdre le courage, elle lui raconta l'incendie qui l'avait défigurée, sa vie dans les rues et chez Lulu Forchette. Fintan Rorke était maintenant la deuxième personne au monde, avec Hannah, à connaître son secret.

— Tout s'explique, chère Alice. Voilà ce que vous chantez et ce que l'auditoire entend. Chacun a l'impression que vous chantez pour lui seul, c'est pourquoi votre voix les touche tant. Vous exprimez à leur place leurs propres douleurs, leurs propres craintes et vous leur apportez la consolation, parce que chacun d'entre nous a eu une Lulu Forchette ou un Galagandra dans son existence.

Avec un sourire tendre, il posa de nouveau une main sur la joue meurtrie d'Alice.

— Vous pensiez vraiment que je vous quitterais une fois que j'aurais vu cela ?

Alice avait voulu mettre Fintan à l'épreuve, voir si ses sentiments résisteraient à la vue de son vrai visage. Elle se rendait maintenant compte qu'elle n'avait pas douté de Fintan, mais d'elle-même. L'assurance acquise depuis sa première audition au music-hall de Sam Glass n'avait été qu'une illusion, fondée sur des cosmétiques, des perruques et du strass. Cette confiance en elle, elle ne l'avait jamais encore mise à l'épreuve et c'est en le faisant enfin qu'elle apprenait sur elle-même une vérité sur laquelle elle avait fermé les yeux : sa confiance en elle, son assurance étaient réelles, solides. Ses cicatrices n'avaient plus d'importance. Elle n'avait plus rien à cacher.

— Vous êtes très belle, Alice, dit Fintan en lui prenant le visage entre ses mains. Personne ne vous l'avait encore dit ? Vous avez des yeux extraordinaires, je n'en avais jamais vu d'une telle nuance de bleu. Votre nez délicat, votre bouche, tout en vous est enchanteur. Bon nombre de femmes ont toutes les raisons de vous envier. Vous êtes bien davantage que quelques cicatrices cachées.

— Oh, Fintan...

— Chère, très chère Alice.

Avec une infinie délicatesse, il passa une main dans sa nuque, se pencha et lui donna un baiser. Le premier dans la vie d'Alice. Le plus parfait.

— Vous m'inspirez le désir de créer des choses toujours plus belles, Alice, s'enflamma-t-il. Je veux sculpter votre beauté dans le bois le plus précieux que Dieu ait créé, un bois qui dure éternellement comme l'amour que j'ai pour vous.

Ils s'étreignirent à nouveau, leurs ombres n'en formant plus qu'une sur le sable de l'allée. Et tandis qu'ils découvraient ensemble les délices de l'amour partagé, ils n'avaient pas conscience des ombres silencieuses qui émergeaient de l'obscurité – les « fantômes » qui hantaient la terre sacrée des Ancêtres sans prêter attention aux amoureux du jardin. Le corps peint en blanc, armés de boomerangs et de sagaies, ils avançaient vers le bâtiment de pierre qui profanait les lieux.

Fintan prit soudain conscience qu'ils n'étaient plus seuls. Effarés, les deux jeunes gens tournèrent leurs regards vers la silencieuse procession d'Aborigènes ornés de plumes, de pierres et de dents d'animaux qui paraissaient sortis d'un autre âge et d'un autre monde. N'ayant jamais vu ces indigènes que sur des gravures, Alice se rendait compte que les images ne rendaient pas justice à leur aspect quasi surnaturel. Leur silence, leur marche résolue étaient inquiétants. Que pouvaient-ils bien venir faire ici ?

Songeant à la foule massée à l'entrée de l'hôpital et à la légende de la malédiction pesant sur le lieu, Fintan prit la main d'Alice et l'entraîna vers le bâtiment.

— Il ne se prépare rien de bon. Rentrons vite avertir les autres.

48

Brookdale était conforme jusqu'au moindre détail à la description que lui en avait faite Hannah.

Neal contempla longuement la propriété qui s'étendait à perte de vue sous le soleil de midi. En écoutant le vent chanter, en respirant l'odeur des eucalyptus, il se trouva ramené au *billabong* au milieu de la plaine et des vallonnements rouges. Il pensa à Burnu et Daku, son palais retrouva le goût de la viande de kangourou, il entendit la voix de Thumimburee, revit les ancêtres peints dans la grotte.

Elle s'appelait Jallara, elle incarnait l'âme de cette terre...

Il pensa au recueil de contes écrit par ce chercheur d'opales que Hannah avait connu. Il faut photographier ce lieu, se dit-il en regardant la propriété où la pancarte *À vendre* était encore en place. Photographier aussi tous ceux dont il est question dans ce livre. Hannah pourra le publier de nouveau avec des illustrations qui feront réellement vivre l'Australie sous les yeux des lecteurs.

Devant la maison, entourée des quatre côtés par une véranda, il imagina son studio et sa chambre noire, le hall d'entrée décoré de ses photographies, le bureau de Hannah – à côté de la chambre d'enfant, peut-être – où elle écrirait son manuel d'hygiène. Pour la première fois, ils seraient ici chez eux.

Des ouvriers agricoles et des bouviers s'occupaient des animaux et des champs, mais Neal, ne voyant nulle part M. Jones, l'agent immobilier, supposa qu'il était encore à la recherche du propriétaire dans les mines d'or. Peut-être devrait-il faire le détour et le chercher lui-même.

Il songea à la grotte des mains peintes. Il aurait déjà dû y être, mais un essieu de son chariot s'était brisé dans un nid-de-poule. Neal avait réussi à le réparer et préféré camper sur place pour la nuit plutôt que de risquer de se perdre. Il pensait à la manière de rattraper le temps perdu quand il entendit les sabots d'un cheval sur la route.

— Holà, du chariot ! le héla le cavalier avant de s'arrêter.

Neal le salua amicalement de la main et s'approcha.

— Je suis bien sur la route de Bendigo ? s'enquit l'inconnu.

Neal remarqua, roulé sur le troussequin, un sac de couchage dont dépassaient les manches d'un pic et d'une pelle.

— Vous y êtes. Continuez vers le nord, vous arriverez aux premiers campements vers le coucher du soleil.

— Merci, mon vieux.

L'autre allait repartir quand Neal le rappela :

— J'allais me faire du thé. Voulez-vous me tenir compagnie ?

— Merci, mais je suis pressé. J'ai entendu dire

598

que des prospecteurs ont trouvé près des champs de mines une grotte riche en quartz. Il faut que je me dépêche avant qu'ils aient tout raflé. Et vous, où allez-vous ? demanda-t-il en montrant le chargement de Neal. Ça ne ressemble pas à des outils de mineur, ce que vous avez là.

Neal était équipé du plus récent matériel photographique importé d'Allemagne, conçu pour fonctionner dans des lieux sombres. Je vais dans la grotte que les prospecteurs s'apprêtent à ravager, pensa-t-il.

— Je vais ici et là photographier les sites sacrés des Aborigènes, se borna-t-il à répondre.

— Pas besoin d'aller si loin ! dit l'autre en riant. Les Aborigènes, il y en a une foule en ce moment même à Melbourne.

— Des Aborigènes en ville ? Je croyais qu'ils n'y allaient plus.

— Non, ils ont appris à rester à leur place. Mais ceux-là n'ont pas l'air de le savoir. De vrais sauvages ! Ils sont une bonne centaine, avec des boomerangs et des sagaies, qui veulent récupérer leur lieu sacré.

En un éclair, Neal revit Galagandra.

— Où cela, au juste ? Quel site sacré ?

— L'hôpital.

— L'hôpital Victoria ?

— Oui. D'après ce que j'ai entendu dire, ils l'ont cerné et menacent de mettre le feu au bâtiment avec les gens à l'intérieur. Mais le temps presse, il faut que j'y aille. Bonne chance pour vos photographies !

Toute idée de grotte sacrée et de prospecteurs sacrilèges avait déserté l'esprit de Neal. En hâte, il engagea le chariot sur le chemin de Brookdale et s'arrêta un peu plus loin à l'abri d'un bouquet d'arbres. Puis il détela le cheval pour le laisser paître et enfourcha le cheval de secours déjà sellé en espérant que le chariot et son chargement ne risqueraient rien pendant son absence. Et même si tout était volé, cela ne comptait pas. Il devait à tout prix regagner Melbourne le plus vite possible. Hannah était en danger.

49

— Cette foule ne me dit rien qui vaille, grommela le docteur Iverson.

Fintan et lui se tenaient derrière la grande porte vitrée de l'hôpital. Alors que le soleil disparaissait déjà derrière les bâtiments les plus élevés de Melbourne, l'attroupement avait grossi pour atteindre une centaine de personnes.

Lorsque la rumeur d'une fièvre contagieuse s'était répandue en ville, par la faute des propos alarmistes des employées de l'hôpital rentrées chez elles, tous ceux qui avaient des proches ou des amis hospitalisés étaient accourus aux nouvelles. Au commencement, le docteur Iverson les avait autorisés à entrer en bon ordre, en leur recommandant de ne toucher à rien et de limiter la durée de leur visite. Le docteur Kennedy et lui s'étaient ensuite relayés pour rassurer les nouveaux arrivants.

Mais l'irruption des Aborigènes avait tout perturbé en rappelant aux gens la légende de la malédiction censée s'abattre sur l'hôpital. Le spectacle de cette horde aux corps peints en blanc et à l'allure féroce avait provoqué un début de panique.

Fintan lui-même en était troublé. Fort d'une bonne vingtaine d'hommes et de femmes, allant de l'adolescence à un âge avancé, le groupe avait pris position sur la pelouse devant le bâtiment et n'en bougeait plus.

— Que diable peuvent-ils bien attendre, docteur ?

— Je l'ignore, monsieur Rorke.

Le docteur Iverson avait en vain essayé de parlementer avec eux. Le docteur Kennedy, qui avait passé deux ans dans une mission en territoire aborigène et parlait un peu leur langue, n'avait pas eu plus de succès.

Mais sir Marcus avait des soucis plus graves que cette incompréhensible visite des indigènes : trois nouveaux cas de fièvre s'étaient déclarés dans la salle des hommes, ce qui mettait le comble à sa perplexité. Il avait donné des instructions formelles pour que l'infection soit au moins circonscrite à la salle des femmes, et Blanche, grâce à son talent d'organisatrice, avait veillé à ce qu'elles soient appliquées à la lettre. La seule conclusion à laquelle Iverson était parvenu, c'est que ces trois hommes avaient été exposés au même agent contaminant que Nellie Turner. Mais cet agent, qu'était-il ?

Hannah et lui avaient consacré chaque minute de leur temps à rechercher la source de l'infection en prélevant des échantillons d'eau, de nourriture, de linge, qu'ils examinaient au microscope. Le microbe ne pouvait être communiqué que par des objets ou les mains des médecins, car s'il se propageait dans l'air, pourquoi les bénévoles et les visiteurs n'en étaient-ils pas victimes ? La maladie paraissait ne s'en prendre qu'aux patients déjà alités. Et surtout, qu'est-ce que des hommes ou des femmes admises pour une épaule luxée et une cheville fracturée avaient de commun avec des femmes venant d'accoucher ?

Si nous n'en découvrons pas très vite la source, pensait Iverson avec terreur, la contagion risque de se propager dans la ville entière sans que nous disposions d'aucun moyen de l'enrayer.

Quand la salle des hommes avait été touchée, il avait pris des mesures draconiennes : fermeture des portes de l'hôpital, admission des visiteurs en nombre restreint pour un temps limité, pas d'enfants ni d'animaux, aucune circulation dans les couloirs.

— Vous devriez prendre un peu de repos, Marcus, lui dit Blanche en posant amicalement une main sur son bras.

Ses amies et elle avaient aménagé dans l'aile des enfants, encore inachevée, un lieu de repos à l'écart des patients et des visiteurs. Elles y avaient dressé des lits afin que les bénévoles et les médecins puissent dormir quelques heures à tour de rôle. Mais il y avait maintenant douze cas de fièvre, il fallait maintenir une vigilance de tous les instants et le docteur Iverson ne voulait même pas s'octroyer le luxe d'une courte sieste.

Il sourit à Blanche avec affection. Elle ne réussissait pas seulement à dominer ses appréhensions, elle organisait tout avec une remarquable efficacité. Sans aucune connaissance médicale, elle avait vite appris de Hannah ce qu'il fallait faire pour le bien-être des patientes et dirigeait les visiteurs avec une autorité qu'ils ne songeaient pas à contester. Devant son ravissant visage, Marcus se demanda comment il avait pu se priver un an durant de sa compagnie et comment lui témoigner sa gratitude.

— Il faut que j'aille leur parler, dit-il à Fintan en voyant un petit groupe s'avancer résolument vers le perron.

— Je vous accompagne, docteur, répondit ce dernier.

— Merci, mon garçon, votre assistance sera la bienvenue.

Il endossa sa jaquette et sortit. Dehors, la foule continuait à grossir et l'ambiance devenait houleuse.

— Il paraît que l'endroit est maudit ! cria un homme. On dit qu'il y a la peste là-dedans et que toute la ville va y passer !

— Nous n'avons ici aucun cas de peste. Il s'agit d'une fièvre qui n'affecte qu'une partie infime des patients. Nous en recherchons le remède en ce moment même.

— Comment ça se fait qu'un docteur l'ait attrapée ? dit un autre. Les docteurs sont pas censés tomber malades !

— C'est la faute de ces sauvages ! cria un troisième, salué par un concert d'approbations.

— Je vous en prie ! dit Iverson. Les indigènes n'ont rien à voir dans cette affaire. La fièvre s'était déclarée avant même leur arrivée et...

— C'était leur terre ! l'interrompit un autre. Ils l'ont empoisonnée !

— Ils font de la sorcellerie !

Avant que le docteur Iverson ait pu placer un mot, un tapage éclata dans les rangs du fond. Deux hommes qui se frayaient un passage à coups d'épaule arrivèrent en courant au bas du perron.

— Ma Nellie ! Où est ma Nellie ? cria l'un d'eux.

En vêtements poussiéreux et chapeau de brousse,

avec une barbe de plusieurs semaines, il avait l'allure d'un homme tout juste revenu des mines d'or. Il gravit le perron en trois enjambées, agrippa le docteur Iverson par les revers de sa jaquette. En le repoussant sans ménagement, Fintan vit qu'il avait les traits tordus par l'angoisse et la barbe trempée de larmes.

— Veuillez d'abord me dire qui vous êtes, monsieur, dit Iverson.

— Joe Turner. En rentrant chez moi, je trouve mon nouveau-né chez la voisine. Mon frère Graham me dit que ma Nellie est morte. Que c'est vous qui l'avez tuée ! Mais je n'y crois pas, je veux voir ma femme !

Nellie Turner… Elle était morte le matin même.

— Venez avec moi, monsieur Turner. Il faut vous calmer.

— Est-ce que vous m'emmenez voir ma Nellie ? Sauf votre respect, docteur, il faut que nous baptisions le bébé et je ne peux pas le faire sans Nellie. Est-ce que je peux la ramener à la maison ?

La douleur du pauvre homme était à fendre le cœur. Sir Marcus et Fintan échangèrent un regard. La foule se rapprochait, serrait les rangs. La situation devenait réellement inquiétante.

— Il vaut mieux que nous parlions à l'intérieur, monsieur Turner, dit Iverson sans élever la voix.

— Je veux pas parler ! Je veux voir ma Nellie !

— Ils me laissent pas voir ma femme moi non plus ! fit une voix dans la foule.

— Moi, j'attends depuis midi pour voir ma sœur mais ils ont pas voulu me laisser entrer ! cria une femme. Elle est venue ici pour sa cheville. Qu'est-ce qu'ils nous cachent ? Elle est morte, elle aussi ?

605

Cette intervention déclencha une tempête de protestations. Pourquoi ne voulait-on pas les laisser entrer, pourquoi les Aborigènes étaient-ils venus ? Et est-ce que toute la ville allait avoir la peste ?

— On va enfoncer ces foutues portes ! beugla un homme. Allons-y, les gars, ils pourront pas nous en empêcher !

Horrifiés, sir Marcus et Fintan virent la foule se ruer vers le perron comme un raz-de-marée. Derrière eux, ils entendirent quelqu'un tourner la clé dans la serrure pour fermer la porte à double tour. Ils étaient pris au piège d'un étau mortel.

— Arrêtez ! tonna une voix forte.

Un cavalier venait d'apparaître à l'arrière de la foule. Fintan et Iverson reconnurent Neal, qui sauta à terre et se fraya à coups d'épaule et de poing un passage jusqu'à eux.

— Que se passe-t-il, docteur ? demanda-t-il, hors d'haleine.

— Il y a la peste dans cet hôpital ! cria un homme. On est venus chercher les nôtres avant qu'ils crèvent tous !

— Nous ne pouvons laisser sortir aucun patient, monsieur Scott, lui dit le docteur Iverson. La fièvre pourrait se propager.

Neal se tourna vers les hommes qui gravissaient déjà le perron, les poings brandis.

— Écoutez-moi ! La violence ne vous servira à rien ! Restez calmes, il y a des malades dans cet hôpital.

— Vous mêlez pas de ça, gronda un homme aux biceps impressionnants. Vous avez un malade à l'intérieur ?

Les assaillants ralentirent un peu mais continuèrent d'avancer.

— Non, mais ma fiancée y est et je ne la laisserais pas rester si je la croyais en danger.

— Sa fiancée, c'est pas comme sa femme, grommela un autre.

Neal estima rapidement la situation. La foule restait menaçante, mais l'orpailleur croisé sur la route de Bendigo avait largement exagéré le nombre des Aborigènes. Ils étaient tout au plus une vingtaine, ne cernaient pas le bâtiment et formaient d'ailleurs un groupe hétéroclite. Ils ne faisaient pas tous partie d'une tribu traditionnelle. Les plus jeunes, garçons et filles, portaient même des vêtements occidentaux, sans doute parce qu'ils étaient venus d'une mission voisine.

— Qu'est-ce qu'on attend pour enfoncer les portes ? rugit une voix.

— Nous ne sommes pas assez nombreux pour les arrêter, murmura Iverson à Neal.

— Regardez ! intervint Fintan.

Un petit groupe s'était détaché de la foule et partait en courant vers l'arrière du bâtiment. En les voyant, Joe Turner et son frère s'élancèrent derrière eux.

— Y a-t-il un accès de ce côté-là, docteur ? demanda Neal.

— Oui, et la porte n'est pas fermée. Les clés sont dans mon bureau. Il faut appeler la police, monsieur Scott.

— Nous n'avons plus le temps. Entrez, docteur, essayez de boucler l'arrière avant qu'il ne soit trop tard. Fintan, rattrapez ces gens, tentez de trouver

607

de l'aide, si besoin parmi les patients valides. Je vais m'efforcer de calmer ceux-ci et de gagner du temps.

On déverrouilla la porte le temps de laisser le docteur Iverson se glisser à l'intérieur et Neal entreprit de parlementer avec les plus enragés. Mais ses efforts restèrent infructueux. Au bout de plusieurs minutes, il s'apprêtait à soutenir une lutte inégale, vouée à l'échec, quand la porte se rouvrit dans son dos et le docteur Iverson sortit, salué par des huées et des vociférations.

— Je suis arrivé à la porte de derrière juste à temps, dit-il à Neal à voix basse. Mais j'ignore combien de temps il faudra à ces forcenés pour trouver des madriers et enfoncer les portes. Il faut réussir à les disperser.

Au même moment, Fintan revint de l'arrière avec les frères Turner, et Hannah sortit sur le perron.

— Neal ! Je ne savais pas que tu étais là... Vous êtes Joe Turner, n'est-ce pas ? enchaîna-t-elle à l'adresse de ce dernier. On m'a dit que vous étiez là. Je suis Hannah Conroy, je connaissais bien votre femme.

— C'est vous la sage-femme ? Nellie m'a écrit que vous étiez gentille avec elle. Elle va bien ? Je peux la voir ?

— Je suis profondément désolée, dit Hannah en posant une main sur son épaule. Nellie n'a pas survécu.

Turner éclata en bruyants sanglots. Hannah avait le cœur serré devant la douleur de cet homme qui, malgré sa barbe hirsute, était encore presque un enfant.

— Vous avez entendu ça ? hurla une voix. Ils ont

tué sa femme ! On va pas les laisser tuer les nôtres ! Allons les chercher !

Hannah s'avança d'un pas, leva les mains.

— Gardez votre calme, je vous en prie !

En la voyant si sereine, si sûre d'elle, la foule se tut, l'écouta. Mais au bout d'une minute, les hommes au bas des marches décidèrent qu'ils avaient déjà trop attendu et commencèrent à monter le perron.

C'est alors, à la surprise générale, que les Aborigènes qui avaient assisté en silence à toute la scène se levèrent de la pelouse où ils étaient assis. Effrayée, la foule reflua. L'attention de Neal se tourna aussitôt vers les Aborigènes, dont il scruta les visages, les regards.

— C'est étrange, murmura-t-il à Hannah. C'est toi qu'ils regardent.

— Moi ? Pourquoi ?

Il avait raison : vingt paires d'yeux étaient braquées sur elle.

— Je ne sais pas. En tout cas, tu es la première personne devant laquelle ils ont une réaction.

Dans la foule, les cris et les invectives reprirent de plus belle. Un homme bondit en haut du perron, écumant de rage. Neal n'eut que le temps de l'intercepter.

— Foutez-moi la paix ! gronda l'homme. Ils ne se contentent pas de nous jeter un sort et de nous donner la peste, ils vont nous tuer !

— S'ils avaient voulu nous tuer, intervint Iverson sous les huées, ils l'auraient déjà fait ! Laissez-nous le temps de leur demander ce qu'ils veulent, ils partiront peut-être ensuite.

— Non, il faut les tuer ! cria quelqu'un.

— Reste ici, Hannah, lui dit Neal. Je vais essayer de leur parler.

Tous les regards convergèrent vers Neal, qui se dirigeait d'un pas lent vers les Aborigènes. Il ne les avait pas entendus parler. Qui leur avait commandé de se lever ? Il éprouvait devant eux des sentiments mêlés : la crainte, au souvenir de Galagandra, et le respect en pensant au clan de Jallara.

— Lequel est votre chef ? demanda-t-il en anglais.

Plus il les observait, plus il leur trouvait des similitudes avec ceux du clan de Jallara.

Faute de réponse, il essaya quelques mots du dialecte de Jallara. À sa surprise, un Ancien à barbe blanche se tourna vers lui. Quand Neal répéta sa question, une jeune fille se détacha du groupe et s'avança. Vêtue d'une simple robe de coton et les pieds nus, elle avait de longs cheveux soyeux comme ceux de Jallara.

— Je suis Miriam, monsieur. Nous ne parlons pas votre langue.

Neal se félicita de son initiative. Même s'il ne le parlait pas, l'Ancien avait reconnu un dialecte aborigène.

— Je voudrais parler à votre chef, Miriam.

— Le chef est le père de mon père. Je parle anglais. Je dis ce que dit le père de mon père.

Avec un salut respectueux, Neal se tourna vers le chef tout en lui parlant par l'intermédiaire de sa petite-fille.

— Pourquoi êtes-vous venus ici ?

— Il dit, traduisit Miriam, qu'il ne peut pas en parler à l'homme blanc. C'est sacré. Tabou.

Neal réfléchit un moment. Avec sa longue barbe et la peinture blanche qui lui décorait le corps, le chef était impressionnant.

— Pourquoi vous êtes-vous levés quand la femme blanche est sortie du bâtiment ? demanda-t-il en montrant Hannah.

N'obtenant pas de réponse, il choisit un autre angle.

— Quelle est la Ligne de Rêve de ce lieu ?

Quand Miriam traduisit sa question, le chef regarda Neal avec curiosité et ne le quitta plus des yeux pendant que Miriam lui transmettait sa réponse.

— L'esprit Crocodile.

Neal hocha la tête en signe d'approbation.

— Je suis Thulan, dit-il.

Le mot n'ayant aucun effet, il poursuivit :

— Dites au père de votre père que mon esprit est le lézard que les hommes blancs appellent diable cornu. Connaissez-vous ces mots ?

Elle acquiesça et le dit à l'Ancien, qui eut l'air surpris.

Encouragé, Neal déboutonna sa chemise pour montrer sa poitrine. Le chef observa longuement cet homme blanc qui avait été jugé digne des rites sacrés de l'initiation. Des mots, à la fois familiers et incompréhensibles aux oreilles de Neal, sortirent enfin de sa bouche.

— Il demande si vous avez fait le Voyage.

— Oui, dans les grandes plaines de l'Ouest. Les Esprits m'ont parlé et m'ont apporté une vision.

Quand Miriam eut traduit, son grand-père garda le silence en fixant sur Neal un regard indéchiffrable.

Enfin, il hocha la tête avec satisfaction et prononça des paroles que Miriam traduisit :

— Le père de mon père dit que ce lieu est sacré et que la terre sacrée est malade. L'esprit du Crocodile est en colère. Nous sommes venus faire le rite de guérison, mais les hommes blancs doivent partir. Nous regarder est tabou.

Neal balaya du regard la foule encore massée devant l'hôpital, ces gens venus d'un autre monde qui ne comprenaient rien à ce qui se passait entre lui et le vieux chef. Leur ordonner de partir était impossible. Leur méfiance des rites aborigènes les inciterait au contraire à rester.

— Dites aux gens de partir, répéta Miriam. Nous ne pouvons pas guérir la terre malade avec les hommes blancs présents.

Neal réfléchit. D'un côté, des Aborigènes venus guérir leur terre sacrée, de l'autre des Blancs apeurés et furieux croyant que les maléfices des Aborigènes rendaient leurs proches malades. C'était inconciliable.

Il s'aperçut alors que le chef et son clan avaient détourné leurs regards et avaient les yeux rivés sur Hannah.

— Pourquoi… ? commença-t-il avant de s'interrompre.

Une vieille femme était sortie du groupe et s'adressait au chef, qui s'écarta respectueusement. Le corps décoré de peintures et orné de colliers, elle était petite, courbée par le poids des ans. Ses cheveux blancs tombaient en désordre jusqu'au milieu de son dos, mais elle dévoilait en parlant des dents aussi blanches et saines que celles d'une jeune femme.

Arrivée près de Neal, elle parla à Miriam qui traduisit :

— La femme blanche doit venir ici.

— Pourquoi ? insista Neal.

Ne recevant pas de réponse, il se retourna. Comme si elle avait senti qu'on avait besoin d'elle, Hannah descendait déjà les marches et s'approchait pour le rejoindre. Des murmures s'élevèrent parmi les Blancs. Qu'est-ce que cette vieille Noire pouvait bien vouloir d'une femme blanche ?

Neal vit alors que la vieille Aborigène regardait fixement le galet magique que Jallara lui avait donné et que Hannah portait au cou. Ses yeux allaient de l'homme blanc qui avait les tatouages de l'initiation tribale à la femme portant le talisman sacré. Un instant plus tard, elle parut prendre une décision.

— Neal, que signifie tout ceci ? demanda Hannah calmement.

Avant qu'il ait pu répondre, Miriam intervint :

— L'esprit du Crocodile a parlé à Papunya dans un rêve. Il a dit de venir ici guérir la terre sacrée.

— Papunya ? demanda Neal.

— Papunya est Sage du clan. Elle est la mère de la mère de ma mère.

Hannah fit face à la vieille Aborigène.

— Oui, la terre est malade et nous ne pouvons pas en trouver la cause ni le remède. Pouvez-vous nous aider ?

Quand Miriam eut traduit, Papunya se retourna, prit un grand bol de bois que lui tendait une femme et en montra à Hannah le contenu.

— Ces objets sacrés étaient ici il y a longtemps, expliqua Miriam. Nous les rapportons. La terre a besoin des objets sacrés. Nous guérissons la terre et nous chassons la maladie avec les objets sacrés que la terre reconnaît.

Hannah ne vit que des plumes, des os, des pierres, des feuilles séchées et de petites mottes de terre.

Papunya posa le bol aux pieds de Hannah, puis elle prit des mains de l'autre femme un long bâton sculpté de motifs complexes, au bout duquel étaient accrochés des objets – un bec d'oiseau, une dent de crocodile, une plume écarlate, une bandelette de peau de serpent séchée, une guirlande de graines. Quand elle leva les yeux vers l'édifice de brique qui profanait la terre sacrée, Hannah vit son regard exprimer le chagrin plutôt que la colère ou l'incompréhension. La vieille Sage paraissait étudier une situation qui lui était inconnue, comme si elle cherchait à intégrer cette étrange intrusion dans son propre monde.

Elle prononça alors quelques mots, que Miriam traduisit :

— Papunya demande qui vous êtes, quel est votre Rêve.

Hannah échangea un regard avec Neal.

— Mon Rêve ? Je suis une sage-femme qui met les bébés au monde et je soigne les malades.

Papunya ferma les yeux un long moment avant de parler.

— Papunya dit que vous cherchez la connaissance cachée. Une connaissance très importante pour guérir. Vous la croyez perdue, mais elle est seulement cachée. Et elle n'est pas loin.

— Tu y comprends quelque chose ? demanda Neal.

— Pas du tout, répondit Hannah.

Papunya souleva le bâton et le pointa vers l'hôpital en faisant cliqueter les objets accrochés à son extrémité.

— Dedans, dit Miriam. Ce que vous cherchez est dedans. L'esprit du Crocodile dit que vous trouverez la connaissance secrète. Que vous guérirez la terre sacrée.

— Je ne comprends toujours pas, dit Hannah.

Miriam questionna brièvement Papunya.

— Elle ne peut pas dire plus. Parler des morts est tabou.

— Des morts ? Quels morts ? Je ne…

— Foutons le feu à cette baraque ! cria alors une voix.

Une brique brisa une vitre de la façade. Des cris retentirent à l'intérieur. Fintan tambourina à la porte, qui s'ouvrit pour le laisser entrer avant d'être aussitôt refermée. De nouvelles vociférations éclatèrent dans la foule surexcitée.

— Miriam, la pressa Hannah, dites-moi de quoi elle parle, je vous en prie ! Qui sont les morts dont il ne faut pas parler ? Ceux qui sont morts ici, dans cet hôpital ?

Malgré son ton suppliant, elle n'obtint pas de réponse. Alors, au milieu du vacarme, elle entendit une voix surgie du passé, celle de son père sur le point de mourir : « J'aurais dû te dire plus tôt la vérité sur la mort de ta mère… La lettre explique tout… Elle est cachée… Trouve la lettre, Hannah… Trouve la lettre… »

— Neal, je crois avoir compris ce que veut dire Papunya, mais il faut que je rentre à l'intérieur.

— Je t'accompagne…

— Non, reste ici. Protège ces gens. Si je ne me trompe pas, j'ai le moyen de mettre fin à tout ceci.

Puis elle se tourna vers la foule menaçante et dit d'une voix qui portait loin :

— Gardez votre calme ! Je serai en mesure de répondre à toutes vos questions dans un petit moment.

Elle remonta les marches à la hâte. Au fond du hall, Fintan consolait un groupe de femmes. Devant la fenêtre à la vitre cassée, Blanche demandait calmement à Margaret Lawrence de chercher un balai et une pelle, et suggérait à son amie Martha de monter rassurer les patientes effrayées. Sans s'arrêter, Hannah alla dans l'aile inachevée chercher sa trousse, qu'elle emporta dans le bureau du docteur Iverson, où elle trouva Alice qui réconfortait Mme Soames, sortie de la chambre pour demander ce qui se passait.

Le cœur battant, Hannah s'assit au bureau du docteur Iverson et prit le dossier des notes de son père. La connaissance secrète était tout près, avait dit Papunya. Une connaissance qui guérirait la terre sacrée.

Voulait-elle parler de la mystérieuse lettre ? Avant son départ d'Angleterre, Hannah avait fouillé le cottage dans ses moindres recoins sans trouver quoi que ce soit ressemblant à une lettre. « Elle est cachée », avait dit son père. Mais où ?

Ayant déjà relu cent fois toutes les notes pour n'y découvrir rien de plus, Hannah concentra son attention sur la couverture, vieille et usée sur les bords. Elle s'aperçut, en regardant plus attentivement à la lumière de la lampe, que la doublure de

616

la reliure avait été incisée et que quelque chose semblait avoir été glissé entre le papier et le carton.

Le cœur battant, elle prit le coupe-papier en ivoire et inséra délicatement la pointe entre le papier et le carton. Une enveloppe apparut, qu'elle prit par le coin. Elle portait sur le rabat ces mots imprimés : *Wiener Allgemeine Krankenhaus*, Hôpital général de Vienne.

Le souvenir lui revint alors d'une enveloppe avec des timbres étrangers, arrivée au courrier environ quatre ans après la mort de sa mère. Hannah avait dix-sept ans. Dans son laboratoire, son père était en train d'assembler le nouveau microscope qu'il venait d'acheter. Après avoir lu la lettre, il était sorti, bouleversé, en disant qu'il allait au cimetière. Ne le voyant pas revenir au bout de plusieurs heures, Hannah était sortie à son tour et l'avait trouvé en sanglots, prostré sur la pierre tombale de sa chère Louisa, la lettre dans sa main crispée.

Hannah n'avait jamais revu cette lettre depuis et son père refusait d'en parler mais, pendant les deux années qui avaient suivi, sa recherche de la formule antiseptique était devenue pour lui une véritable obsession. Ce qu'il avait lu avait transformé sa recherche en une quête quasi frénétique, pour laquelle il n'hésitait pas à expérimenter sur lui-même des produits toxiques et des microbes mortels.

Elle venait donc de retrouver la lettre dont son père lui avait parlé avant de mourir. Mais elle était écrite en allemand...

Elle était sur le point de se lever pour chercher quelqu'un capable de la traduire quand, en la remettant dans son enveloppe, elle remarqua que celle-ci contenait une autre feuille de papier, écrite en anglais. Un simple coup d'œil lui permit de constater qu'il s'agissait de la traduction.

Retenant son souffle, s'efforçant d'empêcher sa main de trembler, elle commença à lire en priant avec ferveur pour que les mots lui apportent la solution de la crise grave qui se déroulait à l'extérieur.

— Grand Dieu... soupira-t-elle quand elle eut achevé sa lecture.

Papunya avait raison. La réponse se trouvait ici même.

Elle traversa le hall en courant. À peine eut-elle franchi le seuil qu'elle fut assaillie de questions.

— Allez-vous guérir ma sœur ?

— Est-ce que je peux emmener ma mère ?

Des mains se tendaient vers elle, agrippaient sa robe. Quelqu'un essaya de lui arracher la lettre.

— Arrêtez, arrêtez ! Je ne peux pas...

La foule la repoussait contre la porte quand elle sentit deux bras musclés la ceinturer et l'entraîner vers le côté pour descendre les marches. Fintan.

— Où est le docteur Iverson ? lui demanda-t-elle, haletante. Il faut que je lui fasse lire cette lettre.

— Il est avec Neal, ils essaient de protéger les Aborigènes.

— Aidez-moi à les rejoindre.

Serrant très fort Hannah contre lui, Fintan réussit à forcer un passage à travers la foule déchaînée. Au centre d'un cercle menaçant, Neal et le docteur Iverson s'évertuaient à retenir les forcenés qui voulaient massacrer les Aborigènes.

— Stop ! cria Hannah ! Arrêtez ! J'ai trouvé les

réponses ! Taisez-vous tous ! Reculez ! Pensez à ceux que vous aimez !

Fintan se joignit à ses efforts ainsi, à sa surprise, que Joe et Graham Turner. Quand la foule eut enfin reculé, un calme relatif s'installa et Hannah put reprendre la parole.

— Regardez ! dit-elle en brandissant la lettre. Voilà ce que les Aborigènes étaient venus nous dire ! Le remède à la contagion est ici même, dans l'hôpital ! Vous devez tous reprendre votre calme et nous laisser faire le nécessaire !

Ses paroles furent saluées de grommellements et de regards sceptiques, mais sans nouvelles éruptions de violence.

— Docteur Iverson, poursuivit Hannah en se tournant vers lui, j'ai trouvé la réponse. Voulez-vous lire ceci ? Dites-moi si j'ai raison.

Un silence complet retomba pendant que sir Marcus commençait sa lecture. La traduction était précédée de quelques lignes de la main du docteur Conroy.

J'ai correspondu avec plusieurs personnalités d'institutions étrangères en leur expliquant que, quelques jours avant la mort de Louisa de la fièvre puerpérale, j'avais visité dans une ferme une patiente atteinte de cette fièvre. Pendant ma courte absence, Louisa a commencé à ressentir les douleurs de l'enfantement. Je suis revenu chez nous à temps pour procéder à l'accouchement. Quand elle a montré les symptômes de la fièvre, j'en étais stupéfait puisque les lieux où la fièvre s'était déclarée étaient très distants l'un de l'autre, n'avaient pas les mêmes sources d'eau et

619

n'étaient pas soumis aux mêmes vents dominants. Comment, dans ces conditions, deux femmes avaient-elles été contaminées ? Parmi ceux auxquels j'ai soumis le problème, certains ont fait état d'une théorie nouvelle selon laquelle l'infection serait communiquée par les mains des médecins. Mais le mystère restait entier : quelle était la cause initiale de l'infection ? Si je l'avais contractée de la fermière, comment cette dernière l'avait-elle attrapée ? J'ai donc décidé de m'adresser à l'établissement qui fait autorité en la matière, l'Hôpital général de Vienne. En voici la réponse.

Tandis que le silence était troublé par des curieux trop loin pour voir ce qui se passait, le docteur Iverson lut la réponse de Herr Doktor Semmelweis.

Le docteur Semmelweis avait observé qu'une salle de son propre hôpital avait un taux de mortalité dû à la fièvre puerpérale bien supérieur à celui de l'autre. En analysant cette disparité, il avait constaté que la salle affligée du taux élevé de mortalité était visitée par des étudiants en médecine et des internes et l'autre uniquement par des sages-femmes. Pourquoi une telle différence ? s'était-il demandé. La réponse l'avait laissé abasourdi.

Tout venait de ce que les internes et les étudiants, contrairement aux sages-femmes, procédaient à des autopsies avant de faire leur ronde. Il en avait donc conclu que la source de la contagion se trouvait dans la salle des autopsies et que ceux qui en sortaient étaient porteurs de « particules cadavériques » sur leurs mains ou leurs vêtements. Il écrivait ensuite au docteur Conroy que la preuve lui en avait été donnée par le fait qu'un membre de l'équipe médicale était mort peu après s'être fait accidentellement une coupure au doigt au cours d'une autopsie.

— Seigneur ! murmura le docteur Iverson.

Le docteur Conroy avait ajouté quelques lignes en post-scriptum.

Je suis appelé de temps à autre par le coroner de Maidstone pour autopsier le corps d'une personne décédée dans des circonstances suspectes. En lisant la lettre du docteur Semmelweis, je me suis rappelé être allé directement de la morgue de Maidstone à la ferme où j'avais accouché ma patiente et que je l'avais ainsi infectée à mon insu, car je m'étais contenté de me rincer les mains, qui me paraissaient propres. À l'évidence, elles ne l'étaient pas assez. En la quittant après ma visite suivante, j'étais rentré chez moi accoucher mon épouse, ce qui a provoqué sa mort.

Stupéfait, atterré, le docteur Iverson se tourna enfin vers Hannah.

— Je ne sais quoi vous dire, mademoiselle. Quand je me demandais ce qui constituait la source de la contagion à l'intérieur même de l'hôpital, je n'ai pas pensé à la tente où s'effectuent les autopsies puisqu'elle est à l'extérieur du bâtiment. Même si nous avions isolé la salle des femmes et des parturientes, les médecins allaient souvent directement d'une autopsie à la salle des hommes. C'est ainsi qu'ils y ont infecté trois patients. Ce médecin viennois, ajouta-t-il en se frottant le menton, dit qu'un de ses assistants est mort après s'être coupé au cours d'une autopsie. Je me souviens d'avoir entendu le docteur Soames me dire il y a quelques jours qu'il s'était fait une légère écorchure en procédant à une autopsie.

— Molly Higgins et Mme Chapelle avaient toutes deux des plaies ouvertes, dit Hannah, comme les patients de la salle des hommes.

Sans entendre ce que se disaient le médecin et Hannah, la foule comprenait cependant que les explications promises étaient imminentes et gardait un silence attentif.

— Voilà donc la réponse que nous cherchions, dit le docteur Iverson. Les streptocoques pénètrent dans l'organisme par le sang. Nos malades sont atteints d'une forme pernicieuse de septicémie. Maintenant que nous tenons la source du mal, nous pouvons stopper la contagion.

Alors, se tournant vers les gens toujours massés devant l'hôpital, il déclara avec autorité :

— La menace a disparu ! Nous avons trouvé la cause de la contagion et nous allons l'enrayer ! La maladie ne s'étendra pas à toute la ville et cet hôpital redeviendra parfaitement sûr. Veuillez maintenant rentrer chez vous. Je vous promets que nous rouvrirons nos portes aussitôt que possible et que vous aurez librement accès à vos proches.

Mais personne ne bougea. De nouvelles protestations éclatèrent.

— Prouvez-le ! cria une voix.

Réalisant que la situation pouvait dégénérer d'un moment à l'autre, Hannah leva les mains et réclama le silence.

— Écoutez ce que vous dit le docteur Iverson ! La contagion sera très bientôt vaincue, vous n'avez plus rien à craindre !

— C'est tout ? On va pas s'en aller comme ça !

Hannah et sir Marcus échangèrent rapidement quelques mots.

— Nous comprenons vos inquiétudes, reprit alors Hannah. Ceux d'entre vous qui ont un proche à l'intérieur pourront entrer pour une courte visite. Pour le bien-être des patients, ces visites devront se dérouler dans le calme. Pas de bousculades ni d'éclats de voix ! Chacun attendra son tour d'être admis. Si, après cette visite, certains veulent remmener leur malade chez eux, nous nous assurerons qu'il n'est pas contagieux et nous les assisterons pour faciliter son départ.

Devant les mines soupçonneuses qui accueillaient sa déclaration, Hannah se vit forcée d'ajouter des garanties supplémentaires.

— Nous prendrons également toutes les précautions pour assurer votre propre sécurité. Nous avons découvert la source de la maladie, nous savons comment elle se transmet. Vous pourrez rendre visite à vos proches sans aucun risque pour vous-mêmes.

Quelques sourires apparurent enfin, il y eut des signes d'approbation, des conciliabules. L'ambiance se détendit peu à peu.

— Beau travail, mademoiselle Conroy, dit le docteur Iverson en lui rendant la lettre. Je demanderai à Blanche d'organiser l'admission des visiteurs et au docteur Kennedy de faire fermer hermétiquement la tente servant aux autopsies.

Il se tourna ensuite vers Joe Turner, en plein désarroi, et lui posa paternellement une main sur l'épaule.

— Je suis profondément navré de votre perte, mon pauvre garçon.

— Est-ce que je peux quand même voir ma Nellie ? répéta Joe pour la énième fois, les larmes aux yeux.

Sir Marcus réfléchit un instant et fit signe à Fintan.

— Monsieur Rorke, lui dit-il à voix basse, voulez-vous, je vous prie, vous charger de faire sortir de la tente des autopsies le corps de Nellie Turner et le faire porter dans une partie isolée de la salle des femmes ? Voulez-vous aussi demander à l'une de ces dames de veiller à ce que Nellie soit présentable ? Entrez avec moi, poursuivit-il à l'adresse des frères Turner. Vous attendrez quelques instants dans le hall et je vous ferai porter du thé.

Lorsque le docteur Iverson se fut éloigné avec les deux frères et tandis que Neal et le docteur Kennedy rassuraient la foule, Hannah se tourna vers Miriam, qui avait assisté à toute la scène en silence.

— Dites à votre arrière-grand-mère qu'elle avait raison. La connaissance secrète était tout près de moi et je l'ai trouvée. Je peux maintenant guérir la maladie de ce lieu.

Quand Miriam eut traduit, la vieille Sage fixa longuement Hannah d'un regard pénétrant avant de déclarer que la terre sacrée était guérie. Elle planta fermement le bâton sculpté en terre, pivota sur ses talons et s'éloigna sans ajouter un mot, imitée par tous ses compagnons. Tout le monde suivit des yeux le départ des Aborigènes à travers le terrain vague, qui allait bientôt devenir un parc à l'anglaise, avant de se fondre dans l'obscurité comme autant de fantômes regagnant leur domaine surnaturel.

Neal rejoignit Hannah peu après pour l'informer

que les gens se montraient prêts à coopérer et que ceux qui n'avaient pas de proches hospitalisés commençaient à se disperser.

— Juste avant de rendre le dernier soupir, lui dit-elle, mon père m'avait dit que je devais savoir la vérité sur la mort de ma mère et que cette vérité se trouvait dans une lettre cachée. Je ne savais pas que je l'avais avec moi depuis le début. Je comprends maintenant pourquoi il s'accusait d'avoir tué ma mère et ne se l'était jamais pardonné.

Elle comprenait aussi pourquoi la lettre de Vienne l'avait poussé à aller au cimetière. Il avait voulu implorer le pardon de sa femme.

Dans le hall de l'hôpital, le docteur Iverson confia les frères Turner à la sollicitude maternelle de Margaret Lawrence et partit à la recherche de Blanche, qu'il trouva dans la salle des femmes où elle préparait les patientes aux visites. Après avoir entendu ce qui s'était dit dehors, elle organisait déjà la venue des visiteurs.

En la voyant s'affairer avec dévouement, Marcus se dit que sa brève tocade pour Hannah n'était qu'un prétexte pour oublier le désir que lui inspirait Blanche, lequel ne s'était pas évanoui pendant l'année de leur absurde brouille. Il savait maintenant que Hannah et Neal Scott étaient fiancés et leur souhaitait beaucoup de bonheur.

Blanche ignorait que l'homme qu'elle aimait l'observait avec admiration. Depuis de longues heures, Marcus l'avait vue accomplir des prodiges d'efficacité pour nourrir et soigner les patientes et, maintenant, pour organiser les visites. Blanche avait un esprit exceptionnel. Il se demandait si elle arriverait à surmonter ses dernières réticences pour prêter une oreille attentive à ses idées de changement et de progrès pour l'hôpital. Elle en aurait sans doute elle-même à lui suggérer.

Se rappelant l'infortuné docteur Soames, il s'éloigna à regret.

Blanche ne leva les yeux de sa tâche que le temps de le voir s'éloigner, toujours droit et digne malgré son épuisement et son jeûne forcé depuis vingt-quatre heures. Le cœur débordant d'amour et d'admiration pour un tel homme, elle brûlait d'impatience à la pensée des jours à venir.

Jamais elle ne s'était sentie plus énergique, plus vivante, en dépit de sa propre fatigue. Elle avait découvert un but à son existence, elle avait pris conscience qu'il n'y avait rien à craindre dans un hôpital. Ce n'était pas le lieu qui lui faisait peur. Elle n'avait peur que de l'inconnu. Maintenant qu'elle avait pris le contrôle de cet inconnu et l'avait elle-même organisé, sa peur n'avait plus d'objet.

Une idée en particulier lui était venue, une idée neuve qui l'emplissait d'une joyeuse exaltation à la pensée de la soumettre à Marcus. Ce qu'il fallait pour le bien-être des patients, ce n'était pas seulement des employées négligentes ou illettrées, tout juste capables de balayer le plancher et de vider les pots de chambre, mais de véritables infirmières, des femmes de qualité, instruites, attentives aux souffrances d'autrui et formées pour prodiguer des soins sous l'autorité des médecins.

Avec étonnement, elle s'était également rendu compte que si elle s'était longtemps lamentée de ne pas avoir de vocation, elle en avait toujours eu une. Petite déjà, elle savait organiser avec un don inné les jeux de ses camarades, faire office de médiatrice dans les disputes, consoler les amours-propres blessés, amuser les plus maussades.

Je dirai à Marcus que je souhaite mettre en place des horaires bien établis, avoir un bureau à moi et – mais oui ! – toucher un salaire. Une fortune personnelle ne signifie rien, c'est le salaire qui distingue les bénévoles, souvent dilettantes, des vrais professionnels. Et ainsi je serai enfin prise au sérieux.

Sur la pelouse, Alice trouva Hannah qui lisait une feuille de papier pendant que Neal faisait mettre en rangs des visiteurs enfin disciplinés.

— Vous avez fait preuve de beaucoup de courage, Hannah, lui dit-elle en lui donnant l'accolade. Vous nous avez tous sauvés. Savez-vous où est Fintan ?

Neal, qui s'était approché, montra l'aile inachevée.

— Je l'ai vu partir par là. Il a dit qu'il allait chercher dans les matériaux de construction du chantier une planche pour boucher la fenêtre cassée.

Alice souleva sa jupe et s'éloigna d'un pas pressé.

— Elle a l'air très amoureuse, dit Neal en souriant.

— Je comprends très bien ce qu'elle ressent, répondit Hannah en lui rendant son sourire. Et maintenant, Neal, que vas-tu faire ? Vas-tu retourner à la grotte des mains peintes ?

Il la prit aux épaules, l'attira à lui.

— Non, pas tout de suite. Sur le trajet qui me ramenait ici, alors que je galopais à bride abattue, j'étais terrifié à l'idée de te perdre. Je compte rester un moment, ma chérie. La grotte peut attendre.

En regagnant l'entrée de l'hôpital, ils passèrent devant le bâton planté par Papunya.

— Sais-tu où vit le clan de Papunya, Neal ? demanda Hannah.

— Miriam m'a dit qu'il est très loin vers le nord, à plusieurs jours de marche. Pourquoi ?

— Je sais qu'il n'y a pas d'Aborigènes près de Melbourne. Alors je me demandais comment ils ont pu savoir avant nous, avant même que Nellie Turner entre à l'hôpital, qu'il y avait ici une fièvre mortelle. Surtout s'il leur a fallu plusieurs jours pour venir.

— Je n'en sais absolument rien.

Hannah regarda pensivement le bâton sculpté.

— Crois-tu que Papunya l'ait planté pour marquer son territoire ?

Neal la regarda droit dans les yeux et sourit.

— Je crois qu'elle marquait plutôt le tien.

SIX MOIS PLUS TARD

— Laissez-moi faire, madame Scott, dit la gouvernante. Porter de lourdes charges dans votre état vous est interdit.

Hannah sourit et laissa Mme Sparrow prendre une boîte qui n'était pas lourde du tout. Je ne suis pas une invalide, pensa-t-elle, je suis tout simplement enceinte. Mais depuis qu'elle avait annoncé sa grossesse, tout le monde la traitait comme si elle avait été en verre.

Le chariot contenait ses possessions de sa maison de Melbourne. Brookdale ne s'appelait plus Brookdale. Neal et elle lui avaient redonné son nom aborigène de Warrajinga, qui veut dire *Lieu où naissent les arcs-en-ciel*.

Le mois de mai apportait la fraîcheur des vents d'automne et poussait des nuages blancs dans le ciel bleu. Hannah marqua une pause et contempla la maison, repeinte de frais jusqu'à la girouette du toit qui brillait sous le soleil. Au creux d'un vallonnement gazonné, Hannah avait fait creuser une pièce d'eau, déjà habitée par des canards et des cygnes noirs, inspirée de celle des Sept Chênes.

L'agent immobilier avait finalement réussi à retrouver dans les mines de Bendigo Charlie

Swanswick, qui avait accepté avec empressement de leur vendre son bien. Un homme de loi de Melbourne avait rédigé les actes, Neal et Hannah avaient payé sans discuter le prix demandé et, trois jours plus tard, s'étaient mariés à l'ombre des acacias et des eucalyptus de leur nouvelle demeure. Fintan Rorke était garçon d'honneur et Alice, sa toute récente épouse, demoiselle d'honneur, avec pour témoins sir Marcus Iverson et Blanche Sinclair, à laquelle il faisait officiellement la cour. Soixante-dix invités avaient été conviés à la fête, parmi lesquels le docteur Soames, guéri mais encore convalescent de la septicémie dont il avait souffert.

La cérémonie avait eu lieu trois mois plus tôt, mais ce n'était que maintenant qu'ils pouvaient emménager. Debout près du chariot, Hannah sourit en entendant des coups de marteau retentir dans la maison : Neal était encore en train de fabriquer des étagères pour sa nouvelle chambre noire.

Laissant la brise lui caresser le visage, Hannah se rappela ses doutes sur la possibilité d'une vie commune avec des vocations aussi différentes. Elle voyait maintenant que leur ménage pourrait fonctionner à merveille. Neal s'absenterait périodiquement pour explorer et photographier les merveilles de la nature australienne mais reviendrait toujours à Hannah et à Warrajinga. Munie de sa trousse médicale, Hannah parcourrait la campagne environnante dans son tilbury, pousserait parfois jusqu'à la ville pour aller à l'hôpital conférer avec le docteur Iverson, mais reviendrait toujours à Neal et à Warrajinga. Un mode de vie peu conventionnel, certes, mais enrichissant et plein de surprises.

Neal avait gardé en ville son studio de photographie et Hannah son cabinet, où elle irait régulièrement recevoir ses patientes. Le bébé, lui, naîtrait à Warrajinga pour commencer sa vie sur le sol rouge de sa nouvelle patrie. Hannah avait aménagé une des pièces en chambre d'enfant et une autre en cabinet de travail, où elle comptait écrire son manuel – repensé depuis l'épidémie de fièvre puerpérale. D'abord axé sur le traitement des indispositions, il mettrait l'accent sur les mesures d'hygiène et de prévention avec, en préface, l'histoire de la déesse Hugieia, fille d'Esculape.

Hannah comprenait aussi ce que son père lui avait dit avec son dernier souffle. Ce n'était pas l'iode la clé de la santé, mais l'antisepsie. Elle découvrait ainsi des dizaines de pistes à suivre, de domaines à explorer. Pourquoi, par exemple, les Aborigènes avec lesquels Neal avait vécu souffraient-ils de si peu de maladies ? Pourquoi restaient-ils si robustes en vivant dans le désert avec si peu de ressources ? Il ne suffisait plus, pensait-elle, de soigner les malades et de prévenir les maladies. Il fallait en trouver les causes et les remèdes permettant de les éradiquer.

Sur la véranda, elle se retourna pour contempler ces arbres naguère étrangers devenus si familiers, un émeu au plumage gris ébouriffé qui passait en trottant sur le chemin, un envol de cacatoès blancs, la terre rouge sous le ciel bleu. En sentant bouger la vie toute neuve qui grandissait en elle, elle songea aux hommes arrivés ici des millénaires avant elle, à leurs errances continuelles à travers ce vaste continent – les ancêtres de Papunya, de Miriam, de Jallara, de ceux qui avaient lutté pour sauvegarder leur terre sacrée à Galagandra. Elle songea aussi aux autres, récemment débarqués sur ces rivages, aux Merriwether pétris de bonnes intentions, à ce M. Paterson teint en orange par son amour immodéré des carottes, au jeune Queenie McPhail, baptisé au whisky. Tous des nouveaux venus sur cette terre aussi ancienne que la Terre elle-même. Elle songea aux dernières paroles de son père : « Tu es au seuil d'un monde nouveau et merveilleux. » Était-ce là une vision prophétique de l'avenir qui attendait sa fille ? Hannah aimait le comprendre ainsi.

Le bruit des sabots d'un cheval et des roues d'un chariot la fit se retourner. Le facteur venait livrer le courrier de la semaine.

— Bonjour, madame Scott ! lui cria-t-il en mettant pied à terre.

Elle lui sourit en prenant le paquet de lettres et de journaux qu'il lui tendait et commença à le trier. Il y avait une lettre de félicitations et de vœux de bonheur de Liza Guinness, une autre des Gilhooley avec qui elle restait en rapport, d'amis d'Adélaïde et des environs. Elle leur avait envoyé à tous une invitation à son mariage. Elle avait transformé un des bâtiments agricoles en maison d'amis, prête à recevoir qui le souhaitait.

Une enveloppe bleu pâle, couverte de cachets signifiant qu'elle l'avait suivie de lieu en lieu depuis son départ d'Adélaïde, retint son attention. Une lettre de Jamie O'Brien ! Elle aurait reconnu entre mille son écriture serrée aux lignes zigzagantes.

Chère Hannah, je pense souvent à vous et prie que tout aille bien pour vous. J'ai fait du bon travail en

Californie en trouvant de l'or. J'ai investi dans une ligne de diligences qui m'a rapporté de l'argent et je pense maintenant que les nouveaux chemins de fer devraient être un bon placement. J'adore ce nouveau pays, Hannah, il est tout neuf, rude et assez vaste pour qu'un homme puisse y déployer ses ailes. Mais j'aimerai toujours l'Australie et mon premier vrai amour, la femme que j'ai sauvée d'un dingo affamé un soir dans une roseraie et qui m'a sauvé la vie.

Une photographie était jointe. Les yeux de Hannah s'humectèrent en voyant Jamie, avec son sourire éblouissant, debout devant l'entrée d'une galerie au-dessus de laquelle un grand écriteau proclamait : *Mine d'or Lucky Hannah.*

La lettre pressée sur sa poitrine, tout contre le talisman de pierre aux pouvoirs magiques, Hannah revint par l'esprit sept ans en arrière, à cette nuit fatale de Falconbridge Manor. Elle se revit embarquer à bord du *Caprica* qui l'emmenait vers une terre inconnue. Jeune, naïve, avec pour toute fortune une liasse de notes de laboratoire et quelques instruments médicaux, Hannah était seule au monde devant un avenir incertain. Aujourd'hui, elle était devenue elle-même, elle avait modelé sa destinée dans ce pays des nouveaux départs et des espoirs permis. Elle pouvait envisager avec confiance la vie qui l'attendait, sur le Chemin du Rêve qu'elle suivrait désormais.

Un chemin qui commençait ici même, à Warrajinga. Au pied de l'Arc-en-ciel.

Photocomposition Nord Compo Multimédia
7, rue de Fives, 59650 Villeneuve-d'Ascq

Achevé d'imprimer par GGP Media GmbH, Pößneck
en mars 2012
pour le compte de France Loisirs,
Paris